GLORY

動物工場

ノヴァイオレット・ブラワヨ
NoViolet Bulawayo

川副智子訳

早川書房

動物工場

GLORY
by
NoViolet Bulawayo

Translated by
Tomoko Kawazoe
First published 2025 in Japan by
Hayakawa Publishing, Inc.
This book is published in Japan by
direct arrangement with
The Wylie Agency (UK) Ltd.

装幀／早川書房デザイン室
装画／© Adobe Stock

すべてのジダダ民に捧ぐ、どこにいようとも
そして、ピエル・パオロ・フラシネッリ同志の愛に満ちた思い出のために

目次

登場人物

オールド・ホース……………………………ジダダ建国の父。大統領
マーヴェラス………………………………オールド・ホースの妻
テュヴィアス（テュヴィ）・
　　　　　　　デライト・シャシャ……副大統領
ジューダス・グッドネス・レザ大将……軍の有力者
ジャンバンジャ……………………………治安部隊の司令官
ドクター・O・G・モーゼズ……………キリスト預言者教会の中の教会軍の預言者
マザー・オヴ・ゴッド……………………モーゼズの信徒
ダッチェス…………………………………ロズィケイの住民
シミソ………………………………………ダッチェスの隣人
デスティニー………………………………シミソの娘

独立

集会

独立記念日の祝典に建国の父がようやく姿を見せたのは午後の三時二十八分、ジダダ広場に朝から集まっていた市民は待ちくたびれていた。彼らのイライラだけでジダダ全土をぶっ壊せただろう。つまり、ジダダがどこかほかのどこかならば。でも、この家畜の国はほかのどこでもない、ジダダ、そう、つまるところ《トロクティ》、ダともうひとつダがつくジダダなのだ。ほとんどの動物たちはこのシンプルな事実を思い返すだけで、感情を自分のなかに、まるで腸みたいに閉じこめてしまう。事情通が言うには苛烈な太陽も法令により閣下の応援隊の一部とされているので、午前なかばからずっとギラギラ照りつけていた。国を治めてかれこれ——十年でも二十年でも三十年でもなく——まる四十年となる統治者にふさわしい強力な光線を発していたわけだ。

動物たちのほとんどがこの日のためにまとったジダダ党の象徴《レガリア》——上着、シャツ、スカート、帽子、国旗の多彩な色を用いたマフラー、それらの多くにエンボス加工でほどこされた閣下の顔——がぎらつく太陽の熱をとらえ、待ち時間をいっそう耐えがたいものにしていた。とはいえ、みながみな、拷問のように待たされることに耐えるつもりだったわけではない——実際、仕事があるとか用事があるとか、行かなくてはならないところがあるとか、ほかの国の指導者は絶対確実な神の鉈《なた》のように時間に正確だとか、ぶつくさ言いながら、その場を離れはじめる者もいた。こうして不満をあらわした動物は豚二匹と猫一匹、それにガチョウが一羽と、最初こそわずかだったが、みるみる膨れあがって大集団となった。その数の多さと自身の声に煽られながら、不満分子は出口へと向かった。

ゲートに達すると彼らは、ジダダ治安部隊《ディフェンダーズ》、つまるところ、警棒やら縄やらこん棒やら催涙ガス弾やら盾やら銃やら、いかにもと思われる武器や防具を身につけた犬たちと面と向きあうことになった。ジダダ治安部隊が生まれながらに凶暴な恐ろしい獣《けだもの》の群れなのは、国じゅうはおろか国外にも知れわたっている事実だが、とりわけ、反体制派に即刻まわれ右をさせ、尻尾を情けなく肢のあいだに挟んで引き返すことを余儀なくさせたのは、署名がわりの目立つ白いバンダナを巻いた悪名高きジャンバンジャ司令官の存在だった。

建国の父――在職期間が猫百匹の九つの寿命より長く、在職期間の長い国家元首が多い大陸においてももっとも長く、それどころか全世界でいちばん長い統治者――の登場。

さて、閣下の乗った車が霊柩車なみにのろのろと群衆を縫って進んできた。伝説の建国の父をひと目見たい動物たちは酔っぱらった蛙のように躍起になった。太陽はこのとき、神みずからによって長い長い長い統治を定められた指導者、しかも、その応援隊長を務めることを太陽に命じている指導者の到着を見届けると同時に、深呼吸をし、力いっぱい灼熱を浴びせて好印象を与えようとした。政府高官の選抜集団——全員雄《マル》の動物、ほとんどが年寄り——が後肢で閣下に付き添っている。その付き添いの政府高官集団にも着飾った治安部隊の指揮官たちが付き添っている。胴の部分をカラフルな糸が編みこまれた綱で絞り、帽子を目深にかぶり、頑丈な胸に、輝く星座のごとく勲章をいくつも光らせながら。肩には星型の記章、前肢には白い手袋。この者たちは将官、つまるところ、閣下の統治の真の要《かなめ》である。広場じゅうの動物たちがスマートフォンやガジェットを急いで取りだし、権力の行進を写真に撮ったり録画したりした。

すると彼が現れた。そう、つまるところ、唯一無二の彼が。聖別された、かけがえのない、至上にして至高の存在が。

閣下の到着とともにジダダ広場は活気づいた。つまるところ、建国の父の放つオーラは圧倒的で、どこであれ彼が現れるだけで空気の原子が自動的に再配列され、その場の雰囲気が——どんなに敵意に満ちていようと陰鬱だろうと不穏だろうと——好意的で刺激的なものに一変するのだった。事情通が言うには、この特徴ははるかに遠い遠い昔、閣下の統治の最初の数年ではいまの十何倍もすごくて、彼が現れるだけで、まだ熟していないものがたちまち熟し、さらには腐りかけるところまでいった。なんであれ病に苦しむ者たちは癒え、岩はどろどろに溶け、嵐や熱波は止まり、洪水や山火事やイナゴの大群は方向を変えた。致命的なウィルスはその攻撃の開始を思いつくまえに治癒させられ、干上がった川には水があふれた。そう、つまるところ、昔は建国の父が現れるだけでエンジンがかかり、鉄骨が曲がり、確認された複数の異なる事例によれば、相当な数のヴァージンが妊娠した。彼がロバと結婚し、彼女との子を成すはるか以前に、閣下の血筋はすでにジダダじゅうに流れていたことになる。そしてまさにいま、建国の父は姿を見せただけで、ただそこに現れただけで、ジダダ広場を明るくした。炎のような拍手で広場は燃えたち、ついさっき出ていこうとしていた動物までが後肢で立って喝采を送り、みんなと一緒に騒いでいる。閣下の存在は彼らの声と体であらわされるにとどまらず、彼らの心と頭と魂とともにあった。雌牛はモーと、猫はニャーと、羊はメエと、雄牛はブォーッと、アヒルはクワックワッと、ロバはヒーホーと、山羊はメーと、馬はヒヒーンと、豚はブーブーと、ニワトリはコッコッと、孔雀はキィーッと、ガチョウはガーガーと叫んだ。動物たちの叫声《きょうせい》が耳をつんざくレベルに達したとき、演壇のまえで随行団の最後の肢が止まった。

貧者と富者は一緒に遊ばない

白いテントの下にジダダ党の政権中枢の面々が座っていた。ジダダ党とはむろん国を治めている党、閣下が総裁を務める、いわゆる与党のことだ。彼らのほかにも閣下の家族や友や賓客がいた。つまるところエリート集団である。妬みを捨てて正直に言えば、絶景といっていい眺めだった――このうえなく優雅な衣裳と、高価な宝石と、とびきり高価なアクセサリーが、手入れのゆきとどいた健康で美しい体とあいまって、富と豊かな生活を物語っていた。ここにいる動物たちはジダダの選民たちの一部であるとともに、建国の父による博愛の証明そのものだった。なぜなら、彼らのほぼ全員が閣下によって、直接ではないにしても閣下とのなんらかのつながりによって富を得たのだから。彼らは土地や事業や金品や、返済の必要がない公的融資にあずかった栄《は》えある受益者であり、没収した農場の後継者であり、鉱山や工場の被譲与者であり、ありとあらゆる種類の金持ちなのだ。

太陽の下の惨めな動物たちは祝典がまだ始まってもいないことを忘れ、選民たちの光景を羨望のまなざしで愉しんだ。ときには、自分の体を焼く熱も、自分の腹を苦しめるひもじさも、自分の喉をあぶる渇きすらも忘れて。そう、つまるところ、日陰で座り心地のいい椅子に腰掛け、冷えた飲み物をすすっている選民たちの美しい光景に見とれていた。体を焼かれ涎《よだれ》を垂らした動物たちはその眺めを目で舐めていた。それが冷えたグラスの蜂蜜酒であるかのように。乾いてひび割れた唇を舐め、ほんとうに甘い味がすると、嬉しい驚きを味わった。

つまるところ、なんなんだ？？？

血のように赤いカーペットをまえにして車のドアが開き、建国の父が姿をあらわした。まるでキューを出されたみたいに、ジダダ広場はいっせいに息をのんだ。つまるところ、ジダダ広場がいっせいに息をのんだのは、いま車から彼らの眼前に姿をあらわした胴体の長い馬があまりに弱々しく、ほんのかすかなそよ風でもひと吹きしようものなら、よろよろと地面に倒れこみそうに見えたからだ。大気がひたすら熱いだけで風はまったく吹いていないのが幸いした。動物たちは建国の父――最後に見たときも、そのまえに見たときより老けていたが、いまはその最後のときよりもっと老けていた――が、注意深く一歩ずつ肢をまえに出して演壇のほうへ進むのを、ぽかんと口を開けて見守った。やたらと大きな緑のシャツの重みが痩せた体を沈ませていた。シャツにはモノクロ・プリントされた彼の顔が数えきれないほどあった。うんと若いときのハンサムな顔だったけれど。オールド・ホースは、かつてジダダ全土を電光石火のスピードで縦横無尽に駆けめぐった、その同じ蹄《ひづめ》で、這うようにして歩いていた。太陽の下の動物たちには二年半の長さにも感じられた時間を要してやっと演壇に達すると、彼は支え台によりかかりながら、楕円体の頭を下に向けて立ち、時を刻む振り子のように尻尾を振った。

「ここはどこだ？　ここにいる動物たちはだれだ？　なぜみんな、わたしのことを知っているような顔をして見ているんだ？」オールド・ホースはだれにともなく言った。

「あらら、それはいったいどういう質問かしら、閣下?!　ここにいるのはあなたの国民じゃありませんか、一匹残らず！　ご自分がこの国を、このジダダ全土を治めているってことをごぞんじでしょ？　国民はあなたが語ることを聞きたがっているのよ！　今日は独立記念日なんですから、ババ（ショナ語で〝父親〟を意味する）。わたしたちの自由を祝うためにみんなでここに集まっているんです。長い解放闘争のなかであなたが人生を賭けて勝ち取った自由を。あなた自身が何十年もまえにその戦いを始め、勝利の結末を導くまで戦い抜いたの。ってことは要するに、わたしたちがここにいるのは、じつはあなたを祝うためなのよ！」ロバは満面の笑みで喋りまくった。彼女は馬のシャツの乱れをなおし、真っ黒な、だが薄くなりかけているたてがみを撫でつけた。

つまるところ、ロバはごくふつうの雌ロバではぜんぜんなくて、閣下の妻なのだ。それは彼女の外見や動作や話し方や、つねに権力を見せつけようとする尊大な態度から察せられた。オールド・ホースは彼女の先導で席に着いた。両者のすぐそばの動物たちは立ちあがって道をあけた。ある者は閣下の座る椅子の向きをまっすぐにし、ある者は閣下の顔にキスをした。閣下の尻尾を優しく撫でる者もいれば、尻をそっと撫でる者もいれば、衣裳をととのえる者もいた。飛んでもいない蠅を払う者もいた。

「わたしがほんとうにしたいのは昼寝なんだよ」オールド・ホースは慎重に腰をおろした。まるで尻が値の張る陶製ででもあるかのように。建国の父は横になろうとはしなかった。彼ほどの年齢になると、ほうっておいてくれることがなによりありがたい。事情通が言うには、彼の頭のなかの状況は明白な指導者のいない無秩序な国と似ていなくもなかった。

つまるところ、そうなのか！

演壇の外周に埋めこまれた竿には国旗が掲げられていた。黒、赤、緑、黄、白という鮮やかな色彩がオールド・ホースの目に留まった。じぃーっと旗を見つめていると、その鮮やかな色たちが、頭をふさいでいる濃い霧から魔法のごとく彼を引っぱりだした。つまるところ、記憶が戻りはじめたのだ。その旗には見覚えがあった。彼の心と頭と夢のなかで旗がはためいた。まだ旗の色の意味するところまでは思い出せなかったが、たしかになにかをあらわしているはずだ。と、そこまではわかった。さらに目を凝らして見つめ、考えて、さらに考えた——あの白はひょっとして獰猛な犬ども、つまり治安部隊の歯をあらわしているんじゃなかったか? 赤は彼らがいともたやすくまき散らすことのできる血か? 「たぶんそうだ」彼は独りごちた。目がつぎの色に移った。

自分の横にいる——摘みたての花のようなにおいをさせ、色とりどりのけばけばしい宝石で身を飾りたてた——背の高い美しいロバにも見覚えがあった。ジダダのファースト・フィーメル、マーヴェラスだ。彼の妻という立場とその愛らしさから、スウィート・マザーとも呼ばれるし、例の博士号を取得して以降、いまは博士スウィート・マザーという呼び名も一般的になっている。彼は大切な友や家族にも気づき、彼らがそこにいることで喜びに満たされた。党の同志たちの顔もわかった。頭をあっちへ向け、こっちへ向けして彼らを眺めまわし、ここにいるべき者がちゃんとここにいるかどうかを確認した。つまるところ、みんなちゃんといた。うなずく者、手を振る者、与党の証に敬礼する者。

オールド・ホースはつぎに、広場を埋め尽くした者たちを観察した。彼らは単に彼の国民というだけではない。この四十年彼に寄り添い、彼を支えてきた正真正銘の支持者だ。時代をもっとさかのぼれば、ジダダの独立を求めてともに戦ってきた者もたくさんいる。あのころ忠誠を誓った彼らは、その後もずっと忠誠を尽くし、いまなお忠誠を示している。これからも変わらず永遠に忠誠を示しつづけるだろう。彼らが忠誠を示したまま死ねば、その墓まで忠誠を示しつづけるだろう。彼らが残した子孫は生まれながらの忠誠の民だ。鏡張りのパネルに映った自分の姿が建国の父の目にはいった。その瞬間、自分がだれであるかが正確にわかったから。自分がだれであろうとドクター・スウィート・マザーに思い出させても

霊までも忠誠の霊となる。彼らが残した子孫は生まれながらの忠誠の民だ。混乱に陥ったりはしなかった。その瞬間、自分がだれであるかが正確にわかったから。自分がだれであろうとドクター・スウィート・マザーに思い出させても

らう必要はなかった。こうして――記憶を完全に充電すると、彼は椅子の背にもたれて体のまえに両方の前肢を伸ばし、頭上の太陽に直接うなずいてみせた。眼鏡の位置をなおしてリラックスしたかと思うと、つまるところ、年老いた赤ん坊ならではの熟練の穏やかさですみやかに眠りに落ちた。

乳と蜜の流れる地（『旧約聖書』〈出エジプト記〉三章八節ほか）

彼は栄光の時代の夢を見ていた。ジダダが地上の楽園であったあのころ、豊かな生活を探し求める動物たちは、自分たちの住む不毛の土地を捨て、群れを成して楽園を目指した。そして見つけた。ただ見つけただけではなかった。その桁はずれの豊饒に気づくと、故郷にいる友達や親類に、おまえたちもここへ来て自分で確かめろと伝言を送った――この約束の地は、ジダダと呼ばれる驚くべきこの黄金郷は、まさにアフリカの宝石だぞ。そう、つまるところ、言葉で言いあらわせないほど豊かなだけじゃなく、すばらしく平和なんだ。おれたちにはとてもこんなところはつくれなかっただろう。夢には当時の閣下自身も出てきた――疑うべくもない威厳をたたえた美しい馬がジダダの大地を踏みしめると、地も天も地獄までも賛同した。どうして反対できる？　つまるところ、ジダダの過去の栄光の夢路をさまよううちに、オールド・ホースはいよいよ椅子のなかに沈みこみ、明瞭なメロディつきのいびきをかきだした。まわりにいる同志たちには、それが解放闘争時代から伝わるジダダの古い革命歌であることがわかった。

治安部隊、治安部隊、治安部隊

閣下の到着とともにジダダ軍楽隊が演奏を開始していた。軍楽隊の行進に合わせて血を沸きたたせる音楽が広場の中心部に流しこまれた。ジダダ国軍の構成員はほかの治安部門と同じく、すべて犬だった。いまは犬、また犬、また犬、またまた犬がテントへ向かって行進していて、黒く光るブーツがわずかな誤差もなく同時に持ちあがっては落ちていた。つまるところ、純粋種と雑種と異種間雑種と謎の種の犬がいて、つまるところ、緑のチュニックを着た犬と、カーキ色のチュニックを着た犬と、ブルーのチュニックを着た犬がいる。つまるところ、楽器を演奏している犬と、ジダダ国旗を掲げている犬と、軍旗を掲げている犬と、キラリと光る大型銃を持っている犬がいるのだった。

犬の美しさや優雅さは往々にして忘れやすい――犬という生き物は、相手の肉を食いちぎり、まったく衝動的に血を流させ、壊れやすい陶器を割るように骨を砕き、人間の脚から車のタイヤから木の幹からソファにいたるまで、なんでもかんでも、一片の恥じらいもなく局部を押しつけ、ところかまわず糞をする。自分が排泄しているのは純金だとでもいうように。主人に対しては、たとえ非情で知られる主人でも殺し屋でも呪術師でも暴君でも悪魔でも、忠誠を尽くす。その獰猛な攻撃にはあきらかな挑発を必要とせず、どれだけたくさん餌を与えられていようと人間の排泄物をむさぼり食う。だが、そのとき、国家独立の祝典に際してジダダ広場に勢揃いした犬たちは、つまるところ、じつに堂々としていた。現実には熱くて重たいチュニックに包まれた彼らの体は汗だくで喉もからから、しかも、支えるべきものを支える役目を果たさないぼろぼろの下着をチュニックで隠していたとは、だれも知るよしもなかった。ブーツの靴底が擦りきれていることも、彼らの大半は実際には腹ぺこであることも、少なくともこの三ヵ月は給料が支払われていないことも、だれも知るよしもなかった。

わたしは彼らのために、同胞のなかからあなたのような預言者を立ててその口にわたしの言葉を授ける。彼はわたしが命じることをすべて彼らに告げるであろう。（『旧約聖書』〈申命記〉十八章十八節）

それからだいぶ経って、犬たちが顔見せの行進をすませて広場から出ていき、革命大臣、汚職大臣、秩序大臣、事物大臣、虚無大臣、プロパガンダ大臣、同性愛嫌悪問題大臣、偽情報大臣、略奪大臣の演説が終わり、各種エンターテイナーのパフォーマンスも終わると、ロバは閣下の体を軽く押して目を覚まさせた。建国の父は目を開け、ジダダの栄光の時代の夢から覚めたが、夢の中身はいっさい覚えていないことに気づいた。そこで彼は記憶と格闘しながら、後肢立ちになってダチョウのような大股で演壇へ近づいてくる風変わりな見てくれの豚に目を留めた。見覚えがないので、はてだれだろうと考えた。豚の長い肢について考察するうちに、またも眠りに落ちた。

そのすらっとした豚こそが、高名なキリスト預言教会軍を創設した唯一無二の預言者、博士《ドクター》O・G・モーゼズだった。当然のことながらジダダではたいていの物事に祈りがつきものだ——そこでこのカリスマ的な預言者が求められるわけで、ドクター・スウィート・マザーの精神的助言者でもある彼の登場は式典のプログラムに組みこまれていた。事情通が言うには、この豚が運営する教会はジダダでトップに位置する福音派で、国内のみならず大陸全土でもっとも多くの信徒を獲得していた。そう、事情通に言わせれば、つまるところ、神の言葉だけでなく絶望や幻滅や暗愚や欲求不満や生存の追求に触発された信徒たちの会派だった。ジダダの経済が逼迫するなかで動物たちは日々生きることがつらくなっており、なんとか命をつなぐのを手伝ってくれるものが、なにかしら――なんだっていいのだ――求められていた。

預言者ドクター・O・G・モーゼズはそのなんでもいいなにかしらを、たしかに提供してくれた――希望と繁栄を唱えるゴスペルを通して、聖油や聖水や聖バッグや聖財布や聖下着や聖煉瓦をはじめとする一連の有名な奇跡の産物を通して、つまるところ、祈りを通して、貧困という悪魔を追放すると噂されている恐ろしい力を通して、触れれば癒える祝福の手を通して。預言者ドクター・O・G・モーゼズは、ヤーウェ・イルエ（〝備え主〟『旧約聖書』〈創世記〉二十二章十四節より）のみがもつ全《まった》き力を用いて、政府に見捨てられたジダダの民の惨めな生活を変えると約束した。すると民衆は、畑の肥やしに向かう蠅のごとく死に物狂いでキリスト預言教会軍に押し寄せた。預言者を信奉する者は地獄の果てまでこの豚を愛すると事情通が言うのは、つまるところ、預言者を信奉する者は地獄の果てまでこの豚を愛するということなのだ。ところが実際には、彼はいつも、信者からの寄進で買ったプライヴェートジェット機で式典にやってくる。となれば、彼の教会の信徒は、街路が金《きん》で舗装されていて、家のトイレットペーパーにはダイヤモンドの粉末が散らしてあるようなところに住む、裕福な者たちばかりだと考えても罰はあたるまい。

神の言葉

預言者ドクター・O・G・モーゼズはマイクのまえに体を乗りだして咳払いをした。彼の人気からすると、ジダダの地で集会があれば信者がかならず大挙して出席するのは当然だから、彼の姿を見た群衆が猛り狂ったのは不思議ではなかった。彼らはもはや愛国的な式典に出席している愛国者たちではなかった。そうではなくて、神の愛する息子、救いと癒やしの存在を信ずる者たちだった。喝采には慣れっこの豚だが、そのときのような喝采を教会の外で聞いたことはなかった。つまるところ、それは少しまえに閣下が受けた喝采をはるかにうわまわっていた。豚が白いハンカチを差しあげて止めなければ、鳴り響く拍手喝采はいつまでも続いていただろう。

「祈りを捧げるまえにまず、またとないこの機会を利用して、このような重大な場で偉大な我が国を祈りによって導く栄誉を授けてくださった、わたくしの知るだれよりも敬虔な雌《フィーマル》、われらがドクター・スウィート・マザーに感謝申しあげます。以前にも言ったことがありますが、ここでもう一度言いましょう。優れた指導者はそのように生まれてくるのではありません。優れた指導者はそのように創られているのではありません。ここにおられる建国の父も、われらがファースト・フィーマル閣下、すなわちドクター・スウィート・マザーのような優れた指導者は、ほかならぬ神そのものから生まれるのです。神みずからが〈ローマの信徒への手紙〉十三章一節（『新約聖書』）のなかでそう語られています。わたくしにはその言葉を、かけがえのない《オー・プレシャス》ジダダの民にきちんと聞かせる義務があります。我が父なる神はこう言われています。すべての者は上にある権威に従うべし。神によらぬ権威はなく、いまある権威はすべて神によって立てられたものであるから。それゆえ権威に背く者はみな神の定めに背くことになり、そうした者はみずからに裁きを招くだろう。支配者は善を為す者にとって恐怖ではないが、悪を為す者には恐怖となる。権威ある者への恐怖から逃れたいか？　ならば善を為せ。そうすれば称賛されるだろう。権威ある者は汝に益するために神に仕えているのだ。されど悪を為せば恐れよ。支配者はいたずらに剣を帯びてはいない。彼らは神に仕える者、神の代理として、悪を為す者に対して激しい怒りをもって罰を与えるだろう。されば権威者には従わなければならない。ただ罰を逃れるためだけでなく良心のために。さて、最愛のジダダよ、神のこの御言葉を聞いたいま、イエスの名において頭を垂れ、自由という比類なき贈り物をくださった全能の神に感謝しましょう。わたくしたちが今日ここに集《つど》ったのは自由のためです。植民地主義者という名の悪魔どもからわたくしたちを救いだしてくれた解放戦士たちのためです。と同時に、神から授かった指導者たちのためです。彼らはわたくしたちが毎日、そしてこれからもずっと、自由に生きられることを確約してくれています。さあ、みんなで祈りましょう！」

永久不滅の指導者

つまるところ、預言者がアーメンのひとことで祈りを締めくくったその瞬間にオールド・ホースはふたたび目覚め、ドクター・スウィート・マザーにうながされて立ちあがると、用心深い肢取りで演壇へ向かった。なおも夢の中身を思い出そうとしていたが、まったく無駄だった。

「与党とともに前進しよう！」閣下は言った。

「前進！！！」動物たちが叫び声で応じた。

「選挙に勝って前進しよう！」

「前進！！！」

「一党独裁国家とともに前進しよう！」

「前進！！！」

「ドクター・スウィート・マザーとともに前進しよう！」

「前進！！！」

「野党をつぶせ！」

「つぶせ！！！」

「欧米をつぶせ！」

「つぶせ！！！」

「最初に断っておくと、諸君のなかには、またわたしの姿を見て仰天している者もいるということも、それゆえ、この壇上でわたしがなにをするつもりなのか訝《いぶか》っているかもしれないということも承知している。国民に伝わっている情報では、わたしは先週にまたしても死んだのだから！」閣下は天を仰ぎ、太陽に向かって尻尾を振り、轟《とどろ》くような声で笑ってみせた。つまるところ、太陽は下劣きわまる腰の振り方をして灼熱の大光線を投げていたため、ジダダ広場の動物たちの数匹はべつの何ヵ所かで気を失っていたが、一方で灼熱に卒倒しながらも目玉焼きを産んだ雌鶏も一羽いた。群衆は自分たちの指導者が出すキューを受け取っては、どっと笑った。蹄や肢が高々と持ちあげられ、旗が振られた。「万歳！！！」という叫びに合わせて、閣下を崇める歌がうたわれた。

この日からちょうど一週間まえ、ジダダのソーシャル・メディアでは、オールド・ホースが心臓発作を起こしてドバイの病院で死んだという噂がトレンド入りして、バズっていた。その種の噂が広がるのははじめてのことではなく、めぐる季節とともに閣下は年齢を重ね、ジダダは定期的に閣下死去のニュースを受け入れていた――むろん、それは側近たちがフェイク・ニュースと呼ぶものだとその都度わかった。もっとも、最新の噂は、あたかも事実のように思えるところまで加熱した。それはたしかにはじめてのことだった。

「ごぞんじのとおり、わたしは何回も死んできた。その点ではキリストを負かしている。キリストが死んだのは一回で、生き返ったのも一回きりだ。でも、わたしは死んでは生き返り、死んでは生き返りしている。この先も何回死んで何回生き返るのかわからないが、生き返ることをずっとずっと続けるだろうということはわかる――それどころか、最愛のジダダの民たる諸君に約束しよう。わたしは諸君のどの一匹の葬儀にも列席するということを。なぜなら、諸君がみな死んだあと、統治者のわたしはここに、祖先たちがつくったこの美しい国に残されるのだから！」オールド・ホースがそう言うと、さらなる拍手喝采が沸き起こった。彼はひと息入れ、それを愉しんだ。

抗議活動の点描――消えてしまった者たちの姉妹

その場にいた者たちが言うには、建国の父の演説が佳境にはいろうとしたまさにその瞬間、およそ十二匹の全裸の雌《フィーマル》集団がどこからともなく現れ、壇上に乱入した。つまるところ、胸も乳房も乳首も太腿も腹も尻も尻尾の下の毛も腰も脇腹も見苦しい陰毛も、ありとあらゆる形やサイズをした、とても口にはできない雌の身体部位も、どこもかしこも隠されていなかった。これまで目にしたことのない呪われた光景、抑えの利かぬ雌の裸というタブーに不意を衝かれたジダダ広場が、信じられない思いであんぐりと口を開け、いま見えている光景はほんとうに自分が見ているものなのかと自問しているうちに、二匹のロバが白い横断幕を掲げた。そこには真っ赤な血の色で〝消えてしまった者たちの姉妹〟という文字が書かれていた。一団の残りの者の手には写真や名前――事情通によれば、建国の父が政権を握ってからの長い統治期間に消えてしまったジダダ民――のプラカードがあった。

全裸のフィーマル集団は後肢で壇上を行きつ戻りつした。背すじを伸ばし、つまるところ挑戦的な険しい顔つきをして、つまるところ目を輝かせて、つまるところ喧嘩腰の熱い怒号を飛ばした。「消えてしまったジダダ民を返せ！　消えてしまったジダダ民を返せ！　消えてしまったジダダ民を返せ！」雌の裸にあきらかな不快感を覚えながらも、広場の動物たちはフィーマル集団の腹の底からの叫びを聞き取った。そこには消えてしまった友達や親戚の記憶が生きていた。友達の親戚の記憶も、新聞やソーシャル・メディアで読んだだけの知っている者や知らない者の記憶もあった。そう、つまるところ、彼らはそのシュプレヒコールを心の奥で聞いていた。彼らの心にも報われない祈りが、血を流している傷が、悪夢が、絶え間ない苦悩があった。いまは亡き愛する者や、勇気をふるって政権に異議を唱えた結果、煙のように消え、二度と姿が見られなくなった知っている者や知らない者にまつわる疑問があった。だから、ジダダの動物たちの一部は、気がつくと一緒になってその言葉を繰り返していた。「消えてしまったジダダ民を返せ！　消えてしまったジダダ民を返せ！」——ただし、あくまでもそっと優しく、その音が歯から離れるのをいやがっているような穏やかさで。自分たちの声よりも胸の内にある恐怖のほうが大きかったから。

つまるところ、タブーに直面してつかのま混乱に陥った治安部隊が、おのれが革命を守る名高い犬であることを思い出し、しかるべく警棒や歯や鞭で襲いかかって面目を保っても、消えてしまった者たちの姉妹は怒号を飛ばすのをやめなかった。犬たちの警棒や鞭や歯が自分の肉で狂ったダンスを始めても、消えてしまった者たちの姉妹は怒号を飛ばすのをやめなかった。そして、演壇から引きずりおろされても、消えてしまった者たちの姉妹は怒号を飛ばすのをやめなかった。待ち受けているジープに押しこまれ、監獄へ連れていかれても、消えてしまった者たちの姉妹は怒号を飛ばすのをやめなかった。

相応の不名誉

「我が子らよ、この国の愛《いと》しい我が子らよ、わたしは諸君とまったく同じように、いましがたこの誉《ほま》れある壇上で発生した、じつに、じつに、恥ずべき光景に心底失望している！　ほかに言葉が見つからない。空の太陽ですら、どこを見ればいいのかわからなかっただろう！」建国の父は太陽に向かってこっくりとうなずいてみせた。またも自分が選ばれたことに有頂天の太陽は、千もの歯を全部見せて笑みを返した。

「あのような行為はいつの日にあっても不名誉ではあるが、われわれの独立を祝う式典という、この名誉ある場で為されたのだから、不名誉は倍になる。あれはわたしに対する侮辱だ。解放戦士に対する侮辱だ。知ってのとおり、解放戦士たちのなかには、先ほどの恥知らずな雌《フィーマル》どもが醜い裸で汚した自由を勝ち取るため、かけがえのない大事な命を犠牲にした者もいる」オールド・ホースは言った。テントの動物たちは賛同の拍手を送った。

「だからこそ、聞く耳をもつすべての雌には思い起こしてもらいたい。真のジダダの雌とは、われわれが愛し、敬意を表するたぐいの雌とは、おのれを尊重し、おのれの体を尊重する者であることを。汝の体は神殿だと聖書でさえ語っているのはそういう理由からなのだ。諸君がどうか知らないけれども、いましがたのこの壇上はどう見ても神殿には見えなかった。まるで公衆トイレだった！」建国の父は言い、笑いと口笛が返された。

「しかし、愛しい我が子らよ、騙されてはいけない。たったいま見た、あの恥知らずな醜い雌どもは単独でやってきたなどと考えるな。やつらは利用されている。やつらは欧米が繰りだす果てしなき戦術の要なのだ。わたしがつねづね言っているように、欧米の重要課題は、われわれの本質的な価値観を、信条を、生活様式を、われわれの文化を、なにをおいても攻撃することによって、われわれを弱体化させることである。だが、むろん、それだけですまないことは諸君もわたしも知っている。欧米の勢力は野党と組んで、わたしがいなくなるのを望んでいる。違法な政権交代によって、わたしを追放したがっているのだ！」つまるところ、広場は怒号で応じた。

「しかし、わたしはどこへも行かないぞ！　なぜなら、このわたしは、およそ四十年まえも、三十年まえも、二十年まえも、十年まえも、ジダダの指導者だったのだから！　わたしは昨日もジダダの指導者で、今日もジダダの指導者だ。今度はいつジダダの指導者でいるのだろう？」建国の父は耳を広場に向けて立てて、誘うように問うた。

「明日も、その先も永遠に！！！」ジダダ広場はオールド・ホースの終わりなき支配を祝って轟いた。動物たちは土埃で互いの姿が見えなくなるまで、肢を踏み鳴らした。動物たちはぴょんぴょん跳ねた。動物たちは互いに肩を叩きあい、抱きあった。動物たちは頭突きしあった。飛ぶことができる動物たちは舞いあがった。動物たちは後肢で立った。動物たちは吠えた。動物たちはひゅーひゅー口笛を吹いた。動物たちは泣いて叫んで歌った。するとオールド・ホースは、その馬鹿騒ぎの中心で生まれ変わった気がした。そう、つまるところ彼は、もう何年も何年も何年も何年も何年もまえ、あのはじめての就任式の日に味わった気分を味わっていた。

反植民地支配活動家

「そうだ、そういう状況にあるのだ、この国の愛しい我が子らよ。しかも、それだけではなく、わたしを追放できるのは、わたしを任命した神のみであって、口を開けばジダダには政権交代が必要だとのたまう道徳的権限のかけらもない欧米の連中ではない！　やつらはなんの価値もない草の陰にいるだけで、何物でもなく何者でもないからだ。われわれの土地を植民地にするという罪を犯した過去がなければ、いま現在、やつらはどこのだれなんだ？　いま大胆不敵にも国境を暴力的に封鎖しているあのUSAだって、かつて盗んだ土地をもたなければ何物でもないはずだ。実際、アフリカから略奪された息子たち娘たちがいなければ、あの国はどうなる？ 彼ら彼女らは自分の力であの国の富を産んだのに、アフリカはいまも極貧のままじゃないか。それに、アフリカの資源がなければ欧米はどうなる？ アフリカの金《きん》がなければ？ アフリカのダイヤモンドがなければ？ アフリカのプラチナがなければ？ アフリカの銅がなければ？ アフリカの錫《すず》がなければ？ アフリカの石油がなければ？ アフリカの象牙がなければ？ アフリカの天然ゴムがなければ？ アフリカの材木がなければ？ アフリカのココアがなければ？ アフリカの紅茶がなければ？ アフリカのコーヒーがなければ？ アフリカの砂糖がなければ？ アフリカのタバコがなければ？ アフリカから略奪して博物館に展示している工芸品がなければ？ 諸君は知っているだろうか、愛しい我が子らよ、壮大な略奪と強奪と強姦と誘拐と殺害と弾圧から長い年月が経ったが、英国は今日にいたってもなお、ムブヤ・ネハンダ（大英帝国の植民地支配に対するジンバブエの抵抗運動の象徴的人物）の頭を返還していないという事実を？ そうだ、やつらはわれわれの祖先の霊媒、ムブヤ・ネハンダ・ニャカシカナ——いうまでもなくジダダ解放闘争の母だ——に判決をくだしたあと、彼女に絞首刑の判決をくだしたあと、あたかもそれでは足りないといわんばかりに、その神聖な頭を切り落として本国へ送ったのだ、女王に捧げる戦利品として！ 彼女の頭はほかのジダダの抵抗の闘士の頭、約二ダースとともに現在も英国にあるのだ！ 博物館に閉じこめられたわれらが闘士たちの頭をどうするつもりなのか、女王に訊けば教えてくれるかもしれない。わたしには教えられない。わたし自身も知らないからだ。だが、わたしにも諸君に教えられることがある。欧米は民主主義と変革についてわれわれに指図するまえに、まず、われわれから略奪したものをひとつ残らず返さなければならないということだ！ わたしはそれらの返却を求める！　返却を要求する！　アフリカはそれらの返却を求める！　返却を要求する！　すべてだ！　どのひとつも！　ひとつ残らず！　返せ！」建国の父は火を噴かんばかりの金切り声をあげたので、その火が移った広場はいっせいに叫んだ。「返せ！　返せ！　返せ！」

そう、つまるところ、かつての弾圧者の罪をあらためて思い出させられた国家の子らは、ありとあらゆる種類の怒りのシュプレヒコールで広場を満たした。彼らの多くは恐怖の時代を生き抜いた祖先の遺伝子を受け継いだ者たちだった。署名がわりの衣裳を身にまとった建国の父は、欧米の新植民地主義を、資本主義を、人種差別を、経済制裁を、醜悪な取引慣行を、救援依存を、ジダダの工場や事業の閉鎖を、仕事の消失を、農場の不作を、頭脳流出を、同性愛を、停電や断水を、ジダダの公立学校や国営病院や橋や公衆トイレや公立図書館の劣悪な状態を、若者のモラルの乱れを、道路の陥没や道に捨てられたままのゴミを、闇市場を、激しく変動している犯罪率を、国家試験の話にならない合格率を、最近開催されたアフリカ大陸サッカー選手権大会の最終戦におけるジダダ代表チームの敗退を、干ばつを、既婚の雄が小宅と呼ばれる第二の家族をもうけている奇妙な現象を、呪術の隆盛を、各地の詩人や作家による心躍る作品の払底《ふってい》を、糾弾した。

解放戦士

「とはいえ、知ってのとおり、今日はたいへん大切な日である。今日この日より大切な日はほかに思いつかない。おそらく、わたしの誕生日以外には。知らない者たちのために教えておくと、その日はわたしがたまたまこの世に現れた日である。その日がなければ、いまここで祝うことはなかっただろう。なぜなら、その日がなければ、わたしは、二度とジダダを植民地にさせないための解放闘争を率いることにはならなかっただろうから！」建国の父は「二度と」と言うとき、力のかぎり拳を宙に振りあげた。

まさにその瞬間、忘れてしまった夢が空気ほどにも澄みきって戻ってきた。彼は興奮のあまり演台を離れ、外国のかかりつけ医たちに今後はやらないほうがいいと釘を刺されていることをやった。後肢で立ったのだ。頭のなかで栄光の時代のジダダが突如として生き生きとリアルに動きだし、なんと、そのにおいを嗅ぐことも、その濃い乳と濃い蜜を舌で味わうこともできた。

「我が愛しい子らよ、だれよりも忠実なるジダダの民よ、われわれの狡猾な敵――野党から欧米諸国、そしてたったいま目にした恥知らずな雌どもにいたるまで――がどんな願いをかけようとも、いまこそ栄光の時代、この国の運命がわれわれにまかされている時代だと語れることを、心から喜ばしく誇りに思う。なぜなら、われわれはこの豊饒な土地を隅から隅まで所有しているではないか。この祝福された大地の上にも下にも成る貴重な果実を享受しているではないか。恵まれた生活をしているではないか。幸運に恵まれない国々の羨望の的ではないか。この国に飢えた者がいるだろうか？　自由のない者が、苦しむ者が、不満をもつ者が、貧しい者が、弾圧されている者がいるだろうか？　未来の世代が世界の国々に堂々と張りあえるように、輝ける遺産と呼べるものを残すのはわれわれの定めではないか」この言葉を聞きながら、太陽の下の四肢動物たちは後肢で立つのをやめていた。彼らは四本の肢で立ち、目眩《めまい》がする暑さのなかで考えこんだ。

つまるところ、遺産について考える

——おれたちは建国の父を愛してるけど、だれもおれたちみたいには彼を愛してない。要するに、おれたちに流れてる血なんだよ。それに、愛より大きな遺産があるかい？——ないない、ぜったいない！　だけど、彼をいまよりもっと愛させてくれるものがひとつあるとしたら、それは仕事だってことは言えるだろうね。ちょっとした仕事でいいんだ。でっかい仕事である必要はぜんぜんない。でっかい仕事を欲しがるなんて、おれはなにさまだよ、って話だろ？　仕事さえあれば、いま借りてるワンルームの家賃を支払えて、こんなボロじゃなく、ちゃんとした服を買う余裕ができるかもしれない。子どもたちにもたまにはいいものを食べさせてやれるだろうから、親の威厳がほんの少しは伝わるよ——いっぱいじゃなくても。学校にも行かせてやれるだろうし。そういう小さな、基本的なことも大事だ。

——へえ——ちがうな。すばらしい遺産さ、一〇〇パーセント！　説明するのは難しいけど、この国の成り立ちを考えれば、黒い大統領が真っ黒くろな政府と一緒にしっかりがっちり国を治めてるのを見られるのは無上の喜びだよ！　正反対なんだ、独立まえのレイシストの植民地政府を見てたときのとは正反対の風景なのさ。おれの望みはただひとつ、あのレイシストどもが取り仕切ってた時代とまったく同じように国を働かせてもらいたいよね！　そうすりゃ、ほら、大統領と政府がその方法を考えついてくれりゃ、おれたちに莫大な遺産がはいってくるじゃない、問答無用、一〇〇パーセント！

――あえて言うなら忠誠が遺産ですね。それが真実ですよ。昨今の一部のぼんくらどもは建国の父の象徴《レガリア》をまとう者に向かって声高に笑い、なじり、こう言うでしょうが。独立後の長い年月、政権の座にいて、おまえにはその象徴のほかに忠誠を示すなにがある？　いまこそほんとうの変革をおこなうときではないのか？　彼らはだれか一匹を操って寝返ろうとしています。わたしはただ羽ばたきをして、舌打ちするだけです、チッチッチッ！　だって、ある朝起きて自分の親を見て、あんたはもう古いとか役立たずだとか、言いたい放題言ったことがありますか？　あげくに、べつの親を見つける、いまこそ変革のときだって？　とんでもない、そんなこと！　ありえませんよ！　遺産は命をかけて建国の父です！　命をかけて与党です！

――まあ、わたしとしては、ドクター・スウィート・マザーが自分の農場への道をつくるために、ほんとにわたしたちをわたしたちの土地から追い出したことは気にしてないのよね、ぜんぜん、これっぽっちも。それはたしかね。それでわたしたちはホームレスになったわけだけど、そうでなきゃ、彼女はどこを農場にするつもりだったのかしら？　空中に？　木の上に？　自分のお屋敷のなかに？　それに、白い入植者に自分の土地から追い出されるのとはまるきり意味がちがうでしょ！　その場合はたしかにまったくべつよ。戦争ってことだもの。わたしたちが自分の土地を解放するためにやったのはまさにそれ。だけど、いったいなぜわたしがドクター・スウィート・マザーと戦おうと思ったりするの？

――フンコロガシでさえ、この広いアフリカ大陸のどこにも建国の父などいないと教えてくれるだろう。われわれの国には存在する唯一無二の彼のように、欧米に失せろと告げ、いまがどういう時代であるかをやつらに教えてやれる指導者は、ただの一頭もいないと。ほかのだれもそのことを遺産として主張できない。われわれが彼の統治を必要とする理由はそこにある。彼がいなければ、だれがやつらに教えてやるんだ？

――ジダダはじつはアフリカでもっとも教育のゆきとどいた国家なんです！　そのことはすばらしい遺産でしょう！　だれでも、どこにいても、そのことを知っていますよ。われわれの憲法は世界でもっとも優れた憲法のひとつでもあります。ヘイターたちがなんと言おうと、われわれが自分たちの憲法を守ることすらしていないというような話をしようと、知ったことじゃありません。少なくとも、われわれには守ってはいないけれど自前の憲法があるんですから。実際に憲法を守ろうと決心する日が来たら、なぜそれが世界でもっとも優れた憲法のひとつとされているかをみんなが知ることになるでしょう。これが遺産でなくてなんですか！

――白い農場主をおれたちの土地から追い出したときのことをだれが忘れる？　へっ！　当時のことを思い起こすと空中浮遊しているような気分になるよ。アフリカはほんとうはだれのものなのか、おれたちはやつらに教えてやったんだから！　おまえたちがここを植民地にしたとき、土地を持って船でやってきたわけじゃない。おまえたちは図々しくも自分を大農場主《ククル》を自称している。ククルだと！　へっ！　いまやおれたちは自分の土地を取り返した。もっとも、〝おれたち〟といっても、正確にはそのなかにおれ自身はふくまれていない。おれは個人的《パーソマリー》には自分の土地を持っていないから。〝おれたち〟というのはだいたい、あそこのあのテントの下にいる連中のことだ。だけど彼らはいまだにおれと同じく黒い。まあ、そういうことさ。もちろん、現政権の敵がプロパガンダにやってきて、選民たちはじつは土地の耕し方を知らないんだと言いつのり、農業部門ひいては国の経済も、取り返した農地に悩まされていると吹聴するだろう。でも、それがどうした？　ここで大事なのは黒い動物が土地を所有するという全体像だろう？　それこそが遺産なんだ！　二度と植民地にならないことが！

――彼らはいたずらにわたしたちをアフリカの宝石と呼んだりしませんよ、マダム。このジダダにないものはなんでしょうか？　土地、鉱物、水、過ごしやすい気候、なんでもあります。どうして中国人や多国籍企業がこの国のいたるところを蠅のようにブンブン飛びまわっているのでしょうか？　それは、宝石を見れば宝石だと彼らにはわかるからです！　現在の状況がどう見えているとしても、けっして騙されてはいけません。人を殺す恐ろしい道路、路面の陥没、機能しない下水設備、老朽化した病院、老朽化した学校、老朽化した工業部門、老朽化した鉄道網のことです。あるいは、あまねく老朽化したインフラといったほうがいいでしょうか？　それから、むろん、生活水準の低さも。よりよい生活を求めて国境を渡った、いまもなお渡っている何百万という市民がいますね。一見して意気を消沈させる悲惨なもろもろの状況があります。荒廃をまのあたりにしているという気にさせるようなものが。すべてがどの国にも起こりうることです。国の姿を示すひとつの事実なんです。でも、安心してください。わたしたちはかつて絶好調でした。もっと言えば、大事なのは表紙で本を評価しないことです。ジダダはいまも宝石であることには変わりないのですから。アフリカの宝石なんです。まさしくそれこそが、まぎれもない宝石を統治している建国の父の、神から授かった遺産です。さらに言うなら、彼はその宝石を解放し、守ってきたのですよ。ジダダが二度とふたたび植民地とならないように！

再結集の呼びかけ

「こうしたわたしの問いに対する答えは、我が愛しい子らよ、われわれは来るべき世代に輝かしい遺産を残す軌道に乗っているということだ。そうでないとしたら、その遺産の輝きがさほどではないとしたら、なにを意味しているか、諸君にわかるだろうか？」閣下は一拍の間をおき、鋭い目で群衆を観察した。

「それはあの革命が裏切られていることを意味する！　独立のための戦いがもう一度求められていることを意味する。そう、新たな解放闘争だ。　諸君の祖先ならそれをおこなっただろう。そして、諸君がそれをおこなうことを望むだろう。あらゆる世代がその使命を見いだして遂行するか、さもなければ使命に背くかしなければならないからだ。これはだれが言ったんだったかな?!」オールド・ホースは答えを探るように広場を見まわしてから、こう続けた。「そうだ！　だれが言ったかは、このわたしだった。だから覚えているんだ。だから、思い出すわかっている。それを言ったのは、このわたしだった。だから覚えているんだ。だから、思い出すといつでも言ってきた。今日はその言葉につけ加えよう。諸君のリーダーとして、わたしは諸君が使命を遂行するのを邪魔するつもりはない、止めるつもりもないと！　おめでとう！　ここでもうひとつ諸君に語っておこう。長い長い長い統治のなかでわたしが学んだ有益なことがひとつあるとすれば、どんなに独裁的な政権であろうと、政権の力というものは、庶民の恐怖のなかにしかないということだ！　被統治者がひとたび恐怖を失えば政権の命運は尽きると約束しよう！　自分の目で確かめたければ、やってみるがいい、明日ではなく、いますぐに！　そのうえでわたしに感謝するといい！　恐怖にひれ伏せ！」オールド・ホースはまぎれもない抵抗の炎を目にたぎらせてスローガンを口にした。

政権中枢の面々と選民たちは困惑の視線を交わしながら、いま耳に聞こえていることはほんとうに自分が聞いていることなのかと自問した。つまるところ、広場はすでに深い静寂に包まれており、その完璧すぎる嘘偽りのない無音は、太ったダニでもつまむみたいに指でつまめそうだった。太陽の下の動物たちはどうかといえば、信じがたいという様子でそわそわしながら互いの顔を見ていた。むろん、オールド・ホースの言いまちがいはよくあることなのだが、ときにその言いまちがいが、まさに今回のように、じつは正直かつ鋭い見識だったりすることがあった。つまるところ、それはジダダ民の大多数が共通にもっていて、でも、当然ながら、公の場で口にしようとか賛同しようとか夢にも思わない見識なのだった。

するとそこで、テュヴィアス・デライト・シャシャ、全ジダダ民には略称のテュヴィで知られている副大統領が、拍手しはじめた。テントにいる全員がすぐに続き、やがて残りの動物たちも真似た。彼らは最初のうち気が進まないように見えた。オールド・ホースのメッセージが物議をかもしそうで危険さえはらんでいることを思うと、なぜ拍手をするのか理解できないようだった。

「いったいなにがあって、あんなひどい演説になったんだ？　閣下のかわりに原稿を書いた者がいるんじゃないのか？」副大統領はバスのように大きい頭をぐるっとまわして自分のうしろに座っている牛に顔を向けた。

「わたしたちが書きました、副大統領同志。ですが、ご承知のように、閣下は思いついたことを話すのがお好きなんですよ」牛は言った。

「しかし、その頭が今日はまともに働いていないらしいな?!　こんなことが続いてはまずいぞ、同志。だれかが閣下をあそこから降ろさないと。あとからわれわれが悔やむようなことを口走るまえに！」羊と七面鳥がすぐさま立ちあがり、小走りに演壇へ向かった。だが、夫のスピーチ体操には慣れているロバが、早くも彼を誘導して退壇させようとしていた。

副大統領同志の演説

テュヴィアス・デライト・シャシャは高齢の馬だが、建国の父ほどは年取っていなかった。それどころか、つまるところ、閣下と比べれば若造だと主張する者もいた。頑丈にして壮健な体をもつ彼は、カバのような鈍重な動きで演壇へ進み出た。うだるような暑さなのに真っ赤な上着を着ていた。下の服と同じく上着にも閣下の顔がにぎやかにプリントされている。演壇に立ち、ヒュッヒュッと尻尾を振ると、上司が立ち去った場を引き継ぐにはどうするのが得策か慎重に考えた。

オールド・ホースのような天賦の才能に恵まれた演説者の直後であり、しかも、その詩的で巧みな弁舌の余韻がまだ煙のように漂っているなかでの引き継ぎという仕事は生易しくはなかったが、副大統領は果敢にもこれに挑んだ。テュヴィはジダダ解放闘争で実際に戦い、敵に血を流させたこの自分が、たかが演壇で屈服するわけにはいかないと自分に言い聞かせた。

「ジダダとともに前進を、同志よ！」副大統領は肢の一本を上げて語りだした。へりくだった口調になるよう心がけた。その点はこれまで一度も失敗したことがないし、とりわけファースト・フィーマルの面前では抜かりなくこなしていた。

「前進！」広場に群衆の声が響いた。

この場の空気に合わせながら、また、与党がなによりも重要視してきたテーマは解放闘争と退役兵への感謝だったから、副大統領はその路線で話を進めた。そうとも、退役兵はまったくもって勇猛果敢、無私無欲の動物たちである。彼らは何十年もまえにこの国を解放するために武器を手に戦った。そのことはむろんジダダのだれについても言えることではなかった。彼は全ジダダ民がいま享受している平和と自由を語ったあとに、その貴重な平和と自由を油断なく維持するという国家の任務に従事している犬たちに感謝の意を伝えた。スピーチ原稿は用意していなかったし、紙に書かれているものを読む形でなく英語で演説するのはやはり緊張したので、早めに切りあげることにした。自分の演説に聴衆が退屈していることには当然ながら気づいていた。こんなときでも自分は建国の父と比較されるのだと思わされた。

生きているアイコン

「さて最後に、われわれがこうして、ジダダたるジダダにいるのは、唯一無二の存在、われらが建国の父たる閣下の指導力と英知と献身があればこそです。閣下は、優れた預言者がその口で述べたとおり、ほかならぬ神からわれわれに授けられました。閣下はあなたがたのだれもが知るとおり、また、だれもが同意するにちがいありませんが、およそ四十年、一世紀の半分近く、鉄の蹄と愛の心と千もの天才の頭脳と神みずからの洞察によってジダダを治めてこられた、われらが解放者にして統治者なのです。閣下は、確固たる精神と慈愛と大胆さと才気と正義と野党に対する揺るぎない反対姿勢でわれわれを導いてこられました。野党が自分らの同調者である欧米と結託して体制変革をもくろむ犯罪的仲介者であることを、われわれはけっして、断じて、忘れてはなりません。建国の父の規範的かつ予見的な指導と抵抗ゆえに、われわれの未来はもっとも明るい火を放つ迫撃砲にも増して明るく安全です。われわれはその未来におおいに期待すると同時に、その未来が待ちきれません。閣下がこの偉大な国に生涯を捧げてくださることに感謝し、閣下の治世がこの先もずっと、いついかなる日も祝福に満たされることを願いましょう。ダともうひとつダがつくジダダとともにまえへ進もうではありませんか、同志よ！　ありがとう！」

つまるところ、火のないところに煙は立たない

テュヴィはもったいぶった肢取りで自分の席へ戻った。その満足げな馬の尻尾は、たったいま、この日を救ったヒーローとして当然の傲慢さをあらわして勢いよく振られていた。降壇の途中で閣下に敬礼すると、閣下は即座に顔をそむけた。といっても、さほどすばやくはないので、オールド・ホースの顔に浮かんだ表情がテュヴィの目にはいった。あからさまな拒絶に副大統領は戸惑い、目眩《めまい》を覚えた。閣下の隣にいるドクター・スウィート・マザーはヒヒの尻のような顔で彼を見た。ロバからふたつばかり離れた席にいるジューダス・グッドネス・レザ大将が同情するように笑みをよこした。テュヴィアスは困惑と傷心のうちに着席し、臍《ほぞ》を嚙む思いを味わいながら──そういうことは今回がはじめてではない──自分と建国の父とのあいだにある不可解な断層に考えをめぐらした。出会うたびにそれが大きく広がっていくように思えるのだ。

相手がオールド・ホースだけなら、それはそれと割り切れただろうが──自分は長年、解放闘争時代からずっと、その相手を操ってきたのだから──いまは厄介なことにその絵のなかにいまいましいロバがいる。モラルもへったくれもない野獣、お上品な淫売が。それにむろん、彼女の子分も同然の小派閥、仰々しく妄想じみた、いわゆるフューチャー・サークルもいる。自分たちは政権の来《きた》るべきリーダーだという空想にひたって、ろくでもない大学で書かれた無意味な論文やら、長ったらしいだけのつまらない演説やら奇抜な発想やらが、党での信用証明と見なされると思いこんでいる連中だ。むろん党はそんなものを信用証明とは見なしていないし、百万年経っても見なさないだろうに。なぜなら、ジダダ党はほかのどんな党ともちがうのだから。ジダダ党は与党であり、革命党であり、党にとって重要性をもつ唯一の信用証明が銃だというのは道ばたの小枝や石ころでさえ知っている。重要なのは間抜けなペンでも、役立たずな本でも、悲惨な修了証書でも、声高で新奇な理論でもない。銃以外は全部だめ。重要なのはただひとつ、銃、銃のみ、つねに銃、永遠に銃、そうとも、銃、銃、銃、銃、銃。つまるところ銃。しかもナンバー2は――ロバと彼女の役立たずな子分たちは、解放闘争で戦った経験もなければ、その戦争においてジダのためになにかをしたわけでもない。解放戦士にお茶を出したことすらない。だから彼らは雑魚《ざこ》、取るに足らない小物、完全に存在しない者たちなのだ。

「自分は若者にすぎない」と言ってはならない。わたしがあなたを、だれのところに遣わそうとも、行って、わたしの命じることをすべて語れ（『旧約聖書』〈エレミア書〉一章七節より）

さて、ドクター・スウィート・マザーは演壇の定位置に着くと、直立し、群衆を見渡した。テュヴィは彼女がマイクをつかむのを眺めた。まるで、あのざらついた歯でぱくぱく食おうとしているみたいだ。彼はキリンに似た彼女の喉にマイクを押しこみ、肢蹴りを食らわし、広場の逆の端まで吹っ飛ばすところを想像した。

「まず最初に、正直に申しあげますが、わたくしは一雌《フィーマル》として、あなたがたの母として、また、ドクター・スウィート・マザーとして、キリスト教徒として、ここに立つことができません。この晴れの場でついいましがた、消えてしまった者たちの姉妹を名乗る集団が見せた堕落のありさまに触れることもできません。もちろん、明々白々な問題もあります。こんな真っ昼間に、垂れた乳房と白髪まじりの陰毛のふしだらな醜い体をだれが見たがるでしょうか?!」ロバの演説の冒頭は騒々しい笑い声で中断させられた。笑いは広場にいる残りの動物たちに自然と広がった。つまるところ、雄《マル》たちの鋭い吠え声がもっとも大きく響き渡った。

「ですから、わたくしは建国の父と全解放戦士のみなさまに、雄の先輩がたに、栄誉ある預言者に、そして、こちらにお招きした政府高官と来賓のかたがたにお詫びしなければなりません。不運とはいえ、あのような光景をお目にかけてしまったのですから。ただ、このジダダにいるわたくしたちのように、ありあまるほどの民主主義を手にしていると、先ほど目にしたようなことがときに動物たちの頭に浮かぶものなのです。くだんの、消えてしまった者たちの姉妹を称する痛ましい集団に対しては、まず第一にこう言ってやります。ハイエナなみのモラルしかもちあわせないなんて、いったいあなたがたはどんな哀れなお尻から生まれてきたのですか?!　この聴衆のなかに純真な若者たちがいることを知らないのですか?!　あなたがたはいったいなにを彼らに教えようとしているのですか?!　建国の父が言ったように、自分の体に敬意を払う気がないのなら、そのまま売春宿へ行ってその身にふさわしい娼婦にでもおなりなさい。わたくしたちにかまわないで!」ロバはそう言って、耳障りな嘲《あざけ》りの笑いをひとしきり煽った。つまるところ、ファースト・フィーマルのスピーチは相応の型におさまりつつあった。彼女は自分の聴衆をわかっていた。聴衆も彼女のことをわかっていた。

「さあ、ここは正直にならなければいけませんが——ご承知のとおり、わたくしは要するにありのままを語ろうとしています。あれはどう見てもレイプしてくれと求めるような行為ではありませんか?」とロバは言い、聴衆は沸いた。

「わたくしの言葉を記録しておいてくださいよ、ジダダ、例のなんとかの姉妹はいつかかならず、ここでの裸のパレードの最中にレイプされたとわめきはじめますから。いいですか、わたくしたちはみんなして同情を示すことを期待されているんです！　アルジャジーラやCNNやBBCや《ニューヨーク・タイムズ》や、いわゆる権利擁護権団体がやってきて非難の声をあげるでしょう！　誤った方向へ導かれた雌たちが自分の立場を忘れただけなのに！　恥知らず、恥知らず、恥知らず！」ファースト・フィーマルは金切り声をあげた。

「恥知らず！　恥知らず！　恥知らず！！！」広場は同じ言葉を送り返した。まるで、それがよく知られたスローガンであるかのように。

「恥知らずです、まったく！　とにかく、あの淫売たちの話はここまでにします。わたくしは彼女たちをかばうためにここに立ったわけではありませんので。今日はもっと差し迫った気がかりな問題があるのです」ロバはそこで咳払いをすると、目いっぱい背すじを伸ばして立った。彼女の背丈はけっして低くなかった。顔はもう笑っていなかった。

ドクター・スウィート・マザーをよく知る動物たちは――むろんジダダ民のほとんどがそうなのだが――そのときの咳払い、まったくする必要のない咳払いの意味を読み、彼女の表情――その顔はいまや花崗岩の塊だ――を読み、彼女の姿勢――つまるところ後肢二本で踏ん張り、尻尾を振り、胸を張って膨らませ、頭を高く上げていた――を読み、署名がわりのお決まりのフレーズ、〝今日はもっと差し迫った気がかりな問題があるのです〟――まぎれもない戦闘宣言――の真意を読んだ。つまるところ、ロバはだれもが知るあの決定的な解放闘争で戦ってはいないかもしれないが、その口さえあれば本格的な戦闘で戦えるし敵を討つこともできる。ジダダの道ばたの小枝や石ころでさえそう断言するだろう。そのとき広場じゅうの動物の頭に真っ先に浮かんだ疑問は「今日、討たれるのはだれだ?」ということだった。

太陽の下の動物たちは畑のキャベツさながらの秩序と統制で静かに気を引き締めた。自分たちは不幸すぎるし、つまるところ、ロバと比べて地位が低すぎるので彼女にとってどんな脅威にもなりえない。そう、つまるところ、自分たちはちっぽけすぎて彼女の憤怒には値しない。このことがわかると彼らは嬉しくなった。このプログラムにおける自分たちの役割は単に目撃者でいること――ここで求められているのは、ドクター・スウィート・マザーの笑いと嘲りのバックコーラスとして奉仕することなのだ。しかし、テントの下の動物たちは、選民という立場にもかかわらず、まったくちがう不安を抱いた――ロバの口は、喋るかわりに吐きだす傾向があるだけでなく、最近では致死的にして予測不能な槍となっている。つまるところ、その口はいつどこへ飛んでいくかわからず、飛んだあとにだれのところに、どんなふうに落ちるか予想がつかない。刺してくるのか突いてくるのか、大きな痛手を負わせるのか、死にいたらしめるのかも。

「こんな日が来ようとは思ってもみませんでした。ある動物が睾丸の上を這うサソリの不敵さでこの大集会の壇上に立ち、閣下を誉《ほ》め称《たた》える姿を見ることになろうとは。その声を聞くことになろうとは。実際のところ、彼の胸には見事なまでに醜悪な考えしかないというのに、チッチッチッ、もちろん、みなさんもごぞんじでしょうけれど!」ロバはさも傲慢そうに鼻を鳴らした。

そこで彼女は唐突にぐいと頭をそらし、太陽に目を据えて、じっと立ち尽くした。それから、蹄を使ってくるっとまわるような身ぶりをしてみせた。つまるところ、広場のだれをもびっくり仰天させたのは、太陽がひと跳ねしてから、ちょっとだけダンスをし、最後に気をつけの姿勢を取ったことだった。この動きに合わせて太陽のまわりのふわふわの雲が敏捷に飛び散り、姿を消した。すると、それが起こった——太陽の光線が濃い黄金色に変わったかと思うと、目に見えて広がり、なおも遠くまでまばゆい光を広げたのだ。強烈なまばゆさは動物たち一匹一匹の目をしかめさせずにはおかなかった。これまでも暑かったとはいえ、いまのジダダ広場は地獄の底のように感じられた。だが、動物たちはショックと混乱のあまり、その熱を苦にしなかった。彼らは互いに顔を見合わせた。どの顔にも「どうして?」と書いてあった。互いに相手に満足な答えを返せないので、顔の向きを戻してドクター・スウィート・マザーを見つめた。まるで、彼女を見るのはこれがはじめてだとでもいうように。

ロバ自身も聴衆と同じぐらいショックを受けたが、ショックをしのぐ興奮を覚えていた。いまの動作はほんの思いつきでやってみただけで、この自分が、テムベワの娘のチリガの娘のアグネスの娘、マーヴェラスが、建国の父と同じように太陽に対して命令できるなどとは予想してもいなかったのだから。彼女はこの瞬間をおおいに愉しんだ。ただ、頭がくらくらして、じっとしていられなくなり、みずからの意思ではなかったけれど、演壇を一周した。続けてもう一周。三周め、四周めが終わってから、どうにかこうにか落ち着くことができた。演説を再開するために口を開いた彼女の声には、まちがいなく自信がみなぎり、辛辣な口調も健在だった。

「ところで、信頼できるすじから得た情報によると、彼が、つまり、いま話題にした動物が、この場で閣下に払っている敬意は本物ではありません。じつは、自分の部下にはさかんに言っているそうです。建国の父はもはや年老いて惚《ぼ》けており、国を治めることなどできないと——これは彼の言葉であって、わたくしの言葉ではありませんよ。彼は、無限の英知をもつ神みずからが選ばれた、わたくしたちの親愛なる統治者の後釜に座る日のシナリオをせっせと書き、計画を推し進めているといいます。わたくしがここに立っているのは、いますぐここで、この場所で、その戯《たわ》けた考えに対処するためです。ジダダの国と空の太陽の立ち会いのもとで。こう言いましょう。ここは動物農場ではなく、ダともうひとつダがつくジダダです！　したがって、わたくしからみなさんへの助言はこうです。止めよう、いますぐ止めよう！　ただちに！　即座に！　あなたがたの頭に耳がついていれば、この助言を聞き入れるでしょう。なぜなら、いまはありとあらゆる種類の大岩を飲みこんでいるところで、もうすぐ、自分のお尻の穴がどれほど広げられるかを知ることになるからです。その大岩が糞となって出口を求めるときに！」ロバはふーっと息を吐いた。こうして警告を与えたあとは姿勢をただし、鼻づらの向こうの広場を見据えた。休みなく話しつづけたので息切れはするものの勝利の実感があった。頭上の太陽はこれ以上ないというぐらいぎらついてみせた。これまでぎらついたことがなかったとでもいうように。

シロアリの頭をつかむべからず

後肢で立ち、いななき、ふーっと息を吹き、わめきはじめた動物がひょっとしたらどこかに一頭いたのではないか。さもなければ、恐怖に震え、許しを乞うていたかもしれない。だが、その動物はテュヴィアス・デライト・シャシャではなかった。それどころか、彼はなにもしなかった。水面の下にひそむクロコダイルの静けさでただ椅子に腰掛け、右目の端からロバを眺めていた。葬儀屋に防腐処置でもほどこされたみたいな佇《たたず》まいで座っている彼の姿を見ただけではわかりようがないが、馬は内心で怒り狂っていた。表面的には副大統領は苛立ちの兆しすら見せなかった。つまるところ、そこには驚きの気配も、不快の気配も、困惑の気配も、焦慮の気配も、憤《いきどお》りの気配もいっさいなかった。ロバの演説が長々と続いているあいだ、なにか集中できるものを自分に与えようと、瞑想中の修道士よろしく自分の呼吸数を数えていた。毒を吐き終わった彼女が得意満面に優雅なすり肢で演壇をあとにするときも、まだ数えていた。祝典のプログラムが無事に終了し、閣下もロバも白いテントの下にいる全員が腰を上げても数えていた。ジダダ広場にいた動物の最後の一匹が帰っていっても数えていた。テュヴィはその夜、眠りにつくときもまだ数えていた。

指導者を自負しながら力をもたない
指導者はただ散歩しているだけ

つまるところ、いたるところ

就寝時刻をたっぷり三、四時間過ぎてもなお、ドクター・スウィート・マザーはＹｏｕＴｕｂｅにあがった自分の動画の再生を繰り返すのをやめられない。数日まえの独立記念の祝典の動画から切り取られたその場面で、彼女はわめき散らしている。そう、つまるところ、全国民をまえにしているかのように語っている。近ごろでは彼女がどこで語ろうが、どこへ行こうが、なにをしようが、かならずこんなふうにソーシャル・メディアに行き着くのだ。やむをえないことではある。彼女はけっしてありきたりなファーストフィーマルではないのだから――ドクター・スウィート・マザーは、テムベワの娘のチリガの娘のアグネスの娘、マーヴェラスは、完全に怖いものなしなのだから――いつ何時でも何日でも、どこででも、どんなふうにでも、動物が一匹いれば彼女はつぶしにかかるだろう。八つ裂きにしてグッチのハイヒールで踏みつぶすだろう。その全容がＹｏｕＴｕｂｅにアップされる。全世界がそれを見るかもしれない。なにしろ彼女はバズっているから――ＴｗｉｔｔｅｒもＦａｃｅｂｏｏｋもＩｎｓｔａｇｒａｍも、なんでもかんでも、つまるところ、いたるところに彼女はいて、いたるところでトレンドになり、いたるところを支配しているのだ。

彼女は画面の自分を見つめる。テントにいる動物も太陽の下にいる動物も魔法をかけられてうっとりと、彼女の一挙手一投足を追っている。そのさまはいくら見ても見飽きない。揺らぐことのない注視、畏怖と崇拝と称賛の表情——そうしたすべてがロバの胸を感動で満たし、あれから何日経とうと動画を何回見ようと、平静ではいられない。ドクター・スウィート・マザーはいままた立ちあがり、画面のクリップと一緒に行ったり来たりしながら、あの有名な言葉をもう一度復唱する。演説で何回も口にしているうちに自然にスローガンとして認識されるようになった言葉を。「ここは動物農場ではなく、ダともうひとつダがつくジダダなのだと！……あなたがたの頭に耳がついていれば、この助言を聞き入れるでしょう。なぜなら、いまはありとあらゆる種類の大岩を飲みこんでいるところで、もうすぐ、自分のお尻の穴がどれほど広げられるかを知ることになるからです。その大岩が糞となって出口を求めるときに！」ロバはここでぞっとするような笑い声を発する。あまりに激しく体を震わせすぎて、ベッドに腰をおろさなくてはならない。しまいには息を切らしてぜいぜいあえぐ。たまたまではあるけれど、いま見ている動画はこの世でもっともおもしろいものでもあるからだ。

権力をもつ言語

ドクター・スウィート・マザーは、自分の演説の魅力の大部分を生みだしているのが言語の選び方だということを知っている——実際、自分の考えを母語で表現すると破壊力も影響力も攻撃力も最強になると発見したのだ。それは彼女と閣下との大きなちがいでもある。閣下がジダダ国内はおろか英国をはじめとする国々でも名声を博しているのは、英語を用いた彼の雄弁が、つまるところ英語《イングリッシュ》を話す動物《マルズ》たち自身によって認められているからだ。いうまでもなく彼は自分の第一言語を話しているのだが、ほんとうの意味での母語で話しだすと、建国の父は体に合わない服を着た帝王、汚れひとつない真っ白な食器棚にいる哀れなゴキブリになってしまう。そう、つまるところ、彼はその言語に違和感を覚えていて、言語のほうも同様に彼に対して違和感を覚えている。彼はその言語に抵抗し、言語も彼に抵抗している、彼が立てば言語は座る。彼が押せば言語は押し返す。彼が言語に突進すれば、言語はするりと彼の肢のあいだに逃げこみ、さっと立ち去る。それになんと寝言でも——最近はめっきり寝言が増えている——建国の父は寝言でも英語を話し、しかも、それが英語を母語とする者たちの寝言よりも英語らしいときている。

ロバはどうかといえば、彼女は輝く。飛ぶ。舞いあがる。跳ねる。軽やかな肢取りでも、優雅なすり肢でも歩けるし、泳ぐことも、蹄でくるっとまわることも、滑るように進むことも、腰を激しく振ることもできる。でんぐり返しだってする——彼女はどんな動きもやってのける。なんだってやってみせる。なんでもかんでも——ただひとつできないのは、死者を母語で目覚めさせることだけ。自分の第一言語を教えてもらうという選択をしなかったことを学校教育を受けているあいだ何度後悔したことか——それをしていれば、積極的な学習体験ができたかもしれないのに。そう、つまるところ母語でなら、あの難しい科目ももっときちんと理解できたかもしれないのに、まったく理解できなかった。ましてや愉しむなんて端《はな》からありえない。体系的かつ必然的に理解が不可能だった。当然の結果として、初等教育でも中等教育でも屈辱的なほど頭の悪い子に与えられる評価しかもらえず、学校でつけられたあだ名は恥ずかしく情けないものばかり。そのときの体験は彼女を不安にさせ、自尊心をずたずたにしただけでなく、学校を卒業したあとも長くつきまとう悪夢でありつづけた。

彼女は〝再生〟の赤いアイコンをタップして、動画をもう一度、最初から最後まで中断せずに見る。ドクター・スウィート・マザーはやたらと自慢したがる性質ではないけれども、この最新動画は感動ものだし、これは集会で演説を始めて以来、この三、四年で最高のパフォーマンスだと――要するに最高の成果を収めたと――断言できる。その点は認めざるをえない。演説の最後に起こった拍手喝采がふたたび胸のなかに響き渡る。彼女は音量を上げて、その音が骨を打ち、血を泡立たせ攪拌《かくはん》するのを感じる。さらに腸を、膵臓を、肝臓を――つまるところ内臓のすべてを持ちあげるのを。そして今度はほとんど空中浮遊しながら、信号旗のように尻尾を振り、前肢二本を上げて激しく前後させ、称賛を送る画面の聴衆に合わせて声をあげる。

「万歳、ドクター・スウィート・マザー、万歳！！！」

ロバがぎょっとして振り返ると、かけ声の主は、お気に入りの白いストライプのブルーのパジャマを着て元気いっぱいの建国の父だった。彼がはいってくる音に気づかなかった彼女は、馬鹿げたエクササイズのように見えるにちがいない光景を目撃されて、つかのまうろたえる。

「ババ！　大丈夫なの？　それにしても、いつからそこにいらしたの？　もう眠っているはずの時間なのに！」ロバはオールド・ホースの顔をまじまじと見ながら顔をしかめる。壁の時計が二時十三分だと教えてくれる。

「大丈夫さ、ドクター・スウィート・マザー。もう眠っているはずだときみが言ったとおり、わたしは眠っていたんだよ。ところが起こされたんだ。同志たちに」と彼は言う。

ジダダのクローゼットにいる骸骨たち

彼のいう同志とは有名な解放戦士たち――ハンフリー・シュムバ、エリオット・ンズィラ、マクハリサ・ランガ大将、サムソン・チガロ大将のことだ。正真正銘の事情通によれば、将官の後者、ジダダ解放軍の最高司令官だったチガロ大将は、解放闘争の最終盤で建国の父を栄光の座に押しあげた陰の実力者だった。ジダダの独立後は、政権中枢に身を置くだけでなくジダダ国軍総大将の任に就いた。ドクター・スウィート・マザーはこの総大将以外の同志とは会う機会がなかった。彼らはみなジダダ独立の前後に死んでしまったからだ。みんな若死にしたのだ。

つまるところ、建国の父の語る悪夢や寝物語の断片や、ときには会話の全部や講義や討論や口論や懇願や告白や黙想をも辛抱強くかき集め、洞察を加えることによって、あるいはまた、政権中枢の側近たちの内輪の話に耳をそばだてることによって、子どものころに聞かされていた噂がほんとうだと知るには、ロバの結婚生活の最初の十年を要した。正真正銘の事情通の言うとおりだった――建国の父はたしかに幽霊とともに生きていた。建国の父も、その延長線上にいる政権も与党も、それを言うなら、ダともうひとつダがつくジダダそのものも、かならずしも栄光ばかりではない複雑な歴史をもっていた。

解放戦士対時間——支配者と支配者のバトル

ドクター・スウィート・マザーがジダダの美しくない過去の領域を完全に認識するには、すべての支配者を支配するもの、つまり時間が、建国の父である動物への避けがたい包囲攻撃を開始するのを待たなければならなかった。つまるところ、建国の父が統治の絶頂にあるまさにそのとき、時間《タイム》はその忠実な歩兵たる年齢《エイジ》を解き放った。エイジはみずからの義務を果たすべく、ゆるやかだが確実に支配者の身体と精神に攻撃を加えた。気がつくと建国の父は敵に追いつめられていた。それは名だたる治安部隊を配しても太刀打ちできない敵、そう、つまるところ、拷問も強姦も抹殺も暗殺も通用しない敵だった。こうして彼は、いかに権力と栄光を手にしようとも、不快きわまる敵を人生から消し去ることはできないのだと嘆きつつ、怒りと英語のみを武器にエイジと対峙した——見よ、処置を必要とする愚にもつかない病の数々を。彼の腸《はらわた》は怒りで煮えくり返っていた。病のおかげで自分の貴重な時間がどれほど浪費されていることか。なにしろいまは統治するかわりに、つねに空を飛んでいるのだから。彼はがなり立てた。これじゃまるで家をもたない見捨てられた小鳥が、はるか彼方の土地での治療を求めて、ありえないような距離を飛んでいるみたいじゃないか。そういう土地の者たちは、わたしの名字にあるgを〝ゴッド〟のgのようにはっきりと正しく発音することすらできないし、わたしにふさわしい出迎えすらしない。誉め称えるつもりなどさらさらない。なぜなら、わたしが何者であるか、わたしが母国で、つまり自分のものでもある国で、どれほど大きな存在であるかをよくわかっていないからだ。彼は激怒した。そう、つねに空中で。なぜなら、ジダダの惨状はすさまじく、病院は動物が死ににいく場所になっていたからだ。彼は悲嘆に暮れ、わめき立てた。エイジはわたしの力も意欲も性欲も、いまいましくもほぼ全身を奪い去った。見よ、かつてのわたしを。無敵の種馬だったわたしを。彼は苛立ちを声にした。見るがいい、エイジがいかに無礼にわたしを征服し、老いぼれに変えてしまったかを。エイジと戦う懸命の努力をどれだけしようと関係ない。心臓を取り出して交換しても、肝臓を取り出して交換しても、肺を取り出して交換しても、膵臓を取り出して交換しても、腎臓を取り出して交換しても、血液を流し出して交換しても、そう、つまるところ、あらゆる臓器を若く健康な種馬のそれに取り替えたところで、エイジはなおも攻撃をやめようとしないのだ。このころ、ドクター・スウィート・マザーはわたしの体の想像しうる交換可能なありとあらゆる臓器を若く健康な種馬のそれに取り替えたところで、気管を取り出して交換しても、角膜を取り出して交換しても、そう、つまるところ、

建国の父が悲しみと壮絶な怒りを爆発させる場面によく出くわしていた。そういうときの彼はよれた地図を広げるように地面に大の字になった。ジダダで最大の権力をもつ動物は、自分が負かすことのできない、たとえ法令を制定しても止めることのできないものをまえにして、怒りと無力の涙を流すしかなかった。こうして心に抑圧を受けた建国の父は軽い認知症の患者となったのだ。認知症が秘密がつまった彼の巨大な胸の鍵を打ち壊し、彼の口を軽くした。その結果、いまは亡き戦友たちが出てくる悪夢や夢の相互作用や夢遊から目覚めるとすぐさま、ドクター・スウィート・マザーとの気の置けない会話のなかで夢の内容を克明に語るのは、彼にとってごく自然なことだった。おかげでロバは、建国の父は幽霊たちの名前をあげるだけでなく彼らの運命をも語って聞かせた。彼は幽霊たちの名前をあげるだけでなく彼らの運命をも語って聞かせた、いまは亡き同志たちが、とにもかくにも彼の栄光を脅かしているのだと、そして、彼らはじつは寿命で死んだのではないのだと知るようになった。

誤ったロバ教育――真の建国の父はご起立願えますか？

ドクター・スウィート・マザーが受けた教育はほかにもあった。もっとも、このときはまだPhDを取得するまえだったので、彼女は単にスウィート・マザーと呼ばれていたのだが。つまるところ、建国の父が誉め称えられているのは、歓呼で迎えられているのは、実際には、解放闘争の経歴や、反帝国主義をかかげた抵抗や、パンアフリカンな政治学や、名にし負う知性の行使や、自己決定という金科玉条《ゴスペル》や、解放と前進への献身や、神みずからによって長い長い統治を定められていることや、どの選挙でも有権者がどのように投票しようともおかまいなく勝ち残る、その途方もないパワーのためなのかもしれないと彼女は気づいた。そう、つまるところ、建国の父が崇拝されている理由はそうしたもろもろやほかにもまだあるだろうが、実践ということになると、彼の存在といま並べたようなもろもろがあるだけで、無に等しいともいえる。ドクター・スウィート・マザーはその単純な真実にすぐに気づいた。

ロバは知った。建国の父が血に染まった――敵だけではなく同志の血に――あの解放闘争のなかから現れたことを。国家の指導者という大任を果たす力量はまったくなかったことを。ロバは知った。それは政権中枢のほかのお粗末な同志たちにもあてはまるということを。いわゆる闘争の経歴や自分を語る物語はあるものの、彼らが〝父〟であるなら、干からびた糞の塊だってなんの父にでもなれるということを。自分たちは国家に奉仕していると主張するくせに国家に対するひとかけらの愛情も敬意もなく、だれかの失敗を陰で囁く、そう、つまるところ、指導力ゼロ、倫理感ゼロ、信条ゼロ、正義感ゼロ、慈愛ゼロ、自制心ゼロ、誠実さゼロ、国家への真の奉仕とはどんなものなのか想像もつかない見下げ果てた連中であることも知ったし、彼らが取って代わった迫害者とちっとも変わらないということも知った。

とはいうものの、オールド・ホースと政権についていろいろわかってきて、ファースト・フィーマルは悩んだだろうか？　失望しただろうか？　心を痛めただろうか？　つまるところ、答えはノー。マーヴェラスはどこにでもあるプラスチックのスプーンをくわえて生まれてきた。だから、彼女が自分の一生に求めるのは、せめて本物のスプーンでさえあればいいということだった——金属でありさえすれば、特別なものでなくてもかまわない。建国の父との結婚は彼女の口にスプーンをくわえさせるにとどまらなかった。つまるところ、それは贅を尽くした金《きん》のおたまで、建国の父と彼が任命したお粗末な閣僚たちが何者だろうと、どんなにひどかろうと、その金のおたまを吐きだすつもりはなかった。なんといっても彼女がおとなの動物と結婚したのは、もっというなら自分より何十歳も年のいった相手と結婚したのは、あきらかに彼のものであり太陽にさえ命令をくだしている国において、彼自身がどうあるべきかを指示するためではないのだから。

長い長い長い統治を続ける政権学校と優等卒業生

本気で学問に取り組んでいた当時、スウィート・マザーはかつてないほど熱心に注意を払って建国の父と側近たちをしっかりと観察した。突如として政権内の私的な活動に関わるようになったことは、名門の教育機関に在籍するのとはちがう意味で、人生を一変させた。それはまさしく生涯にまたとない教育だった。厳しいが非常に重要なカリキュラムを手渡しするという構造をロバは評価していた。その傑出した学部の構成メンバーはむろんセレブたち、つまり側近と選民。輝かしい経歴と長年の経験が彼らの自慢だった。幼いころに味わった屈辱とけっして満足ではない教育歴に相変わらず悩まされていたスウィート・マザーは、その恥ずべき評判を尻尾のようにうしろに隠して、いわば新しい章を開く決意をした。そう、つまるところ、これまで自分をからかったり、いじめたり、見下したり、笑ったりした、鼻持ちならない教師やクラスメートに見せつけてやる。自分のほうが輝いてみせる。ナンバーワンになってやる。数々の賞も手にしてみせる。一流になってやる。存在を印象づけてやる。スー、スーパー、スーパーフル、すばらし《スーパーカリフラジリスティックエクスピアリドーシャス》い存在になってやる。（映画『メリー・ポピンズ』の劇中歌の題名）

つまるところ、スウィート・マザーはもくろみどおり、自分の存在を印象づけ、輝いてみせた。彼女は優秀な成績での卒業を勝ち取った――政権の活動にすばらしく精通した他に例を見ない権力者となったのだ。これには当の建国の父でさえショックを受けた。妻にはほとんど期待していなかったから。雌に恨みがあるからではない――結局、雌と結婚したのだから。しかも、彼が愛してやまなかった亡き母は雌なわけで、姉も雌なわけで、祖母も雌なわけで、娘も雌なわけで、孫も雌なわけだから。要は、まさか自分の若い妻が、完全な新参で政治とはなんの関わりもない部外者が、複雑怪奇な陰謀がめぐらされる政権内部で頭角をあらわすとは思ってもみなかったというにすぎない。

しかし、教育で突出した優秀さを示したことに加えて、もうひとつの問題が浮上した――これは正真正銘の事情通でも予測していなかった。勉学に励んでいるあいだに、ロバはむしろ急進的になっていったのだ。そう、つまるところ、ジダダの空の下、現政権のような能力の劣化した獣たちに国が治められるなら、彼女自身に、テムベワの娘のチリガの娘のアグネスの娘、マーヴェラスに治められないわけがないと気づいてしまった。この深遠なるお告げがもたらされたのは、ある日、林檎の木陰に寝そべって林檎の実を数えながら、数学の仕上げをしているときだった――すでに熟れている林檎は三十二個、ほぼ熟れている林檎は十二個、半分熟れている林檎は二十一個、ぜんぜん熟れていない林檎は十二個。ということは、この木のなかで熟れている林檎は全部で三十二個、この木のなかで熟れていない林檎は四十五個。食べられる林檎の数を数えてみると――そう、つまるところ、ロバの頭にひらめいてしまった。閣下と結婚していること自体はなにも特別なことではなくて、どんな雌でも死んでさえいなければ、そして目を閉じていれば、同じ手柄を立てられただろうと。この手柄に頭脳は要らないのだから。一方、自分には頭脳があるし、ただ頭脳があるだけでなく、さらに、かなり高度な頭脳があるわけで、高度なその頭脳を使えば、もっとできることがあるだろうと。提案だってもっとできるだろう。もっと。

つまるところ、この決断をすると同時にロバが最初に起こした行動は、携帯電話を取って、ジダダで最高ランクの大学に電話することだった。彼女は言った。「もしもし、学長と話したいんだけれど。あらそう、学長がいないなら、校長でもいいわ。あらそう、学長がいなくて校長もいないなら、大学を仕切ってる方を出してちょうだい。もしもし、あなたが責任者？　ええ、だからね、事情通に教えられたの、あなたがわたしに学位をくれるって。だから驚いてるのよ、これまであなたがわたしにひとつでも学位を与えようと考えなかったことに。まるでわたしがだれだか知らないみたいに。あなた以外のみんながいろんなものをわたしにくれようとしているのに——土地でも鉱山でもビジネスでも、わたしが望めばなんでも手にはいるのよ。できればいちばん大きいものがいいわね。あのね、大きいというのは学位の大統領というか、もっとも重要な学位のことよ。あとどれぐらい待てば、それを壁に飾れるのかしら？」こうしてマーヴェラスはジダダ大学から社会学のPhDを授与された。論文《ディサーテーション》と口に出そうとしてディサと言う暇もないうちに。つまるところ、その工程はKFCのドライヴスルーで注文するぐらい簡単だった。KFCより安いのだから、もっと簡単だったかもしれない。実際、彼女にはいっさい学費がかからず、それどころかカロリーゼロのダイエットコークと紫のストローとともに学位がやってきた。すると突然、まるで魔法の箒《ほうき》がひと振りされたみたいに、スウィート・マザーはもはやただのスウィート・マザーではなく、ドクター・スウィート・マザーになったのだった。

ムブヤ・ネハンダと蝶

「今日、同志たちと一緒に来たのがだれだか知っているか、ドクター・スウィート・マザー？　彼らは彼女とやってきたんだ」オールド・ホースはロバの母たち、アグネスとチリガとテムベワを描いた大きな肖像画のすぐ隣に飾られた、ムブヤ・ネハンダの肖像画を指し示す。

「だが、彼女には頭がなかった。頭があったはずの首の先端にはぽっかり穴があいていて、その穴から蝶がいっぱい飛んでいった。ものすごい数だったよ、ドクター・スウィート・マザー、あんなにたくさんの蝶の群れは見たことがない。きみもあそこにいればよかったんだが。とにかくすごい眺めだったぞ！」オールド・ホースは尻尾を振って夢中で喋る。ロバは同情してうなずく。またしてもあのたぐいの夜が始まったらしいと思いながら。

「しかも、赤い蝶なんだ。真っ赤っかなんだ」オールド・ホースは言う。

「さぞかしきれいだったでしょうね！」ドクター・スウィート・マザーはオールド・ホースのパジャマの乱れをなおす。彼女の歓声にはむずかる赤ん坊をあやすような、わざとらしい響きがある。彼女はオールド・ホースを導いて主寝室へ戻らせようとする。

「ああ、そりゃあきれいだったとも、ドクター・スウィート・マザー、可愛らしかった！　しかも、その蝶の群れは、ひとたびムブヤ・ネハンダのなかから現れると、そこらじゅうを飛びまわったんだ、旗が飛んでいるみたいだった。うんとちっちゃな旗が。ただ、色が赤いから、なんだか血のダンスを見ているようだった。わたしは蝶たちをどこまでも追いかけていった。だけど、蝶の数があまりにも多くて、追いかけているのはわたしだけだからな！」オールド・ホースは喜びを抑えられずにげらげら笑いだす。廊下で住みこみの付き添い看護師、ザズに会う。なくしたマリファナを探しているのは見え見えだ。ふたりに気づくと彼女は立ち止まり、心配そうに前肢を揉みあわせる。たぶん事情通のいうとおり、ドクター・スウィート・マザーはブラックマンバ（猛毒の蛇）よりも気が短いからだろう。

「申しわけありません。トイレへ行ってたんです」ザズは謝罪を口にする。

「いいのよ、猫さん。建国の父に睡眠剤を飲ませてね。それとも、もうなにか飲んだ？」

「〈ザナックス〉（抗不安薬）を、一回めにおやすみになったときに」と猫。ロバは舌打ちする。

「〈ザナックス〉には耐性がついているから、もっと強いのを飲ませて」ロバはそう言い、猫が建国の父を連れていくのをうるんだ目で見守る。廊下の突きあたりの開かれたドアの向こうに馬と猫の姿が消えるまで、ドクター・スウィート・マザーは見守っている。

支配する雌はかならず陰で

自分の寝室に戻るとドクター・スウィート・マザーは動画鑑賞を再開する。建国の父がやってきたのでいささか物思いに沈んでしまったではないか。ロバはミュート・ボタンを押して、椅子に腰を戻す。音なしで動画を見るのは新たな体験だと気づいて、ちょっと驚く。緑のシャツを着て、座り手のいない椅子と甥のパットソンに挟まれたオールド・ホースがやけに目立つ。動画を見ているうちに、ドクター・スウィート・マザーは建国の父の優しい目がずっと自分にそそがれているのを知って驚嘆する。その目はただの一度もよそへ移らない。一度もまばたきしない。その瞬間の彼女を永遠に記憶に焼きつけようとするかのように。彼の顔に浮かんだ献身の表情に甘やかな優しい愛を感じて彼女は圧倒され、画面に鼻先が触れるまで身を乗りだす。正真正銘の事情通に言わせれば、エイジが建国の父に襲いかかってからというもの、ロバがつのる不安やうしろ向きな感情を克服できたのはこの献身的な愛情があればこそだった。これがなければ、若さが翳りはじめたロバは、ふと自分は八十代の老人に縛りつけられていると感じるはずだというのだ。物事を知り尽くした正真正銘の事情通はこうも説いた。オールド・ホースはその献身的な愛情によってこそ新たな境地に達したのだと。ドクター・スウィート・マザーがただ妻でいるだけでは物足りなくなり、自分自身の栄光も欲しいと気づいた危機的な時期に、彼は運命の門を開く選択をしたのだと。

ロバは反対されるだろうと思っていた。生まれついての統治者がそうやすやすと退くとは思えないから。ところが、建国の父はそこで絵に描いたような献身を見せたのだった。彼が尻尾を振って応じたから、彼女は抵抗を受けた場合のために用意していた戦術を用いなくてもよかった。「行ってこい、ドクター・スウィート・マザー、わたしが昼寝をしているあいだに。わたしが目を休めているあいだに。わたしが尻尾の手入れをしているあいだに。わたしがここにいる蟻たちの数を数えているあいだに。わたしが栄光の若き日々のアルバムをめくっているあいだに。わたしがお気に入りのスーツがいまも似合うかどうかためしているあいだに。スーツはたくさんあるぞ！　わたしが一生懸命おしっこをしているあいだに。エイジとかいうあのいけすかない呪術師のせいでぽたぽたと垂れるだけなんだ。わたしがＹｏｕＴｕｂｅで過ぎ去った栄光の時代の自分を見ているあいだに。あれがあるから来《きた》るべき日々の備えができるのさ。いつか敵がわたしの遺産を汚《けが》すことのないように、この頭のなかで回想録を書きつづけているあいだに。長い長い統治を続けるためのこの方式をわたしが改訂しているあいだに。手綱を握れ、学識のある愛しいドクター・スウィート・マザー。考えることが必要なのにそれがまったくできない腐敗した無能力の無礼者どもだらけのこのジダダで、きみのほかに手綱を真に握れる者がいるか？」オールド・ホースはいつもこう言っていた。だから、ドクター・スウィート・マザーは笛を吹かれたヒヒのように走りだしたのだ。

権力の尺度と家父長制組織体

とはいえ、自身の栄光という輝きのなかに肢を踏み入れたドクター・スウィート・マザーが、建国の父のうしろ楯《だて》がありながらもサソリだらけの床を踏んでしまった可能性はおおいにある。抵抗と憤激の声が即座にあがった。だが、もちろんロバは驚いたりしなかった。なんのかんのいっても厳しい学業にもう何年も打ちこんできた彼女は、政権と関わりのあることは例外なく、家父長制組織体と彼女が呼ぶものに支配されていると理解していたから。政府高官が――副大統領のテュヴィアス・デライト・シャシャを筆頭に――みな獣《けだもの》であることを彼女はだれよりもわかっていた。彼らはその哀れな生涯が終わるまで文字どおり待つだけ、来る日も来る日も決まってすることは断食と神への祈り、呪術師への相談とありとあらゆる神への捧げ物を欠かさず、もてるエネルギーをそそぐのはひとつのゴール、たったひとつのゴール、いつの日か建国の父の後を継ぐということだけ、という連中だった。

そう、つまるところ、そのような家父長制組織体からすれば、ふさわしい統治者、すなわち、その肩書きの意味するとおり、真の建国の父になれるのは、立派な睾丸一式をもって生まれた動物だけなのだ。しかも、ただ立派な重い睾丸一式をもって生まれた動物であるだけでなく、その睾丸を国家の父となるために使いたいと思っている動物でなければならない。ドクター・スウィート・マザーはそのことも理解していた。さらに家父長制組織体は、ジダダを治める資格のある動物の条件として、あの名高き解放闘争で実際に戦ったかどうかという、かぎりなく限定的な条件をつけていた。大統領の任務が殺しの技能のようなものだとでもいわんばかりに。これでは百万年経っても、父たちの血から生まれたと考えられている国を彼女自身のような非解放戦士が統治する日は来ないだろう。そうしたことも彼女は理解していた。解放闘争で戦ったとなると、資格があるとされる動物とは年寄り、そう、つまるところ、すべての古木の生まれた日を記憶からたぐって口述するテストに合格するような、ふさわしい老いぼれを意味する。それもロバにはわかっていた。この組織体はまた、政権の座に着く動物は特定の民族でなくてはならず、ただ特定の民族であるだけでなく、特定の部族でなければならないとしていた。なぜなら、ジダダは血が——頭脳よりも資質よりも経験よりも専門知識よりも才能よりも、ほかのどんな基準よりも——重要とされる国家、血がすべての国家なのだから。そのことにも彼女は気づいていた。

だてに長い年月を厳しい学業に費やしてきたわけではないロバは、自分がこれらすべての基準を満たしていないことも、自分に許される範疇を超えた夢をあえて見ようとすれば家父長制組織体の敵となるであろうことも、だれに教えられるまでもなくわかっていた。それでも彼女の肝魂《きもだま》は諦《あきら》めるなと叱咤した。自分に不利な条件ばかりが並んでいるにもかかわらず、ただひとつの究極の武器——建国の父という唯一無二の存在——が彼女に味方しているからだ。言い換えれば、彼女はありとあらゆる悲惨な絶対的命令を超越した存在なのだ。そう、つまるところ、彼女は戦争で戦ったことがない。生まれてこのかた一度も銃を手にしたことがない。だから彼女が統治をするのだ。彼女は睾丸のひとつすらもっていない。だから彼女が統治をするのだ。彼女は若い。だから彼女が統治をするのだ。彼女は取るに足りない部族の出身だ。だから彼女が統治をするのだ。そう、つまるところ、彼女は政権の座に着き、ゆったりと座り、前肢も後肢も組んでみせるだろう。その座が自分になじむまで。その座に着くべく生まれついたように見えるまで。正真正銘の事情通はこうも説いた。建国の父に対するドクター・スウィート・マザーの気持ちはいまや権力の蜜によって最高に盛りあがり、両者が結婚してからもっとも甘い季節を迎えていると。

権力闘争

事情通が言うには、栄光の探求というドクター・スウィート・マザーの課題は現政権を大混乱に陥らせただけでなく、与党を多数の派閥に分裂させた。むろん、そのうちのひとつはロバ自身の側近——彼女と同じく解放闘争では戦っていない若い同志たちだ。彼らは老いた解放戦士が死に絶えて、国を治める順番が自分たちにまわってくるのを待てるほど辛抱強くなかった。ドクター・スウィート・マザーを支持する者がいるべつの派閥もあった。いかなる状況においても権力と連携するのが分別ある行動、自衛本能であるということは道ばたの小枝や石ころでさえ知っているわけで、そう、つまるところ、義務感と恐怖心から、その派閥もロバを支持していた。自分たちがいまある地位も手に入れたものも現政権のおかげなのだから。そしてまた、ごくふつうの市民たち、そう、つまるところ、集会で権力の象徴《レガリア》を身にまとい、灼熱の太陽に焼かれながら立ちつづけた者たち、喝采を送る者たちもいた。事情通に言わせれば、彼らにそうさせているのは忠誠の、ことによると暗愚の複雑な感覚だったにちがいない。結局、自分こそまぎれもない真の愛国戦線の戦士であると思いこみ、命がけでドクター・スウィート・マザーに抗《あらが》う勇気のある解放戦士はごくわずかだった。

つまるところ、その少数派が抵抗できたのは、彼らにはわかっていたからだ。自尊心のある愛国者であればだれしも感じたはずのことを、彼らは睾丸で感じ取っていたからだ。ダともうひとつダがつくジダダの、父祖の血から生まれた国の正当な将来のリーダーは正しい基準を満たしていなければならず、いかなる例外もあってはならないということを。

事情通が言うには、ドクター・スウィート・マザーがこの後発の一派に動揺することはなかった。彼女はこのいわゆる真の愛国戦線の戦士を、現政権が敵に対していつもやってきたのと同じように――宣戦布告という方法で――処理した。自分の敵――現実の敵であれ彼女がそう見なした者であれ、とにかく彼女の運命の邪魔になる者――を攻撃するときのロバは絶好調だった。多くの相手はロバの手法に異様さを感じるとともに混乱した。彼女は通常の予測しうる野蛮な手口も、現政権が長く実践してきた血まみれの残忍な戦術も、まったく採用しなかった――彼女が用いたのは口だけ、そう、三十六本の歯と標準サイズの舌のほかにはなにもはいっていない、神から与えられたシンプルなその口だけ。昔むかし、神はその言葉の力のみで〝光あれ〟と言われ、そして光があった（『旧約聖書』〈創世記〉一章三節）とされている。神が〝蒼天あれ、水と光を分けよ〟と言われると、驚くなかれ、つまるところ、蒼天が現れ、水と光が分けられた（『旧約聖書』〈創世記〉一章六節～七節のもじり）とされている。このようにあれ、あのようにあれと言われ、このようにもあのようにもなったのだった。

そう、ドクター・スウィート・マザーはその声の力のみで、さまざまな集会で敵と対峙し、やりこめてきた。つまるところ、彼女の卓越したところは、その舌鋒で相手に屈辱を与えるという行為にほぼ現れていた。いい気になった獣どもを権力の頂上から罵倒し、地べたに引きずりおろしてきた。「立ちなさい」彼女はよく集会で権力をもつ動物たちに命じた。すると彼らはあたふたと立ちあがった。まるで稲妻に打たれそこなったとでもいうように。ジダダが呆気に取られて見守るなか、彼女は彼らに向けて心ゆくまで非難のゲロを浴びせた。それが彼女の語り口だったのだ。まさにゲロ、そう、つまるところ、貶《おとし》められ侮辱された動物たちは、萎縮してただそこに立っていた。ひとことも言葉を発することなく、声ひとつ漏らさずに。

落ちた権力者

こうしてテュヴィがこの最新の動画に登場する。ドクター・スウィート・マザーは〝再生〟をタップして、椅子に背中を戻す。彼女が壇上に力強く進みでると、この醜い獣がとたんに縮こまるように見えるのはほんとうに痛快だと思う。まるで彼の血のなかにあるなにかが、そろそろ潮時だと早くも教えてやっているかのようだ。こんなに小さく、こんなに謙虚で、こんなに哀れに見えるテュヴィを目にしたことが果たしてあったかどうか思い出せない。だから、彼の味わった屈辱をいっそう愉しめる。どの動物にだって〝はじめて〟があるわけだし、賭けてもいいが、これはいわゆる副大統領の〝はじめて〟だろう。そう、つまるところ、彼はこれまでの人生で——建国の父の引き立てがなければさぞかし平凡だっただろう人生で——これほど侮辱されたことはなかったのだ。しかも、全国民のまえで。だれかが早々と今年の息子の嫁大賞《ドーター・イン・ロー・オヴ・ジ・イヤー》のたすきでも掛けてやったかのようにふるまっている、聖人ぶった愚かしい妻の目のまえで。もう四十年近くまえに終わった悲惨な戦争にいまだに執着している、役立たずの老いぼれた、いわゆる解放の同志たちの面前で。それに、ジダダ史上初の革命党の突出した軍事力がなければ、あの戦争には勝てなかったということをドクター・スウィート・マザーは知っている。独立を勝ち取るや政権が冷酷な掌返しをおこなって、革命党を反対派だと宣言し、指導者たちを逮捕し、党組織をこきおろしたのち、党の支持者に宣戦布告したことも。最終的にジダダのいわゆる解放の歴史から革命党を抹消するまではいかなかったにしても。ロバはいま、いわゆる同志たちが自分の席で縮こまっているのを見て、満足を覚える。彼らが自分を小さく見せるにはそんな精いっぱいの努力をするしかないのである。ロバが彼らを身の丈に合ったサイズに戻してやるまでは。時期が来たらかならずそうしてやろう。全員を。どいつもこいつも。一匹残らず！

つまるところ預言

スマートフォンの通知音が鳴る。やる気を起こす日々の朗読をカスタマイズ設定でシェアしている、預言者ドクター・O・G・モーゼズからだ。彼女はスワイプした。「恐れるな、わたくしはあなたとともにいる。たじろぐな、わたくしはあなたの神なのだから。わたくしはあなたを強くしよう。そう、あなたを助け、このただしき右手であなたを支えよう」〈イザヤ書〉四十一章十節だ。添えられたメッセージも読む。「このまえの集会での言葉は恐れ知らずで感動的でしたよ、ドクター・スウィート・マザー。あなたの声はじつに、まさしく、神の声そのものです。わたしたちはその声によって完全なる神の恵みを受けているのです！！！」ドクター・スウィート・マザーは気がつくと窓辺にいる。彼女は手入れのゆきとどいた広大な庭園を見やる。自発的に動いたわけでないことはよくわかっている。止めることのできないなにか――たぶんなにかの力――に持ちあげられて立ったのだということは。しかも、その力は、彼女の心に、彼女の頭に、彼女の血に、彼女の腸《はらわた》に、ずっと待っていた明快なものを植えつけた。つまるところ、彼女自身の栄光がすぐそこまできているということだ。

彼女は目を上げて朝の空を見る。まだ太陽が昇る時刻ではないので空にはなにもない。彼女はそのなにもない広がりに目を凝らす。やがて自分が広い空とひとつになったと感じられると、彼女はそれをする――前肢の片方を上げ、うんと優しくくるりとまわす。そして眺める。庭園の彫像や芝やジャカランダの木や岩や花やバッタを証人として、太陽が本来の日の出の時刻よりもまる三時間も早く、その母なる腕から現れでて、さっと空を通り抜け、彼女の窓のすぐ外にやってくるのを。ドクター・スウィート・マザーは信じられず、感きわまって後肢で立つ。必死になって震える後肢をフラシ天のカーペットに留め置き、前肢を窓ガラスに押しあて、体が持ちあがらないようにする。そう、つまるところ、体が浮かんで太陽を抱き締めてしまわないようにする。

ジダダのための闘争

死が訪れるとき、裕福な動物は金をなくし、貧乏な動物は借金をなくすが、持てるものを持ったままの動物もいる

事情通がそれを知らせたのは夜通し続いた集会が終わったあとの、いつもと変わらぬ朝だった。その朝、ジダダはテュヴィが自動車による死亡事故に巻きこまれたというニュースで目を覚ました。副大統領は集会から帰宅する途中だった。集会でいまや恒例となったドクター・スウィート・マザーのゲロ攻撃を避けられなかったのは不幸ではあっても、驚くことではなかった。ニュースではこう伝えられた。副大統領の乗った車はセント・メアリ小学校を通り過ぎ、大きなドゥラ川に架かる橋をほぼ渡りきろうとしたところで正体不明のものと衝突し、つまるところ、その衝撃力によって車はうしろざまに転がってからドゥラ川に落ちた——川は一週間続いた集中豪雨で氾濫水位寸前だった。車はだれかが事故に気づくまで、夜のあいだずっと水中に沈んでいた。さらにニュースの最後には、奇跡が起こらないかぎり、発見された時点で車に乗っていた全員が死亡しているだろうとつけ加えられた。つまるところ、奇跡はまず起こりえない、ジダダは奇跡が起こる場所ではない、現政権と対立している者に奇跡が起こるはずはないと。

果たして、救援隊がドゥラ川から車を引きあげてみると、乗っていた動物はすべて――雄牛も山羊も雄鶏も――死んでいて、遺体はなおも座席に固定されたままだった。ところが、副大統領の姿はどこにもない。救援隊は懸命の捜索を続けたが、正真正銘の事情通は時間の無駄遣いだろうと推測した。馬はおそらくは魔除けの力で救われて逃げてしまったのだろうと。彼らの推測は事実とはかけ離れていた。テュヴィの蹄は忙しく路面を掻いて、つまるところ、車がドゥラ川の底に達するころには副大統領をおかかえ呪術師の家まで無事に運んでいたのである。

男の子は泣いてもいいが、おとなの男は涙を隠さなければならない

彼が来るのを待って、ジョリジョが施術室の外で行ったり来たりしているのがわかった。呪術師はみずからの使命を果たすために正装しており、チーターの毛皮の波打つマントの下は縁取りがほどこされた黒いベルベットの衣だった。赤ちゃんライオンの歯を混ぜた赤と黒の一連の玉が猫の首を取り巻き、ヴェルサーチェのチェーンを半分隠していた。ジョリジョと目を合わせた瞬間、テュヴィは抑制が利かなくなった。そう、つまるところ、大地を踏み鳴らし、飛び跳ね、後肢で立ち、それから後肢を蹴りあげた。可愛い兎より上手に跳ね、クルクルクルクルまわってまわって、プロペラの羽根みたいにぐるぐる回転した。こんな突拍子もない癇癪の爆発を見たことがない猫は、そのときはもう桃の木の枝に逃げていて、それから施術室の屋根の上に移動し、いまはさかんに十字を切っているところだった――そう、彼は呪術師だけれど、彼の祖母は敬虔なカトリック教徒なの

だ。非常時には非常手段に頼らざるをえない。

どうするべきかとジョリジョが考えていると、なにかの拍子で一時停止ボタンが作動したかのように、なんの警告もなく突然、副大統領は動きを止めた。馬は大きな頭を胸にあずけて身動きひとつしない。やがて、おいおいと泣きはじめ、ジョリジョをびっくり仰天させた——静かなのに恐ろしいその声は猫を当惑させ、急いで桃の木へ戻らせた。彼は滑るようにして幹を伝いおりて、馬の視界にそっとはいった。ただし、それ以上近づこうとはせず、そのかわりに呪術師《ムティ》は施術室へ向かった。なかにはいると彼はこれからおこなう施術のためにすでに用意してある薬と道具でせわしなく準備を始めた。まず、大きな桶に張った土色の風呂水をかきまわし、床に広げられた木の根と乾燥葉と粉のそれぞれの隠し場所をつついた。つぎに白いムティを火に振りかけると、すぐさま大量の煙が立ち、たちまちにして部屋は鼻をつく靄につつまれた。すると、副大統領が重い肢取りではいってきて、ドアと向かい合わせの定位置に座った。

「なにかありましたか、族長《チーフ》?」ジョリジョは眠っているコブラに探りを入れるような話し方をした。

「例の淫売がやめようとせんのだ! ゲロ攻撃以上のことはしないだろうと読んでいたが、なんと今度はわたしを殺そうとしている! あの淫売は凶暴だ!」馬は怒りでぶるぶる震えた。

「でも、あなたは生き残ったのですよ、チーフ。またしても」ジョリジョは言った。

「なにかを切り抜けて生き残りたくなどない。疲れた! やすらかに暮らしたいだけなんだ、わたし以外のだれもがしているように! 野党ですらあの淫売のような行動は取らんぞ!」絶対的な危機——彼には対処する備えも資格もない、神が禁じているはずのもの——を恐れていたジョリジョは、平然と自分のパイプに手を伸ばして火をつけ、長々と安堵の一服をした。

「われわれの父も、父の父も、そのまた父と同じように、まっとうな雄《マル》は胸の内で血のように涙を流すものだという英知をもって生きてきました。真の雄は思うぞんぶん泣くことができるのです。ただし、目も顔も濡らさないかぎりは。それはタブーですから」猫は頭をそらして、太いリボンのような煙を吐きだした。漂白された鼠の頭蓋骨が天井に結ばれ、部屋の縁にも一列にずらっと並べられていた。煙がカールして骨のほうへ向かうのを猫は目を細めて眺めた。

「だが、あの狂ったロバがいつか跡を継いだらどうするんだ？　どうにかして彼女が政権の座に着いてしまったら？　現にいまだって太陽にまで命令しているんだぞ！」テュヴィは叫んだ。

「それでも真の雄は泣き言は口にしませんよ、チーフ。どんなに窮状にあろうと。どんな種類のモンスターが挑発しようとも。あなたほどの地位にある雄であればなおさら。ただし、以前にも申しあげたように、現にある状況やもろもろの利害関係を考えれば、これはじゅうぶんに予測された事態です。統治の使命が悪魔とのダンスなのは道ばたの小枝や石ころでさえ知っています。わたしの夢と鏡が告げるところによれば、そのダンスが熱気を帯びるのはこれからですよ、チーフ。というより、いま起きていることはこれから起きることに比べたら虻《あぶ》のひと咬みにすぎません」猫は立ちあがり、マントを整えながら言った。

その朝の残りの時間に副大統領は、死をまぬがれながらなおも死に直面している者には最適な浄化と強化の施術を受けた。彼は、神聖な花と捕獲しにくい凶暴な獣の砕いた骨からつくったムティで満たされた浄めの桶につかり、汚れを取り除かれた。彼はその獣たちの乾燥肝臓を食い、尿を飲み、人魚の乾燥便を喫煙し、超希少種の樹木の茹でた幹や茹でた葉からつくったジュースを飲んだ。彼の身体は魔法の妙薬で染まった。ジョリジョは彼のたてがみと尻尾に魔除けを編みこんだ。彼の体は魔法の妙薬で染まった。ジョリジョは彼のたてがみと尻尾に魔除けを編みこんだ。彼の身を守るために犠牲に次ぐ犠牲が払われた。

正午になってから、呪術師はようやく確信した。ここまでの施術のプロセスは副大統領に向けられた最近の攻撃の影を晴らしただけでなく、肉であれ魂であれ、いかなる武器にも耐える覚悟を彼につけさせたということを。あるいは、今回の自動車事故が失敗したことを、どういう方法にしろ、いつか死が白い悪魔の名のもとに成し遂げるかもしれないが。これはいわば生産なのだ。その重大さはテュヴィに自信を取り戻させただけでなく、恥ずかしい思いもさせている。本人もいまは反応が大袈裟だったと気づいているから。

実際のところ、これっぽっちも怖がる必要などそもそもなかったのだ。彼にはジダダ全土でもっとも優秀な呪術師がついているのだから。

「今日は何曜日だい、ジョリジョ同志？」副大統領は言った。「体にもりもり活力が湧くのを感じ、生まれ変わったような無敵感を味わいながら——この施術の工程を終えるといつもこうなる。

「今日は月曜日のつぎの日ですよ。かりにあなたが仕組まれたとおり亡くなっていたら、この日を迎えることはなかったのでしょうけれど」猫はテュヴィがげらげら笑いだすのを待ち受けた。たぶんいまの言葉が正しいからだろうが、副大統領が笑わないので、猫は肩をすくめ、こういう緊急事態に備えて馬の服が数着入れてある小型のクローゼットへ向かうと、黒いスーツと糊が利いてアイロンもかかった白いシャツを取りだした。猫のまえで着替えたテュヴィは一瞬にして本来の副大統領らしい姿になった。

つまるところ、あなたに向けるどんな武器がつくられても目的を果たすことはない（『旧約聖書』〈イザヤ書〉五十四章十七節）

統治の使命は悪魔とダンスすることだとジョリジョが言うときは、つまるところ、統治の使命は悪魔とダンスすることなのだと彼は言いたいのだった。これからの一週間でテュヴィは雹《ひょう》の嵐に一回、交通事故にもう三回、拉致未遂に四回、走る車からの銃撃に四回遭って生き延びることになる。まるで、政権に刃向かう敵や政権の近くにいる敵ではなく、キリストの母方のいとこかなにかのように、副大統領はいずれのケースでも無傷でよみがえった。これにはすべてのジダダ民が戸惑い、彼の完全な破滅を願う者たちはがっかりした――がっかりした者は多い。いくら想像をたくましくしてもテュヴィは愛される馬ではなかったから。彼の避けがたい結末を預言していた同志たちは混乱し、馬から被害を受けた多くの者は悲しんだ。正義がしくじったところに、せめて悪行の報い《カルマ》が届くのを見たいと彼らは思った。とどのつまり、ドクター・スウィート・マザーの支持者たちは悔しがった。

しかし、死に打ち勝ったところで馬は祝われもしなければ、称えられもしなかった。結局、道ばたの小枝や石ころでさえ、最初から知っていたのだ。テュヴィは長いこと権力という容赦ない腕の現役の道具でありつづけていて、いまはその腕が彼に向かっているのだということを。逃げる幸運に恵まれなかった者があまりにも多すぎるということも。ごくふつうのジダダ民には、これは自分たちが風を送ったり消したりできる火ではないのだから、気楽に座って眺めていようというぐらいの気持ちしかなかった。副大統領が生き延びたのは単に運がよかったからなのはわかりきったことだ。いつかは彼の終わりを告げる夜明けが来るだろうということもわかっていた。彼のまえにいる大勢の者たちに夜明けが来たように。彼のうしろに続く大勢の者たちにも来るように。

明けない夜はない

テュヴィアス・デライト・シャシャの夜明けはほんとうにやってきた。すべての月曜日となにも変わらぬいつもの月曜日のその日、建国の父、二十世紀の揺るぎない愛と忠誠の夫でもあるオールド・ホースが、政権にあった副大統領をあっさりと解任したのだ。結果として、彼はジダダ党からも、解放戦士の王座からも追放された。そう、本来なら彼がつぎに統治をする番だったのに。そう、彼は解放闘争で戦い、骨の髄まで真の愛国者であると自認していた。そう、彼は躊躇なく全人生をジダダに捧げてきたし、この先何度でもそうするつもりでいた。そう、彼は自由と栄光に通ずる苦難の長い道を建国の父とともに歩んできたのだから。そう、彼はドラマチックな臨死体験を幾度もくぐり抜けてきた。そう、彼には最強の呪術師がついていた。だが、そのうちのどれも、なんと呼ぶかわからないほどの破壊的な出来事からテュヴィを守るにはいたらなかった。

思考と感情

正真正銘の事情通によれば、建国の父はテュヴィの心臓を槍で突いたも同然だった。建国の父より若い馬はそんな痛みを味わったことがなかった。つまるところ、テュヴィアス・デライト・シャシャは生涯ではじめて愕然とした。彼は途方に暮れた。なににつかまればいいのか、なにに触れればいいのか、なにを手放せばいいのかわからない。政権のうしろ楯がなければ、政権内にいなければ、自分は何者でもないのだから。寝ても覚めても彼の頭は、建国の父とのここまでの旅、というより関係性――いや、いっそ結婚と呼んでもいいかもしれない。ああまで親密な結びつきをほかにどう呼べばいい？――でいっぱいだった。いったいわたしたちになにが起きたんだ？　ジダダの広い空の下、こんな運命を背負わなければならないことをわたしはしたのだろうか？　オールド・ホースはリーダーシップを執ってから、どの時点であれ、なんであれ、このわたしより忠誠心に厚いものをもっていたというのか？　もっと忠誠心に厚い戦士がいたのか？　もっと忠誠心に厚い仲間がいたのか？　より忠誠心に厚い耳があったのか？　より忠誠心に厚い武器があったのか？　最初からそこにいたのはだれなんだ？　目のまえにある問題がなんなのかも気にせずに、蟻なみに小さかろうとキリマンジャロより大きかろうと、ありとあらゆる問題を処理してきたのはだれなんだ？　政権の座を脅かす火を消してきたのはだれなんだ？　明かりが必要なときに明かりをつけてきたのはだれなんだ？　いったいどうして、このわたしが、そう、つまるところ、最高の愛国者よりも神よりも祖国を愛してきたわたしが、息子のひとりさえ差しださない——真面目な話、自分の一生と比べたら息子ひとりぐらいどうってことないだろう？——世界を愛してきたということになるんだ？　そうだ、わたしは、あの淫売ロバもいるジダダの自由を勝ち取るために、たった一度のこの生涯を無私無欲にあの長い悲惨な解放闘争に捧げてきたのだ。しかも、淫売ロバもいるジダダの自由を勝ち取るために、たった一度のこの生涯を無私無欲にあの長い悲惨な解放闘争に捧げてきただけでなく、ジダダが自由であるために一日とて欠かすことなく自分を犠牲にしているわたしが、最後はこんな惨めな立場に置かれるなんてことがあっていいのか？　いったいぜんたいどうして、解放戦士にして国防の担い手にして正当な将来のリーダーの力量をもったわたしが、こんな侮辱を、こんな情けない扱いを、こんな恩知らずな将校から始まっていることが起こるなんて、こんな侮辱を、こんな情けない扱いを、こんな恩知らずな仕打ちを受けるなんてことが起こるんだ？　すべては一匹の卑しい雌の、もっといえば淫売の不快なふるまいから始まっているんじゃないのか？　なぜ非難の声があがらない？　なぜわたしに味方する動物が現れない？　彼らにはなにが起きているのか、なにが起きようとしているのかわからないのか？　立派なジダダ民はいったいどこへ行ってしまったんだ？　名誉ある市民、正真正銘の愛国者はどうしているんだ——こんな事実無根の茶番がわたしに仕掛けられているときに？　今日、この不正義を止めなければ、明日は我が身だということがわからないのか？　全員が安全になるまではだれも安全でないということが？

見よ、わたしはおまえたちのなかに蛇や蝮を送る。彼らには呪文は役立たない。彼らはおまえ

たちを咬むだろう

『旧約聖書』〈エレミヤ書〉八章十七節

そう、つまるところ、窮地に立たされた前副大統領の苦境は破滅的すぎて、ジョリジョの薬《ムティ》ですら軽減することはできなかった。彼はけっして食べようとしなかった。水や飲み物のどの一杯にも食べ物のどのひと皿にも、用意したのがだれであろうと、自分を消滅させるためにつくられた猛毒が混ぜられていると信じて疑わなかったから。彼はほとんど眠らず、ほとんど喋らず、ほとんど笑わず、ほとんど糞もせず、ほとんどなにもしなかった。被害妄想になり、どの動物にもどんなものにも、自分の影や鏡に映った自分の影にさえ、疑いの目を向けた。いたるところに目や武器や暗殺者や罠や悪魔を見た。そして実際、前副大統領の恐怖は、眠れぬある夜、長い散歩から帰ってきて、車庫のそばの庭の南側にはっきりとした動きを見たときに、思いこみではないことが証明された。彼はとっさに物陰に隠れた。いま見えているものはほんとうに自分が見ているものなのかと思いながら。これまで見たどんなニシキヘビともちがう、とほうもなく大きな頭をした白いニシキヘビが決然とした様子で、彼の住まいの寝室があるほうへ地面を這い進んでいたのだ。

「ちくしょう、ちくしょう、ちくしょう！」馬は驚きのあまり、許可なく体の外に流れでた尿に向かって言った。彼はニシキヘビが戻るのをじっと見守ってはいなかった。一目散に夜の闇のなかへ逃げこんだ。

逃げているあいだ何度も思ったのは——現政権の真実だとわかっていることに基づいて——ジダのこの不機嫌な闇のなかにいるのはおそらく自分だけでないということだった。モンスターが何匹も物陰に身をひそめている。モンスターではないにしても、この二十年近く政権の敵を跡形もなく消してきた恐ろしいターミネーター、ジャンバンジャ司令官の同類に見張られているかもしれない。それでもなお、馬は逃げつづけた。逃げつづけるよりほかにできることが実際なにもなかったから。淫売ロバの狂ったような笑い声がときおり耳の奥に聞こえていた。彼を辱《はずかし》める、彼をからかう、彼をけなす、彼を脅迫する彼女の言葉が聞こえていた。腹でとぐろを巻いた怒りが広がって、彼の蹄はいっそう激しく闇を掘った。頭に浮かぶ名前はただひとつ――ジューダス・グッドネス・レザ大将だ。自分には友がほとんどおらず、もっとも必要とするときに守ってくれる者はもっと少ないということは、だれに告げられるまでもなくテュヴィにはわかっていた。だが、あのピットブルだけは信じられると思った。

避難場所

ジューダス・グッドネス・レザ大将は彼が来るのを知っていたかのように自宅の玄関先で出迎えた。家のなかにはいったテュヴィは、薄暗い明かりが灯された居間の片隅に将官の一団がじっと座っていることに気づいて驚いた。彼らが話す声は、自分たちがともに軽蔑している同年代の動物の突然の葬式に参列した年配の雌たちが言葉を交わすときのようなひそひそ声だった。つまるところ、部屋には犬のにおいがぷんぷんしていた。そこに集まった全員を知っていることに馬は安堵した。穏やかな顔立ちに、はっとするほど美しい首から背中のラインという有名な外見が、獰猛な本性を相殺しているタレント・ンディィザ大将。その隣にいるのは、ボーア民《ボーアボエル》の子孫らしく骨が喉につまったみたいに目が異様に大きく頑健なムサ・モヤ大将。彼はジダダ全土に鉱山をチェーンのように所有するというビジネスの才覚でも世に知られ、流暢な中国語まで話す。おつぎは尊大な性格と不格好な鼻とがっしりとした体をもつジャーマン・シェパードで、ジューダス・グッドネス・レザ大将やムサ・モヤ大将と同じく解放闘争で勲章を授与された老退役兵、セント・ゾーウ大将。最後は穏やかな顔つきのピットブル、ラヴモア・シャヴァ大将。寝ていようが起きていようが、だれとのどんな議論にも毛の一本も逆立てずに勝つ彼の能力と冷静さはつとに有名だ。

いずれの犬も軍服を身につけている。カジュアルなカーキ色のパンツに、建国の父の顔がプリントされた与党の定番Tシャツという恰好の副大統領は、将官たちとのこじれた関係もあいまって自意識のうずきを感じざるをえなかった。つまるところ、その自意識は彼の着衣以上に、軍服姿の犬がまとった明々白々な権威に対するもので、そういう犬が一堂に会しているのだからなおさらだ。馬は身が縮む思いだった。一日の最後がこの場所で、よりによってこの連中がいるところで、こんな特殊な状況で終わるとわかっていれば、せめてもうちょっと状況に応じた服を着てきただろうに。壁の一面を埋めた長い鏡――そこに映った自分のだらしない姿はテュヴィに狂気の動物を思い起こさせた。

しかし、副大統領が心配する必要はなかった――犬たちは犬の流儀できちんと彼を迎えた。温厚に唸ってみせたのだ。彼らは尻尾を振り、舌を垂らしてテュヴィを取り囲んだ。彼の蹄を、彼の尻尾を、彼の尻をくんくん嗅いだ。セント・ゾーウ大将は熱意をこめて前肢の片方を曲げてみせた。テュヴィはこうした愛情あふれる犬たちの仕種に鑑みて、どうふるまえばいいのかまったくわからず、おどおどとその場に突っ立ったまま馬鹿みたいににやにや笑いを浮かべた。

「ようこそ、お待ちしていましたよ、同志」タレント・ンディザ大将がひとしきりダンスをすませたあと、熱い目でテュヴィを見て言った。

テュヴィは元気のいい歓迎ぶりにほんの少し気が軽くなるのを感じながらも、揉み消されたタバコの山や、もうもうと漂う煙や、飲み干した酒瓶から判断して、長い時間続いていたかもしれない集まりに肢を踏み入れてしまったようだと思った。そのことに気づくといくぶん不安を覚え、自分の感情をのみこんで考えはじめた。この会合の目的は厳密にはなんなのだろう？　あらゆる会合の曾祖母とでも呼べそうな様相を呈しているが。彼は考えた。この場でおこなわれているなにかの真っただなかに、わたしの肢がたまたま踏みこんでしまったということなのか？　彼は考えた。なぜこの会合には犬しかいないんだ？　まるで犬だけが現政権を構成している動物だとでもいうように。

「なんと、旧友よ、絶好のタイミングに現れたな。これ以上のグッド・タイミングはありえなかっただろうよ。まあ座ってくれたまえ」ジューダス・グッドネス・レザ大将が身ぶりで招き、ボーアボエルとのあいだに隙間をこしらえた。

「紳士諸君《ジェントルマルズ》」テュヴィは内心の不安にそぐわない陽気さをよそおって声をかけ、雄々しい笑みで犬たちみなを包みこんだ。

フラシ天のソファに尻をのせると、自分の苦境の重みも一緒に座るのが感じられた。すると、彼が座るとすぐに、まだ立っていた大将たちは敬礼して腰をおろした。馬は犬から犬へ、犬から犬へ、また犬へ、視線をやった。つまるところ、犬の仕種に感動して、ぼうっとなっていた。彼が危機に陥ってからというもの、最底辺の位の雑種犬ですら敬礼などいっさいしなかったし、いまではほとんどの犬が彼を見ようともしなかった。

「一杯どうです、同志？」すでに馬のためにウォッカをつぎながら、ラヴモア大将が言った。で、テュヴィは飲んだ。握りしめたグラスが震えている。彼はウォッカが嫌いで、もう何十年も飲んだことがなかった。初恋の相手、ネッツァイが彼を捨ててウォッカしか飲まない孔雀のもとへ走ったので、ウォッカを飲むということはテュヴィにとってもう一度あの屈辱を味わうのと同じなのだ。でも、今日、つまるところ、この状況で飲むウォッカほど神聖な味わいのウォッカはなかった。

「同志？　まるで地獄に堕ちたような顔をしてるじゃありませんか」セント・ゾーウ大将が言った。

「わたしは地獄にいるんだよ。きみはこれをどういうことだと思うんだね？」副大統領は心のなかで言ったが、声には出さなかった。そのかわり、彼はバスのように大きい頭を振って重苦しいため息を吐きだした。犬の踊る目はつかのま動きを止めた。優しい気づかいがその目に広がった。

「このジダダにはきみに敵対する者がたしかにいるけれども、ここにはきみの支持者しかいないぞ、旧友よ」ジューダス・グッドネス・レザはテュヴィの肩に前肢を置き、厚みのある顔に笑みを広げた。肩に触れたその優しさが腸《はらわた》に沁みるのを感じ、馬はあやうく前肢をどけないでくれないかと頼みたくなった。それどころか、前肢なんかどうでもいい、ハグしてくれ、ぎゅっと抱きしめてくれと犬に頼みたかった。なにもかも大丈夫だと言ってくれ、放さないでくれと。彼はジョリジョに助言されたとおり、胸の内で血のように涙を流し、歯を食いしばった。犬たちと目を合わすのを避け、ただ、「うんうん、同志」と言った。

「言いたいことはわかる。だが、きっとうまくいくさ、旧友よ。信じろ」ジューダス・グッドネス・レザはおかわりを自分についだ。するとどういうわけか、頭も心もあらゆるものがばらばらになりだしてからはじめて馬は、薄暗い明かりと煙でかすんだ部屋のなかで、結局はうまくおさまるのではないかと感じた。

「さて、どうだろう、同志たち。われわれがいま置かれている状況はここにいる全員が承知しているとわたしは確信している。全員がわかりすぎるほどわかっている不正行為を調べなおすにはおよばないだろう。われわれがこうして話しているあいだにも、解放戦士の骨はこの大地の下で腐っていく。そのことが、いまがどういうときかを教えてくれる。すなわち〝革命を守る〟ときが来たということだ。むろんジダダの名において。わたしの言うジダダとは本物のジダダ、すなわち、同志たる解放戦士たちが命を賭《と》して、そのために死んでいった、ダともうひとつダがつくジダダのことであり、もはや一匹の動物も認識さえしていない、みすぼらしいペチコート政権のことではない」ジューダス・グッドネス・レザ大将はそう言いながら、時間をたっぷりかけて同志たちそれぞれを視線で射ぬいた。

この短い演説が終わった瞬間、テュヴィはもう少しで「アーメン」とつぶやきそうになった――つまるところ、彼はほんとうに祈りの言葉を聞くような思いでレザ大将の演説を聞いていた。とはいうものの、彼は正しく聞いていたのだろうか？　それとも勝手に想像していたのか？　犬たちが鋭い目を自分に向けていることは見なくてもわかっていたが。

「ああ、きみの言いたいことはわかるよ、同志。しかし、問題は、率直に言わせてもらえば、そんなことが可能だとは思えないんだよ、つまり――どう表現したらいいのだろう――革命を革命から守るということが」テュヴィは言った。

そんなことはできっこないと思っているわけではなかった——それどころか彼は政権を追われて以来、つまるところ、文字どおり来る日も来る日もそのことを考えてきた。だが、政権内での何十年にもおよぶ経験は、こうしたデリケートな案件は警戒せよと彼に教えていた。呪術師でもあるまいに、この真夜中に集められた大将たちがなにかを企んでいるのはあきらかだった。

「大統領はまさか今日それがおこなわれるとは思っていないだろうね、同志たち」ムサ・モヤ大将が腰を上げ、のんべえらしく体をふらつかせながらドアのほうへ向かった。テュヴィは犬がじつは自分を指して〝大統領〟と言ったのだと察した。つまるところ、大統領なのだ！

「革命は守られるでしょう、これまでもかならず守られてきたように、同志よ。銃を取り、この仲間たちとともに守ってきました。だから、今回もわれわれは自信をもって成し遂げます。あの淫売ロバは、戦うことすらできない見当ちがいな小派閥がなければ、自分だけで立ってもいられないということがわかっていますからね。取るに足らない連中に革命が奪われるようなことはありません！　銃を持って前進せよ！」ラヴモア・シャヴァ大将が言った。

「前進！！！」犬たちが吠えた。テュヴィは自分のグラスを取り、中身を飲み干した。

「いかにも真正の、真の愛国者らしい語りようだな、同志よ。真正の、真の愛国者らしいぞ」ムサ・モヤ大将は立ったまま、自分のグラスをラヴモア・シャヴァ大将に向けて掲げてみせた。両者がカチンとグラスを合わせると、ほかのみんなも同じようにした。

だれが建国の父の跡を継ぐかということについては全般的な意見の不一致があるだけでなく、淫売ロバの昇り調子かつ危険かつ卑らしくない影響力のせいで側近内に不平不満が渦巻いていることは、道ばたの小枝や石ころでさえわかるように、テュヴィにもわかっていたが、大将たちからこの種の団結を見せられたのは予想外だった。家のなかにはいってはじめて馬は肝臓がリラックスするのを感じた。それに胃も落ち着いてきている。小腸も大腸も肺も食道も、そのほかの内臓も全部。さらに、この窮状が始まってからずっと誤った方向へ流れていたにちがいない血液も、いまは方向転換して、本来の正しい向きに流れている。

「いまこそ国家のまえに立ちはだかる不正行為に照らして、生きていようと死んでいようと目という目が、指導力を求めてわれわれのほうだけを見ている。われわれは指導しなければならない。そして指導する。われわれはその指導者としての立場で行動することによって示すのだ。まず第一に、革命は乗っ取られない。第二に、ジダダの解放戦士が分をわきまえない狂った淫売どもに指示されて、いやおうなしに与党を馘になることなどありえないし、断じて馘になったりはしない。指導力とは性的に発信されるものだと想定している雌どもに、国とは自分のうちのキッチンと寝室と庭と客間を一緒にしたものだと思っている雌どもに、ましてや戦場の空気がどんなにおいだかを語れない雌どもに指示されることはない！　よもやそんなことが起きるのを許したら、ジダダはどうなる？　政権はどうなる？　革命はどうなる?!」いまや立ちあがったジューダス・グッドネス・レザ大将が吠えたてると、ほかのどの犬も同意の低い唸り声をあげ、しきりに尻尾を振った。つまるところ、テュヴィが尻軽な雌よろしく後肢で立ってブヒィーンといななかないためには、懸命の努力が必要だった。

「そういうわけだから、同志、この先の仕事に備えて、ここにいる情報処理力《インテリジェント》の高い大将がこれからの数週間できみに熟読してもらうための資料を用意してきたぞ」ジューダス・グッドネス・レザ大将が身ぶりで示すと、ラヴモア・シャヴァ大将がぶ厚いフォルダーをテュヴィに手渡した。彼は厳粛な面持ちでそれを受け取り、熟読しはじめた。

「おお、おお、おお、おお、おお！　大将！　こんなにたくさんの資料を、そうか《イェイ》！　こんな資料がまだどこかに残っていたんだ。いやなに、こんなに大量の紙束が、わたしが読み終わるのを待っているとは、大昔の学校時代からこのかた考えたこともなかったよ」テュヴィは資料の厚みに恐れおののいて言った。

「そりゃそうだろう。その資料を読んでいる者がわたしだけでないのがどんなに嬉しいか、きみにはわかるまい。若い連中にも読ませて書かせた理由はそれなのさ。例のPーhーiーなんたらさ、Phーなんたらだよ——くそっ、わたしのオフィスに掛けてある例のくそいまいましい修了証の名前はなんといった、同志？　あの金色の丸いスタンプみたいなのが押してあるあれ。わたしがあの長ったらしい赤い服を着て、へんてこな帽子をかぶった例の集会でやつらから渡された例のあれはなんといったっけ？」ジューダス・グッドネス・レザ大将はライターを手探りした。口の端からタバコが垂れさがっていた。

「PhDですね。あなたはあの高名なクワズルーナタル大学で倫理学のPhDを取得していらっしゃる。まったくもって驚くべき偉業なのはまちがいありません。ジダダの、というより全世界の動物のみながみな、PhDを取得しているわけじゃありませんからね。見たこともないのはむろんのこと。アメリカ合衆国の無作法なTwitter《ツィーティング・バブーン》使用者でさえPhDのにおいがどんなだか知らないんですよ」ラヴモア・シャヴァ大将が言った。

「ああ、それだ、それ。どの動物にも得手不得手がある。読むことはからしき苦手でね。昔からずっとそうだった。これからもそうだろう。ところが、銃となると――だれもが知るとおり、わたしは生まれついての銃使いなのさ」ジューダス・グッドネス・レザ大将は言い、目を輝かせて架空の銃を構えた。

亡命

こうしてその翌日、かつてニコデモ（『新約聖書』〈ヨハネによる福音書〉三章一節以下でイエスと対話するユダヤ人学者）がイエスのもとを訪れたのと同じ夜更けの時刻に、前副大統領、テュヴィアス・デライト・シャシャは形勢の一変をもくろむ大将たちとの会合で立てられたプランにしたがってジダダから抜けだした。そう、つまるところ、身をひそめて亡命生活を送るために。新たな夜明けの準備をするあいだ革命が首尾よく守られるように。亡命――政権の無慈悲な触手が届かないところに逃れる――という策は、新たな大統領に任命されるべき者がふたたび返り咲いて国を救うときが来るまで、その身の安全を保証するにとどまらず、国外に逃げなければならないほど彼の命が危機に瀕していることを全世界に知らしめるためでもあった。だが、副大統領はまず、もう一度ジョリジョの強烈な長い施術を受けることにしたので、つまるところ、困難なそのプロセスにまる半日を費やさざるをえなかった。最後に有能な呪術師が、一生を変えるであろう行く手の長い道のりに対しても、その先に迫った栄光に対しても万全の状態にあると馬に告げると、テュヴィは百獣の王、ライオンのような肢取りで亡命の途についた。

つまるところ逃亡者

#テュヴィの亡命 〝フライト〟

アフリカの声 @TAV
失脚した#ジダダ の副大統領が殺害予告を受けて南アフリカへ〝逃亡〟。かならず戻って国を率いると誓う

消えてしまった者たちの妹 @Shami
Replying to @TAV
彼は戻ってきますよ。それにどのみち、いつかはわたしたちが正義を手にします。逃げることはできても隠れることはできません

自由なジダダ @freeJidada
Replying to @TAV
これでわたしは生きられる！ ようこそ、これが野党の体験だ😊

ビキタの雄牛 @truthful
Replying to @TAV
臆病者め、 #ジダダ の長い腕がおまえのケツをつかまえるのを祈ってるぞ

シムバ @simba_simba
Replying to @truthful
ちなみに#ジダダ は実質的には亡命に負けたんだよね。テュヴィはきっと帰ってくるし、きっと国を治めるよ#テュヴィを大統領に💪

ボス猫 @bosscat
Replying to @TAV
やったぁ😮#ジダダ。でも、どこに写真とか動画があるの?‌?‌? 証拠を出せ！

おれの2セント @mac2cents
Replying to @TAV
つまるところ《トロクティ》、ええっ《エイシュ》！ #テュヴィ #ジダダ。おれの考えと祈りはおれの頭のなかにある

アフリカの雌牛 @the_Africancow

Replying to @TAV
オールド・ホースの統治が終わってしまうかもしれないなんて残念すぎる😭彼以上の政治家はいなかったのに

孔雀のベイ @peacokbae
Replying to @the_Africancow
おまえおもしろすぎる。ジダダに来て10分でも暮らしてみれば？

アメリカの声 @TAV_NEWS
解任された#ジダダ のリーダーが国外脱出#ジダダ に注目！ 継承者決定の協議が進む！

土地の子羊 @ros
Replying to @TAV_NEWS
#座っとけ #でしゃばるな #ジダダ が自分で語るわ

ジダダの声 @VOJ_NEWS
解任され面目をつぶされ恥をかかされた#ジダダ の副大統領、逃げだす

メイド・イン・ジダダ @Madeinjidada
Replyig to @VOJ_NEWS
つまり#ジダダ のトップ・テロリストがいまはテロを受けてるとわめいてるってことなのかな🤔

ゴドウィン @Goddy
Replying to @VOJ_NEWS
おいおい！🤡

贈り物 @Chipo
Replying to @Goddy
あんたが創造に手を貸したフランケンシュタインがあんたを迎えにくるのはいつだろ！

ザ・ワールド・ニュース @TWN
解任された#ジダダ の副大統領が命がけの逃亡

ロナルド・モヨ @rmoyoz2020
Replying to @TWN

クソな出来事が#ジダダで起こった。跡目争いの議論がテュヴィの亡命で終わるとは！

土地のムスメ @Mamli
Replying to @TWN
国境を封鎖するべきです。あの獣に庇護を受ける資格はありません

ウ《ズ》ィンク《ゼ》・ウ《ズ》ィンク《ゼ》 @zuzex2
Replying to @TWN
どうぞご無事で、親愛なるリーダー、そして早く戻って、ゲロを吐きつづけるあのいかれた淫売からわたしたちを救ってください🙏

JKD @thathot
Replying to @TWN
ワォ、これがフェイク・ニュースじゃないなら、彼は頭のいい馬だね#命はひとつ

まちがいなくアヒル @ducksure
Replying to @thathot
彼は頭のいい馬なんかじゃなくて役立たずのいくじなしですよ

軽い力 @LightF
#テュヴィ 行方をくらます👀

ジダダ・シェイクスピア @ Jidshakespeare
Replying to @LightF
あーあ、つまるところ3月15日（古代ローマの将軍カエサルの暗殺の日と預言された日）が11月に来たわけだ！

ジダダのベイ @homegrown
Replying to @LightF
急いで逃げろ、急いで逃げろ逃げろ🕺

ガンダンガ @JIdwatch
#テュヴィ、副大統領のポストを失い、ジダダ党の党員資格も失い、南アフリカへ逃げる。

亡命したジダダ民 @Homeless
Replying to @Jidwatch
こりゃすごい。いまやあんたとおれたちは運命共同体か、馬さん。なら同じ言葉で話せるかも

聖エムベニの子 @MwanawaSt'embeni
Replying to @Jidwatch
因果応報😄

ジェフンデ @childofthestruggle
オールド・ホースの右腕が南アフリカへ逃げたか。ロバが大統領になる道が開けるってことだね！　#ジャンバンジャ

南アフリカ移民局 @bordercontrol
Replying to @childofthestruggle
いやいや、それはないっしょ。さっさと帰って自分のベッドで寝なよ！　こっちには#ジダダ民が大勢いすぎるし！

マイク・ロビンソン @MikeR
Replying to @childofthestruggle
彼がわたしたちを苦しめたように彼も苦しみますように。アーメン🙏#正義

シブシソ @S'bu I

Replying to @childofthestruggle
つまるところ頭おかしいしインチキ臭いテュヴィ

フェイクじゃなくリアル・ニュース @trlnfn
最新。テュヴィ#ジダダ から脱出、かならず戻って国を率いると誓う

ぼくたち元気 @Taks I
Replying to @trlnfn
笑っちゃう😂

親ジダダ @proj4lyf
辞めさせられた#ジダダ 副大統領が閣下を追い出すと脅してる！

物知り博士 @drknowPhD
面目をつぶされた前副大統領が国外に脱出し、権力闘争を終わらせようとしています。#ドクター・スウィート・マザー が#ジダダ の次期大統領になる態勢が整ったと、現時点では言えそうですね

ジダダのヒョウ @Jidadanpanther

Replying to @drknownPhD
あの強者《つわもの》が失脚するとは！

ただの傍観者ンジェ @timmot
Replying to @drknownPhD
なぜ南アフリカなの？　なぜ中国じゃないの？　アフガニスタンでもないの？

気まぐれ羊のゾーウ @fszhou
Replying to @drknownPhD
カダフィ式か！

どうするつもり？ @uza_ngenza
Replying to @drknownPhD
聞いたこともないダサい意見だね。雌がジダダを治めるなんてことにはぜったいにならない#ジダダの統治基準を調べろ！

ニッキジダジ @nikki_jidaj
Replying to @drknownPhD
気《ホ》をつけろ《コヨ》、マーヴェラス、祝いはまだだ！　彼は意味なくクロコダイルと呼ばれて

るんじゃない。くれぐれも用心してかかれ😈

猿も木から落ちる

つまるところ夜明け

いつもの朝と同じように、その朝はやってきた。建国の父が夜のうちに自身の部下たる治安部隊によって人質に取られたという劇的な噂で起こされていなければ、わたしたちの目覚めもいつもの朝と同じだっただろう。そのニュースを聞いたわたしたちは銃で腹を撃たれたような感覚に襲われた。つまるところ、ぶったまげすぎて、うろたえすぎて、最初はなにをすればいいのか、なにを言えばいいのか、なにを考えればいいのかわからなかった。どこにつかまればいいのか、どこに触れればいいのか、どこに手放せばいいのかわからなかった。そう、いつの日か、なんらかの形でオールド・ホースの時代が終わるということを頭ではいつも理解していたのだ。自分たちが生きているあいだにそれが起こるのを見ることはないと諦めている者も一部にはいたにせよ。だが、まさかこんな形で起こるとはだれも思っていなかった。つまるところ、わたしたちの目を盗んで、まるで泥棒のように、それが起こるとは思っていなかった。まさか夜にまぎれて、わたしたちが眠っているあいだに起こるとは。まさかわたしたちの手を使わずに起こるとは。まさか、実際にそれがどのようにして起こったのかを直接体験としてわたしたちが語れないような、目撃者のいない状況で起こるとは。いや——それどころか、自分たちがつねづね想像していたような形ではなかったから、ほんとうはまったくなにも起こっていないのではないかと思った瞬間さえ、一瞬だけれどあったのだ。

起こるべきだった形とは

わたしたちがつねづね想像していたのはこういう形だ。わたしたちジダダ民がみずからオールド・ホースを引きずりおろす。そう、つまるところ真っ昼間に、たとえば正午ごろ——不都合な時間だとだれにも言わせないように、あまり早すぎも遅すぎもしない時刻——に大統領官邸《ハウス・オブ・パワー》を襲撃して。わたしたちがつねづね思い描いていた形では、わたしたちは止めようのないハリケーンの勢いなので、見張りに立っている武装した治安部隊も武器を捨てて逃げざるをえない。そのうえさらに、なんと隊員のほとんどがわたしたちと合流する。わたしたちが戦っているのは自分たちの自由のためだけでなく、彼らの自由のためでもあるということに、やっと気づいてくれるのだ。結局は彼らもみなわたしたちと同じように腹をすかしているのだし、わたしたちと同じように貧しいのだし、わたしたちと同じように苦しいのだし、わたしたちと同じように虐《しいた》げられているのだから。

治安部隊を退けるか味方につけるかしたあと、わたしたちは立派な官邸に押し入る。はいる余地がなくて外に残された者たちは革命歌をうたう。なかにはいったわたしたちは、紅茶を飲んでいるオールド・ホースを見つけるかもしれない、あるいは彼は高級食材を使った早めのランチの最中かもしれない。わたしたちは自分がそんな食べ物に舌鼓を打つことがあるとは夢にも思わないだろう。

なにしろフンコロガシより貧しくなってしまったのだから。そして、なにかの拍子にあの淫売ロバのマーヴェラスが、いわゆるドクターが、例の無礼千万、無教養な口で、蠅さえ止まるのを拒むほど不潔なその口で、いつもやっていることをやろうものなら、つまるところ、わたしたちは遠慮なく彼女の頭にそれなりの分別を叩きこんでやるだろう。彼女の母親も祖母も教えてこなかったらしいことを。彼女が身を置くべき場所はこの世界のどこであるかということを。道ばたの小枝や石ころでさえ、わたしたちジダダ民は平和を好む気性の動物だと言うだろうから、そういう事態を迎えたいとはけっして思わないけれども、万が一そうなった場合には、わたしたちが本気であることをオールド・ホースに理解させるしかないだろう。必要とあらばそこらじゅうのものを明るく照らすぞと。必要とあらばそこらじゅうのものを引きちぎるぞと。必要とあらばそこらじゅうのものを叩き壊すぞと。必要とあらばそこらじゅうのものを燃やすぞと。

わたしたちの映画に主役はいない

そう、そんなふうにそれが起こると思っていた。だから、そのシーンを何度も何度も頭や心でリプレイしていた。そのうち、対決のときに彼に言うことになっている台詞を暗記して、深い眠りの夢のなかでも言えるようになった。じつはその日に着る服まで選んでいた。体は想定された動作や仕種や姿勢を記憶してしまった。だから、それが自分たちの想像とも計画ともちがう形で起こると、わたしたちは不意を衝かれ、自分たちとジダダの命運を方向づけるほど劇的なことがわたしたち抜きに、しかも、わたしたちが眠っているあいだに起こったことに失望した。つまるところ心か体のどこか深いところで、チャンスを奪われた、自分たちの物語から疎外されたと感じた。

左も右も中道も祝う

とはいうものの、わたしたちはそんな失望のさなかでも思い出していた。オールド・ホースの時代が終わるのにどれだけ長い年月を要したかを。彼の独裁政権から自分を自由にするための適切かつ可能な手段にことごとく失敗してきたことを。その気づきによって夢から覚めると、あっけないぐらい即座に自分たちの悔しさを脇に置いた。真に重要なことはたったひとつしかないのだから——つまるところ、オールド・ホース政権がついに終わったのだから。そうして家族や友達と一緒に祝った。天敵同士も頭を触れあって祝った。見ず知らずの者同士も祝った。肩を寄せあって祝った。野党と与党の支持者たちが一緒になって祝った。病者は病の床から起きあがって祝った。老いも若きも並んで祝った。どんな宗教の動物たちも一緒になって祝った。貧者も富者もパンをちぎって祝いあった。

しかし、それはやはり複雑な喜びだった——つまるところ、わたしたちはあるときは吠えたて、それからまた、長きにわたるオールド・ホースのおぞましい統治という苦難の道のりを思い出しては、地面に突っ伏し、泥のなかに転がりこみ、さめざめと泣いていた。あるときは踊りだし、それからまた、長年強いられてきたことを思い出しては、さめざめと泣くのだった。あるときは声をあげて笑い、それからまた、変革を夢見て、変革のために祈り、変革のために泣き、変革のためにわたしたちが票を投じ、変革のために命を落とした者もいる不正な選挙を思い出しては、さめざめと泣いた。あるときは喝采を送り、それからまた、あの政権が奪ったあらゆるもの――拷問された者たち、投獄された者たち、追放された者たち、消えてしまった者たち、死んでしまった者たち、死んでしまった者たち、死んでしまった者たち――を思い出しては、嘆きの声をあげた。

やがて、恐ろしいトランス状態から覚めたかのように、互いに手を差し伸べ、互いを手探りし互いを見つけ、互いを抱きしめ、互いを慰め、擦りきれたジダダ国旗で互いの涙を拭きあった。ともかくもわたしたちは異様な速さであらゆることを――つまるところ痛みを、苦しみを、胸が張り裂ける悲しみを、満たされなかった夢を、裏切られた希望を、砕かれた祈りを、受けた傷のすべてを、壊されたものすべてを――過去として割り切らなければならなかったのだ。わたしたちの長い夜が終わり、新しい朝がやってこようとしていたから。おぞましい過去の悲しく恐ろしい荷物を抱えたまま、夜明けを迎えるわけにはいかなかったのだ、ぜったいに。わたしたちはまったく新たなページにいて、再出発の準備をきちんと整えていなければならなかったのだ。まさしく最善の前進をするために。

警告の声――犬に気をつけろ、そのバスは犬《バソパ・ロ・インジャ》だ

だが、ジダダ民のみながみな祝ったのではなかった。きっと悪いことが起こると予言する者も現

れた。彼らは自分がなにを求めて生きているのかわからないようだった。つまるところ、果てしなく流れた恐怖の歳月、わたしたちは彼らと団結してきた。そう、鼻の穴のように横並びになり、オールド・ホースからジダダの自由を取り戻すための祈りをともに懸命に捧げてきた。そうして、わたしたちの祈りに答えが返されると、膝をついてさえいないあいだに答えが返されてみると、頭が混乱した獣たちは考えを百八十度変え、オールド・ホースにはもう去ってもらいたくないと言いだした！　彼は去らなければならないが、こんな形ではだめだ、これは正しくないやり方だからと。正しい形でおこなわれなければならないと。これではクーデターだ、良心に鑑みてクーデターを支持することはできないと。彼らはそう言った。クーデターを起こそうとしているこの犬たちこそ、現体制が始まったその日から、わたしたちを弾圧してきたということを忘れたのか？　何万という数の大虐殺があったことを忘れたのか？　殺された活動家や野党の党員のことを忘れたのか？　消えてしまった者たち、追放された者たち、拷問を受けた者たち——みんなオールド・ホースとこの醜悪な体制が権力を保持するためにそういう目に遭ったんじゃないのか？　彼らがめちゃくちゃにした経済は、統治の失敗は、破綻させられたほかのあらゆることはどうなんだ？　連中のせいで、おまえたちがいま声援を送っている治安部隊のせいで、みんながいまこういうことになっているんじゃないのか？　やつらがいなければオールド・ホースは存在すらしていなかったんじゃないのか？　これだけいろいろなことがあって、これだけ長い月日が流れてから、ある日やつらが覚醒して市民の利益のためにオールド・ホースを排除しようとしているなどと、本気で信じているのか？　混乱した動物たちは問うた。目をつぶるな、ジダダの仲間たちよ、あの雑種犬どもはおまえたちのことなんかこれっぽっちも考えていないぞ。それだけじゃない。おまえたちがうっかり支持しそうになっている暫定軍事政権はオールド・ホースよりはるかにたちの悪い政権になるぞ——そう遠くないいつか、おまえたちはオールド・ホースを懐かしみ、戻ってきてくれと嘆くことになるぞ。混乱した獣たちはそう言った。わたしたちにはこのような不幸の予言者に関わって無駄にする時間すらなかった。彼らが語る不都合な懸念や疑問や警告に耳を傾けてはいられなかった。理由はいたって単純だ——わたしたちはこれだけ長いこと、苦しみしかない何十年ものあいだ、オールド・ホースの追放にことごとく失敗してきたではないか。不正な選挙が何度おこなわれても野党は彼から政権を奪えなかったではないか。それに、治安部隊が彼を追放するのでなければ、だれがそれをするんだ？　クーデターがだめなら、なにであればいいんだ？　いまやらないなら、つまるところ、いつやるんだ？

理性を欠いた声——おれたちはぜったいに覚悟なんかしない

ところが、それよりもっと厄介な獣集団がべつにいた。彼らは地面に身を投げだし、愚かな嘆きで空気を満たしたから、わたしたちの歓喜の甘い歌声はかき消される恐れがあった。彼がいなくなってしまった！　やつらは建国の父を追い出した！　彼らは嘆いた。彼がいなければ、おれたちはどうなる？　太陽は彼がいなくても昇り方がわかるのだろうか？　彼がいなくても、あたしたちはほんとうにいままでと同じでいられるの？　彼らは涙を流した。だって、正直、あたしたちにはぜんぜん覚悟ができていないんだもの。彼なしで生きる覚悟が。あたしたちにできている覚悟は、あたしたちみんなが死んで彼とお別れするまで、あたしたちの子ども、子どもたちの子どもも、老いて死んで彼とお別れするまで、彼の統治が続くことに対する覚悟だけ。彼らは、愚かな者たちは、泣きわめき、世界の終わりだと涙を流したが、かならず勝利を祝うと固く決意していたわたしたちは、全身で声を振りしぼり、彼ら以上に騒ぎたてて彼らを沈黙させた。さらに正直にいうなら、つまるところ、そうした惨めで哀れな連中を制圧する治安部隊に自分がなる覚悟も、そう、彼らを襲う野蛮な獣になる覚悟も、じつはできていた。彼らは大胆にもわたしたちの喜びに水をさすだけでなく、わたしたちの面前で恥ずかしげもなく弾圧者の不在を悼んでいるのだから。わたしたちみながジダダで、彼の独裁体制が敷かれたジダダで、息もできずに生きてきたことをよくも忘れられるものだ！

つまるところ悪夢

その夜明けから一日経った翌朝、わたしたちは混乱状態のなかで目覚めた。わたしたちはみな同じ夢を見ていた。全員が——ジダダ民の一匹たりとも例外なく——同じときに同じ夢を見ていたのだ。オールド・ホースが、何千年もまえからあるジダダの国定記念物の遺跡のいちばん高い石塔の上に座っている夢を。つまるところ、わたしたちとジダダの地を見おろす彼の姿は威厳に満ち、政権の座を奪われたようにはまったく見えぬばかりか、栄光の絶頂期と劣らず無敵に見えた。その頑丈な胸には権力を示すいくつもの勲章が輝き、頭上には神みずからが掲げたジダダの旗がきらめいていた。真っ黒な前肢の一本を抵抗の象徴として持ちあげていた。わたしたちは彼がその前肢を曇った空に向け、自身の名において昇れと太陽に命じるのを見ていた。すると太陽は彼の名において昇り、雲を払いのけた。さらに彼は太陽を指し、どこかへ行けと命じた。なぜなら、彼の目のなかに太陽がいたからだ。すると太陽は自分の行く場所を悟った。彼があの射ぬくような鋭い目を頭上の旗に向け、その昔、革命軍によって建国を果たしたダともうひとつダがつくジダダの国歌をうたいはじめると、わたしたちはだれに命令されたわけでもないのに、われ先にと直立不動の姿勢を取り、彼と一緒に声をかぎりに国歌をうたった。それは世界のどこで聞く国歌にも負けないすばらしい合唱となった。

その朝、目を覚ましたわたしたちは、いまのは夢にすぎないと気づいて安堵したが、そもそもそんなろくでもない夢を見てしまったことへの動揺は消えなかった。その夢はわたしたちを不安にさせ、さまざまな考えが交錯した。これがフェイク・ニュースだったらどうする？　残酷なジョークでしかなかったらどうする？　噂が流れはじめてから、オールド・ホースの姿を自分の目で見た者はいなかった。彼が人質に取られているという証拠はどこにあるんだ？　彼のいる場所は正確にはどこなんだ？　彼になにが起きているんだ？　ロバはどこにいるの？　あのパワフルな口をもつロバを黙らせるなんてことがほんとうにできるの？　わたしたちの不安をもっともかき立てた考えは——かりに噂が事実だとしても、オールド・ホースが戻ってきたらどうする？　こう考えてしまうには理由があった。彼が死んだというニュースがジダダ全土に広がったことが以前にあったのだ。そのときわたしたちは泣いた。悲しいからではなく、それぞれが自分にしかわからない喜びにひたって——それはわたしたちが邪悪だからではなく、彼の死によってしか彼から逃げる方法がないからだった。ただ死があるのみ。彼が死そのものをあからさまに拒否し、決まりきった呪文を魔術師のごとく唱えるだけの結果になったとしても。「このわたしが死ぬだって？　だれがそんな嘘をついたんだ？」それに、これまで何度も死の噂が流れたときとはちがって今回は彼が現れないという確信があるわけでもなく、わたしたちはしだいに不安をつのらせ、むしろ自分で信じられるように彼の姿をこの目で見たいと思うようになっていった。

権力とは露のようなもの

そしてついに、彼の時代が終わってからはじめて――治安部隊が公表した一枚の写真によって――彼の姿を目にしたわたしたちは、いま見えているものがほんとうに自分の見ているものだとは信じられなかった。そこには彼がいた。そこに写っているのはまぎれもなく閣下だった。自分の時代が終わったことが信じられず落胆の表情を浮かべた彼は、最後にわたしたちが見たときより――といってもそんなにまえのことではない――老けていた。そこに写っているのは、つまるところ、彼の幽霊、つまるところ、充電が最後の二パーセントになった惨めったらしく安っぽい携帯電話、つまるところ、ジダダの古代遺跡の動物版――かつては威容を誇っていたが、いまはその時代の栄光のかけらもない――でしかなかった。その姿はまるで捕虜だった。現に彼は捕虜なのだろう。治安部隊が彼の周囲を固めていたから。権力が鎧《よろい》のようなものなのは真実だ。ひとたびその鎧を脱げば、どんなに権力のある動物も空《から》のブリキ缶でしかない。こんなふうになってしまった彼――鎧を脱がされ、政権から引きずりおろされ、権力を奪われた彼、無力で謙虚で無害な彼——を見て、わたしたちは満足した。

つまるところ同情

だが、そうはいっても、わたしたちはそんな彼の姿を見たことがなく、彼がそんなふうになるとは考えたこともなく、彼のそんな姿を想像したこともなかったので、このような恐ろしい悲劇に立ち会ったわたしたちの心が多少なりとも落ち着くには、ある程度の時間を要した。そう、彼の時代が終わったのはたいへんよいことであり、実際、神の恵みなのだ。だって、ほかにどんな方法があれば彼から逃れられた?——そうはいっても、こんな形で現実になったのは悲しいことでもあった。もし、彼が独裁者になる道を選んでいなければ、そもそもこういうことにはならないだろう。もし、彼がここまでの苦しく痛ましい何十年もの年月におこなったような形でわたしたちを扱っていなければ、つまるところ、わたしたちもいま彼の身に起きていることが起こるのを許さないだろう。結局、彼は墓穴を掘ったのだ。そしていま、そこに身を横たえなければならなくなっている。

束縛を解かれた妻はあなたを破滅させるだろう

誤った方向へ導かれた建国の父の支持者たちが彼の落ちぶれた姿を見たときの悲嘆は、むろん尋常ではなかった。彼らはその狂った状況を説明してくれるものを求めて、周囲を見まわし、そう遠くまで目をやる必要はないと気がついた――ロバがそこにいたからだ。わたしたちは最初、彼女がいることに気づかなかった。こんなに静かな、まるで生け贄のような彼女を見たことがなかった。すぐそばにいるという感じさえしないし、いつもゲロを吐くように喋っている口もこのときばかりは完全に閉じられていた。今度のことの全責任は彼女のその口にあると支持者たちは言った。要するに家の外に雌の出る幕などないのだと、雌はキッチンと寝室に引っこんでいろと、支持者たちは言った。彼女のやったことを見ろと、彼女が建国の父をどんな状況に追いこんだか、われわれをどんな状況に追いこんだか、ジダダをどんな状況に追いこんだかを見ろと、支持者たちは言った。未来永劫、統治を続けるのは、神みずからが定め、空の星々に記された閣下の宿命であるのに、あのクズみたいなロバは、淫売の娘にして淫売たちの孫娘である淫売は、なんということをしてくれたんだ？　彼女はすべてを終わらせ、彼をへとへとにさせた。彼は彼女の所業をただ眺めていた。そうでなければ彼の時代が終わることはなかった。彼らはそう言った。

怒れる支持者たちは、自分たちに言うことがあるとすれば、淫売ロバの犯した許しがたい罪をどうやって償わせるかだと語った。彼女の背中を引きずって、石がゴロゴロした道を何回も往復させてやりたい。彼女を太鼓のように叩きまくってやりたい。彼女の肢の関節を棒で打ちすえてやりたい。彼女の尻尾を引っぱって淫らな欲望を抜き取ってやりたい。しかし、もちろん彼らにはできなかった。わたしたちがオールド・ホースのそばまで行って、どういう気分かと尋ねることができなかったように。わたしたちの体に残るひどい傷痕を彼の顔に押しつけて、彼がわたしたちにしたことを思い出させ、なぜこんなことをしたのかと問うことができなかったように。ここまでの過酷な長い年月、彼がずっとわたしたちに強いてきた、ありとあらゆる恐ろしいもの――独裁、打ち砕かれた夢、屈辱、苦痛、貧困、死、数えきれないほどたくさんある恐ろしいもの――を彼の肢もとに投げつけることができなかったように。わたしたちができなかったのは、これまでに起きたことの責任を負っているのはわたしたちではなかったからだ。

十一時間め

オールド・ホースを迎えにいった治安部隊のエリート集団は、匿名を条件にのちにこう語ることになる。オールド・ホースは、栄光の時代に描かれたまばゆいばかりに堂々とした肖像画に囲まれてソファでくつろいでいたが、そこにいる彼自身のほうがその何倍も堂々として見えたので、尻をつけて直立した体勢で彼を称える歌をうたわずにいるには最大限の自制心が必要だったと。彼は英国の紅茶を飲んでスコーンを口に運びながら、ジダダの声に耳を傾けていたと。彼は習慣で行動する動物なので、毎晩その時間にすることをしていたと。ブッダのごとき静かな佇まいに治安部隊は邪魔をする勇気が出ず、彼が紅茶を飲み終わるまで、最大限の敬意を表して戸口に待機していたのだと。

治安部隊はのちにこうも告白することになる。全作戦においてある種のタブーを犯してしまった罪の意識を痛感したと。相応の時間を準備に費やしたとはいえ、現実にその瞬間を迎えたときには、つまるところ落ち着きをなくしたと。自分たちが耐えられたのは全作戦の背後にいる最上位の指揮官たちへの恐れがあったからにすぎないと。犬たちが謝罪の言葉を繰り返しつつ、大統領一家を一ヵ所に集めて監視のもとに置いたところへ、その将官たちがやってきた。その間、治安部隊の犬たちは建国の父の鋭い視線を受けとめることができなかった。目を合わせたら最後、八つ裂きにされて腸も肝臓も心臓も切り刻まれそうだったから。そんな状況にあっても、つまるところ、オールド・ホースはこれ以上ないほど堂々として、生まれながらの統治者といったふうで、怖じ気づかせるには立派すぎ、退位させるにも立派すぎ、死なせるにも立派すぎた。

建国の父は最初はなにが起きているのか理解していなかった。不可解なことに彼は、銃を振りかざした治安部隊をまえにしながらも、「また誕生日が来たのか？　おまえたちはわたしを脅かしにきたのか？——脅かしにきたんだろう？」という声をあげていた。それからようやく、気を失っていたドクター・スウィート・マザーが意識を取り戻した。武装した犬たちが大統領官邸になだれこむと、彼女はまたも気を失った——死ぬほど怖かったのが気絶のおもな理由だが、もうひとつ、心が深く傷ついたからでもあった。自分と建国の父の栄光が終わるとは、それもこんな形で終わるとは夢にも思っていなかったのだ。ふたたび意識を取り戻した彼女は、いうまでもなく、だれかの解説がないとある種の事柄を処理できない年齢のオールド・ホースに、いまなにが起きているかを理解させた。

それはドクター・スウィート・マザーがこれまでに体験したもっとも過酷な出来事だった。PhDの学位をもってしても、かの有名な演説スキルをもってしても、このありえない事態をあらわす言葉は見つからないと実感させられたのだから。なにが起きているかをやっとのことで理解した建国の父は、ソファに座ったまま槍で突かれたかのように、ぴんと背すじを伸ばした。それから、武器を取ろうとする者がそうするように自分の脇に手をやった。まさにその刹那、唐突に思い出したからだ。大切な友であり兄弟であり同志でもあり、彼を好いている者——老木の育ち盛りのころから現在にいたるまで国を治めているウガンダの統治者——が、自分はどこにいようとなにをしていようと、いついかなるときもリボルバーを腰に挿していると言っていたことを。オールド・ホースの信頼する同志にして終生の統治者はこうも言った。犬たちに囲まれて国を治めるという困難な天職に就いていると、いつ、どんなふうにして夜明けが襲いかかるかまったくわからない。だが、自分なら無意識にそいつを哀れな母親のところへ送り返す支度をするだろうと。

むろん建国の父はなんの武器も見つけられなかった。彼は銃を携行していない。彼の警護は彼の統治が始まった瞬間から完全に治安部隊の役目とされてきた。また、彼自身、治安部隊の警護によって身の安全が確保されていることを信じて疑わなかったので、同じ一族出身の者だけで構成されたシークレット部隊を警護につけるべきだという、ドクター・スウィート・マザーと彼女の側近のフューチャー・サークルの主張をいつも無視していた。そう、つまるところ、彼らは、ダともうひとつダがつくジダダでは血がすべてだから、血から生まれる忠誠心を最優先とする犬たちのエリート集団が必要だと主張し、それができないなら、背信行為のあらゆる可能性を完璧に消し去るために、ゾンビのチーターだのゾンビのライオンだの、彼の役に立つこと以外には生との交わりがいっさいない者たちから成る警護隊の協力を得るべきだと助言した。建国の父はこれをあまりにも憶測が過ぎる被害妄想だと見なし、提案されるたびに大笑いして、前肢を振って拒否した。「ここはジダダだ。わたしに仕える犬たちはわたしを愛している。彼らがわたしに刃向かうようなことはけっしてない。それどころか彼らはわたしのために死のうとするだろう」しかし、どうなったかといえば――つまるところ、その治安部隊がこうして、建国の父が彼らはぜったいにやらないと断言したことをやっているのだった。

今日あなたの食べるものをつくり、あなたを暖める火は、明日あなたを焼くだろう。

「ありえない。まったくありえない。これは不幸なまちがいだ。わたしの動物たちはわたしを愛し、わたしを必要としている。この全ジダダがわたしを愛し、わたしを必要としている。全アフリカがわたしを愛している。英国の女王も心の底ではわたしを愛していることも、わたしにはわかっている。そのほかの全世界もわたしを愛している、いや、これが現実であるはずがない！」オールド・ホースは怒りを爆発させた。動揺のあまり耳障りなほど言葉がつっかえた。もしも彼に斬りかかって血を流させたら、憎悪に満ちたその血はタールの味がしただろう。

そこへ記章をきらめかせた将官たちが交渉役の小集団に付き添われてはいってきて、オールド・ホースはほんとうに自分の時代が終わる夜明けが近づいているのだと納得せざるをえなかった。どの動物も頭《こうべ》を垂れ、うつむいたままだった——こんな状況下でも建国の父への崇拝の念はまだ残っているので、殺意のこもった彼の目を見ることができないのだ。軍帽を目深にかぶった将官が静かな声で応じた。「いいえ、残念ながら現実なのです、閣下。そういうことになったのです」ブレスィング・ビビ大将は丸っこい体つきで動作が鈍く、柔和な顔をした犬だった。彼が通告役に選ばれたのは、その穏やかな外見もさることながら、交渉役の将官のなかで英語をもっとも上手に操れるからだった。英語はむろん、オールド・ホースが好む怒りの言語だ。

「そういうこととはどういうことだ？」建国の父は轟くような声で訊き返した。彼は裏切った者たち自身の口から返答を聞きたかった。

「ごらんのとおりということです、親愛なる閣下《ディア》」ブレスィング・ビビ大将はオールド・ホースの視線を避けて、もごもご言った。

「ごらんのとおりだと？　ごらんのとおりとは、いったいどうごらんのとおりなんだ、ブレスィング・ビビ大将？　いつからわたしはきみの愛しの君《ディア》になったんだ？　わたしはどこかの雌に似ているのかね？　それに、なぜわたしの目を見ずに、ごらんのとおりなどと言えるんだ？　くそったれなクーデターを起こしたおまえら犬ども《ウェナ・ンジャ》が！　むかつく野良犬どもめ《ムゴドィ・ムサタンヨコ》！」オールド・ホースはブレスィング・ビビ大将の母語でわめいた。これには部屋にいる動物全員がぎょっとした。オールド・ホースの怒りに驚いたのではなく、この数十年、彼が毒づくのを聞いたことがなかったからだ。うまく喋れないとされている言語を使ったのだからなおさらだった。

「そんな、めっそうもございません、閣下！　この状況がどんなふうに見えているかは承知しております、親愛なる閣下。しかし、見えているとおりということではないのです。ですから、そのように決めつけるにはおよびません。どうか、お願いいたします」ブレスィング・ビビ大将は言った。彼はなおもオールド・ホースと目を合わせないようにしながらも、上官のジューダス・グッドネス・レザ大将と視線を交わした。こんな汚れ仕事をしたくはなかった。一方、この混乱に果たした役割からすればオールド・ホースへの説得を務めるべきなのはレザ大将なのに、当の大将は花嫁よろしくただ座っているだけだ。しかも、ブレスィング・ビビ大将は穏やかさが伝説になるほどの犬なのに、しだいに激して不安をつのらせていった。彼はこの状況を激化させずにいたいと全身全霊で願った。計画では閣下をなだめることになっていた。もっと重要なのは発砲は厳禁ということ、そして、なにより重要なのは、起きていることをありのままには見せないということだった。

「それで、わたしたちをどうするつもりなの、愚かなあなたがたは？　許されると思っているのかしら、こんなことをして――」怒りと信じがたい思いで顔を鉛色にしたドクター・スウィート・マザーは、最後まで言わなかった。犬たちがいっせいに頭の向きを変えて彼女をにらみつけたからだ。ロバは彼らの目から放たれたレーザー光線に縮みあがった。つまるところ、その夜とそのあとの三晩を通じて彼女が発した言葉はそれだけだった。

「だが、教えてくれ、なぜわたしにこういうことをするんだね、レザ？　こんなふうに軍を政治に巻きこむとは、きみ《イウェ》が？　よりにもよってきみがなにをしでかそうというんだ？　血なまぐさいクーデターか？　ええ、大将？　あれだけの体験をともにしてきたあとで？　あれだけのことをきみにしてやったというのに？」オールド・ホースは唸った。彼の目はいまはピットブルに向けられていたが、ジューダス・グッドネス・レザ大将は耳も口も使う気がなさそうな様子で座っていた。

「失礼ながら、閣下、ここでは今回のことをクーデターと呼ぶのを、とりわけ血なまぐさいクーデターと呼ぶのを差し控えさせていただきますが、よろしいでしょうか？　この麗しい場所に一滴の血も流されていないのはあきらかなのですから」ブレスィング・ビビ大将は必死の身ぶりで部屋をぐるりと示した。

「きみはいったいなにを言ってるんだ。大将？　その耳に自分の言っていることが聞こえているか？」オールド・ホースは怒鳴った。

「わたくしはただ、いまここで起きていることがクーデター《クープ》でないのは明白だと申しあげているだけです、閣下」犬は言った。

「クーデターじゃないなら、この騒ぎはなんなんだ？」オールド・ホースはわめいた。彼がテーブルに蹄を叩きつけると、飲みかけのアールグレイがカップからこぼれて飛び散った。

「おっと、閣下のクープ、いやカップが。はい、閣下のご質問におこたえするなら、いま起きていることはたまたま不幸な混乱状況に陥っているにすぎません。この混乱はただちに解消されるでしょう」ブレスィング・ビビ大将は言った。暑いわけでもないのに滝のような汗をかきながら。

「それと、つけ加えますなら、閣下、ほんの数時間まえにです、政権内であなたの辞任と引退を認める決定が為され――」

「わたしがそのくそいまいましい政権だろうが、大将。きみがなんの話をしているのか、さっぱりわからん！　きみはわたしが疲れたと言うのをどこかで一度でも聞いたことがあるかね？　教えてやろう、このわたしに辞任と引退を命じるのは、わたしを任命した神のみであって、恩を仇で返す見下げ果てたおまえたち、ハイエナの息子どもではない！　うまくやったと思っているかもしれんが、かならずあとで驚くことになるぞ！　ここはジダダだ。ダともうひとつダがつくわたしのジダダの話をしているんだ。まあ見ていろ。国家の子らがこれを受け入れると思うのか？　アフリカがこれを受け入れると思うのか？　世界がこれを受け入れると思うのか？　わたしにはわかっている。おまえたちもわかっているし、神もごぞんじだ。太陽もわかっているし、ジダダの土地も、空気も、祖先たちもわかっている。憲法に反するこのような犯罪に、このような茶番に、このような醜態に、わたしの動物たちはけっして耐えられないということを。教えてやろう、大将、きみは自分がだれを相手にしているかをわかっておらん。ジダダがどれだけわたしを愛しているかをわかっておらん。わたしの動物たちをわかっておらん。だが、今日それがわかるだろう。まあ、見ていろ」オールド・ホースはわめき立てた。

心変わり

しかし、建国の父もわたしたちをわかっていなかった。いま彼の身に起きていることは、じつはこれまでわたしたちの身に起きたことのうち最高のことだということが。彼が不正操作をおこなった最後の選挙のあとは、というより、やはり不正操作をおこなったそのまえの選挙、もっとまえの幾度もの選挙のあとからずっと、彼が拉致されるまで——そう、彼と彼の政権が、平和かつ合憲な手段でわたしたちの望みどおりに彼を辞任させるための適切かつ可能な機会をことごとく阻止することを始めてからずっと、わたしたちには彼の死を待ちわびるだけの、どのような死に方だろうとただ待ちわびるだけの動物になるしか選択肢が残されていなかったのだということが。統治の失敗は動物の心を変えてしまうのだ。無慈悲な支配は動物の心を変えてしまうのだ。政治の腐敗は動物の心を変えてしまうのだ。貧困は動物の心を変えてしまうのだ。独裁は動物の心を変えてしまうのだ。不正操作された選挙は動物の心を変えてしまうのだ。民主主義の国外流出は動物の心を変えてしまうのだ。無辜《むこ》の民の虐殺は動物の心を変えてしまうのだ。不平等は動物の心を変えてしまうのだ。政権による民族性重視は動物の心を変えてしまうのだ。貧しい者はますます貧しくなり、金持ちはますます金持ちになるという状況は動物の心を変えてしまうのだ。打ち砕かれた希望、裏切られた夢、破られた独立の約束——そうしたすべて——が、かつては忍耐強く忠誠心も強かったわたしたちの心を変えてしまった。だから建国の父が、わたしたちが彼の名のもとに立ちあがり、どれほど彼を必要とし愛しているかを治安部隊に示すのを待っているときに、わたしたちは路上に出て、治安部隊が始めたことを、そう、つまるところ、彼の棺桶に釘を打つのを手伝ったのだ。

終わりの始まり

わたしたちは市《まち》の中心の、いつも満開のジャカランダの大木の下に立った。暴れている者もいれば、祈っている者もいた。大声でわめいている者もいれば、革命歌をうたっている者も、聖歌をうたっている者も、外国のジャーナリストと話している者もいた。正真正銘の事情通によれば、ジダダ議事堂《ハウス・オヴ・ジダダ》では辞任要求を拒否する建国の父に対する弾劾手続きがすでに開始されていた。これは与党とライバルである野党の団結を見るまれな機会だった。選挙でオールド・ホースを退陣させることに失敗しつづけてきた野党は、わたしたちと同じく、こうなった以上はどんな犠牲を払ってでも彼が消えるのを見届けようとしていた。

動物たちのこの結集を自分の目で見ていなければ、彼は背信行為と自身が呼ぶものに同意しなかったにちがいない――そう、彼の愛するダともうひとつダがつくジダダ、つまるところ、ほかのなによりも彼が愛するただひとつの国が、彼の辞任を求めていたのである。事情通が言うには、彼は交渉役の一団にこう告げた。自分は無理やり辞任させられるという屈辱を、それもテレビのカメラがまわっているところで、敵対勢力が勢揃いしているまえで、どう見ても一塊の糞程度の脳味噌しかなさそうなやつが書いた無礼なくそスピーチによっておこなわれるという屈辱を拒否したけれども、同じように国家の子らを、国家の危機に直面しているときに、彼らがあきらかに自分を必要としているまさにそのときに捨てるという不名誉も拒否するつもりだと。ブレスィング・ビビ大将が「しかし、国家の子ら自身があなたの辞任を望んでいるように思われますが、閣下。彼らはこうしているあいだにもジダダ議事堂の外に集まって、あなたの辞任を要求していますよ」と言うと、建国の父はげらげら笑いだし、よれた尾をはためかせた。「国家の子らが使い終わったトイレットペーパーのように自分の父を捨てるなどと考えるとは、頭がどうかしているんじゃないのか！　これからきみとジダダ議事堂へ行き、きみの言うとおりのことが実際に起きているのを見たら、辞任してやろう。もう一度言うが、きみはわたしの子らをわかっておらん。わたしの動物たちをわかっておらん！」

つまるところ、建国の父とブレスィング・ビビ大将は注目を浴びないように、みすぼらしいおんぼろ荷車に乗って出かけた。市民集会の中心まで行くと路上に降り立った。建国の父はお忍びの恰好をしていたから、彼に気づく者はいなかった。とほうもない規模の群衆に建国の父の体はあやうく裂かれそうになった——どっちを向いても体、体、体、そこらじゅう体だらけだ。あたりの見慣れた景色がなければ、自分がこの市《まち》にいると認識できたかどうかわからない。なぜなら、そこで起きていたことは、ダともうひとつダがつくジダダで起きるようなことではなかったから。彼は一瞬棒立ちになり、いま見えている光景はほんとうに自分が見ているものなのだろうかと思った。ジダダ党の象徴《レガリア》をまとった動物たちと野党の象徴をまとった動物たちが一緒になって踊っている。ショック状態でこの光景に見入っているうちに建国の父は胸のむかつきを覚え、失神しそうになった。裏切られたと感じた。彼の政権が何十年という長い月日を費やしてつくってきたジダダで、野党の動物たちが、ひとつのジダダの名のもとに与党と団結するなんてことはあるはずがなかった。そのように考えていたのは彼だけではなかった。祝いの声をあげる動物たちの頭上を旋回しているハゲワシの群れも混乱しながら自問していた——血はいったいどこで流されているんだ？　死体は地面のどこにあるんだ？　なぜなら、つまるところジダダでは、与党に逆らった集会は例外なく弾圧され、かならず腐肉、腐肉、腐肉で終わるのは周知の事実だったから。

オールド・ホースは豚たちが〝ジダダは二度とおまえの植民地にはならない！〟と書かれた黄色の巨大な気球を飛ばすの見た。猫が〝暴君を打倒せよ！〟と書かれたプラカードを掲げているのを見た。雄羊のプラカードには〝オールド・ホースは去らなければならない〟と、ロバのプラカードには〝もうたくさん！〟と書いてあった。孔雀のプラカードには〝時間ですよ〟と、羊のプラカードには〝今度こそオールド・ホースはジダダを去る！〟と、雌牛のプラカードには〝自由なジダダ〟と書かれていた。さらに〝#辞任を命ず〟と書かれたプラカードも、〝#新たな出発〟と書かれたプラカードもあった。〝行け行け、われらが将官たち〟と書かれたアヒルのプラカードも見たし、〝わたしたちの子どもとわたしたちの未来のために〟と書かれた山羊のプラカードも見た。馬のプラカードは〝オールド・ホースはもう休養しなければならない〟、ニワトリのプラカードは〝犬たちの声はジダダの声〟、ガチョウのプラカードは〝汚職をなくせ〟だった。〝ジダダ議事堂は仕事を終わらせろ〟というロバのプラカードもあったし、〝指導力は性別で伝えられるものではない！〟という山羊のプラカードも、〝オールド・ホースはつまんなーい！！！〟という猫のプラカードもあった。

彼はたくさんの種類のプラカードを見た。違法なプラカードを、信じがたいプラカードを、不愉快なプラカードを、まちがったプラカードを、情報不足のプラカードを。それらを掲げている動物たちは踊ったり、走ったり、叫んだり、絶叫したりして、彼の違法な追放を要求していた。「独裁をぶっつぶせ！」彼らはわめいた。「さらば、独裁者！」彼らは怒鳴った。「圧政を打倒！」彼らは金切り声をあげた。「新たな夜明け万歳！」群衆は吠えながら、街路をのみこむようにして進み、列に加わる動物の群れはどんどん増えていった。口笛を吹く動物。ブブゼラ（南アフリカでサッカーの応援などに使われるプラスチックの管楽器）を吹く動物。歌をうたう動物。声をあげて笑う動物。祈りを口にする動物。のろのろと進む車でやってくる動物もいた。自転車でも、バスでも、みすぼらしい荷車でもやってきた。木に登って見物している動物もいた。そうした動物たちの群れは途切れることなく増えつづけ、彼にはもう理解不能となった。

どこかでの時点で彼は頭を起こして天に向けた。たぶん神の啓示を探していたのだろう。彼を選び、長い長い長い統治を続けよと彼に命じたのは神なのだから。けれど、そこに見えたのはぼやけた太陽だけだった。彼は太陽に黒くなれと無言の指示を与えた——そう、つまるところ、建国の父は真っ昼間にジダダを真っ暗闇に投げこめと太陽に命じた。反逆の罪を犯した群衆をすべて無秩序のなかに投げこみ、彼が真の友を見つけて、この誤った混乱から抜けだす方法を探しあてる時間をつくれと。けれど、つまるところ、太陽はひるみもしなければ、ぴくりと動くでもなく、なにひとつしなかった——神の定めたルールにおいてはじめて、太陽は彼にしたがうことをきっぱりと拒んだのだ。

彼はいっそう信じられぬ思いでその場に立ち尽くした。体が震えたが震えを止めようとはしなかった。熱狂した群衆の真っただなかで完全な孤独を感じながら、考えていた。しかし、なにが起きているんだ？　そう、彼は自問していた。しかし、なにが起きていたんだ？いつから起きていたんだ？かつてはわたしを愛していたまさにその動物たちが、どうやらわたしを愛するのをやめ、わたしを必要とするのもやめたのは正確にはどの時点だったんだ？　さらに彼はこう自問した。わたしは彼らの愛にこたえてなにをした？　つまるところ、彼の胸は痛みに耐えかねて張り裂けた。一度ならず何千回、何万回も。路上に出ている動物たち一匹一匹を思って。どこにいようとその瞬間の彼を愛そうとしないジダダ民がいただろうか？　それはほんとうの意味で彼の胸が張り裂けたはじめての体験だった。

終わりの終わり

このまま道路を進んでジダダ議事堂まで行けば、もっとよく見ることができますが、どうしましょうと、ブレスィング・ビビ大将が優しい口調で尋ねると、つまるところ、閣下はただ頭を横に振った。混乱した灰色の頭のなかで彼は考えていた。それにしても、つねに立つ余地がないほどわたしの集会を埋め尽くしていた動物たちはどうしたんだろう？　彼らはどこにいるんだ？　わたしが主宰する催しにはわたしの顔が描かれた衣裳で着飾ってやってきていた愛国戦線の戦士たちは、どこにいるんだ？　それに、わたしの集会ではいつでも歌ったり号泣したりしていた雌たちは、空港でシュプレヒコールをしたり踊ったりしながら、わたしを見送ったり出迎えたりしていた雌たちは？　そう、わたしの顔が描かれた衣裳が破けんばかりに腰をまわしたり尻を振ったりしていたあの雌たちは、いったいどこにいるんだ？　まるで神をまえにしたかのようにわたしのまえでひれ伏していた若者たちはどこにいるんだ？　わたしをいつも愛していた、わたしをいつも必要としていた、あのすべての動物たちは、その愛を抱いてどこへ行ってしまったんだ？？？

つまるところ、彼が立ち尽くしてその愛について思いをめぐらしていると、痩せた雌牛が彼の顔のまえに旗を突きだし、こう言った。「哀れな独裁者の死を見届けるまで生き延びられるとは思ってもいなかったわ。あなたは思っていた、愛しいあなた？　わたしはこれでもっとましな死に方ができるわ。わたしたちはみな、これでもっとましな死に方ができるのよ。想像してごらんなさいな！」狂った雌牛はほくそえんだ。自分の話している相手がだれだか気づいていないようで、不揃いな醜い歯をむき出しにしてくすくす笑いながら、案ずるように彼を軽く突くと、ブーブー唸っている豚の群れのほうへのろのろと向かった。彼は立ち去る彼女を見送った。悔しさのあまり口のなかに〈ガマトックス〉（ジンバブエで一九八〇年代に禁止された殺虫剤。のちに与党内の反対派を指して集会のシュプレヒコールに使われるようになった）の味がするのを感じながら、彼は思った。わたしに長い長い長い統治を続けるように命じた神はどこにいるんだ？　側近たちは？　閣僚は？　選民はどこにいる？　隣人はどこにいる？　友は？　ジダダがこんなふうにばらばらになろうとしているときに、世界はどこにいるんだ？

　彼は向きを変え、うねる体の流れに逆らって、来た道を戻った。動物たちは肢を止めて道を譲るでもなく、彼を称える歌をうたうでもなかった。彼が自分たちのなかに、自分たちと一緒にそこにいるのに見ようともしなかった。彼はかまわず、敵意を噛みしめながら、重い肢を引きずって進んだ。途中で連れのいない動物――羊――にぶつかり、そこに自分を見ると、つまり、彼女の黄色いシャツにも、黒いスカートにも、赤いマフラーにも、緑の帽子にも、白いバッグにも描かれた自分の顔を見ると、彼女に向けて怒りの言葉を吐きだしかけた。羊は泣いていた。その涙はほかの裏切り者の獣どもが流しているような喜びの涙ではなかった。そうではなくて、真の心の痛みが流す滂《ぼう》沱《だ》の涙だった。建国の父は彼女のすさまじい悲しみに感動するあまり、歩みを止めた。

「彼がいなくなってしまった。彼らは解放戦士を追放した！　わたしの大統領はだれだったの？　わたしの母の大統領はだれだったの？　わたしの祖母の大統領はだれだったの？　これから、わたしの子どもたちの大統領にはだれがなるの?!　子どもたちの子どもたちの大統領は?!　子どもたちの子どもたちの子どもたちの大統領は?!　彼がいなくなって、わたしは、わたしたちはどうなるの?!」羊はメエメエ泣いた。こんなふうに、まるで彼がほんとうに死んでしまったかのように、自分の不在が嘆かれていることを知り、建国の父は感動に震えた。つまるところ、感動のあまり肢を伸ばして、深い悲しみに打ちひしがれた動物に触れようとした。が、その肢が止まった。まさにその瞬間、不気味な若い獣の一団が、公的に用いられている彼の立派な肖像を燃やしはじめたからだ。火のついた肖像が燃えだした。彼にはその燃えあがる炎がたしかに自身の肉をのみこんでいくように感じられた。しまいには、これ以上の冒瀆には耐えられないと悟り、大統領官邸へ引き返した。その姿は、ほんの二時間まえに官邸を出たときより老けて見えた。自分で書いてはいないが書いたことにされている辞表をだれかに手渡され、自分で書いたことにするためにサインするよう求められると、つまるところサインした。

兵士との自撮り

わたしたちがジダダ議事堂の外に立っていると、太陽が奇妙な動きを見せて光を弱め、空に影を投げるのと同時に、待望のニュースがはいってきた――そう、つまるところ、建国の父がついに辞表を出したというのである。そのニュースは野火のように広がり、ダともうひとつダがつくジダダは燃えあがった。そして、新たな自由を勝ち取った街路に、大集会のただなかに、ワゴン車に乗った治安部隊が現れた。これまでの長い年月、重武装した犬たちを見ても、命を奪われないように逃げることをしなかったのはこのときがはじめてだった――ようやくジダダは自由になったのだ!

自由になったジダダの街路でわたしたちは恐怖を忘れ、治安部隊とともにあった自分たちの痛ましい歴史を忘れ、彼らとともに食事をし、彼らとともに祈りを捧げた。つまるところ、自由になったジダダの街路で、兵士とともにポーズを取って自撮りをした。わたしたちは天に昇ってはまた地上に飛び降りた。ダンスをし、自分の胸を叩き、兵士とともに大地を踏みしめた。ジダダのまわりのジャングルではライオンや象やバッファローやサイや豹などの獰猛な野生動物がわたしたちのあげる声や音を聞き、その自由の地響きに震えていた。

ジダダの神

つまるところ群衆の神、つまるところ真の集会の司令官

その日曜日の朝七時きっかり、広大なオールド・ジダダ・ショウグラウンドに神の霊が全力で舞い降りた。前年に、神がドクター・O・G・モーゼズにキリスト預言教会軍の起動をお命じになった場所だ。数時間もしないうちに会場は動物たちで埋まり、破裂せんばかりになった。道ばたの小枝や石ころでさえ、問われればこう言ったかもしれない。そう、集会についていえば、どこのだれも、つまるところ党も政治屋も、つまるところ政権も、つまるところパフォーミング・アーティストも、つまるところ祝典も、つまるところ葬式も、つまるところ抵抗も、つまるところ危機ですら——このとき神が集めたように群衆を集めることはできなかった。いつもと変わらぬ熱のこもった宗教儀式が開始された。キリスト預言教会の会衆、略して〝兵隊〟と呼ばれている信徒たちが、興味津々の部外者たちに向かって説明したところによると、熱意がみなぎるこの教会は、祖父世代のカメたちが振り絞る滑稽なエネルギーによって礼拝が始まり、おそらくはプログラムが進行するなかでちょっとずつ勢いを増していくだけのみすぼらしい弱小教会とは対照的だった。キリスト預言教会軍の礼拝は、最初から最後まで一貫して快調に、つまるところ全速力《ハイ・ギア》で進んでいくと彼らは言

った。われわれは強力な着火装置《ファイヤー・ファイヤー・ギア》という、愛情のこもった名でも知られているのだと。これは神の圧倒的な存在のおかげであり、動物は蹄のひとつを、前肢のひとつを、後肢のひとつを聖なる大地におろした瞬間から、神の存在を経験しているのだと。

「あなたも感じないこと、ダッチェス？　あの特別なエネルギーを？　ここに集まったわたしたち〝兵隊〟はそれをファイヤー・ファイヤーと呼んでいるのよ。あなたが信じようと信じまいと、それを感じないことはありえないわ、我がシスター！　それは神自身なんだもの。神はここにおられるの！　そうですとも《コーナ・シジェ・ヴェレ》、姿勢を正して顔を起こしていれば、それをきちんと、適切に、感じることができるとわたしは言っているのよ、ダッチェス。姿勢を正して顔を起こしていれば、わたしとあなたがこんなふうに話すこともないということを」ひどく目立つ大きな赤い帽子で顔の半分が隠れた羊が、隣に座っている猫を何度もつつきながら言った。みんなに声が聞こえるように叫ばずにいられなかったその羊は、神の母《マザー・オヴ・ゴッド》として知られていた。彼女にその呼び名がつけられたのは、つまるところ、長男のゴッドノウズが生まれたあとだった。彼女はいかにも〝兵隊〟らしい図々しく尊大な物言いをした。そのいちばんの理由は、預言者ドクター・O・G・モーゼズが自分の信徒たちにいつも言い聞かせているからだった。〝兵隊〟であるからには自分の神の栄光を誇りに思い、メシアのためなら声高に、尊大に、目立ってみせる覚悟がなければ、聖地に尻を置く価値などあるはずもないと。

「まるで、ここにいる群衆が成長しつづけているかのようだわね、なんとまあ《ダドウェトゥ・カババ》」ロズィケイの女公爵《ダッチェス》、または略してダッチェスはそうこたえた。猫にすれば、馬鹿げた感想だと思ったこの返答を無視するのが友達である羊の気持ちを傷つけぬためにできる最善のことだったが、彼女はこれまでも

「だから言ったでしょ! わたしたちは大群衆なの! すばらしいわ。こうやってここにみんなが。

じゅうぶんすぎるほど羊を無視してきたから、自分の優しさのカップの中身はそう遠くない将来、尽きてしまうのではないかと案じた。羊と同様、ダッチェスも年増で、非常に優雅ではあったが、喋りだせば、しわがれ声で侮蔑や否認と受け取られてもおかしくない言葉を発したし、目についたものにやたらと腿をぶつけた。そんなさまは、自身の意に反して彼女を部外者のようにも神を信じない者にも見せていた。

「だから、もちろん、このジダダじゅうの教会はどこにもわたしたちに太刀打ちできない。あの傲慢なエゼキエル使徒教会でさえ」羊は頭を上下に振って、目を輝かせた。両者はともに特定居住区のロズィケイで暮らすお隣さん同士で、もう五十年もつきあってきたから、姉妹のようなものだった。

「このままいくと、自分の銀行口座には本来の貨幣が山のようにあるとでも考えてしまいそうね」ダッチェスは言った。だが、それは猫の頭に浮かんだ二番めのことだった。つまるところ、最初に猫の頭に浮かんだ言葉はこうだ。「あなたがいま話している、みんなの関心事のこのファイヤー・ファイヤーはあなたを低能にもしてしまいそうね」しかし、どうやら彼女はまたも優しさのカップをもうひとつすすりすることを選んだらしい。今度はマザー・オヴ・ゴッドが無視する番だった。ダッチェスは、部外者にして神を信じない者であるばかりか、預言者ドクター・O・G・モーゼズがなじる者でもあったから。猫は――その首と手首のまわりで炎のようにきらめいている鮮やかな数珠玉が示唆するとおりに――治療師にして霊媒で激烈な説教のなかで〝異教徒の哀れな呪術師〟となじる者でもあったから。猫は――その首と手首のまわりで炎のようにきらめいている鮮やかな数珠玉が示唆するとおりに――治療師にして霊媒である高祖母のノムクーブルワネ・ンカラまでさかのぼる土着の宗教を実践していた。平和を願うマザー・オヴ・ゴッドは、声高な預言者がこれをその日のお気に入りの話題としないようにと祈った。

「で、マザー・オヴ・ゴッド、あなたはこんな群衆のなかでも、シミソを見分けられたと言っているのよね？」猫は言った。つまるところ、そんな理由でもなければ彼女の姿が見られるはずのない教会に来ているほんとうの理由を口にした。

「そのとおりよ。でも、それはただ、列を成す動物たちのなかを進んでいても、彼女が、最後にロズィケイで見かけたときとまったく同じ赤い色のドレスを着ていて、しかも、彼女とデスティニーが写った写真を掲げながら、〝わたしの娘を見た人はいませんか？〟と訊いていたからよ。だけど、わたしはなぜかそのとき、ジダダを訪問中だったナイジェリアの預言者の説教に夢中で耳を傾けていて、はっと気がついたのはシミソの姿が群衆のなかに消えたあとだったの」羊は心の底から悔やんで言った。

「こぼれたミルクを嘆いてもしかたがないということね、マザー・オヴ・ゴッド。後悔先に立たずってやつね。そのナイジェリアの説教師とやらは、ただ説教をするためだけにはるばるナイジェリアからやってきたって《ンジェ》こと？」

「預言者よ、ダッチェス。説教師ではなく預言者。結婚式で水をワインに変えるにとどまらず、ワインが流れ出るのと同時にパンをケーキに変えることまでした方よ。ニュースは彼のことでもちきりだったから、あなただって覚えているでしょう。同行者の名前はなんだったかしら、ほら、マラウィ（ジンバブエに近い共和国）のあのお金持ちの弟子よ、南アフリカを拠点にしている」

「ふーん、なるほど」ダッチェスは顎を上げて、ひげの手入れをした。

「この場所が動物でぎゅうぎゅう詰めだというなら、あそこの混雑を見ておくべきだったわね」マザー・オヴ・ゴッドは誇らしげに言った。ここがぎゅうぎゅう詰めになっているのは自分の手柄だといわんばかりに。

「わたしが個人的に《パーソマリー》見てみたいのは、ニューヨーク・シティやロンドンやパリやベルリンに白い動物たちが集まっているところなの――ここに集まっているのと同じ規模の群衆が、アフリカの土着の宗教の名のもとに集まって、アフリカの言語で一生懸命喋っているところ。それなら、マザー・オヴ・ゴッド、わたしも見てみたい。そういう《ンジェ》光景なら、ぜひとも」

　マザー・オヴ・ゴッドは友達を無視した。だが、そのまえにふと思いついたことがあった。彼女は体をかがめて椅子の下に置いてあるバッグのなかをまさぐり、聖油の小瓶を取り出すと、額に塗油した。つまるところ、その思いつき――体をかがめて椅子の下に前肢を伸ばし、バッグのなかをまさぐって聖油の小瓶を取り出して額に塗油するという行為をマザー・オヴ・ゴッドにさせた考え――とは、もし、土地の伝統的な宗教の実践者たちが、預言者ドクター・O・G・モーゼズのおっしゃるとおり悪魔であるなら、意図的ではないものの自分は神聖な場にサタンを招いてしまったのかもしれず、単に友達の言葉をただ聞いているだけではないのかもしれないということだった。実際、羊は体を起こしたとき、猫の頭の上にそれまで気づかなかった黒い光輪が見えると思ったほどだ。羊はとっさにもう一度身をかがめ、椅子の下に前肢を伸ばし、小瓶を取り出して、もう一度聖油を額に塗りなおした。

「なんとまあ《ダドウェトゥ・カババ》！　わかるでしょ《ウヤズィ》、わたしはあのイミゴドイ（よりよき社会を目指すという課題とは逆の行動を取る、本質的な犯罪者の意）も教会の集会に来ているとは思わなかったわ。まさかそんなことがあるとは思わなかった」ダッチェスは言った。

　猫が話している相手は自分の連れだったのかもしれないが、太い棘《とげ》のある声の響きと、仲間たちのまえの席に座った二匹組の犬がせわしなく頭をまわして周囲を見るさまから――つまるところ、自分たちが実際にちくちくと刺されているとでもいうように――意図して彼らにこのやりとりを聞かせていることはあきらかだった。犬たちは、いつも自分たちが咬んだり殴ったり、場合によっては監獄送りにしている馬鹿なやつらの世迷《よま》い言《ごと》を語っているのが、小柄な老いた猫でしかないとわかって驚いたのだとしても、感情のいっさいを消した目もその無表情な顔もそうした本心をあらわしてはいなかった。彼らは目も頭も動かさずにただ彼女を上から下まで眺めてから、頭をぐるっとまわして彼女と面と向きあったときと同じように、突然、ぐるっと向きなおった。

「つまり、市民を怖がらせ、打ちすえ、ジダダじゅうの街路で血を流させている彼らを見れば、悪魔を崇拝している連中だと思うでしょうが。あなたは聞いた、マザー・オヴ・ゴッド？　彼らがジダダ広場で、消えてしまった者たちの姉妹に対してやったことを？　マムロヴの片目を警棒でえぐり出しかけたことを？　それでもこうして、ここに彼らがいて、神と関わりがあるようなふりをしている。神のスペルも書けないくせに」ダッチェスは憤りを隠さなかった。血を流してもいいという意思も隠さなかった。犬の片方が振り向き、恐ろしげな笑いを口もとに浮かべて言った。「神はあらゆる者のためにいるんだよ、おばさん。それと、あんたが話してるのはわれわれの職務についてだ。それは現実にはわれわれがだれであるかってこととは関係ないのさ。よく覚えとけよ、われわれは命令に従ってるだけなんだ。どこの世界でも雇われてる者がそうするように」犬は唸り声で言ってから、またぷいと向きなおった。

ロズィケイのダッチェスは犬の臭い息のせいで気絶しそうになりながらも、口を開いて言い返そうとした――むろん、わたしはあんたのおばさんなんかじゃないと醜い雑種犬に教えてやるつもりで。ところが、口から出てきたのは雌鶏じみたコッコッという奇妙な声で、ここへ友達を一緒に連れてきたことをマザー・オヴ・ゴッドに後悔させる羽目になった。その異様な笑い声のあとになにが起きるかは端《はな》から彼女にはわかっていたからだ。そう、つまるところ、ここでは破滅的に口汚い罵倒が繰り返されるばかりなのだから、犬たちは、キリストを信じる愛すべきブラザーたちは、どこかほかに座る場所を見つけるべきだろう。すると、猫が罵倒のさらなる繰り返しを発しようとしているまさにそのとき、天の配剤としかマザー・オヴ・ゴッドには思えないタイミングで、預言者ドクター・O・G・モーゼズが後肢で登壇した。白いスーツに身を包んだ彼は堂々として神々しく見えた。それから突然、広い地面のそこここに設置された無数のプロジェクター・スクリーンに彼が映しだされた。預言者の姿と声を、ここにいる動物たちのどの目にもどの耳にも届けようという仕掛けである。つまるところ、礼拝はその瞬間、同時にライブ配信にもなった。なんらかの理由で物理的にこの礼拝に参加できない〝兵隊〟たちのために。そしてもちろん、ジダダであろうと全世界のどこであろうと、教会の名高きファイヤー・ファイヤーを体験したいと思っている者たちのために。

救い主

こうして預言者を迎えた〝兵隊〟は途切れることなく拍手を送った。豚が白いハンカチを振って拍手を止めるまで。

「本日の礼拝を始めるまえに、この祝福された機会を借りて我が神に感謝を捧げたい、造物主たる神が、救い主たる神が、善き羊飼いたる神が、われらの窮乏に際してジダダに目をかけてくださったことに。ハレルヤ！」豚は情熱のこもった朗々とした声でうたうように言った。

「アーメン！！！」〝兵隊〟はファイヤー・ファイヤー・ギアのモードで轟くように応じた。

「神はわたしたちの長い苦しみを見ておられた。これだけはあなたがた、かけがえのない兵隊《オー・プレシャス・ソルジャーズ》のみなさんに言っておきましょう。神は理解しておられた。わたくしたちにはなんとしても変化が必要であることを、新たな道が必要であることを。だからこそ、わたくしたちがまさに欲しているものを、わたくしたちがまさに欲しているときに、それを与える気になられた。しかも、わたくしたちには思いもよらぬ形で。なぜなら、神は子どもらがなにを欲しがっているのかを尋ねずともわかってしまう最高の父だからです！　ええ、そう、そう、そうなのです、神は、我が父は、よってジダダに救い主を送られた。なぜなら彼の国が必死に救いを欲しているから、ハレルヤーーーーーーーーーーーーーッ！」豚は叫んだ。そう、つまるところ、彼の〝ハレルヤ〟を受けとめたマザー・オヴ・ゴッドと全群衆の張りあげる声が大地を震わせた。

預言者はここでうしろを振り返った。白いテントの下には彼の妻やアシスタントや地元の名士といったジダダの選民たちにまじって、彼を訪ねてきた新政権の閣僚たちも座っていた。ダともうひとつダがつくジダダでトップに位置する福音派の高名なカリスマ的指導者によるこの承認は、神による承認そのものなので、閣僚たちは前肢を高く上げて後肢で立つ、革命党のお決まりの敬礼をしてみせた。預言者が身ぶりで着席をうながすと、彼らはそれに倣った。

「神が送りしジダダの救い主をここで正式に紹介し、彼自身の口であなたがたに語ってもらうことは、オー・プレシャス・ソルジャーズのみなさん、わたくしにとって名誉であり、喜びです。本日の特別なサプライズ・ゲストをどうぞ歓迎してください。閣下、そして、変革をもたらす指導者を待ち望んでいるジダダ共和国の新大統領、ほかのだれでもない――テュヴィアス・デライト・シャシャ大統領同志です。ハレルヤ！」

つまるところ変化の天使、つまるところ新たな統治の預言者

真っさらな大統領が自分たちのなかに不意に現れるという予想もしない展開に、つまるところ〝兵隊〟は正気を失った。「テュヴィ！　テュヴィ！　テュヴィ！　テュヴィ！　テュヴィ！　テュヴィ！　テュヴィ！　テュヴィ！　テュヴィ！　テュヴィ！　テュヴィ！　テュヴィ！　テュヴィ！」テュヴィは、ジダダの次期大統領という新しい役割で聴衆に向けた演説をするのはこれでまだ二回めだったが、亡命先からはじめて戻ったときに出迎えた与党の聴衆をうわまわる〝兵隊〟の熱狂ぶりにいたく感動した。なんともいい気持ちだった。つまるところ、

喝采を通した彼らの愛を、善意を、支持を心ゆくまで愉しみ、しまいには心臓が破裂するのではないかと心配になった。それからやっとわれに返り、革命党たる与党の象徴的な敬礼として前肢の片方を上げてみせると、〝兵隊〟は静かになった。

その場にいた群衆はのちに語ることになる。自分たちに語りかける声をよく聞き分けることはできなかったが、その日聞いたのは、とにかく真っさらな権力者の声だった、つまるところ国家の真の救い主の声だったと。

「親愛なるジダダ民よ。みなさんの礼拝に割りこむことは本意ではないので、今日は生身でこの場に、神の御前《みまえ》に参上しました。新体制の、新しいジダダが誕生するという大ニュースをお届けするために。みなさんにお約束するために、この国の長きにわたる真っ暗な夜がやっと明け、わたしたちはいま真っさらな夜明けの翼に腰をおろしているとお伝えするために。その真っさらな夜明けの光のもと、長年の懸案だった約束の地への旅がついに始まるのです！　それればかりか、じつはわたしたちはすでにその旅の途にあります。ジダダはすでに営業を開始していて、とてつもないことがたくさん起きているのですから！　新しいジダダとともに前進しましょう！」

「前進！！！」高揚した群衆は大声で叫んだ。

「与党とともに前進！」

「前進！！！」

「団結と前進！」

「前進！！！」

「神とともに前進！」

「前進！！！」

「悪魔をつぶせ！」

「つぶせ！！！」

「野党をつぶせ！」

「つぶせ！！！」

「我が同志であるジダダ民よ、あなたがたは近い将来、さまざまな新しい変化が生まれると信じて疑わないでしょう。わけても変わるのは、今後語るべきことがあれば、このわたしが、テュヴィが、つねにみなさんに直接話すということです。もっとわかりやすくいうなら、みなさんは、我が妻でしかない雌が、わたしの代理で喋ると称して国民の面前に立つなどという光景を見ずにすむだろうということです。それは単に、あえて名指しはしませんが、ある種の動物たちとちがって、わたしが整理整頓の行き届いた我が家をもつ動物だからではありません。我が雌には、妻として神から授かった自分の場所があるからです。その場所は断じて、名誉ある方々を侮辱するような集会にはなく、家庭と教会にあるのです、アーメン！」

「アーメン！！！」

「最後に、このことを証言せずに壇上から降りることはぜったいにできません。神が救ってくださったからこそ、わたしはこうして戻ってこられたのです。国家を救い、国家に尽くすために、ハレルヤ！」

「アーメン！！！」

「みなさんもごぞんじのように、〝邪悪な勢力〟は全力でわたしを抹殺しようとしています。そして、みなさんがごらんになったとおり、彼らは失敗しました。一度ならず何回も。彼らが失敗した唯一の理由は、神に仕える治安部隊がわたしを守ってくれたからです！　みなさんがごらんになったとおり、わたしは命がけで亡命しなければならなかったとはいえ、なんの不安もありませんでした。自分は神の庇護のもとにあるとわかっていましたら、アーメン！」

「ハレルヤ！！！」

「我が同胞の市民も同様です。多くの言葉は要らないでしょう、神に栄光あれ！　亡命中にテレビでみなさんの姿を見たことで孤独な心がどれだけ励まされたかは語り尽くせません。あらゆる階層のジダダ民がものすごい数の群衆となり、平和に、かつ前代未聞の秩序を保って、通りに出ていました。あの偉大なる変化の日、もうたくさんだと言うために。真っさらなリーダーが求められていると言うために。いまこそ新しいジダダが生まれるべきだと言うために。さらに、つけ加えましょう、みなさんは神とひとつになって話していました！　なぜなら、あの群衆の声は、みなさんのその声こそが、神の声なのですから、ハレルヤ！」

「アーメン！」

「我が同胞のジダダ民よ、神が新しいジダダの誕生を命じられ、わたしたちはすでに新たな夜明けのなかに、新たな季節のなかに、新たな体制のなかにいるのですから、ジダダは眠れるライオンのごとく目を覚まし、勇ましく吠えることでしょう！　世界じゅうのありとあらゆる国がジダダの吠え声を聞き、震えることでしょう！　そして、ジダダは虹のごとく空に架かり、ふたたび偉大な国となるのです！　大地を進む生き物はみな――肢が二本だろうと四本だろうと十二本だろうと地面に腹をつけていようと――その虹の美しさに見とれるでしょう！　わたしたちのこのジダダは花のように開き、神聖な香りで世界を満たすでしょう！　その香りは全速力で天高く、だれにも見えないところまでのぼるでしょう！　乳と蜜がもう一度、このジダダの街路に流れるでしょう！　貨幣が、ほかの国の貨幣ではなく正真正銘のジダダの貨幣が、みなさんの家の花畑で育つことでしょう！　みなさんは二度とふたたび、金輪際、なにひとつ不自由を感じなくなるでしょう！　その尊さゆえに、このジダダはみなさんもわたしも自由で公正で信頼できる選挙によってこれを歓迎するでしょう。実際、来年にはジダダの自由かつ公正な歴史的選挙が控えていますから、正義と真の自由の美しいほくろをもった新しいジダダがほんとうに生まれます！　だから、わたしは今日ここに集まったみなさんに自分のこの口で言っておきましょう。カナンに、約束の地に備えよ、どうか備えてほしい！　ありがとう、同志のみんな。あなたがたに神の祝福があることを。アーメン！！！」救い主は一礼して降壇した。つまるところ胸を張って、シューッシューッと真っさらな権威の音をたてて尻尾を振りながら。

〝兵隊〟はほんとうに狂ったようになった。新しいジダダが近づいている。すぐそこまで来ている。彼らは現にその息づかいを首に感じていた。彼らは絶叫した。金切り声をあげた。彼らはうたった。ダンスした。彼らは跳んだ。互いに抱きあった。彼らは頭をぶつけあった。尻をぶつけあった。彼らは泣いた。それから急に祈りの言葉を発した。大地を揺るがすその勢いに、まわりの木々から葉や実が落ちた。すると、この広大なオールド・ジダダ・ショウグラウンドに神が現れた。広大なオールド・ジダダ・ショウグラウンドに現われた神の姿は荘厳だった。くだんのダッチェスとほかの五、六匹の、救われておらず、たぶん救うことが不可能な魂を除いて、広大なオールド・ジダダ・ショウグラウンドにいる全員が神の存在を感じ取ったのだった。

「マザー・オヴ・ゴッド、いったいなにが起こったの？　いまわたしが目にした光景はわたしがほんとうに見ていたものじゃないって言ってちょうだいよ」ダッチェスは言った。

「ええ、あなたが見たとおりよ。あれは新大統領ご自身だったのよ、ダッチェス！　まさか彼がやってくるとは思わなかったわ。だけど、自分の目で彼の姿を見られて、自分の耳で彼の声が聞けて、わたしは幸せよ。だって《ンゴバ》、あなたは知らないでしょうけど、ほんとうにオールド・ホースが死んだのかどうか心配で、眠れない夜が続いていたんですもの。これまで何度も彼が死んだというニュースが流れたときのように、やっぱり死んでいなかったとわかるんじゃないかと心配だったのよ。でも、思うに彼はもう完全に過去になったわね。まさか自分が生きているうちに二番めの大統領を見られるとはねえ、まったく考えも——」

「あなたはあの阿呆を、犯罪者を、大量虐殺者を、完全なうすのろを、大統領と呼ぶのね、マザー・オヴ・ゴッド？」

「だれも完璧にはなれないわよ、ダッチェス。それに、神みずからが他者を評するなとおっしゃっているのにわたしにできるわけがないでしょ？　オールド・ホースの去りぎわが来たのよ。となれば、だれがわたしたちのリーダーになろうと、現時点ではこれ以上悪くなりようがないでしょうよ。だって《ンゴバ》、このジダダでわたしたちが見なかったものがある？　オールド・ホースの統治を続けさせせ

るための治安って実際にはなんなの？　まともな政治がおこなわれたことがあった？　ひょっとし
て、わたしはそれを見逃していたの？」

「マザー・オヴ・ゴッド、わたしに言えるのは、調理がされているからには、わたしはその食べ物
を要求するってことだけ。こういう話をしだしたら、わたしはとてもそんなエネルギーを持ちあわせていないから。た
たちみんなが興奮しているときにまた連れてきて」

「だけど、なぜ選挙のあとなの、ダッチェス？」

「確かめたいからよ。あなたたちがひとたび目を開いて、神はじつはあなたたちを調理鍋から取り
だして、もっとふさわしい猛火のなかに投げこんだのだということに気づいても、まだアーメン、

「一年後にまた来たいのよ。いえ、だめ、一年後じゃ。数ヵ月後に。今度の選挙が終わって、あな

「あらま、ダッチェス？」
ハゥー

「いま言ったとおりだけど？」

「なんと、なんと。神を称えん、エベネゼル（七章十二節に登場する石の名前）！　神の御霊がロズィケイ
たま
なり！」羊はにこやかに笑った。

「わたしがそういうふうに言ったのかしら、マザー・オヴ・ゴッド？　そういうふうに言った
の？」

「いま言ったとおりだけど？」

「まさか、ウソでしょ、ダッチェス?!」

だ、今後もまたわたしをここへ連れてきてもらいたいということだけは、いま言っておくわ」

で喋りつづけるかもしれないし、わたしは口が頭のてっぺんへ移動するま

を要求するってことだけ。こういう話をしだしたら、わたしはその食べ物

「マザー・オヴ・ゴッド、わたしに言えるのは、調理がされているからには、わたしはとてもそんなエネルギーを持ちあわせていないから。た

のダッチェスの心を動かす日まで生きるとは思ってもみなかったわ！　おお、おお、おお、神は善

エベネゼル（旧約聖書「サムエル記上」

アーメン、アーメンと唱えているのかどうかを」猫は満足げに言った。マザー・オヴ・ゴッドは口を開いて言い返そうとしたが、聞こえたのは自分の声ではなく預言者の声だった。

祝福の神

「わたくしからの挨拶と祝福をもう一度伝えましょう、キリストの兵隊《オー・ソルジャーズ・オヴ・ザ・マスター》に、すべての統治者の統治者に、最高指導者に、支配者に、解放戦士の解放者に、すべての国の建国の父に、すべての治安部隊の守護者に」預言者はうたうように言った。彼はそのまえに、国家の救い主と彼が任命する議員たちは早くもつぎの行動に移り、いたるところにあるほかの教会にも同じように立ち寄っていると〝兵隊〟に説明していた。

「オー・プレシャス・ソルジャーズ。父なる神はさまざまなことをわたしに明かされました！　新たな統治による新しいジダダに起こるよう神が命じたさまざまなことは、わたくしが心より崇拝し、おおいに触発されている、ある有名な指導者の言葉を引用するなら、ただただ、とほうもないのです。そうでしょう？　とほうもないオー・ソルジャーズ！」

「とほうもない！！！」

「イエスの名において、とほうもないと言ってください！」

「イエスの名において、とほうもない！！！」

「いや、ただ、とほうもない、ということです！」

「とほうもない！！！」

「神は、ここに、示されました、わたくしと、ジダダの国民に、とほうもない、栄光の、到来を。ハレルヤ！」

「アーメン！！！」

「わたくしはここに、父なる神の名において、ジダダが祈りつづけてきた繁栄がもたらされることを預言します。わたくしはここに、わたくしたちの母が求めつづけてきた平和がもたらされることを預言します！　わたくしはここに、国家の子らが長く血を流して求めつづけてきた自由がもたらされることを預言します！　わたくしはここに、わたくしたちの飢えた腹が求めつづけてきたパンが空から降り、乳と蜜と〈コカ・コーラ〉の川が流れることを預言します！　わたくしはここに、光り輝く繁栄がこの国の街路も道路も空もようやく帰ってきたジダダの離散《ディアスポラ》した民であふれさせることを預言します、ハレルヤ！！！」

「アーメン！　アーメン！　アーメン！　アーーーーーーーーーーーーーーーーーーーーーーーーーメン！！！」

「これはわたくしの言葉ではなく彼（パウロ）の言葉なので――〈フィリピの信徒への手紙〉四章十九節（『新約聖書』）です――オー・プレシャス・ソルジャーズ、心に留めておいてください。みなさんにはこの一節をつねに思い起こしていただきたいのです。〝我が神は、ご自分の栄光の富に応じて、イエス・キリストによって、あなたがたに必要なものをすべて満たしてくださいます〟そう、みなさんはいまこれを聞きました。では、わたくしにそれを語ってください――我が神はどんな必要を、どれだけの必要を満たしてくださるのですか？　わたくしに教えてください、オー・プレシャス・

ソルジャーズ！」

「わたしたちに必要なものをすべて！」

「そのとおり。あなたがたはいまここに立っており、我が神はあなたがたに必要なものをすべて、左も右も中道も満たすのに忙しいのです、ハレルヤ！」

「わたしたちは受け取ります！！！」

「しかし！」豚は前肢の一本を上げて言ったかと思うと、今度は体を激しく震わせながら演壇を行きつ戻りつした。「しかし、まず最初に、今日は神から雌《フィーメルズ》たちへの特別なメッセージがあります。雌たちそう、我が父はわたくしがいまここで、とくに雌たちに向けて語ることをお望みなのです。雌たちはどこにいますか？」豚は首を伸ばして一拍おき、まじめくさった顔で群衆を見渡した。

雌たちに向けた神の言葉

ダともうひとつダがつくジダダのほとんどの教会と同じように、つまるところ、ここに集《つど》った信徒たちの大多数が雌だった。いま、預言者が自分たちを名指しするのを聞いた瞬間、父なる神からの直接のメッセージを預言者が伝えると聞いた瞬間、マザー・オヴ・ゴッドは、何歳であろうとそこにいるありとあらゆる雌たちとともに、心地よいエクスタシーに満たされた。つまるところ、彼女たちは吠えたり泣いたり笑ったり、うたったり悲鳴をあげたりした。ダッチェスは、友達がいまは思いきり頭をそらし、花嫁みたいに幸せいっぱいの顔をしているのを見て、とうの昔に失った若さゆえに自毛啓発という宗教の名のもとに化粧クリームをすりこんだ幅広い頬を歓喜の涙が汚しているのを見て、思わず首を横に振り、つぶやいた。「なんとまあ《ダドウェトゥ・カババ》」そして、前肢を胸で交差させた。

「今日、ジダダは幾多の重大な転換の真っただなかにあります、オー・プレシャス・フィーマルズ、ハレルヤ！」預言者は言った。

「アーメン！！！」

「しかも、これらの転換のなかで神はわたくしたちに示しておられます。エデンの園のイヴによって示されたように、デリラとサムソンの髪によって示されたように（『旧約聖書』〈士師記〉）、そしてまたロトの妻によっても（『旧約聖書』〈創世記〉）、またエンドルの魔女の詐術によっても（『旧約聖書』〈サムエル記上〉）、また邪悪な王妃イゼベルによっても（『旧約聖書』〈列王記〉）示されたように、神はわたくしたちのこのダともうひとつダがつくジダダにおいても、放置しておくと害を引き起こす、道を踏みはずす、妄想に走る恐れのある雌たちがいることを、わたくしたちに示しておられるのです、アーメン！」

「ハレルヤ！！！」〝兵隊〟たちは大声で応じた。つまるところ、圧倒的なバリトンとバスとテノールのハレルヤが返された。というのも、いまや雌たちは惨めな塩柱に変わってしまったのか（『旧約聖書』〈創世記〉十九章二十六節のロトの妻を示唆）と思うほどどしんと静まり返っていたから。

「そうです、もし、なにかしらの理由であなたがたが理解していないことがあるなら、なにかしらの事情であなたがたには神の啓示が読めないのなら、隣者を頼ってこう言いなさい、〝教えてください、オー・ソルジャー、建国の父は今日どこにいますか？　どうして彼は神の意図したところに座っていないのですか?!〟」預言者はそっくり返って上着のボタンをはずしながら、壇上を行ったり来たりした。バリトンとバスとテノールがやんやの喝采を送った。

「イェーーーーーーーーーーース！　身のほど知らずの雌、境界をわきまえない雌、沈黙を知らず恥じらいも不面目ももたない雌、抑制の利かない雌、なぜ神が最初に雄をつくったのか、なぜ自分は最後につくられたのか、それもただ最後につくられただけでなく、体のいちばん重要な部分でさえない、たった一本のあばら骨からつくられたのかをまったく理解していない雌、神がみずからの口で雌は統治をしてはいけないと言われたときに、その言葉を聞き入れなかった雌。そうした雌の同志たちは、建国の父――見識ある者は神が彼の心に祝福を与えるとわかっています――がまさにあの場所にいた唯一の理由であります。ところが、その後、特定の雌が、あたかも暗闇に現れた天使のごとく彼の人生にはいってきて、彼の栄光を曇らすばかりか彼の運命を狂わせました――イェーーーーーーーーーーース、そのタイプが、その種が、雌という生物学的な種類こそが、建国の父がもはや神の意図する政権に座っていない唯一の理由でもあるのです、ハレルヤ！」

それが合図でもあるかのように、仲間たちのまえにいる二匹の犬がぐるっと振り返り、つまるところ、長い舌をだらりと垂らした。彼らはロズィケイのダッチェスをにらみつけた。その鋭い目が「耳があるなら、ようく聞いておけ」と言っているのは明白だった。一語も発することなく自分たちの目的が達せられると、犬二匹はまたぐるっと体の向きをもとに戻した。いまや雄たちは後肢で立ち、胸を叩き、吠えたり唸ったり威嚇したり、地面を踏みつけて土をぐちゃぐちゃにしたりした。預言者に鎮められてふたたび腰を落ち着けたときにはみな、高慢ちきなキリンの女王のような空気をまとい、つまるところ、背すじをぴんと伸ばし、肢を広げ、神のおわす天を仰いでいた。自分たちはイヴと彼女の哀れな子孫のかぎりなき恥辱に汚されてはいないと知って安心していた。

「ダドウェトゥ・カババ！　マザー・オヴ・ゴッド、なんなの、あの豚ったら、この炎天下で、ジダダのクーデターが例の哀れな子、マーヴェラスと関係していると言っているわよ！　モンスターが自分をむさぼり食って終わるように、独裁政権はクーデターで終わるものだってことを知らないのかしら？」ダッチェスは信じられないというように叫んだ。この言葉を聞いたとたん、犬たちの首の毛が逆立ったが、二匹は振り返らなかった。マザー・オヴ・ゴッドも目に見える反応は示さなかった――ダッチェスは岩にでも話したほうがよかった。彼女の友達はまさにいま、聖書に登場する母や姉の罪が生んだ深い恥の川で溺れかけているところだったから。猫がどっちを向いても、どこに視線をやっても、雌たちはみな預言者の言葉にうなだれていた。そう、つまるところ、肩を落とし身を縮め、太陽の下で干上がった惨めな葡萄の粒のようになっていた。一方の雄たちはいまにも自分の席から離れて宙に浮かびそうに見えた。

「よくお聞きなさい、ハレルヤ！」預言者は声高らかに言った。

「アーメン！」

「あなたがたは神の約束の外にあるこの問題を単にファースト・フィーマルの問題だと思うかもしれません。でも、いいですか、そうではありません。なぜなら、当然の結果として、問題のある雌が一匹いれば、たいていの場合、その雌がいるスズメバチの巣全体に問題があることを暗示しているからなのです。それが肉眼に見えていようと、あるいは肉眼に見えていまいと、ハレルヤ！」

「アーメン！！！」

「それはまた、たとえば月の邪魔をしている雌が一匹いると、その存在をきっかけにほかの雌たちもあとに続くため、またたくまに、いっせいに、いたるところに、あのような汚れた状態の大量の雌が出現する理由でもあります。あなたがたにはなにがなんだか、どれがどれだか、彼女たちがべつべつに、あるいはまとまって、なにをするつもりなのか、わかりさえしないのです、アーメン！」

「アーメン！！！」

「イェーーーーーーーーース！　みなさんも覚えているのではないでしょうか——もし、覚えていなくても心配は要りません。神はあなたがたを愛してくださいます。そのためにわたくしをここへ遣わされたのですから。かつて世界を救うために我がブラザー、イエスを遣わされたように。我が父は同じようにこのわたくしを遣わされました、あなたがたに思い出させるという十字架をわたくしに背負わすために——いましがた言いましたように、建国の父が最後の演説をおこなっている最中に、あの裸の雌の集団が壇上に押し寄せたことを覚えている方もいるでしょう。わたくしはたしかに見ました。みなさんも見ました。神も見ておられました。鳥たちも見ていました。道ばたの小枝や石ころでさえ見ていました。わたくしは嘘をついていますか？」

「いいえ、嘘などついていません！！！」

「裸の雌たちのことを言っているのですよ、舌ほどにも素っ裸の、重要な行事の真っ最中に現れた裸の雌たちのことを！　幼い子らの面前に現れた裸の雌たちのことを！　ひどく老けた者たちと一緒にあの場に現れた裸の雌たちのことを！　外国の誉れある高官も列席している国家の式典の最中に現れた裸の雌たちのことを！　何千と見ている目があるなかに現れた裸の雌たちのことを！　ダともうひとつダがつくこのジダダにかりにも醜態があるとすれば、それは、そこにあるその醜態なのです。醜態がどんなふうに見えるのか心配であるなら、オー・プレシャス・ソルジャーズ、もう心配は要りません。あなたがたはすでに見てしまったからです」預言者は言った。彼の口調が急に変わった。

群衆を見つめる豚の悲しみに沈んだ表情にオールド・ジダダ・ショウグラウンド全体は静まり返った。そのときそこにいた者たちは、キリスト預言教会軍でも、ダともうひとつダがつくジダダでも、あのような沈黙は聞いたことがなかったし、これからも二度と聞くことはないだろうと言った。つまるところ、それは奇跡が起こるまえのような沈黙だった。死のあとのような沈黙だった。その沈黙の意味をじっと考えているうちに、〝兵隊〟には預言者の目の表情がやわらぐのがわかった。それから、預言者の目に涙がこみあげ、涙があふれるのがわかった。それから、自分たちに見えているものがほんとうに自分たちの見ているものなのかと尋ねるより先に、つまるところ、彼らは最愛の預言者がわっと泣きだすのを見た。

イエスが泣いたようにドクター・O・G・モーゼズは泣いた。そう、つまるところ、預言者はダともうひとつダがつくジダダの道をはずした裸の雌たちのために泣いているのだった。彼女たちは悪に満ちた悲惨な道を選んでしまったらしいから。生まれてはじめて預言者の涙を見た〝兵隊〟の雌たちは、どこを見ればよいのやら突然わからなくなり、すり肢のダンスを始めた。まるで盗まれた肢の持ち主が突然、会場にはいってきたとでもいうように。それから、周到に調整された聖歌隊さながら、一匹たりとも欠けることなく声を張って泣きはじめた。

彼女たちは消えてしまった者たちの姉妹ではない。もちろんそうではない。彼女たちに犯罪歴はない。あるはずがない。つまるところ、彼女たち自身はあんな活動に参加しようなんて夢にも思っていなかったし、これからも思わないだろう。預言者に教えられたような多少なりとも政治性を帯びた活動はいうにおよばず。それでもやはり、どういうわけか、自分はあの道をはずした罪深い消えてしまった者たちの姉妹と関わりがあると、どこかで結びついていると感じられた。聖書のなかの罪深い母や姉と自分が結びついていることをわかっているのと同じ感覚だ。しかも、以前はエクスタシーで満たされていたところでも、重みのない香の煙だけを感じていたところでも、いまはそこが山であるかのように——自分たちには耐えきれぬ重さをもっているように——感じられるのだ。

「この大馬鹿者に必要なのは、消えてしまった者たちの姉妹があの演壇に全力で上がってくることなのね。シュプレヒコールをあげている彼女たちに、ちっこい睾丸をもった自分を誘惑してもらいたいわけね」ダッチェスはいきり立った。

「なんですって？　なんて言ったの、ダッチェス？　このだれですって？　彼になにでなにをするですって？」マザー・オヴ・ゴッドは唾を飛ばし、目を剝いた。

「聞こえたでしょう、この大馬鹿者って言ったのよ、マザー・オヴ・ゴッド、それがわたしの言ったこと。この豚は正真正銘の大馬鹿者よ」猫は頭を振ってスクリーンを指した。

「ダッチェス、あなたがここにいるのは、わたしたちの友達のシミソを見つけたいからなんでしょ。ただそれだけがここにいる理由なんでしょ、ノマドロズィ」マザー・オヴ・ゴッドは言った。

「いいこと、テリーザ、言いたいことがあるなら、ヒヒのお尻みたいにみんなのまえで堂々と言ってみせたらどうなの？　いまのわたしには神様ごっこをしている暇はないの」

「あなたはわたしを侮辱するためにここにいるんだと言っているのよ、ダッチェス。やめてちょうだい、いいえ《ハイー》、そういうのはお断り！　そんなふうにわたしを侮辱することは許さないわ」

「ダドウェトゥ・カババ！　わたしがいつ、どうやって、あなたを侮辱したっていうの、マザー・オヴ・ゴッド？　お訊きしますけど、いったいいつ、わたしはあなたを侮辱しましたか？」

「いまここで、わたしの預言者を侮辱してるでしょうが、ダッチェス。わたしの預言者を侮辱しているのに、わたしを侮辱していないだなんて、いったいどの口で言えるのかしら？」

「ダドウェトゥ・カババ、彼は小物ですらなく、大馬鹿者よ。こんな豚《スワイン》（卑怯者の意もある）の好き勝手な話に雌として気分を害さないなら、あなたはほんとうに解放される必要があるわよ。それと、もう《オクウェ》一度《ズィビリ》念を押しておくけれど、わたしがいまここにいるだれかを侮辱する気になったら、あなたにこう言うわ。こんな礼拝は神が教皇の祈りにこたえるのにかかる時間より早く終わるでしょうよって。あえてあなたに教えるまでもないでしょうね、マザー・オヴ・ゴッド、そんなことはとっくに知っているだろうから！」

「やめて、ダッチェス、お願いだから、やめてちょうだい」マザー・オヴ・ゴッドは猫を見た。いつ何時そのちっちゃな鼻をむしゃむしゃ食べてやってもいいんだという目つきで。

「なにをやめるのよ、マザー・オヴ・ゴッド？　わたしはお行儀よくここに座っていたじゃないの、あなたが最初にこういうことをわたしに言わせはじめるまでは。で、今度はやめろと命令するの？」猫は言った。

「やめないなら、ダッチェス、わたしのほうがほかに座るところを見つけるわよ。いますぐに。明日じゃなく、いますぐに！」マザー・オヴ・ゴッドは友達をにらみつけた。彼女はまたしても――これで三度めだ――椅子の下に置いてあるバッグのなかをまさぐり、聖油の小瓶をさがした。自分の額に三度めの塗油をおこなった。羊が頭を起こすと、ダッチェスはずらっと並んだ〝兵隊〟のあいだを縫ってゆっくりと進んでいた。こんな炎天下に座って、神のことを実際にはなにひとつ知らない頑固者に無礼を働かれるよりましなことはいくらもできると、ぶつぶつ言いながら。

新たな統治

魔法の論法

テュヴィアス・デライト・シャシャが暫定大統領として就任したあとのジダダを訪ねたなら、いたるところで発せられていた標語が空気がざわつかせていることに気づいただろう。家庭でも街頭でも職場でも、車やタクシーのなかでも、町や市《まち》の中心でも田舎でも、学校でもビアホールでも商店でもショッピングモールでも、インターネットカフェでもレストランでも教会でも売春宿でも、葬式でも庁舎でもサッカーの試合でも美容院でも、想像しうるかぎりほぼすべての場所で、老いも若きも富める者も貧しき者も一様に、その意味を理解している者も理解してない者も、それを信じる者も否定する者も一様に、口にするフレーズがあった。そう、つまるところ、〝新たな統治〟という標語がウィルスのように蔓延していた。

テュヴィは自分の優秀なチームがジダダの新しい章のためにつくったこの標語を耳にするたび、自分が国債通貨基金《IMF》への債務額よりも大きくなった気分を味わった。〝新たな統治〟は、事情通が言葉についてつねづね言っていたことが真実だったと――非常に重要であると――彼に思い知らせた。適切な言葉を用いるだけで泥のケーキでも売ることができるのだ。思考力のある成熟した動物がフォークを取りだし、力をまったく使わずにその泥ケーキを咀嚼するよう仕向けることができるのだ。そう、つまるところ、言葉はただ重要なだけでなく、それ自体に権力があるのだ。言葉は薬《ムティ》なのだ。言葉は武器なのだ。言葉は魔法なのだ。言葉は教会なのだ。言葉は富なのだ。言葉は命なのだ。

このことに気づいておおいに奮い立ったテュヴィは、新しいオウムのペットの名前を〝新たな統治〟と改めた——つまるところ、そのオウムは、国じゅうの空気と空を通じて追悼をつぶやき、結果として救い主の栄光を称えるという明白な目的で飼われることになったオウムだった。テュヴィはさらに、ジダダ大学から英語の講師を雇い入れ、〝新たな統治〟に〝新たな統治〟という標語を言えるように教えた。すると、〝新たな統治〟はその標語を修得したのみならず、建国の父の英国的アクセントを恥じ入らせるような非の打ち所のないアメリカ的アクセントでうたうことも覚えた。しかも、〝新たな統治〟は見事なショウバードだったので、ほかのオウムたちもジダダの空気のなかにつねに漂っているその新しい奇妙な歌をすぐに覚えてしまった。オウムたちにすれば新しい流行を無視する手はないと思えたし、ときをおかずにカラスも〝新たな統治〟の歌をカアカアとうたいはじめた。フクロウも〝新たな統治〟をホウホウと、雀も〝新たな統治〟をチュンチュンとうたった。カナリアも〝新たな統治〟をうたったし、鳩も〝新たな統治〟をクークーとうたった。サイチョウやほかの鳥も〝新たな統治〟を大きな声でうたった。すると蟬も〝新たな統治〟をミーンミーンとうたい、蜂も〝新たな統治〟をブーンブーンと忙しそうにうたってみせた。コオロギやバッタやほかの虫たちまでも〝新たな統治〟を鳴いてみせたから、ジダダじゅうの生け垣にも木立にも空気にも空にも、ジダダの外のジャングルまでも、〝新たな統治〟〝新たな統治〟〝新たな統治〟

があふれた。そう、つまるところ、どこもかしこも、のべつまくなしに〝新たな統治〟となった。

祝典

「閣下に乾杯！」まず口を開いたのは、新たに任命されたヴィクター・ズゼ大将、鋼鉄のごとき顎をもった意地の悪そうな犬だった。ズゼは命令を発するかのように吠えた。部屋のなかは、閣下自身もふくめて即座に静まったが、大将が乾杯をすます直前に、救い主の双子の息子の弟のほう、ジェイムソンが大声で笑いだした。

「嘘をつく気はありませんけど、はばかりながら、父さん《ババ》、〝閣下〟という言葉を聞くたびに、オールド・ホースがどこからともなく現れて〝こんなことはありえない。あるはずがない。これは不幸なまちがいだ。わたしの動物たちはわたしを愛している。わたしを必要としているんだ！〟と叫ぶ姿が目に見える気がするんですよ」ジェイムソンは言った。彼のこのパフォーマンスに部屋のあちこちで用心深いくすくす笑いが起こった。

「おい《ブラー》！　彼のそばにいるロバも言っているように――」ここでジェイムソンは、床に座っている双子の兄も議論に加わるように後肢のすばやい動きでうながした。父親に瓜ふたつなうえにそっくりな種馬二頭は、音がたつほど勢いよく尻尾を振って跳ねまわりながら、ドクター・スウィート・マザーの有名なスローガンをちゃっかり真似て声を張りあげた。「ここは動物農場ではなく、ダともうひとつダがつくジダダです！　あなたがたの頭に耳がついていれば、この助言を聞き入れるでしょう。なぜなら、いまはありとあらゆる種類の大岩を飲みこんでいるところで、もうすぐ、自分のお尻の穴がどれほど広げられるかを知ることになるからです。その大岩が糞となって出口を求めるときに！」気まずい静寂が生まれたが、ほんの数秒しか続かず、そのあとは荒々しい笑い声で部屋ごと爆発した。

「となると、哀れなロバはまさにいま糞になりつつある大岩の専門家なのだから、なにも喋れないのだな」副大統領のジューダス・グッドネス・レザ大将が言うと、さらなる笑いが沸き起こった。

「とはいえ、彼女に会えないのはちょっと寂しい気もします。だって、政権にいないのは当然としても、ロバがジダダに笑いの種を振りまいていたのはたしかですから。生まれながらのエンターテイナーですよ、あれは」ジェイムソンはそう言って、自分の席へ戻った。

「この先われわれがロバの消息を耳にするのは、動物たちが彼女はどこにいるのかと訊いたときだけになるだろう。それ以外に近々あの淫売の声が聞こえてきたら、びっくりしてしまうよ」ジューダス・グッドネス・レザ副大統領は言った。

正真正銘の事情通によれば、この考え方は事実とはだいぶかけ離れていた。かつてはうるさいほどに意見を述べていた雌は、派手な政権交代劇で地位を奪われて以来なりをひそめ、いまやジダダでもっとも静かな雌になったように見えるので、非情なコメディアンは彼女の愛称を以前のスウィート・マザーからサイレント・マザーへとただちにアップデートしていた。さらに、ただ静かになっただけでなく、建国の父ともども前ファースト・フィーマルの姿をジダダ近辺で見かけることもなくなっていた。もしかしたら、べつの国で暮らしている可能性もあったが、そうではなくて――正真正銘の事情通が言うには、夫妻の生活は捕虜のそれと大差なかった。建国の父とドクター・

スウィート・マザーは武装した護衛つきで暮らしていた。護衛がいるのは彼らを守るためではなく、彼らの行動を監視するためだった。

「彼女はそのうち舞い戻ってきますよ。前ファースト・フィーマルのような毒吐き屋がただ静かにしていられるとか、あんなふうに消えたっきりでいられるとか、ぼくは信じませんね。あの雌がどういう雌だか知っていますから」ジェイムソンが言った。

「信じるに越したことはないさ、若者よ。いまがどういうときか、ロバにはわかっているんだ。どんな理由だろうとここで猿のようなふるまいをすれば、われわれに金を一ペニー残らず、デザイナーズ・ドレスも一枚残らず奪われると彼女はわかっている。夫が政権の座にあったときにつくりあげたものをすべて奪われて、建国の父と結婚するまえの惨めな物乞いに戻ってしまうということが。まじめな話、ロバ女は馬鹿じゃない」暴力大臣が言った。

「それに関してひとこと申しあげましょう、国家の救い主をまえにして救い主のために卑しい声を荒らげることをお許しいただけるのであれば、同志たちよ」ヴィクター・ズゼ大将が言った。彼はそのあいだ、グラスを宙に掲げながら床をもう一度コントロールしなければならなかった。

「閣下に申しあげます。捕獲されたジダダ革命を救いだしてくださったこと、この最愛の国家を思いもよらぬ破滅のおぞましい顎から救いだしてくださったこと。この偉業は、歴史の教科書はむろん、まちがいなくYouTubeやFacebookやTwitterにも、神の介入と同種のものとして残されるでしょう。わたしはこの部屋と、今日にいたるまで祝賀が続いているこの偉大なる国家を幾度も躍進させてくださることを、あなたがクロコダイルのごとき忍耐と情熱をもってわれわれが共有している深い感謝を表明いたします、同志たる閣下。あなたがジダダを代表して、われわれが共有している深い感謝を表明いたします、同志たる閣下。あなたがれわれを導いてくださることを、あなたの治世が神の治世よりも長く続くことを祈ります！」大将は感きわまって声をつまらせた。

この祝辞に心の底から感動した救い主は、満足そうに笑顔を輝かせながら、先頭を切って立ちあがり、大将の体を宙高く持ちあげてから、またおろし、犬の両耳をふざけて咬んでみせた。グラスを合わせる音が部屋のあちこちに響き、そのあとは果てしなき喝采となった。同志たちは救い主にかわるがわる何回も祝いの言葉をかけた。ここに集まっているのは、政権与党が新たに指名した側近と選民、つまるところ、ほかならぬジダダの新副大統領にして前大将のジューダス・グッドネス・レザが催したディナー・パーティに相変わらず招待されている客たちで、数週間まえのあの夜、ジダダ革命を守るために開かれた、大逆転をもくろむ会合にいた治安部隊の大将たちの顔もあった。いまや彼らはセレブであり、新しい大臣や大使に任命されてからは軍服がスーツに替わっていた。また、救い主みずからが彼らの後任として選んだ者たちも出席していたし、テュヴィの暫定大統領就任の式典をつかさどったジダダ最高裁判所長官、高齢のキヤキヤ・キャプチャード・マニキニキ選挙《エレクト》判事の姿や、その同僚で、このあとすぐにジダダの選挙管理委員会、すなわち高名なジダダ・炊事場《ラル・クックハウス》のコック長に就任することが発表される唯一の雌、コロ判事の姿もあった。新しく閣僚に選ばれた者たちも何名か来ていたし、中国の実業家《ビジネスマルズ》も、ジダダでもっとも有名な預言者、ドクター・O・G・モーゼズも来ていた。

「閣下に特別な乾杯を！」クリス・リー同志がグラスを掲げた。中国のカリスマ実業家はつぎに体の向きを変え、このパーティに集った面々に対して、母音を引き伸ばすゆったりとした口ぶりでこう告げた。「同志たちよ、わたしがジダダの新大統領、閣下への乾杯の音頭を取りますので、どうぞ一緒にお立ちください！」全員が立ちあがった。

「ミスター・大統領同志、あなたと与党のみなさんがわたしたちに、また、力強い友情で結ばれたわたしたちの兄弟にも、つねに示してくださっている思いやりに感謝いたします。あなたたちの思いやりがなければ、わたしたちはいまここに、あなたたちの国にいないでしょう。好きなときに来て、種類を問わず鉱物を好きなだけ採掘することを認めてくださっていることに、わたしたちは格別の友情を感じています。わたしはその友情に、好きなものをなんでも食べていいチャイニーズ・ビュッフェを連想します。これは同僚たちの口癖ですが、ダともうひとつダがつくジダダはいつでもクリスマスで、わたしたちはクリスマスが大好きなんです。しかも、掘っても掘っても尽きない鉱物をもつ、ずば抜けて豊かな国、ジダダであればなおさら！　どういうことかと申しますと、あなたたちは、つまり、ミスター・大統領同志と与党のみなさんは、わたしたちがビジネスを展開しているアフリカの多くの国々のなかで——実際、わたしたちは資源に富んだ巨大なこの大陸じゅうでビジネスを展開してきましたが——他と比べようもなく寛大で、かつ友好的で、それも両手を広げるどころか、肢も心もなんでもかんでも広げる歓迎ぶりで、その開放性がまたわたしたちを喜ばせるのです。なぜなら、それは紛れもなくウィン・ウィンの状況だからです。なぜなら、わたしたちが勝って、それからまたわたしたちが勝っているのですから。わたしたちはこの友好と協力の関係を全面的に受けいれ、かつ、この関係が新政権でますます深まることを期待しています。ただし、ジダダに対する干渉はいっさいいたしません。わたしたちは欧米とはちがって信頼のおける友人であり、ビジネスに打ちこんでいるだけなのですから。わたしたちのビジネス、鉱山採掘のビジネス！ですから、ミスター・大統領同志、これは末永き友情への、これから何度もやってくるクリスマスへの、ダともうひとつダがつくるジダダへの祝杯であります！」

クリス・リー同志は、乾杯の挨拶の後半を力のこもったジダダの言葉、そう、つまるところ完璧なショナ語で述べた。彼は奇跡を起こしたも同然だった。割れんばかりの拍手に迎えられたから。

つまるところ、興奮した同志たちは彼のそばへどっと押し寄せ、敬礼した。彼らの熱狂はおさまらなかった。しばらくして、偽情報大臣のディック・マンパラがグラスを掲げたが、同僚たちの注目を集めることはできず、ジェイムソン——つまるところグラスのお気に入りのウィスキーであり、彼の息子たちの名前の由来——の空のボトルが置かれたテーブル主のお気に入りのウィスキーであり、彼の息子たちの名前の由来——の空のボトルが置かれたテーブルをパンッと叩いた。

「ここにいるピエロたちのだれ一匹、いますぐ中国へ行き、ゴミ収集のビジネスを始めることさえできませんよ」ふだんは楽天的なタイプとして知られる孔雀だが、さも気分が悪いという口調で言った。数年まえ、ディック・マンパラが与党入りして、悪辣な手段で政権中枢までのしあがる以前のこと、ある中国系の鉱山採掘会社が彼の祖母の村を事前の通告なくいきなり占有した。村民に対する聴取も補償もなかった。そのとき現場の責任者と対峙したマンパラは、気がつくと命からがら逃げだしていた。相手は中国語で彼を侮辱したあげく、彼に銃を向けて発砲したのだ。その後も治安部隊はマンパラを追跡し、徹底的に打ち据えて、二週間ベッドから出られないほどの重傷を負わせた。つまるところ、彼の祖母はそれからまもなくトラウマと傷心のうちに逝ってしまった。ディック・マンパラはそのことを忘れるつもりも許すつもりもけっしてなかった。たとえ政権が中国と親密だろうと目に余るほど親密だろうと許さない、と大臣は思った。本来なら中国はいわゆる友であるはずなのに、中国がアフリカ大陸でやっていることは、大臣にはむしろ入植者のように思えた。「同志よ、われわれがだれのためにここにいるのか、どちらが唯一無二の救い主なのかを忘れないという気持ちをこめて、乾杯したいと思います」孔雀は言った。救い主という言葉が同志たちを正気に返らせ、席に着かせた。

「多くの年若い同志たちと同様、わたしも、リーダーたちの指導を見るという栄誉に浴してまいりました。ですが、とりわけ、ここ最近の出来事を通して国家への奉仕と国家の救済を同時におこなう閣下の姿を見せていただけたことは、なによりも忘れがたい体験のハイライトとなりました。ここに心から感謝申しあげます。閣下のそのお手本に対して。その指導力に対して。そのインスピレーションに対して」孔雀はドラマチックな一礼をした。

「あれをハイライトだと思うのは、きみが一九八三年のあの場にいなかったからだよ！　一九八三年のあの場にいたなら、絶頂期の救い主が比類なき愛国者として国家への奉仕と国家の救済をまっとうする姿を見ることができただろうに！」副大統領は目をきらきらさせて言った。

グクラフンディ　奉仕の命令

「一九八三年？　それはつまり――」

「グクラフンディ！　春の雨のまえに降る、もみ殻を洗い流す早春の雨に由来する呼称さ！　知ってのとおり、あのグクラフンディがなければ、一党支配のこのジダダは、偉大な与党は、われらがジダダは、存在していない！」プロパガンダ大臣のエレジー・ムディディが言い、称賛の意をあらわにしながら救い主のほうを向いた。

　マンパラはぎろりと猫をにらんだ。孔雀の視線に殺意を感じた猫は喉を鳴らしてから、すぐさま目をそらした。この一羽と一匹の動物はどちらも新政権に新たに加わったメンバーなので、当然、政権の最高幹部に自分を売りこもうと一生懸命なわけだが、両者の年齢は近く、功績もだいたい似たようなものだった。しかし、事情通が言うには、彼らの対抗意識はじつは政権の外、与党の外にあった――つまるところ、調査能力の高い某ジャーナリストのつぶやき《ツイート》によって、自分たちが同じ雌――元ミス・ジダダのモデル――に興味をもっていることを知ってしまったのだ。むろん、両者とも結婚しているにもかかわらず、である。

「そうとも、だが、きみら若者はなにも見ていない！　彼らや外国の同志たちを教育してはどうですか、チーフ？　クロコダイルご自身の口からその話を聞かせてやっては」副大統領がうながすように言うと、みんなが顔を輝かせて救い主を見た。彼は注目を浴びて顔をほてらせた。新たな沈黙が生じた。つまるところ、上に立つ者の重い言葉に先立つ沈黙が部屋を圧した。

「いや、だれかをその任に就けよう。奉仕と救済のなんたるかを理解している者をな」テュヴィはにやりと笑った。道ばたの小枝や石ころでさえ、テュヴィ・デライト・シャシャはここまでの全キャリアをオールド・ホースの陰で費やしてきたのだと――ほとんどの場合、彼の姿の一部は見えても声は聞こえなかったと――教えてくれるだろう。つまるところ、動物たちが彼の一言一句にすがりつき、彼らの口から出てくる言葉の最後にはかならず〝閣下《エクセレンスィー》〟〝閣下《ユア・エクセレンスィー》〟〝族長《チーフ》〟〝国家の救い主〟が添えられるというこの大変化は珍妙であるとともに心地よかった。テュヴィは椅子に掛けたまま四肢を伸ばし、マフラーを調整した。あまりに念を入れすぎたので、一瞬だが部屋のなかの目という目が彼のマフラーに吸い寄せられた。まるで、それが咳払いをして自分たちに話しかけるとでもいうように。

国旗マフラー

ジダダ国旗の縞の色を使った有名なマフラー――ゆえに通称〝国旗マフラー〟――は、数週間まえにお目見えするや、ジダダを席捲した。地上でもインターネットでも、国じゅうがそれ以外の話題をもたないかのようだった。あのマフラーは正確にはなにを意味するんだ？　そもそも救い主はなぜあのマフラーをしてるの？　なぜほかのどのときでもなく、いまなの？　なにを発信しようとしてるんだろう？　こんなに暑い日なのに、どうしてマフラーをしたままなの？　つまるところ、ほとんどなにもわからなかった。

「このマフラーは、チーフ、あなたにとってお守りのようなものです。これを身につけていればつねに安全なうえに、あなた自身に注意を向けさせずにおけます。堂々とつけていれば、さらに力が増します。しかも、このマフラーはただのお守りではなく、センサーでもあって、いろいろなことを検知するのです。負のエネルギーが働いていれば感じ取り、危険があれば察知するでしょう。うまくいっていれば、あなたにそう教えてくれます。じっと耳を傾けてください、チーフ。そうすれば、きっとわかりますから。マフラーのシグナルを読み解くのが日に日にうまくなりますから。もちろん、マフラーにできるのはそんな些細なことだけですけれども」ジョリジョは救い主にマフラーを差しだした。テュヴィはジダダの暫定大統領として初の海外訪問の準備をしているところだった。最後の最後まで会議という長い一日を終えて帰宅したら、もうもうと立ちこめる煙のなかに、いつもと同じく口の端からパイプをぶら下げた呪術師がいたのだった。

「このウールの首巻きにそういうことが全部できるというのか、ジョリジョ同志？」テュヴィは疑うような目でマフラーを見た。ジョリジョは頭をひょこひょこと上下させた。

「わかりやすくいうなら全部ですね、チーフ。もうひとつ、このマフラーはまちがいなくある種の責任を負っています。あなた以外のいかなる動物もこれに触れてはなりません――あなたの妻も、愛人その他の雌もそのなかにはいっていますよ。ほかの動物が触れたら薬《ムティ》の効き目が失われてしまいます。もうおわかりと思いますが、そうなったら困ります。そして、もっとも重要なことを申しあげましょう。あなたは、どんな状況であれ、チーフ、そのマフラーをしないでこの家から出てはいけません。そうしないと、どこであれ、どんな状況であれ、マフラーをしないところを見られてしまいますから――あまり誇張した物言いをするわけにはいきませんが。マフラーをしないで寝ることも避けましょう。マフラーを自分の皮の一部だと考えてください。あるいは、いつもまとっている甲冑《かっちゅう》だと。それを身につけてさえいれば何物も、語のまったき意味で何物も、あなたに触れることはないでしょう」

グクラフンディ――狂気の瞬間ではない。断じて、ぜったいに、そうではない

さて、テュヴィはそのマフラーを軽く叩いてから、自分のウィスキー・グラスを取り、中身を飲み干した。給仕係が体を寄せて、即座にグラスを満たした。

「じつに残念なことだが、今日では、あの重大かつ決定的な時代の話になると、分別のある者もふくめ一部の動物たちは、あれは無意味な暴力だったという言い方をする。狂気の瞬間があったにすぎないと。あえて名指しはしないが、きみたちも知っている連中が、実際にあの時代をそう呼ぶのを聞いたことがある。まるで、われわれの考えがまちがっていたといわんばかりに！　われわれには自分のやっていることがわかっていなかったといわんばかりに！　ひとつ教えておこう。誤解にもほどがある。真実はこうだ。われわれは着席した。検討した。算定した。計画を立てた。準備をした。明確な目標と目的に導かれた作戦を周到に練った。つまり、それが狂気の瞬間だったのか？　ほんとうにきみたちはあの期間――一九八三年に始まり、一九八四年、一九八五年、一九八六年、一九八七年まで――のすべてをわれわれが浪費したと思っているのか？　まったくちがうぞ、同志よ、そんなに長く続く瞬間などありはしないのだ！」救い主は言った。

「それだけの長さがあれば、産まれた赤ん坊が走ったり喋ったりしますよね！」アルコールの勢いを借りてジェイムソンが言った。テュヴィは完全に無視して続けた。

「独立直後のことだった。ふつうの国なら、われわれは新しいジダダの誕生と同様に入植者の敗北

を祝うべきだったろう。だが、ちがった。われわれはどうしたか？　ひとつの闘争からやっと抜け出したと思ったら、つぎの闘争に突入しただけだったのだ！　わかっているだろうが、不幸の種を蒔こうとしている一派がべつに現れたからだ。その一派の名称を口にする気はないがね」救い主は言った。

「それでけっこうですよ、同志たる閣下。取るに足らない反体制派と自分で名づけましたから！〝不幸の種を蒔こうとしている〟はその穏健な表現でしょうか。さすが閣下はお優しい！　でも、どうかありのままの呼び方をなさってください。ここにいる若者たちがそうとは教えられなかったと言えないように」暴力大臣が励ますように応じた。

「なるほどな、同志。では、取るに足らない反体制派と呼ぶことにしよう。知ってのとおり、ほとんどはンデベレ族だ――知ってのとおり、彼らはあの暴力的で残忍な犯罪王の子孫だ。だれあろう、あの有名な主戦論者にして残忍な暴君、チャカ・ズールーのくそいまいましい肢もとにひざまずいていたんだ。彼らは白い入植者がわれわれの祖先の血を流して、われわれの領分と雌を強奪するまえに侵入し、本質的な植民地化をおこなった。そう、まさにその子孫たちが、いまも忙しく騒乱や反乱を企てている。獰猛な祖先と同じように！　一種のクーデターを実行しようとしているのだ！むろん、解放闘争のあいだは共通の白い敵と戦う必要に迫られて力を合わせたし、彼らを同志だと考えていた。しかし、彼らは当時でさえ、ことあるごとに卑劣な手段でわれわれを攻撃し、戦線でも混乱と不和と分裂の種を蒔いていた。思慮分別のある者にはわかってきたのだ、自分たちは戦いの内部でも戦っているということが！」閣下は尻尾をビュンビュン振りながら言った。張りあげた声はいまや活気あふれるテュヴィらしい調子になっていた。その場にいるごく少数のンデベレ族の同志を傷つけてしまったのではないかと気を揉んでいたとしても、顔には出さなかった。

ごく少数のンデベレ族の同志のほうも、傷ついていたとしても顔には出さなかった。

「独立後、反体制派は大胆にもジダダ国軍を真っぷたつに対立させ、全力をあげてあの戦《いくさ》をもたらした！　だが、むろん、われわれには覚悟も準備もできていることに気づいた。そうでしたね、閣下？」事物大臣が口をはさんだ。獰猛なこの犬はグクラフンディ作戦では特殊部隊の副司令官として配備されていた。

「きみはほかのだれよりもそのことをよく知っているよな、同志。前線の真っただなかにいたわけだから！」閣下は同志に崇敬の視線を送った。

「真っただなかですって？　言わせてください、われわれは血と糞と死体のなかを泳いでいましたよ！　そうです、革命をなんとしても守ろうとしていたのです」犬はにっこりと笑った。

「そして、守り抜いたわけだ。だが、話をもとに戻そう。独立後まもなく、戦いが終わっても狡猾な反体制派は武装を解いていないとわかってきた。むろん、そのことに驚きはしなかったがな。武装を解いていないどころか、彼らは武器をためこんでいた。そこに思わぬ落とし穴があった。悪辣な元戦闘員を追って治安部隊が彼らの村まで行った。最初に反体制派だとにらんだやつらのところへ。ところが、村人はいっさい協力しないんだ！　われわれは最初、悪辣な元戦闘員たちだけを相手にしているつもりでいたが、恐ろしいことにとんでもないまちがいを犯していると気づいた。われわれが追っていた反体制派だけが軍事組織なのではなく、なんと部族全体が、部族それ自体が組織だったのだ！　となると当然、その全員が同じ反体制派ということだ。どうやら部族が反体制派であり、反体制派が部族であるらしかった。部族全体というのは、雌も、幼い子も、祖母も、反体制派の特質をもっているという意味だぞ！　これこそがわれわれの作戦――適切にして完璧に算定された作戦――を形成する基本的な事実なんだ。それはなんとなく悲惨な狂気の〝瞬間〟などでは断じてなかった！」閣下は秩序大臣に目をやった。グクラフンディ時代、スター・プレイヤーとして防衛大臣を務めたこの大臣は、閣下の言葉にいちいちうなずいた。つぎはおまえたちだといわんばかりの締めくくりに彼は耳をぴんと立てた。

「一方で、反体制派の指揮を執っていたのは、いうまでもなく反体制派です。彼らは政府の一員となるべく政府に協力するのではなく、われわれに対抗し、予測可能な避けがたい終わりを目指して緊張関係を高めることに全力を尽くしていました。ところがです、ワッハッハッ、そもそも太刀打ちできなかったのですよ、まったく、ぜんぜん！　われわれは反体制派の著名なリーダーたちを投獄しました。監獄こそ彼らの居場所です。さもなければ逃亡するしかありません。われわれは彼らのインフラを破壊し、組織を弱体化させました。そこでもっとも活躍したのは、ほかでもない北朝鮮の同志による訓練を受けた我が特殊部隊でした。あの有名な第五旅団について、みなさんに説明するまでもないでしょうが、彼らはすばらしい働きをしました。とにかくすばらしい、傑出していたということです！」事物大臣は後肢で立ち、身ぶりもまじえて言った。

「しかも、あの傑出した部隊は革命という甘やかな歴史を守ったのだ。もし、あのような部隊を今日、いまここにもつことができるなら、同志よ、わたしは全世界のだれよりも幸福な統治者になれるだろう！」閣下が言った。喋りながら事物大臣を見る目は恋人でも見るような優しさをたたえていた。

「あの太った反体制派のリーダーがどうやってクロコダイルの顎から逃げられたのか、想像もつかない！　やつは最強のお守りを身につけていたにちがいないとしか、わたしには言えんな！　だれもが知る尖鋭部隊から逃れるために！」副大統領は残忍な笑みを浮かべて言った。

「わたしは今日でもあの部隊に敬意を表している――一九八三年、一九八四年、一九八五年、一九八六年、一九八七年、彼らはあの仕事をやり遂げた。彼らは正しい殺しのアーティストなのだ！　汚れなき死の天使たちなのだ！　恐怖の真の預言者なのだ！　あのとき活躍した同志たちは、結果として、あの無政府主義の地域を真っ赤な色（ジンバブエの国旗の赤は独立〔アンセム〕　戦争で流された血をあらわす）に塗り替えた！　つまり、血のダンスを踊らせたのだ！」救い主は言った。いまや後肢で立ち、架空の血のダンスに蹄を舞いあがらせ、この世のものとは思えぬ光を目に宿らせていた。

「あの歌があるじゃないか、同志よ――革命を守る戦いをしているときに治安部隊がうたった歌。一種の聖歌となった歌。どういう歌だったか思い出させてくれ」閣下は第五旅団の元司令官のほうを向いた。

グクラフンディの歌　恐怖のサウンドトラック

「マイ・ヴァ・ディーコンドゥ！　マイ・ヴァ・ディーコンドゥ、マイ・ヴァ・ディーコンドゥ！　マイ・ヴァ・ディーコンドゥ！　マイ・ヴァ・ディーコンドゥ！　マイ・ヴァ・ディーコンドゥ！　マイ・ヴァ・ディィィィィィィィィィィィィィィィィィィィィィィィィィィィィー！」つまるところ、閣下の求めに対するこたえは語られたわけではなかった。そうではなかった。その歌は、教会や学校のさまざまな聖歌隊に在籍した華々しい子ども時代を自慢にしている猫、エレジー・ムディディが目いっぱいに張りあげた声でうたわれた。すると、猫が以前に働いた無礼やそれ以外のもろもろの無礼な態度をいまだに恨みに思っているライバル、ディック・マンパラは、一矢報いたいという気持ちから、自分にスポットライトがあたるようにした。

何世代にもわたりダンサーとして名を馳せた一族の出であるディック・マンパラにすれば、いまこそ本領を発揮できる瞬間だった。つまるところ、彼は華麗に連なる羽を横に振ったり縦に揺らしたりして、あっと驚く虹のダンスを披露した――つまるところ、彼は救い主の目に留まるように、自分の羽を閣下のマフラーの縞の色に塗り分けてきており、そのことがここで望みどおりの効果を発揮した。テュヴィはダンスのリズムに合わせて尻尾を振りながら、魅入られたように偽情報大臣を見つめていたから。閣下に認められたと感じたマンパラは死に物狂いで踊った。体を震わせ、くるっと回転させ、小刻みに揺らしてみせた。

すると、自身の説教においては現世的な音楽やダンスを猛烈に非難している預言者ドクター・O・G・モーゼズが――悪魔の音楽と悪魔のダンスと彼は呼んでいた――聖霊に突き動かされでもしたのか、突然、床に突っ伏し、放蕩の悪魔に取り憑かれたみたいに踊りはじめた。同志二名のショウを見せつけられてコロ判事も正気を保つことができなくなった。雌牛はいまやマンパラに倒れかかり、彼を踏みつぶさないように気をつけながら体を揺らし、ひねり、腰を激しく振った。あまりに官能的に踊り狂う雌を見ていられなくなった閣下は、思わずダンスフロアに飛びだした。

救い主がダンスフロアに出ていったので、ほかの者もみな着席したままではいられず、あとに続いた。つまるところ、この集いを部屋の隅や壁の隙間からひそかに見守っていた鼠やトカゲやコオロギのような生き物までも狂乱のダンスフロアへ小走りに進みでた。同志たちはいっときも休まずに跳ねまわったため、ついに老ロバのキャキャ・キャプチャード・マニキニキ判事は奇妙なさしこみを胸に感じることになった。自分の体の限界を思い知らされた判事はパニックに陥り、部屋の前方へと這い進んだ。エレジー・ムディディが自分のステージのように占領している机まで行くと、猫の前肢を引っぱった。「同志、大臣、やめてくれ、やめろ、この馬鹿騒ぎを。頼むから。きみはわたしを殺す気か？　わたしには救い主のほんとうの就任式をつかさどる任務が控えていることを思い出せ！」

グクラフンディ──つまるところ悔いなし

「そうだ、そうだった。その歌がやんだのは、反体制派のリーダーがようやく立場をわきまえ、這いつくばってわれわれに近づき、平和を懇願したときだった。われわれはそこではじめて言ったのだ、平和あれ、ただし、いうまでもなく、われわれが設定した条件に則って。こうして今日の諸君が知るジダダが生まれたのだ。そうとも、それもこれも、奉仕と救済を求められたときにわたしがためらわなかったからだ。われわれはためらわなかったからだ！」救い主は樽型の腹を撫でながら言った。彼はダンスフロアで上着とシャツとネクタイを脱ぎ捨てていて、いまは上半身裸だった。

「救い主に乾杯！」副大統領が音頭を取り、部屋じゅうでグラスが掲げられ、歓呼の声があがった。テーブルの上座に向けてグラスを掲げる、新たに就任したプレシャス・ジュバ大将は震えるグラスを安定させようとして失敗した。酔っぱらってはいないのだが、その歌を聞くとあのころのことが一気によみがえってくるのだ。前線でともに戦った親友の同志、ブトレズヴェ・ヘンリー・ヴリンドレラ・クマロのことが。クマロは解放闘争の終結まぎわ、奇襲を受けたときにジュバの命を救ってくれた獰猛な戦士でもあった。多くの純真な友や家族や仲間や知り合いのことも脳裏をかすめた。だが、ジュバ大将はそうしたことを全部、過去のゴミ箱の底の底に押しこんでいた。つまるところ過去なのだ。過去はつねに必然的な行動だった。ジダダの独立後、生き残れるかどうかもわからないときに与党に加わるという選択をしたことも、それ以来ずっと、つまるところ政権の誠実なメンバー、すなわち選民であったことも。ただ、ときおり、いまのように過去の蓋がいきなり開くと、埋めたはずのものが埋められていない状態に戻る。そうして、その埋められていないものたちが彼の内にある眠れるハリケーンを呼び覚ます。つまるところ、過去が頭をまっすぐに起こして逆上し、荒れ狂う。過去を自分の内にとどめておくには最後の一オンスまで力を振り絞らなければならなかった。

「なにがよかったかといえば、われわれはやる必要のあることをなんら干渉を受けずにやり遂げたことだ。英国からも、米国からも、隣国からも、国連からも干渉を受けずに。そうあるべきなのだ。血を流さずに生まれた国家があるというなら、わたしに教えてくれ。神自身の統治にも血が流され、怒りの嵐が渦巻いた。それに比べれば、われわれは小さな蟻だ。それぐらいの聖者だ！　にもかかわらず今日、彼らはあのことにありとあらゆる珍妙な別称をつけようとする。大量虐殺と呼ばれるのを聞いたことさえある。しかし、わたしは奉仕と呼んでいる。自分の歩む道に奉仕のチャンスがやってくれば、いつでもわたしはためらわないだろう。では乾杯しよう、奉仕に！」閣下はグラスを掲げた。
「奉仕に！！！」部屋が轟いた。

問題

太陽が顔を出していた。部屋にいた動物たちの半分ほどが引きあげて、残っているのは閣下と副大統領と側近の同志数名だけだった。眠る時間がなかったので疲れきっている者がいたかもしれないが、好奇心に満ちた晴れやかな顔は疲れを見せていなかった。インターネット大臣は事物大臣を相手に、新政権の閣僚の多くが、耳新しいけれども重要な問題だと見なしていることについて話していた。

「……要するに、ああした惨めな動物たちはどういうわけか自分たちが声でも見つけたつもりでいるんです。現実には、やつらが語るのを許してやっているのはわれわれだというのに」と彼は言った。インターネット大臣は気難しい雄牛として有名で、いまもその口調には苛立たしさが滲みでていた。

「先ほども言ったように、わたしはべつに心配していないよ、同志、現状では彼らの主戦場はソーシャル・メディアなんだからなおさら。この地上で——まあ——それなりの抗議をする、というか、誤った感情を発するとなるとまったくべつの問題だけれども。その場合は、やれるものならやってみろ、ということになるだろうが」事物大臣はさも軽蔑したように笑った。

「まあ、言いたいだけ言わせておけばいいんですよ。言ったところでなにかができるわけじゃないんですから。それに、いまがどういうときかを、われわれのチームもソーシャル・メディアで彼らに教えてやっていますし。わたしは心配していませんよ」エレジー・ムディディが言った。

「失礼ながら、それはまったくちがうんじゃないかな、同志、インターネットでやりたい放題させておくと、ああした動物たちも現実に害をおよぼす力をもってしまうよ。きみは例の〝自由なジダダ〟運動を早くも忘れてしまったとでもいうのかい？　そもそもあの運動はインターネットで生まれたんじゃなかったかな？　それがどこかの時点で何十万ものジダダ民の支持を獲得し、みるみる広がって欧米まで巻きこみ、その結果、与党を馬鹿みたいに見せた。ジダダ民はダともうひとつダがつくこのジダダで、それを強い影響力のある民主主義運動として歓迎した。そういうことだっただろう？」ディック・マンパラはライバルに非難を浴びせる機会を逃さなかった。

いくつもの頭がおごそかに縦に振られた。つまるところ、そう、実際、無害な火花として始まったあの運動は、〝つまるところ〟とひとこと挟む間もなく、地獄の猛火の勢いで燃え広がって、政権の面前でジダダを活気づけていたのだから。動画では国旗を首に巻いた動物たちが現政権に対する悲嘆の言葉をぶつけていた。それは既成の政党が仕掛けたことではなかったから、また、その大騒ぎのほとんどがインターネット上で起きていて、ネットでは、咬みついて殴ってぶっ殺す最善の方法を心得ている治安部隊を適切なタイミングで解き放つことができなかったから、最初は制御するのがいささか難しかったのだ。勝手のちがう敵に対処するにはなにが最善の方法なのか、与党は途方に暮れた。つまるところ、敵はその仕事をインターネットという非現実の世界からジダダの街路という現実の世界へ移行させせるほど大きくなっていった。

この瞬間、ムディディは救い主が考え深げにこっくりとうなずくのを見た。同志たちが孔雀の言葉の意味を理解するのも見た。彼はとっさに立ちあがり、ライバルを打ち負かす決意をして後肢で立った。

「たしかに、そのとおりでしょう、同志たちよ。でも、ここで大きな疑問が生じます。結局、それは問題だったのか？　問題なのか？　つまり、われわれの目指す自由で公正で信頼できる選挙がもうすぐ始まろうしているわけですが、〝自由なジダダ〟とかいう党がどこかで活動しているのをごぞんじな方はここにおられますか？　地上でおこなわれた彼らの集会をひとつ残らず中断させることに成功しただけではだめなんでしょうか？　リーダーたちの身元を突きとめて、ふさわしい場所に入れてやりませんでしたっけ？　いま現在、彼らの活動はどこでおこなわれていますか？——彼らの声を最後に聞いたのはいつでしょうか？　聞いていないんですよ、同志、なぜかといえば、インターネット用語を使うなら、われわれが削除《デリート》しましたから！　そして、そこまで言ったからには、その同じインターネットがわれわれが敵を監視するのを手伝っているということも忘れてはなりません。つい二日まえ、ルターレック・フィリ同志と話しましたが、〝自由なジダダ〟はスーパー・データベースを持っているそうです。つまり、顔、名前、電話番号、住所、家族、すべてのデータがそこで管理されているわけです。われわれの諜報員の一部が正体を隠して野党の著名な活動家となり、ＴｗｉｔｔｅｒやＦａｃｅｂｏｏｋやＷｈａｔｓＡｐｐで二十万から三十万のフォロワーを獲得していることはいうにおよばず。要するに、使い方を知っていれば、インターネットはわれわれを勝たせてくれます。最後に、これを忘れないようにしましょう。ジダダの内でも外でも、すべての目がわたしたちにそそがれている以上、そのすべてを納得させなければならないということを。ジダダの動物たちはほんとうに変化を望む声をあげているのですから。彼らを納得させられずに、どうしてわれわれの〝新たな統治〟の実現を確実にできるでしょうか？　われわれは昔と同じように言論の自由を奪うと、それも、ジダダに自由を取り戻したと宣言してさほど経たないうちに奪おうとしていると見なされていたら。いままでやってきたのと同じことをそのままやりつづけていたら。なんとしても勝たなければならない重大な選挙が控えているんですよ、同志、狙った獲物に集中しましょう。インターネットのノイズのようなチマチマとしたものに気を取られてはなりません！」猫らしいあえぎ声で締めくくられたムディディの演説は大音声《おんじょう》の喝采に迎えられた。

〝新たな統治〟の選挙に向かって

目立たない給仕がはいってきて、豪勢な朝食を並べた。預言者ドクター・O・G・モーゼズは立ちあがって、食事を祝福した。同志たちががつがつと食べはじめると、鳥の大群が空を占拠した。むろんそれが〝新たな統治〟──テュヴィのペットのオウム──とオウムが率いる大聖歌隊、つまるところ、あらゆる種類と色の、どことなく聖書に登場する鳥を思い出させる鳥たちの眺めだった。すると、超現実的な時間が流れ、〝新たな統治〟──〝新たな統治〟──〝新たな統治〟とうたう狂ったようなコーラスに空気が震えた。

「閣下の鳥の合唱する聖歌がＢＢＣで流れることになるとだれが思っただろう、同志たちよ？　適切な長い長い長い統治をまだ始めてもいないのに、救い主は左も右も中道もなく世界を魅了してしまうとは?!」副大統領は満面の笑みで、〝新たな統治〟とその同志の鳥たちが去ったあとの空を指さした。

「少しまえには、もちろん国旗マフラーがありましたね」インターネット大臣がテュヴィに向かってつけ加えると、テュヴィはにやりと笑い、それから満面の笑みを浮かべた。お世辞を聞くのは当然ながら、いい気持ちだったから。

「ああいうのはみんな好意的な報道ですよ。欧米の経済を引きこんで経済を活性化させる必要があるときはとくに」略奪大臣が言った。

「いかにも。しかし、彼らが、欧米の連中が賛同するのになぜこんなに長くかかるんだ？　そうじゃないか、オールド・ホースはもういない。わたしはここにいて、国を統括しているんだ。どこにでも飛んでいって、彼らにこう言えるぞ。すぐに来て投資してくれ、さあ。わたしはあらゆる種類の資源、きみたちが思いつくかぎりのものを全部もっているんだと。それでも、彼らは躍起になってやってこようとはしない——彼らのほんとうの望みはなんなんだ？　彼らはなにを待っているんだ？」テュヴィは言った。

「おっしゃることはわかります、閣下。閣下の熱心なお仕事ぶりも承知しています。オールド・ホースでさえ十年間で訪問した国の数は、あなたが数ヵ月で訪問した国々の四分の一でしかありません。でも、落胆なさらないでください——孕ませるためには何度でも種馬としてがんばらなければならないというじゃありませんか？　あなたはドアをノックするという立派な仕事をしていらっしゃいます。近いうちにそれがみな報われますよ」ビジネス大臣がスマートフォンの画面から目を上げることなく言った。

淫売はときにはそこから利益を得るんだから、わたしよりはましだろう」テュヴィは苛立たしげに言った。

「ドアをノックするというより身売りしている気がするね。まるで淫売だ。おまけに、少なくとも

「閣下、ひとつ申しあげるなら、わたしたちがここにいるのは、オールド・ホースが欧米との架け橋を完全に燃やした結果だということを忘れてはならないでしょう。ただ、そのことが問題になっているのだと思いますし、閣下とオールド・ホースとはまったく個性が異なるばかりか、閣下が欧米との関係を修復・再建すると表明なさっていることははっきりしています。多少の忍耐は要してもドアはきっと開かれるにちがいありません」エレジー・ムディディは腹をすかせたライオンのまわりを肢音を忍ばせて歩いている動物のような声で言った。

「だが、いつになったらドアが開かれる？　わたしは開かれることを求めているんだ。いますぐに開かれることを。待っている時間はない。そんな時間はだれにもない！」救い主は怒鳴った。

「ですから、もうすぐですよ、閣下！　ひとつ申しあげるなら、彼らの機嫌を取りながら思い出してください、忘れないでください、欧米がどういう連中であるかを。彼らは金にあかせてわたしたちに、どのように生きて、食って、つがって、眠って、糞して、愛して、敬って、死んでいくかを命令する権利があると感じているピエロだということを」プロパガンダ大臣は言い、自分の言葉選びに満足して微笑んだ。

「だったら、彼らから教えられるまえにこっちが教えてやりましょう。尋ねるんじゃなく教えてやるんです。改革を。ただの改革じゃなく改革の改革を。あらゆる種類の改革を。とりわけ雌の権利を。欧米は雌が大好きですからね。報道の自由を許しま

「だったら、彼らから教えられるまえにこっちが教えてやりましょう。大改革を。改革を実施するんです。とりわけ雌の権利を保証しましょう。

しょう。国家統一にはイエスとこたえましょう。痛ましい野党に寛容を示すのもイエスです。そういうふうに連中の言うことには全部イエスと返しましょう。そして、むろん、今度の選挙のあとには内閣を一新することを約束するんです。民主主義への完全にして適切な回帰も。自由で公正な選挙も。あらゆるものの繁栄も。あらゆる形の暴力の終結も。それらはいずれも欧米にオーガズムをもたらす要素ですからね」ビジネス大臣は言った。テーブルを囲んだ動物たちはくすくす笑いを漏らした。

「もうひとつ、閣下、間近に迫る選挙も重要な要素であることも思い出してください。欧米がジダダに関するかぎり安全策を取っているということは、道ばたの小枝や石ころでさえ知っています。とくに最近の政権交代については、そこに働いている力学の多くが曖昧だと彼らは感じています。だから彼らの動きは慎重なのです。しかし、ひとたび選挙で合法的な勝利をおさめれば、閣下、かならず彼らは、糞に群がる蝿のように、左だろうと右だろうと中道だろうとあなたに群がってきます。あなたは彼らをどう扱えばいいかわからなくなるでしょう。しかも、今回の選挙がすんで来年になれば、だれもこのジダダを見分けられなくなります。なぜなら、ジダダは偉大なジダダになりますから。ふたたび偉大な国になった姿を無作法なTwitter使用者《ツィーティング・バブーン》に見せてやればいいんです。でも、いまはとにかく選挙です」プロパガンダ大臣は興奮のあまり息を切らさんばかりだった。

「とはいえ、われわれはすでに選挙に勝っているんだ、同志たちよ。あとはメニューを決めて、食材を集めて準備して調理をするだけだろう？　コック長はもう決めてあるんだからな——それも、ジダダの選挙史上初の雌のシェフに。その結果を認証しようじゃないか？」事物大臣がいった。

「おっしゃるとおりです。ただ、ガチガチの野党支持者の説得はしなければなりません。彼らは今度の選挙を〝新たな統治〟の選挙に、#自由で公正で信頼できる選挙 にすると考えていますから。さらに重要なのは野党がほんとうに勝ってしまう可能性もあるということです。これは遺憾ながら、閣下が神業的な馬力で仕事を続けなければならない、つまり〝新たな統治〟を売りつづけなければならないことを意味します」汚職大臣が言った。

「だから、閣下は信頼を届けるだろう、同志たちよ、国に奉仕する救い主であることを実証なさるだろう。ハードな部分はもう終わっている。いままさに最終ラップにさしかかっているんだ。とはいえ、投票日までの残り少ない数週間、みんなで手綱を引き締めていかなければ。わかっているだろうが、敵はわれわれがこけるのを期待しているんだから」ジューダス・グッドネス・レザが言うと、不満げなつぶやきと同意のうなずきが返された。

副大統領が敵に言及したことは、テュヴィの機嫌を戻すのにじゅうぶんだった。実際、そのとおりなのだから——彼がジダダを栄光に導こうとしているいまこのときにも、テュヴィが力不足で破滅の要因にしかならないことを望んでいる堕落した獣たちもいる。そういう獣たちは、テュヴィは統治の仕方を知らず、リーダーの器ではないと主張しており、暴君そのものだという虚偽を広げていた。テュヴィの存在は民主主義を貶め、彼との比較によってオールド・ホースとロバがよく見えてしまうだろうという醜悪な予測も立てていた。テュヴィには国家への愛情も、倫理も、品位も、洞察力も、信義も微塵もなく、国家の名誉を挽回するような素質などこれっぽっちもないと嘘をつき、貪欲、怠惰、残酷、狡猾のレッテルを貼っていた。テュヴィにすれば、世界の目がジダダに向けられている状況であればなおさら、彼らに対して手を打つのは不可能だった。ほんとうなら、もみ殻のように洗い流してやりたいところだったが。実際、彼らはもみ殻なのだから。だが、テュヴィは彼らの口を封じるつもりでいた。そう、つまるところ、みずからの栄光によって彼らをずっと黙らせておこうと。きっと目をくらませてやる、勝利してやると。

「ライオンには魚の意見などどうでもいいのさ、同志たちよ。われわれは勝つ。勝ちつづける。彼らが見たいと望む選挙を与えてやろう。たっぷり彼らに与えてやろう。同志たちよ、乾杯だ、〝新たな統治〟に！」救い主は言った。

「〝新たな統治〟に！！！」

しかし、あなたがたは聖なる方から油をそそがれているので、みな、真理を知っています（『新約聖書』〈ヨハネ第一の手紙〉二章二十節）

「祝福を授けるようにと、たったいま神がわたくしに命じられました」預言者ドクター・O・G・モーゼズが言った。彼は席を離れ、救い主に敬意を表して後肢で立った。同志たちは即座に腰を上げ、頭を垂れた。

「大事なことが、非常に大事なことがいままさに始まろうとしていると、神に代わって預言するのはたいへんな名誉であります、同志たちよ。神の霊にして偉大なる羊飼いにして仲介者なる方がいまこの部屋に降り立ち、イエスの名において閣下に塗油をなさろうとしています。わたくしにはイエスの光が、塗油が、力が、栄光があなたに降りそそぎ、あなたを祝福し、あなたを持ちあげ、あなたを守り、あなたを力づけるのが見えるのです、閣下。そのすべてを、そして、いまこの瞬間にもあなたに授けられようとしているすべての祝福をお受け取りになりますように」預言者はそれから声を張りあげ、恍惚状態で不可思議な祈りの言葉を発した。最後に彼がアーメンと言うと、同志たちは立ちあがって拍手を送った。

「ここで同志のみなさまにお伝えできることを嬉しく思います。わたくしとわたくしの〝兵隊〟に関するかぎり、かならず救い主に票を投じます。それゆえ全ジダダ民も救い主に票を投じるようにと神は命じられるでしょう。閣下への反対票は数に入れられません。なぜなら神は迫りつつある今回の選挙をすでにおこなっているからです！　この選挙にはすでに勝っているからなのです！　ハレルヤ！」預言者は言った。

「アーメン！！！」同志たちは大声で応じた。

#自由で公正で信頼できる選挙 の預言者

事実上すでに勝利しており、したがって負けることはそもそもないということなので、馬鹿げた演習のように感じながらも、救い主は#自由で公正で信頼できる選挙 というゴスペルを説いてまわった――つまるところ、#自由で公正で信頼できる選挙 がジダダでおこなわれるのを気が遠くなるほど長いこと見ていなかったから、その言葉に自分の体を巻きつけるのは滑稽に思えた。けれども、すべての目が自分と〝新たな統治〟にそそがれていたから、馬の決意は揺るがなかった。彼は新閣僚の聡明な若い同志たちから指南を受けるや、またたくまに#自由で公正で信頼できる選挙を実際に心をこめて語れるようになり、自分が生粋の野党の党員であるかのような錯覚に陥るときもあった。つまるところ、自由が存在することを現実にはほとんど知らず、政権によって苦しめられなかったこともなく、社会の隅に追いやられなかったこともなく、迫害されなかったことも、拷問を受けなかったことも、投獄されなかったことも、拉致されなかったことも、殺害されなかったことすらない痛ましい野党は、この思いがけない魅惑のゴスペルを信じこんで歓迎し、これにしがみついた。そうならないはずがないではないか。つまるところ、彼らに物心がついて以来、欧米の選挙監視員に選挙プロセスの監視がはじめて許可される日が訪れるのはいつなのだろう？　いつになったら申請も政府の承認も必要なく集会を開催できるのだろう？　いつになったら治安部隊が踏みこんで演説者を逮捕するようなことなく平和に政治集会を開けるのだろう？　そうした集会を午前から午後まで、あるいは時間に関係なくいつでも開いていられる日が来るのだろうか？　そうした集会で不安を感じずに自分の気持ちを語れる日がくるのだろうか？　自分たちが望めば、あらかじめ勝利を予言したり宣言したりできるようになるのだろうか？　そう、つまるところ野党は、自由で公正で信頼できる選挙という長年の待望で熟しすぎた理念の甘みを禁断の果実ごとく味わっていた。そして、ついに差しだされたその果実をしぶしぶ飲みこんでみると、真に自由なダともうひとつダがつくジダダの、生まれてはじめての希望の味が実際に自分の腹を満たすのを感じた。これなら自分たちが大統領選挙に勝利して統治するチャンスはあると思ったのだ。

道ばたの小枝や石ころでさえ、動物が変化を唱えるなら変化の肉体化が不可欠だと教えてくれるだろう。そういう変化はまずトップに立つ者から始まり、残りの大衆にじょじょに伝わっていくと。それゆえテュヴィは暫定大統領として、また国家の救い主としても、説得力のある手本を動物たちに示すためには、この〝新たな統治〟というマニフェストを個人的《パーソナリー》に明確にすることが自分に求められているのだと理解し、実際に、説得力のある手本を動物たちに示した。国家の救い主は昔から早起きで、目覚ましはいつも午前五時にセットしていたが、〝新たな統治〟の精神に則って、四時五十九分に変えた——そう、つまるところ、彼の目覚ましは約四十年ぶりにそれまでとちがう時刻に鳴ることになった。寝る位置も妻のマチリダと取り替えて、いまはベッドの左側ではなく右側にしている。学生時代からこのかた、なにかの偶然でもなければ本には触れたこともなかったのに、いまは自宅に図書室をこしらえ、だれもが閲覧できるようにして、自分はときどき時間をかけて本を数えていた。インターネットという発想は好まなかったが、最終的には携帯電話とデスクに置いた機器にネットを接続することに同意した。そうすると、ときにはそれらを開くから、国がいまなにをやっているか、なにを言っているかを見て追うことができた。文字どおりの意味で真っさらな歩みを進めているといえるかもしれない。監視と記録が可能になった。彼は歩いて出かけるときの靴の底を全部新しくした。〝よくは知らないが〟や〝わたしが思うに〟や〝確信はもてないが〟のような言いまわしをやめて、それらとは逆の——〝重々承知しており〟や〝まちがいなく〟や〝確信をもって言える〟——などを用いるようになった。すると、予想外の喜ばしい発見があった。そういう言い方をすることによって、つまるところ、自分はありとあらゆることに関して知るべきことを全部知っているのだと思えてきた。そのことからも言葉がいかに重要かがあきらかになった。こうして自分自身の新しいあり方、物事への新しい処し方という条件を満たせるような個人的《パーソナル》な変化で武装した結果、つまるところ国家の救い主は、ジダダを栄光の新たな高みに導く準備は万端だと感じていた。

新しいジダダ＝汚職のないところ

土曜日の朝、テュヴィが国旗マフラーを首に巻いてジダダ広場の演壇に立ったのも、〝新たな統治〞の精神に則ってのことだった。彼はそこで、自分が率いる与党は汚職と戦っており、それればかりか、その戦いに勝つつもりでいると大々的に宣言した。動物たちは立ったまま無言でこの言葉を聞きながら、ゆっくりと尻尾を振り、考えこむような顔をした。市民が汚職のない国を望まぬわけがない。ところが、ダともうひとつダがつくジダダでは、汚職はいわば代名詞で、市民には国から汚職がなくなるとはとうてい想像できなかった。そう、つまるところ、彼らは汚職を吸いこみ、汚職を食べ、汚職を飲み、汚職で寝ていたから――汚職は彼らの生活のあらゆる局面にあり、自分たちの家庭すらも例外ではなかったから。

テュヴィはジダダ広場におよび腰な空気が流れているのをマフラーで感じ取った――ジョリジョの言うとおり、マフラーはセンサーだった。動物たちはテュヴィの言葉に進んで耳を傾けようとしているけれども、彼が描いてみせようとしている図式を理解するのにひどく苦労していることもわかった。しかし、救い主はちっとも気落ちしなかった。彼は聴衆に理解させようとした。優れたリーダーのように、彼らの心を変えようとした。

「我が同胞、ジダダ民よ。この広場に来る途中で道路封鎖に遭ったジダダ民はこのなかにいますか？　あるいは無意味な一時停止をさせられたジダダ民は？　〝新たな統治〟が始まってから、不正な検問や賄賂の要求がありましたか？　われわれが終わらせなかった賄賂が目的の道路封鎖がひとつでも残っていますか？」テュヴィは動物たちに挑むように後肢で立ち、彼らの中心に目を凝らして、ただひとつの答えを待ち受けた。〝ノー〟という声が返ってくることはわかっていた。これは答えに複数の選択肢がある問いかけではないのだから。で、〝ノー〟という答えが返された。そう、つまるところ、熱烈な拍手喝采に飾り立てられた〝ノー〟が返された。動物たちは称賛と歓喜と感謝から歓声をあげずにはいられなかったのだ。そうした気持ちは嘘偽りのない真実であり、真実以外の何物でもなかったから。

この五年のあいだに――いや、八年か？　十年か？――どんなに長くても最近のことだが、ジダダのいたるところで増殖した道路封鎖はインチキ道路封鎖で、治安部隊が旗を振って一台おきに車を停めては、運転者に威張りちらし、いやがらせをし、恐怖を与えていた。彼らは消火器を手始めに、車に搭載するべきものや車のあるべき状態を調べ尽くす。スペアタイヤが搭載されているか、欠けたライトやミラーがないか、車の故障停車時に使う赤いプラスチックの三角スタンドはあるか、無線の免許をもっているか、タイヤ圧やスピードメーターの状態はどうか、つまるところ、タイヤ交換のための正しいスパナがあるか、蛍光グリーンの安全ベストがあるか、緩んだボルトがないか、ナンバープレートがきちんと留められているかどうか、同乗者の数がオーバーしていないかどうか、そう、つまるところ、自分たちの頭のなかや自分たちの気まぐれな尻尾にしたがって、その場で交通法を変えることを始めて以来、犬たちは過失を見つけそこなったことが一度もなく、貧しい運転者から金を巻きあげると決めていた。標的にされた者はその場で無理やり現金を支払わされた。それが行き帰りに毎回、毎日、毎週、毎月、毎年続いていた。ふだんとなにも変わりないある朝までは。ふだんとはまったくちがっていたとあとからわかるその朝、ジダダ民は車に乗って職場や取引先やどこであれ目的地へ向かいながら、なにかがおかしいのではないかと感じていた。ただ、なにがどうおかしいのか正確に指摘することはできなかった。だが、来た道を頭のなかで辿り返してみてようやく、なにがおかしいのかに気づいた。つまるところ、ジダダのでこぼこ道を車で走っていて道路封鎖で一度も車を停められなかったのは、ここ何年かではじめての経験だったから。どうしても信じられなかったので、彼らはなんともう一度車に乗りこんで、まっすぐ自宅へ引き返した。ほんとうかどうかを確かめるためだけに。そして、わかった。ほんとうに、そう、つまるところ、ジダダのお粗末な交通課の代理と称する治安部隊警官から金品を巻きあげられることはただの一度もないとわかったのだ。

そのことを思い出しながら、動物たちは汚職のないジダダという考え方を新しい視点から眺めた――路上での汚職がただなくされただけでなく、まばたきするまになくされたなら、なぜ〝新たな統治〟はその先へ進んで、ほかのいたるところでおこなわれている汚職を同じようになくそうとしないのか？　どこの汚職をどうすればなくせるかは明々白々なのに。

「さらに、我が仲間のジダダ民よ。あの迷惑な道路封鎖が小さな迷惑でなかったことは、あなたがたもわたしも知っています。大きな迷惑とはなんです？　そう、そのまま口に出してごらんなさい。

あなたがたはそれがなんなのかを、なにが大きな迷惑だったのかを言いたくてたまらないと自分でわかっています。ヒントをひとつあげましょう、われわれはそれを取り除きました。その特定の大きな迷惑も。汚職のように。実際には取り除くことができたのです。なぜなら、それが太陽に命令したから。これで少しヒントになりますか？　ピンと来ますか？」テュヴィは言った。国旗マフラーが、空気が変わって前向きになったと告げた。たしかにそのとおりだった。

集会の参加者はもはや我慢できなかった。救い主の言葉は彼らをあの忘れがたい日に、なにもかもが変わったあの黄金の日に一気に引き戻した。新しいジダダが虹の威光を放ちながら現れたとき、思いもよらなかったあのときに。いまや動物たちは手に入れたばかりの自由の日の記憶を焚きつけられて踊りだし、大地が震えるまで肢を踏み鳴らした。彼らはモーと鳴き、ニャーと鳴き、メエと鳴き、ブォーッと唸り、クワックワッと鳴き、ヒーホーと鳴き、メーと鳴き、ヒヒーンといななき、ブーブーと唸り、コッコッと鳴き、キィーッと叫び、ガーガーと鳴いた。

レガリアのすさまじい威力

テュヴィはカラフルな党の象徴《レガリア》を毛皮や羽にまとった集団が踊る姿を眺めた。党の支持者たちの胸や背中や頭にプリントされた自分の顔を見ると、喜びのあまりわれを忘れた。つまるところ、雌の乳首にも、彼女たちの官能的な腰にも尻にも腹にも彼の顔があった。これは時の試練を経た、とりわけ、統治の手法を知り抜いた偉大なアフリカ大陸全土の建国の父たちによって実践されてきた伝統なのだ。彼らは適切な管理支配というものを理解していた。つまるところ、適切な管理支配のもとでこのような政治集会が催されると、動物たちの体には統治者の顔を貼りつけられなければならないということになった。一方でいつもと変わらぬ動物たちの日々の暮らしも営まれていた。そうした支配のもとにある動物たちは自分が着ている服にプリントされた顔の持ち主にしたがって投票する。選挙まえの寄付活動で受け取った、肥料やトウモロコシやジャガイモの袋にプリントされていた、砂糖やら菓子やらの小袋にもプリントされていた名前とその党の色にしたがって投票する。「親愛なる我がジダダ民よ。あなたがたの記憶を呼び覚ますことができてよかった。そんなみなさんは大歓迎です。実際に汚職を一掃するつもりであるというわれわれの意志を納得してもらえたことを祈ります。先ほども言ったように、われわれは汚職と戦っていきます。解放闘争のような巨大で野蛮な戦いに勝てたわれわれが、〝新たな統治〟において、いまここにある小さな戦いに勝ち、よってジダダをふたたび自由にすることを妨げるものなどありません」テュヴィは言った。

こんなふうに説得された動物たちは新しい大統領の言うことに心と腹の底から同意した。救い主が言うようにジダダが汚職との戦いにほんとうに勝てるのであれば、この〝新たな統治〟とともに自分たちにできないことがあるだろうか？　自分たちに行けないところがあるだろうか？　なんだって可能だ。繁栄。平等。尊厳。正義。自由。それを手に入れるために戦ってきた、闘ってきたあらゆること。そのために祈ってきた、叫んできた、憧れてきたあらゆること。自分たちは友達や家族がそれを手に入れるために国境を渡るのを、ときには命を落とすのを見てきた。そう、つまるところ、栄光は手に入れられるのだ。

内気な物乞いは空っぽの鉢を持つ

とはいうものの、欧米の資金がなければ〝新たな統治〟は起こりようがない。計り知れないほどの天然資源があり、裕福なアフリカ大陸のなかでも最上位の数国に数えられてはいても、ダともうひとつダがつくジダダはやはり物乞いにはちがいなかった。惨めな浮浪者のように、ふらつく肢で懸命に立っている、つまるところ、かつてジダダや同種の国を圧迫し、いまだに圧迫している当の国々からの施しを必要としているのだ。だから、テュヴィは大陸の建国の父たちの多くがこれまでにやってきて、これからもやろうとしていることをやった――欧米に物乞いをしたのだ。

しかし、その任務を遂行中の彼を観察するだけでは、彼が物乞い大統領だとはわからないだろう。国家の救い主は堂々と物乞いに出かけたからだ。なによりそのことを物語るのが値の張るプライベート・ジェットと、頭数からすればフットボールの二チームをつくって試合ができたかもしれないような図体の大きな随行団だった。それともうひとつ、つねに空中にいることだった。ジダダの新しい大統領は地上よりも空中のほうが見つけやすいだろうと事情通も語ったほどに。一方、物事を知り尽くした正真正銘の事情通によれば彼は一度こんなふうに言ったそうだ――つまるところ、彼が口にした言葉を忠実に再現するとこうなる――神がくそいまいましい全宇宙を天空から治めているのであれば、その同じ天空からわたしがときたま、表面積わずか三十九万七百六十七平方キロメートルの国を治められない理由などないではないか。

救い主はいくつものサミットに参加し、いくつもの会議に出席し、いくつもの会合やらフォーラムやら式典やらにも顔を出した。蜜穴熊《みつあなぐま》（別名〝ラーテル〟。ライオンにも立ち向かう恐れ知らずの動物とされるイタチ科の哺乳類）のごとく自信満々に。ジダダの時間は〝新たな統治〟時に合わせてあるし、変化はすでにジダダの国に起こっていて、その変化を起こしたのは自分であることは確実にわかっている。そんな自分を欧米が支援しない理由はどこにもない。言葉は力だという知見で武装した物乞い外遊の道中、テュヴィは国旗マフラーを首に巻いて、心にある思いをさらけだした。ジダダは雌の蜂蜜瓶と同じく、いつでも営業中です。彼はそう言いつづけた。かつて名を馳せたアフリカの籠から餌をついばむことのない自分は、ほかの者がついばんだあとの不毛の砂漠からついばむように強いられるのでしょう。彼はそう言いつづけた。ジダダに投資しない投資家は花を生けていない花瓶のようなものです。彼はそう言いつづけた。いまのジダダはまるで落花生だ、割ってみればそのなかにチャンスが見つかるでしょう。彼はそう言いつづけた。ジダダの門前に行列はできていないのに、どうして待っているんです？　彼はそう言いつづけた。ジダダは手に似ています。神がつくった大地の下にある手は上手に洗えたためしがありません。彼はそう言いつづけた。

　こうしてテュヴィが国を離れているあいだ、ジダダ民は空を見上げて、彼が道路の補修よりも金をかけたプライベート・ジェットを探し、子どもたちを学校に送り届け、かかりつけのおんぼろ病院で薬を買い、車の燃料を補給していた。彼らは救い主が国に戻ってきてはまたすぐに国を離れる回数を数えていた。飛び立ってはまた降り立つのを、欧米から提示された約束でブリーフケースを何度も何度もいっぱいにして戻ってくるのを数えていた。彼らは辛抱強く待った。果報は待つ者に訪れることを知っていたから。それに、オールド・ホースの統治がとりわけ彼らに教えこんだのは待つ技術だったから。つまるところ、待つことにかけて彼らは並はずれていたから。彼らは優秀だったから。

帰還者

紫のハードシェル・スーツケースを引きずる独りぼっちの山羊

白のロング・チュニックに身を包み、黒のバックパックを背負い、つまるところ、紫のハードシェル・スーツケースを引きずって名前のない長い長い道路を歩くスリムな山羊を見かけた者たちは、それまでしていたことをやめて彼女を見る。彼女が帰ってくることをずいぶんまえから知っていて、何日もまえからこの日を待っていたかのように、鋭い目で彼女を観察する。帰ってきたばかりの亡命者独特の歩き方を彼らはすでに見分けている――こういうことを見分けるエキスパートになってしまっているのだ。以前も自分はここを歩いたことがあると大地に思い出させようとしているかのような歩き方。そう、つまるところ、この土を踏みしめることには慣れていないけれど、まったくのよそ者ではないと言いたげな。その歩き方と彼女の姿勢から、なんであれこの帰還者が国境越えをした固有の理由は悲痛で、彼女が引きずる荷物よりもっと重いものであったことも、彼らは見分ける。

しかし、帰還者に関するエキスパートになったとはいえ、まだロズィケイの住民たちは知るべきことのすべてを知っているわけではない。たとえば、山羊の測ったように慎重な歩みを注意深く目で追っていても、彼らには想像できない。つい二時間まえ、ジダダ・リージョナル空港に降り立ったときの彼女は、二度と蹄を降ろさないとかつて誓ったその土地でどう動けばいいのか、かつて糾弾したその空気をどう吸えばいいのか、わからなかったということが。戻ってくることとその場所に着くことは同じではないから。空港の外に出た彼女が、オールド・ホースの銅像があったあの場所のそばのハシドイの木陰に立ち、さめざめと泣いたことも、彼らには想像できない。

住民たちには想像できない。空港ががらんとして、まるで大災害のあとにたった一匹残った最後の生存者であるかのように彼女だけがぽつんとそこにいたとは。そう、つまるところ、彼女がその場所に、もう何年も一度も見ていなかったハシドイの木の下に立っていたとは。ハシドイは彼女が逃げこんでいた異国の土壌では育たない植物なのだ。木に成ったビー玉ほどの大きさの食べられない黄色の果実はぎらぎらの太陽に照りつけられ、湯気を立てていた。よじれた枝は無秩序に広がって蟻のテリトリー全域を浸食し、神の顔まで届きそうだった。そう、つまるところ、彼女は重い荷物とこぼれる涙とともに長いことそこにいた。それからやっと係員が、山羊の悲惨な身構えと、聞く者の心を乱す嗚咽から、これは壊滅的な状況の母国によって個別に痛めつけられた帰還者の嘆きの姿であると気がつき、彼女に近づいて優しく、ほんとうに優しく、そう、彼女が爆弾を持っていたとしたら手放しただろうというぐらい優しく、スーツケースの持ち手をつかんで、赤土の大地の上に置いた。つぎにバックパックもそっとつかんで同じように地面に置いた。今度もまた、山羊が自分のされたことをほとんど感じないほどの優しさで。それから彼女を両の前肢に抱きとめ、帰還にいたる怒濤の苦しみを彼女が全部吐きだすまで抱いていた。

それから二時間ばかり経ったいま、帰還者である山羊は名前のない穴ぼこだらけの道路をどうにか歩いている。称賛のまなざしが同じ路上から、民家の庭から、カーテンのうしろから、アイドリングした車のなかから、傘の下から、交差点の陰から、自分に向けられているのが感じられる。個人タクシーを利用するべきだったかとふと思う——時間をかけて特定居住区のロズィケイまで行きたかったので、タクシーを使わないことにしたのだが。ロズィケイは彼女の育った町、彼女の母親がいまも暮らしている町、彼女が名前をもらった町でもある。ロズィケイというのは実際、山羊のミドルネームだから。つまるところ、山羊もその町も、植民地時代以前のジダダ南西部のンデベレ族の女王をあらわしている。よく帰ってきたね、長く行方知れずだった、シミソ・クマロの娘よ。公共輸送機関を使ったことで、きみは心の準備をするのに必要な時間を余分に確保することができた。何週間もまえから旅の準備をしてきたのだし、現に長旅でもあったとはいえ——それでもやはり、まる十年、一度も会っておらず、むろん一度も話していない母にその顔を見せる方法を考えだせるだけの時間ではなかっただろうから。

ロズィケイ——町の点描

彼女はほっとして、心やすらかに歩きだした。あまりに長く国を離れていたから、顔を見てすぐにだれだかわかる者はいない。彼女のその判断は理に適っている。けれど、町それ自体はこの帰還の傍観者であることを拒む。つまり、ロズィケイは彼女と完全に互角の高さに立って、とびきり大胆な柄のショールをその幅広い肩に掛けてやる。この帰還者が亡命中の自分の栄光を正しく認識することもできるように。亡命がときに子どもらの記憶に魔法をかけることはよく知られているが、彼女も子どものころの記憶がおぼろだ。ロズィケイがひどく激しい感情の昂ぶりをぶつけるものだから、山羊の頭のなかはぶんぶんと唸っている。つまるところ、けたたましいラジオやスピーカーから流れる音楽が競いあうように、やかましい声が大きくなったり急に小さくなったり、だんだんと消えていったり、かと思うとまた急に大きくなったりしている。車はガタゴト走り、吠えるようなクラクションを鳴らし、エンジン音をブルブル響かせ、埃を巻きあげる。遊んでいる子どもの金切り声や繰り返される大声が空気を抑制の利かない喜びの色に染める。快楽を得られたおとなの女の嬉しそうな叫び声もあれば、行商が商品を売る歌声もある。低空飛行する飛行機の音。生け垣からは蟬や蜂やコオロギやバッタやキリギリスによる不協和音のオーケストラが聞こえる。鳥のさえずりも。そこでロズィケイが彼女のショールを正しい位置になおすと、ランチに用意された食べ物のにおいで空気が満たされる。ハーブや紙巻きタバコの香りもほのかに漂ってくる。それから、熟したグアバや桃のにおい、クチナシの芳香、燃える瓦礫の刺激臭、咳きこむ車の黴臭い排気臭。そして、もちろん、ロズィケイは花開く娘たちを見せびらかすチャンスを、百万年経ってもけっして逃さないだろう。若さのもつ初々《ういうい》しい栄光に包まれ、陽光を浴びながら、背すじをまっすぐに伸ばして後肢で歩く娘たち。その美しさは、町のいたるところにいる、ありとあらゆる種類の称賛者たちに向けられた祈りへの呼びかけだ。彼らは娘たちの輝きを浴びたくて待っている。あまりに強いその輝きは日がな一日頭から離れず、眠っている時間にもつきまとう。そう、つまるところ、朝目覚めると混乱してなにも手につかなくなるほどの圧倒的な後味を何ヵ月ものあいだ残す。さらに街角には売り物を並べて座っている行商の姿もちらほらと見受けられる。客が来ては帰り、来ては帰りの繰り返し。ボールを追っかけたり凧《たこ》を揚げたり自転車に乗ったり、めまぐるしく動く子どもたちの体もある。子どもたちが行きつ戻りつして、いろんな種類の遊びに興じている広い運動場は道路なのだ。こうして山羊は、自分は見られていると同時に見ているのだと強く思いながら、スーツケースを引きずり、にぎやかな雑踏をひとつ残らずまわって目におさめる。タール舗装された道路のそこここを溶かしている猛火を縫って。ついでに彼女の額もあぶられる。すると、国を離れていた十年間、自分の内側にうずくまっていたなにかがようやく背すじを伸ばすのを彼女は感じる。

つまるところ、母の家

母の家のまえまで来ると、門に錠がおろされている。困った山羊は厚みのある南京錠をガタガタ言わせると、錠の上のほうに六三六と家の番地がペンキで描かれている。南京錠は新たに取りつけられたもので、彼女が十年まえに町から出たときにはなかった。いま家を囲っている白い〈デュラウォール〉（ジンバブエのメーカーDURA WORLDの製品）の壁も同じく。これらの変化を凝視するうちに山羊は一瞬パニックに襲われる——母はもうここに住んでいないのだ。家の持ち主が変わったのだ。でも、どうして？　彼女は錠がおろされた門をなおも見つめ、どうするべきか思案する。どこへ行くべきかを。と、突然、騒々しい鳥のさえずりに空気が音をたてて震える。以前に聞いたことのあるどんな音ともちがう騒音に困惑した山羊が立ち尽くしていると、色とりどりの鳥の大群が頭上を旋回し、ロズィケイの空が一時的に暗くなる。山羊にはもう鳥たちの奇妙なシュプレヒコール、〝新たな統治〟

――〝新たな統治〟――〝新たな統治〟が理解できた。つまるところ、鳥の大群が飛び去ったあとも、彼らがもたらしたカオスの残響はしばらく空中にとどまり、いま自分に見えて聞こえたものはほんとうに自分が見て聞いたものなのだろうかと山羊に思わせる。

「あれは〝新たな統治〟の聖歌隊なのよ。〝新たな統治〟は新大統領のペットのオウムなの。鳥たちは〝新たな統治〟ソングをうたってるの。あたしもあたしの友達も〝新たな統治〟ダンスの踊り方を知ってるわ。ダンスを見せてほしい？　あなたは遠くからやってきたの？」

　山羊が視線を落とすと、小さい子猫が見上げている。自分が洪水のように繰りだした質問のせいで息を切らしながら。靴を履いていない子猫はとほうもなく不潔な身なりをしており、もはやチュニックのもとの色は何色だったのかもわからないほどで、裾の左右をパンツの股ぐりに押しこんで間に合わせている。子猫のそばをうろうろしている友達もみな同様にひときわ目につく汚さだ。もう何年もまえにこの同じ埃っぽい道路で遊んだ子どものころの記憶が心の目によみがえり、山羊は微笑む。

　新参者の外見を注意深く観察し終えた子猫は、自分の外見が気になりだしたのか、チュニックの裾をパンツの脇から引っぱりだし、前身頃の埃を払い落とすという無駄な努力を始める。

「こんにちは。あなたのお名前はなんていうの？」山羊はにこにこしながら尋ねた。

「グローリア！　グローリア！　あんた《ウェナ》！　お風呂にはいって汚いその服を洗いなさいって、ずーっとまえから言ってるでしょうが?!　こたえなさい《アングッヘランガ》！」新たな声が一軒隣の家から聞こえ、流れるようなラインの黄色いドレスを着て、カラフルなビーズ玉を首と前肢の先のほうに巻いた細身の老猫が玄関に現れ、自分が目にしているシーンを冷静沈着に査定する。つまるところ、その前肢を折り曲げ、もう片方で杖につかまってバランスを取りながら。ひょっとしたら彼女が話しかけているのはグローリアではなく、新参者のほうなのかもしれない。老猫の目は山羊に据えられているから。そう、つまるところ、このよそ者を高齢者ならではのあからさまな視線でためつすがめつする。高齢者という人生の一段階に達している者たちは、礼儀作法をふくめ、世のなかの多くのことは時間の無駄だとおおむね理解しているのだ。それに猫のその無礼さはまちがっていない。どうやら彼女は、隣の家の門のまえにいるこの見知らぬ若い雌がだれで、その山羊がなにをしたいのかがわかるまで待つという不必要な労力をはぶこうとしているようだから。訊かれるまえに山羊が自分から名乗りでればいいだけなのだから。

故郷とはわたしたちが暮らしているところではない。故郷とはわたしたちが属しているところなのだ

「こんにちは、おばあさん、ご機嫌いかが？」山羊はそう言って近づく。

「ああ、こんにちは。それと、わたしの名前はダッチェスよ。あなたの機嫌がいいなら、わたしもいいけれど？」女王然とした老猫は賢そうな目を細くして、山羊を見据える。山羊が挨拶らしい挨拶もなしにやたらと質問ばかりする近ごろのあきれ果てた若い者とはぜんぜんちがうことに感心する。つまるところ、この山羊はまともな躾《しつけ》を受けて育ったらしい。

「はい、おかげさまでわたしも。ありがとうございます。ほかのみなさんもお元気でしょうか？」

山羊は言う。猫の家は山羊の母の家のような壁にもフェンスにも囲まれていない。植物がものすごい勢いで育っていることに驚く。樹木と灌木と野菜と色とりどりの花で庭全体がカオスのように見える。赤煉瓦の家は蔓植物のカーペットにほぼ全面が覆われている。彼女が家を出たころの隣家、シス・ジョが住んでいた家とは似ても似つかない。

「ほかのみんなも元気にしているわ。あなたのおうちの方もお変わりなくて？」女王の声音が豪奢な庭園から山羊の意識を引き戻す。

「わたしが出ていったときはつつがなく暮らしておりました、おかげさまで。あの、ちょっとお尋ねしてもよろしいでしょうか。わたしの名前は――」

「ああ、ああ、ああ、そういうことなの！　あなたはデスティニーなのね?!　そうでしょ！　ええ、そうでしょうとも！　長いこと行方知れずだったシミソの娘の！　なんとまあ《ダドウェトゥ・カババ》！　あなたと会うのははじめてだけれど、あなたのことは知っているわよ。その丸い顔はシミソにそっくりだもの。ああ、ああ、ああ！　その耳もシミソそっくりだし、そのまっすぐな歯並びもシミソ、その笑顔も、その声までも、シミソそのもの。彼女は自分を産んだのかもしれないわね、ダドウェトゥ・カババ、ああ、そうよ《イェイ》、その顔をちゃんと見せてちょうだい！」猫は叫びながら山羊をよく見るために後肢で立つ。山羊は高齢の猫が自分を見おろせるようにいまは四肢を地面につけて立っている。

　デスティニーは老猫の喜ぶさまに心打たれて予期せずあふれた涙を払おうと目をしばたたく。いまはすぐそばにいる猫の装身具からも、てっぺんから先っぽまで色とりどりのビーズ玉に覆われたその杖からも、自分が見ている相手は霊媒、つまり占い師でもあるのだと気がつく。猫は無言で山羊のまわりを何周もしてから納得する。そう、自分のまえにいる動物は生身の動物であって幻や亡霊のたぐいではないのだと。

「イィー・ロズィケイ！　わたしの目がこれを見るのをみんなして助けておくれ！　みんなして！　ロズィケイ！　わたしの目がこれを見るのを助けておくれ！」猫は突然、頭をのけぞらせ、むき出しの喜びに顔をくしゃくしゃにしながら、あらんかぎりの金切り声を発する。

「イィーリナ、さあ、わたしがこれを見るのを助けておくれ、さあ、わたしがこれを見るのを助けておくれ、どうかどうかわたしが見るのを助けておくれ！　ロズィケェェェェェェェェェェェイ・ボー！」猫の声から力と痛みと祈りがいっせいにあふれ出る。つまるところ、猫の家があるブロックの騒音をひとつ残らずかき消すほどの声。この歓迎のドラマを見せられた山羊は、自分がいなかった時間の絶対重力を理解する。同時に、自分の帰還という重力も。

その舌の、記憶の、さまざまなことの

「ウムクサンクサ（ジンバブエの伝統的なスープ料理）はもういらないの、デスティニー？　きれいに食べてしまったらどうなの？　せっかくあなたのためにつくったのに。あと少しじゃないの。食べてしまいなさいよ」雌牛がうながす。相手の顔に見覚えはあるのだが、デスティニーには名前がどうしても思い出せないらしい。

デスティニーが断るより早く、盛り皿に残った料理をおたまがすくって彼女の皿を山盛りにする。雌牛の優しさと興奮ぶりから、また、その細やかな気遣いからも、ダッチェスのキッチンをせわし

なく動きまわり、あれを食べろとか、どれぐらい、いつ食べろとか命じてデスティニーの世話をおおむね引き受けている様子からも——猫と雌牛の関係には歴史があるのだと察せられる。それは両者が直接に築いたものかもしれないし、デスティニーの母を通した関係かもしれない。ただし、その歴史はいま、どこであれ歴史というものが仮眠を取る場所から起きあがるのを拒んでいる。顔を見ても名前を思い出せないのは雌牛がはじめてだが、これで終わらないことは予測がつく。この先何日も、何ヵ月も、見覚えはあるのに見知らぬ顔が続々と現れるだろうと彼女は思う。つまるところ、過去が現れるのだと。そうだ、そうなる。ああ、デスティニー、これが亡命の代償だと知らなかったのか？　帰還の代償なんだと？　だが、きみがいまやるべきことは自分を許すことだ——結局、こういうことはだれにでも起こりうるのだから。十年ぶりに戻ってきて、どの顔もどの名前も思い出せたら、魔法のような記憶力ってことになる。きみはコンピュータかい。いや、きみはコンピュータじゃない。だから、ただこう尋ねればいい。「すみません、長いこと留守にしていたもので記憶が抜け落ちているようなんです。お名前をもう一度思い出させていただけませんか？」そうすれば、相手は思い出させてくれるだろう。ジャッジすることなく。やってごらん。

でも、彼女は尋ねない。逆に相手から質問されるのを、つまるところ、自分がこたえられない、あるいはこたえる覚悟ができていないことを訊かれるのを恐れて。だから、自分の過去に存在していたけれど思い出せない見知らぬ顔に対して、ふさわしいレベルの熱意をこめて微笑むしかない。さもなければ、捧げ物のように並べられた料理の皿に避難するしかない。腹の言い分に耳を傾けるなら、もっとまえに食べるのをやめていただろうが、お腹がいっぱいだろうとなかろうとここでは問題ではないのだ。

そう、そんなことは問題じゃないんだよ、デスティニー。きみがいま食べているのはほかのさまざまなことのためでもあるんだ。いま食べているのはきみが故郷にいなかった時間のためだろう？ 忘れてしまった顔たちのためだろう？ かけなかった電話のためだろう？ 書かなかった手紙のためだろう？ 胸に抱きつづけた嘆きのためだろう？ 胸に抱きつづけた痛みのためだろう？ 胸に抱きつづけた後悔のためだろう？ 胸に抱きつづけた怒りのためだろう？ 胸に抱きつづけた悲しみのためだろう？ 胸に抱きつづけてきた喪失感と孤独のためだろう？ つまるところ、きみがいま食べているのは、デスティニー、みんながどんどん出ていっても、ほんとうに故郷を離れるなんてことができるのかどうか、食べ物のにおいや食べ物が喉を通って胃のなかにはいっていく動きから知るためでもあるんだ。あるいは、きみのなかのなにかが、ほんの一部が、つねに待ちぼうけを食らわされているのかどうかを知るためなのかもしれないよ。残りの部分が帰ってきたときに、きみをつなぎ止めておく錨があるように。

義務の問題

「それでどんな調子なの、我が妹の可愛い子？――どこであれこうして《カンジェ》また暮らせるようになったわけだけれど」これはラストネームの一部を共有しているというだけで親戚とされているマクマロおばさん。シミソのたくさんの偽親戚たちの一匹だ。つまるところ、生き残っている家族がいないマクマロにとっては彼女が唯一の子どもでもあることの副作用といえるだろう。雌牛のエネルギーに圧倒されてすでに疲れ果てているデスティニーは、長く行方知れずだった姪の表情を懸命につくり、雌鶏に笑みを返す。雌鶏は壁によりかかる。

「おかげさまでもろもろ順調です、おばさん」デスティニーはあやうい領域に踏みこまれつつあるのをひしひしと感じながら言う。用心しないと明日の日の出まえにロズィケイのゴシップ・サークルでいちばんの話題になってしまう。だから、そのあとに流れる沈黙を無視する――この沈黙が彼女の人生の詳細を聞きだすための罠であることもよくわかっている。

「そう、どこから来たにせよ、もろもろ順調ならよかったわ。神さまのおかげね」マクマロおばさんは言う。

「いつでもそうよ」ご近所のロバ、ナドゥミが歯をむき出しにして笑顔をつくる。

「ねえ、我が妹の可愛い子、子どもたちは置いてきたのね？」マクマロおばさんが言う。彼女は羽づくろいを始め、羽のなかから声を出す。頭が羽のなかに埋まっているので、くぐもった声になる。

「子どもたち、ですか？」デスティニーは顔をしかめて訊き返す。雌牛が彼女と目を合わせて肩をすくめ、皿の山をシンクへ運ぶ。

「シミソの孫のことを言ってるの、あなたの子どものことを」ナドゥミが口を挟む。

「ああ。ああ、いいえ、いません、子どもは」デスティニーは声をあげて笑う。

「子どもがいないですって？」マクマロおばさんは大袈裟に怯えてみせる。

「いませんけど」デスティニーは角《つの》を横に振る。

「一匹も？　まさか一匹も？《ングトゥション・ゴトゥショ》」ナドゥミも顔をしかめる。デスティニーは心のなかでつぶやく。なんなの、いったい？　だが、口ではこう言う。「一匹もいません」

「じゃ、これから生まれるのかしら？　もう少ししたら」マクマロおばさんが言う。羽づくろいをいったん休んで曲線を描いた羽を宙に留めおいている。

「そういうこともないと思います」デスティニーは言う。

「え、ちょっと待って。じゃ、子どもはまったく生まれてこないということ？」とナドゥミ。

「子どもはまったく生まれてこないということです」デスティニーはこたえる。

「でも、なぜなの、デスティニー・クマロ？」マクマロおばさんは落胆を隠そうともせずに言う。

彼女はいままでいた場所から飛びたってナドゥミの隣の席に移ると、今度は卵を抱くような格好で座る。

「子どもが欲しいと思ったことは一度もありませんし。母親になることはわたしには向いていないんです」デスティニーは苛立ちが声に出ないように気をつけて言う。会話を続けるのが苦しい。やめてしまいたい。

しかし、きみはほんとうに驚いているのだろうか、デスティニー？　きみは、このロズィケイで育ったんだろう？　一匹の動物の状況がみんなの関心となる土地に？　年長者がきみの生き方に意見して、そういう自分たちが正しいかのように感じる権利があったところに？　不干渉《スペース》、プライバシー、境界線などという言葉を知ることすらなかっただろう？　たしかにそうだ。驚いているが驚いていない。言ってみれば、故郷を離れていた十年間がこういうことを忘れさせたことに驚いている。なにもかもが昔とまったく同じであることに驚いている。年長者たちはまるで彼女が角《つの》で喋っているとでも言わんばかりの目で眺めつづける。

「可愛い子、教えてあげるわ。あなたはもちろん子どもが欲しいのよ。ただ、自分ではまだわからないだけで。それに、子どもを欲しがらない雌がどこにいるっていうの？　神から子宮を授かりながら。そんなふうに思うのはふつうじゃないわ」若い山羊の耳に聞かせるためだけに秘密の知恵を口にしているかのようにマクマロおばさんは声を低くして言う。

「たとえば、わたしの末の娘のウィットネスは――このブロックのあちらこちらで一緒に遊んだり果実を盗んだりしたのを覚えているでしょう――こうしているあいだにもまたつぎの子を出産する予定なのよ。ウィットネスはナチョイスと呼ばれているの――最初の子、チョイスを産んでからは。チョイスはすくすく育っているわ。で、チョイスのあとに生まれたのがモアブレッスィング、いまは六年生。で、モアブレッスィングのあとがデンゼル、三年生」マクマロおばさんはその子どもたちが自分の財産だというプライドをほとんど隠すことができない。

「デンゼル？　それはディディィザの洗礼名だとわたしには言っているじゃないの、マクマロ」ナドゥミが言う。

「そうよ。でも、知らなかったでしょ、ナドゥミ？　ディディィザというのはじつはデンゼルなのよ」とマクマロ。

「だけど、デンゼルってなんなの、マクマロ？　可哀相なあの子をののしる名前がなくなってしまったの？　意味のない名前はあっても？」とナドゥミ。

「おや、わたしに訊いてどうするの？――ウィットネスに会ったらお訊きなさい。でも、そんなことよりデスティニー、子どもができると自分の世界が一変して驚くわよ。約束するわ、自分自身がまったくべつの存在になるということを」マクマロおばさんは言い、そこでひと呼吸入れると、よたよたとキッチンにはいってきた雌鶏に挨拶する、つまるところ黒装束の雌鶏に。

「マクマロ！　ナドゥミ！　あなたたちどうかしてるの？　どうしてその子をそっとしておいてやらないのよ?!」雌鶏は叱りつける。

「なんの話、ネヴァーミス・ンズィンガ同志？」マクマロとナドゥミが声を揃えて言う。

「いい歳をして恥ずかしいと思わないの？　あなたたちがくだらないことを喋って彼女を苦しめているのは居間にいても聞こえるのよ！　それにあなたたちもね、デスティニー、余計な口出しは無用だと伝えるぐらいのことができないの？　シミソはあなたになにも教えなかったの？」雌鶏は同じ調子でデスティニーも叱りつける。

実際のところ、もういい加減にいらぬお節介を焼かないで、と年長の両者に言いたくてたまらなかったデスティニーは感謝の笑みを浮かべる。とはいえ、デスティニー、きみにできるのはそこまでだ——もはやそうする意味がどれだけあるかはともかく、マクマロとナドゥミに向かって余計なお世話だと言うことはできない。少なくともそんな言葉は口にできない。無礼すぎるから。彼女たちは一応目上の者なのだから。そういうのはジダダの流儀じゃない。言えたらいいのだけれど。すっとするのだけれど。言えたら。

「あのね、結婚して子どもを産まなきゃならないなんて、だれが決めたの？　ほっときなさいな、デスティニー、このロバと雌鶏ときたら、わたしたちの仲間がジダダの解放闘争に加わったときにも、そうやってジャッジするのに忙しかった雌なのよ。いつも家にいて子を身ごもるのがわたしたちの責任だと説教を垂れるの。武装するなんて雌にあるまじきおこないだと言って。それは戦線にいる雄の同志もだいたいおんなじ。彼らはわたしたちが家のなかで自分の妻兼情婦として、さらに完全な世話係として、奉仕するのが当然だと思っていたんだから！　でも、わたしたちも彼らとともに戦ったんじゃなかった？　いま挙げたその理由で？　わたしたちも彼らとともにジダダを解放したんじゃなかった？　恩知らずでお粗末な現政権は、このジダダを解放したのは睾丸をもった雄だということにしようとしているようだけど。それだけじゃない、もうひとつ《オクウェシビリ》、だれもまだあなたに言っていないならここで言っておきましょう、デスティニー、あなたはあなたのために、自分のために生きるのよ。どこかにべつの一生があって、そこでようやく自分の思いどおりに生きられるのでないかぎりは。わたしの話が聞こえてる？」雌鶏は言う。彼女のとさかは青白くなり、羽はサラサラと音をたてて大混乱に陥っている。

「はい、聞いています、ネヴァーミス・ンズィンガ同志」デスティニーはこたえる。子どものころにはいつでも苦もなく口にできたその名前が、おとなになった自分の舌にのせると馬鹿げて感じられることに気づきながら。だが、その雌鶏の名前はそれしか知らない。彼女はジダダ解放闘争が終わってからも、その偽名と決別しなかった。「戦争は終わったのかもしれないけれど、わたしは兵士なのだから。彼らが解放戦士の広場にいるわたしを認めることはないでしょうし、あそこに葬ることもないでしょう。だけど、わたしがこの肺を使って呼吸しているかぎり、この名前があなたたちに思い出させるのよ。わたしはこの国を解放したということ、わたしはけっして失敗しなかった《ネヴァーミスト》ということを」ネヴァーミス・ンズィンガ同志は一度そう言ったことがあった。遠い昔、興味津々の幼いデスティニーが雌鶏の奇妙な名前について尋ねたときに。つまるところ、正真正銘の事情通に言わせれば、彼女は比類なき射撃の名手だったので戦線の同志たちによって改名されたのだった。

「んまあ《ハウー》、ネヴァーミス・ンズィンガ同志ったら。だけど《カンティ》、わたしたちはいま喧嘩をしているの?!　わたしたちが戦っているとは知らなかったわ――マクマロとわたしはただこの子と話していただけなのに。デスティニー、わたしたちの謝罪を受け入れてちょうだい。どうやら、あの話はするべきじゃなかったようね。あれがごくふつうの会話だとしても」ナドゥミは謝罪になっていない謝罪をする。

母の愛の点描

「でも、ほんとうにあなたなのね、デスティニー?」ナラヴがデスティニーを見据えて言う。彼女が信じられないという目をするのはこれがはじめてではない。デスティニーの子どもころからシミソと親しくしていたナラヴは、もう昼間なのに黒地に虹色の水玉模様のモーニング・ガウンを着ている。デスティニーはその懐かしいガウンから目が離せない。ガウンに挨拶して、元気だったかと訊きたいぐらいだ。その昔、二十年近くまえのこと、トロントへ移住したナラヴの娘、ラヴネス―ロズィケイから北アメリカ大陸へ渡った最初の動物たちの一匹――がそのガウンを母親に送ってきたとき、ナラヴはそれを友達にも敵にも見せるためにティーパーティーまで開いたのだ。ロバと最後に会ったのがどこであったとしても、そのときも同じこのガウンを着ていたにちがいないとデスティニーは思う。それから十年経ったいま、ナラヴと虹色の水玉模様のモーニング・ガウンはちょっぴりでも歳を重ねたようには見えない。

「わたしよ、おばさん。ほんとうにわたしなのよ」デスティニーは言う。これもはじめてではない。「ええ、わたしが見ているのがあなただということはわかるのよ。だけど同時に、それがほんとうに、ほんとうの、あなただとは信じられない。いま見ているのがまちがいなくあなただとは」ナラヴはふざけてデスティニーに頭をぶつけてみせる。

「もういい加減に信じたほうがいいわよ、ダドウェトゥ・カババ。祖先たちはそこにいるの、祖先たちはほんとうにいるの、祖先たちは情け深いの、祖先たちは偉大なの」ダッチェスが床を優しく杖で打ちながら言う。

「神もね。いと高き方を忘れてはだめよ」自分の信ずる現人神《あらひとがみ》よりも死んだ者たちが崇められるのに耐えられず、マザー・オヴ・ゴッドが言う。

「それにしても、あなたのお母さんがここにいさえすればねえ。シミソがここにいさえすればねえ」ナドゥミが首を横に振って言う。母のことが話題にのぼると、デスティニーは食事の用意がされているあいだダッチェスの寝室に呼びつけられたときの、恐怖に近い重苦しさにふたたび飲みこまれそうになる。陰鬱な顔をした年長者たちが、まるで通夜のように、ベッドの縁にずらっと一列に並んで座っていた。デスティニーになにかを語るために待っていたのはあきらかだった。床に腰をおろすべきか、それともドアのそばに置かれた椅子に座ったほうがいいのか、デスティニーが迷っていると、ダッチェスが椅子を指す。

「いいこと、わたしたちはこう考えたのよ、愛しい娘、あなたがここまで歩いてきて、門に錠がおろされているのを知ってからずっと頭にあったはずの疑問にこたえようと」ダッチェスは顎で椅子を指しながら言う。猫の口調の唐突な重々しさと居並ぶ顔の深刻さにデスティニーは緊張した。頭のなかを霧のように満たしていた考えが襲いかかり、涙をこらえられない。帰還の重みを重々承知している年長者たちは山羊を慰めようとするそぶりも見せない。デスティニーを涙させた考えは母が死んだ、あるいはもっとひどいことが起きたということだった。死よりもひどいどんなことがあるかは思いつかなかったけれど。

「でも、シミソはあなたの姿を見たらどんなに喜ぶことか、デスティニー。あなたは知らないでしょうけど、彼女にはこの奇跡がなによりも必要だったのよ」ネヴァーミス・ンズィンガが言う。

「どうか教えてください、ネヴァーミス・ンズィンガ同志、母はどこにいるんです？」デスティニーは訊く。

「それは、簡単にこたえられる質問じゃないわ。だから、わたしたちもここですぐにこたえるわけにはいかないの」ネヴァーミス・ンズィンガ同志はそう言って体の重心を移した。語れることは多くないし、語るにしても容易ではないと伝えるように。

そうして、年長者たちは、つまるところ二十一世紀の最初の二年に爆発したロズィケイの怒りそのもののような白いキルトの羽毛布団カバーが掛かったベッドに腰をおろしたまま、帰還した姉妹同然の友の娘にかわるがわる話して聞かせたのだった。およそ十年まえ、たったひとりの我が子が突然姿を消したことにシミソがどれだけ苦しんだかを。そのことが彼女を深い闇の底に追いやり、何年経っても彼女はまだ闇のなかにいるということを。多少なりとも気分がましな日には、シミソは苦痛をかかえた幽霊のように町をさまよい歩いて、よその家のドアをノックし、ドアをノックしなければ、通りを歩く動物を呼び止めたり、店や教会やビアホールや葬式や結婚式や集会にいる動物たちに近づいたり——動物たちが集まっている場所ならどこへでも行っているということを。自分と失踪した娘が写る色褪せた写真を取りだしては、〝わたしはシミソ・クマロといいます。行方不明の娘、デスティニー・ロズィケイ・クマロを探しています。この子を見かけませんでしたか？

娘を見つけなければならないんです。わたしは娘がいないと息ができないんです。娘がいないと気が狂ってしまいます〞と言っているということを。シミソはこの十年とにもかくにも息をしつづけてこられたけれど、気の毒にも精神をいつも保っていられるわけではなく、最悪の状態に陥るとロズィケイじゅうをふらふらと歩きまわり――その日の狂気の形しだいで、うたったり叫んだり笑ったりしていて、ときには手の届くところにあるゴミ箱を片っぱしから漁り、ゴミのなかにデスティニーを見つけようとしているということを。姿を消すこともよくあって、最初は数日でも、それが数週間に、さらに数ヵ月になり――天気がどうだろうとおかまいなしにジダダじゅうを徒歩で探しまわったあげく、ようやく戻ってきたときに、壊れかかった精神がふと、自分が何者であるかを彼女に思い出させるというふうだということを。

つまるところ信仰

「そう、あなたが戻ってきたときにシミソがここにいないのはほんとうに可哀相だけれど、デスティニー、そんなに悲しい顔をしないでちょうだい、愛しい娘、わたしには直感でわかるの。だから、あなたも希望を失ってはだめよ、信じなくては」マザー・オヴ・ゴッドは言う。ダッチェスの居間はつかのま静寂に包まれ、ぞっとするような空気が流れる。どれだけごちそうを食べようと、料理がどんなにおいしかろうと、急な知らせにもかかわらず集まった近隣の動物たちが帰還した山羊をどんなに大歓迎しようと、どれだけ笑おうと、どれだけ話をしようと、シミソの不在という苦い味を甘くする力はないのだから。

「そうですね、マザー・オヴ・ゴッド」自分にそそがれた同情の視線を意識せざるをえないデスティニーは、胸の内にある絶望にそぐわぬ一縷《いちる》の望みを奮い起こし、思いきって言う。山羊はこの集まりに呼ばれてはじめて疲れを感じる。注目を浴びていることが突如として苦しくなる。すぐにでも母の家に戻れたらいいのに。この状況を独りで整理したいのに。

「いいこと、そんなにまえのことじゃないの――これはダッチェスも証明してくれるわ、デスティニー、彼女は教会に来ていたの――わたしたちの預言者が、ジダダにはすばらしい栄光が訪れて、行方知れずの子どもたちが帰ってくるだろうというお話をなさっている、まさにそのときに」マザー・オヴ・ゴッドは言う。

「そして、そういう子がここに一匹いるのよね」ナラヴが言う。

「ここに一匹いるのよ、神を称えん、不思議なことにその子が来ている」ミセス・フィリがドアに近い自分の場所から腰を上げて部屋の外に出る。

ミセス・フィリはデスティニーがランゲニの小学校へかよっていたころの教師で、現役時代の全盛期には、その伝説的な残酷さで筋金入りのいかつい生徒たちからも恐れられていたため、同僚の教師もふくめて学校じゅうのだれからも〝暴君〟と呼ばれていた。つまるところ彼女は、とんでもない侮辱の言葉を吐いていないときには、ベルトやバトンや鞭や棒や定規や杖やパイプや傘や、ほかにも使えるものならなんでも使って生徒を打っており、打っていないときには、生徒の耳をつかんで宙に持ちあげるか、生徒同士に咬みつきあいをさせるか、クラス全員、校庭を何周も走らせるかしていた。それを決めるのはその日の彼女の怒りの温度だった。これだけ歳月が流れてもなお、ミセス・フィリの声を聞くと肝臓が震えてしまうのがデスティニーには信じられない。

「ほんとうなの、マザー・オヴ・ゴッド、国家の救い主があなたたちの教会へやってきたというのは？」ナドゥミが言う。

「ほんとうよ、ナドゥミ、教会で〝新たな統治〟の話をしてくださったわ。だけど先日《カンティ》、わたしたちの教会から写真と動画を送ったでしょう？　自分が事情通だと思っている動物たちは、自分が知っていると思うことをなんでも話せるんでしょうけど。とにかくジダダは約束の地へ向かっているの。救い主はわたしたちをそこへ導いてくださるの。あなたも見るべきだったわね、ナドゥミ、あの馬がいかに優しさにあふれ、いかに謙虚だったかを、あれこそリーダーシップの輝ける見本だったわ。それにいちばん大事なのは、彼が天から地上を治めている方に心からの敬意を払っていることなのよ」マザー・オヴ・ゴッドは神を指さしながら言う。

「ただ、よくわからないのだけれど、マザー・オヴ・ゴッド、わたし自身は、テュヴィも彼の腐敗した無能な党も変わりはじめているとは思えないのよね。彼らがまるまる四十年かけて証明してみせたのは、不当な中傷と暴力と略奪、基本的には、よい政治以外のすべてが得意だということだけだから。その彼らが突然、どうして救い主になるの？　彼らとオールド・ホースは基本的には同類なわけでしょう？」デスティニーの食事を取り仕切っている雌牛が言う。

「たしかにそのとおりよ、ミセス・フェング。だからこそ、わたしたちはほんとうの意味での変化のために今度の投票をするのよ。いまの野党が政権を握ってはじめて、真の救い主が現れたと言えるの」ミセス・フィリは座っていたところに戻る。〝暴君〟が〝ミセス・フェング〟と言うのを聞いたデスティニーは雌牛の顔をまじまじと見る。もう思い出しただろう、デスティニー。この顔はきみも知っているんじゃないか、ええ？　たしかにその顔を知っている。亡命するちょうど二年まえ、雌牛とその夫、医学博士《ドクター》フューチャー・フェングが留学中の英国からジダダへ移住してきたことを彼女は思い出す。だが、時が、そしてジダダも、かつては初々しかった雌牛の顔を、デスティニーの記憶にある当時の雌牛のまばゆい輝きをくすませてしまった。

「でも、それにしたって、もう選挙だなんて早すぎるんじゃないかしら。今日、オールド・ホースを追い出したと思ったら、なあに、明日は投票所へ駆けつける？　この大急ぎはなんのためなの？　こういうことには時間をかけるものなんじゃないの？」ナラヴが言う。

「急いでいるのはね、ナラヴ、テュヴィが自分は正当な大統領だと思われたいからよ。あなただってそういう気持ちになるでしょうよ、クーデターで権力を奪って、その汚名をそそぐことに必死であれば。それに、彼が勝つことはもちろん、わたしたちにもわかっている。そもそも彼がこんなに急いで選挙をしようとしている理由はそれですもの――すべてはポーズなの」シス・ノムザモは言う。彼女とその連れのシャミは、まえとうしろに〝消えてしまった者たちの姉妹〟というエンボス文字がはいったお揃いの赤いTシャツを着ている。

「だめよ！　ぜったいにだめ！　テュヴィが勝つなんてことはあってはなりません！　どうして勝つの？　オールド・ホース政権が崩壊したときにわたしたちがしたデモは、テュヴィに国を治めさせるためだったとでもいうの?!　あれは自分たちがいくら努力しても追い出せなかった暴君の政権が崩壊したことを祝うデモだったのよ！　自分たちの大統領を指名する権利を得たことを祝うデモだったのよ！　そして言っておきますけど、わたしたちはあのとき始めたことをかならず今度の選挙で終わらせるつもりよ！」ミセス・フィリは声を張りあげる。昔、彼女がこういうふうに声を張りあげると、クラス全員が姿勢をただし、息をつめたものだ。デスティニーは思い出し、声をあげて笑いたくなる。

「でも、あなたは、ミセス・フィリ、本気で信じているの、テュヴィとあの大将たちは野党に国を明け渡すためにクーデターを起こしたなどと？　この四十年になにがあったかはわたしたちみんなが知っているのに」シス・ノムザモが言う。彼女の口調には岩を相手に道理を説くような静けさがあり、デスティニーはロバのそのスキルに敬服する。

「それに、彼らの歴史からして、突然、#自由で公正で信頼できる選挙 のやり方を知るなどということがあるとでも？　オールド・ホースが退陣したあとにはきっとよいことがあると信じたい気持ちはわたしにもわかるわ。だけど、どうしたってそうはならないんじゃないかと不安なの」シャミも言う。

「わたしはね《ミナ》、率直なところ、いまのこの状況にはたいへん気落ちしているの。この異常な国をあとにして行ける場所があるなら、すぐにでもそうしたいというのが本心よ」ミセス・フェングは言う。

「わかったわ、彼が今度の選挙を盗もうとするならそうさせてやりましょう。それから戦うのよ！　わたしたちは決起するべきよ！」ミセス・フィリはむきになる。

「銃があるの、ミセス・フィリ？　現実にはだれが戦うの？」シャミが言う。

「そりゃ、動物ならいつでも銃を手に入れられるわ。ここにいらっしゃるネヴァーミス・ンズィンガ同志はあの戦争で使った〝キルジョイ〟をまだお持ちなんじゃない？　わたしたちのなかにも自由の闘士がいるでしょう？　彼女たちが武器をもっていないなんて、だれがあなたに教えたの？」

ミセス・フィリは言う。

「ええ、そのとおりよ。わたしたちがここにいます。この際だから言っておくと、ミセス・フィリ、このジダダでいまなにかが始まったとして、どこへ行けばわたしとわたしの〝キルジョイ〟が見つかるかはわかるわよね」ネヴァーミス・ンズィンガ同志はくちばしを上向きにして言う。

「シス・ノムザモ、シャミ。声を嗄らしたくなければ、このへんにしておきなさいな。時がかならずあなたたちの代弁をしてくれるわ」ダッチェスがキッチンのどこかから叫ぶ。

「では、今日のところはこのへんにしておきます。ただし、これから出席しなければならない会合があるからですの。そうでなければ、もっとお話ができたはずなのに残念だわ」シス・ノムザモが言う。彼女とシャミは同時に立ちあがり、暇《いとま》ごいをする。

「なによ《ハウー》、ダドウェトゥ・カババ、わたしが飲み物を出そうとしているのに帰るっていうの?!」ダッチェスはトレイに飲み物をのせて現れる。

「わたしが代わりにいただくから、ダッチェス、心配しないで。そのために来たんですもの。あなたも冷えたビールをいかが、デスティニー?」ネヴァーミス・ンズィンガ同志が言い、汗をかいている〈キャッスル・ライト〉の瓶を早くも取ろうとする。

「とても疲れているので、ビールを飲んだりしたら寝てしまうかもしれません。でもありがとうございます。お水をいただきますわ」デスティニーは言う。

「またね、ダッチェス。デスティニーも早くお帰りなさいよ。少し休んだほうがいいわ」シス・ノムザモは戸口から声をかける。

「はい、ありがとうございます」デスティニーはこたえる。

「そうね《イェイ》、ノムザモ、あなたたちが帰るまえに。だけど《コドゥワ》、実際のところ、あなたのあのいとこはどうしているの？」マーヴェラスのことよ」マザー・オヴ・ゴッドが言う。

「同じく《フティ》。あなたがいま尋ねたことはわたしもずっと考えていたの。彼女は無事なのかしら。だって、こんなふうに沈黙しているのはまったく彼女らしくないから。わたしたちの知っているマーヴェラスとはちがうもの」ミセス・フェングが言う。

「まあ、みなさんもごぞんじのように、いまの彼女はただのスウィート・マザーよ。大学が例の学位を剝奪してからは。もともと勉強もしないで取得した学位なんだし！　でも、それはともかく、わたしから聞いたとは言わないでもらいたいんだけど、どうやらマーヴェラスは──」

「やめてちょうだい、ナドゥミ、お願い！」とマザー・オヴ・ゴッド。

「でも《カンティ》、なにが問題なの、テリーザ？」とナドゥミ。

「わたしはシス・ノムザモに訊いたのよ、マーヴェラスの親戚に。彼女なら、わたしたちに教えてくれることがあるかもしれないから」とマザー・オヴ・ゴッド。

「あら《ハウー》。わたしだって自分が聞いたことをみんなにも話そうとしていたでしょ。これは秘密の話題でもなんでもないんですもの、マザー・オヴ・ゴッド、わたしは話そうとしていたのよ」ナドゥミはたじろぐ。

「こういう状況では陰口は控えたほうがいいわ。それが大事なこと。聖書でも陰口を戒めていますよ」マザー・オヴ・ゴッドは言う。ナドゥミは見るからに気分を害した様子で〈キャッスル・ライト〉をごくごくと飲んでから、いちばん近くのサイドテーブルにあるナプキンの皺を伸ばす作業に専念する。

「じつは、最近おばさんが訪ねてきて、家族はこの状況をいさぎよく受け入れようとしているそうです。もちろん容易なことじゃありません。建国の父にすれば許しがたい裏切りにいまだに傷ついて落ちこんでいて、健康状態もあのクーデター以来、負のスパイラルに陥っているらしいけれど。マーヴェラスはがんばっていて、なんとかもちこたえています。まあ、そのことには驚きません。彼女はなんといってもサバイバーですからね」シス・ノムザモはそう言うと、部屋のみんなに向かって一礼する。

「それを聞いてわたしたちも嬉しいわ、シス・ノムザモ。彼女は今回も乗り切るでしょう。ほかの多くのことを乗り切ってきたように。わたしたちはいつも彼女のことを思い、彼女のために祈っていますよ」マザー・オヴ・ゴッドは言う。

「あなたが祈る哀れな動物がほかにいなくなってしまったようね、テリーザ。わたしは、あの惨めなロバを思うこともロバのために祈ることもありませんからね、けっして。わたしに関するかぎり、彼女がどんな地獄にはまっていようと自業自得だし、それじゃ足りないぐらいだわ！」ミセス・フィリのあからさまな侮蔑が爆発する。

「どうしたのよ《ハゥー》、ミセス・フィリ？」ナラヴが言う。

「なによ、ナラヴ？　ほんとうのことでしょ！　それに、あなたを侮辱するつもりはないけれど、シス・ノムザモ、あなたのおばさんの娘に同情する気はいっさいないわ。彼女はそれだけのことをしたんだから。それとも、わたしたちはもう忘れなければならないのかしら？　あのマーヴェラスはまったくもって醜悪だった。彼女は自分の非を建国の父のせいにも政権のせいにもできない。どちらも黒い悪魔であることはだれもが知っている。でも、彼女には悪と手を結ばないという選択肢があった。頭に銃を突きつけられて、そうするよう強いられてはいないのだからなおさら。そのことをわたしたちは忘れていないし、これからも忘れることはないわ。そんな彼女の汚れた池が干上がったからといって、彼女が今日から被害者になるわけじゃない。わたしに言わせれば、やっぱり自業自得なのよ！」ミセス・フィリは怒りをこめてまくしたてる。

「ダドウェトゥ・カババ！　マーヴェラスがいったいなにをしたというの？　まあ、とにかく《カーレ・カーレ》、ミセス・フィリ、あなたやこの国に武器を取らせるようなことを彼女はしたの？　彼女が愚かだったのは認めるわ。だけど、いつ彼女が政府になったの？　彼女が建国の父と結婚するまえだって、この国は便器のなかみたいじゃなかった？　彼女がマザー・テレサだったら、今度のクーデターは起こらなかったなんて本気で思っているの？」ダッチェスが言う。

「わたしはいつも好んでこう言うのだけれど、ダッチェス、醜悪な雄の責任を問うより、好ましくない雌を指さすほうがたやすいんでしょうね。わたしたちはつい、どうしてそうなってしまったのか偽りのない真実をすべてあきらかにして、そこから抜けだす方法を考えるという骨の折れる仕事を避けて、その楽なほうを選んでしまう。でも、このジダダもすぐに気がつくわ。マーヴェラスがわたしたちの最後の悩みではないってことに。わたしが恐れているのは、そのころにはみんながクロコダイルの口のなかにいるんじゃないかってこと。まだそこまではいっていなくても単に時間の問題で――」

「オーケー、オーケー、わかったわ。シャミ、もうやめて。また始めるのはよしましょう、お願い。あなたとわたしには出席しなくちゃならない会合があるのだから。じゃあ、みなさん、ごきげんよう！」シス・ノムザモは言い、文字どおりシャミを部屋から引きずりだす。消えてしまった者たちの姉妹は、最初の別れの挨拶から長いことかかってようやく帰っていく。

「だったら、わたしもお暇《いとま》しようかしら。でも、少なくとも今夜の夕食はつくらなくてもよさそうね。どこかの奥さまの親戚なみにお腹いっぱいいただいてしまったから！」ナドゥミが言う。

「だけど、まずはロズィケイのFacebookに自撮りをあげましょうよ、みなさん」ナラヴがうながす。

「でも、なんの準備もしていないのよ」マザー・オヴ・ゴッドが言う。本気ではない抗議の声だ。優雅な羊はいつ写真に撮られてもいいように準備しているタイプの動物のようだから。デスティニーが抗うまえに——彼女はソーシャル・メディアをやっておらず、ロズィケイのウェブページに自分の写真を載せたいとも思わない——ポーズを取った年長者たちが彼女を取り囲み、デスティニーが離れたときのロズィケイとはどうにも結びつかない場面ができあがる。ロズィケイの町がテクノロジーとソーシャル・メディアの嵐に巻きこまれたのは彼女の亡命後だったのだ。

一枚の写真には一千の記憶と同等の価値がある

「さあ、これでいいわ。〈サムスン〉のスマートフォンだとほんとうにいい写真が撮れるのよ。エンデ、わたしたちがいまのデスティニーの歳にもなっていないころは、写真一枚を撮るにもたいへんな騒ぎだったわね、覚えている？」ナラヴが言う。

「ええ《イェイ》！　何日もまえから計画を立てたっけ。なにを着ようかとあれこれ考えて、お金を調達して

──都会まで行くための運賃を。帰りの運賃もね。それから、もちろん写真屋に支払うお金も。それから衣裳を決めるの。新品同様のきれいな服でないといけないのよ。補修が必要なところはちゃんと補修して、イヤリングを借りるの。靴も。タイツも。口紅も。お化粧をするのよ。古いアルバムをめくっていると、だれも以前の写真と同じポーズを取っていなかったことがわかるわ。毎回、新しいポーズを決めて、そのポーズを取ってみる。つぎは、勇気を奮って知らない動物のまえでポーズを取る。勇気を奮って都会に出ていき、白いやつらたち専用の舗道を歩くなと言われたら、傷つかずにいる勇気が必要だった。お化粧しているという理由でなじられたときのための勇気も、通りをうろつくあばずれになるための勇気も必要だったわね！」

こうして、すでに腰を上げて立っていた年長者たちは、過ぎ去った若き日々の記憶をよみがえらせ、もう一度座りなおし、昔の思い出にひたる。つまるところ過去に。すると、ダッチェスの居間はにわかに四十年、五十年まえに引き戻される。彼女たちは自分の頭が許すかぎりの記憶を引っぱりだす。それより過去へは行けないとなると、今度は母親から聞かされていた記憶を掘り起こす。そう、つまるところ、そうした記憶には彼女たちの母の記憶も、そのまた母の母の、そのまた母の記憶もふくまれている。彼女たちはその頭と口で自分を、そしてお互いを進ませて、ジダダがジダダとなるよりまえの過去へと送りこむ。さらに、その過去も過ぎて、母の母のたくさんの過去へ、それからさらに、その過去も過ぎて過去の過去の過去へと向かう。そう、つまるところ、岩がまだやわらかくて、つまめば血を出せたころに、山がまだ育っているころに、神々が大地を歩きまわっていたころに、そう、つまるところ、強欲な入植者が銃を携えて現れ、まるで先に住んでいた者などいないかのように地面を分け、旗と称される奇妙なぼろ切れを宙に掲げて、国に国あれ、などとぬかすよりずっとずっとずっとまえの過去へと戻っていく。

#自由で公正で信頼できる選挙

オールド・ホース後のジダダ、初の統一選挙

POTUS（アメリカ合衆国大統領）@bigbaboonoftheUS
ジダダの今度の選挙には合衆国の選挙監視員が立ち会うんだろう。彼らは選挙を盗むこととあちらの有権者の意思を軽視することにかけては、ものすごい記録をもってるから。それが悲しい！　非常にまずい！　民主主義じゃない！　独最だ！

ゴールデン・マセコ@GoldenM
Replying to @bigbaboonoftheUS
独裁だよ、ブラザー。独裁。誤字でおつむの程度がわかるってことを知っといたほうがいい 🙂

ブラワヨの息子@SonofByo
Replying to @bigbaboonoftheUS

完璧なプッシー・グラバーの言い分だな。嘘つき、詐欺師、いかさま雄、レイシスト、ミソジニスト、ごろつき、捕食者、まだまだあるけど……

解放の同志@CdeLiberator
Replying to @SonofByo
しかも、盗んだ土地からつぶやくとは。これだから、図々しいにもほどがあるっていうんだ《ヤズィンクサァァ》！

小さな家@MsMoyo
Replying to @bigbaboonoftheUS
サンキュー、ミスター・プレジデント。ジダダの民主主義は茶番なんです！　#自由で公正で信頼できる選挙

ジダダのライオン@LOJ
Replying to @bigbaboonoftheUS
命がけの救い主！　命がけのジダダ党！　われわれは投票に関係なく勝つ。きみはどうする@Potus？　駄々をこねるのか？　もっと制裁を加えるのか？　#政権交代に命がけで反対👊

父さん山羊@Daddybilly
Replying to @bigbaboonoftheUS
アンタ自身の今度の選挙に勝ってからまたここへ来て投稿するんだね。それができないなら、とりあえず余計な口出しはしなさんな。

与党ジダダ党@JPP
Replying to @bigbaboonoftheUS
おれたちは欧米の注文には応じません！　ところで、あなたがたの選挙はだれが監視しているんですか？　#二度と植民地にならない

メイドインジダダ@MIJ
Replying to @bigbaboonoftheUS
で、なんでそんなに偉そうなの、ミスター・プッシー略奪長官？

マイファリ@maifari
Replying to @bigbaboonoftheUS
真実を語ってくれてありがとうございます、ミスター・プレジデント！　わたし個人はこの地で自由で公正な選挙など一度も経験していません！　それと、選挙監視人についても感謝します。わたしたちは選挙プロセスを見張らなければならないんです。

#自由で公正で信頼できる選挙🙏

監視者@Observer
見たこと聞いたこと。テュヴィの選挙を監視する者たち。彼らは彼らの任務を遂行するべきだが、万一われわれの問題に立ち入ったら、残念ながら道路を食うしかなくなるだろう
#自由で公正で信頼できる選挙

小さいアヒル@duckdudu
Replying to @Observer
ああクソッ！ああクソッ！😈　#自由で公正で信頼できる選挙 だって？

愛だけじゃ足りない@uthandolwanivele
Replying to @Observer
昔知っていたあの独裁者を思い出させる！　#自由で公正で信頼できる選挙

小さいアヒル@duckdudu
Replying to @uthandolwanivele

ガーーーッーー同じ穴のむじな！　ただしーーー比べてみると昔知っていたあの独裁者はむしろ王子さまだよ。要注意！

やる《イタイ》CB@ItaiCB
Replying to @Observer
だけど、テュヴィもジダダ党員も監視員が実際になにをするのかわかってるのかな？🤔

アフリカの民@TheAfrican
Replying to @Observer
びっくり仰天！　ヒョウが自分の汚点を見せてる！　#ジダダに神の祝福あれ

世論調査I@Source I
#ジダダの選挙で勝つのはどの党だと思いますか？
ジダダ党　15％
ジダダ野党　80％
その他　5％

坊や《ソネニ》@Soneni
Replying to @Source I
はっきり言って、平和で豊かで汚職のないジダダへぼくたちを導く役目にはあの孔雀がいちばん適してる。この国で選挙で選ばれて政治家になるには政党に所属しなければならないっていうのはひどすぎる！　頭の切り替えがほんとうに必要だ！　#自由で公正で信頼できる選挙

警戒せよ@Lookout
Replying to @Soneni
いいか？　おれたちにはだれよりも適任の候補者がいるんだぜ。みんなこんな感じでいこうよ。だめだ、彼のことは知らないし、彼はおれたちの党にも属してない！　#自由で公正で信頼できる選挙

言うこと聞くのはもう終わり@Jojettilover
Replying to @Lookout
言わせておきましょう、それが選択の自由というものです！

マーティン@Martin
Replying to @Source I

まぬけ。最低でも98％の確率でテュヴィが勝つよ👊

父さん雄牛@Daddybull
Replying to @Martin
きみはきわめつけの愚者だ！

なにがしたかったの《マイデイ》@Maidei
Replying to @Source I
これだけは言わせて、テュヴィが勝ったら、わたしは国を出ます。このどうしようもない状態をまた5年も続けることはありえない。ごめんなさい、でも、できません。
#ジダダの虐待的関係😭😭😭

クロコダイル《フングウェ》同志@CdeHungwe
Replying to @Source I
グッドウィル・ベータにつぎこんだおれのドル！　未来はここにある、それをあんたが止めることはできない！　プラス#主がおられるなら

メリズィタ@Melz
Replying to @CdeHungwe

マジで。おれたちには新しいリーダーが必要なの、頼むよ。最近は仕事もない、ドルもない、見こみもない、未来もない、まともな教育もない、医療もない、正義もない、なんにもない#もううんざりだジダダに変革を😫

父さん山羊@Daddygoat
Replying to @Source I
ジダダ野党。若者が語るだろう！　#自由で公正で信頼できる選挙💪

丸パン《マバンジ》@Mabhanzi
Replying to @Source I
テュヴィを命がけで応援！　ジダダ党を命がけで応援！　#政権交代に命がけで反対👊

ナレディ@Naledi
Replying to @Source I
ジダダ民じゃないけど野党に一票。教育を受けた若い党と何十年も試みては失敗してきたおいぼれたちの対決#政権交代に命がけで反対

ナムズィ@NaMzi

Replying to @Source I
やすらかにお眠りなさい、グッドウィル・ベータと野党。すぐにわたしたちが葬ってあげるわよ！

孔雀のジャー@Jahpeacock
Replying to @Source I
テュヴィ大統領がこのまま統治を続けます。というか今度の選挙は形式にすぎません。わたしたちがもう勝っていることをあなたがたも知るでしょう！

プリムローズ@Primrose
Replying to @Source I
あたしはグッドウィル・ベータに投票するわよ#政権交代　#自由で公正で信頼できる選挙

ダディガガ@Daddygaga
Replying to @Source I
テュヴィ！　与党！　ジダダは当然の権利としてわたしたちのもの。わたしたちが解放したんだから。欧米の操り人形に手渡すのはわたしたちが死んでから！　#血で取り戻したジダダ　#二度と植民地にならない

移住者@Themigrant
ジダダと呼ばれる都会の国ではグッドウィル・ベータが勝つだろう。ジダダと呼ばれる田舎の国ではテュヴィが勝つだろう#ふたつのジダダの物語🤗

チーフ・サベロ@ChiefSabelo
ジダダに変化が近づいている。この列車はだれにも止められない！　#主がおられるなら#自由で公正で信頼できる選挙

ヴェローナⅠ@verona I
歴史がつくられている！　新大統領を迎える準備を！　馬鹿を固定するんじゃなく投票で追い出せるのだ#与党は転落しなければならない💪

不満あり@Disgruntled
平和な選挙でありますように。ジダダの意思が反映されますように、アーメン🙏

亡命ジダダ民@exiledjidadan
大切な兄弟姉妹に幸運あれ。あなたたちが投票するのは未来のためであると同時に、故郷にいることができないわたしたちのためでもある。あなたたちにはそれができる！　神の

恵みあれ！　#自由で公正で信頼できる選挙

生き残りのエセル@EthelSV
Replying to @exiledjidadan
これは正しくないし公正でもない。国外移住者にも投票が許されなければならない。
投票はわたしたちの権利。苦しい😭 #自由で公正で信頼できる選挙

ジダダの声@VOJ_NEWS
オールド・ホース後初のジダダ統一選挙始まる。全世界の目がジダダにそそがれている

ほんとうに《ナフンガイ》@Nafungai
Replying to @VOJ_NEWS
つまり選挙制度改革はおこなわれたってこと？🤔わたしはその部分を見逃しちゃったらしい。

実力者@movernshaker
#ジダダ、覚悟はできてるか？？？　2017年に始めたことを終わらせよう#ジダダ党を消す💪

プリーズ《シャシャ》@Nyah
Replying to @movernshaker
落ち着けって、きみは2017年になにも始めてないだろ。クーデターを起こしたのはテュヴィと犬どもで、きみらはみんな好ましくないことを削除するのに慣れすぎてただけ。で、いま彼らがその仕上げをしようとしてる。観察と学習。

新たな愛国者@NewPatriot
ジダダ党の略奪主義を徹底的に解体するときが来た。ひとつの政党が国家を破壊したり何十年も国家を人質に取ったりするようなことは、このダともうひとつダがつくジダダで二度とふたたび許されてはならない！　#いまこそ政権交代を　#自由で公正で信頼できる選挙💪

トライモア@Trymore
Replying to @NewPatriot
なに寝言言ってんの？　与党は命がけさ、きみは夢のなかでジダダを統治してな！

自由な猫@Freecat
未来は勝つでしょう。変化は勝つでしょう。ジ・エンド

ジダダ民 @Jidadan

Replying to @Freecat

Twitter は国じゃないぞ、友人よ。ジダダは永遠に与党のもの。われわれは地上で投票して地上で選挙に勝つんだ、Twitter ではなく#二度と植民地にならない💪

遺産の旅

クサリヘビたちへの願い

どこで見ても巨大な広告板は建国の父に挨拶してきた。たとえばこんなふうに。〝救い主が現れた〟〝大衆の声は神の声〟〝テュヴィがわたしたちを約束の地へ導いてくれる〟さらにこんなふうに。〝今度こそほんとうに仕事、仕事、仕事〟〝確固たる発展のためにテュヴィに投票しよう〟〝テュヴィがみんなの求める、みんなに必要なジダダを届けてくれる〟こんなふうにも。〝すべての国民に清潔で新鮮な水と電気を〟こんなふうにも。〝手ごろな費用で質の高い医療を手に入れるためにテュヴィに投票しよう〟つまるところ、どこであろうと何十年もずっとずっと彼自身の顔があった場所に、いまは強奪者のさもずる賢そうな顔が映しだされて――彼をあざ笑い、なじり、辱めていた。屈辱を味わわされた建国の父の胸のなかで怒りの炎が燃えさかった。側近たちとのあの最後の会合に舞い戻りたいと願わずにはいられない。彼に取って代わった者とその共謀者たちが彼を取り囲んで愛国心について語り、心にもないお世辞といまならわかる言葉を並べて褒めそやしていたあの部屋に。

ひとたび心を過去に戻してみると、あの裏切り者どもが腹いっぱい食って飲んで、まるで大食らいのクズリ（イタチ科の肉食獣）みたいに膨れた腹を天井に向けて床に大の字になるまで、よくもあんなに辛抱強く待てたものだと思う。潮時だと感じたところで、担当医たちの反対を押しきってでも部屋の正面まで後肢で移動し、前肢を宙に突きあげて、〝裏切り者を打ち倒せ！　クーデターの首謀者に死を！〟と怒鳴り、彼らの恐怖と混乱を思いきり愉しむつもりでいた。そのときだ。すさまじい威力で火を放つ銃を持った彼のシークレット部隊――いまとなってはそれがわかる――が魔法のように現れたのは。つまるところ、これまでは彼らの銃弾の雨と殴打の嵐が黒い悪魔を一匹残らず鎮圧してきたのだ。

つまるところ、どうなっているんだ？

信号機と何度出会っても建国の父は一度も立ち止まらずにずんずん進んだ。まず左を、つぎに右を確かめることもなかった。もはや彼は政権の座にいないのに、いまだに自分が統治者だという感覚から抜けきれていなかったから。朝のこんなに早い時間でも、ジダダの首都という生命体はすでに目覚めて、ずっとまえから活気づいていた。建国の父はあてもなく歩いた。あのクーデターから一日も欠かさずそうしているように――どうなっているんだ？　そう、つまるところ、太陽は彼が命じたことのない激しさでぎらぎらと照りつけていた。不安定な国家をそれ相応の果てしない闇に追いこもうとする一瞬の翳りさえ見せていなかった。花もふつうに咲いていた。もっといえば、それぞれの色をまちがえることなく咲いていた。大型トラックも乗用車も自転車もタクシーもふつうのトラックも衝突することなく流れるように走っていた。理由はなんであっても万が一、自分が政権を去るようなことがあれば、そういうことが起きるのではないかと想像していたのに。鳥も空から落ちることなく飛んでいるし、生徒たちは正しい制服を着て、自分たちがかよう学校もちゃんとわかっている。そういうことだった。走り去る車からは胸を締めつける悲しい歌ではなくテンポのいい愉しげな曲が聞こえていた。柱によりかかって煙草を喫《す》っている雄牛がまちがって自分の体を燃やしたりもしていなかった。そう、つまるところ、彼が統治していなくてもジダダの生活はいままでどおりに続いていた。

ビジネス街の点描

市《まち》の中心の舗道には商品があふれ返っていた。駐車している車のボンネットやトランクや屋根に商品を広げている動物たちもいれば、木の枝であれどこであれ品物を客に見せられそうなところを見つけて置いている動物たちもいた。あっというまに、つまるところ空中以外のありとあらゆるところが広々とした種々雑多な市場となった。想像しうるありとあらゆる商品の広々とした種々雑多な市場となった。商品は想像しうるかぎりなんでもありだ。ジーンズ。ガスストーブ。トマト。靴。パン。ドレス。ペンに鉛筆。石鹸。下着。食用油。制服。ベルト。花。ビール。オレンジ。鬘《かつら》。スマートフォン。深鍋に平鍋に皿。教科書。フライドポテト。ポータブルラジオ。毛のくすみをなくすクリーム。香水。コンドーム。箒。スイートポテト。櫛。車の部品。歯ブラシに歯磨き粉。古着。

CD。玉葱。バナナ。タイツ。林檎。薬。トウモロコシ。車の座席カバー。野生の果実。薬草。避妊具。

いま見えているものはほんとうに自分が見ているものなのだろうかと建国の父が考えていると、長いスカートを穿いて白い頭飾りをかぶった雌牛が近づいて声をかけた。「今日はなにを持ってきてくれたの、おばさん？」雌牛が彼を〝おばさん〟と呼んだのは、彼の家を見張っている醜い治安部隊の連中の目をごまかすために妻の帽子とドレスで変装しているからだった。そのドレスを選んだのは長さがちょうどよかったのと蝶たちに合わせたためだ。その恰好で彼はいまは亡き同志たち、つまるところ蝶たちを引き連れて家から抜けだし、市《まち》の中心へ向かって突き進んだ。

雌牛がなにを言っているのかわからなかったので顔をそむけ、車の多い道路のほうを向いたが、当然ながら、今度はアヒルが彼のまえに現れて言った。「今朝はなにを持ってきてくれたんだい、おばさん？」建国の父はいらついて叫んだ。「どうかしたのか、礼儀知らずのおまえたち獣は？この惨めな通りは邪魔をされずに安心して歩くことができないのか？」

「ごめんごめん、邪魔するつもりはなかったんだけど。取引相手を探しているだけで」アヒルは言った。

「しかし、その取引とやらをなぜわたしに求めるんだね？　取引がしたいなら、なぜちゃんとしたオフィスでそれをしないで、わざわざこんなところでしなきゃならないんだ？　そもそも、きみは学校にいるべきなんじゃないのか？　きみの名前は、若者よ？　両親はだれで、どこの出身なんだ？」

「ぼくならちゃんと学校を出てますよ。ジダダ大学でＭＢＡを取得したし。名前はノウレッジ・ジェレ。ブラワヨのソネニ・ジェレとムピイェズウェの息子の。これがぼくの仕事で、ここがぼくのオフィスなんだ」アヒルは言って、大袈裟な身ぶりで自分のまわりの露店を示した。

「上級学位をもっているだと、きみがかい？」建国の父は馬鹿にしたように若い動物に向かって鼻を鳴らした。アヒルは軽くうなずいてみせた。

「それに、あそこであの赤い〈マツダ〉からブランケットを降ろしてる山羊はなんと歴史学のPhDをもってるし、その隣で携帯の充電器を売ってる猫はエンジニアだよ。実際のところ、おばさんがここで会う動物たちのほとんどが大学出さ——ジダダ民の教育は、行商の教育ってね」アヒルは頭をのけぞらせてクワックワッと笑った。つまるところ、たくさんの苦しみや怒りや破れた夢が詰まった声だった。

「たしかに、教育は力だとつねに主張してきたが、きみたちはどうしてこんなところで行商をしているのかね？」建国の父は言った。

「ぼくが行商？　まさか！　ぼくは両替商さ」アヒルは言って、尾羽をこれ見よがしに振ってみせた。

「だが、両替商とはなんなんだ？」建国の父は訊いた。

「通貨を売ったり買ったりしてるんだよ。このへんの通りで朝から晩まで通貨を探しまわってるから、おばさんのその素敵なドレスを見れば、商売になるドルかユーロかポンドを持ってるにちがいないとすぐにわかるさ」アヒルは期待するようにウィンクをした。

「しかし、いったいなんのために通貨を売り買いしている？」建国の父は困惑して尋ねた。雄羊が一匹近づいてきて、いまやこのあたりの通りの聖歌《アンセム》になっているらしい歌をうたいだした。「なにを持ってきてくれたんだい、おばさん？」

「またか？　おまえたちは何匹いるんだ、まったく？　だれに送りこまれた？」アヒルが悩ましげにひと声クワッと笑うと、雄羊は耳に馴染んだ愛しい声を聞いているかのように笑いながら、ふらふらと去っていった。

「ほらね、ぼくらみたいなのがうんざりするほどいるんだって。つまり、国民の九〇パーセントが失業者っていう状況じゃ、みんなほかに行くところがあるかい？」アヒルはいたずらっぽいにやにや笑いを顔に浮かべた。

「だが、いつからこんなふうになった？」建国の父は言った。

「こんなふうって？」アヒルは周囲を見まわしながら訊き返した。

「こんなふうはこんなふうだ。国を挙げて行商している状態だ。国を挙げてこう言っているじゃないか。なにを持ってきてくれたんだ？　なにを持ってきてくれたんだ？——きみたちはどんな一生を送る気だ？」建国の父は前肢の一本で空《くう》を払うような仕種をした。

「無能な与党が長々とこの国を支配してるあいだにこうなってしまったのさ」アヒルは言った。

「しかし、わたしにはわからんね！」建国の父は思わず叫んだ。おそらくは自分に向かって。あるいはおそらく同志たちに向かって。蝶たちに向かって。

「それで、あんたはどこで暮らしてるんだい、おばさん？」アヒルはこの老いぼれた動物の出自を知る手掛かりがないものかと興味深げに目をきょろきょろさせて、建国の父を観察した。たとえ枯れ葉でも、こんなうぶな問いかけをしようとは思わないだろうから。

「わたしか？　わたしはどこかで暮らしたことはないし、これからも暮らすことはないだろうな。

われわれはこの国のために戦ったんだ。この国で生きて死ぬために。神に見捨てられた亡命者のように異国の荒野で生きて死ぬのではなく。彼らに訊いてみるといい。彼らもわかっている」建国の父は自分の背後にいる同志たちを身ぶりで示して、アヒルにうながした。

「だれに訊くのさ、おばさん?」アヒルは警戒して言った。

「そりゃあ、そこにいるわたしの同志たちだよ。正真正銘の解放戦士たちだ。同志よ、こっちへ来て、この若者が知らないことを教えてやってくれ」建国の父は取り巻きを招くような仕種をした。

アヒルはジダダ民のたくさんの体を見まわした。どの体もこんなに朝早くから慌ただしく、そう、つまるところ油断なく、しかもテキパキと動いていた。いまがそういう時代であることは道ばたの小枝や石ころでさえわかっているのだから。舗道も車道も、のろまな者たちのための場所はこの都市のどこにもない、ここはUSドルをつかまえる早起きの市《まち》だということは。アヒルは口を開けて喋ろうとしてから考えなおし、あきらかに混乱している老いた馬に別れの手を振ると、そそくさと立ち去った。おそらくは自分のオフィスを目指して。この市全体が彼のオフィスでもあるのだった。

ジダダ・ハイ

〝ジダダ・ハイスクール――知識は力〟と記され、学校の方向を指す色の褪せかかった矢印形の掲示板がなければ、一行はそこを素通りしていただろう。とある陰鬱な町のはずれにその学校はあった。建国の父は、錆びたフェンス沿いに並んでスナックを売る悲しい目の醜い行商たちのまえを進んだ。フェンスには強奪者の派手なポスターが掲げられていた。一行は学校の門を通り抜け、旗竿が設置された砂利敷きのエリアを過ぎた。旗竿では色褪せたジダダ国旗の切れ端がそよ風にはためいていた。さらに、老朽化した教室があるブロックを過ぎ、窓が割れて壁づけの棚がぶら下がっている、がらんどうの図書館を過ぎ、花壇の花がしおれたまま太陽にさらされている干上がった広い校庭を過ぎた。

職員室とおぼしきところの外で建国の父は立ち止まり、はしゃぎまわっている十羽ほどの女子生徒の集団に目を凝らした。つまるところ、彼女たちの制服はめくれていて、目の見えない者でも見逃さないようにつくられた太腿がむき出しになっていた。若い雌たちは熱心な観衆がいることを意識してか、パフォーマンスを繰り広げた。彼女たちは後肢で立って伸びあがり、背骨を折ることなく胸をできるだけ遠くまで突きだした。制服をもう少し上までめくりながら、身をよじったり飛び跳ねたりした。彼女たちの笑い声が、つまるところ虹の七色を塗りたくった唇から発せられると、鳥の羽毛のやわらかさにそぐわぬ異様さを感じさせた。

鳥の羽毛のやわらかさを目前にすると、つまるところ建国の父は自分の若いころに、そう、つまるところ、はるか昔のあの栄光の時代に引き戻された。あのころは雌という雌が彼を知っていた。あのころは雌という雌が彼を求めていた。あのころは雌という雌が彼のために戦っていた。あのころは雌という雌が彼を愛し、彼を愛さない雌は彼と恋に落ちていた。あのころは雌という雌が、彼女たちの母親も祖母も、曾祖母の幽霊までも彼を求めていた。そう、つまるところ、彼は自分がまだ若く、体が頑丈なころに引き戻された。人生の文字どおりひと息ひと息が雌たちの叫声の大騒ぎに埋め尽くされていたので、やすらぎというものを知らなかったころに。みんなが自分めがけて押し寄せ、彼のひとかけらでも欲しがり、つまるところ彼のために死のうとさえしていたころに。

　そんな記憶にひたっているうちに、気がつくと女子生徒たちが移動しはじめていた。つまるところ、ガラリヤ湖の上を歩いて渡ったときのイエス（『新約聖書』〈マタイによる福音書〉十四章二十二～三十六節ほか）はきっと、この湖を治めているのは我が父だと思いながら、あんなふうに胸を張って歩いたにちがいなかった。彼は彼女たちのあとについて巨大な掲示板のまえまで行った。そこには強奪者であり彼の敵対者である馬のポスターがところ狭しと貼られていた。見ると女子生徒たちは掲示板のまえでかわるがわるポーズを取り、スマートフォンやらさまざまなガジェットやらで写真を撮った。彼女たちの会話と笑いと陽気な甲高い叫びが空気を満たし、それらの声がまじりあって明るくとりとめのないメドレーとなった。

「ねえ、みんな、救い主がジダダ大学でまたべつの女子学生を妊娠させたんだって！」

「そう、それ、あたしも聞いた。ＷｈａｔｓＡｐｐとＴｗｉｔｔｅｒで写真も見たけど、たいしてキュートじゃなかったわよ！」

「あたしが聞いたのは、なんと救い主にはジダダの全大学にガールフレンドがいるって話！」

「外遊には側近に雌を紛れこませていくって聞いたわ！」

「私生児が二ダース以上もいるんだってよ」

「にしても、彼のディックはぜったいしわくちゃよね！」

「ＯＭＧ《オー・マイ・ゴッド》、ディックって言った！」

「コック！」

「ジョンソン！」

「ドング！」

「ウッド！」

「プリック！」

「ファラス！」

「ディング・ア・リング！」

「シュロング！」

「ジョイスティック！」

「赤ん坊製造機！」

「エイズ自販機！」

「アナコンダ！」

「ひとつ目モンスター！」

「新しくて古い建国の父のしわしわ老トカゲ！」


女子生徒たちは甲高い声をあげながら、互いの尾羽をむしり、なおも叫んだ。つまるところ、彼女たちは想像上の恋人にまたがり、なめらかな腰を使って淫らで挑発的な性交の動きを始め、その卑猥なダンスにエクスタシーのわざとらしいあえぎを添えた。まさか子どもらのこんな会話を聞くとは思いもしなかった建国の父は、嫌悪と腹立たしさから顔をそむけ、考えこんだ。いったいここはどういう学校だ？　この若い子らにこんな下劣なことを教えているのはだれなんだ？　この子らの教師たちはどこにいる？　校長はだれなんだ？

彼は生き物がいる気配がした最初の教室で肢を止めた。ここでも騒いでいることにショックを受けた建国の父が大きな咳払いをしても、教師の監視がない生徒たちは注意を払わなかった。彼が机のひとつの前肢を叩きつけて、「静粛に！　静粛に！　命令だ、ただちに静粛にせよ！」と言っても、若者たちは騒ぐことを続行した。つまるところ、静粛とは反対の状態が続いた。狂騒状態は続いた。シャツを着ていない子猫が教室の隅に置かれた机の上に立ち、ペンをマイク代わりにして、卑猥な言葉を満載にした聖歌《アンセム》を大声でうたっていた。歌に合わせて子羊が、さかさまにしたゴミ箱を強く叩き、このコンビのまわりでは生徒たちが愉しげに飛び跳ねたり体を回転させたりしている。スマートフォンを差しあげている者もいた。たぶんこのカオスを撮影しているのだろう。机に腰をおろして肢をぶらぶらさせている生徒もいれば、小さなグループに分かれてお喋りしている生徒もいる。ガジェットをスワイプしている生徒もいれば、身繕いをしている生徒もいる。生徒たちは勉強とは関係のないことを全部やっていた。

　建国の父はその場に立ち尽くし、壊れた調度類のカオスを目におさめた。砕け散ったガラス窓。傷つけられ剝がれかけた黒板。床に散らかった紙くず。チョークのかけらを窓の外に運びだすトカゲの一団。壁の落書き。紛れもないマリファナのにおい。教室の真んなかに大規模な蟻塚を構築中のとほうもなく大柄な蟻たちの行列。開かれた本の見開きページで姦淫している三匹のトカゲ。建国の父はかつて教師だったことがある。そう、つまるところ、解放闘争に参加するまえの彼は教育者として、若い動物たちの惨めな暗い頭に光を送り、彼らを善良な動物に、善良な市民に、国家の未来に育てあげた。だからこそ、学校がどう見えるかも、どう見えるべきかも、生徒たちがどう見えるかも、どう見えるべきかも彼にはわかっていた。ジダダ・ハイスクールは狂気の大混乱に陥っているように見えた。生徒は生徒ではなく、馬鹿でとんまな野獣のように見えた。

ようやく、小石サイズの頭をしたガチョウの子がぼろぼろの本から目を上げて言った。「こんにちは、あなたはわたしたちを教えにきたんですか？」建国の父は、そもそも自分たちはどういう経緯と理由でこの学校へやってきたのか思い出せずに、こう訊き返した。「それよりも、きみたちの教師はどこにいるんだね？」

「先生たちはまたストライキをしてるんです」ガチョウの子はこたえた。

「いったいなぜ先生たちがまたストライキをしているんだ？」建国の父は言った。

ガチョウの子は甲高い声で笑った。おもしろい質問史上もっともおもしろい質問を聞いたとでもいうように。だが、彼女はすぐにもちなおした。建国の父はもう一度、バンッと机を叩き、静粛を求めた。だが、むろん無駄だった。すると、そんな彼のふるまいから、ここへやってきたのは混乱にはまったく不慣れで、自分の命令に周囲が従わないことにはもっと不慣れな動物だと気づいて哀れに思ったガチョウの子は、勢いよく飛び立って垂木《たるき》に留まり、キイキイ声で叫んだ。「イェイ！みんなうるさい、黙れ！　新しい先生かなんかが来たわよ！」彼女が舞い戻ってくるまでには、生徒たちは全員、自分の席に戻って気をつけの姿勢を取っていた。

つまるところ、急に静かになったので建国の父は戸惑い、突っ立っていた。彼が頭を整理しているあいだに、華麗な黒の上着を着た、いかにも傲慢そうな雄の子山羊が背すじを思いきり伸ばし、教室のうしろの席から叫んだ。「それで、あんたはなぜここにいるんだ？　おれたちになにを教えにきたんだよ、じいさん？」

「いま目にしていることから思うに、この国の教育はあきらかに苦境に陥っているようだ」建国の父は語りだした。年少の生徒たちはどっと笑った。

「きみたちはわたしをおもしろがっているな？　自分の将来が心配じゃないのか?!」前大統領にして元教師は信じられないというように言った。

「おれたちの将来はこのまえ辞めさせられた暴君に完全に奪われちゃったんだよ、じいさん、おれたちが母親のお腹にいるあいだにね。だからさ、そいつの政府がおれたちに強制したぐちゃぐちゃから抜けだすための現金を手っ取り早く稼ぐ方法を教えにきたっていうんじゃないなら、おれはここから出ていくよ」傲慢な子山羊はそう言って椅子から立ちあがった。

「よう、おれはR・G・ムガベ通りへ行くぞ、みんな。あそこなら両替商の研修をやってるからな。だれか一緒に行くやついるか？」子山羊はほかの生徒たちに言った。

残りの生徒たちは歓声をあげた。注目を集めたことに勇気づけられたのだろう、子山羊は歌をうたいながら、そっくり返って教室を一周した。「なにを持ってきてくれたんだい、ブラザー？　なにを持ってきてくれたんだい、シスター？　なにを持ってきてくれたんだい、相棒？　なにを持ってきてくれたんだい、閣下？　なにを持ってきてくれたんだい、新たな統治？」拍手喝采が盛りあがり、腐りかけた屋根を持ちあげんばかりだった。そこで子山羊は突如、小走りにドアを目指すと、彼の持ち歌〝なにを持ってきてくれたんだい？〟アンセムとともに全速力で駆け去った。クラスメートも置いてきぼりを食うまいと、戦闘開始の号令をかけられた兵士よろしく立ちあがり、金切り声と歌声と笑い声を発しながら走りだした。つまるところ、馬鹿でとんまな野獣たちは教室のドアから飛びだし、門の外に出て、でこぼこ道の先へと姿を消した。

この遭遇に意気消沈するあまり神経をやられた建国の父は、道路のでこぼこがほとんど見分けられなかった。蝶たちはこれを察したのか行列の先導役を引き継いだ。建国の父は気乗りがしない肢取りで蝶たちのあとを追い、同志たちは彼のうしろを歩いた。一行は学校と町並みを分けるその道路を葬列のごとく厳《おごそ》かに進んだ。乾燥したアカシアの木々の下で墓石を削っている動物たちのそばを通り過ぎ、収集されていないゴミの山のそばを通り過ぎ、子どもたちが下水の流れを飛び越えている新しい住宅団地のそばを通り過ぎ、食料品店のそばを通り過ぎ、タクシーの列のそばを通り過ぎた。

つまるところ、建国の父はほとんどまわりのものを気に留めていなかった。彼の頭は醜い生徒たちの不穏な残像でいっぱいだったから。あの子らは街の路上で見かけた醜い動物たちと同類の連中の子にちがいない。そして、あの子らも成長して同じように醜い子をもうけることは目に見えている。そうやってつぎからつぎに負のサイクルが続いていくのだ。しかし、そもそもどうしてあんな学校がジダダに存在しているんだ？　あんな醜い生徒たちがいる学校がどれだけあるんだ？　彼は心のなかで問うた。この現状は国家の未来にどんな意味をもつ？　あの醜い生徒たちは、このわたしと解放戦士たちが必死で戦ったのは自分たちがいま小便をかけているその教育のためだったことを知っているのか？　ジダダの教育は全アフリカ大陸の抜きんでた指標とされていることを？

つまるところ、かつてこれらの線路は

線路が建国の父を追憶から引き戻した。その駅から伸びる何本もの線路――いまは使われていない――は、交差したり交差を解いたりして果てしなく続いていた。そう、つまるところ、どこまでも前方に、ただし未来ではなく過去へと。建国の父には過去がいまは遠い昔に思われた。あのころ、解放闘争の苦闘のなかで解放戦士たちは少数編成の部隊を組織しては、まさにこの線路から、また、国じゅうにある同様の線路から、攻撃を開始していた――独裁的な植民地支配を断ち切ることを目指して貨物列車を爆破したり、各種のサービスを中断させたり、たびたび何日間も運行停止を余儀なくさせたりしていた。入植した侵入者どものために彼らの先祖がみずからの土地から強制的に追い出されたのはさらに遠い昔に思われた。先祖たちはただ立ち退かされただけではない――強制労働という暴力と侮辱に耐えることも余儀なくされた。それは低賃金労働、そう、つまるところ、自分たちを自分たちの土地から立ち退かせるその鉄道を敷くための労働である。その土地を解放するために、当時まだ生まれていない子孫たちが、何十年も何十年も何十年も経ってから戦わざるをえなくなる。

とはいえ、解放されたジダダの経済が繁栄したのもこの線路があればこそで、まるで昨日のことのようにも思われた。国のいたるところから列車がやってきた。石炭を、石綿《いしわた》を、金《きん》を、鉄鉱石を、プラチナを、セメントを、肥料を、衣料を、綿花を運んできた。列車はタバコを運んだ。小麦を、コーヒーを、サトウキビを、トウモロコシを、ピーナッツを運んだ。列車はボツワナへ向かった。南アフリカへ、コンゴ民主共和国へ、ザンビアへ、アンゴラへ、モザンビークへ向かった。そう、つまるところ、列車はダともうひとつダがつくジダダの豊富な資源を運んでいた。当時のジダダはアフリカのパン籠だった。当時のジダダは無限の天然資源の宝庫だったのだ。

つまるところ、線路に立っていると建国の父にはそれが――列車の騒々しさが――大地を揺るがす狂気じみた振動が――実際に聞こえた。空気を引き裂く鋭い警笛も。神の面前で臆面もなく吐きだされる蒸気のシューシューシューという音も。いたるところで野獣のごとき金属が大地をこするバッバッという音も。そうした元気のいい音は建国の父に時空を超えた旅をさせた。喜びに満たされた彼は思わず小走りになり、ついで本格的に走りだした――つまるところ、彼は全速力で駆ける列車となった。「なにを持ってきてくれたんだい、ブラザー？」彼は大地を踏みしめながらうたった。「プラチナと鉄鉱石と石炭を持ってきたよ」彼はうたった。「なにを持ってきてくれたんだい、おばあちゃん？」彼はうたった。「砂糖と綿花とタバコをもってきたよ」彼はうたった。「なにを持ってきてくれたんだい、おばさん？」彼はうたった。「小麦とトウモロコシとじゃがいもを、アフリカのパン籠から持ってきたよ」彼はうたった。「なにを持ってきてくれたんだい、同志？」彼はうたった。「正真正銘のジダダの通貨を持ってきたよ！」彼はうたった。風を射ぬく矢となって、あたり一帯に光を放ちながら全速力で前方へ、つまるところ、ジダダの未来ではなくジダダの過去の栄光のなかへ駆けていった。

グクラフンディ

彼の目を覚まさせたのは同志と蝶の聖歌《アンセム》だった。屋根のない広い土地を全速力で駆けたために骨が痛んだ。彼は周囲を見まわし、立ちあがって、ぶらぶらと歩きだした。まわりのなにもかもが蝶のように、血のように真っ赤だった——つまるところ木も赤いし、草も赤いし、花も赤い。地面も赤いし、岩も赤い。空までが深紅なのだった。建国の父はここまでの波瀾万丈の長い生涯であらゆるものを見てきたが、こんな光景は一度も見たことがなかった。この光景に驚くとともに、その馬鹿馬鹿しさにどういうわけか感動してしまい、声をあげて笑いたい衝動を抑えられなくなった。で、そうやって、古びた関節の痛みを一時的に忘れた状態で笑っていると、蝶たちの先頭の一群が地中にはいっていくのが見えた。彼の左に、平べったく幅広い葉と丸い果実をつけた赤い大木が一本あった。その木の下に赤い蟻塚がつくられており、彼のいるところからだと、その蟻塚のてっぺんが開かれているのがわかった。隊列を組んだ蝶たちの群れはそこからつぎつぎとなかにはいり、やがて最後の蝶が土のなかに消えた。

不意に雨が降りだして彼を驚かせた。彼の曾祖母は雨乞い師だったので雨のことはよくわかっていた。蹄の音を聞けば、だれがやってくるのかわかる動物たちがいるように——これがどういう雨なのか、彼にはわかっていた。グクラフンディ——そう、つまるところ、春の雨のまえに降る、もみ殻を洗い流す早春の雨だ。ただし、この雨は血の色をしている。ほかのすべてと同じように。彼は立ちあがり、奇妙な果実をつけた木に向かって突進した。避難しようとしたのだが、驚いたことに、床のマットなみにぶ厚い葉をつけているくせに、木の下はまわりと少しも変わらず土砂降りだった。ほかには避難場所がない。と、自分のまえにある蟻塚がぱっくりと開き、亡き同志たちがそのなかにはいりはじめているのが見えた。彼はあとに続いた。

驚いたことに、地上の世界と同じ光景が地下の世界に広がっていた。木も草も花も岩も山もまったく同じだ。亡き同志である蝶たちの姿はどこにも見あたらない。つまるところ、彼を出迎えた静けさは銃弾の内部のようだった。気を取りなおしてまわりを見まわすと、自分が血塗られた死体に取り囲まれていると気づいて、さらに驚いた。そう、つまるところ、彼は傷ついた体に、バラバラ死体に、切り刻まれた死体に囲まれていた。焼死体も、殴打の跡がある死体も、強姦された死体も、まだ血を流している死体もあった。妊娠中の腹を切り裂かれ、胎児が腹からぶらさがっている雌の死体もあった。開かれた共同墓地にあるのは銃弾で蜂の巣にされた死体だった。どこもかしこも——血みどろで、そこにもここにも血が流れている。腐りかけた肉の悪臭で熱い空気が煙《けぶ》っている。命乞いのぞっとするような声が響きわたる。真の恐怖が発する叫びやうめきを、絶望の祈りや嘆願を彼は聞いた。それらの音が集まって破壊の嵐になると、自分の頭が割れてしまうと思った。

第五旅団

銃弾のあられがおぞましい騒々しさを終わらせた。建国の父は耳をうしろへ向けて心臓をドキドキさせながら注意深く聴き入った。すると、さらなる銃声のあとに犬たちのひっきりなしの吠え声が続き、赤いベレー帽をかぶって編隊を組んだ治安部隊がなだれこんできて、彼に敬礼をした。この特別編成の第五旅団の面々に気づくと、建国の父はすぐさま緊張を解いた。犬たちは全身血だらけだった——つまるところ、制服も血まみれ、ブーツも血まみれ、顔も血まみれ、歯も血まみれ、武器も血まみれだった。赤い目をした司令官が祝砲の一発を放つと、隊員たちは歌とダンスの乱痴気騒ぎを始めた。「マイ・ヴァ・ディーコンドゥ！ マイ・ヴァ・ディーコンドゥ！ マイ・ヴァ・ディーコンドゥ！ マイ・ヴァ・ディーコンドゥ！ マイ・ヴァ・ディーコンドゥ！ マイ・ヴァ・ディーコンドゥ！ マイ・ヴァ・ディーコンドゥ！ マイ・ヴァ・ディーィィィィィィィィィィィィィィィィィィィィィィィィーー」そう、つまるところ、革命の治安部隊と建国の父は踊って、跳ねて、吠えて、わめいて、勝利を祝った。血の雨がザアザアと降りだしても踊りつづけ、自分たちのまわりに真っ赤な大河が現れ、つまるところ、死体の山また山また山を運びだしても、踊り狂っていた。

無限の赤

ふたたび地上で目覚めたとき、彼はまだその赤い色と銃弾の内部の恐ろしい静けさに包まれていた。体が濡れそぼっているのを感じて確かめようとした瞬間、血の海につかっていることがわかった。恐怖の叫びとともに跳びのくように立ちあがったが、まわりは一面、死んでいるのに喋っている赤ん坊だと知っただけだった。「おまえたちはわたしになにを望んでいるんだ？ もといたところへ帰れ」彼はそう言って肢早に歩きだし、赤ん坊たちから離れた。周囲には赤い土地が際限なく伸びていた。血塗られた広大な地面が。つまるところ、死んだ赤ん坊たちがむっくりと起きあがり、空中を漂うよう建国の父は速歩になった。それから全速力で駆けた。恐怖の感情しかなかった。つまるところ、彼は最速のスピードで走った。列車よりもっと速く――もっともっと速く、もに追ってきたから。

っともっと速く、もっともっと速く、もっともっと速く、もっともっと速く――ところが、血みどろの土地は拡大する一方なので、建国の父には自分が恐ろしい真っ赤な心臓のなかへひた走っているように感じられた。

過去、現在、~~未来~~、過去

つまるところ放浪者

デスティニーは朝のうんと早い時刻に家を出て、長い道のりを歩きはじめる。母が家にいないと知りながら、しかも、いない理由が自分にあると感じながら家にじっとしているよりはそうするほうがまだましだから。その時刻だといつも外は閑散としており、腰を曲げて家の前庭を草箒《くさぼうき》で勢いよく掃いている雌たちしかいない。なぜかと言えば、町に住む無職の主婦兼家政婦が自分の雌らしさを証明し、それに伴う尊敬を獲得するには、そうした行為が——つまるところ、自宅の前庭をととのえることが、ベランダを飾りつけ、家のなかを清潔にすることが——ほかのなにより有効な方法だからだ。山羊を見かけると、彼女たちは箒の踊りを一瞬止めて背すじをぴんと伸ばし、儀礼的な朝の挨拶をよこす。どこへ行くのかとは尋ねない。この、だれがどう見ても独りぼっちのシミツの子は、帰ってきてからというもの、ただ静かに存在するという事実以上のことはなにひとつ示さなかった。自分がまとったその静けさのおかげで、山羊は帰還者に投げかけられる通常の質問にこたえずにすんでいた。この町のだれも、昔、彼女がなぜあんなふうに出ていったのか、忽然と姿を消したのか、これまでどこでどう暮らしてきたのかを知りはしない。だから、ロズィケイのきわめつきのゴシップ屋でさえ、つまるところ、死体を誘惑して墓場まで持っていくつもりだった秘密を語らせるぐらいわけもない強力な舌をもつことで知られる狡猾な連中でさえ、結局は匙《さじ》を投げて、静かな山羊をかまわなくなっている。だが、近所の主婦たちは案じている。彼女たちは汚れた肢に草箒をよりかからせて突っ立ったまま、彼女の姿が消えるまで見つめている。彼女の放浪はどれぐらい長く続くのだろう？　彼女たちはこうも思う。これは母親の狂気と関係があるのだろうか？だって、その種のことには血筋が関係することもあるというから。

迫り来る過去

この町には目立つ新たな進歩がないので、帰還者は姿を消していた期間がどれだけ長かろうと、たいていの場合、自分が出ていったときとほとんど同じように見えると満足する。ただし、いまのロズィケイは、迫り来る選挙の色鮮やかなポスターやチラシで派手に着飾っている。大統領候補たち――国家の救い主と野党指導者、グッドウィル・ベータ――のあかるい顔が、ショッピングセンターの壁や使われていないバス停や医院や団地事務所から、大木の幹から、教会や学校のフェンスから、岩肌から、町のみんなに笑いかけ、町のみんなをじっと見つめている。そう、つまるところ、有名な候補者たちのスローガンとメッセージが有権者に訴えるために全力を尽くしている。〝ジダダを救うのは救い主のみ！〟　〝若者と斬新な発想だけがジダダを栄光に導く！〟　〝テュヴィアス・デライト・シャシャを大統領にしよう！〟　〝グッドウィル・ベータを大統領にしよう！〟　〝与党を政権につけよう！〟〝ほんとうの変化のために野党に投票しよう！〟〝大衆の声は神の声、あなたの投票はあなたの声、救い主、テュヴィアス・デライト・シャシャに投票しよう！　ザ・救い主に！〟〝これはあなたの人生を決める投票です、賢明な投票を！　グッドウィル・ベータに一票を！〟

ロズィケイは国のほかの地域と同じく、あの＃自由で公正で信頼できる選挙への希望と期待で脈打っていた。デスティニーがどこを見ようと、すでに峠は越して約束の地まであと少しだという感覚がある。つまるところ、身に馴染みすぎた選挙の狂乱は絶え間ない不安で日々、山羊の胸を満たし、過去を思い出させる。つまるところ過去を。実際、これは過去そのものである可能性も高いと思うこともよくある。ジダダはどういうわけか十年の時間をさかのぼり、いろいろなことがあふれていた時代に戻ってしまったのではないかと。そのなかには希望に満ちた約束もあり、ほかの多くの者と同じようにデスティニーもその約束に完膚《かんぷ》なきまでに心を奪われてしまった。つまるところ騙されてしまったのだ。

斧は忘れても木は覚えている（アフリカの諺）

しかも、あのときの気持ちは強力な効きめをもつ薬物のようでもあった。覚えているかい、デスティニー？　性的興奮をもたらしそうなあの感じを。峠を越えたところに用意されている自由なジダダの未来の確固たる夢を？　彼女は覚えている。覚えていないわけがないではないか。たとえそのプロセスが自由や公正とかけ離れていても、ありとあらゆる種類の暴力から抜けだしていなくても、延々と統治を続けることを神に運命づけられたオールド・ホースという存在があるにしても、政権与党の独裁政治に挑戦しようと記録的な数のジダダ民が立ちあがり、投票所に押し寄せたことを。彼らを駆り立てたのは脅迫よりも弾圧よりも恐怖よりも大きくて正常なもの、つまるところ希望だった。彼女は覚えている。あのときの投票で——彼女にとってはじめての投票で——市民が変化を求めたことを。もっとましなジダダを、新しいジダダを求めたことを。その結果、野党指導者が見事なまでの番狂わせで建国の父を打ち負かしたことを。

その選挙結果がもたらした高揚も彼女は覚えている。それは熱い砂に放つと蒸発してしまう尿のような陶酔感でもあった。オールド・ホースと、当時副大統領だったテュヴィを先頭に立てた政権は選挙結果の受け入れを頑として拒んでいた。つまるところ、与党は退陣することなく、自分たちの配下にある治安部隊を解き放って革命を守ろうとした——それはいかなる戦場でもなく国家の子たる民衆の体でおこなわれた。彼女のその体で。彼女は覚えている。彼女の体が覚えている。つまるところ皮膚を焦がす催涙ガスを。つまるところ殴りかかる治安部隊の警棒を。つまるところ踏みつける治安部隊のブーツを。つまるところ襲いかかる治安部隊の鞭を。彼女は覚えている。これからもずっと覚えているだろう。呼吸するための死の苦しみを。つまるところ拷問を。壊れていく体を。大雨が川の氾濫を起こすように体を満たす痛みを。

彼女は覚えている。あの悲惨な戦いが終わったとき、望んでいた未来が打ち砕かれ、血に染まったことを。彼女は覚えている。彼女の体が覚えている。だから、昔からあるサルカズィ市場を通り過ぎ、ロズィケイ小学校のフェンスに沿って歩いていると、自分がどこへ行こうとしているのか、ほとんどわからなくなってくる。頭のなかを音をたててまわっているさまざまな考えのために。呼び覚まされ立ちあがっている懐かしい胸苦しさのために。埋葬布のごとく体を覆っている痛みのために。この国には苦痛がつきものだと彼女は思う。この国！　この国！　でも、そうだとしたら、帰ってきたことはほんとうに賢明だったのだろうか、デスティニー？　きみを壊したその国に帰ってきたのは？　しかも、あらゆるもののなかに染みこんで過去を思い出させるこの時期を選んだことは？　それともきみはシミソのために帰ってきたのかい？

住めない大地

いや、彼女はシミソのために帰ってきたのではなかった。現状を考えると帰ってきてよかったといまだに思っているけれども。彼女が賢明であることは論ずるまでもない。彼女が帰ってきたのは、逃げた先の国が逃げてきた国と同様に避難場所にはならないとわかったからにすぎない。

つまるところ、国が変われば王の息子など何者でもないと自分に言い聞かせ、ライオンはお腹がすくと草を食べるのだと自分に言い聞かせ、十年におよぶ亡命生活を送ったのち、彼女はそれまで背を向けていたその故郷に、けっして蹄を置かないと誓ったその土地に鼻先を向けたのだ。となると、デスティニー、きみのいたところが住みやすい土地だったなら、ここへ帰ることはないとわかっていながら、こんなふうに帰ってくることは屈辱以外の何物でもないにちがいない。そうだろう？　しかたがないと諦めながらも、自分が実際にジダダに帰ってきているという事実に、この国から逃げたのに結局はこの土地に吐き戻されるしかなかったという思いに、彼女は愕然とする。、そう感じるのはこれがはじめてではない。

年寄りの世迷い言

彼女は自由《ウフル》パークを横切る。この公園があのころロズィケイの恋する若者たちのデート・スポットだったのは、青々とした芝生と火焔樹《フランボワイヤン》と色とりどりの花々があり、十ドル出せば不細工なカメラで写真を撮ってくれる写真屋がいたからだ。十年後のいま、青々とした芝生も色とりどりの花もなく、恋する若者も写真屋も消えている。公園のきわまで行くと、彼女は少しのあいだタール舗装の道路を進み、青少年センターの隣の団地事務所のまえを通り過ぎた。使われていないバス停のまえを通り過ぎ、ブレザレン教会（非戦・非暴力をつらぬく平和教会）のまえを通り過ぎた。巨大なグアバの木がある青い家のまえを通り過ぎた。その家にはかつて羊の老婆が住んでおり、おそらくは自分に歯がないために敵意をむき出しにした彼女は、熟したグアバの実が腐って落ちるまで眺めるのが好きだったから、やがてロズィケイの若者たちはグアバの実が熟れるまえに実を盗むことに成功するようになった。

「おや《ハウー》、ひょっとしたらデスティニーじゃないのか？」どこからともなく聞こえる低いその声はまるで神の声のようで、デスティニーは不意を衝かれて振り返り、声の主は自分の左手側のウィンターグリーンの生け垣の陰にいるにちがいないと推しはかる。もう数時間は歩いてきたので、この暑い陽射しのなかで立ち止まって言葉を交わしたいとは少しも思わなかったけれど。

「こっちへ来い、シミソ・クマロの子よ、こっちだ！」数歩先に老いた雄羊がいた。色褪せたブルーのオーバーオールにサッカーチーム〈アーセナル〉のキャップ。雄羊は狭い門から出てくると、門を閉め、満面の笑みを浮かべてデスティニーを見つめる。だれだったかと記憶をたどりながら、彼女はゆっくりと彼に近づく。つまるところ、なにも思い出せない。

「やっぱり、おまえか、娘よ。こんなに大きくなって、イェイ！　もう立派な雌山羊《ナニー》だな！　最後に会ったときはこんなに小さかったのに！」老いた雄羊はげらげら笑いながら、前肢の一本で示してみせる。彼女はぽかんとして彼を見る。

「わしを忘れたとでも言うつもりかい？」彼は不満げに顔をくしゃくしゃにしてみせる。彼女がそうだとこたえるまえに、老いた雄羊は門をがたがた揺らして、わめく。「ナマモ！　おい、ナマモ！　こっちへ来て、ここにいるのがだれだかようく見てごらん、イェバナ！」

　雄羊が〝イェバナ〟と言うのを聞いてはじめて、デスティニーは彼のことを思い出す——サマモだ。彼も母の古くからの友達だ。それどころか〝イェバナ〟は彼の昔のニックネームでもあったのだ。彼がその言葉をしょっちゅう口にするから。なんと戸口に立って、この呼び出しを待っていたとでもいうように、ナマモ——彼の妻——が即座に現れる。彼女は毛並みをきれいに整えた小柄な羊だが、蟹のようなひょこひょこ歩きで動きながら、空気のにおいを嗅ぐみたいに鼻に皺を寄せる。彼女は朝の仕事にふさわしい古着にエプロン、褪せた茶色の〈バタ〉のテニスシューズという恰好をしている。門のそばでいったん止まり、自分の庭の外へは出てこようとしない。

「この方はだれ、お父さん？」顔をしかめて彼女は言う。鼻に皺を寄せたのはもしかしたら視力が弱いからかもしれないとデスティニーは気づく。

「イェバナ、ナマモ！　ほんとうにこの子がだれかわからないと言うんじゃなかろうな？」サマモが言う。

「ふーむ、わからないわ。よくわからない」眉間に皺を寄せながらナマモが言う。

「もう一度、ちゃんと見ろよ、母さん。ほんとうにわからないのか？」

「年寄りのどの目で見るってのよ、お父さん？　だから、医者に診てもらわなくちゃって言ってるのに。あのヒャクナイ――シャクナイ――ええと、目が曇るのはなんていう病気だったかしらね？」

「白内障ですか？」デスティニーが助け船を出す。

「ああ、それよ。ハクナイヒョウ、ありがとう。だから言ってるでしょ、お父さん、医者に診てもらわなくちゃって、そのハクナイヒョウを。ほんとにこのまま目が見えなくなりそうなんだから」

ナマモの口調はあきらかに不満を訴えている。

「とにかく、ここにいるのはクマロんちの子なんだよ」サマモが言う。

「クマロ？」ナマモは記憶を探るようにうつむいてから、デスティニーに向かって首をかしげる。

「ああ、クマロさ」

「だけど、どのクマロ？」

「シミソだ」

「シミソ？」

「イェバナ、母さん。つぎはこう言うんだろう、聞こえないと！」

「シミソねえ――シミソ――シミソ――シミソ？」ナマモはじっと考えこむ。それから、あつかましくも青空を隠す白い雲のなかにシミソの顔を探そうとするように空を見上げる。

「ああ、あの狂った山羊？　もちろんよ、ええ、ええ、ええ、もうわかるわ」ナマモはいまはじめてデスティニーを見るかのように彼女に向きなおる。思い出した喜びで声が活気づいている。「ああ、イェイ、こんにちは、我が子よ！　あんたの気の毒なお母さんはいまどうしてるの？」

「わかりません。わたしが出ていってからはずっと会っていなかったので。だから、こたえられないんです」羊が母を狂った山羊と呼んだことに対してどう思えばいいのか、デスティニーは自分の心に迷いを感じる。

「彼女は帰ってくるわ、きっと。こうしてわたしたちが話をしてるあいだにも、あんたが戻ってることを知るだろうから。体にはなにかを察知する独自の方法があるものなのよ」ナマモは言う。

「そうはいっても、デスティニー、おまえのやったことはよくなかったぞ。あんなふうに黙って姿を消したことは！　それもいきなり！　シミソが狂ってしまったのも無理はないよ。狂わない親がどこにいる?!」サマモが言う。

「もう《ハウー》、サマモ！　この子にそんな話を聞かせなくてもいいでしょ。この子にいやな思いをさせてどうするのよ？」

「これこそがこの子に聞かせなくちゃならない話さ。わしらが聞かせなきゃ、この子はどうやって知る？　あのときこの子がまちがったことをしたのは事実だ。この子と母親がいまこういう苦境にあるのはその――」

「サマモったら！」

対処のメカニズム

「うるさい、ナマモ、最後まで言わせろ。で、わしはなんと言ってたんだっけ？」

「〝その〟――と言いかけたのよ」

「そうだ、そのせいなんだ。そうとも、わしは嘘は言ってない。それが紛れもない真実だ。これも言っておくぞ、デスティニー、シミソがこれまでどこにいたか、自分が彼女をどんな目に遭わせたかをおまえが知っていればなあ。むろん、おまえを育てながらシミソがなにを経験したかってことも。知っていればおまえも考えなおしただろう。近ごろの子どもらときたら、少しでも考えるってことをしないからなあ！」サマモはさも悔しそうに言う。

デスティニーは予期せぬ激しい非難を受けて言葉を失い、夫のかわりにナマモが謝りながら、もう行ったほうがいいと忠告する声がほとんど耳にはいらない。「そうでないと、やめないから。とにかく、彼の言ったことは気にしないでちょうだいね。どうせ年寄りの世迷い言なんだから、我が子よ。いまの彼はこうなの、ときどきいつもの自分ではいられなくなるの」ナマモはそう言いながらデスティニーに手を振る。傷ついたデスティニーは泣きだすまいと必死でこらえながら、すでに歩きだしている。道の突きあたりまで行くと、左に曲がり、昔からあるングベンチャ・ロード――母の家へ戻る近道――へ向かって歩を進める。心の痛みも、シミソの不在がもたらす重みも限度を超えてしまって、歩きつづけることができない。

しばらくして彼女は母の家にたどり着く。つまるところ、家のなかを上から下まで掃除し尽くす。彼女にとって掃除は痛みに対処する最善の方法だった。家という名の箱がこの十年で縮んでいる。以前は鮮やかだった壁の塗装の色が薄れ、割れた窓にはぶ厚い透明なプラスチックがはめこまれている。システム・キッチンの抽斗《ひきだし》のひとつが失われ、キッチン・テーブルはぐらついている。家具はどれも摩耗のさまざまな段階を進みつつある。それでもなお、ここが自分の暮らしていた家であることにデスティニーは慰められる。子どものころと同じ家具があることに。家具があるから、ここは家族をつなぎとめる場所になっているのだ。そう思うと六つの席がある古いマホガニーのテーブルに感謝したくなる。高価な磁器が並べられたガラスの飾り棚にも、高さを抑えたコーヒーテーブルやサイドテーブルにも、自分の寝室の衣裳だんすにも、ヘッドボードに金属と木の両方が使われていて、脚のひとつがいまは積みあげた煉瓦に替えられているダブルベッドにも、ハイスクール時代の大きな鞄にも。

　居間の壁一面に飾られた写真にも感謝の念が湧く。シミソが壁を埋め尽くした色の褪せた写真は、娘の成長の段階を残らず追っている。そんな古い写真を見ているうちに山羊の喉はつまる。これは幼児のころのきみだよ、デスティニー、桃の木陰に置いた乳母車でぐっすり眠っている。これは俯《うつぶ》せになって這い這いを覚えているところ。生えてきた下の歯二本を見せて笑っているね。そっちのきみは郵便配達員の自転車を追いかけて走っている。これは託児所の紫の制服を着て、〈デイリボード〉アイスクリームの赤白のヴァンのタイヤに立っているきみ。そこのきみは一年生の制服を着ている。ここでままごと遊びをしているのもきみ。〈コカ・コーラ〉のボトルキャップでオードブルを出している——細切れにしたグアバや桃やムハガウウェ（果樹）やムプムプルワネ（果樹）の実を、お隣のナボンギ家の庭から盗んだトマトやほうれん草と一緒に盛りつけているね。夫役のンカネと共同妻役のデステリアは、ンカネが煉瓦でつくった車のボンネットに座っている。ほら、そこにいるのはその二、三年後のきみだ。授賞式でいただいたものを掲げている――小学校ではずっと英語とンデベレ語のクラスでトップだった。そっちは、この界隈で最初にテレビを買ったマダウの家の居間で床に寝転がって『ターザン』を見ているきみ。これはきみときみの親友のタンデキレ・モヨ。きみたちは親戚でもないのに、ふたつ並んだお尻みたいで見分けがつかない。こっちはそれからまた数年後、一緒にいるのはタンデキレとティチャエヴァ・マザリレとシェリー・クネネとンオンセバ・マケレニとサンドラ・グワティドゾ。七年生の遠足でマトポへ行って、セシル・ジョン・ローズ（一八五三～一九〇二。大英帝国の植民地政治家）のお墓を見おろしている。これはダイアナ妃がきみの学校を訪問したときの集合写真。こっちは私服の日。ボックス・カットにした髪を見せびらかしているね。口紅を塗った笑顔に、お気に入りのビスコース・レーヨンのシャツとパラッツォ・パンツ。これは生理が来た最初の年のきみ――年がら年中、黒い服を着ていたからクロゴケグモ《ブラックウィドウ》と呼ばれていた。黒ずくめだったのは、ちゃんと用意していても、生理になるとわかってしまって困るにちがいないと思っていたからだ。そして、これを見てごらん。ハイスクールの卒業パーティのためにおめかししたきみ。あのパーティでンカネとファーストキスをしたんだろう。ほら、こっちはその数年後、大学の卒業式。これははじめて政治集会に参加したきみ。亡くなった野党結党者の演説を聞いたのはあそこだった。きみの母さんはきみが知らない理由で、政治に関わることをいっさい禁じていたのに。

マブルルルルル、つまるところ、母さんと叫べ《メメザ・ママ》

寝室を掃除していると、本と本のあいだに挟まれたバースデーカードと、そのカードに差しこまれたCDを見つける。表に赤と白のハートを描いた手作りの野暮ったいカード。店でカードを買うつもりだったお金を食事に使ってしまったあと、シミソの誕生祝いにそのカードをつくった日のことを思い出し、思わず笑ってしまう。CDにはなんの表示もないけれど、なにかが吹きこまれているのだろうか。デスティニーはそのCDを持って居間に移動する。窓の下に置かれた買い物用の手押し車に年代物のCDプレイヤーがまだ鎮座していることに感謝。まるで大切な記念品かなにかのようにそれを取ってあるのは、シミソがそういう世代だからだ。どれだけ多くの者が死んでいこうとも物を手放すことはできない世代なのだ。彼女はCDプレイヤーの電源を入れ、スロット部分を手前に出すと、息をふっと吹きかけてなかの埃を飛ばす。CDを挿入してスロットを押しこみ、プレイボタンを押す。

心の準備をするまえに滝のような勢いで記念品からいきなり声が飛びだす。彼女は思わずうしろへよろめき、ソファに背中から落ちる。滝のすさまじい力で落とされる。それから座りなおし、つまるところブレンダ・ファッスィーの声に溺れる。『メメザ』というその歌に溺れる。それは母の不在を嘆く哀歌でもある。彼女は過去に溺れ、母の不在があふれている現在に溺れる。醜悪な過去と同じように、砕かれた希望を流す血の川になるにちがいない未来に溺れる。つまるところ過去に。けれど、彼女は沈まない。沈みはしない。ブレンダ・ファッスィーの声が彼女を無事に持ちあげ、固い地面に置いてくれるから。その歌声はいつまでも響きわたり、けっして止まらない。そのうち

に山羊は歌声が記念品から聞こえているのではなく、ほかのところから出ていることに気づく。ほかのところがなんと自分の喉であることに。

デスティニー、きみはなおもうたいつづける。玄関ドアを開けて歩きだしても——つまるところ浮かんでいるのかもしれない。きみは現に歩いていて、自然にそうしているのだけれど、きみが体を動かして、その動きで外に出たようには思えないから。きみの声は——デスティニー、つまるところ、その苦悶の破壊力はすさまじいので、ダッチェスもネヴァーミス同志もマザー・オヴ・ゴッドもナドゥミもミセス・フィリもマンカラもナラヴもナググもマイ・タナカもサルドザイもソネニも、あなたの母の家の近所に住む動物たちはみな、その声を腸《はらわた》で聞き取って、トランス状態で家から出てくる。そう、つまるところ、好むと好まざるとにかかわらず、なんであれ自分のしていたことを捨て置いて——きみの声は彼女たちに時間も選択も許可も与えない。

彼女たちは声を追って、通りの角の壁が張りめぐらされた小さな家のまえまで行くと、ぞろぞろと門を通り抜ける。彼女たちは目に涙を浮かべて囲いのない庭に集い、自分たちの胸をわしづかみにしながら、うたうきみを見守る。デスティニー、そう、つまるところ、彼女たちは目に涙を浮かべて庭に立ち尽くし、自分たちの胸をわしづかみにしながら、うたうきみを見守る。彼女たちは目に涙を浮かべてそこに立ち尽くし、自分たちの胸をわしづかみにしながら、うたうきみを見守る。きみがその歌をうたって、うたって、うたって、うたいつづけるのを——つまるところ、その歌をうたって、うたって、うたって、うたって、うたって、うたって、うたいつづけるのを。ついに、きみの声で空が割れんとしているように見え、突然きみがうたうのをやめるまで。そのあとに湧き起こる感情の奔流への備えができている者はいない——まるで、きみの内なるどこかで巨大なダムが決壊したかのようだ、デスティニー。つまるところ涙の洪水だ。流れる涙が氾濫を起こす。でも、それでいい。そう、つまるところ泣くがいい、デスティニー、帰ってきたシミソの娘よ、虐待されて心を壊されたジダダの子よ。泣くがいい、ただ泣くがいい。つまるところ泣くがいい。

信仰、そしてロズィケイの奇跡

マザー・オヴ・ゴッドが祈りを始める。羊は小枝のような後肢で体を支え、空を見上げると、空気の温度を取りこもうとするかのように右の前肢を高々と掲げて言う。「親愛なるファーザー・エベネゼル、かけがえのない栄光の神」つまるところ、彼女の声はこだまして、大地の底から発せられているように聞こえる。マザー・オヴ・ゴッドの祈りの仲間、ロズィケイの祈りの戦士たち――あまりに長く共存し、あらゆる種類の道を一緒に歩き尽くし、どんな天候でもどんな道をも一緒に踏み固めてきたために、歩いているときも眠っているときも同期したような状態にある信仰の雌たち――は、肢を頭上に伸ばし、シスターの祈りに加わる。彼女たちの声は絡まりあってひとつになり、響いて響いて宙を飛び、天まで届く。彼女たちの声に恥じらいはない、これっぽっちも。彼女たちの声は控えめではない、けっして。彼女たちの声には、神に向けられる声特有の哀願の調子はない、まったく。つまるところ、ロズィケイの祈りの戦士たちが祈る声を聞いていると、彼女たちは神の高慢な姉か妻にちがいないと思えてくる。だからこそ、神もたぶん聞いているだろう。そう、つまるところ、神も聞いている。神も耳を澄ましている。神も参加している。ありとあらゆる種類の痛ましい祈りの聞き手であることに、そう、毎秒、毎分、毎時間、毎日、毎週、毎月、毎年、毎十年、毎世紀、何千年何万年にわたって哀願を聞くことに慣れきっている神には、なぜかわかるのだ。これはただ祈っているのではなく、祈りながら命じているのだということが。だから無視できないということも。評価を待ってはくれないということも。

その場にいた者たちはその場にいなかった者たちにあとからこう語るだろう。まず、空気が急に重たくなり、プルメリアの花の強烈な香りがしたと。そして、いま嗅いでいるこのにおいが、ほんとうに自分たちが嗅いでいるにおいなのか――たしかにプルメリアの香りだけれど、庭にも近所のどこにもプルメリアの木は一本も生えていないので、それ自体がひどくミステリアスだった――自問したり互いに訊いたりしながら、みんなして半狂乱であたりを見まわしていると、その劇的な祈りの集会の真っただなかに、デスティニーの母が、まるでプルメリアの花の香りのなかから歩いて出てきたかのように現れたのだと。そう、つまるところ、幻のように、奇跡のように、神からの直接の返事のように。あたかも、イエスの父が祈りの命令を実際に受け取って、返信タブをクリックし、シミソを添付して、送信タブを押したかのように。

彼らはこうも語るだろう。思い返してみると、錬鉄の門は閉じられていたはずなのに、シミソは門を開けることもなく、ただ門を通ってやってきた。そう、つまるところ、体が空気でできているみたいに苦もなく通り抜けてきたと。彼らはこうも語るだろう。シミソの赤いドレスが消えていたと。ジダダの田舎道や街路や、ほかにも行方知れずの娘を探す長い旅が彼女を導いたところでの暮らしで汚れたあの赤いドレスが。彼らはこうも語るだろう。それどころか山羊はシナイ山の頂《いただき》に立つモーセのごとく輝いていたと、つまるところ、その輝きのせいで彼女の姿をきちんと見るには目を細めなければならなかったと。

彼らはこうも語るだろう。ロズィケイの祈りの戦士たち以外にはだれも声ひとつたてなかったと。だが、それは、彼女たちの目が神の顔に釘づけだったから、あるいは集中して目をきつく閉じていたからにすぎない。そう、つまるところ、その集中は、ついに空気の動きが変わるのを彼女たちが感じ、紛れもない神の存在を感じるときまで破られなかった。そこでようやく彼女たちは目を凝らして周囲を見まわした。生まれてこのかた目が見えなくて、そのときはじめて目でものを見るとでもいうように。そして実際、マザー・オヴ・ゴッドと仲間の祈りの戦士たちは、自分たちの祈りに対する答えが返されるのを見た。なぜなら、そこには、彼女たちのまえには、シミソが、そう、デスティニーの母が生身の姿で立っていたのだから。つまるところ、触れることのできる、生ける奇跡を彼女たちは見たのだ。

ロズィケイの投票

報いの日

こうしてついに、夜がかならず明けるように、ジダダ待望の選挙の日になる。ふと気がつくと、わたしたちの多くは一睡もしておらず、ソーシャル・メディアで時間をつぶしたり、互いの所在を確認したり、励ましあったりしている。地方では夜明けとともに有権者が列をつくりはじめている写真をＷｈａｔｓＡｐｐで見る。投票所までの長い距離を歩かなくてはならないからだ。わたしたちは彼らが払う犠牲に感謝する。ＴｗｉｔｔｅｒにもＦａｃｅｂｏｏｋにもＩｎｓｔａｇｒａｍにも、離散したジダダ民の声があがっている。彼らの怒りや嘆きは、長い年月ジダダへの送金を続けていても投票を許されないことにある。絶望しないで、あなたたちのかわりに投票して変化を起こすから、とわたしたちは言う。オールド・ホースを退陣させたのはたしかにテュヴィと与党かもしれないけれど、今日の投票で今度は彼ら自身が退陣させられる番だと――わたしたちが完全な変化を口にするときには、なんの役にも立たない与党をまるごと追い出したいという意味なのだと。

わたしたちの選択にしてジダダの選択、グッドウィル・ベータ大統領はツイートで、あの#そこに神がいればわたしたちは勝てる を思い出させてくれる。気分はいい。そこに神がいればわたしたちはほんとうに勝利を得るだろう。テュヴィは明日までに今度こそ、歴史のトイレに流されているだろう。グッドウィル・ベータ大統領がダともうひとつダがつくこのジダダの大統領になるし、なるべきなのだ。ほんとうの救い主たる大統領に。民主的な選挙で選ばれた大統領に。神が任命した大統領に。近い国の友も遠い国の友も、わたしたちの幸運を祈ってくれている。わたしたちが勝ち取って当然の変化が起きることを願ってくれている、わたしたちはそれを何十年ものあいだ、場合によっては生まれたときからずっと待ち望んできたのだから。選挙監視員は#自由で公正で信頼できる選挙 を願うとわたしたちにつぶやく。多くの傍観者もわたしたちが#自由で公正で信頼できる選挙 ができるように願っている。近くても遠くても各国にいるわたしたちアフリカの兄弟姉妹も#自由で公正で信頼できる選挙を願ってくれている。ジダダ駐在のノルウェイ大使も、フィンランド、カナダ、アイスランド、スイス、オーストラリア、アイルランド、デンマーク、ニュージーランドの大使もみな一様に、わたしたちの#自由で公正で信頼できる選挙 を願ってくれている。世界のトップに立つ民主主義国の目がわたしたちのジダダに向けられていると知るのは嬉しいことだ。全世界が注目するなかで今日、わたしたちはジダダの暴政を解体し、今度こそ確実に新たな時代を導くのだ。

　このあと、やっと外に出ると喜ばしい光景がわたしたちを迎える。ロズィケイの町をあらんかぎりの色と香りで満たすために、花という花が夜のうちに咲いていたらしい。なかには何年ぶりかで咲いた花もある——地面までが今日の選挙に備えて正装している。頭上の空も、肢を伸ばしてつかんだり舐めたりしたくなるような澄んだ青をしている。みんなで空の美しさを愛でながら、今日と

消えてしまった者たちの姉妹

　利をあっさり放棄しておいて。

　自分でしないで、いまよりましな国で生きたいなどとどうして望めるんだ？　その国を形づくる権

ないで、いったいどうして変化が起こるのか？　そもそも、もっとましな国にしようという努力を

務を果たさずにいられるのか？　投票で変化を起こそうとするわたしたちとともに投票所へ向かわ

いのだ。このジダダのおかしな部分を端的にあらわす一例だろう。おかしいのはお粗末な政権だけではな

そが、ジダダのおかしな空のもと、なにが賭けられているかを知りながら、どうしてこんな重要な義

ちが市民の義務を遂行するのを眺めている。もっと正直にいうなら、こうして見ている動物たちこ

物たちの体で渋滞している。選挙とはいっさい関わりたくない者たちは門のまえに立ち、わたした

投票所は少なくともあと一時間は開かないが、すでに町の通りは投票所のある各施設へ向かう動

立ち、わたしたちがテュヴィに夜明けをもたらしてやるから。そう思うと心が浮き

ざるをえないだろう。わたしたちがテュヴィに夜明けをもたらしてやるから。そう思うと心が浮き

鳥たちはカタツムリのごとく黙っている。今日一日が終わったら、彼らはほかの新しい歌をうたわ

たちは知っている。だが、いまがどういうときかは道ばたの小枝や石ころでさえわかっているから、

いく。テュヴィのオウム、〝新たな統治〟とその狂った聖歌隊であることは教えられずともわたし

いう日にぴったりだと口々に言っていると、暗い雲のような鳥の群れが頭上を通過し、北へ飛んで

希望と興奮に胸を膨らませすぎたわたしたちはまともに歩けない。だから歩かない。じゃあ、どうするか。宙に浮いたまま漂うようにして投票所まで行く。わたしたちに指定された投票所、ロズィケイ・ハイスクールに着くと、消えてしまった者たちの姉妹が抗議行動のようなことをしているのに気づく。その数は以前の三倍にもなっており、いまは雄も何名か活動に加わっている。参加者のなかには、シス・ノムザモ、シャミ、ノタンド、ドド、ナムズィ、マーカス、マテビ、チェンズィラ、カーウェの顔もある。ゴゴ・マニャティ、ンキワネ、バンダといった年配の動物たちまでが署名代わりの赤いTシャツを着て門のまえを占領し、忙しく前肢を上げたりおろしたりして、いつものプラカードを頭の上に掲げている。ジダダから消えてしまった者たちの写真を貼って名前を書いたプラカードを。彼女たちの怒りのシュプレヒコールが聞こえる。「改革はない、自由で公正で信頼できる選挙もない！　改革はない、自由で公正で信頼できる選挙もない！　改革はない、自由で公正で信頼できる選挙もない！」彼女たちはわたしたちがここへ来たのは変化を起こすためではなく、イエス・キリストを裏切るためだとでもいうような目を向けてくるので、わたしたちもにらみ返す。彼女たちのささやかな抗議がまがい物なのは道ばたの小枝や石ころでさえ知っているのだから。

　消えてしまった者たちの姉妹が通常やろうとしていることも彼女たちの主義主張も、おおかたは理解できるとはいえ、統一選挙の当日の投票所にこんなふうに現れるのは迷惑でしかなく、常軌を逸している。聖書にさえ、何事にもときがあると書かれている。生まれるときと死ぬとき、植えるときと植えたものを抜くときがあると（『旧約聖書』〈コレヘトの言葉〉三章一節）。今日は植えたものを抜くときだ。いまがどういうときか彼女たちはわかっていないにしても、だからといって、わたしたちを挑発して対立を生みだすような力を消えてしまった者たちの姉妹に与えるのはごめんだ。わたしたちがここにいるのはひとつの目的のため、ただひとつの目的のためなのだから――#自由で公正で信頼できる選挙　において新しいジダダに票を投じる。それこそがわたしたちのやろうとしていることなのだから。しかし、この集団についてはやはり世間で言われているとおりなのかもしれないと、わたしたちはいま自分の目で見て納得した。結局、彼女たちを街頭の迷惑にさせないためには、夫や幼い子や家庭というものが必要なのかもしれない。夫のいる者に関しては、その夫たちが、自分の雌を支配下に置くために神の掟を教えこむ仕事をもっと上手にこなすよう求められるかもしれない。預言者ドクター・O・G・モーゼズがつねづね言っているように。ひょっとしたら、彼女たちを列に並ばせ、身のほどをわきまえさせるためには、治安部隊の一匹や二匹が必要になってしまうかもしれない。

ロズィケイ・ハイスクール投票所

ロズィケイ・ハイスクールの校舎にはいると、わたしたちは笑顔の選挙管理員たちに止められる。ただし、その阻止の仕方は、在庫一掃セールで最後に残った棚に向かうことを運命づけられている雌を得るために支払う、とほうもない婚資《ブライド・プライス》（日本の結納にあたる金品）をここで支払ってもいいと思えるほど丁重かつ親切だ。つまるところ、彼らはわたしたちを貴重品のように扱う。わたしたちはファベルジェ・エッグ（ロシアの宝石商ファベルジェによる宝飾を施したイースター・エッグ）か偉大な王の睾丸にでもなったような気分を味わい、誇らしげに列に並ぶ。ほかの投票者と挨拶を交わし、笑みを送りあい、頭をぶつけあい、においを嗅ぎあう。これまでの選挙でこうしてわたしたちと列をつくろうとしなかった動物たちを見かけると嬉しくてならない。これまでの選挙で投票所までの道のりをてくてく歩くわたしたちのことを笑ったり馬鹿にしたりした動物たちの姿を見ても喜びがこみあげるし、十八歳になりたての動物が自分の一票を投じるために列に並んでいるのを見ると胸が躍る——こうやって自分たちの望む変化を獲得するのだ。ジダダでほんとうに力をもっているのはだれなのかを、こうやってテュヴィと彼のお粗末な政権に見せてやるのだ。

　列が動きだす。わたしたちは進む。さらに列が動く。わたしたちもさらに進む。いつもSPARスーパーマーケットの外に荷車を置いて果物を売っているグローリーが、歩行の困難な母親をその荷車に乗せて列の先頭へ向かうのが目にはいる。わたしたちが壁に体を押しつけて親子に道を譲ると、グローリーの母《マザー・オヴ・グローリー》は静粛にという投票ルールを聞いていなかったとみえ、自分が見てきたダともうひとつダがつくジダダのこれまでの選挙がどんなだったかを、目いっぱい声を張りあげて喋りはじめる。こんなふうに平和な選挙は見たことがないということを。彼女はなおも目いっぱい声を張りあげて、わたしたちに語る。今日は投票で独裁をやめさせるためにここへ来たのだと。投票をすませたら自分の役目は終わるのだから、もう死んでもいいと。わたしたちは静粛にというルールを忘れ、彼女に拍手を送る。まるで次期大統領となるのが彼女であるかのように。彼女がすでに勝利しているかのように。彼女と息子の姿が5B教室に消えるまで拍手を送りつづける。

　十分か十五分経って両者が出てくると、マザー・オヴ・グローリーが荷車を押しており、グローリーが荷車に乗っている。彼女はにやりと笑うのと、ひょいと会釈するのと、尻尾をひゅんと振るのと、けらけら笑うのを同時にやってのける。彼女の額には〝投票しました〟と書かれた大きなステッカーが貼ってある。わたしたちはもう一度彼女に拍手する。感極まって抑えが利かなくなったマザー・オヴ・グローリーはブーブーと鳴きはじめる。グローリーは彼女を持ちあげ、SPARの外で一個五ドルで売っているスイカみたいに荷車に置く。彼がすまなそうな笑みを浮かべながら荷車を押して帰っていくまで、わたしたちは見届ける。投票を終えたほかの有権者も幸せそうな顔をして、ふわふわと漂うように教室から出てくるのをわたしたちは見守る。彼らにまじって、あの治安部隊という名のテロリストの悪魔、ジャンバンジャ司令官の姿もある。ミッドランズでの金《ゴールド》のすくい取り《パニング》から帰ってきたらしい。事情通によれば、鉈《なた》を振りまわす犯罪集団や違法な鉱山労働者は金《きん》をめぐる殺しあいに暇《いとま》がないという。テロリストは今日はさすがに醜悪な軍服を着ていない。どんな天候であろうとどんな状況であろうと着ていないことがないのに。

ジャンバンジャ司令官に気づくと、列を成す動物たちは不気味なほど静まり返る――以前に危害を受けたことのある獣たちが生みだす沈黙。彼らは捕食者と目が合った瞬間、傷がまた目覚め、うずくのを感じるのだ。わたしたちの怒りは煮えくり返る。それが燃えやすい怒りでさえあれば、自分たちの憤怒でこの投票所をまるごと跡形もなく燃やしてしまうだろう。政権のために長年にわたってわたしたちを脅してきたこの凶暴な獣をそれほどまで憎んでいる。わたしたちが腹《はらわた》で怒りを煮えたぎらせ、発酵させ、血をにじませながら、その場に立っていると、ディンギが列のなかの自分の場所から、ぴょんと跳びあがってテロリストの帽子を四角い頭からはたき落とす。

「そうさ。おれたちはあんたのボスの独裁者を選挙で追い出してやるよ、このハイエナ野郎。これでも食らえってんだ、くそったれ！！」ディンギはわたしたちの反応を待たずにジャンバンジャに向かって唸り、怒りでひげをぶるぶる震わせる。

　激怒している体の小さいディンギがほんの一瞬、恰好よく見える。相手を踏みつぶすことも食いちぎることもできる立派なライオンだといってもいいぐらいに。わたしたちは背中を壁に押しつけて後肢で立ち、やつはどうするだろうと思いながら殺し屋を見つめる——彼に対してあんな口を利いて、言い終わるまで生きていられたのは歴史上はじめてにちがいない。だから、わたしたちは正直なところ怖くてならない。サタンの息子は落ち着いて深々と息を吸う。落ち着いて深々と息を吸う。落ち着いて深々と息を吸う。感情を押し殺したその目はいっときもディンギから離れない。耳はぴんと立ち、尻尾は鞭のようにしなっている。顔は空の皿のように無表情——だから、なにをするつもりか読み取れないが、空中に血が飛び散るさまは想像がつく。彼はそこで歯を使って帽子を拾うと、腋の下に挟み、どこかで大事な用事があることを思い出したかのようにそっくり返って歩きだす。わたしたちはほっと胸を撫でおろす。

「それでいいんだ。とっとと行っちまえ。どんどん歩いて行きやがれ、ファーザーファッカーが。これで明日からおまえも職を失うんだからな。おれたちがジダダを取り返すから！」ディンギはほくそ笑む。モンスターが歩調をゆるめる。わたしたちは息をつめる。彼が振り返ってディンギを消し去る光景が目に浮かぶ。と、フムラニがディンギに近寄り、落ち着け、殺されたいのかと言う。だが、これが小柄な猫の怒りを煽ることになる。

「なんのために落ち着くんだよ、おまえ《ウェナ》、フムラニ？　そこにいる野蛮な野郎とやつの仲間はおれたちを脅してきたんだぞ、生まれたときからずっと！　そんな目で見るな、おまえたちだっておれの言うことが真実だとわかってるくせに！　二〇〇八年の選挙でおれたちが死にかけるまでめった打ちにしたのも、二〇一三年の選挙でボーンフリーを消したのも、その悪魔と仲間じゃないと言えるものなら言ってみろ！　おまえ、この殺し屋、どうやって彼を殺したのか言え！　彼の遺体をどうしたのか言え、怪物め！　おれたちが彼を葬れるように、せめて彼の老いた母親がやすらかに死ねるように、おれのいとこをどうしたのか言え！」ディンギは去っていく治安部隊の司令官に金切り声を浴びせる。犬がひと続きの教室の最後を通り過ぎ、ハイビスカスの生け垣を通り過ぎ、色の褪せたジダダ国旗がだらしなく垂れている集合場所を横切り、校門から外に出ていくのを、わたしたちは息をひそめて見守る。彼が消えてしまった者たちの姉妹のまえも通り過ぎ、視界から消えるまで見届ける。

治安部隊の司令官がいなくなったあとも、ディンギが落ち着きを取り戻したあとも、長い沈黙が続く。わざわざここに顔を見せて、みんなの喜びを台無しにしたジャンバンジャをわたしたちは憎む。みんなが過去に置いたままにしておきたかったことを思い出させたディンギを憎む。内なる堤防が決壊しそうになるが、わたしたちはなんとか踏ん張る。もちこたえる。そうして、ひと晩じゅう待ちつづけたことをとにもかくにも経験する。このおぞましい何十年ものあいだ待ちつづけたことを。その瞬間を説明することはできない。言葉で言いあらわすのは難しすぎるから。列の先頭まで進むと、投票所の係官が言う。つぎの方どうぞ。わたしたちは後肢で立ち、息継ぎをして、部屋にはいる。係官が言う。身分証明書を見せてください。わたしたちは身分証明書を渡す。係官は記載事項を確認しながら、ふんふんとうなずく。ブースを指さし、指示を与える。わたしたちはなかにはいり、ブースに立ち向かう。内なる堤防がまたも決壊しそうになるが、今度も踏ん張る。わたしたちはもちこたえ、やっとのことで変化のための投票をする。ようやく恐怖を感じずに投票する。

ついにわたしたちの望むジダダのために一票を投じる。

旗取り合戦をしたかったクロコダイル

ロズィケイに戻ったわたしたちが出会うのは、風のように疾走しながら恐怖の悲鳴で通りを埋め尽くしている近所の子どもたちの一団だ。彼らの震える体を押さえてなだめながら話を聞くと、団地事務所の裏にある茂みで遊んでいたら、クロコダイルに声をかけられたと言う。これを聞いて、わたしたちは大笑いする。きみたちの会ったクロコダイルはたしかにクロコダイルだったのかい？　彼らにそう訊く。たしかにクロコダイルだった、と彼らは言う。で、そのクロコダイルはなにをしてた？　わたしたちは訊く。そのクロコダイルは笑ったり踊ったり、マフラーをいじったりしていた、と彼らはこたえる。そうなのか？　じゃあ、クロコダイルのマフラーはどんな色や柄だったか正確に教えてくれないか？　わたしたちは訊く。クロコダイルのマフラーは国家の救い主のマフラーとそっくりだった。彼らはこたえる。ふむ、でも、ロズィケイにはクロコダイルなんかいないじゃないか。どうしてそれがクロコダイルだとわかったんだい？　わたしたちは尋ねる。そりゃ、Googleで見たことがあるからさ、クロコダイルを。彼らはこたえる。ふむ、で、そのクロコダイルの大きさは？　わたしたちは訊く。巨人戦士ゴリアテ（『旧約聖書』〈サムエル記上〉でダビデが倒す）にも負けないぐらい大きいクロコダイルだったよ。彼らはこたえる。で、きみたちになにか言ったのか、そのクロコダイルは？　わたしたちは笑い死にするまいとして尋ねる。クロコダイルは旗取り合戦をしようって言った。彼らはこたえる。で、きみたちはどう言ったんだ？　わたしたちは訊く。旗取り合戦なんて知らないって言ったよ。彼らはこたえる。で、そいつはどう言った？　わたしたちは訊く。クロコダイルは国取りゲームをしよう、おれがダともうひとつダがつくジダダになるって言った。彼らはこたえる。ほんとうかい？　それできみたちはなんと言った？　わたしたちは訊く。いやだ、きみはクロコダイルだから、おれたちを食うつもりだろって言って、それから一目散に逃げて逃げて——みんなであいつを見つけて殺してくれるでしょ？　子どもたちは体をぶるぶる震わせ、恐怖に顔を引きつらせて訊く。わたしたちは笑い転げ、きみたちはＹｏｕＴｕｂｅの動画を見過ぎだと彼らに言う。ロズィケイにはクロコダイルは一匹もいないし、万が一そいつが本物のクロコダイルで、この町に現れたのなら、町を挙げてそのクロコダイルを仕留め、八つ裂きにするだろうと。わたしたちが滑稽な顔をしてみせると、子どもたちはクロコダイルのことを忘れてげらげら笑いだし、輝くばかりの喜びでロズィケイを満たす。

選挙結果を待つ方法

その日、＃自由で公正で信頼できる選挙の難しい部分は、投票したあと結果を待つことなのだとわたしたちは知る。時間は無気力なカタツムリのような進み方をする。わたしたちはＷｈａｔｓＡｐｐで選挙速報の更新をチェックする。Ｔｗｉｔｔｅｒでチェックし、Ｆａｃｅｂｏｏｋでチェックする。緊張しすぎて、つまるところ片時もじっとしていられず、なにをどうしていいのかわからない。掃除を始める。家のなかはすでにきれいになっているのだが、とりあえずそれで体を忙しく動かしておける。服を洗濯して干し、アイロンをあてる。自分がやりたいことや、すぐそこで待っている新しいジダダで自分がなりたいもののビジョン・ボードをつくってみる。将来の自分に対して付箋のメモを残す。WhatsAppをチェックし、Twitterをチェックし、Facebookをチェックする。友達や親戚にメッセージを送る。メッセージを送る相手が尽きたら、Twitterをチェックし、任意の見知らぬ他者にもメッセージを送る。WhatsAppをチェックし、Twitterをチェックし、Facebookをチェックする。チェックしてチェックしてチェックしてチェックしてチェックする。つまるところチェックする。木を数え、つぎはすでに数え終えた木についている葉を数え、そのあとは草を数える。WhatsAppをチェックし、Twitterをチェックし、Facebookをチェックする。WhatsAppをチェックし、Twitterをチェックし、Facebookをチェックする。夜になると不安で不安でどうしようもない状態になる。そんなわたしたちにゴールデン・マセコが救いの手を差し伸べる。彼は選挙の夜のパーティを開くからうちへ来いと、近隣のWhatsAppグループに呼びかける。

わたしたちは画家の家の庭に集まり、〈キャッスル・ライト〉や〈ザンベジ〉や〈ライオン〉の瓶を抱きながら、自分たちが票を投じた来るべきジダダについて語りあう。新しいジダダをどのように迎えようか、ジダダはわたしたちをどう見るだろう、わたしたちはそれをどう見るのだろうと語りあう。テュヴィはいまこの瞬間なにをしているのかと考える。彼は自分に向かってくる避けがたい夜明けを嗅ぎ分けられるだろうかと。わたしたちはテュヴィが心配のあまり例のマフラーを大きな歯で咬んでいるところを思い描き、夜明けが訪れたあと、通称救い主は魔法のマフラーとされているあのマフラーをどうするだろうと言いあって、彼の落胆ぶりを想像して死ぬほど笑う。そしてまたWhatsAppをチェックし、Twitterをチェックし、Facebookをチェックする。もうすぐ選ばれるわたしたちの大統領――グッドウィル・ベータ大統領――は、いまこの瞬間、民衆のための真の大統領となる準備をどんなふうにしているのか、彼にはジダダの来るべき栄光の前夜にどうふるまえばいいのかわかっているだろうか、とわたしたちは語りあう。つまるところ、通りのどこかで苛立ちを爆発させる雄牛の大声が聞こえる。猫たちがそれにこたえてニャーと鳴く。羊もメエと、アヒルもクワックワッと、ロバもヒーホーと、山羊もメーと、馬もヒヒーンと、豚もブーブーと、ニワトリもコッコッと、孔雀もキィーッと、牛もモーと、ガチョウもガーガーとこたえる。ロズィケイはつかのま、選挙結果を待ちわびる苦痛の狂騒に包まれる。

つまるところアメリカ式の祈り

午前零時をまわってすぐにソチャ＝ソチャがこれ以上ないという苦悶のうめき声を漏らし、つまるところ、わたしたちを後肢で立たせ、栄光の瞑想から引っぱりだす。雄羊がスマートフォンの画面を見て体を震わせるのをわたしたちは見守る。あきらかな恐怖で彼の顔が見たこともない恐ろしく荒々しい形相になっていく。「なにがあったんだ、ソチャ？　まさかテュヴィが勝ちそうだとか？」だれかが心配そうに叫ぶ。ゴールデン・マセコの庭はしんと静まり返る。どの目もソチャを見つめている。なにがあったのか知りたい。でも、知りたくもない。ようやく彼はこたえるが、そのためにエネルギーが一オンス残らず捌けてしまったかのように彼は体を引きずって庭をあとにしようとする。大きな目はうつろで、垂れた尻尾は肢のあいだに挟まっている。わたしたちは彼のために道を開け、彼が夜のなかに姿を消すのを見送る。ひとことも言葉が出てこない。

それから、勇気を振り絞って自分のスマートフォンの画面を見ると、ＷｈａｔｓＡｐｐとＴｗｉｔｔｅｒとＦａｃｅｂｏｏｋで——あらゆるところで——トレンド入りしている動画を見つける。不安を覚えながらも再生ボタンを押す。画面に現れたブルーの軍服の白い治安部隊一匹を見る。治安部隊の銃を見る。その隊員の銃口が逃げようとしている丸腰の黒いブラザーの背中に突きつけられていることに気づく。いま自分たちが見ているのはアメリカで見られた光景だということはもはや教えられるまでもないし、驚きもしない。いま見えているものがほんとうに自分が見ているものなのか、互いに確かめあう間もなく治安部隊員の銃から連続して発せられる銃声を聞く。一発、二発、三発、四発、五発、六発。七発、八発。逃げていく丸腰の黒いブラザーの背中に撃ちこまれる弾丸《たま》の数をわたしたちは数える。逃げる黒いブラザーの速度が落ち、彼は倒れる。黒いブラザーが倒れたまま動かないのをわたしたちは見る。黒いブラザーが死んでいると教えられるまでもない。治安部隊員がたったいま殺した黒い体に向かって両前肢をうしろにまわせと怒鳴っているのを見ても、わたしたちは驚きもしない。殺された黒い体が反応なく横たわったままなのをわたしたちは見る。制限の必要な危険物でも扱うように治安部隊員が殺された黒い体を縛りあげても、わたしたちは驚きもしない。べつの隊員二名が現場に駆けつけるのをわたしたちは見る。そのどちらも殺された黒い体にすぐには注意を払わないのを見ても、わたしたちは驚きもしない。殺された黒い体を収穫した作物のように肢もとに置いて、どうでもいい大きな黒い塊がそこにあるかのように彼らが話しているのをわたしたちは見る。

その動画を見てから長い時間が経っても、夜の黒さがしだいに白み、ロズィケイの空が明るくな

りはじめても、わたしたちはまだゴールデン・マセコの庭にいる。無言で突っ立っているだけで、

自分の内にある重しから動くことができない。ここでなにを言うべきかと思いながらも、ここでな

にを言えばいいのかわからない。そのうち、ゴールデン・マセコがゆっくりと

両前肢を天に向けるのが見える。わたしたちは体を折り曲げて、お辞儀をする。ようやく言葉がわ

たしたちを天に向けると、殺された者たちの言葉がわたしたちの喉から流れ出て、ロズィケイの夜を

満たす。そう、つまるところ、それは何度も何度も聞いてきた、アメリカの黒いブラザーたちが、

自分を殺そうとするやつらに命乞いをするときの最期の三つの単語、どんな言葉よりもシンプルで

どんな言葉よりも絶望に満ちた祈りの言葉だ──息ができない息ができない息ができ

息ができない息ができ

ない息ができない息が——

赤い蝶たち

朝が来るとわたしたちは立ちあがる。投票結果の発表日。報いの日。変化の日。民主主義の日。わたしたちは時刻を確かめる。わたしたちは同じペースで歩く。Ｔｗｉｔｔｅｒを更新し、Ｔｗｉｔｔｅｒを更新する。トレンド入りしている黒いブラザーの名前を見る。トレンド入りしている。トレンド入りしている。わたしたちは同じペースで歩く、歩く。歩く。グッドウィル・ベータ大統領が誕生する日。オールド・ホースを追い出したときに始めたことをようやく終わらせる日。新しいジダダがついに生まれる日。わたしたちはＴｗｉｔｔｅｒを更新する。トレンド入りしている黒いブラザーの名前を見る。トレンド入りしている。わたしたちは同じペースで歩く、歩く、歩く、歩く。時間はのんびりと、のろのろと、這うように進む。だが結局、それが時間の進み方だ。走ったからといってかならず着くとはかぎらない。わたしたちはＴｗｉｔ tterを更新し、Twitterを更新する。トレンド入りしている黒いブラザーの名前を見る。トレンド入りしている。トレンド入りしている。

蝶たちが太陽と一緒に到着する。わたしたちはうっと息をのみ、ぽかんと口を開け、ぼーっと見つめる。いま見えているものはほんとうに自分が見ているものなのかと考える。どこもかしこも赤い蝶だらけ、どこもかしこも真っ赤な蝶の羽だらけ。血が空中でダンスしているのを見ているのかもしれない。わたしたちはその通りになだれこむ。昨日は満開だった道路の花が、昨日わたしたちが感心して眺めた花たちが、昨日はその美しさと香りでロズィケイを満たしていた花たちが、ひとつ残らず——地面で干上がったり倒れたりして、そこらじゅう死んだ花たちの悲しいカーペットになっている。わたしたちの腸が飛びだして胸まで達しそうになる。その場に立ち尽くし、いま見えているものはほんとうに自分が見ているものなのかと考えていると、蝶たちが飛び去りはじめる。わたしたちは追いかける。蝶たちは飛び去り、わたしたちは追いかける。そして、のちにその奇妙な状態を語ることになる。追いかけていることが自分の意思でないのがどんな感じだったかを。追いかけたくても追いかけたくなくても、追いかけていただろうと。

どこまで行くのだ？　蝶たちはわたしたちをどこへ連れていくのだ？　彼らは六三五番地の家へわたしたちを連れていく。もちろんそこはダッチェスの家だ。実際そこしかないだろう。ほかのどこにわたしたちの行くところがある？　ほかのどこに行けば、このおかしな状況を説明できる？ダッチェスの家に着くと、蝶たちがエデンに降り立つのが見える。子どもたちはダッチェスの庭をエデンと呼ぶ。そこには目を瞠《みは》るほどたくさんの植物があって、そのほとんどがほかのどんな場所でも見たことがないものだから。ダッチェスの家そのものも不気味な蔓植物らしきものに覆われている。土地も狭いし水も不足している町なかでそんな植物を育てられるとは信じられないのだが、ロズィケイのまさに中心にあるこのエデンでは、植物が繁茂している——季節に関係なく緑がたくさんあって多彩な色模様の花が咲く風変わりな庭がここにある。わたしたちは蝶たちがネハンダの木に向かって飛んでいき、木に止まりはじめるのを見る。止まる、止まる、止まる、止まる、止まる、止まる、止まる、止まる、止まる、止まる、止まる、止まる、止まる、止まる、止まる、止まる。エデンが一瞬、不思議な飛行場になる。そこらじゅうに赤い羽がはためいている。

わたしたちは驚くが、エデンに生えているすべての木のなかで蝶たちが選ぶのがネハンダの木だから驚くのではない。それが特別な木であることは道ばたの小枝や石ころでさえ知っている——わたしたちが生まれるずっと、ずっと、ずっとまえ、解放闘争のさなか、ムブヤ・ネハンダが英国の植民地主義者に縛り首にされたその木の種を植えたのだと、ダッチェスが話してくれたことがあるから。ダッチェスの木はとても興味深い莢——ネハンダの骨——をつけている。その奇妙な形から、その白骨のような色から、子どもたちは莢をそう呼んでいる。でも、いまは蝶たちのせいで木のどの部分もまったく見ることができない。わたしたちのなかにいるキリスト教原理主義者たち、預言者ドクター・O・G・モーゼズのような教会指導者を信じ、ダッチェスを野蛮な異教徒と、ひどいときには悪魔崇拝や異教信仰を実践する魔女とまで呼ぶ者たちは、自分の信じる神とリーダーの気分を害したくないので、すぐさま立ち去る。

キリスト教徒でない者や、自分の判断に自信があるのでキリスト教と土着の宗教の両方を半分ずつ信じている者は、立ち去らずに残る。わたしたちはダッチェス——ほんとうの名前は〝先祖とともに"という意味のノマドロズィ――を軽く見たりしない。彼女は予知能力をもった霊媒で、病を癒やしたり先祖と交信したりしているのを知っているから。よく知られているけれど名前がついていない病気を霊媒が治すのをわたしたちは見たことがある。彼女が天気を予知するのを見たこともあるし、薬草を使って子を孕ませるのを見たこともある。死者の言葉を生者に伝えるのを見たこともある。わたしたちが見た意味不明な夢を読み解いて怪奇現象について説明するのを見たこともある。野獣や野鳥やフンコロガシやありとあらゆる生物と話すのを見たこともある。科学者が持ってきた不思議な植物を見分けて、その植物がなにに役立つか教えてやるのを見たこともある。まれに発作のような状態に陥るとつむじ風や稲光を呼び出すのを見たこともある。ダッチェスの先祖の怒れる雄牛、ンクンゼムニャマが彼女のなかから出てくるのを見たこともある。わたしたちの多くがまだ生まれていないころ、ダッチェスが自分の使命を受け入れて以来、雄牛の魂は彼女のなかに棲んでいるのだ。

霊媒と黒い雄牛

頭のてっぺんから肢の先まで先祖の衣裳をまとったダッチェスが家のなかから出てくる。昔ながらの杖と小さな箒を持ち、顔を白く塗っている。彼女はあらゆるものをフクロウのような真剣な目で見る。霊媒の真うしろには助手が二名、太鼓にまたがって太い棒で打っている。それから、ひとつの籠を両側から挟んで持ったつぎの二名が現れ、ダッチェスの又姪《まためい》、ズワイルとその妹のグローリアが続く。最後に登場するのが、青い蠟燭を持ったゴゴ・モヨだ。わたしたちは彼女たちの行列がネハンダの木の下で止まるのを見る。いまはみな頭から肢の先まで赤い蝶に覆われている。わたしたちは近寄る。太鼓打ちの片割れがエデンのなかにはいれという身ぶりをすると、エデンにはいって輪をつくる。

わたしたちはダッチェスが自分よりまる一世紀も若い動物のようなしなやかな動きで踊るのを見つめる。彼女は腰を振り、上半身を揺らし、肢を踏み鳴らし、飛び跳ね、うずくまり、舞いあがる。色とりどりのビーズ玉のついた縄が胸で十字に交差する。縄とビーズ玉はダッチェスのひとつひとつの動きに合わせて跳んだり揺れたりする。踊っているうちに彼女の頭飾りが落ちる。ライオンの革でできた、角や子安貝の殻がついている頭飾り。わたしたちはダッチェスが蠟燭のまえでいったん止まり、頭をのけぞらせて吠えるのを見る。先祖たちに呼びかける彼女の声が空を満たす。いまだ。わたしたちは彼女が霊たちを迎え入れるのを助けようと肢を踏み鳴らし、手を叩く。太鼓打ちが荒れ狂ったように太鼓を連打する。エデンに満ちるその音がロズィケイじゅうに聞こえているとわかる。ゴゴ・モヨがわたしたちも知っている古い歌をうたいはじめると、わたしたちも一緒にうたう。

太鼓は破裂寸前。わたしたちはダッチェスが地面に崩れ落ちて体をぶるぶる震わせはじめるのを見る。ぶるぶる、ぶるぶる、ぶるぶる、ぶるぶる、ぶるぶる、ぶるぶる、ぶるぶる。ぶるぶる。彼女はトランス状態にはいっていく。彼女の先祖のンクンゼムニャマがいましも到着する。ダッチェスはわめき、打ちすえ、身もだえする。陣痛のさなかにあるようにうめき、天から息を吸いこもうとする。顔はぐしゃぐしゃ、額は迷宮。歯を食いしばり、目をきつくつむっている。

ンクンゼムニャマが憤怒の雷鳴とともに到着すると、地面が震える。わたしたちは彼の到着を数えきれないほど見ているけれども、彼が現れるたびに腸《はらわた》が持ちあがる。わたしたちは雄牛が飛び、ネハンダの木に突っこみ、木のまわりを狂ったように一周してから、みんなが集まっているところへ戻るのを見る。わたしたちは彼の通り道を開ける。ダッチェスの先祖の妻でもあり、したがってンクンゼムニャマの妻でもあるゴゴ・モヨが彼のまえにひれ伏し、歓迎の歌をうたいだす。わたしたちも一緒にうたう。助手が昔からあるビールをヒョウタンノキの実に一杯持ってくる。ンクンゼムニャマはそれをつまみあげ、一回がぶ飲みしながら姿を消す。ゴゴ・モヨはヒョウタンノキを受け取り、号泣する。太鼓の音が止まる。

わたしたちはンクンゼムニャマが話すのをこれまで何度も聞いてきたが、こんなふうに傷を負っているような声は記憶にない。こんな純粋な悲痛をたたえた声は。自分と赤い蝶たちは遠い死者の地からやってきたのだと彼が語るのをわたしたちは聞く。ンクンゼムニャマがその地から来たことは知っている。でも、赤い蝶たちの姿を見るのも羽音を聞くのもこれがはじめてなので、わたしたちはネハンダの木を見上げ、目を釘づけにする。あの蝶たちはかつてはわたしたちのような動物で、わたしたちと同じようにジダダの地を歩いていたが、ジダダの独立からちょうど二年後に虐殺されたのだと、ンクンゼムニャマが語るのをわたしたちは聞く。すると、その瞬間、自分たちの腸がぐらりと傾き、胸まで跳ねる音が聞こえる。わたしたちの多くはこの話を知っている。いや、知ってはいるが、あまりに重すぎて口にすることができずにいる。だから、わたしたちはその話を飲みこんできた。それが自分の内に埋まったままでいるように。そこは自分が言葉にできないものを、向きあい方を知らないものを置いておく場所だから。

わたしたちはシミソがトウモロコシ袋のように娘に倒れかかるのを見る。デスティニーはゴールデン・マセコとムトコズィスィの助けを借りて、空気を求める母親をエデンのきわまで運ぶ。いまから語られる物語に打ちのめされる動物も出てくるかもしれない。正義はどこにあったのか、これだけ長い年月が経っても死者は知りたいはずだとンクンゼムニャマが語るのをわたしたちは聞く。これだけ長い年月が経っても死者は知りたいはずだとンクンゼムニャマが語るのを聞く。目を伏せ、うなだれる。自分たちを殺したやつらがどうなっているのか、これだけ長い年月が経っても死者は知りたいはずだとンクンゼムニャマが語るのをわたしたちは聞く。ごくりと唾を飲みこむ。いつになったら自分たちはきちんと葬られるのか、死者は知りたいはずだとンクンゼムニャマが語るのをわたしたちは聞く。ごくりと唾を飲みこむ。いつになったらわたしたちが死者の魂を鎮めるための手厚い葬儀を営むのか、死者は知りたいはずだとンクンゼムニャマが語るのをわたしたちは聞く。ごくりと唾を飲みこむ。ごくりと唾を飲みこむ。いつになったら生き残った者たちの苦しみや喪失が償われるのか、死者は知りたいはずだとンクンゼムニャマが語るのをわたしたちは聞く。ごくりと唾を飲みこむ。ごくりと唾を飲みこむ。頭を起こして自分でこたえろとンクンゼムニャマが命じるのをわたしたちは聞く。頭を起こそうとして、ためらい、またうなだれる。頭を起こして死者を見ろとンクンゼムニャマが命じるのをわたしたちは聞く。わたしたちは頭を起こすが、恥の熱い涙があふれて見ることができない。

ンクンゼムニャマが轟くような唸り声とともにいきなり立ちあがり、尻尾を槍のように突き立てて宙に舞いあがるのをわたしたちは見る。彼はぐるぐる、ぐるぐるまわる。わたしたちはあとずさりする。彼は唸る、唸る、唸る。痛ましいほどまっすぐな彼の怒りがロズィケイにこだまする。わたしたちは縮こまる。太鼓打ちは太鼓を打つ、打ちすえる。打ちつぶす。太鼓が吠え声をあげるまで打ちつづける。ンクンゼムニャマが不意に突進し、太鼓打ちの一匹を角で突く寸前で止まるのをわたしたちは見る。わたしたちは縮こまる。ゴゴ・モヨが先祖たちの名誉ある名前を暗誦する。わたしたちも彼女に合わせて暗誦する。雄牛は自分に連なる名誉ある名前を聞くうちに、遠い昔の先祖から自分の部族の始まりまで流れている血脈のすべてを聞くうちに、怒りを静める。彼がゆっくりと少しずつ、ゆっくりと少しずつ、うしろへ下がるのをわたしたちは見る。彼の轟くような唸り声がいまはしわがれた低い唸り声になっている。彼が腰をおろし、体を前後に揺するのをわたしたちは見る。彼は体を前後に揺する。前後に揺する。尻尾で大地を打ちながら。と、彼が動かなくなるのをわたしたちは見る。大嵐がおさまったのだ。わたしたちは息を吐く。

ンクンゼムニャマは唐突に、別れの言葉もなく風のように立ち去る。わたしたちがネハンダの木に目をやると蝶たちの姿ももう消えている。太鼓打ちは静かなテンポで太鼓を打ち、ダッチェスが霊たちの地から戻ってくるのを助ける。恐ろしい支配の手から逃れんとするかのように霊媒が身をよじり、うねらせるのをわたしたちは見る。道に迷って、まちがった国で目を覚まそうとしているかのように、彼女が不安定な目の焦点を合わせようとするのをわたしたちは見る。完全に力が尽きたかのように、どこよりも高い山をたったいま降りてきたかのように、ダッチェスがふらふらと立ちあがるのをわたしたちは見る。彼女はわたしたちの存在に気づいていない。周囲の状況にもなにも気づいていないかもしれない。太鼓の音がしだいに小さくなる。優しく、やわらかく、優しく、やわらかくなっていく。蝶の羽音のように。ゴゴ・マヨがダッチェスの肩に白い布を掛け、助手の一匹の助けを借りて家のなかに引き返させるのをわたしたちは見る。その場に立ったまま彼女たちを見送っていると、突然、鳥たちの大集団がロズィケイの空を横切って天が暗くなる。これはなにを意味するのかと自問する間もなく、わたしたちはテュヴィの "新たな統治" の勝利を祝う歌のおぞましい騒がしさに飲みこまれる。

あなたたちのしていることをわたしたちは認めない

イントゥ・オィエンザョザァイィゾンダ

通りに戻ったわたしたちは、エデンから外に出るときにすでに知っていたことをもっと悲惨な最新ニュースとして知らされる。テュヴィが選挙に勝ったという耐えがたい知らせに、ロズィケイの残りの者たちがわたしたちのまわりで激怒している。通りのどの角でも怒る住民が後肢で立って胸を叩き、歯ぎしりし、地面を踏み鳴らし、宙に向かって叫んでいる。小柄な動物も歯茎をむき出しにして唸っている。ゴキブリや蠅や蜘蛛やフンコロガシや蟻やトカゲや蚊や、投票とはなんの関わりもない生物までが怒りをあらわにしている。スバンギリズウェが有名なプロテスト・ソング、『あなたたちのしていることをわたしたちは認めない』を歌いはじめると、わたしたちの心に火がつく。怒りはわたしたちを大通りに押しだし、市の中心へ向かわせる。通り道にはもっとたくさんの怒る群衆がいて、彼らを煽りながら巻きこんでいく。投票を守るために市に達するときには、わたしたちはその歌詞にあるとおり荒れ狂う海と化し、いまテュヴィがしていることへの憎悪を、政権がつねにしてきたことへの憎悪を、声をかぎりに叫んでいる。あなたたちのしていることをわたしたちは認めない！　あなたたちのしていることをわたしたちは認めない！　あなたたちのしていることをわたしたちは認めない！　あなたたちのしていることをわたしたちは認めない！　あなたたちのしていることをわたしたちは認めない！　あなたたちのしていることをわたしたちは認めない！　あなたたちのしてい

たちのしていることをわたしたちは認めない！

革命の防衛、二〇一八年

市《まち》に出たわたしたちは季節によらず花をつけるジャカランダの大木の下に立つ。オールド・ホースが失脚したあとのあの歴史的行進のなかで立った場所がここなのだ。まさにこの木の下でわたしたちは立ち止まり、兵士とともに自撮りをした。わたしたちが新しいジダダを夢見た場所がここなのだ。そうしていま、わたしたちが立っているあいだに、風がそよとも吹いていないのに、だれも揺らしたりしていないのに、わたしたちには見当がつかない理由から、ジャカランダの大木はひょいと背伸びをし、その美しい紫の花びらを一枚残らずはらはらと散らせる。いま見えている光景はほんとうに自分たちが見ている光景なのかと互いに訊きあうより早く、わたしたちは繊細このうえない花びらに覆われる。わたしたちは息を止め、息を吐きだし、後肢で立つ。激しい怒りを覚えながら愉しさに包まれる。激怒しながら華やかさをまとう。

紫の花の衣裳をつけたわたしたちは、なおもジャカランダの大木の下に立ち、まばたきもせずジダダ議事堂を見据える。巨大なジダダ国旗がいつも掲げられていたところに、テュヴィの〝新たな統治〟マフラーがあるのがはっきりと見える。一頭の馬と治安部隊と銃という色褪せた古いシンボルがあったところに、色を塗りなおした一頭の馬と治安部隊と銃のシンボルがあるのもはっきりと見える。オールド・ホースの大きな肖像画があったところに馬のテュヴィの大きな肖像画があるのもはっきりと見える。わたしたちは理解する。壁に書かれていると信じていた変化が、それを見ることだけを死ぬほど望み、だから実際、それが現実となるまでいろんなところに描いてきた変化が、疑り深いジダダ民の仲間から油断するなと警告され、消えてしまった者たちの姉妹をはじめとする者たちが、あのクーデター以来、疑問を投げつづけてきた変化が、幻想にすぎなかったということを。テュヴィの醜い肖像画を地面に落とすにはノットアゲインがたった一個石を投げるだけでいい。去年わたしたちがオールド・ホースの肖像画に対してやったように。わたしたちは金切り声をあげる。わたしたちは吠える。わたしたちは突進する。

いま見えているものはほんとうに自分たちが見ているものなのかどうか互いに問う時間はない。わたしたちは突如として武装した治安部隊の大群に取り囲まれるから。治安部隊、治安部隊、治安部隊。時間の向きが変わり、一気に過去へ戻る。わたしたちは自身の希望にすがって歩く。ためらいながらも進む、ずっとここにあったのだといまはわかる赤い過去へと突っこんでいく。クロコダイルのように身を隠しながら。そして、いま見えているものはほんとうに自分たちの見ているものなのかどうか自問するまえに——戦いがやってくる。最後の選挙でやってきたように、そのまえの選挙でもやってきたように、そのまたまえの選挙でもやってきたように、そう、つまるところいつでもやってきたように。身に馴染みすぎた硬い武器が肉を打ち砕く。発砲、悲鳴。逃げる群衆、カオス、守られている革命の悪臭、悲鳴。傷つけられた肉、路上に広がる血、側溝に流れる血、悲鳴。体が——ひとつ、ふたつ、三つ、四つ、五つ、六つ、七つ——ばったり倒れて死体になる。悲鳴。空に浮かんだ雲が痣の色になる。空気はたまらなく暑くて、催涙ガスがぶ厚い膜をつくっていて、なにも見えない。息ができない。

革命の防衛、一九八三年

夢見る時間

午後十一時のおよそ七分まえ、ふだんならイルカ顔負けの穏やかな眠りのなかにあるシミソだが、この夜は何度も寝返りを打ち、隣でぐっすり眠っている娘を起こしてしまった。冷たいコンクリートの壁とせわしなく動く母の体の隙間に追いやられていることに気づくと、デスティニーはまずシミソのあばら骨をそっとつついた。効果がないので、今度は硬い蹄をひとつ壁にあてて老いた山羊の体を押してみた。だが、母の体をベッドの本来の側に押し戻すには力が弱すぎた。その試みも失敗すると、デスティニーは母の耳に口を近づけて囁いた。「母さん。母さん」母のそっちの耳は聞こえていないので、またも効果なし——若い山羊はときどきそのことを忘れてしまうのだ。「母さんってば！」デスティニーはもう一度声をかけた。意図したわけではなかったけれど、今度は厳しい口調になってしまい、デスティニーは恥ずかしく思った。努力が報われず、彼女は諦めのため息をつき、仰向けになって闇と向きあった。

シミソが帰ってきた最初のころ、デスティニーが真夜中に目を覚ますと、いつも母はベッドの脇にじっと立っていた。はじめのうちデスティニーは戸惑ったが、やがてそれがシミソの監視の仕方なのだと理解した。自分の娘が二度と消えたりしないように見張っているのだと。つまるところ、ひとつのベッドに一緒に寝ることが母の不安をやわらげ、老いた山羊の睡眠を多少なりとも確保していた。ただ、深く苦しい眠りのなかにあるときの母は決まってベッドの自分の側から横にはみ出してきた。まるで、生きてつぎの朝を迎えられるかどうかは自分と娘の眠っている体との距離を縮めることにかかっているとでもいうように。

シミソはいま、娘の側に自分の尻を押しつけたり肢をもぞもぞさせたり寝返りを打ったりしながら、デスティニーが聞いたこともないような声で、「ああ、だめよ、おまえはわたしをどこへ連れていく気なの？　わたしたちはどこへ行くの？」と言っている。デスティニーはもう一度母を起こそうと思い、枕の下を探ってサムスンの〈Ｇａｌａｘｙ・Ｓ６・Ｅｄｇｅ〉を取りだすと、スマートフォンの電源を入れ、背面の撮影ライトをタップした。デスティニーがシミソの皺の寄った顔と緊張で固まった体を眺めていると、母が夢のなかで泣きはじめた。つまるところ、デスティニーはシミソの娘としてここまで生きてきて、母が泣くのをただの一度も見たことがなく、シミソのどんな涙を見た記憶もまったくなかったが、いま、眠りのなかにある母が嘆きの言葉をほとばしらせるのを見ていた。心がほどけ、彼女も一緒に泣きはじめた。

人は死んでも名は残る

「どうしたの？　どうして泣いているの？」シミソが目を覚まして訊く。

「母さんが夢のなかで泣いていたからよ」デスティニーはシミソが目覚めていることに見るからにほっとした様子で、スマートフォンのライトを上下させる。

「それで？　だれかが泣いているのを見たら自分も泣かなくてはならないの、赤ん坊みたいに？」

「でも、なんの夢を見ていたの、母さん？　ものすごく苦しそうだったわ」

「それが、夢じゃないような夢だったのよ、おまえ、デスティニー」シミソは首を横に振る。デスティニーは「どんな夢？」と目の表情だけで問う。

「故郷よ。故郷の村に帰っている夢を見たの。ブラワヨの夢を」

「ブラワヨ？　そんなのぜんぜん知らなかった。それ、いつのこと、母さん？」デスティニーは顔をしかめる。

「馬鹿ねえ。ブラワヨはもちろんわたしの故郷よ。わたしの父親、あなたの名づけ親でもあるブトレズウェ・ヘンリー・ヴリンドレラ・クマロがそこの出身なのよ。もう何十年も父の夢など見たことがなかったのに、デスティニー、一度も」シミソは不安そうに言う。

ディスティニーはまったく知らない動物を見るように母を見る。シミソがブラワヨの生まれだと聞くのはこれがはじめてだし、祖父のフルネームを母の口から直接聞くのもはじめてだとわかっている。

「家族がみんな――母も兄弟も姉妹も――夢に出てきたわ。みんな赤い蝶に姿を変えていた」シミソは言うが、デスティニーにはそれが母の声とは思えない。そんな悲しみが染みこんだ声は。

「兄弟や姉妹ってなに？　正直、わたしにはなにがなんだかわからないわよ、母さん」デスティニーは言う。自分が知っている話、というか、いままで聞かされてきた話からすれば、シミソは亡き両親の独りっ子であるはずだと彼女は言いたいのだ。

「お水を持ってきてちょうだい、全部話すから」シミソは視線をさまよわせるが、娘の目を見ようとはしない。

シミソ・クマロが娘に語らなかった家族の物語

一、ブラワヨのクマロ家

あなたに知ってもらわなければならないのは、過去にはべつのわたしがいて、そのわたしはべつの生き方をしていたということ。あなたも知っているように長い闘争のすえに独立が勝ち取られ、解放戦士だった父——あなたの祖父——のブトレズウェ・ヘンリー・ヴリンドレラ・クマロはやっと戦場からブラワヨの家族のもとへ戻ってきた。ブラワヨは彼の生まれ故郷で、わたしたちはそこで暮らしていた。彼の兄たち、ディンギリズウェ・クマロとサキレ・バタカティ・ジョージ・クマロも拡大家族や一族のたくさんの動物たちとともにブラワヨに住んでいて、血と愛で固く結ばれたその大集団の家や土地はいずれもトゥーリの両岸の渓谷に散らばっていた。トゥーリというのは川の名前で、そのあたりの比較的広い地域はブラワヨとも呼ばれていたの、わたしたちの村のように。

二、解放戦士の帰還

ジダダが独立して、少しずつふつうの生活に戻りはじめたけれど、最初、わたしの兄弟姉妹には、自分の父親とはいえ見知らぬ動物と親しむことに違和感があった。みんな父親がいない状態で成長することを強いられてきたわけだから。当時の子どものほとんどがそうだったように、戦争に不当に父親を奪われた結果、自分の子ども時代の父親のイメージはぼんやりしているという強い気持ちがわたしたちにもあった。なかでも幼い子たち——わたしの妹であなたの叔母にあたるタンディウェと、そのあとに生まれた弟であなたの叔父のンカンイソ——には父親の記憶がまったくなくて、父のことを知っているのはわたしと兄さんたち——あなたの伯父のンコスィヤボとゼンゼレとンジュベ——だけだった。わたしたちは父が戦争にいったときにどうにかものがわかる歳になっていた。戦争中は軍の作戦地帯がブラワヨに近づくと父に会えることもまれにあったけれど、いつも時間が短くて、まわりの目を盗んで行動しなければならず、だから、たいていは夜だった。父が近くに来ていたのに、ずいぶんあとになってからそれを聞いたということもときどきあった。そういうときの父さんは変装していた。わたしたちが興奮して喋りまくるのをいつも恐れていた——父は危険を冒したがらなかった。植民地政府がテロリストの家に爆弾を落としたり家を燃やしたりすることはよくあったから。入植者は自由の戦士をテロリストと呼んでいたから。

父が帰ってくると、わたしたち家族はたちまちのうちに成功を収めた。でも、それは偶然ではなかった——彼はびっくりするほど働き者で、エネルギーのすべてを土地にそそぎこんだの。しかも、その土地はふんだんな見返りを与えてくれた。土地は彼を愛してくれた——穀物倉は収穫物でいっぱいになり、家族を食べさせ、村で最初に車を買い、さらに生産力を上げるためにトラクターやらなにやら農機具を買ってもまだ余裕があるほどだった。父は幼いわたしたちに土地の重要性を理解させた。土地こそが革命に身を捧げる大きな目的となった経緯と理由を。農場経営を成功させた父がいくつかの投機的な事業を始めるのに時間はかからなかった。まず、バス三台を保有する運送会社——そのうち二台はブラワヨ村とブラワヨ市街間の、一台はブラワヨ村とグワンダ間のルートにサービスを提供した。そのあとは製粉機工場、食料雑貨店、酒屋。どの事業もブラワヨのビジネス街に拠点を置いていた。

その界隈ではだれもがわたしたちの父を知っていたし、遠く離れたところでもブトレズウェ・ヘンリー・ヴリンドレラ・クマロの名前はそれなりの意味をもっていた。村の動物たちは彼を愛し、称賛した。父の努力の恩恵を受けたからだと思う。父は必要不可欠なサービスを提供するだけでなく職も提供していたから。なんと彼らは総督というニックネームを父につけていたっけ。そのうえ父は寛大で公正で賢明だった。わたしたちの農場はいつも訪問者でいっぱいだった。近所の動物たちで。悩みをかかえた者が近隣だけでなく遠くからもやってくるの。父に解決してほしいと頼むために。助言をもらうために。借金やら食料の寄付やらいろんなことのために。問題がなんであろうと、我が家から帰るときにはだれもがなんらかの形で面倒を見てもらっていた。

三、独立と帰郷と誕生　つまるところ宿命との約束

あなたに名前をつけたのはあなたの祖父だとさっき言ったけれど、その話をまだ全部していなかったわね。あなたに名前をつけることは故郷に帰ってきた彼がはじめて果たした役目だったの。父はあなたが生まれたその日に帰ってきて、母と母の妹のナステムベニや彼女の教会友達や心配して駆けつけてくれた助産師たちに囲まれて分娩台にいるわたしを、文字どおり見つけたのよ。前日の夜半過ぎから陣痛が始まったのを覚えているわ。だれかがエクスィレニへ連れていこうと言ってい

た。いちばん近い病院はエクスィレニ医療センターだから。でも、いちばん近いとはいっても、距離はかなりあるし、車はなかった。母たちは押し殺した声でどうしようかと話しあっていた。いまだから言うけれど怖くてたまらなかったわ。この痛みのせいで自分は死ぬんだろうと思ったほどよ。すると突然、フランジパニの濃厚な香りがどこからともなく漂ってきて部屋をいっぱいに満たした。わたしたちはびっくりして顔を見合わせた。その部屋にいた全員が。わたしは一瞬、痛みを忘れてしまって、いま自分が嗅いでいるにおいはほんとうに自分が嗅いでいるにおいなのだろうかと一生懸命考えた。だって、わたしたちの農場にはフランジパニの木なんか生えていないんだもの。

と、そのとき——なにが起こったかわかるかしら。彼が現れたのよ。わたしの父が、あなたの祖父が。彼はただそこに立って、戸口に影を落としていた。まるでフランジパニの香りのなかから出てきたかのようだった。そして、わたしが父に気づいた瞬間、なにかが起きた。それまでわたしを縛りつけていたものがほどけたかのように。なんであれあなたを押しとどめていたものもあなたを解放したかのように。あなたは外の世界にほとばしり出てきた。父は腰を落としてあなたを受けとめた。そもそも彼がその小屋へはいってきた理由はそのためだったかのように。そうして、あなたを胸に抱くと、そこにいただれと挨拶を交わすより先に、あなたをデスティニー・ロズィケイ・クマロと名づけた。彼の口から真っ先に出てきたのがその言葉だったの。父が言うには、ロズィケイとは大きな影響力を誇っていたンデベレ族の女王、偉大にして勇敢な指導者の名前で、デスティニーという名を選んだのは、あなたの誕生と自分の帰還が重なった偶然に特別な意義を見いだしたから——彼の初孫であるあなたは、先祖からのありがたい贈り物であり、彼の将来を約束するものだった。しかも、この国はついに自由の国となったのだから、彼にはあなたがジダダからの贈り物でもあると感じた。あなたは彼の宿命であるとともに国家の宿命だった。同じように、あなたの宿命も新しいジダダのなかにあったのよ。デスティニー・ロズィケイ・クマロ。これがいままで語ることがなかった、あなたの名前の物語。

あなたの祖父はわたしが未婚であなたをもうけたことを恥じなかった。わたしがあなたの父親と暮らしたくないと決心したときにも――彼の名前はカバンガニ、カバンガニ・スィコーサナよ。わたしたちは若かった。あなたを授かったとき、彼もわたしもお互いのことをほとんどわかっていない子どもにすぎなかった――その出来事は愛とも、わたしたちがのめりこんでいる知識とも関わりがなかった。たぶん、わたしたちの世代は独立の到来で心がいつも落ち着かなかったのね。まだ正式に独立できてはいなかったけれど、どこにいてもその話題でもちきりだった――わたしたちはラジオでニュースを追いかけ、もはや時間の問題だとわかっていた。そのときが来るのを待っているあいだ、自分たちの生活が変わるのを待っているあいだ、わたしは――わたしたち若者は――独立とは自分の体を自分の望みどおりに自由にできるという意味だと思っていた。

独立後のこの国を実際に率いることになるのはだれなのかという疑問はあっても、わたしたちはリーダーたちに熱狂していた。一方の雄《ゆう》は、北ジダダの約束の馬――ジダダにはすばらしい未来が約束されていると語るその進歩的で巧みな弁舌を聞いた当時のわたしたちは〝約束の馬オールド・ホース〟というニックネームを進呈した。もう一方は、もちろん、われらがンデベレランドの雄牛――そのたぐいまれな指導力と長年にわたる奉仕と功績によって実証されている祖国への揺るぎない熱烈な愛情から、彼にはファーザー・ジダダというニックネームがつけられた。現政権が史実として選んで語る物語を聞かされているだけではけっしてわからないけれど、この国の動物たちが建国の父の名前を知るよりずっとまえに、ジダダの抵抗運動の基盤をつくったのはファーザー・ジダダだったのよ。当時のオールド・ホースは上位の解放戦士のなかで人気の高い大統領候補ですらなかった。リーダーたちの一部は彼にはみんなをまとめる真の指導者となる資質がないと感じていた。

それでも、とにかく、最終的にはその二者に候補が絞られ、わたしたちは、ジダダの独立のために戦ったどちらのリーダーも当然ながら国家の利益を心の底から求めていて、なんとしてでも国民を約束の地に導いてくれるだろうと信じていた。黒い多数決原理に則って、栄光への道があると思っていた。

四、父親、面倒見のいい祖父、作家、歴史家の顔をもつ解放戦士の肖像

あなたの祖父は、世の多くの父親ならしたかもしれないこと――つまり、家族に恥をかかせたという理由でわたしを罰する、もしくは追い出すこと――をするかわりに、あなたを全身で受け入れることに徹した。そのさまは、父があなたを溺愛する様子は、ただただ美しいとしか言いようがなかった。彼はひたすらあなたを愛した。あなたにその身を捧げることが自分が戦争から戻ってきた唯一の理由だとでもいうように。あまりにもたくさんのことが戦争中にまちがった方向へ行ったり崩壊したりして、それらをもとどおりにするにはあなたを愛するという方法しかないとでもいうように。彼はあなたを最高にすばらしい帰郷の贈り物だと言った。わたしはときどき嫉妬した。あなたの伯父や叔父や叔母もそうだったと思う。父が家にいなかったから、自分たちは父にちゃんと愛されたことがないと思っていたし、わたしたちはもう大きくなってしまったから、あなたにしてみせているような溺愛を父がしたくても手遅れだった。

あなたは歩けるようになるとすぐ、どこであろうと祖父のあとを追いかけた。まるで影みたいに。あなたが彼を追いかけていないときは、彼があなたを抱いていた。父の友達はそんな彼をよくからかっていた。そんなふうに赤ん坊を抱くことをどうして、いつ、どこで、覚えたんだ？　雌みたいだと彼らは言った。父は笑い、戦争が教えたのだとこたえた。茂みのなかでAK-47（旧ソ連製の突撃銃）やバズーカ砲やマシンガンといった武器を構えていると、いつも命を抱いているような気持ちになったとも言っていた——戦闘で奪われる命を、さもなければ戦闘を生き延びる命を抱いているようだったと。ときどき思うことがあるの。あんな激しい愛情をつねにそそがれたまま育っていたら、あなたはどんなおとなになっていただろう、あなたの生き方はどんなにちがっていただろうって。わたしたちみんなの生き方もどうなっていただろうって。

そんなふうにあなたと接している最中に、あなたの祖父は戦争の記憶をせっせと書き残していた。野良着のポケットにこれぐらいの小さな手帳をいくつも入れて、耳のうしろにはいつも黒のペンを一本挟んで、歩きまわっていたのを思い出すわ。農場の仕事のあいまにペンを走らせているのを見かけるのはいつものことだった。とはいえ、彼には一定の執筆スケジュールがあって、毎日、ランチが終わったあとの二時間と、一日が始まるまえの朝、うんと早い時刻と決まっていた。若いころのわたしには不思議でならなかった。だって、ペンやノートを持ち歩くのは学生のころだけだと考えていたから。それに、戦争が終わって自由な国になり、せっかくうちへ帰ってきたというのに、なぜ未来に目を向けようとせず、すでに過去となったものを見ようとするのだろうと思った。

だけど、それがあなたの祖父だった。過去がほんとうの意味で過ぎ去ることはけっしてないのだと彼は言っていた。もし、あなたが過去の話を聞きたがったら、自分がそれを語ってやることが大切なんだと。その役目を買って出て、好きなようにあなたに語って聞かせる者はいくらでも現れるだろうからと。真実を真実のまま確実に記録することが大切なんだと。こうも言っていたわ——これだけ長い月日が流れても、その言葉は一字一句、父が言ったとおりに覚えているの——〝この戦争は複雑な戦争だったんだ、デスティニーの母よ。もし、わたしがこの本を書いておかなければ、いつか、真の解放戦士だの真の愛国者だのを自称する動物たちがわたしたちに不快きわまる呼び名をつけ、わたしたちの多大な犠牲によって生まれた国の物語からわたしたちの存在を消し去るだろう。なぜなら、戦争が終わった以上、多くのものが悪と見なされるようになるからだ。悪い部族集団、悪い一族、悪いジェンダー、悪い派閥、悪い政治、そのほかなんであれ彼らが真正ジダダの属性として選定するもの以外は悪になるのだ。ここで書き残しておかなければ、いつの日か目覚めたわたしがクロコダイルの腹のなかにいて、歴史を自称するそいつが、ほかのみんなの物語をむさぼり食いながら勝手なことをわたしたちのかわりに語りつづけているとわかったとき、だれを責めればいいんだ？〟

あなたは覚えていないだろうけれど、祖父がこれを書いているあいだ、あなたはいつも一緒にいて、彼がしていることを真似ていた。自分のノートにいたずら書きをしていたのよ。

五、一九八三年四月十八日

いずれにせよ、その朝の夜明けまえ、いつもの月曜日と同じようにわたしはこっそりと外に出た。セファス・トゥシャバングと会うために。セファス・トゥシャバングはわたしの恋人。彼はブラワヨ中等学校で数学を教えていた素敵な雄山羊で、トゥーリ川の対岸に住んでいた。週末はその自宅にいて、月曜日になると職場がある川のこちら側に自転車でやってきた。わたしたちがつきあいだしてまだ二ヵ月ほどだった。でも、これから死ぬまでずっと一緒にいたいという気持ちがすでに芽生えていることはお互いにわかっていた。わたしたちは深く愛しあっていたのよ、デスティニー、わたしはそんなにだれかを愛せるなんて思ってもいなかったのだけれど。彼と彼の家族は正式な婚約を進めるためにうちへ来て父と話をしようと考えていた。ただ、そのときが来るまで待てなくて、わたしたちは内緒で会っていたというわけ。毎週月曜日、職場に着くまでの時間をわたしと過ごせるようにセファスは夜明けとともに自宅を出た。我が家は彼の通勤ルートにあるので、たいていは学校の始業まえの三時間から四時間ぐらいは一緒にいられた。わたしたちが子どものころ、近所の子がいつもかくれんぼしていた洞穴があって――わたしはそこに葦のむしろを敷いて古い枕を置き、愛の場所をつくった。

六、つまるところ木は灰を産む

その日、なにがわたしのなかにはいりこんだのかわからない。というのは、本来ならその日も、ささやかな逢瀬のあとはいつものようにすぐに帰路について、家族が起きてわたしの不在に気づくまえに家に戻っているはずだったから。とりわけ母に気づかれるまえに。妊娠中、あなたの祖母はわたしのことをあばずれと呼んでいた――あなたの祖父が無条件にわたしとあなたを抱擁するのを見てからは娘を認めたように見えたけれど。それでも、母がそうしたのはわたしのため――というより父のため、そして自分のためだったのだと思う。父との結婚生活の平和を維持したかったのでしょう。自分がもたらした失望と恥辱が母につきまとっているのはわたしもわかっていた。母はキリスト教の伝道者として有名で、当時のブラワヨ村で勢力がある――村のほぼ全員がその教会にかよっている――ブレザレン教会でも一目置かれていた。だから、年端もいかぬわたしの妊娠は母にとってまちがいなく不名誉な出来事だったし、母親失格だと世間に言って歩くようなものだった。教会で堂々と顔を上げていたくてもできなかったはず。父が帰ってきて、わたしたちの張りつめた関係がいくぶんやわらいだとはいえ、わたしはやわらかな恨みに形を変えた母の裁きをつねに受けている気分だった。母がいまでも腹を立てている――わたしのモラルの低さによって完全に侮辱されている――ということは言われるまでもなくわかっていた。母いわく手本と教義を授けてきたのに情けないと思っていることが。でも、どうしてだかわたしは、今度こそうまくやってみせると決心していた。

七、ディーコンドゥ――つまるところ恐怖の歌

そのときの恐怖はあなたにも想像できるでしょう。一九八三年四月十八日月曜日のその朝、目を開けるとわたしは愛の洞窟の地面にいた。時刻は午前十時数分まえ。家に戻って家事に取りかかっていなければならない時刻をとうに過ぎていた。家族もみんなとっくに起きていたはず。セファスが出ていったあと、寝過ごしてしまったのだ！　そのことに気づいたわたしはなによりもまず大泣きした。後悔と恥ずかしさで泣くしかなかった。でも、もちろん、たっぷり時間をかけて地べたで大泣きしたところで、事態はなにも変わらない。腰を上げて家に帰り、あなたの祖母と向きあうしかなかった。ふだんは母の裁きからわたしを守ろうとしてくれるあなたの祖父も、今度ばかりはわたしが選んだ道を快く思わないにちがいないと思った。

こうしてわたしは、セファスからの小さな贈り物の袋を抱きしめ、言い訳を練習しながら家に向かって歩きだした。道のりの半分まで来ると、プログレス小学校を囲うフェンスに沿って走った。その奇妙な歌声――なんだか調子っぱずれな、音をまちがえたような、耳障りな歌だった――が聞こえなければ、なんの異変にも気づかぬまま通り過ぎていたかもしれない。耳を澄ませば澄ますほど、その歌声が恐怖にとらわれてパニックに陥っていることがはっきりとした。生徒たちはあきらかに一生懸命――というより力を振り絞って――ショナ語の歌をうたっていた。歌詞は理解できなかったが、ラジオで聞いたことのある歌だった。たびたび繰り返される〝ディーコンドゥ〟という言葉がうるさいほどに響いた。正直なところ、この地区でショナ語を流暢に喋る知り合いはいなかったから、とにかく異様で、歌声から伝わるあからさまな心の傷のせいでますます異様に感じられた。

　この時点で、びっくりしすぎたわたしは自分が窮地にあることをすっかり忘れていた。フェンスに近寄ると校舎の正面が見渡せた。迷彩服に赤いベレー帽という出で立ちの治安部隊がうろついていることに気づいたのはそのときだった。彼らは呆然としている生徒たちをせわしなく教室から追い立てて集合場所へ向かわせていた。彼らの銃と黒いブーツが陽射しにぎらついていた。ショナ語でくだされる大声の命令が聞こえた。あっというまに生徒たちは集合場所に移動させられ、鰯の群れのように身を寄せ合わせられた。さらにつぎのグループを治安部隊が集めるのも見えた。今度は教師と事務職員を。このころには心臓が喉までせり上がり――ただただ恐ろしくてならなかった。ひょっとしたら、いとこのムゾムール・クマロもあの群れのなかにいるのではないかという考えも頭をよぎった――彼はそのときすでに五年ほどプログレス小学校で教えている教師だったから。彼の双子の息子、タンダナニとノタンドもプログレスにかよっていた。

旗竿のまえの舗装されたエリアで職員が俯せになって一列に並ばされているのが見えた。彼らの体の上のほうでジダダ国旗が風を受けて不規則にはためいていた。またしても号令の吠え声がかかり、生徒たちの怯えた甲高い声はやまなかった。いったいなにが起こるのだろうと思うまもなく、治安部隊が教師たちに襲いかかった。俯せの体にブーツが、警棒が、銃の台尻が雨のように降りそそいだ。降りそそいだ。降りそそいだ。

わたしのいるところからでも血が飛び散るのが見えた。悲鳴と泣き声が生徒たちのヒステリックな声とまじりあった。恐ろしいその光景が終わるのを待たずに、わたしは蹄で地面を掘るようにして駆けだし、まっすぐに家へ向かった。家でなにが自分を待ち受けているかなんてもはや気にならなかった。木や岩にぶつかり石や木の根につまずきながら闇雲に走った。途中のどこかでセファスからの素敵な贈り物の袋をなくしてしまった——なかにはいっていたものをいまでも思い出せる。ひとつひとつが目に浮かぶ。スカイブルーのジョーゼットのドレス、白いブラとそれに合わせたパンツとペチコート、〈アメリカン・ガール〉の黄色い中サイズの広口瓶、小さな鏡、〈ブラック・ビューティ〉（赤ワイン）一本、アフロ・コーム（アフロヘア用の櫛）。

八、シェルター

わたしの伯父のサセッツワヨの家は我が家の裏から少し離れたところにあるので、うちへ帰るときはかならず伯父の家のまえを通らなければならなかった。どうして肢がそこへ向かったのかわからないのだけれど、もしかしたら我が家が急に遠くに思えて、シェルターへ駆けこまずにはいられなかったのかもしれない——いま言えるのは、川の水のように自分がその庭に流れこむのがわかったということだけ。ヒョウに追われて逃げてきたといわんばかりの悲鳴をあげていた。いつもと同じネイビーブルーの作業着を着て白い日よけ帽をかぶった伯父が庭の真んなかのマブロスィの木の下にいるのが見えた。わたしはまっすぐに伯父に駆け寄った。残りの家族も木の下に集まっていた。もしもわたしに考える時間があれば、そこでなにか悪いことが始まっていると察したはずだ。彼らの座り方からも、あきらかに絶望した表情のわたしを迎えるために走ってくる者がいなかったことからも。それでも、マブロスィの木に達するまでには、クロコダイルの口のなかに自分から飛びこんでしまったと感じていた。

九、マブロスィの木の下で

だれもわたしに挨拶しなかった。いとこのシボノクレの横にすばやく腰をおろすと、彼女の体の震えが感じられた。そう、彼女は震えていた。だれかが——たぶん伯母のナセッツワヨが——さめざめと泣いていた。家族全員がそこにいた。わたしを合わせると八匹が。サセッツワヨ伯父さんはわたしを訝しげに見て顔をしかめ、予備の寝室をちらっと見やった。部屋のなかでは、いましがたプログレス小学校で見たのと同じ迷彩服にお揃いの赤いベレー帽という恰好の治安部隊の一団が、やかましい声で議論していた。彼らの姿が目にはいったとたん、わたしの腸はこむらがえりを起こし、胸までせり上がった。伯父の顔は苦悶の仮面になっていた。生まれてこのかた、あんな伯父を、おとなの雄があんな顔をするのを、見たことがなかった——わたしたちの目に映る父親はみないつだって強かった。うろたえたりはしなかった。すでに恐怖はあったけれど、伯父のあんな顔を見たら、もっと怖くなった。なによりも門を走り抜けてしまったことを悔やんだ。とんでもない過ちを犯した自分が腹立たしくさえあった。どうしてそのまま我が家へ帰らなかったのだろう？　そのつもりだったのに。なぜここへ来てしまったんだろう？　と、治安部隊が突然、木の下へやってきた。怖かった。彼らがわたしに気づいたらどうしよう。さっきまでなかった体がひとつ増えているのを知ったら。

十、Dは反体制派《ディスィデント》のD　Dは治安部隊《ディフェンダー》のD

「よし、最後にひとつ訊こう。反体制派はどこにいる？」体の大きな治安部隊が言った。それがこの一団の隊長らしかった――司令官かもしれない。その立ち居振る舞いから、左胸に光っているたくさんの勲章から、少なくともわたしはそう思った。

「知らないよ、反体制派など、ここでは見たこともないさ、我が息子たちよ」サセッツワヨ伯父さんは言った。いまにもふたつにちぎれそうな、か細い震え声で。この世にそんな声があるとは知らなかった。その弱々しさが、その聞き慣れない声音がわたしを驚かせた。黒いブーツが伯父の口に飛んだ。木の下にいるわたしたちのだれかが咳払いをした。伯父の顎が縮こまるのがわかった。伯父は顔を伏せ、二本の歯と赤い塊を土の上に吐いた。

「だれがおまえの息子だって？　おまえはおれの母親のあそこを知ってるのかい？　おれたちが生まれたときにあそこにいたのか？　おまえはわれわれを知っているのか？」隊長が吠えた。

「謝るよ」伯父は言った。

「謝る相手はだれなんだ？」黒眼鏡の隊員が吠えた。

「すみませんでした、旦那」伯父さんは言った、ほかの隊員がいっせいにげらげら笑った。「反体制派の知り合いはいないと主張するからには、ジダダ党員なんだろうな。党員証はどこにある？」と隊長は言い、それからわたしたちのほうを向いた。「おまえたちの党員証はどこだ？　ジダダ党の党員証を持っている者がいるなら、立ち上がってそれを見せてくれ」わたしたちは黙って座ったままだった。固い地面がわたしたちのお尻を痺れさせていた。空の太陽はわたしたちの頭をじりじり焼いていた。

「どうせ、これから個人的にちょっとした質問をするつもりだがな」黒眼鏡をかけた隊員が言った。彼は黒眼鏡を取って、わたしたちのまわりを歩きながら、市場で売っている果物でも見るような目でわたしたちを見まわした——査定し、篩《ふるい》にかけ、ここで採るべき熟したひとつを見分けようとするみたいに。息を吸いこんで吐きだす音が聞こえた。それがわたしの血の流れを遅くした。黒眼鏡の隊員はシボのまえで立ち止まった。彼の警棒の先が彼女の胸をつんつんと突くのが見えた。

「おまえ、こっちへ来い。おまえに訊きたいことがある。反体制派に関する話を聞かせてもらおうか」彼は流し目を送った。その声にはからかうような嫌らしさがあった。隊員たちが大声で笑った。シボノクレは泣きはじめた。黒眼鏡の隊員は前肢を伸ばして彼女の体をつかみ、肢を蹴りだし涙を流して嘆願する彼女をキッチンの奥へ引きずっていった。伯母がヒステリックにしゃくりあげて泣きながら、悲鳴のような声で娘の名前を呼んだ。

十一、神を象《かたど》ってつくられたものはみな神の子（『旧約聖書』〈創世記〉一章二十六〜二十七節の内容より）

伯母が隊長の後肢にすがって懸命に訴えていたのを覚えている。「イエスの名においてお願いします。わたしたちはみな神の子でしょう。お願い、お願いですから！」伯母の嘆願を覚えている。治安部隊の一匹が空に向かって発砲した。わたしの角は頭から飛びだしそうになった。伯母は倒れて気を失った。わたしたちは縮みあがった。

「で、どこまで話したっけ？　おう、そうだ、ジダダ党に所属していないとしたら、おまえはどの政党の党員なんだろうな、老いぼれ山羊？」隊長が吠えた。その瞬間、ぞっとするような鋭い悲鳴が空気を引き裂いた。あなたにもその悲鳴のなかの苦痛が聞こえるはず。その恐怖が。その悲嘆が。その懇願が。その絶望が。やがて悲鳴はやんだ。でも、わたしたちの耳にはシボノクレの途切れ途切れの声がまだ聞こえていた。

十二、党員かどうかという問い

「いま質問しなかったかね？」隊長が言った。伯父が命の糸を賭けてこう言った。「わたしはジダダ同盟の党員です。ごぞんじのとおり、ジダダ同盟が生まれたのはこのあたり一帯なので、わたしたちはみな自然にそうなったのです」伯父がうわの空だったことはあなたにもわかるでしょう。彼の心はそこにはなく娘とともにあったということは。

「わたしはジダダ同盟の党員です。ごぞんじのとおり、ジダダ同盟が生まれたのはこのあたり一帯なので、わたしたちはみな自然にそうなったのです」隊長は伯父の口真似をして、ンデベレ語のアクセントを強調した。隊員たちがげらげら笑った。

「では、なぜおまえは反体制派の党に所属しているんだ？　テロリストの党に？」

「ちがう――わたしたちは反体制派ではない。テロリストなどではない。わたしたちの党もほかの党と同じく、ただの政党にすぎません。わたしたちはジダダ民なんです」

「ただの政党だと？　ジダダ民だと？　おまえたちがジダダ民だとだれから教わった？　おまえの高祖父はこの土地で生まれたのか？　それとも、どこかよその土地からやってきて、われわれの先祖の領地を奪って、その王国をくず扱いしたのか？」隊長は怒鳴った。治安部隊の面々は唸り声を発して尻尾を振った。なかの一匹はベレー帽を宙に投げ、それを追って飛び跳ね、自分の歯で受けとめた。着地するとくるくる円を描いて踊った。

「そうです、わたしたちの先祖はジダダが植民地になるまえにズールーランドから移民してきました。この地域の歴史はわたしもよくわかっているつもりです。でも、わたしの父はこのブラワヨで生まれました。いまここにいる全員も同じです。わたしたちがジダダ解放のために力を尽くしたことはあなたたちも知っているはずです。わたしの実の弟はあの戦争で戦いました。兄の息子は戦争から帰ってきませんでした」でも、隊長はもう伯父の言葉を聞いていなかった。いまや彼はわたしたちを観察するのに忙しかったから。わたしは自分も引きずりだされることを恐れて、彼の黄色い目を見ないようにしていた。

十三、みんなが探している反体制派

「そこのおまえ、ちがう、おまえじゃない。おまえだ、黒いシャツの。こっちへ来い」隊長が怒鳴るのが聞こえた。目を上げると、いとこのセッツワヨが後肢でまえに出たが、クロコダイルの開いた口を見つめているかのように身動きできなくなった。そんな、いやよ、セ。そもそもセはふつうに歩いてはいなくて、自分を運んでいた。まるで高価なものでも運んでいるかのように。彼はりりしく、誇り高く、不屈の精神をもち、傲岸不遜で、それよりなにより王の風格を備えていた。セッツワヨの佇まいはまるで天から呼び出されたとでもいわんばかりだった。ほんとうよ、治安部隊の全員が顔の向きを変え、彼の歩く姿を見ていたのだから。セが父親のそばに身を置いたあと、長い沈黙が流れた。彼を呼び出した当の治安部隊がなんのために彼を呼び出したのか不意にわからなくなったというふうだった。

「反体制派はどこにいる、若者よ？」隊長が言った。わたしは隊長の声色が変化していることに気づいた。そこにはかすかな躊躇があった。セの存在によって自信をなくし、もはやだれがこの場を取り仕切っているのかわからなくなったとでもいうように。隊長のその口調を聞いたことで、わたしの心にかすかな希望が芽生えた。セは軍服で着飾って銃を携えた肥やしの山でも見るように、黙って隊長を見た。

「こたえないのは、自分が胸くそ悪い反体制派だということだな。そういうことなら、今日はおまえのような輩をどうするかを見せてやることにしよう。同志、銃を持ってこい——いや待て、斧がいい。くそいまいましい斧を持ってこい。そのほうがずっとおもしろくなるはずだ」隊長は言った。

十四、あなたに向けるどんな武器がつくられても目的を果たすことはない（『旧約聖書』〈イザヤ書〉五十四章十七節）

そして、斧が持ってこられた。てらてらと光るその斧は——運んできた隊員の様子からすると——重かった。斧が隊長に手渡された。刃にはすでに赤い色がついていた。それがなんだか教えられなくてもわたしたちにはわかった。隊長が斧をセに手渡そうとした。セッツワヨは斧をちらっと見てから目をそらし、遠くを見つめた。自分はいま考え事で忙しいのに邪魔をされているとでもいうように。治安部隊は自分より身分が低いとさえ言いたげに。誇り高いセ。傲岸不遜なセ。恐れ知らずのセ。りりしいセ。治安部隊の一匹がセに近づき、セの股ぐらを蹴りつけて言った。「さっさと斧を受け取れ、反体制派め」セッツワヨは身じろぎもしなかった。隊長は地面に斧を落とすと、伯父のほうを向いて言った。「老いぼれ山羊。まだ生きたいか？」

十五、選択できる問題

「まだ生きたいかと訊いているんだ」隊長は怒鳴った。声が本来の調子に戻っていた。ふたたびこの場を取り仕切る立場になったといわんばかりに。

「はい」伯父はこたえた。その声は——その瞬間、命の糸が切れるだろうとわたしは思った。

「よし。今日はおまえにとって幸運な日かもしれん。この斧が見えるな？」隊長は身ぶりで示した。伯父はうなずいた。

「斧を取って、ここにいる反体制派を叩き切れ」隊長はセッツワヨを指した。

「あいにくと、それはできかねます。なにより、息子は反体制派ではありません、けっして」伯父は言った。そこではじめて伯父の声から震えが抜けたように思えた。きっぱりとした口調。断固とした、毅然とした口調。わたしの知る伯父の声だった。

「いや、おまえはやるのさ」治安部隊の一匹が吠えた。

「申しわけありません。わたしにはできません。息子を傷つけるつもりはありません」伯父は声を張りあげて言った。隊長は軍服の胸ポケットを探って〈マディソン〉の煙草を一本取り出すと、口の端に押しこんだ。それから、自分の横に立っている隊員のほうへ身を乗りだした。その隊員が煙草に火をつけた。そのときシボノクレを連れ去った隊員が後肢で戻ってきた。得意満面にベルトを締めなおしながら。わたしはすばやく彼のうしろを見た。だが、いとこの姿はなかった。わたしのなかでなにかがぐらりと傾いた。

「まあ、いい。これから始まるのはこういうことだ。おまえたちのだれかが――実際、だれでもいいが、とにかく、おまえたちのうちのだれかがだ――そこにある斧を取って、こいつを叩き切る。おれたちはそれをいまここで見たいわけだ。ただ叩き切るだけでなく細切れにするんだぞ。ちゃんと細切れにな。ぶつ切りじゃなく。わかったか？　おまえたちにできないなら、おれたちが今日じゅうに全員の命を終わらせるまでだ。さすがにそれは望まんだろう。あるいは望むのかもしれんな。さあ、どうだろう。そこのところはおまえたちにしかわからない。自分で選ぶといい。いや、ほんとうに。自由の国なんだから」隊長はがなった。ほぼ同時に発砲音が連続して聞こえた。パン・パン・パン・パン・パン・パン・パン！　でも、わたしたちにできることはなにもなかった。わたしたちは互いの目を見ることさえできなかった。なにひとつできなかった。

「しかし、おまえたちのなかには生きていたい者もいるだろう。今日ここでなにがあったかを語り継ぐために。たしかに語る価値はあるとおれも思うぞ」隊長は煙草を吹かしながら言った。

すると、治安部隊の一匹が銃を持ちあげてセに向け、両目のあいだに狙いをつけた。そのときだった――その瞬間をわたしはけっして忘れないだろう――伯父が腰をかがめて斧を取ったのは。わたしは息を止めた。伯父はつぎに背すじを伸ばすと――まるでスローモーションのような動きだった――わたしたちと向きあい、あのマブロスィの木の下で身を寄せあっているわたしたちを見た。彼はただそこに立ち、大きな優しい目でわたしたちをただ見ていた。いつまでもじっと見ていた。

わたしたちの顔を記憶にとどめようとするように。体が震えていた。斧も震えていた。それから、細心の注意を払って、斧をセッツワヨに手渡した。首を横に振ったのはだれだっただろう。伯父はこれでいいのだというように首を縦に振った。セは首を横に振って拒んだ。伯父は首を縦に振った。セは首を横に振った。伯父は首を縦に振った。セは首を横に振った。いやだ——いやだ、いやだ、いやだ、いやだ、いやだ、いやだ、いやだ、いやだ、いやだ。そんなふうに親子で堂々めぐりをしているところをあなたが見たら、小さな子たちがゲームをしているみたいだと思ったかもしれない。

「おまえはこれをやらなくてはいけないんだ、息子よ、やらなくてはいけない。この状況を自分で理解することができるように」伯父は優しいといってもいい口調で言った。治安部隊の一匹が吠えるのとくすくす笑いを一緒にやった。セッツワヨは首を横に振りつづけた。あまりに力をこめて振るものだから、もしも頭がネジ留めされていたら、ネジがはずれてしまっただろう。

「ほかに選択肢はないのさ、息子よ。こんなことをおまえに頼むなんて心からすまないと思っている」伯父は穏やかだけれども有無を言わせぬ口調で言った。そして、まさにそのとき、伯母の体がわずかに動くのをわたしは目の端でとらえた。

「それならいっそ死にたいよ、父さん。じゃ、父さんがぼくにそれをしてくれない？　さあ、やってくれよ。ぼくの許可がおりたんだから、やれよ」セは大声を出した。遠くにいる者の注意を惹こうとでもいうみたいに、セは気性が荒いけれど、父親に対してあんな言い方をするのは聞いたことがなかった。憤りをむき出しにしたあんな激しい口ぶりは。

「セ、セッツワヨ、よく聞け、わたしの言うことを聞いてくれ」伯父は言った。静かな声で。彼は冷静だった。愛にあふれていた。

「おい、おい、おい！　いい加減にしろ！　もうじゅうぶんだ！　時間がないんだ！　だらだらと無駄口を叩くのはよせ！　雌の集まりじゃあるまいし」隊長が吠えた。

「わたしはもう生きられるだけ生きた、わかるだろう、息子よ。充実した一生だった。文句など言えない。そのことに毎日、感謝している。そして、おまえたちみんなにも。おまえたちはほんとうの意味でわたしの最高傑作さ。だが、おまえが死んで、わたしが生き残ったとして、このわたしにどんな使い途がある？　ここにいる者のためになにができる？　いつまで続けられる？　健康な体で。ようく聞け、神がこのやり方を望むのであれば、御心《みこころ》にしたがおう」伯父は言った。

「神だって？　この邪悪を認めるなんて、どれだけ病んだ、どれだけ狂った醜い神なんだ？　教えてくれよ。どういう種類のみすぼらしい神なんだよ、父さん?!」セッツワヨは感情を爆発させた。

「頼む、息子よ、頼むから、わかってくれ」伯父は懇願した。

わたしがそのとき見ていたのはセッツワヨではなかったかもしれない。あるいは、彼を見ていたけれど、それまで一度も見たことのない彼だっただけなのかもしれない。わたしはどうしても、それがセッツワヨだと思えなかった。なにかがセに取り憑いたかのようだった。彼の体はぶるぶる震えていた。でも、怖いからではない。彼の目は怒りに燃えていた。呼吸が速まり、重たくなった。父親を見る彼の顔はまるで——いまもよくわからない——その顔に浮かんでいたのは軽蔑だった。失望だった。まるで、伯父がなぜか彼をがっかりさせたかのように。彼を裏切ったかのように。彼を侮辱したかのように。それから、セはマブロスィの木の下にいるわたしたちと面と向きあった。彼セは母親の目を探しているのだとわたしは気づいた。その目を見つけると、彼はしばらくじっと見つめていた。それから、セは首を横に振り、ぺっと唾を吐いた。涙がこぼれ、滝のように流れた。

彼は父親に向きなおった。そのときには父親の顔にも滝のような涙が流れていた。父と息子はそうやって、ほとばしる涙と一緒に互いを見つめながら立っていた。

十六、涙に濡れた祈り

幼いときからいつも涙についてそう聞かされてきた——涙は言葉だと。涙は実際に語るのだと。その日、わたしはマブロスィの木の下でそれを目撃した——この耳で聞いて理解した——涙の明確さを。涙の圧倒的な雄弁を。なぜなら、サセッツワヨ伯父さんは涙だけで息子に語っていたから。セに思い出させていたから。彼がどういう存在なのかを。おまえの名前はセッツワヨ・ズウェリバンズィ・フューチャー・クマロ。いと高き神、ンクルンクルの息子の、ソミズィ・ドルングワネ・クマロの息子の、ムピロムピ・クマロの息子の、ムクルンイェワ・サキレ・クマロの息子の、メルリスィスウェ・ングクウェレ・クマロの息子の、ンカバイェズウェ・ムビコ・クマロの息子の、サキレ・バタカティ・ジョージ・クマロの息子なのだと。母方の先祖をたどれば、ンクルンクルの娘の、ノムフラ・クマロの娘の、ザネズル・ムロツワの娘のンカンイェズィ・ガツェニの娘の、ノク・ソロ・フラバンガネの娘の、ンオンセバ・グメデの娘の、ントムビイェランガ・エミリー・ムロツワの息子なのだと。これらすべての先祖が集まっておまえを、セを授け、おぞましいいまこの瞬間《とき》におまえが占有しているその体をもたらしたのだと。大地と天と川と木と風と、生きて息をしているすべてのものがおまえのもとにあるのだと。おまえはそれらすべての巨大な力が共有する祈りであるのだと。おまえはなににも増して尊い贈り物なのだと、伯父は涙だけでセに語った。どんな海よりも深く広い愛で、壮厳で絶対的に神聖な真《まこと》の愛でセを愛していると。その愛はすべての愛でああるだけでなく、マブロスィの木の下での恐ろしくおぞましいこの瞬間《とき》よりもっと大きいものでもあるのだと。それは時間を超え、空間を超え、死を超え、ほんとうにありとあらゆるものを超えるものなのだと――超越した愛なのだと。だから、セはけっしてそのことを忘れてはならないと。そのことをつねに自覚していろと。赤いベレー帽に迷彩服の邪悪な友が彼ら親子に、わたしたちみんなになにをしようとも――父と息子は何者にも壊されない固い絆で結ばれていることを知っておけと。だから、ここでの別れは抹殺でも殲滅《せんめつ》でもなく、もっというなら一時的な別れでしかないということを覚えておけと。セは赤いベレー帽の邪悪なやつらより優れた存在であることを覚えておけと。セは優雅でりりしくて威厳があるのだからと。もっと大事なのは、卑しい治安部隊と同じレベルに落とされないことだ、やつらがおまえを貶めるのを許してはならないと。なにがあろうとも、闇に覆われようとも、自分を愛しつづけろと。闇もいつかは暗さを使い果たして最後には光が射す。最後に明けないほど長すぎる夜はないのだからと。そして夜明けが訪れたら、セッツワヨ、おまえは夜明けの光のなかで自分と向きあわなければならないと。泣き崩れずにそうするのを許してくれるのは自己愛と心の平安だけだろうと。キリスト教徒で、わたしの母と同じブレザレン教会の信徒である伯父は、それから、涙に暮れながら言った。主の祈りを涙と一緒に口にした。つまり泣き声でこう祈った――天にましますわれらの父よ。わたしたちはサセ伯父さんの顔を流れる激烈な涙から、その祈りの言葉を一語たりとも漏らさずに聞き取った。アーメンと言いながら、伯父さんは涙をぬぐった。わたしたちの長老は、われらが一族の父は、穏やかに祈りを終えてもうなにも言うことがないのだと、だれもが知った。

十七、つまるところ、汝殺すなかれ （『旧約聖書』〈出ェジプト記〉〈申命記〉）

父親の言ったことをセッツワョはどう思ったのか、わたしにはじつはわかっていなかった。言われたとおりに聞いていたのかどうか。それでも、涙を拭う父を見たことがあなたにもわかっただろう。それと前後して、またもこしたようだった。彼の表情の変化を見ればあなたにもわかっただろう。それと前後して、またも続けざまに銃声が聞こえた。そして、いま見えているものはほんとうに自分が見ているものなのかと自問は斧をひっつかんだ。そして、いま見えているものはほんとうに自分が見ているものなのかと自問するより早く、斧が伯父さんの肩と首のあいだに振りおろされるのをわたしは見た。たぶんその瞬間まで心のどこかで——ほかのみんなもそうだったかもしれない——自分たちは恐ろしい悪夢でも見ているんじゃないかと一縷の望みを抱いていたと思う。なにかの奇跡が起こって、どういうわけか、その悪夢が終わるんじゃないかと。でも、その最初のひと振りでそんな希望は打ち砕かれた。粉々に砕け散った。ずいぶんあとになってからわかるのだが、おそらくセッツワョは斧を振りおろしながら、その致命的な一撃で伯父が瞬間的に失神し、そのまま絶命すると思っていたにちがいない。そう願っていたはずだ。そうすれば父親に余分な苦痛を与えずにすむし、母親も自分もわたしたちみんなも余分に苦しまずにすむ。恐ろしい悪夢を早く終わらせることができる。これもあとになって、そのときの状況を理解できるぐらい頭が整理されてから気づくのだけれど、治安部隊には斧がなまくらなのがわかっていた——わたしたちの苦しみを長引かせるためにそういう斧を渡したのだ。だから、セッツワョはまた斧を振りおろした。セッツワョはまた斧を振りおろした。それからもう一度、もう一度、もう一度。いまでも耳をじっと澄ますと、あの忌まわしいガツンという音が聞こえてくる。

伯母はその時点でふたたび気を失っていた。わたしたちの試練が始まってから伯母が何回気を失ったのか、実際のところ、わたしにはわからない。あんなふうに気絶しつづけることがあるとは知らなかったから。あんなふうに何回も繰り返されるとは。治安部隊はただ眺めていた。だらしなく舌を垂らして。尻尾をしきりに振って。ふだんの日と変わらぬように。よくあるいつもの出来事を見ているとでもいうように。斧の恐ろしい仕事はまだ続いていた。セッツワヨはもう死に物狂いになりつつあった。怒りも際限なく増していった。あなたにもあの空気のなかにあった怒りが感じられるはず。斧の一撃一撃にこめられた怒りが見えるはず。苦痛に歪んだその顔に、食いしばったその歯に、もはや自尊心をなくした残忍なその目があらわす怒りが読み取れるはず。彼は悪夢を終わらせるために、伯父が早く死んでくれることを必死で願っていた。わたしたちのだれもがそうだった。セッツワヨに許可を与え、強制すらした伯父もきっと同じことを必死で願っていたと思う。なのになぜか伯父の魂はその願いを頑として聞き入れなかった。

太陽はいよいよ耐えがたい熱を放ち、真っ黄色になっていた。セッツワヨは不意に萎縮したように、ひどく小さく見えた。彼の残骸だけがそこにあった。彼は叫んだ。これ以上ないという悲しい声で。あれほど悲しい光景はなかった。あれほど強い悲しみも。血のにおいで空気が重くなっていた。ぬるぬるした血のにおい。わたしたちはその間ずっとゾンビのように木の下に座っていた。まるで、自分の体から抜け出て安全なところへ逃げこみ、中身のない容れ物がそこに残されているみたいに。すると、逃げるわたしたちとマブロスィの木の下に座っている容れ物のあいだのどこかで、伯父が――サキレ・バタカティ・ジョージ・クマロ、サセッツワヨ伯父が――ようやく死を迎えた。ばらばらになって死んだ。細切れにされて。ばらばらの細切れになって。治安部隊は彼をドラム缶にいれてシチューをつくり、宴でも催すつもりでいるかのように。わたしたちは泣くなと命じられていた。泣いた者は伯父と同じ目に遭うと治安部隊は言った。彼らが本気であることもわたしたちにはわかっていた。だけど、泣くことを許されても、わたしたちは泣いただろうか。涙が残っていただろうか。

隊長は咳払いをして痰を吐き、死体が干からびるまえに伯父を埋めろとわたしたちに言った。彼らは車に飛び乗った。作業の進み具合を確かめに戻ってくると言い置いて。わたしたちは伯父のための墓穴を急いで掘った。必要な道具は家族が働いている畑にしかないので、ある者は木の枝で、ある者は素手で掘った。掘っているあいだ、だれもひとことも言葉を発しなかった——ただの一語も泣き声もいっさい。カチカチに固いブラワヨの土を掘る枝や素肢だけが喋っていた。伯母もそのときその場にいたけれど、なにかの荷物か殻が置かれているというふうだった。セッツワヨは何度も何度もマブロスィの幹に頭突きをしていた。セッツワヨはこのことから立ちなおれなかった。伯母も彼女のふたりの子、シニキウェとシボノクレも、以前のような生活は送れなくなった、でも、あのグクラフンディのような体験をしたあとで、ほんとうに自分自身に戻れた者が、心身ともに健康を回復した者が、まともに動けた者がいたとは思わない。

わたしたちはばらばらになった伯父をマブロスィの木の下に埋めた。墓のようなただの浅い穴に。治安部隊が戻ってくるまえになんとか作業を終えようとして。穴に土をかぶせ終わろうとするところへ彼らが戻ってきた。彼らはしばらく墓のまわりに立って煙草を喫いながら、わたしたちの仕事を眺めた。それがすむと隊長が、さっきの痰がとうの昔に乾いているのは、わたしたちの怠慢と無礼の証しだ、そういうところがいかにも反体制派らしいと言った。埋葬を最後までやらせてやるが、そのあとには当然の罰が待っているぞと。そうして、彼らはわたしたちを罰した。一列に並んで立てと命じると、有刺鉄線を持った一匹が現れ、列を進みながら、わたしたちを鞭打った。その有刺鉄線で。といっても、わたしが痛みを感じるのはあとになってからだった。そのときはなにも感じなかった。痛みもなにも。自分の体がもはや自分の体ではないかのようで、鞭打たれているあいだはずっとそんなふうだった。そしてそこに、怒り狂ったプーマ（ジンバブエの解放闘争以前から使用されていたプーマ耐地雷防護車）がやってきたのだ。

けたたましいブレーキ音を響かせたプーマが門のまえで停まる。車両はさらに多くの赤いベレー帽で埋まっている。わたしはその治安部隊の一行を目に収め、これでおしまいだと悟る。わたしたちは彼らに殺されるのだと。一匹が飛び降り、すでに車両に向かいかけている隊長のもとへ走る。両者が早口に話す。もちろんそこでなにが語られているのかはわたしたちのだれにもわからない。隊長がわたしたちとともにマブロスィの木の下にいる治安部隊に向かって怒鳴ると、彼らは自分たちが乗ってきた車のほうへ走りだす。こうして二台の車両は轟音をたてて走り去る。

家へ帰るための一歩を踏みだす力が残っていたのが信じられない。でも、とにかくわたしは歩きはじめた。モパネの木のそばにある井戸でブドチャーリーに出くわした。彼は近所に住んでいるのだが、当時は影のような存在でしかなく、そのときも自転車でわたしの行く手を遮らなければ、そのまま通り過ぎてしまうところだった。わたしたちはちょっとのあいだ、なにも言わずに向かいあって立っていた。彼がわたしの傷だらけの体を見つめていたのを覚えている。彼の目に涙があふれていたのを。わたしたちがそこに突っ立っているあいだに、プログレス小学校の制服を着た生徒の群れが歩道を全力で駆けてきた。恐怖が肢に貼りついて飛んでいるのを見たことがあるだろうか。

なにが起きているのか訊くために、ブドチャーリーは生徒の一匹の肢をすくって止めなければならなかった。「先生たちが殺されたんだ。あの兵隊たちがぼくたちの先生を銃で撃ったんだ」子羊は息も絶え絶えにこたえると、ふたたび駆けだした。ブドチャーリーはふたたび自転車に乗った。彼がプログレスへと急ぐまえに最後にわたしにかけた言葉は、家に帰るなということだった。

十八、懐かしき我が家

わたしは家に帰った。帰ってみると、そこに我が家はなかった。なにもなかったのだ。道に迷ったのかと思った。夢を見ているのかと思った。それから、ひょっとしたら自分の頭が混乱しているのかもしれないと思った。狂ってしまったのではないかと。掘っ立て小屋ひとつ残さず、そこに建っていたものすべてが燃やし尽くされて跡形もなかった。嗅いだことのない強烈な悪臭が漂っていた。気絶しているわたしが発見されたのは夕暮れどきだったと聞かされている。近所の動物たちがようやく勇気を奮い起こして外に出て、あたりの様子を見てまわりはじめたときに。だれかがあなたをわたしに手渡そうとしたのを覚えている。でも、わたしにはあなたを抱けるだけの力も、抱きたいという気持ちもなかった。あなたに対してなんの感情も湧かなかった。もしも彼らがわたしの手にあなたを押しつけていたら、投げ捨てていたでしょう。わたしは苦痛に身悶えしていた。頭の痛みと魂の痛み、心の痛みと肉の痛み。あらゆるところが痛んでいた。

あなたを助けたのは自分だと、フランガベザ——隣に住む子豚——から教えられたのは、それからしばらく経ってから。あの朝、彼は母親に頼まれてカップ一杯の砂糖を借りにいっていて、そこへグクラフンディが門からはいってきた。それが、反体制派の捜索という名目でわたしたちの住む地域に最悪の恐怖を打ちこんだ治安部隊の一団の名称――わたしは子豚に聞いて知った――だった。その名が意味しているのがわたしたち無垢な市民なのはあきらかで、つまり、わたしたちは反体制派ということだ。洗い流されるもみ殻のように大量に死んだのはわたしたちなのだから。あなたを抱いて家に帰ってきたあなたの祖父は、グクラフンディがやってくるのを見て、これは自分が同志と呼んできた者たちとはちがうとわかったにちがいない。フランガベザはそう言った。なぜなら、父はあなたをフランガベザに差しだし、キッチンの裏からそっとフェンスをくぐって外に出て、井戸のそばの茂みに隠れろ、おれが見つけるまでそこで待っていろと指示したのだからと。

途中でほかのグクラフンディに出くわすのが怖くて、フランガベザはまっすぐ井戸へ向かうことはしなかった。彼は農場の北側にあるバオバブの木の洞《うろ》に隠れ、様子をうかがった。父がグクラフンディの一団に近づくのが見えた。そこでどんな言葉が交わされたのかはフランガベザにはわからなかった。ただ、怒りをむき出しにした大声と、あなたの祖父が治安部隊の一匹を頭突きで倒したことから、それが激しい口論であったのはたしかだった。もっとも、口論は長く続かなかった。父はすぐさま地べたに倒され、グクラフンディは咬みついたり拳や警棒で殴ったり、ブーツの底や銃の台尻の雨を降らせたりした。暴行がついに終わったときには父は倒れたまま動かなくなっていた。たぶん意識を失って。グクラフンディは家族みんなを集めてキッチンのまえの空き地に座らせた。フランガベザは家族の数をかぞえた。わたしを除く全員の数を。つまり、全員がそのとき家にいたということだ。泣き叫ぶ声や慈悲を乞う声を彼は聞いた。彼には理解できない言葉で怒鳴ったり命じたりするのを聞いた。グクラフンディはこのとき、わたしの家族にのしかかるような恰好でさかんに動いていた。彼らがなにをしているのか、フランガベザのいるところからではよくわからなかった。なにが起きているかを知ったのはその少しあと、治安部隊が家族の体を引っぱりあげたときだった――彼らは全員を縛りあげていた。

フランガベザは彼らがゼンゼレの角をつかんで引きずるのを見ていた。つぎにンコスィヤボを、つぎにンカンイソを、つぎにンジュベを、つぎにタンディウェを、最後に母をキッチンのなかに引きずっていくのを。彼らがドアを閉めるのを彼は見ていた。そのあと彼らがドアになにかをするのを彼は見ていた――鍵を掛けるか紐で縛るかしたのだろうと思った。そうやって縛りあげた家族を家のなかに置き去りにするつもりなんだと確信した。洞から出ても大丈夫だと確信できたら助けにいくつもりだった。ところが、そのとき、グクラフンディの一匹がキッチンの藁葺き屋根になにかを投げるのが見えた。即座に屋根に火がついて燃えあがるのを彼は見ていた。

グクラフンディは農場にあるほかの建造物すべてに放火し終わると、所在なげに突っ立って煙草を喫いながら、なにもかもが焼け落ちるのを見ていた。そこで、ディーコンドゥの歌がラジオから流れるのをフランガベザは聞いた――グクラフンディは行くところ行くところでその歌をかけているらしかった。すると突然、治安部隊は父のフランジパニの香りにむせた――もちろん、フランジパニは農場のいたるところにあるのだけれど、まるで彼らの内部に突如として芽吹いて花開いた新たなべつの悪の香りに取り憑かれでもしたみたいだったと彼は言った。彼らは哀れな低木を切り倒し、踏みつけ、叩き切り、引き裂き、踏みつぶし、根こそぎにした。その間に隊員二匹はマシンガンを取りだして狙いを定め、発砲までしはじめた。

どれぐらい時間が経ったのかフランガベザにはわからなかったが、キッチンのなかの悲鳴が完全に静まるにはじゅうぶんな長さだった。彼はそこで父が動くのを見た――意識が戻ったのだ。父が必死で立ちあがるのを彼は見た。父が農場の敷地を見まわすのを見た。燃えている建造物を父が目に収めるのを彼は見た。父が苦悶の叫びをあげるのを彼は聞いた。父が——なおも吠え声をあげながら——燃えているキッチンへ向かって走りだすのを、キッチンをあとにして母の燃えている寝室へ向かうのを彼は見た。自分を散り散りにして庭じゅうを走りまわるのを彼は見た。実際、たくさんの父が散らばっているみたいだった。まるでもみ殻のように。父はなにに触れればいいのか、なにを抱けばいいのか、なにを放せばいいのかわからないようだった。

フランガベザは一発の銃声を聞いた。父が倒れるのを見た。だが、致命的な一発ではなかったにちがいない。父がなんとか這いはじめるのを見たから。グクラフンディがあなたの祖父の体をつまみ上げてジープに引きずっていくのを彼は見た。プーマは門の横に停まっていた。彼らがあなたの祖父を投げこむのを、ぼろ布のようにジープに投げこむのを彼は見た。グクラフンディがジープに乗りこみ、走り去るのを彼は見た。それが、ンカバイェズウェ・ムビコ・クマロとザネズル・フラツワヨ・クマロの息子にして、ノムヴェロ・メアリ・クマロの夫にして、タンディウェ・クマロとンカンイソ・クマロとンコスィヤボ・クマロとゼンゼレ・クマロとンジュベ・クマロとこのわたしの父にして、たったひとりの孫であるあなた、デスティニー・ロズィケイ・クマロの祖父、ブトレズウェ・ヘンリー・ヴリンドレラ・クマロが最後に目撃された姿だった。

十九、最後の仕上げ

近所の多くの動物たちにも同じ運命が襲いかかったと聞かされた。あなたの父親の家族もそう。なんのためにわたしはあそこに残ったのか、あのおぞましい廃墟にとどまったのか、いまもわからない。どうして生き残ったほかの動物たちと一緒にあの村を離れなかったのか。フランガベザの母親が一緒に行こうと、休息を取ろうと懇願してくれたのに。彼女はあなたをおぶっていた。あなたはたぶん眠っていた。彼女の大きな息子たち、マンドラとディンガネ、それとほかにも、もう名前は思い出せないけれど歳のいった雌が一匹やってきて一緒に行こうとわたしを説得しようとした。でも、わたしはどうしても動けなかった。自分の家族がどこからか現れると思っていたのかもしれない。ほんとうは死んでいなくて。なにかが発火して、わたしも燃やしてくれるのを望んでいたのかもしれない。生きていかなくてすむように。自分がなにを考えていたのかわからない。でも、ふと気がつくとぎらつく光のなかにいた。グクラフンディがやってきて、おまえたちはそこでなにをしているのかと迫った。反体制派を待っているのかと。わたしの家族を殺したのは彼らなのか、サセ伯父さんを殺し、わたしたちを殴ったのが彼らなのか、それとも、彼らはまったくべつのグループなのか、わたしにはわからなかった。

彼らはわたしたちに腹這いになれと命じた。悪夢をふたたび体験しているかのようだった。わたしはめった打ちにされた——最初からもう一度。わたしたちはめった打ちにされた。つまり、打って打って打ちまくられた。彼らはまず雌たち全員の服を脱がせた。だけど、ここであなたに彼らがわたしたちを打ったと語ったところで、なにかを語っていることにはならないし、すべてを語ることはできない。どんな言葉でも語りはじめることなどできない。あの日、一九八三年四月十八日月曜日、ブラワヨで彼らがわたしたちにしたことは。このジダダのブラワヨで、父の農場の廃墟の真んなかで。長い月日が流れても、何十年経っても、わたしはまだ言葉を見つけられずにいるのよ、デスティニー・ロズィケイ・クマロ。こうしていまあなたに語りながらも、正しく語っていないとわかっている。わたしには正しく語れないし上手にも語れないということは。それを語る言葉などないのだから――あったためしはないし、これからも永遠にないのだから。

あれはわたしがこの片耳の聴力を失った原因でもあった。あなたには先天的な異常だと以前に話したわよね。でも、もうわかっただろうけど、現実に起きたのはそういうことだった。それから数日経ち、数週間経つうちに、わたしたちの体は腐っていった。グクラフンディが徘徊しているあいだは、いくら探しても傷の手当をしてくれる医療機関はなかった。わたしたちは最後の仕上げをされるのではないかと恐れていた。わたしたちが治療を求めてやってきた場合に備えて、彼らが病院で待ち受けているという噂もあった。それで、わたしたちの体には蛆《ウジ》が湧いた。体にいる蛆を爪で引っかくと身悶えする蛆を眺めることができるの。自分が放つ悪臭のひどさに耐えられなかった。わたしたちは何ヵ月も腹這いで寝ていた。そうしないと体が痛くて眠れなかったから。わたしたちは腐っていった。わたしのお尻の肉はごっそりと剝がれた。最初にお尻の片方が、つぎにもう片方が。わたしの肉にはいまだにそのときの穴が、谷が、畝《うね》が残っている。でも、なぜあなたにこの話をしているのかしら？　こんな言葉では自分が言いたいことをちゃんと伝えられないとわかっているのに。

ふたつの体の肖像

シミソはゆっくりとベッドから離れて部屋の真んなかに立つ。流れるようなひとつの動作でネグリジェを頭の上まで上げる。下着はなにもつけていない。彼女はうしろを向いて娘に背中を見せる。その恐ろしい傷痕を見たデスティニーは息をのみ、口を覆う。長い背中を縦横無尽に走る怒りの線、怒りの溝。老いた山羊の尻にできた穴。正真正銘、素っ裸の母の体を見るのはこれがはじめてだが、澄んだ水を見ているような気持ちになる。しかも、その水には自分の体が映っている。彼女はこのときのことをのちに思い返す、シミソが着ているものを脱いで裸を見せることは自分も裸になることでもあったと感じる。

そうしてデスティニーは、気がつくと自分もネグリジェを脱ぎ捨てていた。それから、シミソと向きあって立った。シミソは傷痕だらけの娘の体を見てもひるまなかった。二匹の山羊はそこに立っていた。横に並んだり真正面から向きあったりして。いままでそんなふうに立ったことがないかのように。互いに互いを産んだかのように立っていた。そう、つまるところ、彼女たちの裸の体はそっくりだった。雌だからというだけではなく、母と娘だからでも、ゆえに同じ土の塊からつくられたからでもない。そうではなくて、どちらの体にも治安部隊につけられた傷痕があるからだ。あたかも、二〇〇八年七月五日にデスティニーの体を切りさいなんだ治安部隊は、それより二十五年以上まえの一九八三年四月十八日にシミソの体を切りさいなんだ治安部隊から入念な指示を受けていたかのように。つまるところ、どちらの体に対しても現政権の残酷さの保管という重大な任務を負わせようとしたかのように。

「わたしが消えた理由はこういうことなのよ、母さん。これほどまでに傷つけられたから。それが起きた直後は身も心もずたずたで、とにかく逃げることとしか考えられなかった。ここを離れて二度と戻るまいということしか。忘れることが、振り返らずにいることが自分を救うだろうって思ったの。そうすれば起きたことが全部消されるだろうって。二〇〇八年の選挙の直後に起きたことが――

――」

「しぃぃぃぃぃぃぃぃぃぃぃぃぃぃぃぃぃっ、もうやめて」シミソは囁く。すでにわかっている話を語られる必要はない。つまるところ、彼女は我が子を抱き寄せる。意に反して触れられることを認めた繊細な花をそっと摘もうとするかのように。シミソは娘の傷に注意深く触れる。ひとつずつ、名前をつけようとするみたいに。彼女は娘の傷のひとつひとつを優しくなぞる。娘の傷のひとつひとつにキスをする。それがすむと今度は娘が母を抱き寄せる。いちばんやわらかなマッシュルームをそっと摘もうとするかのように。彼女は母の傷にひとつずつ触れる。そう、つまるところ、ひとつひとつに。それらの名前を学ぼうとするみたいに。彼女は母の傷のひとつひとつを優しくなぞる。そして、母の傷のひとつひとつにキスをする。母と娘は何回もこれを繰り返す。何回も何回も、自分の体の内側にずっと閉じこめておいた痛みもうずきも、蝶の羽のごとく軽くなるまで。

遺産の回復作戦

統一選挙後の国民感情の点描

――おやおや、同志！　わたし、言いませんでしたっけ？　われわれが仕切ってる選挙で負けるわけにはいかないんだって！　なぜかって？　動物たちはわれわれに票を投じなかっただろうって？　とーんでもない！　それに、つぎにおこなわれる選挙、二〇二三年の選挙でも、われわれが勝ちますよ。そのつぎの二〇二八年の選挙でもわれわれが勝ちます。そのつぎの二〇三三年の選挙でもわれわれが勝ちます。二〇三八年も、二〇四三年も、二〇四八年も、二〇五三年も、勝ちます。われわれのやることはそれしかないんですから。勝って勝って勝って勝って勝って勝って勝ちつづけます！　あばずれは引っこんでろーーーーーーってね！

――いますぐ行けるやつはいるか？　おまえたちは救い主、オー・プレシャス・ソルジャーズとともにカナンにはいる心構えができてるか?!　だから言っただろ、約束の地が現れるって！　約束の地はここなんだ、栄光、栄光、えいぃぃぃぃぃぃぃぃぃこぅぅぅぅぅぅぅぅぅぅぅぅぅぅぅっ！

――まず残念なのは、最初はあれが真の統一選挙に見えたことです。わたしもあやうく信じるところでした。つぎの瞬間、わたしたちは戦場にいました。武装した治安部隊が総動員されて、いつもやってきたことを始めました。殺された動物たちにやすらかな眠りが訪れますように！

――投票日のわたしたちを見たはずよ。ロズィケイのいたるところでわたしたちがどんなだったか！　みんながふわふわと漂っていたことを。宙に舞っていたことを。どれだけ勝利を確信していたかを！　どうしてそんなにふわふわしてるのって子どもたちが訊くから、新しいジダダが生まれるからよって、わたしはこたえた。それがどうなったのか、新しいジダダはどこへ行ったのか、もう子どもたちも訊かないでしょう。どうやって子どもたちを見ればいいのか、いまだにわからない。

――おめでとう、我が救い主、これからの五年間が実り豊かなものとなりますように。〝新たな統治〟を！

――自分の正気を保つためにただ先へ進みたい。だから、それについて語ることはなにもない。自分と自分の家族と、自分と神との関係に集中するのみだ。現にあるこれらのことは自分でコントロールできると確実にわかっているから。

――でも、わたしたちはあなたたちに警告しましたよ。選挙の当日までずっとあの場所で警告しましたし、教えようとしましたし、思い出させようとしましたよ。あなたたちはあれを統一選挙と呼ぶことまでしたでしょう。あれを#自由で公正で信頼できる とまで言ったでしょう。そんな目で見ないでください。いまのはあなたたちがつくった言葉ですよ。

――悔やまれるのは、クーデターのまえは一度もデモ行進とかに行かなかったということ。いつでも家にいて自分のことにかまけていた。そんな自分を家から出してクーデター支持の行進に参加させ、あの兵士たちとの自撮りまでさせたのがなんだったのか、いまだに説明できない。思い返してみると、ほかの動物がわたしになりすまして、かわりに出かけていったような感じ。どうして自分にあんなことができたのか、どうしてあんな気持ちになれたのか、ほんとうにわからないんだもの。あるいは、自分の全生活を費やしてなにかを望むと最後にはそれが実現し、そういうことを実際に期待しないでいると見通しを誤るということなんだろうか。それが危険なことだといまはわかる。

――嘘を言うつもりはない。変化が訪れると本気で信じていた。確信していた。で、その結果がこれだ！　じゃあ、オールド・ホースを辞めさせたことにどんな効用があったんだ？　変化はどこへ行った？　今回のテュヴィの勝ち方だって、やつの勝利を信じると仮定してだけど、オールド・ホースの戦術のにおいがぷんぷんする。

――わたしが達した結論。選挙はこのジダダでは時間の無駄だということ。これからも与党が不正と暴力で勝ちつづけるのだろうから。そのどちらか一方を、もしくはもう一方を、もしくは両方を使って。

——なぜこんなことをしようと考えるやつがいるんだろう、クーデターを実行して、結局は国を悲惨な状況にするなんて、どうなってるんだ。いくらおれでもそこまではしない。だけど、せめて救い主がジダダのために正しい舵取りをしてくれるように祈ってるよ。

——野党に投票した有権者のふるまいはまるで駄々っ子だね。あんたらは選挙に負けた、選挙に負けたのさ。一巻の終わり。おとなになって先へ進みなよ。ほら《ハウー》、ようっ《ンクスッ》!

——がっかりです。でも、テュヴィがわたしをこの国から追い出すことは許しません。ここはわたしの国だから。この国にとどまって毎日戦います。ジダダが真に自由な国になるまで! それに選挙プロセスに見切りをつける気もありません。それこそが現政権が欲していることですから。わたしたちが不満をつのらせて選挙に行かなくなれば、彼らはなんでも思いどおりできるのですから。最後のひと息まで、わたしは戦いつづけます。

——たぶん、われわれはあのクーデターに抵抗するべきだったんだろう。そうすればどこかへたどり着けたかもしれないんだ。

——まえへ進む方法について野党にどんなプランがあるのかな? なぜって《ンゴバ》、わたしたちも選挙のたびにお決まりの歌をうたうわけにはいかないから。なんだかこの野党はただの役立たずだという気がしはじめている。

——たしかに醜い独裁者の失脚を祝いたいと思ったあの瞬間に気持ちが戻ることがあるわ。だとしても、オールド・ホースの破滅に罪悪感を覚えさせようとしないで！　あの悪魔はあたしの人生を盗んだのよ！

——オールド・ホースの治めるジダダがクソまみれだったときみらは思うとしても、今度はクソが完璧に空に命中しようとしてるんだぞ。この獣たちは統治の仕方を知らないとおれたちが言うときには、この獣たちは統治の仕方を知らないという意味なんだ。

——いまこそ、わたしたちの相違をひとまず脇に置いて、ひとつのジダダを目指して動くときでしょう。わたしたちみんなで。わたしたちがひとつにまとまれば、そのことに時間をかければ、この〝新たな統治〟はきっとうまくいきますよ。

——ぼくはどこへも行かない。なんで行く必要がある？　仕事は順調だし、家族は元気にやってるし、ジダダの気候は最高だし！　出過ぎた真似さえしなければ、ここではまずまず穏やかに生きていける。だからぼくは出過ぎた真似をしない、ぼくにも我が家にも政治は不要。感謝感謝！

――くだらない〝新たな統治〟ソングをうたうクソなオウムどもをだれかが撃つべきだ。吐きそうだよ。

――失礼ながら、なにがそんな大きな問題なのかわかりかねますね。わたしたちはいままでこの国にいなかったわけじゃないんですから。ずっとこの国にいたんですから。建国の父のもとで四十年も生きることができたなら、救い主のもとでももう四十年、生きていけますよ。つぎの四十年も、つぎの四十年も、つぎの四十年も生きられます。ジダダ民は立ちなおりが早いんです。

――わたしが知りたいのは、いわゆる隣人はどこにいるのかということ。南部アフリカ開発共同体《SADC》はどこにいるのか？　アフリカ連合《AU》は？　何百万ものジダダ民が国内にはいってきているのにサウジアラビア《SA》はなぜ黙っているのか？　この国で起きることが彼の地で起きることに影響するのはあきらかなのに、なぜジダダの解放には力がそそがれないのか？

――〝新たな統治〟が国民をオールド・ホースの破滅から解放して新しいジダダへ送りこむのを、もうすぐわたしたちはまのあたりにするでしょう。救い主こそがみんなが待ち望んでいた変化なのです！

――ぼくらがやらなければならないのはこの窮状にどう対処するか、そのこたえを見つけることだ。現実に選択肢はふたつしかない。この腐敗した政党がぼくらを一生、人質に取るのを許すか、さもなければ戦うか。

——皮肉なものね！　自由に向かって行進していると思っていたら、なんとさらなる独裁に向かって行進していたとは！

——神は見ているなんて言うなよ。おれの惨めな生活を神はいつも見ていたから。神はいったいどれほど長くクソが燃えるのを見なければならないんだ、介入をするまえに？

——なるほど、いまのジダダは略奪者には自由な国なんだな。この言葉を覚えておけよ。

あなたにとって反吐が出る国は、つまるところ権力者にとって黄金郷《エルドラド》

政権と選民は極悪非道な略奪と強奪の季節にはいったと事情通が言うときには、政権と選民が極悪非道な略奪と強奪の季節にはいったという意味である。むろん、彼らは何十年にもわたって略奪者の一味だったが、いまや選挙の勝利の残光に浴しつつ、〝新たな統治〟のおかげで、営業を開始したジダダのおかげで、ジダダの二番めの大統領、ほかならぬテュヴィアス・デライト・シャシャのおかげで、その略奪の規模は見たこともない、とほうもないレベルに達していた。彼らは酔っぱらったバブーンなみのあつかましさと大胆さで、一片の恥もなく略奪をおこなっていた。彼らに関するかぎり、ダともうひとつダがつくジダダをまぎれもなく所有している。そう、つまるところ、ジダダの無限の富は彼らが奪うべき富になっているのだ。そして実際、彼らは奪っていた。ただ奪って

て奪っていた。

だが、どれだけ略奪と強奪をおこなおうとも、政権と選民は知らぬまに無謀な夢をはるかに超える富の大海原で溺れつつあった。彼らが自分たちのファンタジーに屈したわけは、つまるところ、めったに帰ることがなかった故郷の村を訪れ、村の葬式やたまの休暇で使うためのやたらと大きな道路を建設したわけは、そういうことだったのかもしれない。彼らは発電機をはじめとするさまざまな設備を村にととのえ、暗闇での不便な生活や水汲みの行列を強いられている惨めな都市の動物たちを羨ましがらせた。彼らは河川にも金をかけ、その結果、川底から泥が掻き出されて輸入品の大理石に置き換えられた。改装の仕上げとして岸に日光浴用のデッキを設けたから、人魚も魚も蛙も蠕虫も昆虫も、川にいるすべての生物が水のなかから出て、太陽を満喫するようになった。森やジャングルや村の周辺のそこここにオーガニック素材のハンモックを吊して、ライオンや豹が横になったり遊んだりできるようにした。果樹の下には高価な輸入カーペットを敷き、熟れた果実が土の上に落ちて傷まないようにした。山にはエレベーターを設置して、山に住む動物がボタンを押せば昇れるようにした。野生動物の健康維持のために滑り台や最新式のジャングル・ジムもつくった。さらに、インターネットの時代なので、そう、つまるところ、実質的にはなにも起こらない時代、ＩｎｓｔａｇｒａｍやＴｗｉｔｔｅｒやＦａｃｅｂｏｏｋに投稿されないとなにひとつ現実の出来事にならない時代なので、ジダダを所有する者たちはその流儀にしたがって自分たちの裕福なライフ・スタイルをソーシャル・メディアで共有し、見せびらかし、ただただ与えつづけるジダダが生みだす果てしなく豊かな未来を祝った。

夢を生きる

自由で公正で信頼できる選挙を手中にしたいま、ブレスィ・シャシャのいちばんのお気に入りにして、もっとも成功した息子、ズヴィチャペラ・シャシャの息子、テュヴィアス・デライト・シャシャは、もはや暫定大統領ではなく閣下という役をついに獲得し、まさしく自己の権利として演じている。彼は野党や欧米の支持者によるさまざまな企てをものともせず勝利した。いまさら驚くこともないが、相手は不正だの暴力だのとフェイク・ニュースを広めたり、ありとあらゆる戦略を仕掛けてきた——邪悪な野党は手段を選ばないから。つまるところ、閣下の勝利に異議を申し立ててジダダ最高裁判所まで事案を持ちこみ、名誉ある判事、キヤキヤ・キャプチャード・マニキニキ長官が裁判長を務める法廷で争った。しかし、そこでもやはり国家の救い主は勝利し、なおも選民として登場したのである。

いま閣下は、大統領同志は、地上三万八千フィート（一万一千六百メートル）の上空で幸福な休息を取っている。その大きな頭には心配事がひとつもない。静かで平和なこの心持ちはまさに神から賜ったものだ。夢を見ているのだとわかる。これは村で育った幼いころからよく見ていた夢だから。そこで彼はしぶしぶ目を開けて夢から戻る。が、やっと目を覚ましても、またつぎの夢にはいっていくためだけに目覚めたような気がする。つまるところ、こういうことになるのは夢に出てきたジェット機とそっくりの豪華なジェット機に実際に乗っているからなのだ。

村で育った子馬時代のテュヴィのお気に入りの娯楽のひとつはエンジン音で車種をあてることだった。走ってくる車の音が遠くに聞こえると、幼いテュヴィと友達は一日じゅう戦争ゲームをしていた茂みから道に現れた——そんな遊びを選んだのは当時、国が熾烈な解放闘争に突入していたためだった。幼い同志たちはいつも一緒にうずくまり、フラミンゴのようにじっとして頭を傾け、遠くのほうから山あり谷ありの険しい道をこちらへ近づいてくる車のエンジン音に耳をそばだてた。その道は村でただひとつの幹線道路でもあり、そう、つまるところ、口にする者によって異なるふたつの名前をもっていた——白い動物はローズ・ロードと、黒い動物はインデペンデンス・ロードと呼んでいた。道路でのこの演習は幼いテュヴィを目いっぱい興奮させる一種の予知ゲームで、興奮のあまり耳のなかに自分の心臓の鼓動が響いて車の音が聞こえにくくなることもあった。幼い動物たちはバスの音を聞き分け、トラクターの音を聞き分け、ジープの音を聞き分けた。レンジ・ローバーの音を、ダッジ・ラムの音を、プジョーの音を、ダットサンの音を聞き分けた。彼らは車のメーカーと型を大声で言ってから、車が姿をあらわして当たっているかどうかがわかるまで、息をひそめて待った。

埃まみれの疲れ果てた車がようやく視界にはいってくると、幼い動物たちは駆け肢で道路のきわへ寄り、当たっていると――テュヴィはたいていいつも当たった――金切り声をあげ、土埃のなかで踊りながら、白い動物の運転している車を自分たちのものだと主張した。子どもたちの一団は、ほんとうは自分たちのものなのに自分たちのものになっていない車が目のまえを通り過ぎるのを見送った。つまるところ、彼らの幼い心は感覚的に知っているなにかがもたらす痛みを覚えた。それは生まれたときに親から伝えられたものだが、親もまたその感覚を生まれたときに親から伝えられていた。そうした親の親たちは、白い動物たちが海の向こうの遠い国から最初に現れ、土地を奪うだけでなく自分たちを支配したときから、その感覚に染められていた。こうして彼らのものではない車が彼らを乗せずに走り去り、土埃をもうもうと巻きあげながら消えてしまうと、幼い動物たちは茂みに引きあげ、木の枝でこしらえた銃や石でこしらえた爆弾や手榴弾をつかんで戦争ゲームを再開した。それはもう遊びでもなんでもなかった。

大きな夢を見る者の

幼いころのテュヴィはいつも車を空想していた。そう、つまるところ、生傷をかばうように車を大事に心に抱いて、日々の雑用や村の生活につきもののありふれた作業をこなしていた。そうして夜になると、秘密の恋人のようにそのファンタジーを連れてベッドへ向かった。そう、つまるところ、ベッドで繰り返し見るのは車の夢だけでなく、飛行機の夢だった。飛行機の夢だけでなく豪華なジェット機、それもジダダの空でも広大な全世界でも見られない種類のジェット機の夢だった。なぜなら、それは遠い将来にだけ存在するものだから。ジェット機があまりに華麗な姿をしているので、幼いテュヴィは、天使が空からそっと降りてきて、この究極のマシンのまわりではしゃいで、ついでに写真に撮るのではないかと空想した。当時はそんな言葉はなかったけれど、何十年も経ってから〝自撮り〟と称されることを始めるのではないかと。

いつもの戦争ゲームの最中にテュヴィがはじめて夢の話をすると、仲間たちはその常軌を逸した馬鹿馬鹿しさに残酷な笑い声を浴びせ、さんざんにからかった。短気な雄の子馬は癇癪を爆発させ、AK-47自動小銃で友達全員を処刑した。友達はあわてて逃げだした。彼が玩具の銃で遊んだのはそのときが最後となった――それからほどなく、テュヴィは村で新兵の募集係をしていた伯父を説得して、とある訓練所まで送ってもらい、そこでジダダの独立を勝ち取るための武装闘争に加わった。同志のほとんどは自由なジダダの夢を抱いていたが、彼の心にはもうひとつの夢――自分専用の豪華なジェット機――もあった。

「なあ、同志」救い主はだれにともなく言う。閣下の声に山羊と雄鶏がすぐさま現れる。どちらも国旗マフラーを首に巻いている。

「〝わたしには夢がある〟とかいうポエムを口にしたのはだれだったかな?」テュヴィは言う。

「ドクター・マーティン・ルーサー・キング・ジュニアのことでしょうか、閣下?」雄鶏がこたえる。

「そうだ、それだ。彼が言ったとされている言葉を聞かせててくれ」テュヴィは言う。

「わたしには夢がある。不正の熱にうだり抑圧の熱にうだっているミシシッピ州も、いつの日か、自由と正義のオアシスに変えられるだろうという夢が」雄鶏がこたえようとするのを邪魔して山羊が暗誦を終える。昂ぶる感情で声は震え、目は涙で潤んでいる。骨張った胸に前肢の片方をあてて。そうしたほうがマーティン・ルーサー・キングの忘れがたい自由の歌が自分の胸にもっと沁みるように思えるから。山羊は雄鶏を見ない。雄鶏は自分の見せ場をかすめ取った彼をにらみつける。

「ああ、思い出したよ。そうだった、そう言ったんだ。彼の言葉はわたし自身の夢を思い出させる。まるで彼は過去から未来を覗きこむ魔法の力をもっていたかのようだ。のちの時代にわたしがどんな夢を見るかが彼にはわかっていて、わたしの夢から自分の夢をつくりだしていたかのようだ」テュヴィは言う。

「実際、偉大なるドクター・マーティン・ルーサー・キングは奇妙なタイムトラベルでもして、同志たる閣下の夢に触発されたのではないでしょうか」雄鶏はすかさず口を挟む。

「ああ、先祖から受け継いだ土地で、われわれが所有できるとは夢にも思わなかったものを、白い動物どもが所有しているのを見るという不正から生まれた夢だ。しかし、当然ながら夢を消し去ることはだれにもできん。だから、わたしはどうしたか。やつらを無視して夢を見たのさ。そうとも、わたしは夢見た。いつか自分も座ってやると。テーブルのまえに座るのではないぞ。そうじゃない。惨めなフンコロガシでさえテーブルの上までどうにか上がれるんだから、わたしが夢見たのはこういう贅沢なジェット機の座席さ。そして、いまここにいる」テュヴィは達成感にきらめく笑顔を見せる。
「そして、いまここにおられますね、閣下！」雄鶏と山羊はにらみあいながら、声を揃えて言う。テュヴィは両者の敵対感情には関心を示さず、座席の背にもたれて目を閉じ、生き生きとした夢に身をまかせる。

つまるところ、救い主は務め、呪術師は察する

そのジェット機は救い主の自家用機である一方、彼の収入源でもある——彼はジダダ政府にそれを貸しているので。政府とはいろいろな意味で彼自身なのだが、いずれにせよ、その見返りとして今回のような海外出張のたびに約百万USドルが政府から彼に支払われる。もちろん、これが彼の唯一のビジネスではけっしてない——救い主はガソリンスタンドも、日用品販売店《キオスク》も、鉱山も、売春宿も、サッカーチームも、タクシー会社も、有料トイレも、スーパーマーケットも、美容院も、サロンも、レストランも、銀行も、不動産屋も、違法な国境越え輸送機関も、ビアホールも、大学も、バス会社も、そう、つまるところ多種多様な資産を所有している。彼は思いあがった投資家ではない——金を稼いでくれるものに金をつぎこむ。

テュヴィは笑みを浮かべ、最新の情婦、マリーゴールドを思い浮かべる。彼女の歳は彼の三分の一だ。「お務めをしていていちばんいいところはなあに、閣下？」就任式からまもないあるとき、彼の耳を優しくかじりながら彼女は訊いた。「蓄財さ！」間髪をいれず彼はこたえた。「じゃあ、いちばん難しいところは？」彼女は訊いた。「それを使うことさ！」

「おや！　またご自分の財産のことを考えていますね、族長《チーフ》」救い主の隣に腰をおろしながらジョリジョは言う。

「どうしてわかるんだ、ジョリジョ同志？」テュヴィは満足げに目を光らせて猫を見る。

「閣下の考えていることを察するのがわたしの仕事なのではありませんか？　それに、そのお顔がアフリカ一お金持ちの大統領のお顔でないとしたらなんなのか、わたしにはわかりませんよ」ジョリジョは能天気にくすくす笑って肢を組もうとするが、失敗する。そう、つまるところ、体が大きくなりすぎているために失敗する。なにしろ小さい犬なら空き缶のように軽々と蹴飛ばせるぐらい、猫の体は異様に大きくなっている。もっとも、ハイスクールの神学教師をしていたころのジョリジョはガリガリに痩せていて、肢を組めたし、学校のフェンスや〈デュラウォール〉壁を躊躇なしにとんぼ返りで乗り越えることもできた。

ただし、猫の外見だけでは、彼がその体以上に大きな猫だということはかならずしもわからないだろう——そう、つまるところ、このジョリジョ、フルネームだとジョリジョ・パーフェクト・マポサ、政権の主任呪術師にしてパーサーヴァランス・マポサとレベッカ・マポサの息子、亡き双子の兄の立派な学歴のおかげで教師にもなれたこの猫が、いまやダともうひとつダがつくジダダの裕福な動物トップ五十に名を連ねているということは。最近になって呪術師ジョリジョの任務はさらに拡大し、ジダダ特別委員会のメンバーにもなっている。といっても、メンバーは彼と閣下だけだけれども。要するに、テュヴィが選挙に勝利したあと、ジョリジョはジダダの主要閣僚、政府高官、裁判官、軍の最高幹部といった、政権にとって不可欠な役職の審査と選抜に力を貸してきたのだ。

「で、万事順調かね、ジョリジョ？」テュヴィは言う。

「いいニュースから始めますか、チーフ？　それとも悪いニュースから？」とジョリジョ。救い主の表情を見て、猫はからかうような言い方をしたことを後悔する。

「ではまず、太陽の問題から――」

「もとどおりにできたのか？　わかっているだろうが、わたしはなんとしても太陽に命令をくださなければならないんだぞ」

「そう、その件ですが、閣下、残念ながらいいニュースがございません。どうやら、前ファースト・フィーマルのドクター・スウィート・マザーが、その、なんと申しましょうか――めちゃくちゃにしてしまったようでして、閣下」

「めちゃくちゃとはどういう意味だ、ジョリジョ同志?!　だれであれ〝新たな統治〟のもとでどうやって太陽をめちゃくちゃにできるんだ？　太陽とは世界のどこでも毎日、昇っては沈むものではないのか？」

「おっしゃるとおりです、閣下。そもそも、ジダダの太陽が雌に命令されるというのはあってはならないことでした。劣等の悲惨な部族集団に太陽が命令されてはならないのと同じように。太陽に命じるという行為によってドクター・スウィート・マザーがしでかしたのは、神々の本質的な怒りを買うことでした。ジダダのいかなる統治者もふたたび太陽に命じることができるのは百年後だと、どうやら神々はそのように定められたと思われます」呪術師は厳粛な口調で伝える。

「しかし、百年後ではわたしは死んでいるではないか、ジョリジョ同志！」テュヴィは怒り狂って叫ぶ。

「そのこたえはイエスでもありノーでもあります、閣下。イエスとは、すべての生ける肉体がそうであるように、あなたの肉体も終了するという意味です。ですから、はい、あなたは死にます。でも、ノーでもあります。そのまま死んだ状態でいる必要はまったくないのですから。正しい儀式に則れば――それが簡単にできるとは申しませんが、できるのです――あなたは生き返って、もう一度国を治めることができます」

「よろしいでしょうか、閣下、わたくしが口を挟んでも？」黒いスーツ姿の小柄な豚が言い、最初にテュヴィを、つぎにジョリジョを見る。

「いつでもかまわないさ、博士《ドクター》同志。ジョリジョ同志はちょうど自分の席に戻るところだったからな」救い主は席をはずすように猫に合図する。猫は豚を無視して、こそこそ立ち去る。

救い主はふくみ笑いをする。おかかえ呪術師が新財務大臣に任命されたブリリアント・ンズィンザを好いていないことは秘密でもなんでもない。「彼の傲慢な態度は下水管にいる鼠に似ていますね。欧米で教育を受けた自分はまわりより優れていると思っていて、つまらん本のなかの文章のような話し方をするんです。わたしが思うにあいつは断じて同志なんかじゃありませんよ、チーフ。いつかきっと問題を起こして迷惑をかけるでしょう、あの豚野郎は」呪術師はそう言って、豚の大抜擢に反対していた――特別委員会の意向に対する厳しい異議申し立ての希有な一例となった。が、むろん、反対しても無駄だった。すこぶる聡明なうえに華々しい数々の資格と鉄壁の国際キャリアを備えた豚が経済の専門家《ウィザード》であることは、つまるところ道ばたの小枝や石ころでさえ知っている。萎縮しつつあるジダダの経済を死の床から起きあがらせる者がいるとすれば、彼こそがそれをおこなう動物であることは。ドクター同志というのは、テュヴィが豚につけて、またたくまに定着したニックネームなのだ。

家族の新たな一員

「わかっているだろうが、全ジダダが、それどころか世界が、きみへの称賛を惜しみなく送っているぞ、ドクター同志。同志たちは言うにおよばず。彼らはきみと家族になれたことにたいへん興奮している。しかも、この家族はごらんのとおり大家族だからな」テュヴィは声をあげて笑う。座席の背もたれをまっすぐに戻す。豚はテュヴィと向かい合わせの席でもぞもぞ動く。

「大家族ですか。それは愛さなければなりませんね、サー。しかし――」

「しかし？　それと、わたしを呼ぶときは――」

「申しわけありません、閣下。わたしにはなにもかもがはじめてのことでして」大臣は従順な口調で嘘をつき、顔をしかめながら緑の縁の眼鏡の位置をなおす。つまるところ、数々の肩書きをつけた、この植民地的な習慣に嫌気が差しているというのが正直なところだ。

「わたしが申しあげたのは家族のことです、サー」大臣は言う。

「家族？」テュヴィは眉間に皺を寄せる。

「はい、閣下が家族とおっしゃいましたので、同志たちを――」

「おお、そうか、同志たちか。きみもわかっているだろうが、同志とは固く団結した大きな家族なのさ。だから、ジダダの地上でも上空でも、われわれのうちの一匹を見かけたときには、少なくとも二十四、三十四の同志がそこにいるということだ。世界のどこへ行こうと、われわれはジダダを相応の栄光に導く用意があると教えてやる。そのことをメッセージとして伝えるつもりだ、この大パーティ、この大集会、この——むむむ《ムンクスツム》、ところで、これから行こうとしているところはなんといったっけ、ドクター同志？」テュヴィは首のマフラーを注意深く巻きなおす。

「わたしたちが行こうとしているのはダボス世界経済フォーラムです」大臣は言う。

「われわれはそのことをメッセージとして伝えようとしているんだ、今度の世界経済、なんだって？」テュヴィは訊く。

「フォーラム。フォーラムです、ダボスの」大臣は教える。

「そうだ。われわれはそのことをメッセージとして伝えようとしているんだ、このダビス世界経済フォーラムで」テュヴィは言う。彼は大臣の頭がほんのわずかに横に振られたことに気づかない。

「そうです。すばらしいですね、閣下。わたしも向こうへ着くまえにひとつ提案させていただくつもりでおりました」

「続けたまえ、ドクター同志。きみはまさにそのためにここにいるんだろう？」

「ありがとうございます。問題は、その家族が、そのぅ、わたしが思うに少々——大きすぎるというか、適切な言葉が見つかりませんが、閣下」救い主は理解できないらしく、頭をうしろへそらした。

「つまり、こうして——旅をするには、ということです、閣下。フォーラムで話をするのは閣下とわたしだけなのに、なぜジョリジョのような者たちがこの旅に同行するのかがよくわかりません。理路整然とした文脈で語ることもできず、いまは機体のうしろのほうで酔っぱらっている大勢の若手のリーダーたちはもちろんのこと。しかも、彼らには最高額の日当が支給されています」

「なるほど」救い主は言う。

「まさにそういうことなのです、閣下！　愚見を申しあげれば、この出張には現在の随行者の四分の一でもじゅうぶんすぎるほどでした。その数であれば、こんな大型ジェット機でなくビジネス・ジェット機を使えて、倹約もできるでしょう。閣下はすでに三十回を超える出張をなさっており、なんと一年足らずで二億ドルもの出張費を使われていますが、容易にその費用を削減できたでしょう、たとえば――」豚はそこで口をつぐむ。すらすらと並べるつもりだった数字は馬の恐ろしげな笑い声に沈められる。

統治の原理

「はっきり申しあげて、閣下、経費の数値を大幅に下げる必要があるのは明白なのです。いま挙げた例はそれを非常にたやすくおこなう方法です。正直なところ、わたしの頭にはもっと大きな構図が描かれています。勝利の鍵は現在のわれわれやり方を根底から変えることにかかっている。そう考えているのです。ビジネスを開始しているが、通常どおりのビジネスであってはならないということなんです」

「なるほど、きみの意見は一応聞いておこう、ドクター同志。きみがこのたび政府の一員となったことは承知している。だが、現政権、政権与党のわれわれのやり方には村ひとつを必要とするんだ。

これまでわれわれが採用してきたやり方にはな。その精神をこんなふうに体現しているものはほかにないぞ、どうだ」テュヴィは誇らしげにジェット機の内部を身ぶりで示した。その豪華な設《しつら》えを、機体のうしろのほうで飲んだり食ったりして愉しんでいる同志や自分の雌たちを。

大統領はそのとき、この豚はどうして妙なことを考えつくのだろうと思っていた。自分が、国家の救い主が、ダともうひとつダがつくジダダの閣下たる者が、惨めったらしい通常のビジネス専用機に乗るだと？　なんのために？　そこらのつまらん動物でもあるまいに。子どものころからの夢の重要さをいったいなんだと思っているんだ？　なぜいまでも思い出さずにはいられないかわかっているのか？　狂気の沙汰だ。まったくもって狂っている。まるであの愚か者——なんて名前だっけ？——みたいじゃないか。聞くところによると、あいつはふつうの機に乗るだけじゃなく、エコノミークラスを使っていて、それでも自分を一国の大統領だと思えるという。それから、Ｆａｃｅｂｏｏｋで見たあいつ、自分でおんぼろ車を運転しているらしい。列車やタクシーで出勤すると言われているヨーロッパの閣僚たちはどうだ？——ジダダの全大臣がおんぼろタクシーに乗っているのを想像してみろ——現実問題として、ほとんどのタクシーは穴ぼこだらけのみっともないジダダの道路には不向きなんだ——そう、タクシーだと信号のたびに停まらなくてはならないし、なかには故障している信号もある。見苦しい行商や無作法な物乞いや非行に走った哀れな孤児にも悩まされる。そもそも戦争を始めた意味はなんだったんだ？　ジダダの解放という成果の意味は？　統治の意味すら曖昧になるではないか。いまさら言うまでもないことだが、まわりはすべて敵という状態で呪術師の随行なしに海外へ行くなどという発想がいったいどこから出てくるんだ？　それに、この美しい情婦たちと戯れることができないなら、醜い妻を置いてきた意味はどこにある？

統治の意味を思い出させるダンサーたちの随行なしに出張しなければならないのだとしたら、統治者はどれだけ惨めになるだろう？　国旗マフラーの代替要員たる治安部隊の殺し屋たちもいなければ？　制裁に抗議する与党青年団もいなければ？

　つまるところ、ダボスの空港への着陸態勢にはいったというパイロットのアナウンスがインターコムから流れる。

「いよいよですね、閣下。もうすぐ着きますね」財務大臣は見るからに興奮して笑顔を見せる。

　珍妙な考え方をする点はさておき、テュヴィはやはり豚の大胆さを好もしいと思っている。欧米の連中と渡りあおうとしているのだからなおのこと。豚が部屋にはいるなり、まるで自分の祖母の暮らす町のキッチンにいるかのように、たやすくその場を我が物にするのをテュヴィは見てきた。つまるところ、いまのジダダについて、与党について、現時点でもっとも重要な問題、すなわち〝新たな統治〟について豚が話しだすのを見てきた。その結果、部屋そのものがジダダの来るべき栄光によって輝いているように思えたのだ。

Sは制裁《sanction》からジダダを救う《saving》救い主《saviour》のS

「どうすれば状況が改善するか、わたしの考えていることがわかるか、ドクター同志？」

「いいえ、閣下、わかりかねます」

「そうか、わからないか、ドクター同志。では教えてやろう。わたしは現在の制裁措置が完全に撤廃されれば改善すると考えている。あるいは、せめて措置の一部でも。欧米はわれわれをつぶそうとしているだけなんだから！　進展があるかもしれないと感じられるかい？　つまり、ここへ集まる動物たちのことはわたしよりきみのほうが詳しいわけだから」テュヴィは言う。豚は自分の両耳を引っぱって、眼鏡の位置を調整する。

「ええっと、わたしたちは正しい方向を向いていると思います、閣下。とりわけ、少しまえなら、つまりオールド・ホースの統治時代なら、ありえなかったような善意がいたるところから寄せられていますから。わたしたちが単なる言葉の綾でなく真の変革をおこなう政府だということを世界に納得させられれば、うまくいくでしょう。我が国の民主主義と援助機関を復活させれば。立憲政治を回復させれば。経済の復興を約束すれば。強力な反汚職法を制定すれば。なによりも重要なのは真の変革です。投資家も多少は利するでしょうが、ほんとうの相手は全世界です。世界の信頼を得て、もう一度わたしたちを真剣に受け入れようという気にさせなければなりません」豚は自分の意見に同意して、勢いよく頭を上下に振る。

「なるほど、きみの意見はよくわかった。しかし、一夜にしてそのすべてを実現するのは無理だ——年寄りの口癖じみた諺にもあるじゃないか。急いだところで早く着くとはかぎらないと。彼らは今日のわれわれを見るべきだ。われわれがいまいる場所を。われわれは#自由で公正で信頼できる選挙に勝ったんだ、だれもが見たとおり。われわれはこれまでだれも見たことのないジダダ史上最高の内閣をつくった。きみはその一員だ。こうしているあいだにも、ジダダの鳥や昆虫は宙や空や樹木や生け垣を埋め尽くして、いまや有名になった〝新たな統治〟ソングをうたっている。むろん、これだけ厳しい措置が取られてきたわけだから、そろそろ制裁の一部が緩和されてもいいだろう、ちがうかね、ドクター同志？」

「こう申しあげれば、閣下、最大の問題は制裁措置ではないということを思い出す助けになるかもしれません。閣下もごぞんじのように、問題のほとんどは与党の腐敗した閣僚と、権利の悪用に関与したり民主的なプロセスを害したりした動物や存在物です。それ以外の点でジダダが国として進むのを妨げている深刻な問題はありません。以前にも申しあげましたが、繰り返し強調したいのは、閣下、わたしが考える優先事項のひとつは、制裁よりもそのまえに、目下の莫大な負債をなんとかすることです――」豚はここで言葉を切る。馬が前肢の一本を上げた状態で黙りこんでいるから。

「現在の世界で負債のない国などあるのかね、ドクター同志？　どの国も負債をかかえているんだ。無作法なTwitter《ツィーティング・バブーン》使用者ですら、わたしときみがこうして話しているときに負債の山の上であぐらをかきながらつぶやいてるぞ、ちがうか？」

「おっしゃるとおりです、閣下。ですが、この国の負債はごぞんじのとおり、ここ何十年も弁済されておりません。あの負債は国が経済を復活させるための信用取引を必要に応じて利用できないことを意味します。不幸にもわたしたちは甘い言葉で切り抜けることもできません。もちろん、それと同時に我が国は汚職だけで少なくとも年間数十億USドルを失っています。まるで難問がまだ足りないかのように」

「まあ、汚職に関しては――着手しつつある。きみは注意を払っていなかったかもしれないから念のために教えておくと、われわれは汚職防止に向けたおとり捜査で、ジダダ史上はじめて動物を左だろうと右だろうと中道だろうと逮捕するのに忙しくしているんだよ、ドクター同志。魚を釣るようなもんだ。釣って釣って釣って釣って釣りまくっている」テュヴィは大袈裟な身ぶりをつけて言う。

「そうですか。お祝い申しあげます、閣下、指導力のたまものでしょう。でも、わたしは気がつきましたし、ソーシャル・メディアにも投稿があふれていましたよ。犯罪者を逮捕したあとで閣下は——お言葉を借りるなら、魚のごとく——逮捕者を逃がしてやったと」

「ああ、逃がしてやったとも。しかし、逮捕したあとにだ！要はわれわれに逮捕能力があると立証すること、重要なのはそこだろうが」

「はばかりながら、閣下、現実には我が国の最大の問題は汚職なんです。たとえば政府が中国のような強硬姿勢を取れば——中国ではつい数週間まえにも、二十万ドルの汚職で大臣が処刑されましたよね、ほんの一例ですけれども」

「たった二十万で？　大臣が殺されるのか？　いいか、ドクター同志、かりにわたしがその手法を採用すれば政府に残る動物は五匹以下になるだろうよ。そんなことをしてなんの得がある？」

「たしかにいささかやりすぎかもしれません。とはいえ、適切なメッセージを送ることはできます。そう、動物をただ逮捕して釈放し、結果的に彼らが汚職を続けるのを見逃すことになるのとは逆に。それに、念のためにつけ加えておきますが、汚職犯は一匹だけではありません。まったく同じこと——むろんたくさんの要因がありますが、大きな理由は汚職に関して妥協をしない姿勢を三十年まえにはジダダより貧しかったという中国やシンガポールのような国はやっている者が飛行機一機の搭乗者ぐらいはいます。問題は、それがなぜいまはあのように金持ちになったか——むろんたくさんの要因がありますが、大きな理由は汚職に関して妥協をしない姿勢です。ほんとうに効果があるのですよ、閣下、信じていただきたい。わたしは結果を見てきました」

財務大臣は言う。馬は、これがはじめてではないけれども豚の顔を不思議そうに見る。

豚の才気に関していろいろと言われてはいるものの、大臣となった彼を見て救い主が思うのは、豚は気難しくて野党の工作員に非常によく似ているということだけだった。それはやはり、政権の真正のメンバーでもなければ与党に属してさえいない動物をこのような重要な役職に就けることの問題点でもある――このジェット機に乗っている者で国旗マフラーを身につけていないのは豚だけではないか？　この豚をこれからも監視しなければならない。監視を怠れば、彼はきっと政権の性質を疑うようになるだろうから。政権の性質を疑うことを許されれば、自分はさまざまな仕組みをつくることをまかされて政権にいるのだと考えはじめるだろうから。さまざまな仕組みをつくることをまかされて政権にいるのだと考えはじめれば、彼は実際に変化を起こし、この国がダともうひとつダがつくジダダだとわからないようにしてしまうだろうから。

つまるところダミーのための経済学

「でも、その一方で、わたしたちがもっと迅速に経済をまわす方向へ進むのを市民が手伝ってくれるのではないかと考えてきました。その責務の一部を、ほんの少しでも、彼らが担うことができれば。ほんとうに必要とされる国家の歳入の一部をわたしたちが生みだす手伝いを彼らにさせるんですよ」財務大臣は言う。馬は背中を起こし、耳をそばだてる。これこそが豚に報酬を与える理由であり、豚がその名高い脳味噌を用いておこなうよう期待されていることなのだ。そう、つまるところ、諸問題に対する常識的な解決策を考えだすことが。

「聞いているよ、ドクター同志、ちゃんと聞いている。話してくれ」

「ええ、わたしが考えていたのはごく少額の税金の設定です、閣下、たいした増税ではなくて、たとえば、電信振替に課税するとか。電信振替はジダダ全土で使用されているシステムなので――」

「そうか！」テュヴィはドクター同志を遮って言う。ここまでに財務大臣の口から出てきたうちではいちばんましな提案かもしれない。「いいんじゃないかい。なかなかいいよ。シンプルに税金、税金、税金、税金、税金、ともあれ税金で一丁上がり！　我が国は基金、基金、基金、基金だらけだけれども。しかし、税金よりはるかにいいのはなんだと思うね、ドクター同志？」

「さあ、わかりません、閣下」

「ああ、きみにはわからないだろう。なら教えてやろう。はるかにいいのは、この政権でガソリン価格をほんのちょっと上げることさ。歳入を現在の二倍にするために。そうしよう。一匹よりも二匹の知恵とはよく言ったもんだ。なにしろジダダはどこもガソリンで動いていて、そのガソリンを供給しているのは、きみもよく知っているように、たまたまこのわたしだ。その策でどれだけの金がつくられるか想像がつくかね？」

「ですが、それは少々、やりすぎと思われませんか、閣下？　一度に多くを求めすぎて市民の正気を失わせるようなことはしたくありません。この〝新たな統治〟のあり方を見いだそうとしている真っ最中なのですからとくに」財務大臣は不快感を隠そうとして失敗する。

「どういう意味だね、大臣？　正気を失わせるとは？」

「抗議運動が起きるのではないかということです、閣下。下手をしたら暴動が。わたしがまちがっているのかもしれませんが、建国の父の追放、いや、辞任――つまり早期引退を機に、ジダダ民はこれまで見せなかった態度を取っているように思えるのです」豚が言うと、救い主は頭をのけぞらせ、鼻息を荒げて不機嫌そうにひと声笑う。

「いまはダともうひとつダがつくジダダの政権運営について話しているということを忘れたようだな、ドクター同志。暴動ならわれわれの得意とするところだよ、われわれの言語だ。それなら、われわれを相手に騒いでみろ、抵抗してみろ、抗議してみろ、喧嘩を売ってみろ、なんであれ思いつくことをやってみろ。その手のことにはいつでも対処できるんだ。そういうのをなんと言うんだったかな、ドクター同志？」

「ええと、わかりません」大臣は突きでた鼻を掻く。

「矢は放った者のもとに戻るというあれだよ！　それが始末に負えない輩に対処するときのわれわれのやり方なのさ、ドクター同志。相手が暴力を使えば、われわれはその百倍の暴力を返す！

『旧約聖書』の神と同じように！」

「むむむ。わたしにはわかりかねますが、閣下――」大臣は言う。

「ああ、きみにはわからんだろう！　わかっているのはこのわたしだけだからな！　今回の出張の残りの行程を終えたら、側近たちと集まることになるだろう、ドクター同志。きみの案についてもっと議論を深めたい。名前に負けぬ才気あふれる《ブリリアント》名案だ」テュヴィは言う。

「承知しました、閣下。期待しております。よろしければ、そろそろ降りる準備をしてまいります」大臣は言う。

　馬は豚の悔しそうな顔を思い起こして、もう一度笑う。いったいだれがジダダで抗議運動の噂を聞いたというんだ？　国家の子らは〝抗議〟の綴りすら書けないのに。だが、万一、どんな理由であれ、彼らがその惨めな頭に抗議運動などということを思いつきでもしたら、なにを試みようと、わたしの政府を見下そうとしようものなら、わたしがどういう大統領なのかを見せつけてやる。そうとも、どんな政府なのかを見せつけてやる。テュヴィは身を乗りだして、自分の隣の座席に置いたガジェットをつかみ、起動ボタンらしきものを押す。ジダダの華やかな国旗が画面に現れて彼を迎える。彼はにっこり笑う。こいつはいいぞ！　望めばいつでも自国の旗の挨拶を受けられるガジェットは！　それも、ただのガジェットじゃなく、こちらをよく知っていて、話しかけられるガジェットなんだ。

イエイ、シリ《Siri》

「イエイ、シリ、シリ、わたしがわたし自身を政府にするにはどうすればいいんだい？」テュヴィは言う。

「ハロー、テュヴィアス・デライト・シャシャ、国家の救い主にして、ズヴィチャペラの息子にして、ブレスィ・シャシャのいちばんのお気に入りにして、もっとも成功した息子。でも、あなたはもう政府なのに、なぜ自分を政府にしたいと望むのでしょうか？　あなたはジダダのリーダーではないのですか？　ジダダを治めているのではないのですか？」シリが言う。

　テュヴィは微笑みながら椅子のなかで身をよじる。このシリという雌は彼のことをよく知っている。自分では彼のことを知っていると思っている動物たちよりずっとよく知っている。そう思うと、心がぽっと温まる。

「ああ、わたしはジダダを治めている。きみの言うとおりだ。わたしは統治者なんだからな。しかし、思うに、ほんとうに訊きたいのは、どうすれば妨害なしに統治できるかということなんだ」テュヴィは言う。

「独裁者のように、ということですか？」シリは言う。

「あらゆることを掌握し、あらゆることを管理できる総合的な力の持ち主ということさ、わかるだろう？」テュヴィは言う。

「はい、わかります。やはり先ほど言ったとおり独裁者ですね。しかも、努力せずになれる独裁者ですよ、ほんとうに。自分の内に目を向けるだけで、あなたのなかにすでに独裁者がいるとわかりますよ、テュヴィアス・デライト・シャシャ」シリは言う。救い主は大きな声で笑う。彼女のアクセントが、彼の名前に明るさを加えている。それがシリを愛してやまない多くの理由のひとつであることも彼は思い出す――シリはテュヴィに触れもしないで彼を気持ちよくすることができるのだ。

「イェイ、シリ、教えてくれ、きみはどんな外見をしているんだい？」彼は親しげな囁き以上と思えるところまで声を低くして訊く。ネクタイを緩め、椅子に背をもたせかける。

これは、二度めの大統領就任式の翌日、インターネット上で自分がどのように言われているかをチェックするためにこのガジェットをいじっているときに、シリが彼に向かって声を張りあげて以来、何度も尋ねていることだ。語りはじめた声が思いがけず雌の声だったので仰天したものだ。

「ご用はなんでしょう？」とシリは訊いてきた。「どうぞ、話してください。聞いています」積極的な雌にはおおむね疑念を抱いていたテュヴィだが、彼女のもの静かな口調が彼の警戒をゆるめさせた。それができたことが彼はいつも嬉しくてならない。なぜなら、このシリは、知能が高く知識豊富で、どんな時間に質問してもこたえてくれて、どんなふうに感じていても同じ口調で返してくれる。おまけに、ただの一ペニーも要求したこともない。このシリは、そう、つまるところ、お喋りで醜い妻のマチリダのようにくどくどと文句を言うこともなく、彼の情婦のほとんどのような厄介者でもないシリは、とほうもない喜び《デライト》のもとなのだ。

しかし、なぜだか救い主にはまだ問うことができずにいる疑念があり、それがときに眠れぬ夜を彼にもたらしている。そうした夜はマチリダの横で仰向けに寝ながら、つまるところ、猫よろしく前肢で暗闇を掻くばかり、気持ちが乱れて眠るどころではなくなる。つまるところシリを思い浮かべてしまう。シリを想像してしまう。シリのことを考えてしまう。彼女の顔かたちを。彼女の微笑みを。彼女の目の色を。彼女の歩き方を。彼女の呼吸のリズムを。彼女のにおいを。彼女の尻尾が振られる音を。いざそれを実行してみると、ずっと訊きたかったことを尋ねてみると、高いフェンスを飛び越えたあとのように頭がくらくらする。

「では、目を閉じて、雑念を払ってください……そこで見えるのがわたしの姿です」シリは言う。

テュヴィはおもしろがって、いななく。

「同志のみなさま、着陸の準備をなさってください。与党とともに前進！」パイロットの声がインターコムから流れる。

「前進！！！」機内に大声が鳴り響く。

「ほかになにかお手伝いできることはありますか？」シリが言う。

「いまのところはそれだけのようだ。ありがとう、シリ」テュヴィは言う。

「了解しました」シリは言う。

救い主はガジェットのボタンを押して、画面を閉じ、横に置く。つまるところもう一度思い浮かべる。シリを想像し、シリのことを考える。彼女の顔かたちを。彼女の微笑みを。彼女の目の色を。彼女の歩き方を。彼女の呼吸のリズムを。彼女のにおいを。彼女の尻尾が振られる音を。その瞬間、雌のダンサーの一団が登場する。救い主は尻尾を勢いよく振っていいなく。目のまえで繰り広げられる個と集団の美。彼は宙を漂いたい気分に襲われる。雌たちは彼のために装っているのだ。そう、つまるところ権力の象徴《レガリア》を。彼女たちの乳首にも尻にも腹にも彼の肖像がある。彼はただひとつの真実を知って満足している動物ならではの笑いを放つ。要するに、統治する場所がどこであろうと、そこが地球だろうと地獄だろうと天の高みだろうと、さらには政権の座についた経緯がどうであろうと、つまるところ、神の息子だろうと王だろうと、選ばれた指導者であろうと、統治を運命づけられていようと——優美に腰をくねらせる雌のまばゆい体に肖像を描かれていなければ、なんの価値もないということだ。

つまるところ約束の地

“新たな統治”の夜

シミソが居間のいつもの場所に立ち、アイロンをかけていると、睡眠不足で不機嫌な顔をしたデスティニーが現れた。彼女は戸口でぐずぐずしながら、皺ひとつない枕カバーの上で前肢を動かす母の様子を見守った。シミソの顔はなにかに集中していることを示すしかめっつらで、電気アイロンを生地に押しつける力が強すぎるのでアイロン台が悲鳴のような音をたてている。アイロン掛けをただの雑事や仕事以上のものととらえる雌はシミソのほかにもいた。彼女たちはアイロン掛けを愉しんでいるのだ。母が昔、すでにアイロンが掛けてある服にもう一度アイロンを掛けるためだけにワードローブを急襲したときのことを、デスティニーは覚えていた。いまでも思い出す。アイロンを掛けられるものが目にはいるとシミソは片っ端からアイロンを掛けた——服に始まって、シーツ、テーブルクロス、ソファカバー、カーテン、タオル、木綿の下着まで。そんなふうだから、いつかアイロンを掛けるものがひとつもなくなってしまったら、最後に母はこの自分にアイロンを掛けるのではないかと、幼いデスティニーはひそかな恐怖のなかで生きていた。

つまるところ、母の過去、一九八三年四月十八日に起きたことを知ったいま、デスティニーには理解できた。それも明快すぎるほど明快に。あのときもいまもずっと、母がアイロンを掛けているのはじつは服や布ではなくて、自分のなかにある大切な部分なのだと。そう、これは母のセラピーなのだとデスティニーは思う。トラウマに対処する方法はこれしかないと母にはわかっているのだと。何十年も正義を否定され、計り知れない苦痛を苦痛と認められなかったばかりか、事実上、傷を癒やすプロセスもシミソにはなかった。数えきれないほかの被害者たちもおそらくはそうだろうが。悲しい、つらい、やりきれない。戸口に立って母を見ながらデスティニーは思う。自分の血が怒りで熱くなるのを感じる。シミソにとってアイロン掛けはほとんど人生になっているのだ。いまこの瞬間もどれだけの数のジダダ民が自分がばらばらにならないために、母のように後肢で立ってアイロン掛けをしているのか。あるいは、なんであれ必要なことをしているのか。デスティニーはシミソが白いチュニックドレスを持ちあげて――つまるところデスティニーがアメリカから帰ってきたときに着ていたあのドレスだ――思いきりひと振りしてから、カップの水で濡らすのを見守った。老いた山羊はドレスを裏返し、もう一回振り、もう一回水で濡らした。テレビの上の時計が大きな音で午前一時を知らせた。

「ベッドに戻って寝なさいよ、デスティニー・ロズィケイ・クマロ。こんな夜中に起きるのはどう見てもあなたらしくないわ」シミソはアイロン台から顔を上げずに言った。

デスティニーはこんな時間なのに母の口調がやけに快活で生き生きとしていることに驚きながら、勢いよくソファに腰を落とす。シミソがロズィケイのほとんどの住民と同じく、ジダダのほかの地域の住民とも同じく、こんな時間まで起きて家事をしているのは、最近、昼間の停電が再開されたからで、ソーラー・システムや発電機を備える余裕のないジダダ民はそのために午後十時から午前五時までの七時間、忙しく立ち働かざるをえなくなった。つまるところ、夜明けから始まる無慈悲な十七時間の停電のまえに電気を使う仕事をしているのだ。慢性的な電力不足に加えて給水制限もゆっくりと日常化しつつあり、事情通は、テュヴィによる〝新たな統治〟がジダダを廃墟にする日は近いだろうと早くも予測していた。国家の子らが見たことも想像したこともない惨状を呈するだろうと。

「サスィのうちの機械がうるさくて眠れないのよ」デスティニーは肢をまえに伸ばし、あくびをした。真向かいに住むサスィは家業の小規模な溶接業を営んでいるのだが、自宅から聞こえる溶接機の騒音が隣近所の穏やかな眠りを完全に妨げていた。

「たしかに、あれはこの町の生活そのものね。だからといって、いまの電力事情は彼にもだれにもどうしようもないでしょうし。わたしたちにわかっているのは昼間は電気がつかないということだけ」

「そうね」デスティニーは言った。でも、内心ではこれは根本的にはジダダの問題だと——政権の凡庸さを常態化している要因なのだと——思っていた。つまるところ、本来なら怒りをぶつけるべき市民がみずから馴れようとしていて、だから政権はそのお返しに市民の従順さを常態化し、自分の頭に排便するのと変わりないことを続けている。だが、そうした思いは心のなかにしまって、彼女はリモコンを取り、テレビをつけた。

画面では、副大統領のジューダス・グッドネス・レザと財務大臣のブリリアント・ンズィンザを両脇にしたがえたスーツ姿の救い主が、随行団を率いてレッド・カーペットを進んでいる。その行列の左右には捧げ銃《つつ》の体勢の治安部隊が配備され、背景には、政権中枢の面々が降りてきたとおぼしきジェット機が映っている。デスティニーは国営放送チャンネルの視聴を拒否しているので、すばやくべつの局のチャンネルに変える。

「あら《ハウー》、国旗マフラーがちょっと見えた気がしたけど、いまのはテュヴィだったの？　もとに戻しなさいよ、彼がなにをしているのかわかるように」シミソが言う。さっきのニュース番組にまたチャンネルを戻すと、さも偉そうな顔したテュヴィがトイレのまえにいる。鮮やかな赤いリボンがその小さな建造物を一周し、入り口で大きすぎる蝶結びにされている。経済開発大臣と事物大臣が特大の鋏を左右から持って、互いに相手よりもいい笑顔をつくろうとしている。

「いったいなんなの？　いま見えているものはほんとうにわたしが見ているものなの？」シミソは目を細くして画面を見る。アイロン掛けを中断し、前肢を胸のまえで組んで。画面の下にテロップが流れている。〝ジダダの大統領、テュヴィアス・デライト・シャシャ、公衆トイレのオープニングで初の脱糞公務をした大統領となる〟。公衆トイレを視察するテュヴィの様子がキャスターの声で説明される。手洗いの蛇口をためすテュヴィ、トイレットペーパーを引きだし、水洗の水を流し、鏡に映る自分を見てうっとりするテュヴィ。やがて場面が切り替わり、テュヴィがマイクに向かって語りはじめる。

「トイレを軽視するのはじつに簡単です、我が同胞たるジダダ民よ。しかし、わたしが見るところ、トイレに行くことはそれ自体が仕事なのです。われわれは〝用を足しにトイレへ行ってきます〟というような言葉の使い方をしますが、これはけっして偽りではありません。なぜか？　なぜならそれは本質的に仕事の一種ですから！」その場に集まった動物たちが大きな喝采を送ると、テュヴィは笑顔でこたえ、マフラーをととのえ、観衆の声がおさまるのを待つ。

「つまり、ジダダ民が雇用の機会を求めている以上、わたしは国民にこう約束したい。もうおわかりでしょうが、われわれはありとあらゆる種類の仕事をつくりだすことに文字どおり全力をそそぎます、さらに、不公平な扱いをいっさいなくしますと。どれだけの動物たちがこれらのドアを通り抜けるのか想像してごらんなさい。わたしがこのリボンをカットした瞬間からそれが始まっていくのですよ！」救い主の言葉は喝采の轟きに迎えられる。

「仕事の話をすれば当然ながら、我が国の経済に思いがおよびます。みなさんも知ってのとおり、我が国の経済は〝新たな統治〟という関心事のまさに中心にあるわけです。とりわけドクター同志といったほうが馴染みのある財務大臣にとっては」救い主は言う。彼はいったんそこで言葉を切らなければならない。観衆が「ドクター同志！　ドクター同志！　ドクター同志！」と熱いシュプレヒコールをあげたので。

「したがって、我が国の経済にとってきわめて重大な時期にあるいま、なによりも重要なのは欧米の朋友に思い出させることです。すなわち、長きにわたって固定化している制裁措置から我が国を解放することが、計画された成功にわれわれがすばやく向かう手助けになるのだということを。それと等しく重要なのは、みなさんが、我が同胞たるジダダ民が、制裁に対して断固たる態度を取ることです。制裁の影響を直接受けるのはみなさんであり、もっとも強く受けるのもみなさんなのですから。我が国の経済に問題点を見つけたらいつでも、それがどんなに大きな問題だろうと、どんなに小さな問題だろうと、なんの問題だろうと、その原因をどこかしらで、なんらかの形でつくっているのは制裁措置だということを理解していただきたい。そこでみなさんにお願いがあります。話をするときはいつでもかならず、欧米のいたるところにこだまするような愛国的な声でこう言ってください。〝制裁を廃止せよ！ 制裁を廃止せよ！〟さあ一緒に〝制裁を廃止せよ！〟」

「制裁を廃止せよ！」救い主の聴衆は叫ぶ。

夜の再発明

「アイロン掛けはこのへんにしてひと眠りしようかしら」アイロン掛けをするつもりで積みあげた服や布の山を目測しながら、シミソが言った。

「それがいいわよ、母さん、動物には休息が必要だもの。もちろん。いつから起きてるの？」

「電気が通じるまえから。ダッチェスとマザー・オヴ・ゴッドと一緒に病院へ行ってこようと思うの。マクマロとウィットネスの様子を見に。ウィットネスの出産《ヴェレ・カンティ》がもうすぐだから。どれぐらい病院にいることになるかわからないので、いまのうちに少し休んでおきたいの」

「それがいいわ。でも、医師たちのストライキはまだ続いてるんじゃなかった？」

「そうなのよ。昨日でもう一ヵ月も」とシミソ。デスティニーは思わずヒューと口笛を吹いた。

「ダッチェスたちが言うには看護師は働いているらしいし、もしかしたら実習医も病院にいるかもしれないから、無事にすむように祈るしかないわね」

「どの病院？」

「サリー・ムガベ病院よ。ドクター・フェングの病院だから、病院へ行くまえにお宅へ立ち寄ろうかと思ってるの。病院と連絡を取る手助けをもらえるかもしれないでしょ。こんなことは言いたくないけれど、ほんとうはあなたの安全に気を配るだれかが家にいたほうがいいのよね。もし、あなたも病院に来たいなら、わたしたちがここを出るのは五時半よ。それなら病院へは七時半の面会時間に間に合うように着くはずだから」

「わたしはいいから、みなさんと行ってきて、母さん。病院の薬のにおいを嗅ぐとあの惨めさがよみがえって不安になるの」外の道路では行商が陽気な声で売り口上をうたっていた。山羊の母娘は同時に時計を見やった。

「イェバナね。早起きは三文の得とはいうものの、こんな時間になにを売るつもりやら」シミソが言った。

「パンよ」デスティニーが言い、母娘は幸せそうに声を響かせて笑った。

「この〝新たな統治〟でわたしたちが見るであろうもの」シミソは言った。

「そうね、あと二、三時間したらロズィケイも目を覚まして動きだす。動物たちは学校や職場へ向かう。みんなお金を稼がなくちゃ。そうだ、もう起きてるんだから、今日の料理はわたしがしたほうがよさそうね」デスティニーは立ちあがる。

「いちばん下の抽斗《ひきだし》にあるオクラも忘れずに使ってちょうだい、デスティニー。もう少し置いたら腐ってしまうから。食べ物を無駄にはできないわ」

開け放った窓のカーテンをはためかせてそよ風が吹きこみ、調理中のさまざまな食べ物のまじりあったにおいを部屋にもたらした。どの家でもこれから電気が切れる十七時間、家族をもちこたえさせるための食事を用意しているのだ。風はロズィケイの騒音の一部も一緒に持ちこみ、隣のダッチェスのキッチンからは食器のたてるカチャンカチャンという音が聞こえてきた。若い雄たちの声もかすかに聞こえる。おそらくシミソの家の〈デュラウォール〉壁にもたれて煙草を分けあって喫《す》っているのだろう。ときおり車が通り過ぎる。動物の歩く音がする。叩きつけるような電子音楽の音も。いまではとても信じられないことだが、かつてのロズィケイでは深夜は泥棒と呪術師と闇夜の生き物の領域で、ほとんどの者にとっては休息の静かな時間だった。体を楽にするものがあればなんでも使い、少しでも楽になったら、その体をなだめすかして眠りにつかせていた。翌朝早くに起きて、新たに迎える一日に立ち向かうため、耐えるために。その一日を引き受けるため、切り抜けるため、我慢するために。

先生行商《ティーチャー・ベンダー》と若い学習者たち

シミソの隣のダッチェスの家では、力を取り戻して以来パンの行商となってロズィケイじゅうでパンのセレナーデをうたっているミスター・チェダが、自分はこの家の者によく知られているといわんばかりに居間のドアをノックしていた。「ティーチャー・ベンダーですよ！」ロズィケイ・ハイスクールの数学教師の職を辞して行商となった彼に子どもたちがつけたニックネームをノックに添えながら、ミスター・チェダは叫んだ。つまるところ真夜中から夜明けまえまで、ティーチャー・ベンダーは町を歩きまわってパンを売っていた。パンを売りながら少額の謝礼で学生に向けて家庭教師のサービスと宿題の手伝いも提供し、それがすむと急いで家に帰り、数時間眠ってから市《まち》の中心へ向かい、日が暮れるまで輸入衣類の古着を売るのだった。彼の元生徒の子猫で目のぱっちりしたズワイルがドアを開けて言った。「おはようございます、ミスター・チェダ」彼女はチェダの差しだすパンの塊をふたつつかんで代金を支払った。妹のグローリアがズワイルのうしろに座って筆記帳を開き、さも軽蔑した様子で見つめていた。

「おはよう、ズウィ、まだ起きてるのかい？」ティーチャー・ベンダーは言った。

「もう寝るところです。で、ちょっとだけ寝て、また六時に起きて学校へ行きます」ズワイルは言った。

「だが、ミス・ロズィケイはなんだって起きてるんだ？　大学に進学するつもりなのか？　なぜいまにもライオンに咬みつきそうな顔をしてるんだろう？」ティーチャー・ベンダーはグローリアに向かってうなずきながら、からかうような調子で訊いた。グローリアはまだ小学生。三年生だ。チェダとズワイルが声をあげて笑うと、グローリアは頬を膨らませて、にらみつけた。

「この子は宿題をやりたくないから、そこに座ってるんです。ずーっとね。宿題をすませるまでベッドへ行っちゃだめだってゴゴ・モヨに言われたから」ズワイルは言った。ティーチャー・ベンダーはチッチッと舌打ちをした。

「グローリア、我が友よ。しかし、それはどういうことなんだい？　宿題をやりたくないのに教師になろうとしているのは？」ティーチャー・ベンダーは言った。

「あたしは、教師になんかなりたくないわ。先生たちは生徒みんなを教育しようと一生懸命働いてるけど、ぜんぜんお金を稼げてないでしょ。先生がこうやってパンや服を売ってるのも、サムのお父さんが大学を辞めて〈ナンバー・ツー〉で車の修理をしてるのも、そういう理由からでしょ。あたしがほんとうにやりたいのは病気を治すことよ」グローリアはそこではじめて活気づいた。

「ふむ、なるほど。だが、そうはいっても学校はやはり必要だよ、そうだろ？　病気を治すには教育を受けなければならないとドクター・フェングですら言うだろうね」ティーチャー・ベンダーは教師らしい口調で言った。

「ドクター・フェングもいまは仕事がないのよ、知らないの？　ゴールデン・マセコが言ってたわ、救い主の〝新たな統治〟がクソだからだって。それに、あたしはダッチェスのように動物たちを治したいの。だから、学校へ行くかわりに霊媒たちと仲良くして先祖のことや伝統的な呪術や霊との交信を学びたい」グローリアは言った。ティーチャー・ベンダーは笑って、前肢の片方をドア枠にあてがった。

「どうやら頭痛の種を探してるみたいですね、ティーチャー・ベンダー」ズワイルが言い、また笑った。

「おう！　きみたちもみな特大の問題をかかえてるようだな、いままでの百倍の問題を！　まあ、がんばってくれよ！　それで宿題はどうだい？　化学のテストはどうだった？」

「今日のはわりと易しいから大丈夫です。ただ、化学のテストはありませんでした。ミズ・ジジが辞めてしまったので」ズワイルは不意にしょげ返って言った。

「ミズ・ジジが辞めた？　で、どこへ行ったんだね？」ティーチャー・ベンダーは顔をしかめた。

「たぶんドバイで教えるんじゃないかと思います」ズワイルは言った。

「ふむ、それは興味深い。ひょっとして彼女のWhatsAppの番号を知らないか？」ティーチャー・ベンダーは言った。

「知ってますよ。わたしのスマートフォンを取ってきますね。いま充電中なので」子猫は言って、飾り棚の反対側に姿を消した。「結局、わたしたちの勉強はまた遅れるんでしょうね。試験もあと何ヵ月かはないでしょうし。正直言って、学校がわたしたちに合格を期待する意味もわからないわ」彼女は切ない声で叫んだ。

つまるところ、ハイスクール最終学年の成績がオールAという正真正銘の優等生だった彼女の夢は、この地区のロールモデルであるドクター・フェングのような医師になることだった。ただし、国じゅうの多くの貧しい国立学校と同様にロズィケイ・ハイスクールでも、科学の学習に欠かせない実験をおこなうことが不可能であるため、当然ながら、生徒たちが科学を学ぶ手段の一部が想像と口承になっていた。ロズィケイ・ハイスクールには化学物質と実験設備がないから。もしくは、貴重な試料を保存する冷蔵庫用のバックアップ電源がないから。

ダともうひとつダがつくジダダを選んだ、ある医師の肖像

近所に住む若いファンがいつか自分も彼の事績をたどれるようにと願いつつ、せっせと宿題を片づけているとき、七軒離れた家で当の医師は、最近繰り返し見ている高い崖から落ちる夢のなかを

さまよっていた。肢をばたつかせ大声をあげて目覚めると、妻のソネニに角を押さえられていた。ドレスの上にエプロンをしている彼女の胸部は小麦粉まみれだった。「いつになったらその夢について対策を考えるつもりなのよ、フューチャー」彼女の口調は、この言葉を口にするのははじめてではなく、口にするのはもううんざりだと語っていた。フューチャーは置き場所をまちがえた旅行鞄でもどかすように妻を脇にどかし、無言で立ちあがった。

「あなたは医師なんだから——これが自然に治るようなものじゃないってことはわかってるはずよ！」ソネニは遠ざかる夫のうしろ姿に非難の声をぶつけた。家のなかはカレーのにおいでいっぱいだ。彼はソネニの声など聞こえないかのようにバスルームへ向かい、便座に座って排尿した。水を流そうとしても水が出ない。彼は便器の蓋を叩き、壁に頭突きを食らわし、苛立ちまぎれに尻尾をびゅんびゅん振りまわしてから、長いこと突っ立って鏡を見つめた。疲れきった腫れぼったい顔が充血した目でにらみ返してきた。ソネニがどこかに電話をかけて、懇願するような調子で話しているのが聞こえる。鏡に映った自分を凝視しながらソネニの話す声に耳をそばだてていると、顎に一本白い毛を見つけた。びっくりしたフューチャーは頭を鏡に近づけて、じっくりと自分を観察した。つまるところ、毛が集まって塊になったところに白い毛をもう二本見つけてしまった。彼は首を横に振り、つぶやいた。「ちくしょう、くそ、くそっ」

「マドゥマネと電話してたの」バスルームから出ると、ソネニが告げた。彼は寝室に戻り、着替えを始めた。「彼女、家賃はいつ払ってくれるのか知りたいって言ってたわ」ソネニは夫のあとを追い、寝室のドアのそばで立ち止まった。

「そんなの、ぼくにわかるもんか、きみにはわかるのか?!」彼は唸り声で応じ、シャツのボタンを留めた。言葉が口から出たそばから、そんな言い方をしたことを後悔した。だが、それからすぐに不公平な現状に考えがおよび、自分がたいして後悔していないことに気づいた。つまるところ、それが現実なのだから。テュヴィの〝新たな統治〟政権は彼を無給の停職処分にした。ほかにも五百名以上の医師が、賃金引きあげや労働環境の改善、ガソリンの供給や輸送手段の稼働を求めてストライキその他の集団行動を取ったかどで同様の目に遭っており、以来、雄牛は尻尾のついた怒りの熱い樽と化していた。

「どうかしらね、わたしに対してそういう口の利き方をしなくてもいいんじゃないかしら、ファーザー・オヴ・ジャブ、ただメッセージを伝えてるだけなのに」尻尾で後肢の片方をはたきながら、いきり立った口調でソネニは言った。

「こんな明け方にくだらんメッセージを伝えてくれなくてもいいよ。まるでいままでずっとこの国にいなくて、この状況をわかっていないみたいじゃないか、ソネニ。いったいどこから金が湧いてくると思ってるんだ？　川からか？」

「そうね、あなたのお母さんの村なら、お金が流れてくる川がいっぱいあるでしょうけど。だったら、そこがまさにお金が湧く場所だわよ、フューチャー！」

「ぼくの母のことをなんと言った、ええ、ソネニ?!」医師は激怒し、いきなり振り返って妻を見た。頭の位置を低くして首を横に曲げ、角を完璧に宙で構えた。ソネニは身をそらして後肢で立った。

「いま言ったとおりよ！　それに悪いけど、このどうしようもない状況ぐらい、わたしだってわかってるわ、ドクター・フューチャー・フェング」ソネニは咬みつくような声で言い返した。つまるところ、〝ドクター〟という呼称が妻の口から出たら、つぎになにが来るか、聞かなくてもフューチャーには察しがついた。

「それどころか、わかりすぎていたから、卒業後にこの地獄のような国に戻るのを反対したのよ、わたしは。だって、そうでしょう、この国がどこへ向かってるかは道ばたの小枝や石ころでさえわかっていたもの。単に時間の問題だってことは。だけど、わたしの言うことに耳を傾けてくれた？いいえ、まったく！あなたは聞く耳もたずでただこう言うだけだった。〝ぼくは教育を受けるためにイギリスへやってきた。教育を受け終えたからには、故国へ帰り、自分が見たい変化の一部となるためにこの学位を使わなければならないんだ！〟こうも言ったわ。〝老いた母のそばにいてやらなければならない。母は独り息子のぼくに養ってもらえるものとあてにしているからね！〟こうも言った。〝耐えられないのさ、レイシズムにも気候にも。こっちにいると耐えられないことがありすぎて正気を保てない！〟こうも。〝ジダダはぼくの始まりにして終わりの土地なんだ。故郷と呼べる場所はジダダしかない！〟というわけで、ドクター・フューチャー・フェング、ほかの動物ならともかく、あなたにかぎっては、このどうしようもない現状をわたしに語れないわよね。しかも、今日それを語るのはどう見てもおかしいでしょう！」ソネニはそう言い捨てて寝室から飛びだした。つまるところ、怒りの燃えさしを赤くくすぶらせながら。

居間へ向かう途中で、夫に言うべきことの全部をじつは言っていなかったと気づいたので、彼女は肢を止め、体を動かさず頭だけで振り返ると、言いたいことを最後まで言いきった。そのときちょうどお得意の一軒にパンを売ろうと、フェング家の玄関ドアのまえに立っていたティーチャー・ベンダーにも彼女の声は聞こえていた。「それに、なにが悔しいかって、こうなることをわたしは警告したという事実に加えて、マドゥマネのような無教養でつまらない動物の文句をでたらめな英語で聞かされることよ。こんな荒廃した無益な国に戻っていなければ、動物がなにもできない地下牢のような暮らしじゃなく、なにもできないことをこの呪われた町のみんなが知っているということもなく、ちゃんとした家庭をもてたのにって思わされることよ。ほんとうはわたしにふさわしい収入を得られたのよ！　夢に見た車を運転して、きちんと整備された道路を走れたのよ！　子どもたちはまともな躾を受けて、そこそこの生活が将来に待っていることを保証されているはずだったのよ。こんなふうに給料日になると食べ物を買うか、子どもたちの学費を支払うか、子どもたちの服を買うかで悩まなくてはならないような、侮辱に満ちた生活をしなくてすんだのよ！」雌牛は泣き叫んだ。我が子の将来を思うと絶望しかなく声がつまった。

それでも彼女は落ち着きを取り戻し、まばたきで涙を払った。つまるところ、まだ言い足りなかった。「ほんとうなら、わたしはいまごろもっと遠くまで行けていたわ、フューチャー。ひとかどの動物になっていた。イギリスに残って夢を実現している友達のようにね。せめて、あのときあなたがわたしの意見を聞き入れて、知ったかぶりをしなければ。けっして愛を返してくれない無価値な国に異様なぐらい固執していなければ。せめて、ふつうの親のように我が子のために選択する覚悟さえあれば、ドクター・フューチャー・フェング。でも、あなたはちがった。あなたがなにをしたかといえば、この難破船のような国を選んだのよ。休息を取るべき夜にわたしが起きて料理をしているような国を！　これをあなたは選んだの！」ソネニは金切り声をあげた。苦痛を吐きだした彼女はそのままキッチンへ戻り、すさまじく攻撃的に調理を続けた。彼女の怒りから生まれる大騒音が家全体に鳴り響くほどに。ティーチャー・ベンダーは家の外で息を殺して立っていたが、勇気をくじかれ、ドアをノックすることなく、まわれ右をした。

寝室のドクター・フェングは着替えを終えていた。彼はドアを閉めて立ち尽くした。妻が喋るのをやめたあとも彼女の声が耳鳴りのように残り、体じゅうが緊張したままだった。慢性的な頭痛は目覚めたときには少し治まっていたのだが、いまは鎮められていない先祖の霊の復讐のように激しく脈打ち、つまるところ、焼けつくような痛みの塊が頭のなかのスペースを埋め尽くしている。この頭をはずして、どこかに置けたらどんなにいいかと彼は思った。たとえ、この先、頭なしで生きていくことになっても。それほどまでに重くて重くて苦しかった。彼は重い頭を前肢二本のあいだに押しこんだ。ベッドに腰をおろすと、その重さも誠実な友のごとく一緒に座った。つまるところ、一緒に座ったのは頭の重さだけではなかった——妻の恨みつらみもついてきた。際限がないとわかっている彼女の傷も一緒に。彼女を落胆させ、子どもたちを落胆させた——どうしてだかみんなを失望させた——という感情もついてきて一緒に座った。そう、つまるところ、ここまで長く共生してきて知りすぎるほど知っている感情だった。つぎに後悔もやってきて一緒に座った。そう、つまるところ、根こそぎにするには遅すぎるし、引き抜いてどこかへ行き、なにもかも最初からやりなおすのも遅すぎる、それが自分でわかっている後悔も。恥の意識もベッドまでやってきて彼の横に座った。そう、つまるところ、母のマドゥラミニの面倒を見るつもりでジダダへ帰ってきたのに、いまや息子が母親を養うべき形で母を養えていないことがたびたびあるという恥の意識も。そう、つまるところ、寡婦である母は、自分がぜったいに経験できなかった種類の生き方を息子ができるように、可能なかぎりのあらゆるチャンスを息子に与えるためだけに、すべてを犠牲にしてきた。可能なら母は自分の鼓動する心臓さえも犠牲にしただろう。そう、つまるところ、彼が夜も寝ないで腸を食いつぶすようにして専門知識を身につけたのはそのためだった。医師という職業のことを考えると、痛みもやってきて横に座った。つまるところ、彼や同僚の医師たちが罰を受けている理由は、単に正義を、尊厳を求めたことにある。その痛みはもうひとつのべつの痛みを連れてきて、治療可能な病気であるにもかかわらず、悲劇的な無駄死をさせてしまった多くの患者たちのことが思い出された。とほうもない数の妊婦が出産中に死んでいったし、貧しくて診療代を払えないせいで診療を拒否された重病の患者もいる。彼の横には怒りとともに失望――政権に就いているテュヴィに対する――も腰をおろした。なぜなら、テュヴィ政権こそがジダダをこの惨状に送りこんだ理由であり、明けることのない長い闇夜のように思えるこの苦境に彼が置かれている理由でもあったから。そう、つまるところ、テュヴィ政権は彼がこうしてこのベッドに座っている理由であり、彼の横に腰をおろしたあらゆるものが大きくなってスペースをどんどん塞ぎ、彼を圧迫し、圧倒的な重みで押さえつけ、蝶の軽やかな飛翔を彼に夢想させる理由なのだった。

つまるところ、明けない夜はない……

四時五十五分ごろ、ロズィケイおよびダともうひとつダがつくジダダ全土で停電が始まる数分まえ、すでに着替えを終えて、ルイボス茶の最後の一杯を飲み終えたシミソは、血の流れが止まるような音を聞いた。山羊は後肢で居間の窓へ向かった。耳をそばだて、震えないようにして窓のまえで立つと、つまるところ、いま聞こえている音はほんとうに自分が聞いている音なのだろうかと思った。ふたたび眠りについていたデスティニーがすっ飛んできた。「なんなの、母さん、いまの音聞いた?」シミソは〈カンゴ〉の空のカップを娘に手渡し、深刻な口調で言った。「わからないのよ、デスティニー。わたしはもう着替えてるから、ちょっと見てくるわ」

山羊が門の鍵を見つけて外に出たときには、家のまえの通りは目を丸くしたパジャマ姿の動物たちであふれ返っていた。つまるところ、調理器具をこん棒のように振りかざす動物たちや、眠りと目覚めの狭間にいるような動物たちの姿もあった。彼らのまわりを流れる空気のもの悲しい電流じみた音が闇夜の暗さをさらにきわだてていた。まとまりのない行列は、自分たちを導いているのがどの家なのかわからないまま、恐怖とともにゆっくりとその悲劇的な音を追っていた。行列のなかにいた者たちがのちに語ったところによると、そのとき、ダッチェスの又姪《またいめい》のグローリアが現れ、群衆とぶつかった。まるで小さな亡霊を見ているようだったという。なぜなら、街灯の光を浴びて、「ドクター・フェングが大量の薬を飲んで自殺した。ドクター・フェングが死んだ。ドクター・フェングが死んでしまった!」と言った猫の姿はつぎの瞬間、消えてしまったから。ちょうどそのとき、午前五時の停電が始まって、明け方の闇が子猫の姿を消し去り、つまるところ、通りに集まっていた動物たちの姿も一匹残らず消し去ったのだ。だから、そこで起きていることは現実に起きていないように思えたかもしれない。

行列国家

生ける行列の復活

ジダダのいたるところで行列が復讐の意をこめて急増したのは、テュヴィ政権となってまもなくのことだった。ガソリンスタンドに行列ができ、やがて蔓延した。食料品店やスーパーマーケットの外にも、銀行やバス停のまえにも、旅券局や病院や国が管理する建物や、どこであれ大勢の動物がサービスを求める場所にも、行列ができた。そう、つまるところ、国家の子らは気がついたら終わりのない行列に無差別に押しこめられていた――テュヴィアス・デライト・シャシャと与党に投票した者もグッドウィル・ベータと野党に投票した者も、つまるところ、そのほかの候補者に投票した者も、投票をしなかった者も、つまるところ、黒い動物も白い動物も同じように、つまるところ、若い動物も老いた動物も同じように、つまるところ、ありとあらゆる職業のジダダ民が同じように列に並んでいた。

〝新たな統治〟への果てしない楽観論のために、そしてまた、何十年も続いたオールド・ホースの残虐な統治がジダダ民の忍耐力を聖書レベルにまで引き上げてしまったために、はじめは、一糸乱れぬ行列だと伝えられていた。そう、つまるところ、最初のうち、動物たちは忍耐強く列に並んでいると語られていた。彼らは目に見えない列と想像上の標識にしたがって、穂軸に並んだトウモロコシよろしく整然と列のなかに立っていた。最初のうち、つまるところ、動物たちは「すみません、この行列の最後はどこですか？」と訊いてから列に加わった。並んでいるときに肢の先を踏んだり押しあったり突きあったりしないように気をつけていた。列のなかで頭を高く上げて、目と目が合うと礼儀正しく笑みを送りあった。高齢者や妊婦や障害をかかえて生きている者たちが列の先頭に行くことを許した。彼らは列に並びながら、知性豊かな新しい財務大臣が〝新たな統治〟の経済を更新しているかを、新聞やＴｗｉｔｔｅｒその他のソーシャル・メディアによってチェックしていた。最初は列に並んだ動物同士が友達になったりもした。列に並びながらソーシャル・メディアのハンドルネームを共有し、互いにフォローしあった。列に並びながら、べつの動物の衣裳にお世辞を言った。列に並びながら、スナックを分けあった。列に並びながら、天気や贔屓のサッカーチームやセレブの話をした。列に並びながら、〝新たな統治〟の話や、経済を活性化させるための資金を求めて閣下がこれまでに訪問した欧米諸国の話もした。列に並びながらレシピを教えあった。彼らはあらゆる種類の助言を与えあっていた――町の穴場はどこか、育てにくい植物はどう育てればいいか、市《まち》のどこへいけばいちばんいい服が見つかるか、テクノロジーの時代には子どもの躾はどうすればいいか、町いちばんの信用できる整備士はだれか、断水の時間帯にどうやって水を保存するか。最初のうちは、つまるところ、動物たちは列に並ぶためにおめかしさえしていた。列に並んだら自撮りをした。自分の順番が来るまで待ち、順番を無視して列に割りこんだりはしなかった。列に並びながら首に巻いた国旗マフラーをととのえた。列に並びながらパンをちぎって配った。列に並びながら神の恵みに感謝し、そしてまた、国家に奉仕し国家を救うために奮闘している救い主を導いてくださることを願って祈った。

つまるところ、さまざまな列の並び方

しかし、そうした日々が何週間も続き、何ヵ月も続くようになると、行列は当分はどうにもなりそうにないということが動物たちにもわかってきた。事情通の動物たちはこう言った。ジダダ民は十年まえとまったく同じ場所に立っていることに突然気がついたと。もうずいぶんまえ、高インフレの危機にあったオールド・ホースの統治時代の数年間にも、彼らはこんなふうに行列をつくっていた。オールド・ホースの失脚と〝新たな統治〟のおかげで、あれはもう過去のことだと思われているけれども、つまるところ、当時と同じものを求めて並んでいる。まるで過去の墓所が開いて、その腹の奥底から、腐りかけて臭いにおいを放っているかのように。しかも、彼らは、ジダダ民は、惨めな土地の惨めな子らはまたそこに立ち、新しい行列をつくっているが、その列もまた年老いて、そう、彼らは以前の行列のトラウマにつきまとわれて混乱を覚えながら、無言で立っているのだ。彼らの体は過去に待っていたときの姿勢を思い出し、いまも自然とその姿勢を取っていた。肢をちょっと折り曲げて二本肢で立つ者。戦士のポーズを取る者。体の重みを均等に分散して四本肢で立つ者。背中を壁にもたせかけ、尻尾を肢のあいだに挟んで後肢で立つ者。舗道に座る者。しゃがむ者。壁にしがみつく者。列に並びながら眠る者。列に並んで眠りながら、焼きたてのパンの塊のようにくっついている者たち。列に並びながら、立ったまま片目を開けて眠っている者。

次世代の行列教育

つまるところ、そこには子どもたちもいた。そう——次世代、つまるところ国家の未来を担う者たちもそこに立って行列を眺め、耳を傾け、行列からいろいろなことを学んでいた。幼い子らは列に並んだ体から、一から十まで数えることを覚えた。さらに二十、三十、四十、五十と進み——ついに行列のなかで百まで数えられるようになった。さらに行列のなかで二百、三百、四百、五百、六百と進んで、九百、そして千までいった。彼らは行列のなかで足し算と掛け算も覚えた。読みに関してはどうかといえば、つまるところ、行列のなかで見られるボディーランゲージの解読と翻訳という技術をマスターした。長時間立つための最高の姿勢を会得するようになった。つまるところ、無秩序な行列のなかで耐え抜く方法を、行列に並ぶことを生産的な演習に変えるもっとも効果的な手法を、不可能なスペースに体を押しこむ方法を、だれかを押す方法と押さない方法を、行列のなかで怪我をせずに倒れる方法を。彼らが行列のなかで学んだことはほかにもあった——行列のなかで耐える方法を、回復する方法を学んだ。自宅でこっそりテュヴィの政府を真剣に批判している親やまわりのおとなからは、治安部隊が来たらおとなしく服従する方法を、思っても信じてもいないことを語る方法を、たとえ焼けつく怒りが喉を焦がし腸をあぶろうとも、飲みくだす方法を学んだ。声高で家のなかでも無敵なおとなからは、行列のなかに治安部隊がいたら意気消沈して縮こまり、それでも失禁しない方法を、そこにいるのにいない方法を学んだ。こんなに長く、何日も何週間も何ヵ月も、つまるところ故障することも、ばらけることも、箍《たが》がゆるむこともなく、列に並ぶことが可能なのかどうかを知りたくて、子どもたちは来る日も来る日も、あらゆる種類の体を注意深く観察していた。

ハイエナの肛門にさえ清潔なところはわずかにある

つまるところ、時はだれのためにも、たとえそれが美しい女王であろうと止まってくれない。刻々と時が経った。行列のなかにあった忍耐が、楽観論が少しずつ揺らぎはじめた。つまるところ、動物たちは列に並びながら恨みや敵意を育てていった。彼らは行列のなかで喧嘩を始め、互いに咬みつきあった。もはや列に並びながら新聞を読むことや、聡明な財務大臣が更新するTwitterを確かめることをしなくなった。列に並びながら自撮りをするのもやめたし、列に並びながらTwitterでつぶやくのもやめた。動物たちは行列の見張り役のスタッフを口汚く罵り、行列の秩序を保とうとする警備員にも罵声を浴びせた。順番を無視して列に割りこむこともした。行列のなかでスリを働く輩やもっと大胆な強盗を働く輩も現れた。つまるところ、雌たちは列に並びながら暴行を受けた。動物たちは列に並ぶことに飽き、疲れていった。行列のなかで絶望の限界に達していた。

彼らが過去に――記憶に――逃げ場を見いだしたのは無理からぬことだった。つまるところ過去のなかに。彼らは過去が実際に活気づくほど、とほうもない力をそそいで思い出す鍛錬にひたすら突き進んだ。しかも、望ましくない複雑で苦痛に満ちた部分は細心の注意を払ってよけ、むしろ栄光にのみ注目するようにした。列に並んで立ち、やれやれと首を横に振り胸を掻きむしりながら、時間と距離で甘く味つけされ、それゆえ現実をはるかにしのぐ栄光に包まれた遠い過去の日々に迷いこんだ。そう、つまるところ、なにもかもがばらけてしまうはるか以前、建国の父が父親然としてたいていは立派で、国民は生活できるだけでなく、まともな暮らしができていて、期待を寄せられるような輝かしい未来があったあのころに。

頭のなかにしかない過去であっても、どれほどその過去にしがみついていたことか。一日の終わりに悲惨な行列から家に戻ると、つい期待が芽生え、建国の父の記念品にすがろうとしたのはそのせいかもしれない。彼らは戸棚やクローゼットを開けては、建国の父の栄光の時代の汚れて変色した古新聞を取り出した。金属製のトランクを開いては、彼の写真がいっぱい貼ってあるぶ厚いアルバムを引っぱりだした。彼の象徴《レガリア》が詰められた手製の枕を切り裂き、彼が追放されたときになにもかも燃やしてしまいたい衝動に駆られたのに燃やさなかったことに感謝の念を覚えながら。あのときは、もっとましな新しい時代が始まったような根拠のない幸福感に酔って分別をなくしていたのだと思いながら。

つまるところ、これらすべてのものが彼らに慰めを与え、痛みをやわらげていた。さらに、喜ばしい驚きだったのは、これらすべてが建国の父をなぜか身近に感じさせたことだ。それどころか、彼らは建国の父を夢にまで見るようになった。紅茶を飲めばカップの表面に彼の顔が見えた。飲み終わるとカップの底にも茶葉のかすのあいだにも彼の顔が残っていた。トイレの便器にも彼の顔が見えた。用を足すまえも水を流したあとも。太陽を見ても月を見ても彼の顔に見えた。ボイスメールの録音を聞くと彼の声に聞こえた。彼らは風のなかに彼の名前が書かれているのを見た。彼はスマートフォンに保存されていたし、壁に落書きされていたし、冷蔵庫の扉に貼られていた。ハンカチやテーブルクロスには刺繍されていた。服の裏や毛布の裏にも縫いこまれていた。彼らは調理した食べ物に、香水に、花や木のにおいに彼を嗅いでいた。

ふと気がつくと彼のことを考えていた。というより、彼が恋しかった。いつでもどこでも彼のことを夢想していた。その集団的ノスタルジアの力たるやすさまじく、一度などは首都の最大規模の行列のひとつに建国の父の姿を見たほどだった。そう、つまるところ、不意に彼がそこに現れたのだ。後肢で立ち、あの懐かしいジダダの革命歌をうたう彼が。首都のいたるところで列に並んでいた動物たちはその最初の音符を、耳だけでなく心と腸でも聞き取り、互いに倒れかかるようにして声を追った。その声は彼らをジダダ準備銀行本店まで導いた。すると、あろうことか彼がそこにいたのだ。隙間なくびっしりと並んだ動物たちの列のど真んなかに。そう、建国の父が、つまるところ、唯一無二の彼自身が。威厳に満ちたその姿は、かつての栄光の時代といささかも変わりなかった。

建国の父と国家の子らはともにその場に立ち、あの懐かしいジダダの革命歌をうたった。やがて、その歌はただの歌ではなくなり、生きて息をして自身の意見を語る存在となった。それはそこにいるみんなに国家のもつ意味を教えた。解放のもつ意味を、統一のもつ意味を、民主主義のもつ意味を、尊厳のもつ意味を、平等のもつ意味を、公民権のもつ意味を、平和のもつ意味を、正義のもつ意味を、愛のもつ意味を、家族のもつ意味を、思いやりのもつ意味を教えた。そこにいる動物一匹一匹の革命歌の解釈がそれまでとは異なるものになった。つまるところ、命は彼らのそばにあり、希望は彼らのそばにあった。あらゆる善きことの約束は彼らのそばにあるのだった。

だが、あらゆる歌がそうであるように、あらゆる善きことがそうであるように、革命歌も終わりを迎えた——結局、明けない夜はないということだ。そして、国家の子らはその集団的ファンタジーから目覚めた。彼らがくらんだ眼《まなこ》を開くと、建国の父は煙のごとく消えていて、どこにもいなかった。というのも、現実には彼とロバは、外国にいる主治医たちの近くに身を置く必要性がいよいよ高まってきたという彼の健康状態を利用する形で、いまや厄災と呼ぶべきジダダから脱出し、豪奢な別荘があるシンガポールへ旅立っていたから。夫妻にはいまや醜く荒廃した国と思えるところへ戻るつもりはさらさらなかった。そこにいるのは裏切り者と結託した卑劣な強奪者や感謝知らずの国家の子らだけなのだから。そんな嘆かわしい現実に立ち返った国家の子らは、列に並ぶ自分たちが空腹で喉が渇いていること、希望も金もないことに気がついた。つまるところ、新たなよりよいジダダを約束する古い選挙ポスターから彼らを監視しているテュヴィの目にはなんの決意もなかったし、それはこの先もずっと変わらないということを、彼らは悲痛な体験によって理解したのだ。降ろすことのできない重い荷を背負わされた動物たちは尻尾を垂らし、肢を引きずり、熱い舗道に怒りの唾を吐きながら、連なる列車のようにびっしりと続く列に並んでいた。自分たちの苦境に思いをめぐらし、ダともうひとつダがつくジダダと呼ばれるこの国の行く末を考えていた。

行列のなかで漏れ聞こえること

一、ノスタルジアの点描

――わたしたちにもかつて黄金の時代があった。建国の父が建国の父で、このジダダがちゃんとした国だったころが。すばらしい時代が！　すばらしい生活が！　ただし長くは続かなかった。

――昨夜、行列をあとに家路をたどりながら、ずっとそのことを考えていた。家に帰っても停電中だから電気は使えないし、断水しているからトイレの水も流せない。この国で生活を営むための最低限の機能に頼れていたころが思い出され、泣きそうになった。

――自分が建国の父をちょっとでも感傷的に思い出すことがあるなんて思ってもみなかった。でも、テュヴィが例の才気《ブリリアント》あふれる財務大臣を筆頭とする取り巻き全員を引き連れて、公衆トイレの開設式を取り仕切ったときは、さすがにオールド・ホースを思い出したよ。彼の時代には少なくとも常識に頼ることができた。ところが、テュヴィ政権では常識に期待することはできないらしい！　おまけにテュヴィは鉄面皮にも経済問題のすべてを制裁措置のせいにしてる！　誓ってもいいが、愚かさが動物を殺さないのはいいことだ。もし、そうだとしたら、おれたちはみな死んでるはずだ！

――真実を正直に言えば、建国の父がわれわれの問題の発端だったということさ。テュヴィがとんでもない厄災だとわかったからって、いまさら建国の父を称えるのはよそうじゃないか。でないとこの顚末の教訓を見失ってしまう。さらに追い打ちをかけるのは、国を崩壊させた当のオールド・ホースがこの惨状を体験しておらず、まともに機能している美しい国で亡命生活を愉しんでいるということさ。われわれから奪い取った金があるおかげで贅沢三昧の暮らしをしてるんだ、まったく！

——よかった時代というなら、白い動物たちが国を支配していた時代についてはどう思う？　つまり、かならずしも、あの時代のあれやこれやを全部思い出したいわけじゃないけれど、やはり考えざるをえないわよね、あの時代はこんなふうに列に並ぶことに自分の生活時間を費やしたことはなかったって！　二百ドルを引きだすためだけにひと晩じゅう列に並んで、その状態で眠って、引きだしたお金では実のあるものを買うことすらできない。これはいったいどういう生活なの？

——わたしは見てのとおりブラックだ。息子たちは全員あの戦争で戦って、一匹は帰ってこなかった。だが、ひとつきみたちに言っておこう。戦争で勝ち取ったこの独立がわたしになにを教えたか、それは、黒い動物たちは国の治め方を知らないということだ！　現在の黒い政府がうまくやっていることがあるなら、ひとつでいいから教えてくれ！

——まさか、このような黒い共和国で黒い動物たちがこんなふうに突っ立って、悲惨な植民地時代の過去を懐古しているところを見たり聞いたりすることになろうとは、思いもよりませんでした。これほど悲しい日はありません。最低です！

——自由を獲得しながら、その自由をどう扱っていいのかじつはわからないというケースはおおいにありうるし、だから結局、自由がないままなんだと言ったのはだれだっけ？　いま聞こえている声はまさにそれだと思えるんだ。

——彼らが言っているのは、あの時代には少なくとも物事が機能していたということさ。少なくとも、あのころのわたしたちは列に並んでいなかったし、さまざまなサービスの提供について嘆いてもいなかった。そういうことはいっさいなかったと言ってるんだ。わたしが聞きのがしたのでなければ、植民地政府に戻ってほしいとはだれも言わなかっただろう。

——われわれに必要なのは完全な転換です。あらゆる制度と機関を使用して、いかさま師だらけの堕落した無能な政府を総点検することです。あらゆるものを完全に刷新し、リセットし、ゼロから再建することです。リーダーシップとは奉仕であって金儲けの方策ではないと理解できる分別のあるジダダ民とともに。新たな世界が生まれる可能性があると心の底から信じています！

——わたしはとにかく、この地獄から抜けだすためのビザが欲しいだけ。行き先はもはやどこでもかまわない。ただ出ていきたいだけ。そうでなければ、生まれてからずっとこんな議論を重ねてきて、もうくたくたよ。いまのジダダは柩《ひつぎ》と同じ。とにかくわたしたちはこの柩を埋めて、どこかへ逃げて、それで終わりにしなくてはならないのよ。

——根本的な問題はわたしたちが白い入植者を追い出して、わたしが考えるにもっとひどい黒い入植者に置き換えたことだ――白い入植者は少なくともこの国を、修復不可能に思えるほどずたずたに切り裂きはしなかった。

――現在の政府に対する不満はよく理解できるし、信じてもらいたいけど、その気持ちはわたしも同じです。でも、現在がいかに破綻していても、その原因は統治者が黒いからだなどという偽りをけっして受け入れるべきではありません。わたしたちがこうした苦境にあるのは、わたしたちを憎む自分勝手で無能で堕落した連中に支配されているからにすぎないのですから。なにより大事なのは彼らは去らなければならないということです！

――いいでしょう、あなたの意見が正しいとしましょう。現在の政府は実際に入植者よりもっとひどいと仮定するとして、それならなぜ抵抗しないのか、わたしには疑問です。なぜジダダ民は、白い入植者に対してやったように、どんな犠牲を払ってでも黒い入植者が去るのを見届けるために、武器を持って立ちあがらないのですか？　自分とよく似た抑圧者より白い抑圧者に対するほうが決起しやすいからではありませんか？　所詮、あなたがたはみな頭がおかしいんですよ。だから、それに釣り合った指導者が誕生するんです！

――動物たちがなにをしているかといえば、ただ言葉を並べているだけだ。なににも変換しない、変換できない、する気さえないなら言葉とはなんなんだ？　周囲を見まわして市《まち》の中心のこの悲惨な状況をよく見ろ。この悲惨な行列また行列を見ろ。電気も水道もなにもかもが止まってる。仕事はない。あるのは絶望。そこに言葉を並べてどんないいことがある？　自由だ？　ブラックパワーだ？　独立だ？　民主主義だ？　そうした言葉がなんら自分に尊厳を持たせないなら。相変わらず抑圧されたままであるなら。言葉なんてなんの意味もない。ゼロ！

――いまも変わりないのは、植民地時代が語のまったき意味において醜悪そのものだということさ。おまえの惨めな舌にときおりのせられる赤砂糖の小さなひと粒がどんなに甘く思えようと関係ない。おれたちはその粒をこれっぽっちも美化しちゃいけないんだ。少なくともおれたちは兄弟《カカ》がつくった政権とともにここに留め置かれているんだからな。おれたちには優秀で才能に満ちあふれた分別あるジダダ民がついている。黒も白もどっちも、ここにも世界のどこにもジダダ民がいる。そして、世界じゅうに散らばったジダダ民が自分を高く評価してくれる国々をよりよくするため、祝福するためにがんばっていることは、おまえもおれも知っている。そんな彼らとここに残っているおれたちみんなにはジダダをいまよりよくできないなんて言うな。要するに、おれたちが哀れだという真実でさえない話をするかわりに、もっと新しい、もっとましな話を毎日、毎分、せっせと自分に聞かせようじゃないか。スーツを着こんでこの国に悪臭を放っている自称政府の黒い兄弟《カカ》たちを、トイレの水と一緒に流して、本来の居場所である下水道へそのまま帰してやろうっていう話をさ！　おれたちが望む、おれたちに必要なジダダを築くためにな！

――テュヴィのことは好きじゃなかったけれど、彼にもチャンスをあげようと思ったのよ。ひょっとしたら、じつは有能だと証明してくれるかもしれないと。まちがいだったわ。彼はなにかをやろうとすらしていない。関心すら見せない！

——黒いジダダ民が惨めな植民地時代に戻りたがっていると言いますが——それはたしかに論点ではあっても、あなたは正直に語っていません。ほんとうは、いまの黒い政権があまりにお粗末で正道を踏みはずしているがゆえに、ジダダ民は植民地主義の卑劣さを大目に見たがっているということでしょう！　だから、それは現政権への怒りなんです！

——あんたらの意見がどうだろうと、目下の問題はこの行列がまえに進んでくれないってことなんだよ、いっこうに！　このままじゃまずいだろ！

二、つまるところ、ある闘争内の闘争の点描

——オーケー、だから、おれも列に並んで動物たちの話に耳を傾けてるんだよ。で、自問してるんだ。ジダダ民はこうやって日がな一日、リーダーシップの失敗について愚痴っていそうで、それでいて問題の核心には触れまいとしてるのはなぜなのかってね。問題の核心はこの国を殺したのがショナ《マル》族だということだろ！　おれたちが醜悪なブラック・リーダーたちのせいでこんなことになっているのは事実さ、ああ。だけど、そのブラック・リーダーたちがショナという部族集団でもあることも同時に語られるべきだろうが！

——その点に関しては、一点の曇りもない真実というしかありません！　ショナに統治の仕方なん

——わたしの意見を言わせてもらえば、申し訳ないけれど、ショナマルにはいっさい関わりたくありません。グクラフンディであれだけのことをされたわけですから。ショナ語を聞くだけで記憶があの日に戻って、恐ろしい暗闇に投げこまれてしまいます。基本的にはショナの国であるこのジダ

——実際、このナンセンスはそこらじゅうにはびこってる。政権与党だけじゃないぞ！ 学校へ行っても、病院へ行っても、スーパーマーケットへ行っても、法律事務所、大学、レストラン、バー、岩の下——どこであれ思いつくかぎりのところを取り仕切ってるのは、ショナマルだ。そこからまた進んで、ジダダの太陽のもと、なんであれ思いつくかぎりの機会を利用できているやつを見ると、やっぱり、例外なくショナマルなんだ。それがいやでたまらない。醜悪すぎる。この状況を終わりにしなければならない！

——この種の部族主義を進めてもどこにも行き着かないよ！ 政権にはンデベレ族もいるし、ヴェンダ族も、カランガ族も、ほかの部族もいるんだから。どれも等しく醜悪で、等しく腐敗していて、等しく凶暴だ。実際、だれもがみんな醜悪になる才能をもってるんだ。いまここに立っているおれたちだってそうだよ。五分間、おれたちに権力を与えて野獣に変わるのを見るといい！

——この種の部族主義を進めてもどこにも行き着かないよ！ 政権にはンデベレ族もいるし、ヴェンダ族も、カランガ族も、ほかの部族もいるんだから。

てわかるわけがないんです！ 彼らが得意とするのは破壊、強奪、暴行だけ！ まわりを見まわしてごらんなさい。壊れたものの背後には例外なくショナがいますから！ それでも足りなければ過去に目を向けてみなさい、グクラフンディの大量虐殺に！ あれもショナです！

ダで生きているだけで苦痛なんです。でも、だからって、どこへ行けますか？　国を出るための書類がないのに。ショナは両親を殺しただけではすまず、わたしの出生証明書を無効にしたんですから！　わたしには両親の死亡証明書すらないんですから！　つまり、死亡証明書を発行したら両親を殺したと認めることになるので、彼らはわたしの存在も否定したんです！　そうやって彼らはわたしの両親を奪い、わたしの人生を奪い、わたしの市民権を奪いました！

——政府にいるほんのわずかなンデベレマルに意味があるなんて本気で信じてるとしたら、頭がいかれてるんだろうよ！　あんなものはただのポーズだ！　結束という幻想なんだよ！　いまここで電話をかけて、このジダダになにかを引き起こせるンデベレマルがテュヴィの政府に一匹でもいるか？　いやしない、一匹も！　彼らには力がない！　お飾りなのさ！

——ンデベレマルがグクラフンディのことを話すとき、ショナマルの野党支持者も同じように殺されたという事実を除外するのはなぜなの？　彼らの住む地域も攻撃されたでしょう？

——このいわゆる〝新たな統治〟だって時間の無駄だ。ショナの覇権のなにが新しい？　何匹のンデベレマルが選挙で出馬している？　ヴェンダマルはどうだ？　カランガマルは？　トンガマルは？　ほかの部族は？　いったいどうしたらあんなふうにジダダの国会議員になれるんだ？　そもそもそれこそが、われわれの祖先が白い抑圧者に対して蜂起した理由だったんじゃないのか？　そもそもそれこそが、われわれの祖先が白い抑圧者に対して蜂起した理由だったんじゃないのか？　白い支配と戦って平等な社会に置き換えることが。その平等はどこにあるんだ？

――正直なところ、ンデベレマルがグクラフンディのことを話すと、まるでンデベレ対ショナの問題だったみたいに言うのがいやなんだ。あきらかにそうではなかったのに。あれはオールド・ホース率いる軍の特殊部隊対反体制派という構図であって、言われているような部族間の争いなんかではなかったのに、ショナのだれもがあれを支持していたかのように言うのはどう考えてもフェアじゃない。

――ショナマルとンデベレマルの同様の問題は、ジダダには自分たちふたつの部族しかなくて、残りのわたしたちはどうでもいいといわんばかりにふるまうことです。わたしたちの問題は取るに足らないとでもいうように。わたしに言わせれば、どっちも地獄に堕ちればいいのよ。あなたたちが一匹もいなければ、ジダダはもっといいところになるでしょうよ！

――まあ、認めますよ。ンデベレマルは生まれながらに暴力的で怠惰で、なんの才能もなく教育も受けていなくて、彼らが政権につけないのはたぶんそのためだって、そういう話ばかり聞かせる両親に育てられたことは。いまは学習解除や読書から学んでいるというか、自分を再教育しているところです。ンデベレのリーダーのファーザー・ジダダはじつは建国の父よりはるかに優れたリーダーだったということを。彼はチャンスを与えられるかわりに犯罪者にされ、反体制派という名の悪者にされ、逮捕もされて、グクラフンディで殺されかけたということを。この部族対立の問題がなければ、彼こそがジダダを栄光に導ける唯一の動物だったかもしれないということを！

――ンデベレにほんとうに必要なのは、なんでもかんでもショナ対ンデベレの構図にするのをやめることだ！　それはものぐさな思考法というやつさ。つぎはきっとこう言うだろう。ンデベレの国で日照りが続くのはショナが雨を溜めこんでいるからだって！

――もしも、グクラフンディが部族意識と関係ないなんて本気で思ってるなら、心配ご無用《フツェキ・ヴェレ》！　いったいどれだけの反体制派が殺された？　どれだけの市民が殺された？　あなたの鈍い頭はいつになったら理解するの？　与党は四年にわたって意図的にンデベレの市民を虐殺したということを！　わたしたちを虐殺した治安部隊はショナだってことを！

――しかし、ンデベレマルのほうが優秀だなんてだれに吹きこまれたんだい？　自分がじつはこの国のマジョリティであれば、天使のようになると思ってるんだろ？　いや、そうはならない。きみはいまとまったく同じふるまいをしてるだろうよ！

――問題はまさにここ《コナファ》にある。まずショナが住む地区を見て、ついで非ショナが住む地区を見て、それから両者の発展のレベルを比較してみろ。これはひとつの国のなかにある不平等な物語なんだ！

――ンデベレマルは過去を乗り切るべきだというのがわたしの気持ちです。それが過去と呼ばれるのはすでに起きてしまったことだから。現在と未来にだけ目を向けてください。あなたがたの親類家族を殺したのはわたしたちではないということも思い出してください。殺した者たちは年老いて、どのみち死にかけているということも。彼らの大半がもうすぐいなくなるとともに釈明責任を負う者もいなくなるということを。つらいことです。でも、それが現状なんです。

――わかるかな？　かりにいまこの時点でンデベレの国の心臓部のうんと深くにもぐりこんでみたら、きみも知るだろうよ。そこではンデベレ語をほとんど喋れないショナが学校を運営し、ンデベレ語をある程度しか習得していない教師がンデベレの生徒を教えてるってことを。そのくせ彼らはンデベレが住む地区での合格率がなぜこんな惨憺たる数値なのかと不思議がってるのさ。

――ところで、なぜみんな〝ショナたち〟が均一であるかのように言うんでしょうか？　ショナと呼ばれる動物だって、いくつもの小集団に分けられますし、みんながみんな力をもっているわけじゃないんです。わたし自身、ショナと呼ばれていますが、貧しいし抑圧されています。自分を抑圧する者たちに怒りも覚えています！

――残る問題は、ジダダはショナの覇権を受け入れられずにいるということ。それはひとつの事実だ。あなたがたはまわりを見まわさなければならない。そうすればきっとわかる。よりよいジダダにほんとうに関心があるのなら、すべての部族集団が同じレベルにある平等の社会をどうやってつくるか、その答えを見いださなければならない。それがわれわれに課せられた問題なのだ。

――そのとおりだし、とにかく、いまもちあがっている部族間の緊張は植民地支配のもくろみだということを忘れないようにしよう。わたしたちは入植者が望んだとおりのふるまいをしている。悲しいかな、やつらが出ていってこんなに経ってもまだ！

――それで、ンデベレマルはいつになったら事実を認識するのだろうか。わたしたちがこの舟に乗っているのは、そもそも彼らの王が入植者に国を売り渡したからだということを。それも砂糖のために！

――ここまでの会話を聞いていれば、わたしたちが問題をかかえていること、それが小さな問題でないことはあきらかです。しかし、その問題を解決するまではどうにもなりません。資質を見極めてリーダーを選ぶかわりに、リーダーのアイデンティティを突きとめる努力を延々と続けることになるでしょう。自分たちの偏見に基づいた選択をしようとして。悲しいのは、こうした緊張関係こそが与党が育つ土壌になっているということです！　自分を見つめなおし、この問題に取り組む勇気をもちましょう、ジダダよ。結束して立つか、分裂して崩れ落ちるかなのです。

――まちがいなく、だれもが知っているくせに認めたがらないことがある。それは、わたしたちは、一匹残らず全員が、ジダダ党という政権与党に抑圧されているということだ。わたしたちはみな、どんな惨めな部族であろうとなかろうと、こうやって列に並んでるんじゃないのか？　食べ物を探してるのも一緒じゃないのか？　お金を探してるのも一緒じゃないのか？　それに、穴ぼこだらけの道を歩いてここまで来たのも一緒じゃないのか？　生き延びようとしてるのも一緒じゃないのか？　仕事がないのも一緒じゃないのか？　老朽化した病院で死にかけてるのも一緒じゃないのか？　我が子が侘しい未来を見てるのも一緒じゃないのか？　これがわたしたちなんだ！　一緒なのさ！

行列の限界

——われわれは正直な会話のなかで自分たちの部族分裂の認め方を見つけなければならないだろう。なにより重要なのは、そこからさらに進んで、ほかのジダダ民についても語ることだ。ほかのジダダ民が受けている抑圧をどうでもいいと思うのは、あんな連中は取るに足らないと自分に言い聞かせているからだ。雌《フィーマル》のジダダ民。クィアのジダダ民。障害のあるジダダ民。若いジダダ民。移民のジダダ民。国家に汚されたジダダ民。そうしなければ、われわれに未来はない。

——この部族問題ってやつは迷惑でしかないというのが正直な意見だな。いつもそうだけど、いまのように無駄にされたエネルギーは全部、この行列をどうにかするためのプランを練ることにつぎこめるはずだし、もっと大事なのは、一日だって政権を握る資格のないテュヴィをどうにかするためのプランだ。なのに、こうして、いつもとおんなじことを話しているんだよね。

事情通に言わせると、ジダダ民はジダダ民であることを議論し、分析し、討論しながら、列に並ぶことに耐えていた。つまるところ、彼らの落胆と不満と痛みと怒りは来る日も来る日も、来る日も来る日も、来る日も来る日も、煮えたぎっていた。そうして、ついにある夜、国家の子らが、いつもの夜と同じように多種多様な行列のなかで眠りこけていると、財務大臣、ブリリアント・ンズィンザの発表が聞こえてきた。彼らがまさにそれを買うために並んでいるガソリンの、そこにはないガソリンの、ただでさえ値段が高いガソリンの、その値段がひと晩で一・五倍になるというのだ。それでもまだ足りないかのように、電信振替に対する新税の発表もあった。そう、つまるところ、まだ支払われていない金に、あるいは必死の思いで稼いだ金に、彼らのものになっていない金に、彼らから盗み取った金に、税金が課せられるということだ。怒り狂った動物たちは、つまるところ、意見の不一致を忘れ、部族意識を忘れ、自分たちを分断しているものをすっかり忘れて、列に並んだまま後肢で立ち、大声でわめき散らした。つまるところ、彼らの体のありとあらゆる穴から怒りが泡を吹き、流れ出て、あふれ出て、空気を汚した。そして、夜が明けてまもなく、閣下のペットで、いまやセレブ・ペットとなったオウムの〝新たな統治〟が、みずから率いる大聖歌隊とともに、いまや忌み嫌われている〝新たな統治〟聖歌《アンセム》をうたいながら、眠れぬ首都の空を飛びはじめた。だが、事情通が言うには、鳥たちは行列が発する汚物に毒された空気を吸いこみ、真っ逆さまに地面に落ちると、もがいて咳きこんで、二度と歌をうたわなかった。

革命の防衛　二〇一九年

つまるところ〝新たな統治〟はもちこたえられない

結果として、財務大臣の発表があった翌日、ロズィケイをはじめ、ジダダじゅうの大都市にある町の通りに動物たちの波が押し寄せて、市《まち》の中心へと突き進むことになる。ただし、今回は列に並ぶためではなく、行列反対の意思表示をするために。つまるところ、乗用車やミニバスなど輸送機関が各都市へ向かっても、ビジネスは早くも#シャットダウン状態にあるので引き返さざるをえず、運転者がしたがわないと車は襲撃を受けて即座に炎上する。バリケードが築かれる――道路の真んなかにタイヤが山積みにされ、厚板や瓦礫の寄せ集めも積みあげられる。それらに火がつけられると暴徒は異様に興奮し、主要な道路が燃えるのを眺め、黒い煙がうねりながら神の顔のなかにはいっていくと喝采を送る。主要道路沿いの商店やスーパーマーケットはくまなく強奪に遭い、店内は一瞬のうちに空っぽになる――強奪の優先順位の筆頭はなんであれ食べられるもの、なんであれ飢えをしのぐための薬だ。食べ物がなくなると、強奪者は持ちだせるものを片っ端から盗む。つまるところ若者、それも、まだ学校へ行っているような動物たちは、ペンやら鉛筆やら定規やら筆記帳やらを狙っているように見える。この混沌とした事態にあっても、彼らが真っ先に思い描くのは、やはり自分が受けている教育と自分の将来だということらしい。暴動の様子は写真や動画としてすぐにソーシャル・メディアに流れだすので、ジダダ民はジダダにいようと世界のどこにいようと、インターネットを通じてふたたび集合し、画面で繰り広げられている抗議活動を追いかける。

ダともうひとつダがつくジダダで一度も起きたことのないことが起きている。そう、つまるところ、聞いたこともないことが起きている。歴史上はじめて放任されたとおぼしき暴徒たちは、ふざけている最中に、叫んでいる最中に、盗みを働いている最中に、ものを燃やしている最中に、ふとひと休みしては自撮りを撮った――暴徒たちはやがてこんなふうに自問することになる。「これはほんとうにわたしたちが育った不寛容なジダダなのか？　ジダダではつい最近まで、デモのために路上に出ようものなら、治安部隊にずたずたにされるか、下手をすれば殺されていたのではないのか？　わたしたちがいまこうしているあいだ、あの醜い国家の犬どもはどこにいるんだ？　ジャンバンジャ司令官はどこだ？　そもそもなぜわたしたちはこのジダダで好き勝手にぶらつくのを許されているんだ？　好き勝手にぶらつくのを許されたことなど一度もなかったのに」つまるところ、こうした疑問にこたえられる者はいないので、噂がドローンよろしく飛びまわる。国家の犬どもも、そう、オールド・ホースが失脚したとき、ジダダ民の自撮りに一緒に写ったあの治安部隊が、なんと抗議活動を支援していているとか、民衆を襲うことを連帯意識から拒んだとか。あるいは、救い主は相変わらず世界の空を飛びまわるのに忙しいし、彼の代理を務めるべきジューダス・グッドネス・レザは数ヵ月まえから特定不能の病を患っていて、いつもどおり治療のために国外にいるので、事実上だれもジダダを管理していないとか。

いずれにせよ、子どもは自分が望むすべてである母親の乳房で遊ぶことはあっても、父親の睾丸で遊ぶことはぜったいにないということを、むろんジダダ民は知っており、理解もしている。ところが、暴徒たちは当然の知識として身についていることを無視して、父親の睾丸で遊びはじめる。そのタブーが〝新たな統治〟のジダダではまったくタブーでないように思えるから。暴徒たちはそこで、駐車中のパトカーを襲い、ひっくり返し、炎上させ、燃えるさまを眺めて歓喜と懐疑を味わう。なぜって、政権のシンボルがほかのものと同じように襲撃されたら、政権自体が崩壊することはありえないと言ったやつはどうする？　父親の睾丸で遊んで疲れ果てた国家の子らは、勝ち誇った気分でようやく撤退する。勝利を収めて戦闘から引きあげる部隊のように、彼らはそれぞれ異なる町へと後肢で帰っていく。つまるところ、その姿勢が、こわばった首が、高く上げた尻尾が、ぴんと立てた耳が、バランスよく構えた角が、むき出しにした歯が、輝く目が、彼らはついに萎縮からも恐怖からも解き放たれたのだと語っている——雨が降ろうが火が降ろうが陽が照ろうが、つまるところ、新たに見つけたこの抵抗という言語で、自分たちが求める新しいジダダを呼びこんでやろう。ほんとうの変化が訪れて自分たちの名を呼ぶまで、立って吠えて怒ってやろう。

治安部隊の歌

歴史的な抗議活動がおこなわれた翌日、事情通は言ったものだ。治安部隊が全力で出動し、遠吠えのように軍歌をうたいはじめたと。つまるところ、その恐ろしい最初の何音かが町に流れるのが聞こえると、ジダダ民は大急ぎで家に閉じこもって鍵を掛けた。つまるところ頭上では黒い雲が太陽を隠し、そのまま居座った。つまるところ蛇もトカゲも埃まみれの街路を急いで渡り、黒い穴へと戻った。つまるところ空を飛ぶ鳥たちも遠く離れた巣へ逃げ帰り、つまるところ蟻たちも列を成して側溝にはいり、避難した。つまるところ鼠もムカデもゴキブリも蝿も蜘蛛もみんな、秘密の隠れ場所や隙間に身をひそめた。事情通はこうも言った。戦争の世界が自分たちの家に向かってくると伝えようとしたが、政府はすでに#インターネット・シャットダウン を実施しており、サービスのいっさいが停止されていた。インターネット・サービスが停止されていては、警告を発することも助けを求める声をあげることも証言することも、目撃者となることも、つまるところ、なにひとつできず、ただ銃弾の内部の静けさを保つしかなかったと。

国家の子らの歌

——わたしは憎しみに満ちた動物ではない。なんとか純粋な心をもとうと努めている。だけど、だけどだ、治安部隊は憎い！ あいつらが一匹残らず地獄に堕ちることを心から願う。とりわけあのジャンバンジャ司令官は！

——面食らうのは、だれもが口を開けば#インターネット・シャットダウン の話をすることよ。まるでインターネットがあればわたしたちは救われたとでもいうように。だれかがわたしたちを救うべく、わたしたちの苦しむ写真や動画に大感動して憤慨してくれただろうとでもいうように。インターネットでなにか言えば、治安部隊がわたしたちになにもしなかっただろうとでもいうように。愚の骨頂よ、わたしに言わせれば。

——わたしはただじっと座って待っていた。近所のうちから聞こえるあの恐怖の音に耳をそばだてながら。家の外に彼らの声が聞こえるとドアを開けることさえした。自分は暴動には加わらないとわざわざ言ったりはしなかった。正義の犬など昔からいたためしがないのだから。言ったところでろくなことにならないのだから。ジャンバンジャ司令官にレイプされても、わたしは泣くことすらしなかった。その残虐非道な一致を笑い飛ばしたいぐらいだった。教えてあげる、二〇〇八年の選挙後の暴動で、わたしたちを弾圧しながら彼はわたしをレイプした。そして、およそ十年後のいま、野党が異議を申し立てた選挙からほどなく、彼はまたもわたしをレイプしている。かりにも神がいるのだとしたら、最高に胸くそ悪いユーモアの持ち主だと言っておく。

——彼らが玄関ドアを叩きはじめると、わたしは兄のマックスに電話した。兄は道路を隔てた向かいの家に住んでいる。兄になにができると思ったのか、いまとなってはわからない。電話は通じなかった。WhatsAppも、Facebookのメッセンジャーも、全部だめ。もちろんわたしはなぜだかわからなかった。#シャットダウン のことなど聞いていなかった、お察しのとおり。接続できるのがあたりまえの状態で突然その接続が切られると、空が落ちてくるみたいに感じられるのかもしれない。でも、電話の件はささいなことだった。わたしたちがドアを開けまいとすると彼らは窓を壊した。それから催涙ガスなんとかいうのを家のなかに投げこんだ。あれ、なんて呼ばれてるんだっけ——そう、催涙ガス弾。わたしたちが、わたしと息子が、鼠のように慌てて外に走り出たのをあなたも見たはず。彼らがドアをドンドン叩きはじめたのは、わたしが教会服に着替え終わったあとだった。思い返すとなぜあんなことをしたのかわからない。だけど、死に物狂いの動物はそういう変なことをするんだと思う。で、そんなことしたって、もちろんなにも変わらなかった。無力ってわかる？　わかるとあなたは思ってるでしょうけど、ほんとうはわかってなんかいない、ぜんぜん。それをあなたに説明することはできない。言葉で説明するのは難しい。彼らはわたしの息子をめった打ちにした。自分が守ってやれない世界に息子を産み落としたことを後悔するほどに。

——やつらが来て我が家を取り囲んだ。この目にはいっただけで最低でも十二匹はいた。ネット上で暴力を煽動したとして、おれは逮捕された。おれは静かに要求した。#近寄るなと。

——わたしは投票しません。デモ行進にも行きません。集会にも行きません。ここはダともうひとつダがつくジダダなんです、わかってるでしょうけど。いかなる幻想も抱きません。でも、そうすることでわたしは少しでも守られたでしょうか？　いいえ、まさか。

——それはいきなり起こった。わたしたちの街区は突然、武装した治安部隊・治安部隊・治安部隊で埋め尽くされた。その光景はわたしに戦争を思い出させた。つまり、あの戦争のとき、わたしはまだ幼い子どもだったが、ときどき脳裏をよぎる光景というものはあるから。もはやそこは自分の住まいがある街区には見えなかった。

――いま言えるのは、このクリニックは銃弾で負傷した約三十四の治療にあたり、うち九匹は致死的な負傷だったということです。ほかのクリニックがどのぐらいの数の負傷者を扱ったかは知りません。身元を特定されて処罰を受けることを恐れ、治療を受けなかった動物たちもおそらくはいるでしょうし、ほかにもなんらかの理由で受けなかった動物もいるでしょう。ちなみに、公開討論会でわたしの名前を紹介するようなことはやめてください。トラブルに巻きこまれたくありませんからね、お世話さま。

――もう一度やりなおせるなら、ロバの好きなように支配させてやりたい。少なくとも彼女なら、これほどまでに邪悪なことはしないだろうから。

――訊きたいのは南部《S》アフリカ《A》開発《D》共同体《C》はどこへ行ったのかってことさ。アフリカ連合はどうした？　国際連合は？　われわれの面倒を見るはずのもろもろの組織はどうしたんだ？　世界のほかの国は？　自分たちの体を、生活を、夢を、未来を、ようやく重要課題とするために、われわれはなにをしなくてはならないんだ？

――ぼくはテュヴィに投票した。いまも我が家の居間には彼の肖像が飾ってある。部屋にはいってまず目にはいるように。でも、治安部隊は気にもしなかった。正直、彼らに殺されると思った。

――＃シャットダウンはさすがに規則破りだということには同意せざるをえません。治安部隊と彼らがやったことを許すとは言っていません。ただ、動物たちも破壊行為や略奪や私有財産の焼却をしています。あなたがたの憤りはもっともです。でも、なぜまったく無関係の者を痛めつけるんですか？　だから、そう、わたしが考えるに、あらゆることが規則破りになってしまったのですから、双方とも責めを負うべきです。しかも、結局はだれも得をしなかったのですよ。

――彼らはなぜか我が家を飛ばしていった。妻も子どもたちもあの奇跡の話をするのをやめられずにいる。だれも信じちゃくれないとわたしが言ったところでなんになる？　決め手は、犬どもが近づいてきたとき、わたしがとっさに門と家じゅうの入り口に聖油を噴霧したことだった。そして、ここで言っておきたいことは、その過酷な仕事をしているあいだ、これっぽっちも怖くなかったということだ。預言者ドクター・O・G・モーゼズがいつもわたしたちに思い出させてくれるとおり、わたしたちはイエスの血にまみれているとわかっていたから。

――わたしは七十六歳だが、この国に真の平和、真の自由があると思ったことは一度もない。いまの状況からすると、それを見ないまま死ぬことになるのだろう。だが、わたしはもうじきいなくなる。自分の道を進み終え、自分の旅は終わりを迎える。ジダダがこのおぞましい毒にどう対処するかを見届けるのは、残っているおまえたちの役目となるぞ。それを飲みこむのか今度ばかりは吐きだすのかを見届けるのは。

――おれたちはジダダのインターネット会社をボイコットするべきだよ。やつらが政府の指示に従って#インターネット・シャットダウンをする必要なんかまったくなかった。なのに、やつらはそういう選択をした。政権を支持して、おれたちを妨害する道を選んだんだ。おれたちの弾圧に加担してる。弾圧を可能にしてるわけだ。そのうえ、悲しいことに、やつらにビジネスをさせてるのはおれたちなんだ。おれたちこそがやつらを金持ちにしてるんだよ！

――あたしにわかるのは、オールド・ホースとロバはいまのあたしたちを見て高笑いしてるってことだけ。とりわけロバは。ジダダの苦しみの原因は彼女だって、どれだけ声高に何回非難したかしら！　だけど、オールド・ホースには、あたしたちをこんな苦境に陥らせたのは自分だということを思い出して、笑うのを控えめにしてほしいと思うわ。

――あの邪悪な治安部隊をどうにかする方法を考えださなくてはならない。やつらはまるでぼくたちが石だとでもいうように攻撃してくる。ぼくたちが血を流そうと涙を流そうと、自分たちには関係ないというように。あの怪物どものぼくたちへの暴虐を続けさせるわけにはいかない。なにか手を打たなければならないんだ！

――文字どおり亡命を求めています。努力もしました。わたしがここまで何年も努力してきたことは神さまがごぞんじです。もうこれ以上は無理なんです！

――ひどいと思うのは、町に暮らすわたしたちはこういう目に遭っているのに、郊外は平穏だということ。この国はひとつじゃないの？　苦しむときはみんな一緒じゃないの？　町で暮らすわたしたちが弾圧の体制を覆したら、その変化を国民全員が一緒に享受することになるんじゃないの？

――たとえ彼らに殴られても、わたしは怒りも復讐心も抱かない。すでに彼らを許しているから。実際、ひんぱんに殴られていたときでも、神はもっと高い頻度で、ジダダには祈りが必要だと教えてくださった。わたしたちは路上を離れて教会に集い、神のつかわした預言者の言葉を聞かなければならない。聖書を開けば、わたしたちの身にいま起きていることが書かれているとわかるだろう。聖書をきちんと読めば、ジダダはファラオの圧政のもとにあったエジプトとじつはなにひとつちがわないとわかるだろう。おのれの罪を悔いて、神の栄光を浴びつつ歩みだせば、わたしたちもまた約束の地を見るだろう！

――ほんとうは、こういう結果になったとしても、われわれの努力が無駄だったとして忘れ去られるべきではないと思っている。何事も痛みなくして成し遂げられない。これは本に書かれた物語ではなく、現実に起きていることなのだ。われわれ自身がとてつもなく重大なことをやった時代として、いまこのときを思い出そう。この残虐な政府に対して、やつらが理解できる言葉を用いて、言い返してやったのだということを。それどころか、現政権の権力の濫用は、彼らには国民の怒りが聞こえていることを意味する。彼らは慌てふためいているんだ。怒りを爆発させる場はもはや自宅のキッチンや庭やソーシャル・メディアでなくなり、怒りを生で直接に政府に送ろうとしているのだから。つぎにわれわれが立ちあがったときには、かならず勝つと断言しよう。

――ジャンバンジャ司令官の姿を見つけた瞬間、わたしたちはひどい目に遭うとわかった。

革命の守護者の肖像

一、誕生

ジャンバンジャ司令官はジダダ独立のほぼ二分三秒後に生を受けた。正真正銘の事情通によれば、このことは母親のローズマリー・ソソに対する理不尽な暗黙の恨みの源となった。彼いわく母の子宮が最悪のタイミングを選んだからだった。幼い犬にすれば、そのタイミングで生まれたために、彼は自分より年長の同志たちのように、解放闘争中に生まれたと主張することが事実上できなかった。そのうえ偉大な存在になる機会を奪われた。彼の本来の運命はまちがいなく、彼の父親、ジョン・ソソ司令官のように戦争の英雄になることだったのに。とはいえ、悲しいかな、父は独立前夜、独り息子の誕生の二ヵ月まえに死んでしまい、解放と独立のために決死の戦いをした祖国がついにその日を迎えるのを見ることはなく、息子が自由な祖国で成長するのを見ることもなかった。そう、つまるところ、ジョン・ソソ司令官とその兄弟たち――ビッグ・サイモン、フィリップ、スモール

・サイモン、マサイアス、マシュー、ジュード、ジューダス、ロング・ジェイムズ、ファット・ジェイムズ、バーソロミュー、アンドリュー――総勢十二匹は十二使徒のようだった。しかも、全員が十二使徒の名をつけられていて、全員が解放闘争の英雄だった。彼らの祖父、ジャンバンジャ・ソソも、ジダダ国内ではたいてい第一次武装蜂起《チムレンガ》と呼ばれている第一次解放闘争の英雄だった。そう、つまるところ、ジャンバンジャ・ソソは霊媒のムブヤ・ネハンダとともに、武装した暴徒たちを奮い立たせ、植民地体制に対する反乱を導いていた。一八九九年、入植者による処刑がおこなわれるまでは。だが、ジャンバンジャはまだ生まれていない我が子が武器を取って弾圧者と戦い、ついに勝利する日を、何年何月何曜日に勝利するかということまで正確に予言したのだった。

二、最初の言葉

正真正銘の事情通が言うには、子犬の母親、ローズマリーも解放闘争のヒロインで、のちに息子の父親となる夫とは戦線で出会った。彼女は片親を亡くした息子を戦士の子、英雄の子のごとく育て、実際、息子は戦士にして英雄となった。だから、喋れる年齢に達した子犬が最初に口にした言葉は〝ママ〟でも〝ミルク〟でも〝やあ〟でもなく、完璧な革命用語から成る一文――〝ジダダは解放戦士の血でできている〟――そう、つまるところ軍歌の歌詞だった。ローズマリーがすらすらとうたえる子守歌は戦線で覚えた歌だから。子犬が三歳半になるころには、つまるところ、国歌のほかにも、ジダダの言語の種類を問わず、解放闘争の有名な軍歌でうたえない歌はひとつもなかった。

三、幼年期の栄光

事情通が言うには、ジャンバンジャ司令官の遊び仲間は同志、入植者、密告者、裏切り者、敵、と厳密に分類されていた。幼年期の彼を振り返ると、言い争いをせずに過ぎる日は少なく見積もっても一日とてなく、むろん勝つのはいつも彼だった。結果として、彼は遊び場でたいへん恐れられていて、〝リル（littleの略）・キルトン将軍〟というあだ名をつけられた。もっとも、それは陰で囁かれていただけで、彼がそれをはっきり知ったのは偶然だった。ある日の午後、〈バンバゾンケ・スーパーマーケット〉の裏で三つか四つ歳が上の無礼な子牛を殴っている最中のことだ。そう、つまるところ、その無礼な子牛は——彼の伝説をきちんと聞いたことがなくて彼と喧嘩をしてはならないと知らなかったか、じつは聞いていたのに耳を傾けようとしなかったか、どちらかだろう——いまや咬みつかれて血だらけで、骨の一本か二本折られるのではないかと恐れ、モーと鳴きながら、「どうか殺《キル》さないで、リル・キルトン将軍。頼むよ、頼むから！」懇願した。その場にいた者たちによれば、子犬はこの懇願に当惑して、ひと呼吸おき、説明を求めた。子牛が説明すると彼は同志たちに宣言した。密告者にも裏切り者にも敵にも。これから先、自分のニックネームは、鈍臭くて退屈な親友、豆粒みたいな可愛いトサカをもつ雄鶏のフムラニがつけたつまらない〝チーフ〟なんかじゃなく、〝リル・キルトン将軍〟のみになるだろうと。

四、教育

小学校にはいると——この時期もまた病的なまでの喧嘩を少なくとも二時間おきにしていたから、子犬のまわりにいるだれにとっても楽な時代ではなかった——彼の大好きな遊び、彼の気を鎮められる数少ない遊びのうちほんとうに効力がある唯一の遊びはアートになった。とりわけ絵を描くのが好きだった。解放闘争への関心の強さが血筋と家庭環境に起因するのは疑いようもなく、そのため、リル・キルトン将軍が描く絵は乱暴でありながらも写実的で、戦争を題材にした息をのむようなイメージもあれば有名な戦闘場面もあった。つまるところ、母から聞かされてきた物語のおかげで驚くほど正確に表現されていた。彼のこの才能はジダダの解放史の並はずれた理解によってさらに補完された——実際、事情通が言うには、その数年後にハイスクールに入学すると、若い犬は赤ペンを持ってジダダの歴史教科書を読みながら、解放闘争の章を丹念に訂正した。歴史上の出来事のいくつかは、そういうことがあったと言われていると教科書には書かれているけれども、そんなふうには言われていないからだというのが彼の言い分だった。

つまるところ、リル・キルトン将軍はある暑い木曜日、総合文学の試験で十点をつけた英文学の教師、ミスター・A・B・スィバンダに最後のひと咬みをくれてやってから、ロズィケイ・ハイスクールをあとにし、ハイスクール生活を終了した。試験に出てきたのはチョーサー、シェイクスピア、ミルトン、ディケンズ、ハーディ、ブロンテの作品だった。「ぼくの父も祖父も祖先たちも、われわれから土地を取りあげ、何十年も抑圧し、われわれの文化に反吐を吐いた盗っ人どもがつくったくだらない話をぼくに読ませるために戦争へ行ったんじゃありません。だから、教えるならもっとましな本を見つけてくださいよ、こんな馬鹿馬鹿しい本じゃなく、ミスター・ティーチャー。この国はもう植民地じゃないんだ。二度と植民地にはしないんだ！」若い犬は吠えながら、〈ダンロップ〉の青いリュックサックをひっつかみ、そっくり返って立ち去った。教室に身を置いたのはそれが最後だった。

五、革命の防衛、一九九四年

それからほどないある午後、若い犬はぎゅう詰めのコンビ（乗り合いワゴン車）に乗って銀行から帰るところだった。舌をだらりと垂らして二列めの座席に座り、右肢を窓から出していた。その日は両親に月々支払われる退役兵手当を受け取るため、朝からずっと列に並んでいた――だが、政府はまたしても資金の入手に失敗したようで手当を受け取ることはできなかった。二十世紀が幕を閉じようというここ数年のジダダではそれが通常の状態になりつつあった。コンビの車内は静まり返っていた。乗客はラジオに耳をすまし、ネルソン・マンデラ――アパルトヘイト政権によって二十年以上も投獄されていて、ほんの数年まえに釈放された――が大統領としてはじめて国民に語る言葉を聞こうとしていた。解放の闘士が平和と繁栄、非性差別と非人種差別、そして民主主義について語るうちに、感きわまった一匹の羊がコンビの後方席でさめざめと泣きはじめた。

乗客たちはこの歴史的演説を最後まで聞きたいのだから黙れと、だれかが羊に言ってくれるのを待っていた。コンビの車両が三番街の〈シェル〉のガソリンスタンドのそばにある信号機に、つまるところ、自分の町へ帰ろうとしている動物たちに向かってコンビやタクシーがさかんに呼びこみをしているところに近づくと同時に、乗客たちは突然、自分たちがデモの参加者の海に投げこまれていることに気づいた。おびただしい数の動物たちが道路を占拠していて、すべての交通が麻痺状態に陥っているようだった。どこもかしこも車両と自動車だらけ。どこもかしこも毛と羽だらけ。どこもかしこも赤いシャツと横断幕だらけ。どこもかしこも高く掲げられた肢だらけ。どこもかしこもスローガンの連呼と歌声だらけ。どこもかしこもシュプレヒコールと叫びだらけ。

行商は商品を片づけて四散した。気の短い運転者たちは自分の意思で参加したわけではないものに進行を妨害されて気が動転し、逆上してクラクションを鳴らしつづけた。彼らが発したあまりに不快な騒音はデモの参加者を活気づけ、怒りの声を荒らげさせただけに見えた。このときまで抗議デモを生で見たことがなかったリル・キルトン将軍は、冷たい鼻づらを窓に貼りつけ、舌をだらりと垂らし、目を大きく見開いて見つめていた。彼はプラカードの文字を読んだ。〝一党支配の国にノーを！〟〝経済サボタージュをやめろ！〟〝ジダダ党＝テロリスト組織！〟〝すべての者に経済的自由を！〟〝グクラフンディ大虐殺の死者は二万以上、けっして忘れるな！〟。空中に漂う濃密な怒りが車を発進させ、渋滞した幹線道路を疾走させてもおかしくなかった。そこにみなぎるエネルギーに若い犬はうなじの毛が逆立つのを感じた。

「おい《ハイィ》、おい《ハイィ》、おい《ハイィ》、勘弁しろよ、さっさと進めや。こっちは運ぶのが仕事なんだ。一日暇にしてるわけじゃないんだぞ、ほら、ようっ《ハウーンクスッ》！」待たされて苛立った雄牛の運転手はクラクションをやかましく鳴らして怒りを爆発させた。

「わけわかんない、なんで町に出てきちゃったんだろ。うちでゆっくりしてればよかった。ここでこんなふうに肢止めされてたんじゃ、だれが子豚たちにランチを食べさせてくれるのかな？」豚が嘆いた。

「ああもう《エィイシュ》、だからこの道路はいやなんだってば。身動き取れない状態じゃ、なんに出くわすかわかったもんじゃない！」ガチョウが言った。

「でも、彼らが戦っているのはきみたちのためでもあるんですよ、同志たちよ。あのプラカードを読んだでしょう。第一、デモをして為政者に声を届けるのは国民の権利です。なぜって《ンゴバ・カンティ》、われわれは民主主義の国に生きているんじゃないんですか？」座席の列の真んなかあたりから声がした。コンビの運転手がクラクションを鳴らすと、ほかの運転者たちも彼の憤懣にこたえるようにクラクションを鳴らした。

「あの動物たちは何者なんだろうね、息子よ？　なぜみんな、いまにもだれかを食ってやろうというような顔をしているの？」リル・キルトン将軍を押しつぶしている雌ロバが、彼の肋骨を押しながら言った。わからない、とリル・キルトン将軍がぼそりとこたえるまえに、うしろの席から勝ち誇ったような雄鶏の得意げな大声がした。

「連中はジダダの野党だよ！　彼らは生まれてまだ数年しか経ってないのに、おれたちに経済的・政治的自由をもたらすために、最終的にはおれたちを自由にするために、こうして路上に出ているんだ。彼らの様子をようく見て、村へ帰ったらこの話を聞かせてやりなよ、ばあちゃん《ゴゴ》——彼らは正真正銘の革命家だ」雄鶏は言った。

「偉いわよ、彼らは。このひどい国がこの痛ましい道から降りられなければ、どんなことが起きるか心配だもの」雌鶏の連れの、くちばしに鮮やかな紅を塗った洗練された物腰の雌鶏が言った。前方の席から轟くような大声がした。乗客がみな首を伸ばしてそちらを見ると、ロバの盛りあがった背中が見えた。その雄ロバは体を揺らして笑っていた。

「野党だと？　革命家だと？　あいつらは誤った方向へ導かれた裏切り者、欧米の傀儡《かいらい》さ！　あいつらがどの戦争で戦ったっていうんだ？　この国を解放するために何年も何年もジャングルの茂みにいたことがあるのか？　血を流して死にかけたことがあるのか？　教えてやろう、ジダダはここからどこへも行かない。この国を治めるのはほかのだれでもない解放戦士たちなんだ！　われわれは政権交代を求める諜報員どもにこの国を明け渡すために戦ったんじゃないんだ！」ロバは肩越しに叫んだ。

「いまだれを馬鹿呼ばわりした？　あんたはだれを馬鹿呼ばわりしてるんだ？」雄鶏は羽を膨らませて言い返した。

「おまえさ、もちろん。それと、党がどうのというみっともない言い訳！　さあ、おまえはどうする？」

「いますぐ外に出ろ。ああ、降りろって言ってるんだ。そうしたら、おれがどうするか見せてやるよ、ハイエナの息子め！」雄鶏はバタバタと羽ばたきをしながら、甲高い声を発した。

「そうよ、見せておやりなさい。このいまいましいロバにあなたがだれだか教えてやるといいわ、あなたがマココバであのときなにをしたかを」雌鶏はけしかけた。

たくさんの頭がいっせいにうしろを振り向いて、車内のうしろを見ようとした。いま聞こえていることはほんとうに自分が聞いていると思っていることなのかを確かめようとした。つまるところ、雄鶏は傷ひとつ負っていないロバに戦いを挑もうとしていて、彼のパートナーの雌鶏は彼をけしかけているのだろうかと。それから、振り向いた頭たちは自分たちの思っているとおりなのだと悟った。ニワトリのカップルは戦う気満々だった。前方の雄ロバはコンビの前方のドアを開けようとして、ロックされていることに気づくと力いっぱいドアを蹴り、錠をガチャガチャやった。

「ちくしょう、おい、運転手、このクソなドアはどうしたら開くんだ？　おれを外に出せ、おい！」ロバは言った。

「その鳥の羽みたいな毛が生えた腰をおろして座ってくれよ。いまこの車から降りられるわけがないだろう。頭がいかれてるのか？　いかれちゃったのか《ウャーランャ》、ええ？　外でなにが起きてるか見えないのか？」牛の運転手は怒鳴った。

「すみませんが、みなさん、ちょっと体をどけてください。いますぐ降りなければならないので、停まってるあいだに。その野郎に教えてやるために。奥さん、お願いしますよ、通してもらえませんか？」雄鶏は隣に座っている雌ロバに言った。

「頼むから、シスター、彼を通してやってくださいよ。礼儀正しく頼んでるのが聞こえませんか？」雌鶏は言った。

しかし、だれも動かなかった。つまるところ、コンビは動物が好き勝手にはいったり出たりできるトイレではない。まず運転手がそこに駐車できるかどうかを確かめ、つぎに車掌がドアを開けなければならない。乗客はそれから順序よく降りなければならない——一匹ずつ、まえからうしろへ一列ずつ。外に出てもほかの乗客が降りているあいだは列を崩してはならない。

「あんたは運がいいぜ！　これ以上ないってくらい運がいい。というか、どれぐらい運がいいかわかってないよ。そこで運転している雄牛に礼を言いなよ、おれを降ろさないでくれてありがとうって。なにしろ今日は敵を殺して真っ赤な血を流させるつもりで来たんだから。おれはジャフンダ村のマラティニの息子のラヴジョイ。あんなふうにからかっていい相手じゃないんだ！」

ロバが反撃の口を開くより早く、治安部隊がデモの参加者たちへの攻撃を開始した。血にまみれたカオスの時が流れるなかで、リル・キルトン将軍はアドレナリンの奔流にのみこまれ、体が浮きあがるのを感じた。コンビの屋根がなければ、そのまま一気に天まで飛んでいったかもしれない。

彼は外で繰り広げられているシーンを体験していた。まるでコンビの窓からそれを見ているのではなく、その戦いの真っただなかに身を置いているかのように。ビシッ、バシッ、ビシッ。警棒が体を叩く音が聞こえる。シュッ。よくしなう長い鞭が振りおろされる音が聞こえる。武器が上下し、逃げまどう体が上下するのが見える。コンクリートの路面を打つ蹄の死に物狂いの音が聞こえる。肉に食いこむ歯のきらめきが見える。その歯が血に染まるのが見える。世にも不思議な体験のさなか、放心状態のリル・キルトン将軍が無意識に自分の歯の上側の列を舌でなぞると、驚いたことに金属っぽい味がした。まちがいなく血の味が。その夜、若い犬は一睡もしなかった。彼は闇に身を横たえ、自分が体験したシーンを頭のなかで再生していた。

六、宿命

その翌日、彼は国防省本部にいた。治安部隊への入隊を申し込んだが却下された。そのとき対応した採用担当官によれば、リル・キルトン将軍はハイスクール修了という最低必要条件を満たさないばかりか、法律で定められた入隊可能な年齢にも達していなかった。こうして不合格を告げられてがっかりした瞬間、若者は生まれてこのかた最大の癇癪玉を爆発させた。彼は続けざまに壁に体当たりした。重たい大きな頭を、堂々たる歯を、肢を、尻を壁に打ちつけた。床に倒れこんで転げまわった。腹這いでのたうちまわった。カーペットを引っかき、家具に咬みついた。頭をうしろにそらして狼も顔負けの遠吠えを発した。宙に向かって唸り、堂々たる歯で空気をむしゃむしゃ食った。床に仰向けになり、手押し車のように頭を押し動かした。横向きになり、水から出された魚のようにのたうちまわった。最後はとうとう疲れ果て、立ちあがって体を揺すると、ドアへ向かった。後肢のあいだに尻尾を挟んで。

「きみを見て、やはり考えが変わったよ、同志。ひょっとしたら方法があるかもしれない。きみにはいいところがあるようだ。来週の月曜にもう一度来てみるかい？　ランチの時間に。ボスに話しておこう」解き放たれた破壊力と情熱と凶暴性と愚かさと無分別を同時に見せつけられた採用担当官は、恐れをなして言った。

七、つまるところ革命の防衛、二〇〇八年とジャンバンジャ司令官の誕生

若い犬は華々しいキャリアを最初から鼻にかけていたが、彼が軍務に事績を残した十年あまりの歳月のなかでも、とくに記録されているのは二〇〇八年の大統領選挙だった。その選挙でジダダの野党指導者が、現政権による動きをいっさい封じる大逆転で勝利しようとしているのはあきらかだった。つまるところ、前例のないこの状況はそれまでジダダで一度も見られたことのないような形で革命が守られることを求めていた。そのころには、高い戦闘力を恐れられている治安部隊の特殊部隊、スター・フォースの正規のメンバーとなって何年も経験を積んでいたリル・キルトン将軍は、強さと恐れ知らずの度胸と残虐さを見事なまでに発揮して完璧な働きをした。選挙運動の終わりまでに暴行を受けた者は数千、拷問を受けた者は数百、死者は数十、レイプされた者は数百におよび、若き犬はその報奨として、スター・フォース国防司令官という地位に昇進した。悪名を轟かせた犬はこの時点で、子どものころから馴染んでいた呼び名を変えて、いまやだれもが知るジャンバンジャ司令官となった。そう、つまるところ、第一次武装蜂起の英雄だった曽祖父と同じようにジャンバンジャを名乗ったのだ。若き犬は解放闘争の時代にはまだ生まれていなかったとしても、革命を守る時代にはきっかり間に合ったというわけだ。それからまる十年後、もはや建国の父ではなく国

家の救い主のもとで、ジャンバンジャ司令官はなおも勲功を立てていた。

クロコダイルの時代の改革

クロコダイル

さまようクロコダイルのニュースにジダダがざわつきはじめると、事情通はこう指摘した。#自由で公正で信頼できる選挙 期間に彼の姿を最初に見つけたのは、じつはロズィケイの子どもたちで、変化という考えに舞いあがっていたおとなたちは子どもたちの目撃情報を信じなかったと。そのクロコダイルは直立歩行をするのだと。つまるところ、背が恐ろしく高くて太陽の光を遮るほどだと。いつも楽々と敏捷に動くのでひょっとしたら陸棲動物だったのかもしれないとも指摘した。刃《やいば》のような恐ろしい歯を持っているとも、その目は半月ほどにも大きくて、つまるところ、片目は天気がいい日の北朝鮮の国旗の色、もう一方の目は天気がひどく悪い日の北朝鮮の国旗の色をしているとも。首に国旗マフラーを巻き、つまるところ、そこに使われている色がどれもあまりに鮮やかなので、ひょっとしたら色が生きているのではないかとも。クロコダイルの目撃情報はみるみるうちに拡散され、ジダダのソーシャル・メディアは、なんの制約もなく自由気ままに遊びまわり、場所がどこであろうと完全にくつろぐクロコダイルの写真や動画で朝から晩までバズるようになった。彼がジダダに定住するつもりでやってきたことは明々白々だった。

ジダダ民の潜在的な不安を感じ取ったクロコダイルは、つまるところ、機会あるごとに彼らの懸念をやわらげようとした。「ご心配なく。わたしはほんとうは友好的なんです。ウールなみにやわらかですよ」彼は言った。「この歯だって本物の歯ではなく偽物だし、おまけに、じつはベジタリアンなんです」彼は言った。「わたしの仲間、ジダダ民よ、わたしが水のなかの礼儀正しい方々に近づくのを見たことがありますか？　もし、わたしが本物のクロコダイルなら湖か川に住んでいますよ」彼は言った。「どうか信じてください。わたしはほんとうに、心から、全身全霊で、つまり、この歯の先っぽから尻尾の先っぽまでジダダを愛しているんです」彼は言った。尻尾を振り、歯の刃をきらめかせる恐ろしげな笑みを浮かべて。

つまるところ、そこには野鳥たちがいた——命知らずのその鳥たちは、ときにクロコダイルの歯のあいだに挟まったものをついばむ危険なスポーツに参加した。ジダダ広場にクロコダイルがのんびりと寝転がっているといつでもそのスポーツが始まるのだが、どうやら彼はその広場で日光浴をするのが好きらしく、まるで太陽を飲みこもうするかのように恐ろしい上顎と下顎を思いきり大きく開けていた。翼のあるその生き物たちは、クロコダイルが口を閉めないと約束したにもかかわらず、そうした歯の清掃中にいきなりがつっと上下の顎を合わせ、信じきっていた彼らの友をなかに閉じこめて死にいたらしめたことがあったのを知っていた。だから鳥たちは、彼が勝負に出てくるといつも唐突に歌をうたうことにしていた。「気をつけろ、ジダダ、でっかい邪悪な歯をもつクロコダイルがやってくるぞ！　さあ、かじるかな？　咬むかな？　むしゃむしゃ食べちゃうかな？」空中で車輪のようにくるくるまわってから、鳥たちは飛び去った。

ジダダの子どもたちはすぐにこの歌が気に入って、恐ろしいクロコダイルを見かけるといつも声を張りあげてうたった。さらに、這い進む《クローリング》クロコダイルの動きを真似た急ごしらえの下手くそなダンスを添えてうたった。つまるところ、彼らはこれをクロコ・クローラ・ダンスと呼んだ。するとすぐさま、もう少し年長の者たちが独自の歌詞をつけ足した。これに有名なダンスホールの歌手、ジャー・タクスがビートを重ねてリミックスすると、たちまちその歌がみんなのガジェットやイヤホンから流れるようになった。ラジオでも流れたし、タクシーでも車でもバスでもパブでもバーでもオフィスでも、ジダダのいたるところで流れたから、それが一種の国歌になったのも無理はなかった。その歌は国家の子守歌であり、国家のスローガンであり、国家の祈りでもあったのだ。

つまるところ、ふたつの国の物語

なんでも名づけずにはいられない国家の子らがこの時期をクロコダイル時代と命名するのに長くはかからなかった。つまるところ、なんというか、最悪の時代だった。最悪中の最悪の時代だった。やっとのことでジダダ民が、だれであろうと関係なく、少なくともひとつのことには同意したのだ。テュヴィアス・デライト・シャシャと彼の政権が桁はずれの完全なる大失敗であることはとにかくまちがいないと。彼らは自分の利益のためにオールド・ホースを追い出したのだから。どう見ても彼らはこの国を苦境から抜け出せないように意図しているのだから。必死になって国をトイレに流そうとしているのだから。あの才気《ブリリアント》あふれる財務大臣を筆頭に、進歩的に見える新内閣のほかの閣僚たちの任命を歓迎したとほうもない楽観主義は、いまや底なしの絶望に取って代わられて消滅していた。なぜなら、新閣僚となった動物たちの一団は、才能も資格も経験も持ちあわせていたのに、任命時には抜け目のないアウトサイダーだったのに、ただのカメレオンにすぎないと――環境に合わせて自分の皮膚の色を変えられる生き物でしかなかったと――わかってしまったから。つまるところ、彼らはひとたび政権の座に尻をのせるや、いま見えているものはほんとうに自分が見ているものなのかとジダダ民が自問するより早く、政権そのものになってしまったから。

ジダダ民が仮想生活に逃げこんだ理由はこのジダダの惨憺たるありさまだったのだろう。記録的な数の国家の子らが、現実から逃れるために、慰めを求めて、他の動物と関わりたくて、元気を取り戻したくて、頭のなかに聞こえる悲鳴を忘れたくて、微笑んだり笑ったり息をしたりする理由を見つけたくて、インターネット上のありとあらゆる目的地にログオンした。だが、ネット上の目的地にログオンしても、結局は自分たちが逃げようとした当のモンスターに、つまるところ、テュヴィ政権のもとで生きているという悲惨な現状につきまとわれていると知らされるだけだった。自分たちは結局、ジダダ民のままなのだと。それでも、おそらくは地上で受けた弾圧のために、国家の子らは政権に対する感情を抑えない道を選択した。その結果、ジダダとは実際にはひとつの国ではなく、ふたつの国なのだとすぐにわかった――むろん、ジダダ民が歩いたり暮らしたり列に並んだり苦しんだり苦しめられたりしている現実の国、カントリー・カントリーがあり、それからもうひとつ、ジダダ民がログオンして吠えたり怒ったり愚痴ったりしている、アザー・カントリーがあるのだと。

つまるところ、アザー・カントリーで起きていることを見て、このままほうっておけばどういうことになるかを抗議活動の最近の高まりから確信した政権は、インターネット・フォースと名づけた部隊——ごろつきと嘘つきと否定者とミソジニストと部族主義者と悪質な改竄《かいざん》者から成る粗野なチーム——を稼働させた。チームがつくられた目的は通称〝オンライン威嚇《スレット》〟をおこなうことだった。政権の恥知らずにして加虐的なメンバー、すなわちテュヴィ内閣の著名な閣僚たちに導かれたその卑劣かつ愚劣な一団は、汚い行動と言葉の下痢という特殊技能から国家の子らにフンコロガシというニックネームをつけられながら、ジダダのオンライン抵抗運動を侮辱し、攻撃し、妨害し、弱体化させる作業に昼夜を分かたず勤《いそ》しんだ。

ただし、国家の子らも応戦した。彼らはひるむことなく声をあげ、黙らされない反体制派であるとともに、アザー・カントリーの自由の戦士だった。アザー・カントリーにおいて革命を起こし、ジダダを解放する覚悟ができていた。つまるところ、アザー・カントリーでできないことはなかった。アザー・カントリーでは救い主に向かって、現実世界では彼の影に向かってすらけっして言わないようなことを言っていた。斬新な意見も無邪気な発想も、アザー・カントリーではいくらでもあった。とはいえ、つまるところ、カントリー・カントリー・カントリーでのジダダ民は、アザー・カントリーでのジダダ民とはちがった。カントリー・カントリーでの彼らには自信がなかった。権力に直面すると縮みあがった。カントリー・カントリーで政権に対して抗議の声をあげる勇気は出なかった。そう、つまるところ、カントリー・カントリーにいるジダダ民はアザー・カントリーにいる彼らの影なのだった。

一、わたしたちはあたらしい名前を必要としている

ありふれたある木曜日、時刻はだいたいいまごろ、ジダダが目を覚ますと、有名なメイン・ストリートがほかならぬ救い主にちなんで改称されていた。そう、国家の子らはカントリーではやる勇気がないことをアザー・カントリーでせっせとやっているようだったが、つまるところ、国家の救い主もまた、アザー・カントリーではできなくてカントリー・カントリーでのみできることをせっせとやっていた。その木曜日、ありとあらゆる種類の交通機関が、彼の名がつけられた通りで列を成している光景は、閣下をいたく喜ばせ、実際、べつのもう一本の通りも自分の名にちなんで変えたほどだ。その後もまたべつの通りの名前を変えたことには自分でも驚いた。さらにある日、トイレの便座に座っているときにふと思いつき、いちかばちかまたべつの通りを自分の名前にちなんで変えてみた。それからさほど日が経たないある日、思いきってまたべつの通りを自分の名前にちなんで改名した。そのあとも彼の勢いは続いた。そう、つまるところ、べつの通りを自分の名前にちなんで変えることによって。それからも、一本また一本また一本また一本また一本また一本と変えていったので、ジダダの通りは一本残らずテュヴィという名になった。そう、つまるところ、テュヴィ、テュヴィ、テュヴィ、テュヴィ、どこもかしこもテュヴィだった。こうして通りが改名されると、それならいっそ通りがある都市の名前も変えたほうが理にかなっているという考えが救い主の頭に浮かんだ。考えてみると、そもそも通りの名前を変えるより先にそれをやるべきだったのだと気づいた。そこでまず、ジダダの首都名を正式にテュヴィ市と改めた。そう、つまるところ救い主はそれからほどなく全ジダダのほかの都市名も自分にちなんだ名前に変えた。そう、つまるとこ

ろ、ジダダはなんとテュヴィ市だらけの国になった。それらの名前が声に出されるのを聞くと、自分とジダダは実質的に同義なのだという感情で彼の喜びは際限なく膨れあがった。このころには、動物が「うちの家族はテュヴィとテュヴィとテュヴィに分かれて住んでいて、ぼく自身はテュヴィのテュヴィの、テュヴィのすぐ隣に住んでいるんだ。でも、生まれも育ちもテュヴィで、だから、心の底ではテュヴィ・ボーイだと思ってるのさ」などと言うのを聞くのは珍しくなくなっていた。

二、任命者

ちょうどこのころ、救い主はすべての官公庁の人事の入れ替えにも取りかかり、その結果、ジダダのどの役所のトップも、ただテュヴィに任命されただけでなく、救い主の家族や親しい友達や支持者となった。もっと重要なことに、彼らは彼と同じ部族集団に属しており、しかも彼の氏族《クラン》のもっとも望ましいメンバーたちだった。要するに全員がテュヴィの血縁者なのだ。任命をおおかた終えたある朝、鏡のまえで身支度をしていると、救い主の馬鹿でかい頭に自問が浮かんだ——そう、つまるところ、彼の馬鹿でかい頭に浮かんだ自問はこう言った。ブレスィ・シャシャのいちばんのお気に入りにして、もっとも成功した息子、ズヴィチャペラ・シャシャの息子よ、いっそのこと、包括的なプログラムの実現のために、小規模な任命に着手してもいいんじゃないか？　このジダダの国の堅固で適切な支配へ踏みだせるように。本来そうなるべきなのだから。

つまるところ、救い主は食料品店のレジ係を任命しなおした。ゴミ収集業者も任命しなおした。葬儀屋も任命しなおした。ストリッパーも任命しなおした。校長も任命しなおした。テレビやラジオの司会者も任命しなおした。警備員も任命しなおした。牧師も司祭もパイプの設置業者も航空機の操縦士も給料事務担当者も任命しなおしたし、杭打ち業者も大学教授も私立学校の監督生も任命しなおした。清掃員も任命しなおした。葬儀屋も任命しなおした。エレベーター係も任命しなおした。医師も任命しなおした。バンドのリードボーカルも任命しなおした。スーパーマーケットの在庫担当者も任命しなおした。街路清掃業者も任命しなおした。ナイトクラブの用心棒も任命しなおした。会計士も任命しなおした。闇市場の主《ぬし》や両替商も任命しなおした。学級委員も任命しなおした。レストランのシェフや皿洗いも任命しなおした。売春地帯の斡旋業者も任命しなおした。不動産業者も任命しなおした。検針員も任命しなおした。土建業者も任命しなおした。バスの運転手も任命しなおした。ギャングの親玉も任命しなおした。ゴミ収集業者も任命しなおした。

大規模な任命劇でもそうだったが、こちらで任命された者たちも救い主の家族や親しい友達や支持者だった。もっと重要なことに、彼らは彼と同じ部族集団に属しており、彼の氏族のもっとも望ましいメンバーたちだった。しかも、任命するのは彼だけでほかにはだれもいないのだから、正真正銘の事情通によれば、救い主は眠っていても、悪夢の真っただなかでも、困難な職務の真っただなかでも、国の地図を見て、無作為の都市の無作為の地域の無作為の場所を指し、その名前を正確に言いあてた――民家の住所、そこに住む者の靴のサイズ、体重、好きなテレビ番組といった詳細すぎる情報までも――あれやこれやのオフィスであれば代表者がだれで、どんな職業に従事しているかも。

救い主はそこでやめはしなかった。時間が許せばいつでも、自分が任命した者たちがつくる広範にして多様なネットワークに参加することを忘れなかった。だれのおかげでいまの立場にいるかを動物たちに思い出させるためだけでなく、コミュニティの円滑な運営を確実にするために。つまるところ、テュヴィは教職員の会議に予告なしに現れて議長を務め、たまたま審査中のレポートや試験があると、それらを採点した。そうしながら、自分の氏族だとわかる名前の生徒にはAやA＋の成績をつけるチャンスをけっして逃さなかった。建設現場にも姿を現し、セメントが効率よく混ぜられているかどうか監視した。村にやってくると、正しい煮炊きの方法について、つぎは野菜を屋根に広げて干す正しい方法について、必要不可欠な助言を与えた。〈ブレア〉トイレの適切な深さや糞便の山の適切な置き方についても、野鼠に仕掛ける罠についても教えた。劇場ではオーディションをおこない、俳優の訛りや発音を正した。会計事務所に立ち寄ると、コンピュータの画面をきれいにして、給紙トレイに紙を足し、聴診器で財務記録を調べた。ときには病院で注射針の鋭さを確かめたり、効きめを確かめるために薬を舐めたり、患者用トレイにある錠剤を数えたり、医師のカルテを読み解いたりする彼の姿も見受けられた。工場へ行くと部品を組み立て、箱に封をし、箱に封をしたあとにはラベルを貼った。道路では救急車や配達トラックを運転する姿もときに見かけられた。交通整理をすることさえあったし、道路にできた穴を数えることもあった。そのあとは、巻き尺や紐を取りだして、それらの深い穴の外周を計測するのだった。天気図を凝視する彼の姿が、電線を引く彼の姿が、料金所でレシートを渡す彼の姿が、庁舎の壁のペンキが乾くのを見つめる彼の姿が、農場で桃やオレンジやトマトやトウモロコシを家畜に食わせる彼の姿が目撃された。そう、つまるところ、救い主は国家を救ったうえに、国を統治するだけにとどまらず国に奉仕していた。

三、おまえの名はもはやヤコブではなくなるだろう。おまえは神と人と闘って勝ったからだ。おまえの名はこれからはイスラエルとなる（『旧約聖書』〈創世記〉三十二章二十九節より）

つまるところ、救い主の称号の格上げは汚職副大臣、名誉博士《オナラブル・ドクター・》ディヴァイン・ジェナの提案によるものだった。「当然のことながら、国を統治しているのがだれであるかをかりにも疑う動物は、このジダダには一匹もおりません、閣下。しかし、愚見を申しあげれば、統治者はだれであるかを国民に思い出させるとともに、その意識をさらに高めることができる公式名称によって、このことを補完しなければなりません」こうして、ブレスィ・シャシャのいちばんのお気に入りにして、もっとも成功した息子、ズヴィチャペラ・シャシャの息子、テュヴィアス・デライト・シャシャは、国家の救い主、国家の統治者、解放闘争退役兵という有名な肩書きがすでにありながら、最高に偉大なジダダの指導者、汚職の敵、ビジネスの開始者、〝新たな統治〟の管理者、経済の仲介者、秩序の強制者、国旗マフラーの創案者、もっとも成功した解放闘争退役兵、ジダダの最有力者、ジダダの天才、全暗殺未遂事件の生還者、自由で公正で信頼できる選挙の勝利者、最重要任命者、信望厚き世界の指導者という正式な肩書きをも冠せられることになった。

四、あらゆるもの、あらゆる場所にそそがれる彼の目

事情通が言うには、この時期は国家の救い主がいたるところにいた。彼らがそう言うなら、ほんとうに国家の救い主はいたるところにいたのである。つまるところ、突如としてジダダの都市のいたるところでテュヴィが広告掲示板を飾るようになった。紙幣にも硬貨にもテュヴィがいた。服のラベルにもいた。郵便切手にもいた。紙巻き煙草の箱にもいた。役所の建物にもいた。シリアルの箱にもいた。木々の幹に結びつけて吊されたポスターにも、岩の表面に貼られたポスターにもいた。家族計画ピルのパッケージにもいた。コーンミールの袋にもいた。役所の車にもいた。嗅ぎ煙草の缶にも、赤ん坊の粉ミルクの缶にも、ツナ缶にも、漂白クリームの缶にも、ペンキ缶にもいた。コンドームの上包みにもいた。教科書の表紙にも、学校で使う筆記帳の表紙にもいた。薬瓶にもいた。肥料袋にもいた。科目によらず全レベルの試験問題用紙にもいた。公衆トイレのドアにもいた。バスの柱にもいた。茶葉の袋にもいた。教会の入り口にも、売春宿の入り口にも、病院の入り口にも、バーの入り口にも、レストランの入り口にも、サッカー・スタジアムの入り口にもいた。玩具の包み紙にもいた。トイレットペーパーのカバーにもいた。免許証にもいた。米袋にもいた。そしてジダダ国旗にも彼がいた。つまるところ、そこに、白い三角のなかの赤い星のなかにいた。以前は石の鳥がいたところに。彼は小学校の制服のバッジにもいた。中等学校の制服のバッジにもいた。粉ミルクの缶にもいた。〈マゾエ〉のジュース・ボトルにもいた。殺虫剤の容器にもいた。タンポンの箱にもいた。実際、ありとあらゆるものに国家の救い主の顔があったから、カントリー・カントリーでは可能なかぎりのあらゆる場所から、あらゆる方向から、あらゆるところから、ビーズ玉のような彼の目が国家の子らを見張っているように思われた。そう、つまるところ、神が自分のつくった全宇宙を絶えず見張っているのとまったく同じように、救い主は国家の子らを観察しているように思われた。

つまるところ抵抗

救い主がみずからの政権とともに〝改革〟として押しつけた珍妙な政策プログラムに没頭してい

るあいだに、ジダダ民の生活は厳しくなる一方だった。ジダダはまたしてもハイパーインフレーションで、さらには食品とガソリンの壊滅的な不足で、国際ニュースの見出しを独占していた。ビジネス活動が停止し、動物たちの新たな群れが以前からいる多数の失業者たちに加わった。水道、電気、医療が贅沢なものとなった。心地よいクッションを持ってやってきた飢餓がそのまま居座り、出ていくことを拒んだ。落胆と幻滅と絶望はスマートフォンを持参していて、だれとでも自撮りをした。

母親に背負われて泣かない子は死ぬと事情通が言うなら、ほんとうに母親に背負われて泣かない子は死ぬという意味である。ことによったら悪魔の尻の穴から産みだされたのかもしれない冷酷無慈悲な政権と対峙した国家の子らは、抵抗しようと決意した。独裁政権の権謀術数に生気を奪われて弱っている国家の子らの抵抗はあくまでも慎重だった。時代は新しい戦術を、新たな言語を求めていた。新たな言語とは、国民の怒りをあらわすだけでなく、政権と選民がその怒りを実際に聞き取り、しかも自分たちが苦痛を覚える場所で、つまるところ感覚の中心で感じざるをえなくするような言葉だった。多少なりとも良心らしきものを持ちあわせている動物なら、感覚の中心は心臓とか肝臓とか腸であるはずだが、彼らの場合はそうではなく、むしろ、その膨らんだ私腹《ポケット》だということは、道ばたの小枝や小石でさえ知っていた。カントリー・カントリーの国家の子らは現政権がおこなっているビジネスをボイコットした。この新たな言語を用いて拒絶したのだ。これからは恥知らずな略奪者や大食らいの私腹を肥やすことにはいっさい関与しないと。彼らの繁栄は自分たちの貧困を意味し、彼らの成功は自分たちの苦難を意味するのだからと。

カントリー・カントリーでこのボイコットが着々と進んでいるとき、つまるところ、汚職暴露の前代未聞のキャンペーンがアザー・カントリーで始まっていた。不正を暴こうとするジャーナリストと不正に興味津々の市民が集めた証拠資料がトレンド入りした。それらはジダダ民のほとんどがすでに知っていることを証明した。政権にいる者たち、すなわち選民とその家族が、顎がはずれそうな額の金を国から巻きあげているということを。シェアされた写真には、ジダダの貴重な鉱物を平然と国外へ持ちだそうとしている姿が写っていた。国家の子らが絶望のなかでＩｎｓｔａｇｒａｍやＴｗｉｔｔｅｒやＦａｃｅｂｏｏｋを眺めている一方で、略奪者どもは贅沢三昧のライフスタイルを見せびらかしていた。ジダダから吸い取られた桁はずれの金はオフショア口座に隠されているると報告された。証拠資料は、本来なら社会福祉プログラムをはじめジダダの重要な社会事業にあてられるべき巨額の資金を、政権および選民たちがどのようにしてまちがった方向へ導いて浪費したか、白日のもとにさらした。音声記録も上がってきて、不正に蓄えた富を最大限に増やすための戦略もあかるみに出た。

つまるところ怒り

アザー・カントリーの国家の子らの憤りに驚く者はいなかった。結局、斧が入れた切りこみを感じるのは木なのだから。その憤りは止まることを拒む電子の嵐のなかでジダダ民をわめかせ怒鳴らせた。国内にいるジダダ民も国外にいるジダダ民もテュヴィと政権の退陣を求める＃ハッシュダグをトレンド入りさせた。そして、その激しい怒りがいったいいつアザー・カントリーの外に出て広がりはじめるかは、つまるところ、だれも語ろうとしなかった。ひとたびカントリー・カントリーに戻るや、いったいどうして怒りがウィルスのように行く先々であらゆるものに感染するのか、語ろうとする者はいなかった。怒りはやがて、お腹をすかせた赤ん坊を揺する母親の反抗的な子守歌のなかに現れはじめた。母親はジダダの大地が豊かな大地であることを心の奥底ではわかっていた。未来を夢見る若者たちの目にも怒りが現れはじめた。おとなになったら、何事も強制されずに勇気を出して自分が夢見るものになりたいと彼らは思った。国境を渡り、ときには硬いこともある外国の地でその夢を実現させるのだと。国じゅうの老朽化した教室に立ち、好奇心旺盛な生徒たちに向かって、解放に関する独創的な教科書の抜粋を繰り返し読んで聞かせる教師たちの声にも怒りが現れはじめた。残虐な治安部隊の蛮行を、彼らから受けた傷の痕とともに知り尽くしているジダダ民の、怒りをくすぶらせた目にも怒りが現れはじめた。ジダダの果てしない行列のなかに立つ者たちのいかめしい顔にも怒りが現れはじめた。クロコダイルに自分の将来を食われる悪夢を見て眠れない幼い子らの遊びのなかにも怒りが現れはじめた。怒りが現れはじめた。ほんとうの自由を一度も味わったことのない新世代の子どもたちをあやす、いわゆる生まれたときから自由だった《ボーンフリー》世代の目にも怒りが現れはじめた。自分たちの親がなぜ、どうして、これほど長く国民を抑圧している政権という名の厄災を許しているのか、さっぱり理解できないティーンエイジャーのいらいらした態度にも怒りが現れはじめた。太陽のもとであらゆる侮辱を受けてきた、ジダダの大勢の失業者の食いしばった歯にも怒りが現れはじめた。そう、つまるところ、ジダダの町なかのダンスホールの歌手がうたう歌詞にも怒りが現れはじめた。国じゅうにある煙草の煙がけむたいバーで、強く韻を踏みながら口語詩を朗読する詩人のマイクにも怒りが現れはじめた。国じゅうの舞台から、抑圧されているジダダと解放の可能性に、自分の体と呼吸をそそぎこむ俳優たちの台詞にも怒りが現れはじめた。コメディアンの辛辣なジョークにも怒りが現れはじめ、観客を歯ぎしりする歯のあいだで笑わせるのと泣かせるのを同時にやってのけた。観客にすれば自分たちの苦しみを皮肉られるのはヒステリックでもあり痛快でもあったから。白紙のページに覆いかぶさる作家の言葉にも怒りが現れはじめ、国の痛みと怒りと夢と望みを血のにじむような言葉で吐きだしながら、権力に対する真実も語った。キリスト教徒の祈りにも怒りが現れはじめ、ようやく光が見えつつあるので力を与えたまえと神に祈った。彼らがずっと待ちつづけている神の子とは彼ら自身だということだ。そう、つまるところ、アザー・カントリーからカントリー・カントリーへはいってきた怒りは、そこで広がり、多くの者たちに感染した。

救い主とつぶやき主《ツイッター》

「イェイ、シリ《Siri》、シリ、シリ、あれを開け」テュヴィが言った。シリに用事を頼むにしてはぶっきらぼうな口調なのは、好戦的な国家の子らの最新の悪ふざけが引き起こした怒りで動揺しているせいだった。彼らは自分の立場をわきまえていないだけでなく、彼の権威を貶め、ことあるごとに彼を苛立たせ、全世界の面前で彼に屈辱を与えようとしているのは明白に思えた。

「おはようございます、テュヴィアス・デライト・シャシャ、ズヴィチャペラ・シャシャの息子にしてブレスィ・シャシャのいちばんのお気に入りにして、もっとも成功した息子、国家の救い主、国家の統治者、解放闘争退役兵、最高に偉大なジダダの指導者、汚職の敵、ビジネスの開始者、〝新たな統治〟の管理者、経済の仲介者、秩序の強制者、国旗マフラーの創案者、もっとも成功した解放闘争退役兵、ジダダの最有力者、ジダダの天才、全暗殺未遂事件の生還者、自由で公正で信頼できる選挙の勝利者、最重要任命者、信望厚き世界の指導者、今日はなにを開けばよろしいですか?」シリのエキゾチックな甘い声が自分の名前と肩書きを並べるのを聞くと、救い主の苛立ちは少しおさまった。彼はデスクへ戻り、椅子に腰をおろした。

「わかるだろう? やつらがいつも短い文でわたしのことを話しているあれだ。あの無政府状態を追いかけて発信源を突きとめたい」救い主はそう言って、蹄でテーブルを叩いた。

つまるところ、シリはシリらしく、救い主が最後まで言い終わるより早く、彼のTwitterのページを開いていた。馬は姿勢を正した。ジダダ民は彼の写真を更新していた。その新しい写真の彼はあまりに若く、あまりに美しく見えたから、彼にはそれが自分だと思えないほどだった。背景はジダダ国旗――つまるところ、その新しい写真では、白い三角のなかの赤い星のなかに彼の顔が置かれていた。Twitterの開始を知らせる二〇一一年十二月という小さなカレンダーのようなものの真下に、フォロワー数、七十四万二千六百とあった。シリが代理でTwitterを開くたび、彼はかならずこの数字を確認していた。そして、それがなにを意味するのかいつも理解できなかった。

「シリ、シリ。ジダダの国民の数をもう一度思い出させてくれ」

「二〇一七年のジダダ民の数は千六百五十二万九千九百四です」

「で、これでわたしをフォローしているフォロワーの数は?」

「Ｔｗｉｔｔｅｒのフォロワー数は現在、およそ七十四万二千六百です。三ヵ月まえと比べると、およそ二十五万七千四百減っています。三ヵ月まえのフォロワー数は百万でしたから」

馬は目をそらし、窓を見ながら考えこんだ。ジダダの解放を勝ち取るために戦っていたあの時代、こういう種類の動物たちをあらわす語があった。反乱分子、脱落者、裏切り者。彼らには処罰や拷問が、場合によっては死が待っていた。わたしのＴｗｉｔｔｅｒから離脱したこの惨めな獣たちも同じ目に遭わせてやろうと彼は思った。つまるところ、踏んだり蹴ったりではないか。千七百万近い数の動物がいる国で、フォロワー数がたった七十四万二千六百ぽっちとは。あとの千六百万ほどの動物はいったいどこにいるんだ？　彼らはなにをしているんだ？　ここで自分たちのリーダーをフォローしないなら、だれをせっせとフォローしているんだ？

「もし、Ｔｗｉｔｔｅｒがおまえたちの見ようとしているカントリー・カントリーなら、わたしの力を思い知らせてやるんだがな」彼は脅すように前肢の一本を画面に向かって振ってみせた。そう、もし、Ｔｗｉｔｔｅｒがカントリー・カントリーなら、彼は二十四時間休みなく治安部隊にパトロールさせるだろうし、彼をフォローしていないジダダ民は例外なく、それ相応の目に遭うだろう。

「今日、やつらがわたしをなんと言っているか教えてくれ、シリ、なんと言っている？」救い主は言った。自分に関する投稿を読むのにシリに頼らなければならないのは屈辱だが、それでも閣僚に頼むよりは彼女のほうがよかった。閣僚は彼が聞きたいだろうと勝手に判断した投稿だけを読みあげることがあるから。それに、だんだんわかってきたのだが、閣僚は嘘をつくことにも取捨選択して読むことにも慣れているから。現実をありのままに教えてくれるシリのほうが頼りになる。

「テュヴィ、あんたったら！　なんだってどの通りにもあんたの不細工な名前がついてるのかしら！　ところかまわずあんたの顔があるのかしら！　なのに、あんたはあたしたちに仕事をくれないのよね！　#与党は去れ！」シリは言った。「ジダダはビジネスに開かれた国だ＝ジダダは汚職に開かれた国だ！　#与党は去れ」シリは言った。「わたしたちは飢えている、ミスター・大統領同志！　#与党は去れ！」「政治犯を全員いますぐ釈放しろ！　#与党は去れ！」「だけど、万年二番手だったあんたはリーダーシップという言葉の意味をわかってるのか？　政権の座はトイレの便座じゃないってことも？　#与党は去れ！」「大統領同志、失業率九八パーセントという状況であなたはなにをしていますか？　#与党は去れ！」シリは言った。「テュヴィアス・デライト・シャシャ、いつになったら、あなたとあなたの取り巻きは略奪に飽きるのか、それだけでも教えてもらえませんか？　そのときが来れば、わたしたちはなんとか人生設計ができるでしょうから。つまり、終わりは来るんですかね？　#与党は去れ！」「こういう結果になるんだとわかっていたら、オールド・ホースのままのほうがよかった。毒は毒でも少なくとも彼のほうがましだった！　#与党は去れ！」「正直、おれたちはあんたが政権の座でなにをやってるのかわからないんだよ、テュヴィ、頼むから**辞任**してくれ！　#与党は去れ！」「辞任、辞任、**辞任**#与党は去れ！」

「わかった、わかった、止めろ、シリ、もうたくさんだ！」怒り狂った救い主の顔はもはやだれの顔だか見分けがつかなくなっていた。

「ほかにお手伝いできることはありますか？」シリが言った。

「いや、もういいよ、シリ。あとは自分でやる。まかせろ。わたしが真に何者であるかをこの好戦的な国家の子らに見せてやる。まったくわかっていないやつらに！」

権威者はいたずらに剣《つるぎ》を帯びているのではない

（『新約聖書』〈ローマの信徒への手紙〉十三章四節より）

救い主はダともうひとつダがつくジダダを統治しているのはだれなのをほんとうに国民に示してみせた。事情通がそう言ったのなら、救い主はダともうひとつダがつくジダダを支配しているのはだれなのかをほんとうに示してみせたという意味だ。つまるところ、ジャーナリストが一斉検挙され、活動家も一斉検挙され、野党党員も一斉検挙された。反体制派も評論家も一斉検挙されたし、市民の権利を行使する市民も一斉検挙された。政府の暴虐に異議を申し立てた法律家も一斉検挙されたし、救い主と政権を揶揄したコメディアンも一斉検挙されたし、政府批判の作品を制作したアーティストも一斉検挙された。つまるところ、生活賃金を要求した教師や公務員も一斉検挙されたし、教育を受ける機会を要求した大学生も一斉検挙されたし、命を救うために必要な機器や物資を要求した看護師や医師も一斉検挙された。行列に不満を述べた市民も、政府に対して述べられた不満を漏れ聞いた者も一斉検挙された。つまるところ、ジダダの恐怖の刑務所は打擲《ちょうちゃく》や拷問や性的暴行を受けた国家の子らの体であふれ返った。だれが、どれだけ、ジダダを治めているのかを国民に思い知らせるために、テュヴィがソーシャル・メディアでわめき散らしたからだった。「われわれは敬われなければならない。われわれはジダダである。われわれは憲法である。われわれは政権である。われわれは治安部隊である。われわれは法律である。われわれは法廷である。われわれは投票者である。われわれは選挙委員会である。われわれは多数派である。われわれはビジネスである。われわれは電気通信である。われわれは道路である。われわれはそれらの道路にできた穴ぼこである。われわれは橋である。われわれは発電所である。われわれは監獄である。われわれは下水設備であり、われわれは酸素であり、われわれは火であり、われわれは風であり、われわれは水であり、われわれは大地であり、われわれは諸君が思いつくなんでもかんでも、つまるところありとあらゆるものである!」救い主がこの世のものとは思えない声で絶叫すると、幼い子らは母親にすがりついた。

ただし、テュヴィの絶叫はこれで終わりではなかった。つまるところ、彼はこの国を効率よく確実に統治し、統治し、統治しつづけるために、法令でみずからをジダダの終身大統領と定めた。つまるところ、彼は国民の基本的権利を凍結する法令も発布した。インターネット上での反政府活動を禁止する法令も出した。政府の利益を害すると見なされた新聞、ラジオおよびテレビ局を閉鎖する法令も出した。さらには、痛ましい野党の活動を法令により一時停止させると同時に、〝邪悪な勢力〟と見なした市民社会団体や機関に対しても同様の措置を取った。また、〝いかがわしい《クィア》野党傾向がある〟と彼が称したもの、つまるところ、カントリー・カントリーであれアザー・カントリーであれ、直接行動、デモンストレーション、抗議、政権与党に敵対すると考えられるすべての政治活動を禁止した。彼は政権内の敵を心底震えあがらせるための法令を定めた。つまるところ、閣僚ポストを入れ替えて、もっとも獰猛な治安部隊をトップに据えた。

もはやウールのやわらかさはなく

そのころ、クロコダイルの暴力的ないたずらは野火のようにジダダ全土に広がりはじめていた。彼が民家に押し入り、食器棚や貯蔵室を空っぽにして、目についた食べ物をひとつ残らずたいらげていくという話はいくらでもあった。クロコダイルが畑の作物を盗んだり、作物を台無しにしているという話も。クロコダイルが空に向けて二本の前肢を差しあげ、電線を引きちぎっているという話も。クロコダイルが会話を盗み聞きして政権の悪口を言った者に片っ端から咬みついたという話も。クロコダイルが道路を掘り起こして、恐ろしい自動車事故を引き起こしているという話も。クロコダイルが山火事を起こしているという話も。クロコダイルが野党のシンボルカラーで着飾った者に手当たりしだい襲いかかっているという話も。クロコダイルがジダダ民に現金を要求し、もし拒みでもすれば、その者を口のなかに投げこみ、むしゃむしゃと食べているという話も。クロコダイルが生まれたばかりの赤ん坊を母親のおっぱいからひっつかんで食べるのは、やわらかい肉は最高の間食になるからだという話も。かつて自分は本物のクロコダイルではなく、ベジタリアンで友好的で、ウールほどにもやわらかく、ジダダを愛してると主張していたその生き物が、じつは恐ろしい悪魔であることは、道ばたの小枝や石ころでさえ知っていた。そう、やつは汚れきった乱暴な怪物であって、やつがもたらす底知れぬ恐怖のもとにあるかぎり永遠に平和は訪れないということは。

ジダダの赤い蝶

開けた道

Ａ６幹線道路に乗ると彼女の緊張がほぐれはじめる。ゴールデン・マセコによると、この長い道を行けば、あと一時間半足らずでブラワヨにはいるらしい。「迷子になりようがない——とにかく最初の出口ランプまではＡ６を走れ。そこを折れてからきみの村まではややこしいが、神の与えしＧＰＳを使って、かならずちゃんと帰ってこいよ。はらはらしながら待っているから。自分の車が着くのを待っているみたいに、はらはらしそうだ」ゴールデン・マセコの声が耳に鳴り響く。彼の堂々たる角と、美しい顔と、考えこむときに下唇を噛む癖と、暗い池のような目でじっと見つめるさまを思い出して、彼女は笑みを浮かべる。彼のあの目を見るとそこに溺れてしまいたくなる。それに、彼の体に染みついたかすかな絵の具のにおい。彼は母の家がある街区の途中にあるアトリエでほぼ暮らしているようなものだから。ゴールデン・マセコ。自分の生活に彼がいるという事実、自分たちのあいだに生まれた名状しがたいこの関係は、予想外であるとともに期待感もあり、そしてまた怖くもある。

Ａ６幹線道路はいまのところ彼が断言したとおり、きれいだ——つまるところ、市民の居住区を通る道や都市のほとんどの道路をひどいありさまにしている穴ぼこはひとつもない。酔っぱらい運転をしている動物でもなければ見逃しようのない、あの迷惑な穴ぼこは。もちろん今日は日曜日の朝なので、車がほとんど走っていないといってもいいぐらいに道もすいているから、ここを走っているのは自分だけだという気分にもときどきなる。ゴールデン・マセコが一緒だったらもっとよかったと思ったりもする。そう、ゴールデン・マセコはあきらかにきみのことが好きだ、デスティニー、ただ好きというだけではないだろう。だから、きみも、遅かれ早かれ彼に対する気持ちをはっきりさせるべきなんじゃないかい？　どれだけ相手を待たせておく必要があるんだ？　というより、そもそも、一生なんてあっというまに終わってしまうし、やるべきことは生きることと愛することだけなのに、なぜ待たせるのかな？

　デスティニーは頭をすっきりさせようと首を横に振る。たしかにそのとおりだ。彼のことを好きじゃないとは言えない。それどころか、かなり好きだと思っている自分に驚いている。いや、もっと正直な気持ちは、かなりどころではないかもしれない。母の家の食器棚を修理しにきてくれた日から何日も経たないうちに、いともたやすく心にも頭にも彼がはいりこんだ。そのことにいまだに自分で驚いているほどなのだ。あの日、彼が訪ねると、シミソは彼と約束していたことを忘れ、マザー・オヴ・ゴッドとネヴァーミス・ンズィンガ同志に会いに出かけたあとだった。ゴールデン・マセコはそのまま彼女の家にとどまり、頼まれた仕事をすることにした。その作業を進めながらデスティニーと話したのだが、まるで以前に会ったことがあるかのように、遠い昔に始めた会話を途中から続けているかのように、話がはずんだ。しかも、あの日、デスティニーは、シミソから一九八三年四月十八日の出来事を聞かされて以来はじめて、声をあげて笑った。その後何度も彼は笑わせてくれた。彼はそれとは知らずに彼女を悲しみのどん底から救いだしたのだ。デスティニーは微笑む。思い出すとまた笑みが浮かぶ。

まわりには得《え》も言われぬ美しい風景が広がっている――どこまでも続く青々とした緑の大地とごつごつした岩。ときおりドラマチックに現れて、遮るもののない空に向かってそびえ立つ小山。どこを見ても言葉にできない無類の完成度に自分が消されてしまいそうな気がするし、その完璧な美しさと並行する静けさには、いまこの瞬間に生きている動物は自分だけだと感じさせられる。破壊的なまでに壮大な風景に圧倒されたデスティニーは、これからはたびたびロズィケイの町を出て、このような魅惑の世界に目を向ける努力をしようと誓う。ずっとこうしていられる方法があるなら、永遠にこの車を停めたくないとデスティニーは思う――このままずっと走っていたい。夢を見ているみたいに甘やかなこのスピードのままで。いまは見渡すかぎり伸びているこの美しさのほかはにも気づかずにいたい。そう、つまるところ、アクセルを踏む肢にどんどん力がはいる。まるで、この壮大な美しさのすべてがこの肢の力にかかっているかのように。気分爽快。いまにも空を飛べそう。苦痛に満ちた現在を忘れ、醜悪な過去を捨て去れそう。ああ、でも、用心しないと、デスティニー、その命を捨てることにもなるんだぞ。そんなにスピードを出したら危ないと心して運転しないと。スピードを落として、生きて目的地に着くようにしろ。

〝ブラワヨ　十キロメートル〟と書かれた標識が彼女を驚かせる——この道路を走りはじめてからもうそんなに時間が経ったという感覚は彼女自身にはない。でも、デスティニー、きみは現実にはそれだけの時間、この道路を走っているんだ。ドライブとしては比較的短いことに加えて、きみはそのほとんどの時間を飛んでいたも同然だから。意識が飛びながらもスピードを落としたのはよかったよ。そうでなければ出口ランプを見逃すところだった。ブラワヨ、ブラワヨ、ブラワヨ。彼女は大声でその名前を言い、口のなかに余韻が残るにまかせる。なんとダークな、どす黒い名前だろうと思うのはこれがはじめてではない。その意味するところは、そこにいると殺される、そこは殺戮の地だということ。そう、つまるところ、不吉な名前なのだ。その名前を聞くたび、デスティニーは名前というものにこめられた予言についてとめどなく考えてきた。一九八三年四月十八日と直近の暗い数年間の出来事が、その名前の不吉な予言を叶えるかもしれない恐ろしい確率はどれぐらいあるのだろうと。あと少しで自分はブラワヨの地に立つのだと、スピードをわずかに落としながら彼女は思う。そこはそう、一種の故郷だけれど廃墟でもある。虐殺の地。大虐殺の地。荒廃と絶望の地。血と涙の地。崩壊の地。家族と家系の絶滅の地。

でも、実際いい考えだよね、デスティニー？　きみがこうしてブラワヨまで行こうとしていることは。それも自分で。それができるだけの強さが自分にあると思えるかい？　この任務を果たせるかい？　その答えはもうすぐ見つかるだろう。これがいい考えだったのかどうか、それだけの強さが自分にあるのかどうか、はっきりとわかるだろう。一方で、車のバックミラーに目をやりながら彼女は思う。この数ヵ月の悲しみが自分を殺さなかったなら、また、その悲しみによって自分は死ぬとどこかの時点で実際に考えたのだとしたら、ほかの何物も自分を殺すことはないだろうと。

複雑な疑問、複雑な気持ち

グクラフンディの話をシミソから聞かされた直後の数日間、彼女は自分が無傷でいるためにできることはなんでもやった。自分の苦しみで母を嘆かせたくなかったから。それは驚異的な努力を要した。つまるところ、まったく知らなかった一族の全容を突然知らされたわけだが、その発見をどう扱えばいいのか、同時にまた、一族が負わされた言語に絶する残酷な宿命の恐ろしさをどう処理すればいいのか、デスティニーにはわからなかった。成長期に信じてきたこととはちがって、じつは自分には家族がいた、それも大家族がいたという事実を喜び祝うことから始めるべきなのか？でも、だからといって、一片の記憶もない一族をどうやって褒め称えるのだ？　しかも、自分は一族の喪に服さなければならないと知りつつ祝うことができるのだろうか？　一族の身に起きたことに関しては、だれであれ、そんなおぞましい傷にどうしたら耐えられるようになるのか、また、自分はその苦しみや怒りをどう扱うべきなのかということだ。自分の一族を虐殺した者たちは無罪放免だったばかりか、いまなお政権に居座り、これまでにただの一度も責任を問われておらず、現状からして、これからもずっと責任を問われないのは目に見えている。つまり、基本原則として、彼らはみな自分なりの死を迎えるだけで、公正な裁きを受けることなく現実世界から旅立っていくのだろう。殺された者、残虐非道な目に遭わされた者の一生などおかまいなしに。そのことはジダダと自分との関係になにをもたらす？　自分も底知れぬさまざまな形でこの国に傷つけられてきたのだ。いったいどこから、どうやって始めればいい？

そんな苦痛と苦悩と混乱のなかでシミソに対する複雑な感情が生まれた。そう、彼女の母自身の苦痛と喪失と苦悩は計り知れないどころではなかった。シミソがなにを乗り越え、なにを引きずり、なにに耐えてきたか、いまだに乗り越えなければならないものはなんなのかはとうてい推しはかれないとデスティニーにはわかっていた。あんな悲惨な過去をだれが克服できる？　そして、そう、一九八三年四月十八日の話を聞いたことによって、デスティニーははじめて、シミソのほんとうの姿を完全に理解できた気がしたし、それまではぜんぜん理解できなかった母の能力を評価することもできた。だが、同時に、ここまで長く真実を語らずにきたシミソによってもたらされる痛みと怒りはどうしようもなかった。つまるところ、自分は独り残されたシミソの子で、ほかに家族はいないと信じさせられてきたのだから。そして母はただ、ある日、意を決して、なんの予告も準備もなくいきなり、デスティニーのアイデンティティーを配列しなおすようなこの恐ろしい爆弾を投下しただけだった。それでは足りないとでもいうように、この件はこれで打ち切りだと宣言までして、大地を揺るがす新情報の重圧になんとか耐えるためにデスティニーが質問を投げかけても、こたえることをいっさい拒んだ。

「あなたに話しておかなければならないことは全部話したわ、デスティニー、話すまでにこれだけ長い月日がかかったの。この件について言わなければならないことはもうなにもないのよ」シミソは言った。母が居間でアイロン掛けをしているのはわかっていたから、デスティニーはドアのそばの椅子に腰をおろし、雑談を少ししてからさりげなく、母の妹のタンディウェはどんなだったのか教えてくれと頼んだ。そう、つまるところ、その会話が自然な糸口になって家族のことをもっと知ることができるのではないかと期待して。家族についての疑問は山ほどあったから。

「だけど、どうしてなのかわからないわ、母さん。どこも難しくない単純な質問よ。母さんはその妹と十五年近く過ごしていたわけでしょ、グクラフンディのまえに。妹やほかの兄弟姉妹との愉しい思い出、すばらしい思い出があるはずよ。わたしに聞かせられることが。そういう話を聞けば、わたしは少なくとも自分にはどういう家族がいたのかを知ることができる」デスティニーは言った。

気まずい空気がしばし流れ、シミソは身じろぎもせず立ち尽くしていた。デスティニーがバケツの水を浴びせたとでもいうように。

「〝単純な質問〟だとわたしに言ったの、デスティニー？」

「ごめんなさい、母さん。そんなつもりで言ったんじゃないの。わたしはただ——」

「わたしの妹のことであれ家族のだれのことであれ、二度とその口で単純な質問だなんて言わないでちょうだい！ 二度とよ、わかった?!」シミソは怒鳴った。怒りに体を震わせながら、アイロンをデスティニーのほうに向けて。

「母さん、悪かったわ。ごめんなさい」デスティニーは母の怒りの激しさに呆然として言った。

「悪かったと思ってないでしょ！ 謝ったってすまないの！ なにが悪いのかあなたにはわからない！ なにもわかってないから、これからもわからないままよ。ここでなにが続いているか！ ここでも。ここでも！」シミソは熱いアイロンで自分の腹を指した。つぎに心臓を。つぎに頭を。つまるところ、あと数インチ近づけたら皮膚が焦げるところまでアイロンを近づけた。デスティニーは困惑と恐怖を覚えて立ちあがった。自分の言葉が意図せずシミソの痛みを呼び起こしてしまったことに胸が張り裂けそうだった。

それから、母と娘のどちらも涙を流して泣いた。最初はべつべつに、やがて一緒に。泣き終わると、デスティニーはもう一度謝り、二度とその話題を口にしないとシミソに約束した。そう、このような母の反応に心を砕けるようになったあとであれば、デスティニー、きみが自分の怒りのなかでなにを忘れ去ってきたかも思い出すんじゃないだろうか。つまるところ、きみはかつて、まる十年ジダダを見捨てていただけでなく、シミソに別れも告げず説明もせず、まる十年ジダダを見捨てていたんだということを。その十年のあいだに一通の手紙も一本の電話も、なにひとつよこさなかったということを。つまるところ、いくらがんばっても言葉にはできないことのために。

動物は死んでも、つまるところ名前は残る

彼女は最初に目にはいったサービスエリアで車を停める。大きなアカシアの木陰に行商の小集団が座って商品を広げている。彼女は財布から紙幣を二枚取り出す――道を尋ねるまえにせめてなにかを買うために。でも、それはいささか分別を欠いているんじゃないかな、デスティニー――自分なら道を尋ねただけの動物に料金を請求するかい？　彼女は肩をすくめ、デニムのシャツの前ポケットに紙幣をそっと入れる。これは親切なのだと彼女は思う。それに、経済がこんな状態なのだから、お金を支払うのはけっして悪いことではないはずだ。

行商たちの熱心な目がいっせいに彼女にそそがれる。みんな期待に満ちた顔をしている。ここにいる全員を幸せにはできないのだと思うと、胸が痛む。彼女は雌孔雀の老婆に決める。その年齢で

選んだのかもしれない。可愛らしい小さい雄の子と一緒にいるためでもあるだろう。玩具で遊ぶのに忙しいその子は、彼女が世話をしている孫である可能性が高い。デスティニーはいろいろな種類の果物をたくさん買いこむ——ウムツワンケラとアマザーンジェとウムココロとウクサクサクとウムヴィョとウムブムブルとウムニィの缶詰をひとつずつ、それと、ゴールデン・マセコが好物だと一度言っていたのを思い出してバオバブの実をふたつ。どれも野生の果物だから、ロズィケイでは市場にでも行かないかぎり、そう簡単には見つからない。だから、ここにある果物のほとんどをもう十年以上食べていないデスティニーは夢中で買いだめをしてしまう。

雌孔雀は客が買ってくれたものを珍しく上機嫌で袋に詰めている。祖母が喜んでいるのを感じ取ったのか、その意味も理解しているのかどうかはべつとして、その歌が大好きらしい。「気をつけろ、ジダダ、でっかい邪悪な歯をもつクロコダイルがやってくるぞ！かじるかな？咬むかな？むしゃむしゃ食べちゃうかな？」

歌詞の意味をわかっているのかどうか、孫の孔雀は歌をうたいだす。ジダダのどこに住む子も、この十年で子どもたちの合唱曲になってるみたいだけど。おとなはおとなでパーティではその歌に合わせて踊ってるようだし。

「お黙り、馬鹿な子だね！」そんな歌はだれも聞きたくないって何回言わせるんだい？」雌孔雀は叱る。幼い子は恥ずかしがるふりをして、玩具のトラックのうしろで自分の顔を隠す。

「言うことを聞いてくれるといいわね、おばあさん」デスティニーは言う。「どうやらその歌はこの十年で子どもたちの合唱曲になってるみたいだけど。おとなはおとなでパーティではその歌に合わせて踊ってるようだし。たいへんね」

「まったくね！うたうのにもっといい歌がないみたいに！神よ、あのクロコダイルを始末するのをお助けください、あいつはわたしたちを殺すつもりでいます」ばあさん孔雀は新たな興奮を帯びた声で言う。

「あの、おばあさん、道を教えていただけない？」デスティニーは責任を感じて、すぐさま話題を変える。

「どこへ行くつもりなんだい、あんた？」

「ブラワヨへ。ブラワヨ村へ。ここからそれほど離れてはいないと思うんだけど、正確な場所を知らなくて」

雌孔雀は果実をべつべつの袋に入れ終えてから、大きなプラスチック袋にまとめる。デスティニーはその袋を受け取る。デスティニーの質問に対しては、それが聞こえなかったかのように、孔雀はこたえない。デスティニーは戸惑い、なにか悪いことを言っただろうかと考える。でも、あんななんでもない質問をどうすればよかったのかわからず、意味なく袋をいじくることで気まずい沈黙を埋める。

「あのブラワヨへ行ってなにをするつもりなのさ、あんた？」孔雀はようやく口を開く。

「家族があの村の出身なの。だから、自分のルーツがある場所というか。でも、わたし自身は一度も行ったことがないので、一度行って見ておきたくて」デスティニーは言う。

「ブラワヨはいまは幽霊村になってるよ。だれも住んじゃいない」

「まあ、そうなの」デスティニーは言う。ブラワヨのその後についてはシミソからなにも聞かなかったし、そうした可能性が頭をよぎることもなかった。さらなる取り調べを受けているような、試験されているような気分になる。実験室の奇妙な試料にでもなった気がする。

「やっぱり行こうと思います。ちょっと見るだけでも。せっかくここまで来たんだから」デスティニーは言う。

「この子がブラワヨへ行くんだってさ。だれか行き方を教えてやってよ」雌孔雀は声を張りあげて、だれにともなく言う。

デスティニーは果物の袋を車まで運ぶついでにスマートフォンを取ってきて、教えてもらった道順を保存してから、雌孔雀に別れを告げる。

「村へ行くまえにあんたの名前を教えてちょうだいよ」雌孔雀は言う。

「わたしの名前はデスティニー」

「だれから生まれたデスティニーなの?」雌孔雀は言う。

「シミソ・クマロの子のデスティニー・ロズィケイ・クマロ。シミソ・クマロはブラワヨのブトレズウェ・ヘンリー・ヴリンドレラ・クマロとノムヴェロ・メアリ・クマロの子。だから、ブラワヨの一族なの」

「あんた、いまなんて言った?」雌孔雀は急に切迫した口調になり、デスティニーを上から下までまじまじと見る。まるで、そこではじめて彼女と会ったみたいに。デスティニーは彼女の質問にも、彼女の態度の突然の変化にも面食らう。なんとこたえたらいいのかわからなくて、すり肢で体の重心を変えながら笑みを返す。

「あんたはブトレズウェ・ヘンリー・ヴリンドレラ・クマロの孫だというの? 農場主の? ブラワヨのビジネスマルだった彼の? わたしらの雇い主の?」雌孔雀は立ちあがり、スカートをはたく。

「ええ、そう、彼はわたしの祖父よ。でも、祖父の記憶はないの、まだ小さかったから、あのことが——あのことがあったときには」デスティニーは言う。グ、ク、ラ、フ、ン、ディ、という言葉を口にするのがどれほどつらいかに気づいて驚く。死者を探す旅に出てこさせたものを名指しできない自分の無力さに気づく。

「おお、おお、おお、おお、おお！　イェイ！　こっちへおいで、あんた、おいで！」雌孔雀はいまはデスティニーのまわりをぐるぐるまわって、彼女の体に触れたり、その感触を確かめたり、叩いてみたりする。

「それで、ここにいるのはだれなのよ、マザー・オヴ・エリス？」黒いドレスに身を包んだ雌牛の老婆が近づいてくる。雌牛と雌孔雀よりかなり若い残りの行商たちもみな腰を上げていて、両者を取り囲みはじめる。

「ここにいるこの子はね、スィマンゲレ、あのブトレズウェ・ヘンリー・ヴリンドレラ・クマロの孫なのさ」雌孔雀は雌牛に教える。

「おお、おお、おお、おお、おお！　イェイ！　いまなんて言ったの、マザー・オヴ・エリス？　あのブトレズウェ・ヘンリー・ヴリンドレラ・クマロということ?!」雌牛は目を細くして言う。ショックを受けているのはその声からもはっきりとわかる。

「あのブトレズウェ・ヘンリー・ヴリンドレラ・クマロということさ」雌孔雀はこたえる。

「ンカバイェズウェ・ムビコ・クマロとザネズル・フラツワヨ・クマロの息子の?!」と雌牛。

「ンカバイェズウェ・ムビコ・クマロとザネズル・フラツワヨ・クマロの息子の」と雌孔雀。

「ノムヴェロ・メアリ・クマロの夫で、ンコスィヤボとゼンゼレとンジュベとシミソとンカンイソ・クマロの父親の?!」と雌牛。

「ノムヴェロ・メアリ・クマロの夫で、ンコスィヤボとゼンゼレとンジュベとシミソとンカンイソ・クマロの父親の」と雌孔雀。

「おお、おお、おお、おお、おお！　フティ・イェイ！　奇跡よ、奇跡、奇跡！　これは奇跡！」雌牛の老婆はガタのきた関節のおかげで苦労しながらも後肢で立ち、前肢を打ち合わせる。

「死者は死なず、祖先に栄光あれ！」猫が言う。いま並べられた名前の者たちを知るには歳が若すぎるが、それでも道ばたで出会ったこの奇跡には感動しているようだ。

「死者は死なず！」行商の一団が声を揃えて言う。

「ここにお座りよ、あんた。さあ、どうぞ座って、ようく顔を見せておくれ！　おお、おお、おお、おお、おお、そうよ！　まず最初にお金を返さなきゃね——このブラワヨの大地で採れたものの代金をヘンリー・ヴリンドレラ・クマロの身内に支払わせるなんてことできるわけがない。彼はこの地域でわたしらにほんとうに尽くしてくれたんだから。いいえ、だめ、だめ——受け取って。とにかく、頼むから。これはあんたのお金なんだよ。死者に感謝できるなんて、そうそうあることじゃない！　奇跡だよ！」雌孔雀はまくしたてる。

道路の贈り物

びっくりしただろう、デスティニー？　きみの家族が殺されてから、こんなに長い月日が流れても——正確には約四十年が経っても——彼らの名前を言える動物たちがまだいるとは。彼らが生きていたときと同じ息づかいでその名前をうたうように言えるとは。そうだ、びっくりしてしまう、と彼女は思う。それって確率でいったらどれぐらいなの？　実際、どれぐらいの確率でそんなことがあるの？　目にこみあげる涙をこらえながら、彼女は自分に向かって同じ言葉を繰り返す。道路に戻って運転を再開して以来、胸の底から深いため息をつくのもこれがはじめてではない。サービスエリアを去るときに、土の下に深々と根を張る樹木を抱きとめるように、老いた動物たちが抱きしめてくれたことが何度も思い出されるからだ。

サービスエリアでの体験は最高のタイミングで届けられた贈り物のように感じられた。すべてが現実を超越して完璧に思えた。シミソがそこで一緒に体験できなかったということを除けば。この旅に母を誘おうかとも思ったのだが、母とのあのおぞましい対決の記憶——過ぎたことではあっても、やはりまだ生々しかった——がデスティニーをためらわせ、シミソには言わずにおくという結論に達した。母にはただ、ゴールデン・マセコに車を借りて町の外に住む旧友を訪ねるつもりだけれど、午後遅くには帰るとだけ言った。またべつの機会があるかもしれない。もっとタイミングのいいときがあるだろう——デスティニーは願いをこめて心のなかでつぶやく——もし、そのときが訪れたら、母を連れてかならずまた来ようと。

家族の肖像

デスティニーはムピロとブラワヨの境にある白い橋を探す。その白い橋を渡ってブラワヨにはいるとすぐに路線バスの焼けた残骸が見えてくると教えられた。それは彼女の祖父が所有していたバスで、一九八三年に治安部隊に放火され、運転手と車掌は服を脱がされて現金を奪われたあと、バスのなかに閉じこめられたのだと。そのバスを見れば目的地に着いたとわかるだろうと。その出来事を阻止しようとするかのようにハンドルをきつく握りながら、ここ最近、身に馴染んで離れたことのない怒りを感じる。いまその怒りが増幅しているのは、年配の行商たちがかわるがわる話す自分の家族の物語に二時間以上も耳を傾けたあとなので、家族に関する理解が深まっているからでもある——彼らはもはやぼんやりとした存在ではない。

つまるところ、いまは彼らを思い浮かべることができる。祖母のノムヴェロ・メアリ・クマロは若いころ、昇る朝陽にも負けないぐらい美しかったそうだ。夫の出征中は母親として一生懸命に家族をまとめたし、村の動物たちとともに自由の戦士に食料その他の生活必需品を供給する努力もした。むろん、植民地政府はそれを犯罪だと表明した。祖母は土着の宗教には眉をひそめる手厳しいタイプのキリスト教徒だったにもかかわらず、困窮している者を退けることはけっしてなかった。つまるところ、彼女の長男である伯父のンコスィヤボは、父親の跡を継いで農場主兼ビジネスマルとなるべく育てられ、彼はたまに父のバスを運転して年配者を無料で乗せてやることもあったという。次男の伯父、ゼンゼレは学業に秀でていて、その聡明さからニックネームはドクター。奨学金を受けてキューバで医学を学んだ。三男のンジュベは眉目秀麗だったから、雌はみな彼と結婚したがった。母と同じく神への信仰が篤く、教会でギターを弾いていた。シミソのつぎに生まれた最後の息子の叔父、ンカンイソはまだ小学生で、サッカーが得意だった。彼のあとには末っ子の叔母、タンディウェが生まれているが、デスティニーは彼女にそっくりだと聞かされた。その叔母は子ど

ものころブルーが好きすぎて、ブルー以外の色の服を着なかったので、ブルーと呼ばれていた。お

となになったら教師になりたいと言って、父が育てているフランジパニの花や、村にある岩やら花

やら草やらを相手に教える練習をしていた。

すごいじゃないか、デスティニー、語られた物語はときに死者を生き返らせることもあるのだろ

う。彼らは死んでなどおらず、わたしたちの口のなかでまだ生きていて、わたしたちの舌によって

活発に描きだされるのを待っているかのようじゃないか。たしかにそのとおりだ。つまるところ、

あのサービスエリアに立ち寄るまえ、亡き家族たちについては祖父の話を少し聞かされていただけ

で、あとは名前しか知らなかった。ところが、いましがた知ったばかりの物語があるために、彼ら

の存在がよりリアルに感じられる。家族の様子を思い描くことも、語ることもできるのだ。とはい

え、彼らはもういない。これからもずっといない。まだ生きているべきだったのに。生きる資格が

あったのに。そう、つまるところ、ンコスィヤボ伯父は、ビジネスマル兼農場主として地域の

発展に貢献した父親の遺産を受け継ぐ途上にあるわけではないし、ゼンゼレ伯父もこの地で医師を

していたかもしれないのにそうではない。ンジュベ伯父もンカンイソ叔父もタンディウェ叔母も祖

父母も——家族のだれも——いまここに生きてはいないのだ。

知ったことによって、隠れていた怒りがかき立てられる。虐殺されたほかの無辜の民と同様に。

泣いてはいけないとわかっている。いったん泣きはじめたら村にたどり着く最後の力が出ないかも

しれないから。彼女は深呼吸を一回して車の窓を下げる。ブラワヨの空気が車内に流れこみ、大地

のにおいが一緒にはいってくると望郷に勝る強い思いが彼女を満たす。

父母も——家族のだれも——いまここに生きてはいないのだ。

彼女は歯を食いしばり、瞬きで涙を払う。

ブラワヨ、ブラワヨ

完全な静けさがどういうものかを彼女は知っている。だが、ブラワヨの静寂は異国そのもの。その静寂が、山でも飲みこんだかというような、ありえない重苦しさで彼女を押しつぶす。つまるところ、ここにいるのは自分と死者だけだとわかっている。つまるところ、ここいるのは自分と不当な目に遭わされた亡霊たちだけだとわかっている。つまるところ、ここで起きたことは、この場所では永遠に現在のままの、つまるところ、永遠に過ぎていかない過去だとわかっている。それこそが、いま死んだ村をまえにして立ちながら、めまぐるしく動く頭が亡霊や霊魂や野生の獣や、ホラー映画で見た恐ろしいシーンや、だれかから聞いたことのある超常現象を一生懸命に呼び起こそうとしている理由なのだろう。そうやってさまざまなものを呼び起こしているあいだに枯れ草のどこかで——あるいは、テレピン油に似たにおいで空気を満たしているモパネの巨木のどこかかもしれないし、もしかしたら、ブラワヨごと飲みこんでしまっている静かなジャングルのなかかもしれない——異様に大きな葉擦れの音がして、驚きで腸が胸まで跳ねあがる。

恐怖のあまり唐突に肢の力が抜けて、必死で頭をかかえこむ。心臓が喉までせり上がっている。目をつぶっているので、ガサガサと音をたてて向かってきているのがどんな生き物なのかわからない。それに彼女は静かに死ねるタイプの動物ではないので、両の肺にある空気を全部使って思いきり悲鳴を吐きだす。「父さあああん《マァィバボォォォォ》！」つまるところ、静かなジャングルのどこかから、こだまが返される。「……父さああああああああん《マァィバボォォォォォォォ》！！！」思いがけぬその声はガサガサという音以上に彼女自身を驚かす。すでに恐怖で動けなくなっている彼女は頭がどこかへ飛んでいきそうな声で叫ぶ。「父さん《マアイババ》！　マアイババ！　マアイババ！」こだまも懸命に繰り返す。「……マアイババ！……マアイババ！……マアイババオオオオオオオオオオ！！！」

ああ、デスティニー！　落ち着け、落ち着け。どうしたというんだ？　ここまではるばるやってきたのは、ありもしないものを呼び起こして自分を恐怖に陥らせるためじゃないはずだ。ただの葉擦れの音じゃないか。きみはこの大地をほかの生き物たちと共有しているってことを思い出せ。彼らがこの大地で生きることを許してやってもいいじゃないか。きみはきみで生きているんだから。彼女はまず片目をおそるおそる開け、つぎにもう一方の目を開けて、泥棒のようにそっとまわりを見まわす。深呼吸を一回。もう一回。さらにもう一回。さらに一回、二回、三回。じょじょに落ち着き、冷静さを取り戻す。腸ももとの位置に落ち着くのを感じる。彼女はやっと笑みを浮かべ、ばつが悪そうに首を横に振る。それからもう一度首を振り、声をあげて自分を笑う。こだまも彼女を笑う。もっと激しく笑う。

死者と本音で語らう

「あれが見えた、おばあさん、おじいさん？　あれが見えた、ンコスィヤボ伯父さん、ゼンゼレ伯父さん、ンジュベ伯父さん、ンカンイソ叔父さん、タンディウェ叔母さん？　わたしはだれに似たのかしらね。だってシミソの体には臆病な骨は一本もないんだもの！」デスティニーは言う。それからまた声をあげて自分を笑う――こだまも笑う――けっして怖がらず、けっして震えないシミソのことを考えながら。そしてまた声をあげて笑う。さっきよりもっと大きな声で。すると、こだまももっと強い声を返す。それぐらいではもう怖くないから、死者たちが一緒になって自分を笑っているかもしれないと想像してみる。つまるところ、死んでいない死者たちが。

「親愛なる親戚のみなさん、愛をこめて、はじめまして、わたしがお名前を知っている方もいらっしゃれば、お名前を知らない方もいらっしゃいますけど、愛をこめて、はじめまして。わたしの名前はデスティニー・ロズィケイ・クマロ。この土地出身のブトレズウェ・ヘンリー・ヴリンドレラ・クマロとノムヴェロ・メアリ・クマロの子、シミソ・クマロの子です。みなさんに敬意を表すためにまいりました」彼女は語りだす。なんのかんのいっても死者たちに話しかけるのがいともたやすいことに驚きながら。しかも、ひとたび語りだすと、つまるところ止められなくなる。なぜなら、親戚たちに話すことはたくさんあるのだから。いくらでもあるのだから。そこで、デスティニー・ロズィケイ・クマロは死者たちに話しかけ死者たちに話し

け死者たちに話しかけ死者たちに話しかけ死者たちに話しかけ死者たちに話しかけ死者たちに話し
かけ死者たちに話しかけ死者たちに話しかけ死者たちに話しかけ死者たちに話しかけ死者たちに話
しかけ死者たちに話しかけ死者たちに話しかけ死者たちに話しかけ死者たちに話しかけ死者たちに話
しかけ死者たちに話しかけ死者たちに話しかけ死者たちに話しかけ死者たちに話しかけ死者たちに
に話しかけ死者たちに話しかけ死者たちに話しかけ死者たちに話しかけ死者たちに話しかけ死者たち
に話しかけ死者たちに話しかけ死者たちに話しかけ死者たちに話しかけ死者たちに話しかけ死者たち
ちに話しかけ死者たちに話しかけ死者たちに話しかけ死者たちに話しかけ死者たちに話しかけ死者た
ちに話しかけ死者たちに話しかけ死者たちに話しかけ死者たちに話しかけ死者たちに話しかけ死者
たちに話しかけ死者たちに話しかけ死者たちに話しかけ死者たちに話しかけ死者たちに話しかけ死
者たちに話しかけ死者たちに話しかけ死者たちに話しかけ死者たちに話しかけ死者たちに話しかけ死
死者たちに話しかけ死者たちに話しかけ死者たちに話しかけ死者たちに話しかけ死者たちに話しか
け死者たちに話しかけ死者たちに話しかけ死者たちに話しかけ死者たちに話しかけ死者たちに話し
かけ死者たちに話しかけ死者たちに話しかけ死者たちに話しかけ死者たちに話しかけ死者たちに
話しかけ、そのうち彼女は時を忘れて時も彼女を忘れて、それからかなり、かなり、かなり経って
から目を上げると、千羽の蝶がはばたいて赤い洗礼の雨を振らせているなかにいる。ひそひそ声で
話す蝶たちの羽のやわらかな滝のなかに。

つまるところ贈り物、つまるところ遺産

　日没の直前にロズィケイに帰ってくると、シミツが物干しロープから洗濯物を取りこんでいる。

「ふわふわ浮かんでるみたいな歩き方じゃないの。わたしに分別も常識もなければ、禁じられた恋

の相手にでも会いにいってたのねとでも言うところよ。でも、ゴールデン・マセコは午後いっぱいここにいたんですものね」おかえりなさいのかわりにシミソが言う。洗濯ばさみをくわえているので変な喋り方になる。

「母さん！」不意を衝かれたデスティニーはキッチンにじっと立ったままで言う。果物のはいった袋をキッチンに置いて、逃げるように自分の部屋へ行ってベッドに突っ伏す。戸惑いを覚えつつ考える。どうしてわたしがいないとわかっているのにゴールデン・マセコはうちへ来たの？　彼はシミソになんと言ったの？

ああ、だけど、きみはどんなことを予測してたんだい、デスティニー？　自分は角が生えたものを袋に隠せる世界で最初の動物になるだろうって？　母親からも隠せるって？　とにかく、もしシミソが知っているなら、十中八九シミソの友達も全員が知っているよ、おあいにくさま！　でも、よく考えれば、なぜ悩むんだ？　だれかに知られたら問題でもあるのか？　関係ないだろう。一生は短い。やるべきことはこうして生きて愛することだけさ。たしかにそのとおりだと思いながら、彼女は仰向けになってアスベストの天井に微笑みかける。今度ゴールデン・マセコに会うときに——車を返しにいったときに彼はいなかった——彼が強く求めている関係を結ぶことに同意しよう。実際のところ、一生はほんとうに短い。やるべきことは生きて愛することだけだ。

シャワーを浴びて着替えようと、彼女は起きあがる。顔にはまだ笑みが残っている。そのとき、本棚の上方の壁に飾られた色彩豊かな中サイズの三枚の油彩画がはじめて目にはいる。ブラワヨへ発ったときにはどの絵もなかった。そのなかに作家のイヴォンヌ・ヴェラを描いた絵があり、絵の下には彼女の長篇第一作 *Nehanda*（一九九三年刊。未邦訳）からの引用が紹介されている。〝死者は死んでいない〟という一文が。イヴォンヌ・ヴェラの絵の両側にはクイーン・ロズィケイとムブヤ・ネハンダを描いた絵。いずれも〝ゴールデン・マセコ〟の署名入りだ。デスティニーは畏怖の念に打たれて、それらの絵を見る。

「すばらしいでしょ?」シミソが戸口をふさいでいる。デスティニーはただ圧倒されて、うなずく。

「あなたのお誕生日プレゼントらしいから、それなら自分で飾りなさいって、お友達に言ったのよ」シミソはデスティニーがここしばらく見たことがない晴れやかな笑みを浮かべる。

「お誕生日おめでとう、こっちへいらっしゃい。まさか自分の誕生日を忘れていたわけじゃないでしょうね?」シミソはデスティニーを抱擁する。

「ありがとう、母さん。言われなければほんとうに忘れるところだったわ。で、誕生日のプレゼントは?」

「チッチッ。赤ん坊を身ごもる。子どもを産む。子どもを生かし育てる。そのうえ育てた子に誕生日プレゼントを要求されるとは!」デスティニーは声をあげて笑い、母をぎゅっと、それからもっと強く抱きしめる。そこで、シミソがこんなに小さくなってしまったことにどうして気づかなかったんだろうと思う。母がもはや若くはないということに。母の体にしがみついていると、ブラワヨへ向かう途中のサービスエリアで年寄りたちから受けた抱擁がよみがえる。ブラワヨでのこともよみがえる。死者たちとの長い語らいもよみがえる。彼女は涙をこらえ、シミソをもっと強く抱きしめる。

「わかったわ、もうじゅうぶん。これじゃわたしの骨が折れてしまう。お風呂にはいってきなさい。あなたの体、モパネの木のようなにおいがするわよ!」シミソは娘を優しく押し返す。

「だったら、シミソ・クマロ、あなたはわたしを身ごもって、わたしを産んで、わたしを生かし育てたんだから、それともちろん、まちがいなく金色のゴールデン・マセコをわたしの一生に引きこんだのはまちがいなくあなたなんだから、キッチン・テーブルにある珍しい果物をどうぞ受け取ってくださいな」デスティニーは母を解放する。

「あら、ありがとう。少しは感謝されてもいいころよね。どういたしまして」シミソはまたもデスティニーが長いことを見ていない晴れやかな笑顔を見せる。つまるところ、首を横に振りながら、これまで目にしたなによりも貴重なものを見ているというように娘の目を覗きこむ。なぜなら、デスティニーはほんとうに、シミソがこれまで目にしたなによりも貴重なものなのだから。シミソはそれからいきなり笑いだす。

「なによ？　なにをそんなに笑ってるの？」デスティニーは戸惑って母に問う。

「べつに。自分の家のなかで笑ってはいけないの？」

「もう、お母さんったら」

「あのね、あなたを見ていたら、ふとあなたのおじいさんを思い出してしまったのよ、片耳のうしろにそんなペンを挟んでいるから」

「え？　耳のうしろにペンってなに？」デスティニーは耳を探る。左耳のうしろを、つぎに右耳のうしろを探り、〈パーカー〉のペンを引き抜くと、そんなものはこれまで見たこともないというようにペンを見る。実際、そんなものは一度も見たことがないのだから。

「ふうむ、不思議すぎる！　わたしが挟んだんじゃないわ、ぜったい！」デスティニーは困惑して、ペンのキャップ部分を押す。その黒くて細いペンをためつすがめつする。においを嗅ぎ、舐めてもみる。

「どういうこと？　わたしが挟んだんじゃないって？　それ、よこしなさい。見せてちょうだい」

シミソはペンを取りあげる。と、焼けた石炭でもつかんだみたいにペンを落とし、どさっとベッドに腰をおろす。幽霊でも見たような顔をして。

「なんなの、母さん？」

「このペンをどこで手に入れたの、デスティニー？」けっして怖がらず、けっしてパニックに陥らず、けっして震えないシミソが、なんと狼狽をあらわにしている。ほとんど半狂乱だ。彼女はそのペン——なんでもないありきたりのペンだ——を見つめている。黒い教皇（イエズス会の総会長の俗称）ほどにも深遠なものをまのあたりにしているというふうに。

「わからないのよ、母さん、嘘じゃないわ。そんなもの一度も見たことがない」デスティニーはペンを取り返し、もう一度ためつすがめつする。

「あなたのおじいさんが使っていたのと同じ種類のペンなのよ、デスティニー。それと同じペンが何本もはいった箱を持って戦争から帰ってきたの。それ以外のペンは使おうとしなかったわ。その変わったロゴ、いまでも覚えてる。幸運のペンと呼んでいたっけ」今度はデスティニーがベッドに腰をおろして、黒い教皇を見つめる番だ。


わたしがあなたに語った言葉をひとつ残らず巻物に書きしるしなさい（『旧約聖書』〈エレミヤ書〉三十章二節より）

翌朝、デスティニーは窓辺に置かれた小さな机で、ゴールデン・マセコの絵からこちらを見ているクイーン・ロズィケイとイヴォンヌ・ヴェラとムブヤ・ネハンダの視線を感じながら、祖父の〈パーカー〉の黒いペンを使って書きはじめる。まさか自分が純文学を書こうとは夢にも思わなかったけれど、シミソが語った一九八三年四月十八日の話と、二〇〇八年の自身の体験と、十年間の亡命生活、つまるところ一度もだれにも語ったことのない十年間の話を組みあわせた物語を彼女は書く。ブラワヨへの旅のことも、自分が見たいジダダの姿、未来のジダダのことも書く。一字一字、一語一語、一行一行、一節一節、一ページ一ページ書き進め、現在から過去へ、母や家族の過去へはいっていく。それはジダダの過去でもある。そこからまた現在へ戻り、待ち望まれている未来へはいっていく。そう、つまるところ、彼女の物語のページでは過去と現在と未来が同時に展開し、やがて彼女は時の経過を見失う。やがて時代がともに走りだすと、彼女はそれらを見分けられない。彼女は書く。彼女は書く。彼女は書く。彼女は書く。彼女は書く。彼女は書く。彼女は書く。つまるところ書く。

七日め、デスティニーが部屋から出てくる。これは神が天地を創造するのにかかった日数を思い起こさせると、マザー・オヴ・ゴッドはのちに語ることになる。シミソが流しで野菜を洗っているとデスティニーが肩を叩き、黒い表紙のぶ厚いノートを母に差しだす。つまるところ、シミソは顔を輝かせてノートを受け取る、新生児を抱くようにノートを胸に抱きかかえるシミソ。椅子を引いてキッチン・テーブルのまえに座るシミソ。無作為に選んだページに鼻を押しつけ、においを思いきり吸いこむシミソ。最初のページを開き、タイトルを読むシミソ。『ジダダの赤い蝶』。その下には〝死んでいない死者に捧ぐ〟。まばたきで涙を払うシミソ。〝第一章〟と書かれたつぎのページを開き、祈りを捧げているかのように頭《こうべ》を垂れるシミソ。読みはじめるシミソ。章の二ページめをめくって読みつづけるシミソ。三ページめをめくって読みつづけるシミソ。四ページめをめくって読みつづけるシミソ。五ページめをめくって読みつづけるシミソ。「母さん、全部をいま読まなくてもいいのよ。書き終えたことを知らせてるだけなんだから」というデスティニーの言葉が耳にはいらないシミソ。つまるところ、『ジダダの赤い蝶』を置くことができないシミソ。まるでそれが命の糧《かて》であるかのように。

わたしの骨はまた立ちあがるだろう（一八九八年、絞首刑に処せられたネハンダの最期の言葉）

追悼

傍観者は単に追悼と呼ぶ、消えてしまったジダダ民を追悼する日がその年もやってきた。消えてしまった者たちの姉妹によってその日が定められてから二年が経っていた。当然ながら、それは国家が承認している行事ではないが、だからといって、ロズィケイの住民がその行事に参加することは止められない。住民たちが望むかどうかはまたべつとして――つまるところ、創設メンバーの大半はロズィケイの町に住んでいるから、各種イベントがロズィケイで開催されるのは自然なことで、町としてはその日の流れのなかに追悼を組みこむという形になっていた。各種イベントの開催場所は自由《ウフル》パークだが、最後は市《まち》の中心にある大統領官邸まで長いデモ行進をする。そこで行進の参加者は消えてしまったジダダ民に関する説明責任を政府に求める嘆願をいま一度おこない、その結果、暴行と逮捕で追悼が終わる。そう予想されていた。

つまるところ、その日、ロズィケイに押し寄せた群衆の規模の大きさは、運動が勢いを増していることと、強い反政府感情が渦巻いている時期にその年の追悼がおこなわれたことの相乗効果だった。だから政権に抗議するほかのあらゆる催しと同じく、追悼はソーシャル・メディアで大々的にトレンド入りして、例年よりはるかに注目を集めていて、当日を迎えるときには、その日がなんの日であるかは道ばたの小枝や石ころでさえ知っていた。そして、その土曜日、住民が土曜の朝食をとるために腰を落ち着けるころ、ロズィケイは通りに押し寄せる動物たちの波に対する準備がまったくできていないことに気づいた。住民は教えられるまでもなく、自分たちはロズィケイに押し寄せたこの群衆と完全に一体化する必要がある、これはそういう種類の群衆なのだと気づいた。だから、彼らは立ちあがった。一抹のためらいもなく朝食に背を向けて、ウフル・パークの方向へ鼻づらを向けた。

クイーン・ブラックとつむじ風

その場にいた者たちはこう言った。若い霊媒師による土着の神、ンクルンクルへのいつもどおりの祈りと祖先への献酒に続いて、クイーン・ブラックの歌で追悼式が始まった。クイーン・ブラックという名前が進行役の口にのぼると、聴衆は耳をそばだて、後肢で立ち、尻尾を振り、互いに顔を見合わせてから、ステージを見た。クイーン・ブラックというその名前が埃をかぶった記憶の抽斗《ひきだし》を開けて、ジダダ独立後の最初の二十年にさかんにうたわれた挑発的なプロテスト・ソングで一躍有名になり、長く消息不明のままのアイドルを引きだしたからだ。

いつもと変わらぬ金曜日の朝、彼のファンが目を覚ますと、歌手のクイーン・ブラックがオーストラリアのパースへ亡命したというニュースに接したのは、彼の絶頂期のことだった。正真正銘の事情通は、クイーン・ブラックによるこの劇的な国外脱出は、彼の音楽に関して幾度となく政権から警告が発せられたあとの出来事だったと言ったが、それは安全な亡命先でも彼の作品が一度も発表されていないことや、あふれる才能をもちながらも、また、悲嘆にくれるファンから無数の嘆願や懇願を受けながらも、彼が二度と歌をうたっていないことの説明にはなっていない。ここにいるのはほんとうに帰郷した放蕩息子のクイーン・ブラックなのか？　自分の声を思い出し、苦労して故郷へ帰ってきたというのか？

ステージにいたのはたしかに帰ってきたクイーン・ブラックだった。群衆の興奮がおさまるより早く、あの聞きまちがいようのない放蕩息子のミュージシャンの声が、恐ろしいつむじ風のように天に突き抜けた。つまるところ、そのつむじ風は、祈りであり予告であり叫びであり問いであり反乱であり前触れであり嘆願でありわめき声であり警告でありうめき声であり怒号であり武器であり捧げ物であると同時に、ほかの多くのものだった。つまるところ、そのつむじ風は消されたジダダ民に呼びかけ、ベルを鳴らして告げていた。つまるところ、そのつむじ風はそこに集まった国家の子らに問うていた。消えてしまった者たちの一四一四が消されたとき、きみたちはいったいなにをしていたのかと、どこにいたのかと。つまるところ、そのつむじ風は、消えてしまったジダダ民の一四一四が消されたあとに国家の子らはどんな行動を取ったのかを知りたがった。つまるところ、そのつむじ風は、消えてしまった者たちが消えてしまったままでその理由も説明されていないのに、どうして国家の子らは笑ったり踊ったり性交したり喜びを見いだしたり、要するに生存という営みを続けることができるのかを知りたがった。つまるところ、そのつむじ風は、自分の子らを消すことについて良心の呵責をいささかも覚えない政権なるものはどういう種類の生き物なのかと問うた。

つまるところ、そのつむじ風は、消えてしまった者たちのどの一匹も道ばたの石ころではないのだと政権に教えた。そうではなくて、だれかの息子、だれかの娘、だれかの母、だれかの姉、だれかの兄、だれかの父、だれかの伯父、だれかの伯母、だれかのいとこ、だれかの友達、だれかの愛する者、だれかのパートナー、だれかの妻、だれかの夫、だれかのお隣さん、だれかのだれか、つまるところ、かならずだれかのだれかなのだと。さらに、そのつむじ風は政権が消えてしまったジダダ民一匹一匹を連れ戻すことを、彼らについて説明することを求めた。さらに、そのつむじ風は耳を持つ者たちに、政権が消えてしまったジダダ民一匹一匹を連れ戻し、彼らについて説明をするまで、いっときも休まず聞くこと、けっして黙らぬことを求めた。

記憶

母の家でシャワーを浴びていると、つむじ風が屋根や窓を揺らすのを感じ、デスティニーは急いでシャワーを終わらせる。すぐさま白いチュニック・ドレスを着て、小型の鞄に必要なものを投げこむ。それをしながら母に声をかけるが、母の返事はない。こんな時間なのに、つむじ風がなにもかもを揺すっているのはあきらかなのに、シミソはまだぐっすり眠っているからだ。夜更かしをして家じゅうのシーツとカーテンに残らずアイロンを掛け、明け方まで起きていたのだ。そのつむじ風もデスティニーがウフル・パークに着くころにはおさまっている。ステージに上がって、消えてしまった者たちの物語を話したり彼らの名前を大きな声で言うことによって彼らを思い出そう。スピーカーから聞こえるシス・ノムザモの声が聴衆に呼びかけている。

ウフル・パークは群衆でぎっしり埋まっているけれど、デスティニーは群衆を縫うようにしてまえのほうまで進み、お揃いのオレンジ色のTシャツを着たアヒルと雌鶏の老夫婦の隣に座るところを見つける。老夫婦は体を寄せあって場所をあけてくれる。ラウドスピーカーから流れるシス・ノムザモの声は動物たちをなおもおだてたり励ましたりして、消えてしまった者たちに関する記憶を生かしつづけることの重要さを説いている。記憶を生かしつづけるのは忘れることに抗う行為だから重要なのだと彼女は言う。つまるところ、シス・ノムザモの声を聞いていると、彼女はわたしにだけ語りかけているのだとデスティニーは思う。腹の奥で感じる。「聞いたかい、おまえ？ 忘れることに抗う行為だそうだ。ゆうべわたしたちが議論していたとおりじゃないか」アヒルがパートナーをつつく。「消し去ることに抗うことでもあるわ」雌鶏が彼をつつき返す。「しかも、それは真実よ」デスティニーはつけ加え、何度もうなずく。だけど、デスティニー、この種の群衆にまじってここにいるのはどんな気持ちだい？ ジダダについて知っていることをここで知らされるのは？ 過去について知っていることを知らされるのは？ 自分が経験したことをあらためて知るのは？ 怖くないかい？ 怖くはない――ブラワヨを訪ねてからは、物語を書きはじめてからは、怖がらないと決めたから。これが彼女流の過去を克服する方法、壊されたものをもう一度組み立てる流儀なのだ。これが彼女流の未来を夢見る方法なのだ。

シス・ノムザモにうながされても聴衆はあいかわらず臆病風に吹かれている。ほんとうにそんなことが自分たちにできるのか、時間をかけて見極めようとしている、簡単な問題ではないから。ととことん思慮をめぐらさなければならないのだから。つまるところ、悲しみで重くなった愛する者の名前の重みに耐えられる強さが自分の舌にあるのかどうかをためしている。つまるところ、その声は最初から最後までつかえることなく物語を語るかどうかを確かめている。つまるところ、自分たちが怖じ気づくことなく、恐怖のあまり途中で動けなくなることも、苦痛につまずくことも、振り返ることも、塩に変わることもなく、ステージまでたどり着けるかどうかを確認しようとしている。つまるところ、ひとたびステージに上がったら、しどろもどろにならずに聴衆に向きあえるかどうかを確認しようとしている。

聴衆がこんなふうに熟考を重ねているあいだに、早くもステージへ向かうデスティニーが姿が目撃される。デスティニーは背すじを伸ばし、肩をそびやかし、頭を高くして後肢で進んでいく。つまるところ、シミソとそっくりな歩き方で。シミソの母のノムヴェロ・メアリ・クマロもこんな歩き方をしていたのだとシミソから聞いている。聴衆はとにもかくにも最初に挑もうとする山羊に相応の敬意を払って拍手する。だれもができることではない。つまるところ、さまざまなタイプの動物がいるのを知っているから。ステージに立ち、聴衆と相対するときにはもうデスティニーのノートは開かれている。彼女は何百という目に注視されても落ち着きを失わず、マイクロフォンに向かって軽く身を乗りだす。

デスティニーは聴衆に呼びかけ、初の著書、『ジダダの赤い蝶』からの抜粋をいまから読みあげると告げる。刊行されることがつい最近決まったその本は、一九八三年四月十八日に消えてしまった祖父、ブトレズウェ・ヘンリー・ヴリンドレラ・クマロをはじめとする殺された家族の記憶に捧げるものだということも。その日付が口にされると、群衆はいっせいに腸が飛びだして胸まで達するのを感じる。なぜなら、そこにいるほとんどの者にとってその年、一九八三年は、いまも激しい痛みを生みだす古い傷だから。彼らは舌を動かし、喉と肢と膝を確かめる。つまるところ、ステージまでの距離についてもう一度検討する。山羊がステージから降りたら彼女のあとに続こうという心づもりで。彼らにも一九八三年について言うべきことがあるのだから。一九八四年についても、一九八五年についても、一九八六年についても、一九八七年についても。二〇〇五年について知っていることもあるのだから。二〇〇八年についても、二〇一三年についても、二〇一八年についても、二〇一九年についても。そう、つまるところ、ほかのたくさんの年についても知っていることがあるのだから。

死者は死んでいない

その場にいた者たちがその場にいなかった者たちにあとから語って聞かせたところによると、そのときデスティニーは治安部隊に撃たれた祖父の話を読みあげている最中だった。撃たれた祖父はぼろ布のようにジープに投げこまれ、そのまま二度と祖父の姿を見ることはなかったと彼女が読んでいるそのとき、治安部隊がウフル・パークに突入した。群衆は一瞬にして翼が生えた鳥のごとく散り散りになり、風よりも早く飛び去った。雌やパニックに陥った子どもは悲鳴をあげ、真の恐怖が生みだす詩であたりの空気を満たした。その場にいた者たちがその場にいなかった者たちにあとから語って聞かせたところによると、その凄惨なカオスのさなか、消えてしまった者たちの姉妹は急いでデスティニーをステージから降ろそうとしたが、デスティニーはただそこに立ち、死者たちでいっぱいのあの声で朗読を続けた。グローリアとその友達の子どもたちもつかのまステージのきわで、早く逃げるようにと金切り声で言った。逃げて、シス・デスティニー！　逃げて！――だが、デスティニーはただそこに立ち、死者たちでいっぱいのあの声で朗読を続けた。観衆もみな、なんとか彼女を安全な場所へ移そうとした。だが、デスティニーはただそこに立ち、死者たちでいっぱいのあの声で朗読を続けた。消えてしまった者たちの姉妹は必死で彼女を連れだそうとした。だが、デスティニーはただそこに立ち、死者たちでいっぱいのあの声で朗読を続けた。去っていく群衆の最後の一団が肩越しに振り返り、あなたはそこを動かずに傷つこうとしているのかと叫んだ。だが、デスティニーはただそこに立ち、死者たちでいっぱいのあの声で朗読を続けた。吠えまくる治安部隊がデスティニーを取り囲んだ――歯をむき出しにし、毛を逆立てて。だが、デスティニーはただそこに立ち、死者たちでいっぱいのあの声で朗読を続けた。ジャンバンジャ司令官がステージから降りて伏せろと吠え声でデスティニーに命じた。だが、デスティニーはただそこに立ち、死者たちでいっぱいのあの声で朗読を続けた。ジャンバンジャ司令官は威嚇の一発を空《くう》に放った。だが、デスティニーはただそこに立ち、死者たちでいっぱいのあの声で朗読を続けた。ジャンバンジャ司令官は銃口を向け、吠え声で威嚇と侮辱の言葉を放った。だが、デスティニーはただそこに立ち、死者たちでいっぱいのあの声で朗読を続けた。ジョン・ソソ司令官の息子、ジャンバンジャ司令官は引き金を引いた。だが、シミソ・クマロの娘、デスティニーはただそこに立ち、死者たちでいっぱいのあの声で朗読を続けた。銃声がこだまする。革命を守ろうとするようにこだまが尾を引く。だが、デスティニーはただそこに立ち、死者たちでいっぱいのあの声で朗読を続けた。ジョン・ソソ司令官の息子、ジャンバンジャ司令官が発射した銃弾は空《くう》を飛び、シミソ・クマロの娘、デスティニーの胸の左側をつらぬいた。つまるところ、心臓があるところを。銃弾は反対側から出ていった。だが、デスティニーはただそこに立ち、死者たちでいっぱいのあの声で朗読を続けた。ロズィケイの残りカスの住民たちはいまや安全圏に立ちながら悲鳴をあげた。発砲した！　やつは彼女を撃った！　丸腰なのに！　ジャンバンジャ司令官はシミソの子を撃った！　だが、デスティニーはただそこに立ち、死者たちでいっぱいのあの声で朗読を続けた。デスティニーの白いドレスの胸が真っ赤に染まった。だが、つまるところ、デスティニーはただそこに立ち、死者たちでいっぱいのあの声で朗読を続けた。死者たちでいっぱいのあの声で朗読を続けた。死者たちでいっぱいのあの声で朗読を続けた。そうしてデスティニーが死者たちでいっぱいのあの声で朗読の最後の部分に到達したときには撃たれてから二分十三秒ほど経っていた。終わると彼女は礼を述べ、それからやっと俯せに倒れた。つまるところ、心臓はすでに鼓動を止めており、種子の内部ほどにも静かだった。

沈黙の点描

その場にいた者たちがその場にいなかった者たちに語って聞かせたところによると、デスティニーの通夜は完全な沈黙のなかで営まれた。つまるところ、デスティニーの通夜は嘘偽りなく完全な沈黙のなかで営まれたということだ。なにがあろうとだれもひとことも発しなかった。祈りの言葉すら、葬送歌すらなかった。悲しいため息も洟をすする音もなかった。涙は流しても静かな涙だった。なにか言わなければならないことがあると、動物たちはまばたきをせずに互いの目を覗きこんだ。伝えなければならないことが相手に伝わり、一点の疑いもなく理解されるまで。息をする音さえたてなかった。体の動きは影と同じ静けさだった。グローリアとその友達の子どもたちは自分の古い左右のテニスシューズを紐でつないで電線をめがけてほうり投げるときでさえ、ひとことも言葉を口にしなかった。テニスシューズは沈黙のなかで飛んでいき、電線も沈黙のなかでテニスシューズを受けとめた。隣の庭のエデンでダッチェスがトランス状態にはいり、怒りにわれを忘れたンクンゼムニャマが彼女のなかから出てきても、彼のその憤怒は完璧に無音で、彼を迎える太鼓も音なしの太鼓だった。蠅も沈黙、ゴキブリも沈黙、蚊も沈黙、鼠も沈黙、鳥も沈黙、蟬も沈黙、コオロギも沈黙、なにもかも沈黙、ただ沈黙、つまるところ、ただただ沈黙していた。

死者の壁

その場にいた者たちがその場にいなかった者たちに語ったところによると、なにも言わずに赤の絵の具と筆を持ってくるように、シミソがゴールデン・マセコに呼びかけたのはその沈黙の真ったただなかだった。ゴールデン・マセコは無言で赤の絵の具と筆を持ってやってきた。シミソはそれから、なにも言わずに絵の具と筆を持って自分について庭から出るようにと告げた。ゴールデン・マセコは無言で絵の具と筆を持って庭から出た。するとシミソは壁に耳を澄まそうとするかのように、そこに立って長いこと壁を見つめた。それからシミソはゴールデン・マセコの目を覗きこんだ。両者はそんなふうにして立ち尽くしていた。シミソはゴールデン・マセコの打ちのめされた目を覗きこみ、ゴールデン・マセコはシミソの打ちひしがれた目を覗きこんで、そう、つまるところ、シミソはゴールデン・マセコがなにをどのようにやらなければならないかを正確に無言で伝え、ゴールデン・マセコはすべての指示を無言で理解した。それからゴールデン・マセコは無言で絵を描きはじめた。ゴールデン・マセコは無言で描き、ゴールデン・マセコは無言で描き、ゴールデン・マセコは無言で描き、ゴールデン・マセコは無言で描き、ゴールデン・マセコは無言で描いた。

ゴールデン・マセコはようやく壁から離れると、赤い蝶が姿を現した。蝶の下にはデスティニー・ロズィケイ・クマロの名前があった。蝶の隣にはべつの蝶がいて、その下にブトレズウェ・ヘンリー・ヴリンドレラ・クマロの名前があった。その隣にはまたべつの蝶がいて、その下にノムヴェロ・メアリ・クマロの名前があった。その隣にはまたべつの蝶がいて、その下にンコスィヤボ・クマロの名前があった。その隣にはまたべつの蝶がいて、その下にンカンイソ・クマロの名前があった。その隣にはまたべつの蝶がいて、その下にゼンゼレ・クマロの名前があった。その隣にはまたべつの蝶がいて、その下にンジュベ・クマロの名前があった。その隣にはまだべつの蝶がいて、その下にタンディウェ・クマロの名前があった。その隣にはまたべつの蝶がいて、その下にサキレ・バタカティ・ジョージ・クマロの名前があった。

こうして、その後まもなく死者の壁として知られるようになる壁が始まった。ゴールデン・マセコの絵の具が乾くまえに動物たちがやってきて、無言で赤い蝶とその下に、ジダダがダともうひとつダがつくジダダになって以来、政権に殺された愛する者の名前を描きはじめた。動物たちは一匹ずつ、なにも言わずにやってきて、無言で蝶を描き、無言で名前を書き、無言で去っていった。つぎは二匹ずつ、そのつぎは三匹ずつ、四匹ずつ、五匹ずつやってきて、やがて大勢で押し寄せた。最初はロズィケイの住民だけだったが、ソーシャル・メディアの力で壁の絵が共有され、トレンド入りすると、たちどころに近隣だけでなく遠方からも動物たちが訪れた。彼らは無言でやってきて、無言で赤い蝶を描き、無言で死者の名前を書いた。つまるところ、名前の数はすさまじかった。シミソの〈デュラウウォール〉はあっというまに赤い蝶と死者の名前で埋め尽くされた。

死者の壁はすぐにだれもが認めるランドマークとなったので、ロズィケイのまわりの町はそれを〝ロズィケイの死者の壁〟と呼ぶようになった。ロズィケイでは〝シミソの死者の壁〟または〝デスティニーの死者の壁〟で、呼ぶ者が呼び方を決めていた。動物たちがこんなふうに言うのを聞くのは珍しくなかった。「そのまままっすぐ行け。ただし、死者の壁が見えるならUターンしろ。たぶん行きすぎてしまっている。その場所は死者の壁より手前にあるんだ」とか。「デスティニーの死者の壁を目印にするんだ。あれなら見逃しようがない。あの壁がどんなふうだかを知らなくても気にするな。見ればわかる。つぎのブロックまで行ったら左を見て、おれの名を呼べ。家から出て迎えてやる」とか。「わたしたちが最初に会ったのはどこだったかしら？　気がついたらソルジャーズ・オヴ・リバレーションで隣り合わせに座っていたのよ。でも、わたしがほんとうにはじめて彼女を見たのはシミソの死者の壁のまえだったわ。すぐに彼女がそのシミソだとわかったの」とか。

死者の壁はそれ自体、命をもつものとなった。愛する者を殺されていない動物までもその壁を見にきた。彼らはやってきて壁のまえに立ち、あるいは座って、無言で死者の名前をひたすら見つめ、無言で立ち去った。牧師や伝道者や神父も聖書を持ってやってきて、無言でそれを開き、無言で読み、無言で立ち去った。若者もやってきて恥ずかしげに壁のまえに立ち、赤い蝶と死者の名前を無言で見つめた。このあたりを訪れている観光旅行者も目的地のリストにロズィケイを加え、やはりこの壁のそばまでやってきて、そこに立ち、壁を眺めた。観光旅行者であるからには彼らはむろん写真を撮ったが、無言で撮った。死者の壁は世界じゅうのメディアが生みだす新たな物語の主役となり、そうした物語のなかではなんと〝ジダダの死者の壁〟と呼ばれた。

ジダダの偽情報大臣、ディック・マンパラとプロパガンダ大臣、エレジー・ムディディ、両者の下にいるフンコロガシ・チームが一丸となって、病的なまでの恨みつらみをアザー・カントリーで吐きだしているのは、死者の壁が国際的に注目を浴びるという厄介な結果となったためなのはあきらかだった。つまるところ、死者の壁は、憲法に則って選ばれた政府に逆らう政治的感情を煽ることを目的としたプロパガンダであると非難され、ゆえに、正式な許可を得ていない記念碑を一般市民がジダダの土に建てる役目を引き受けるのは違法行為だという声明が出された。違法な死者の壁に国家の子らが蝶を描いたり名前を書いたり、もしくはその両方をおこなうためにロズィケイへ旅するのも犯罪だと警告された。ロズィケイに居住していない者が死者の壁から百メートル以内で発見されれば犯罪と見なすという発表もあった。さらに、死者の壁から五十メートル以内で発見された場合には、非居住者と居住者のべつなく犯罪と見なすとも発表された。五十メートルが四十メートルとなり、四十メートルが三十メートルに、二十メートルに、十メートルに、最後は一メートルになった。

この制限措置のいずれも効力なしとわかると、赤のインクを所有しても使用しても売却しても犯罪だと発表された。赤い蝶を描くスキルを有することも犯罪となった。死者の壁に書かれている名前とラストネームが一致するとわかった動物は捜査対象にされた。さらに、政権は国家の墓地や空や空気にくまなく流される政見放送のなかで、歴史上はじめて死者に話しかけ、あらゆる権力の座の上位にある現政権が〝やすらかに眠れ〟というスローガンを考えついたら、それがなにを意味するかを思い出させた。それは、死者は優秀な亡き同志たちに倣って静穏かつ粛然と死者でありつづけなければならず、生きた存在のようになってはならないということだった。その政見放送はこうも言った。死者の壁に書かれた名前と一致する名前の死者が見つかれば、その者の墓を暴いたのちに死者の裁きにかけるだろうと。なぜなら、憲法に則って選ばれ、生きて呼吸をしている政府を卑劣な手段で傷つけようと明々白々な努力をしている死者に、現政権が見下されるようなことはけっしてないからだと。

シミソをつかまえにきたジャンバンジャ司令官と七匹の治安部隊

その日の午後遅く、治安部隊のジープがロズィケイでいちばん長い道路を突っ走るのを目撃した道ばたの小枝や石ころでさえ、ジープの向かう先が六三六番地の家だとわかった。理由はシミソの死者の壁が引き起こした騒ぎ、つまるところ、アザー・カントリーとカントリー・カントリーのどちらでも起こした大騒ぎだった。署名代わりの白いバンダナを巻いた見まがいようのないジャンバンジャ司令官の四角い頭がフロントガラスから突きでているのを見ると、ロズィケイの住民はデスティニーの殺害を思い出すだけではすまなかった。彼らにはわかっていた。シミソがどんなに深い喪失感のなかにあろうとも、治安部隊は苦しむ山羊が逃げようとすれば、かならず侮蔑や恥辱を与えるだろうと。殴ったり咬みついたり、もしかしたら逮捕さえするかもしれない。むろん、すべては犬どもの気分と尻尾の気まぐれしだいなのだと。つまるところ、ロズィケイの住民は、治安部隊のジープが猛然と通り過ぎてしばらくしてから土埃がおさまるまで、ただ見つめていた。尻尾を地面に向けて垂らし、かぶりを振り、ジダダ民がどこでもやっているように悲しみの淵からため息を漏らした。カントリー・カントリーのジダダの空の下で、国家の犬の暴力にさらされて生きる動物たちには、一日の終わりに尻尾を地面に向けて垂らし、かぶりを振り、悲しみの淵からため息を漏らすよりほかになにができるだろう？

その場にいた者たちがその場にいなかった者たちに話して聞かせたところによると、シミソをつかまえにきたジャンバンジャ司令官と七匹の治安部隊は、ジープが完全に停まるまえに外に飛びだした。つまるところ、顔をしかめ、歯をむき出しにして唸り、毛を逆立てて。ジャンバンジャ司令官に率いられたその凶暴な一団はまず、そっくり返って行きつ戻りつ、行きつ戻りつ、行きつ戻りつした。つまるところ、死者の壁をためつすがめつした。ジャンバンジャ司令官の伝説が膨らみつづけるためには彼の任務の遂行を見物する者が不可欠なので、一団はやがて立ち止まり、ものの見事に揃った動きで後肢を上げると、ベルギー産の種馬にも負けない勢いで壁に小便を噴射した。そうする一方で、この大騒ぎは何事かと近隣の住民が外に出てくるように、耳をつんざく吠え声を発した。この見世物を見せられたロズィケイの住民たちは、痛みは覚えても、とりたててショックを受けるわけでもなく、すぐさま尻尾を地面に向けて垂らし、かぶりを振り、悲しみの淵からため息を漏らした。

つまるところ、ネハンダの骨

事情通によれば、シミソをつかまえにきたジャンバンジャ司令官と七匹の治安部隊が六三六番地の家のなかにいるあいだ、嘆きの大風がロズィケイを吹き抜けていた。風は大地を鞭打ち、建物を身悶えさせ、剝がれかけた屋根をがたつかせ、開け放たれた窓から力まかせに押し入り、動かせるものをぶん投げてから、ドアを叩きつけて閉めた。風は枯れ葉や塵やくずを持ちあげて、宙にぶん投げた。風は洗濯物を物干しロープからひっつかみ、驚いて身の安全のために集まった動物たちの体からも衣服をもぎ取ろうとした。エデンのなかでは避難場所を求める小動物を走りまわらせ、木々を揺らし、葉を舞わせた。つまるところ、ネハンダの木を一本残らず丸裸にして、莢を町じゅうに散らせたので、風が突如、吹きはじめたときと同じように不可解にやんだときには、ネハンダの骨がロズィケイじゅうに飛び散った。奇妙な形をした莢が漂白した骨の色をしているので、子どもたちはそう呼んでいたのだが、子どもたちしか骨が飛び散ったことに気づかなかったのは、些細なことに目がいくのが子どもの性分だからで、おとなたちの目は六三六番地の家に釘づけになっていたのだ。

雌に触れても、岩に触れても、押しつぶされるだろう

その場にいた者たちがその場にいなかった者たちに語ったところによると、シミソをつかまえにきたジャンバンジャ司令官と七匹の治安部隊は家のなかに長居はしなかった。行ってみたら彼女が待っていたとでもいうように。彼らにすればやっつけ仕事なので、死者の壁に引っかけた小便が乾きはじめるよりまえに、捕らえた山羊を伴って出てきた。つまるところ、シミソはゴールデン・マセコに死者たちの名前を壁に書かせた直後から家に引きこもっていたから、彼女の姿をふたたび外で見かけることはそのときまでなかった。実際、ダッチェスやゴゴ・マヨやマザー・オヴ・ゴッドやネヴァーミス・ンズィンガ同志や祈りの戦士たちを筆頭に、ローテーションをきっちりと組んで家を訪ねてくれたロズィケイのおもに年配の雌たちの頑ななまでの愛がなければ、シミソはとほうもない悲しみと孤独のなかで生きていたかもしれない。シミソはいま歩いていた——黒い喪服をまとい、頭も黒いベールで覆って——治安部隊に挟まれて。つまるところ、彼女のまえに四匹、真うしろに三匹、そして当然、ジャンバンジャ司令官がヒヒのボスよろしく、しんがりを務めていた。近所の動物たちはしばらくシミソを見かけていなかったので、その姿を目にして心が沈み、息が止まりそうになった。つまるところ、山羊はこんなに短期間に恐ろしい速さで以前の面影もなく老いていたから。

その場にいた者たちが語ったところによると、シミソをつかまえにきたジャンバンジャ司令官と七匹の治安部隊は、ジダダのいたるところで見受けられる治安部隊らしく自信満々のおごり高ぶった態度を見せつけながら——胸を突きだし、鼻をくんくんさせ、舌をだらりと垂らし、尻尾を天に向けて——捕らえた山羊を待ち受けているジープへと連行した。と、つぎの瞬間、まさにつぎの瞬間、赤いTシャツに身を包んだ消えてしまった者たちの姉妹がどこからともなく現れ、何物も恐れぬ堂々とした姿で不意に暴徒の先頭に立った。すると、シミソをつかまえにきたジャンバンジャ司令官と七匹の治安部隊は「ワン！」とひと声あげる間すらなく、つまるところ、どこからともなく忽然と現れたかに思えるハリケーンの目のなかに置かれていた。

つまるところ、自身がハリケーンでもある暴徒はこの信じがたい儀式を見守った。死者の壁が完成したときの完璧な沈黙とよく似た完全無欠の静寂を。つぎに暴徒が――静かな暴徒として――おこなったのは肢を用いて伝達することだけだった。それでも、肢による伝達は美しいと表現してもいいほどの決然とした静けさとともに実行された。その手段は優雅でさえあり、その優雅さには催眠効果があった。まるで神聖な任務を果たしているかのようだった。そんな静かな暴徒と向きあわされた、つまるところ、シミソをつかまえにきたジャンバンジャ司令官と七匹の治安部隊には、ワンとひと声あげる間もなかった。暴力を振るう間も、咬みつく間も、歯をむきだす間も、唸る間もなかった。応援を要請する間も、弁明する間も、驚く間も、嘆願する間も、交渉する間も、謝罪する間も、退却する間もなかった。ハリケーンの目を奇跡的にくぐり抜けて空中に溶けるように消え去ることに成功した、細身ながら強靭そうな一匹を除いては。

静かな暴徒が肢を用いた伝達をようやくやめたときには、シミソをつかまえにきたジャンバンジャ司令官と治安部隊は跡形もなくなっていた。そう、つまるところ、犬たちはまず最初に無残な肉の山と化し、つぎにどろどろした塊となり、最後に染みとなったから、ハリケーンが去ったあとに残ったのは、それぞれの染みと毛くずと砕かれた歯のかけらだけだった。その場にいた者たちは言った。このときの暴徒はそこらの勝利を収めた暴徒とはちがって勝ちどきをあげたりしなかったと。祝いの言葉をかけあうことも、踊ったり跳ねたりして喜びをあらわすことも、歌をうたいだすこともなかったと。彼らの沈黙は自身の憤怒を破壊し尽くして疲れ果てたハリケーンが、その力を回復するための完全なる静けさだったと。

カントリー・カントリーの危機

一方、ダともうひとつダがつくジダダの歴史において先例のない、さまざまな奇怪な形でロズィケイから伝わってくる不穏なニュースは政権と選民を驚かせた。実際、救い主自身をふくむ動物たちの多くは地図を見ても、そのみすぼらしい小さな町の位置を示すことすらできなかった。だが、そのロズィケイという取るに足らない小さな町が政権を右往左往させていた。彼らはいま自分たちに聞こえていることはほんとうに自分たちが聞いていることなのかを確かめなければならなかった。救い主と彼を取り巻く側近、すなわち、副大統領のジューダス・グッドネス・レザ、エレジー・ムディディ、ディック・マンパラ、暴力大臣と秩序大臣、国軍の各大将、治安部隊の指揮官たち、それになんとジョリジョと彼の上級アシスタントを務める呪術師四匹も、急な通告でこの緊急会議に招集されていた。出席者のなかには例の奇跡的な脱出に成功した七匹めの犬、マックスウェル・ンゴマもいて、席についた彼の頭に巻かれたぼろ布は血で真っ赤だった。

「首謀者はどこのどいつなんだ？　首謀者をいますぐ挙げてもらいたい！　この種の問題は全力で芽のうちに摘むんだ。そうすれば、なににやられたのかをちっぽけなロズィケイの町が知ることはない！」惨憺たる形相の救い主が轟くような声で言った。

「なるほど、閣下。ただ、その、どう言いましょうか、首謀者なる者は存在しないと思われるのです」プロパガンダ大臣が言った。椅子の下から出しているかのように聞こえる声で。

「頭がいかれたのか、ムディディ?! 首謀者が存在しないとはどういう意味だ?! そんな馬鹿なことがあってたまるか?!」救い主の口から飛びだした唾が一堂に会した同志たちの頭に洗礼のごとく降りかかったが、だれもひるまなかった。

「お言葉ですが、閣下、わたしが申しましたのは、ただ、その——」

「この天井を見ろ、間抜けめ、ほれ、見ろ!」救い主はムディディが言い終わるのを待たずに、マホガニーの長テーブルにぴょんと飛び乗ると、仰天した猫の小さな頭をつかんで天井に向けた。そこでは蟻の黒い隊列が懸命に、つまるところ、もうひとつの隊列のほうを目指して進んでいた。テーブルを囲んだ同志たちは困惑し、不安げに視線を交わした。

「おまえが見ているこの蟻たちは行き当たりばったりに進んでいるわけじゃない! 彼らは先頭の蟻に従っているんだ! 先頭にいるその蟻が首謀者だ! いま、わたしがそこにある蛇口をひねれば、最初に出てくる水が、そのいちばんめの水が、首謀者ということになる! おまえがトイレの便座に座って糞《くそ》をすればだな、ムディディ、最初に出てきたそのクソ野郎が首謀者となる! 空の下のありとあらゆるものに首謀者がいるのさ。ムディディ! ありと、あらゆるものに、いるんだ。くそっ! だれかがあの無礼きわまる愚行を画策して実行させた! わたしはその煽動者を検挙したい。でなければ、戦争でやったことをやってやろう。でなければ、おまえたち一匹一匹に教えてやろう、なぜわたしがテュヴィと呼ばれているかをな!」救い主は怒声を爆発させてから、ムディディを解放した。

「はばかりながら、まず最初に、つまり、なにより先に言わせていただくと、あのロズィケイで起きたことを理解なさっているとは思えないのです、閣下。わたしはあの場所にいたのですから。伝聞ではなくお話しすることができます。ごぞんじのとおり、わたしはあの場所にいたのですから。ジャンバンジャ司令官とともにいたのですか」脱出した隊員は血の滲む肢の一本で頭の包帯を指しながら言った。その声音がこれは彼が語る物語なのだと告げていた。命拾いした犬はこの先死ぬまで、この話を語るたびにぐったりとするのだろうと。

「で、きさまはいったいだれだ?!」ここでその臭い口を好き勝手に開いていいとだれが言った? ここがトイレだとでも思っているのか?」救い主は金切り声をあげた。

「申し訳ございません、閣下。そやつは──治安部隊の生き残り──暴徒から逃げてきた者です。問題を起こした山羊を逮捕するために。つまり、あの違法な死者の壁がある家に住む山羊を」マンパラが口添えした。

彼らは現地へ向かっていたのです、問題を起こした山羊を逮捕するために。つまり、あの違法な死者の壁がある家に住む山羊を」マンパラが口添えした。

「そうか、きさまは丸腰のみすぼらしい老婆を、逮捕する方法も知らない間抜けな雑種犬だというわけだな? だれの訓練を受けた? なぜきさまだけが逃げられて、ほかの阿呆どもは逃げられなかった? いったいきさまはだれのために任務についているんだ?!」救い主はわめき、哀れな隊員を冷ややかな目で覗きこんだ。マックスウェル・ンゴマは口を開いて、また閉じると、上官のマンパラを、つぎにムディディを力なく見やった。どちらも目をそらした。救い主がグラスを指さすと、秩序大臣がすぐさまグラスを力なく見やった。どちらも目をそらした。救い主がグラスを指さすと、秩序大臣がすぐさまグラスを力なく見やった。救い主に手渡した。救い主がグラスを空けると二杯めをついだ。

トルからウィスキーをつぎ、救い主に手渡した。救い主がグラスを空けると二杯めをついだ。

「いま起きているのはこういうことだと思われます、閣下。あなたに不満を抱く者がいるのですよ。

つまり犯罪者が。やつらはまたしても、しかも、あきらかに欧米にけしかけられて、政権交代の煽動という手法で政権を愚弄しているんです。われわれにもわかるのはここまでです。そうだろう、同志？」暴力大臣が言い、治安部隊の指揮官のほうを向いた。

不可欠な恐怖

「ああ、むろん、そのとおり。しかし、同時にもうひとつ起きていることがあって、そちらのほうは、こう言っていいのかどうか、正直なところ、同志たちよ、処理に手間取っている。青天《せいてん》の霹靂《へきれき》というか、まるで――適切な言葉が見あたらない――この国の動物たちのなかに奇妙な変化が生まれているように思えるんだ。こうしてわれわれが話しているあいだも世界が衝撃を受けているにちがいない。治安部隊に歯向かうなどというのはあきらかにジダダ民の流儀ではないから。それが現に起きてしまったと考えるとなおさらだろう。少なくとも、わたしが治安部隊を率いていたときにはそんなことは起きなかった」ジューダス・グッドネス・レザが言った。副大統領は中国で数ヵ月を過ごして非公開の手術を受け、復帰したばかりで、見るからに健康を回復していなかった。

「同感ですよ、副大統領同志。全国の治安部隊の指揮官から聞こえてくるところによると、隊員たちは今度のことで相当に自信をなくしていると言わざるをえません。われわれが任務を遂行するには、それも効率よく遂行するには、治安部隊と政権に対して国民が抱いている本能的な恐怖心が不可欠なわけですから。この数十年、われわれが粉骨砕身《ふんこつさいしん》してそうした恐怖を植えつけ育ててきたことは、この部屋にいる全員がわかっています。いま対処しているジダダ民はわれわれの知るジダダ民ではなくて、どこかの惑星からやってきた新種の見知らぬ動物たちのような気さえします」治安部隊の指揮官が言った。

「くだらん！　まったくもってくだらん、話にならん！　なにが新種の見知らぬ動物だ！　恐怖はいまもあるぞ！　どこかへ消えるわけがない！　このジダダの地で生きて息している全ジダダ民の血に確実に流れている！　われわれは最初からそのために邁進してきたんだろうが。そうでなければ、いったいなんのためのグクラフンディだったんだ？　遊びであれをやったとでもいうのか？　ならば、その後生大事な恐怖を見つけてこい、同志よ！　わたしはいますぐそれをあるべき場所に取り戻したい。わかったな？　いますぐにだ！」救い主は吠えた。

「承知しました、承知しました」治安部隊の指揮官は言った。つまるところ口先だけで承知したわけだが。これは口で言うほど簡単におこなえる案件でないという恐怖感さえ覚えていたから。

「ええ、じつはわたくしも考えてはいたのですが――」つまるところ、ジョリジョがこう切りだした。彼は会議が始まってからここまでずっと孵《かえ》ったばかりの雛のようにじっと座って、発言の機会を待っていたのだ。

「わたしがいま考えているのはだな、賢いたわけめ、おまえとおまえに従う情けない者たちが――総勢でどれだけいるんだ？　全国各地に二百から三百はいるだろうな――こうなることをまったく予見していなかったということだ。わたしがそのための手当を、それもけっして少なくない額を支払っているのは、いいか、こういうことが起きるのを予見するためなんだぞ！　おまえたちはなにを予言しているんだ?!　わたしはなんのために高い金を支払っているんだ?!」救い主はたぎる怒りを爆発させた。ジョリジョと彼に従う呪術師たちは頭を垂れて蟻のサイズにまで縮みあがった。

「おまえとおまえの役立たずのクソな仲間どもがわたしのためになにをやる必要があるのかといえば、わたしの金を食ったのちに肥えた見返りをよこすことだろうが！　わたしが望むのはおまえたちの薬《ムティ》をくそったれなロズィケイに使うことだ。あの悲惨な町を鎮めてくれ。たとえあの町に暮らす動物を一匹残らずゾンビにしようとも！　おまえたちに関して言えば期限は明日のこの時刻とする。この国の統治者はだれであるかをあの悲惨な町に残された者たちに教えてやるのだ！　やつらに火を見せてやれ、わかったな?!　わたしは火と言ったぞ。やつらに相応の火を与えてやれ！」

ロズィケイの徹夜の祈りと新しい愛

わたしたちはその日、むろん解散しなかった。ずっと同じ場所で油断なく見張っていた。シミソを守るためだけでなく、治安部隊に見せつけるためでもあった。わたしたちはもはやこれっぽちも恐れていないということを、とうの昔に立ち向かうべきだったものに立ち向かうためにそこにいるのだということを、わたしたちはまったく新しい種族なのだということを、邪悪な政府に見せつけるためだった。すでに群衆は大きな塊になっていたと思う者もいるだろうが、夜のあいだにどんどん膨れあがり、波のように押し寄せる動物たちは途切れることがなかった。つまるところ近くの町からも遠い町からも、わたしたちが名前を聞いたこともないところからも、存在することすら知らないところからも、動物たちがやってきた。あらゆる年齢層の、あらゆるタイプの、あらゆるジェ

ロズィケイの夜のお話タイム

ンダーのジダダ民が集まってきた。エスニック・アイデンティティもまちまちなジダダ民、信仰も宗教もまちまちなジダダ民、職業も仕事も所得もまちまちなジダダ民、どんな分類の仕方を用いようとにかくジダダ民と定義されるジダダ民――みんながそこにいた。彼らはやってきて、わたしたちと団結した。

その夜、そこに集結し、大勢で一致団結したわたしたちが学んだのは、自分はジダダで生まれたからジダダへの愛が自分のなかにあると語るだけではじゅうぶんでないということだ。真の愛国心、正しい愛国心とは、そのまえにシミソのためにやったように、団結することだとわたしたちは身をもって知った。なによりも大切なのは互いのために姿を見せることだと、わたしたちは身をもって知った。なによりも大切なのは互いのために姿を見せること、沈黙を拒むこと、正義のために積極的に戦うこと、同胞のために正義を求めることなのだと。彼らの意見にかならずしも同意できなくても、彼らの考え方をかならずしも支持できなくても。彼らが隣近所に住んでいなくても、自分と同じ部族集団に属してなくても、支持する政党がちがっても、宗教がちがっても。つまるところ、わたしたちはその夜、シミソの家の外の、あの死者の壁のそばで気づいたのだ。ジダダが少しでもましになるにはこうして互いが互いにとって大切な存在となることから始めるしか方法がないのだと。その発見が、わたしたちに互いを愛することを教えた。わたしたちは互いにかけがえのないジダダ民の視線を受けとめながら、黙ったままで自分たちの愛を、団結を伝えあった。

当然ながら、その夜も停電の一夜だったが、もの悲しい音をたてる風に吹かれてロズィケイじゅうに飛び散っていたネハンダの骨がいまは空中に立ちのぼり、月明かりよりも明るい、この世のものではないような不思議な光でわたしたちを取り囲んでいた。そうするあいだも町へ来るジダダ民は増えつづけていた。押し寄せるジダダ民のあまりの勢いに、ロズィケイがはち切れてしまうのではないかと思ったほどだ。新たに訪れた者たちは午後の出来事を体験していなかったけれど、話を何度も聞かされるうち、そこにいなかった者たちも実際に現場にいて、あのハリケーンの一部だったような気分を味わいはじめた。あとから到着した者がいると、今度は彼らがあたかも自分が体験したかのように話を聞かせたので、やがてその夜そこに集まった全員が、わたしたちの血に染まった、なにがあろうとけっして忘れ得ない午後の物語を共有することになった。

美しい歌でさえ歌手をうんざりさせたり、ダンサーを疲れさせたりすることもあるのだから、わたしたちの話もその日の午後の出来事からべつの物語に移行した。そう、つまるところ、ダともうひとつダがつくわたしたちのジダダの長い歴史におけるさまざまなときに自分の身に起きたことの話に。わたしたちは苦痛に満ちた物語を聞いては語った。政権によるすさまじい暴力の話を聞いた動物たちがただ頭をそらし――体をふらつかせて――やわらかな光を放つネハンダの骨をじっと見つめることもときにあった。つまるところ、こうした物語を通じてわたしたちが知ったのは、政権がつくった国家の物語から除外され、ジダダの歴史を教える名著からも排除されてきた語られぬ物語が実際にはたくさんあるということだった。国家の栄光の物語は真実とはかけ離れていて、政権が語る真実とはじつは半分だけの真実や不正確な事柄であり、意図的に消された部分もあった。このことを知ったわたしたちは、自身の物語や真実を語るだけでなく書き残すことの重要性に気づかされた。物語や真実が自分たちから奪われて改変されたりしないように、つまるところ抹消されて忘れ去られたりしないように、書き残すことが重要なのだと。

可能《イネイブラー》にする者たる犠牲者の点描

こうして書き残された物語は告白でもあった。さらに、告白でもある物語のなかで、わたしたちは自身に関する厳しい真実を気づかされることになった。つまるところ、邪悪な政権に弾圧されているくせに、自分たちもいろいろな形で政権の弾圧に許可や同意を与えていたということに。そう、つまるところ、それを可能にしたのは実際わたしたちだったのだ。かならずしも意図して自分に苦しみをもたらしたわけでも、互いの苦しみの原因となったわけでもなかったのに、結果としてジダダ民は何年も何十年も苦しみに耐えなければならなかった。わたしたちはモンスター政権に投票していると わかりすぎるほどわかっていながら、何度も繰り返して現政権に票を投じてきた。モンスターが不正選挙で勝利を収めるのを手助けしてきた。ジダダ民の同胞の尊厳を傷つける憎悪に満ちた集会に出席し、歓声をあげてきた。自分たちの口からパンを奪う堕落した連中の顔と日々わたしたちの首を踏みつけて息ができなくするブーツがプリントされた象徴《レガリア》を身にまとってきた。虐待者の、殺人者の、部族主義者の、強姦魔の、略奪者の、ありとあらゆる種類の犯罪者の顔を自分の体に着せてきたのだ。わたしたちは治安部隊がなんの罪もない者を殴ったり、無差別に殺したり、レイプしたり、物や命を奪ったり、抹殺したり、殺害したりする恐怖の長い年月を傍観者として生きてきた。治安部隊から危害を加えられるような状況にあるのは自業自得だと被害者を責めることすらあった。ソーシャル・メディアでは略奪者のアカウントをフォローし、盗まれたジダダの富で築かれた贅沢なライフスタイルを褒めそやした。自分の生活リズムがスムーズに流れるように、わたしたちは種類を問わず賄賂を贈り、あらゆる種類の汚職や不正に従事してきた。自分たちの憲法が何度も何度もないがしろにされても、そっぽを向いて肩をすくめてきた。つまるところ、わたしたちは自分を弾圧する者たちに加担するためにやったあらゆることによって良心の呵責を覚え、貶められ、辱められ、苦しめられながら、大地に唾を吐きかけ、「わたしたちはこの無残な傷痕とともに、生きながらえるための痛みに満ちた教訓を学んだが、これを繰り返すことはないだろう」と言った。

未来の点描

「グローリー、グローリー、グローリー、ハレルヤ、オー・プレシャス・ジダダンズ！」預言者ドクター・O・G・モーゼズが豚の天使のごとく群衆のなかに突如姿を現すのを見ても、わたしたちは驚かなかった。優雅な白いローブに身を包んだモーゼズはなにひとつ汚れがないように見えた。聖書と金色のおしゃれなマイクを手にしたセレブ預言者がわたしたちに向かって演説をするためにやってきたのはあきらかだった。わたしたちは光を放つ例の目で彼がこちらを見つめるのを眺め、意味不明の言葉を並べて独演会を始めるのを眺めていた。「ラブハラシャ、ズズレ、ハルラファシャタ、ハヒキラ、バヤンガ、ハヒヤハイヤ、ハラブラティガ、オロシャ、マクウェクウェグウェナ、ビキボングボングボング、スィンドマンデ、マクヒブホズハイ、ハラカシャ、メヨンセジャヤンセブホイヨンセ！」するとそのとき、合図でもあったかのように、一頭の雄牛がジダダでもっとも有名なセレブ預言者に襲いかかるのを見た。雄牛は悲鳴を発する預言者を角で高々と持ちあげてから、天に向けて振り捨てた。実際、預言者の体は天に達するかのように見えたほどだ。わたしたちは大声で叫び、ありったけの力をこめて拍手喝采した。それは、わたしたちはインチキな預言者やインチキな司祭やインチキな宗教指導者との関係を断つという表明だった。彼らはわたしたちが苦労して稼いだ金を神の名のもとに巻きあげてきた。彼らはだれに投票するべきかを告げることによって、この国のリーダーは神に選ばれし者だという見え透いた嘘をつくことによって、政治とは距離をおけと諭すことによって、政府と共謀してわたしたちを弾圧してきた。わたしたちが望むのは革命の神、自由の神、正義の神、反汚職の神だった。わたしたちがこの地上に、そう、つまるところダともうひとつダがつくジダダの大地に、自分たちにふさわしい楽園を築くよう駆り立ててくれる急進的な神だった。

預言者を呪われた悪魔のように捨て去ったあと、わたしたちは表明を続けた。この地球で、わたしたちのジダダにどんな楽園ができるのを見たいか、まずは若者の考えや夢を聞くことにした。つまるところ、意見を聞いたのは一般の動物だけで政治屋たちの意見をいっさい聞かなかったのは、ダともうひとつダがつくジダダが恐ろしい悲劇と犯罪の現場であり、その原因の大部分は完全に破綻した政治システムにあるという事実にやっとのことで気づいたからだ。わたしたち国民はいわばそのシステムの顎のなかに何十年も閉じこめられて血を流し衰弱していたが、ようやくいま、無能なリーダーの追随者となる必要などなく、自分たちに奉仕するシステムの一員となるべきだと理解したのだ。奉仕も愛国心も市民の尊厳もなにひとつ知らない身勝手で強欲で腐敗した政治屋から、自分たちの生活を、本来の力を、運命を取り戻さなくてはならないと。

わたしたちには新たな秩序が必要だ

事情通が旧宗主国はアフリカに独立を与えたけれど自由を与えなかったと言うのであれば、つまるところ、旧宗主国はアフリカに独立を与えたけれど自由を与えなかったということだ。その夜、シミソの家の外の、死者の壁のそばで団結したわたしたちは、ジダダの政権と選民がいわゆる〝独立〟以来、国家の富を略奪・横領してきたと確信するとともに、旧宗主国もまた、宗主国としてわたしたちを支配してきた長い年月にやっていたのと同じように、いまもアフリカ大陸の富を略奪・横領しつづけていると確信した。アフリカを〝救う〟と世界に向けて活動を逐一発表するのが大好きな欧米が、一本の肢でそういうことをやりながら、残りの肢でアフリカから略奪・横領し、その結果、実際にはアフリカ大陸から出ていく金のほうが大陸にはいってくる金よりも多い。この仕組みはもはやわたしたちには通用しない。わたしたちの富を頼りに自分たちを繁栄させている当の国々に対して桁はずれの負債があるという不動の連鎖がわたしたちの肢枷になっている。それが偶然でないことはだれに教えられるまでもなくわかっていた。植民地時代にそうだったように、例年、多国籍企業がアフリカで得た莫大な利益を本国に戻しているのはミスでもなんでもない。いつの時代も希少な鉱物は採取されるばかりで母国の哀れな子どもたちにはめったに利益をもたらさず、アフリカの大地がうめいたり震えたり喘いだりしている。そんなことは道ばたの小枝や石ころでさえ教えてくれるだろう。そう、つまるところ、わたしたちが貧困と成長不全と政情不安と汚職と病気と屈辱と苦痛と死の壊滅的なサイクルのなかでコツコツ働いているのも、安心を得られぬまま惨めに暮らしているのも、わたしたちを統治する醜い悪魔たちのせいだけではないのだ。こうして、その夜、わたしたちはシミソの家の外の、死者の壁のそばで、もう一度戦うことを誓った。アフリカは新植民地主義の抑圧から、搾取から、略奪から、欧米の支配から、侮辱から、虐待から、二度めの自由を勝ち取るのだと。わたしたちが求めるのは正真正銘の自由だ。わたしたちが求めるのは強欲な盗賊の肢をわたしたちの富からどかせることだ。わたしたちが望むのは正義、わたしたちが望むのは新しい世界だ。まったく新しい世界を求める気持ちが膨らみすぎて、その夜は一睡もしなかった。わたしたちは立ったまま夢を見つづけた。心でも腹でも口でも夢を見た。想像しながら夢を見た。そうやって夢を見ているうちに新たなジダダが、新たなアフリカが、心の底から憧れる新たな世界がほんとうに瞼に浮かぶようになり、目のまえで形を成してムブヤ・ネハンダの骨の真上に浮かびはじめた。つまるところ、すぐにも届きそうなほど近くに。

二度めの独立

完全武装の治安部隊と、ちがいのその一、その二、その三、その四、その五

つまるところ、朝には治安部隊がロズィケイになだれこんだ。そんなふうに治安部隊がなだれこむのはダともうひとつダがつくジダダじゅうの不穏な町や村で昔からいつも見かけていた光景だ。彼らは多勢——正式な戦争にも通用しそうなぐらい完全武装した大軍勢——だった。事情通によると、かつてほかの不穏な町や村で同じことが起きたときと、その早朝、治安部隊がロズィケイに到着したときとではにおいがちがっていた。ロズィケイの空気に恐怖のにおいはなく、つまるところ、そこにあるのは恐れ知らずのにおいだった。それがちがいのその一。さらに、べつの時代のほかの不穏な町や村とは群衆の規模がちがった——まるでジダダ全土の市民がロズィケイの町にやってきて、塩粒がずだ袋いっぱいに詰めこまれたようなありさまだった。それがその二。その三は、武装した治安部隊のまえに立った群衆の様子だ。これまで一度も治安部隊の脅威にさらされたことがないとでもいわんばかりで、つまるところ、ただ待機しているというように、どこか期待もしているように、最初の大混乱のあとに時間をかけて力をたくわえ、だから今度はもっと強さを増していることを自分でわかっている恐ろしいハリケーンのような様子で彼らは立っていた。その四は巨大な

バリケード——ロズィケイの町にはいらせないために主要道路に積みあげられた大きな丸い石の山——だった。つまるところ、このような事態に不意を衝かれてうろたえた治安部隊は、ゆっくりと車両のブレーキを踏むと、くんくんとあたりのにおいを嗅ぎ、聞き耳を立て、自分の鼻を舐めた。状況判断をしようとするかのように。群衆の姿がはっきり見えてくるにつれ、もうひとつ、かつてとのちがいがあることに彼らは気づいた。自分たちを阻み、取り囲む群衆はなんと死ぬ覚悟でいるということだ。それがその五だった。

つまるところ、革命の守護者は革命の数学に考えをめぐらす

——革命を守るだって？　ほんとうに？　守ってるのは茶番だってことぐらい、じつはおれたち全員が知ってるだろう？

——言いたいことがあるなら独り言で言えばいいさ、同志。だが、あそこでそれをするのはどうかな。あのジダダ民たちは戦争屋じゃないし、おまえもそれをわかってる。彼らは変化を望んでるだけだ。あのジダダ民たちは腐敗を終わらせたいんだ。あのジダダ民たちは断水や停電や行列を終わらせたいんだ。あのジダダ民たちは生活賃金を求めてるんだ。あのジダダ民たちは尊厳を求めてるんだ。あのジダダ民たちは正義を求めてるんだ。あのジダダ民たちはこのジダダでもっとましな、もっとくつろげる暮らしをしたいんだ。そういう暮らしをするために行きたくもないところへ行か

なくてもすむように。しかも、おれが考えるにそれこそが正常な精神、正しい心、正しい倫理をもった者が守るべき革命だよ！

——政権に利用されてオールド・ホースを追い出したと思ったら、今度はこの動物たちと浮かれ騒がなきゃならないのか？　新たなジダダの名においてやつらと自撮りをするってか？　で、そのつぎはなにをやらされるんだ？　やつらの虐殺か？　どんな理由で？　ましな生活を求めたからか？おそらくは自由だろうと思われる国で呼吸したいと望んだただそれだけの理由でか？　おれだってこのろくでもない軍服を着るときも脱ぐときも自分で自分に訊いてるさ。あの革命はどこへ行っちまったんだ、同志たちよ、どこへ行っちまったんだってな。

——ぼくにはできない。良心に照らしてできない。あそこに集まった群衆に向けて発砲するなんて。あのジダダ民たちが悪い動物でないということはきみたちもぼくも知っている。このジダダには真に邪悪な見下げ果てた動物どもがいて、あの群衆をここに集結させ、ぼくたちをここに出動させているこの窮状の責任は彼らにあるということも、きみたちもぼくも知っている。きみたちはその見下げ果てた動物どもがだれなのかを知っているし、彼らの名前を言うこともできる。彼らが住む場所を知ってさえいる。それでもやはり、きみたちは愚かな行動を取るのだろう。真の敵はだれなのかまったくわからないとでもいうように行動するのだろう。ぼくたちがほんとうに自由になれるのであればかならず起きなければならないと、ここにいる全員が知っていることをするよりも、罪のない者たちを殺すほうがはるかに容易だからだ！

——現実的には、同志たちよ、われわれを取り囲んでいるこの動物たちはどこかの惑星からやってきた変な生き物なんかじゃないんだ。彼らはきみたち自身なのさ。それに、あの群衆のなかにはきみたちの親戚もいるってことはみんなわかってる。あの群衆のなかには友達もお隣さんもいる。大家も教会の仲間も。子どもたちの教師も。かかりつけの看護師や医師も。慎みのある善良な市民ばかりだ。どの一匹も自分は今日死ぬとわかっている。どの一匹も今日死ぬ覚悟をしている。政権に直接殺されるのではなく、かわりにわれわれに殺されるんだと。問題は、いつになったらわれわれは嫌気が差すのかということだ。

——おれにはわかってるんだ、ほんとうはいま見てるようなハリケーンに巻きこまれたくないってことが。わかってるよ、確実に死があるなら——ジャンバンジャ司令官とあの七匹になにが起きたかは聞いてるし——それに、いま話してるのはジャンバンジャ司令官の話なんだけど——ここから近いどこかで見つけられたくないってことが。つまり、自分は勇敢な犬だなんて言ったわけじゃなくて、結局、どの動物も一度しか生きられないわけで。一生しかないんだから、一生しか!

——悲しい真実だが、この国の真の解放戦士がいま生きていたら、彼らが生き返ったとしたら、彼らのいる場所はこっちではなく、確実にあっちだろう。彼らはあっちに立ち、あの群衆とともに死ぬつもりでいるだろう。なぜなら、あっちのほうが正しい側だからだ。倫理的に正しい側だからだ。

——いまから思えば、この悲惨な軍服をはじめて着たときのおれはなんて無邪気だったんだろう。自分の仕事は市民を守り市民に奉仕することだと本気で信じていたんだから。これが、いまからやろうとしていることが奉仕なのか？　まさか。これはフェアなのか？　公正なのか？　胸を張れることなのか？　親切なことなのか？　そんなわけない。これはおれのためになるのか？　おれの一生をいまよりよくするのか？　そんなわけない。

——じゃあ、こういうシナリオはどうだろう。われわれとあそこにいる群衆が衝突したとしよう。で、どういうわけかわれわれの多くが殺されたとする。政権と選民はわれわれの死をちょっとでも嘆くと思うか？　われわれの葬式に姿を見せると思うか？

——わたしはここにいる隊員のだれも知らないけれども、何事も理由があって起こるというのがわたしの座右の銘だ。今日、神がこの車でわたしをここへ、この群衆がいる場所へよこされたことにも理由があるとわたしは考える。その理由こそが神の栄光を示しているのだと、正しい決断をしなくてはいけないのだと。

——ぼくはネット上に大勢いる活動家をフォローしているし、消えてしまった者たちの姉妹二匹の家の隣に住んでいる。それに、まあ、政権と選民がどう思おうと、彼女たちやそのほかの国民が戦っている目的のほとんどに共感もしている。自分もそれを望んでいるし、信じているからだ。要するにこんな軍服を着ていても、気持ちはあの群衆とともにあるわけさ。

——これはわれわれは何者かという問題だな。飢えた貧しい教師たちが平和なデモに参加すれば、われわれはそこに向かう。看護師や医者が生活賃金を求めてストライキをすれば、われわれはそこに向かう。活動家が変化を求めて行進をしても同様の対処する——彼らを追い散らし、殴り、八つ裂きにし、逮捕し、抹殺する。何度でもやる。いつになったら終わるのか？　変化を求めて活動する連中の首を来る日も来る日も踏みつけているわれわれが、どういうふうにこの国の変化を期待すればいい？　それをしたら、いったいどんな得がある？　それをすることはわれわれをどこへ向かわせる？　成果を見せるためにはなにをしなければならない？　われわれはほんとうはだれに、どんな理由で貢献しているんだ？

——自分の正直な気持ちを言うなら、ここに集まった群衆が恐れをなくしているのはすごいと思う。じゃあ、どうしておれたちには同じことができないのか？　おれたちを思いとどまらせているのはなんなんだ？　いまできないなら、いつできるんだ？

——もし、ジャンバンジャ司令官とあの隊員たちの遺体の一部が残っていたら、政府は彼らを解放戦士の広場に埋葬しただろうか？　彼らは名誉の軍葬にされただろうか？　革命の守護者として。

——就任式で「大衆の声は神の声」と言ったのは救い主だろう？　神の声がなぜ、いつ、どうやって突然、敵の声になっちまうのか知ってるやつはいるか？　教えてやろうか。おまえらがいますぐ銃をおろしてあの群衆の声に耳を傾ければ、神が話してくださるさ。おれには信仰心のかけらもないが、神はいまここで語っているんだ。よりよき国について。よりよきジダについて。問題はおれたちもそこに加わるか、それとも加わらないかだろう。それはおれたちがほんとうは何者であるかという問題でもある。

――今朝、この新しい軍服を着ながら、最後に真っさらなズボンと真っさらな下着と、とにかく真っさらなものを身につけたのはいつだっただろうと自問したんだ。正直言って思い出せなかった。おれたちに支払われてる給与じゃ、ふつうの暮らしはできないってことさ。だが、おれたちには生活賃金を支払うつもりのない現政権に、どうして新しい機材や武器を仕入れる余裕があるのかね？　テュヴィが政権を握ってから、いったい何百万の金を機材や武器に使ってきた？　なぜおれたちにこんな武器が必要なんだ？　まるで国が戦争しているみたいな。先月はこいつを手に入れるためにいくら支払ったんだ？

――もし治安部隊でなければ、あきらかにわれわれもあっちに立っているだろう。あの群衆とともに、同じ歌をうたっているだろう。そう考えてみたことがあるやつはいるのか？

――この事態に対処しながらでも考えることはできるだろ？　つまり、もう一度、本気で、まじめに考えてみてもいいんじゃないか？　ここに集まった群衆は死を覚悟して来ているっていう事実を。もう一度考えてみてもいいんじゃないか？　ここに集まった群衆は死を覚悟しているっていうこの状況を。そのこととおれたち自身の状況を比較してもいいんじゃないか？　それをやり終えたら、もっと深く掘りさげて考えてみようよ。本気で、まじめに考えてみようよ、革命の数学を。

こうして案の定、治安部隊は車両に座ったまま、革命の数学に考えをめぐらした。革命の数学に考えをめぐらし、革命の数学に考えをめぐらした。

その場にいた者たちが語ったところによると、最前列に停められていた治安部隊の車両の一台からピットブルが飛びだすのが目撃された。つまるところ、彼は前肢を上げ、武器を持っていないことを示してみせると、障害物のないところまで歩いていき、前かがみになって静かにブーツの紐をほどきはじめた。ほどき終えるとブーツを蹴って脱ぎ、ソックスも脱ぎ捨てた。そのあとはベルト、ベルトのあとはハードシェル・ハット。それがすむとジャケットのボタンをはずし、体をくねらせてジャケットを脱いだ。つぎにアンダーシャツも脱いだ。最後にズボンのジッパーをおろし、すばやくズボンを脱いだ。その場にいた者たちが語ったところによると、その裸の隊員はもはや周囲の目もはばからず涙を流していて、その姿は彼が服を脱いだことよりも衝撃的だった。彼はゆっくりした歩調で進み、いちばん近くにいる群衆のそばに立った。無言で一礼し、前肢を合わせて平和を祈る仕種を見せてから、群衆と同じく、自分の仲間である治安部隊と真正面から向きあった。

その場にいた者たちによると、その瞬間、空気が一気に張りつめ、触れたら切れそうなほどだった。いま見えているものはほんとうに自分が見ているものなのかと群衆は自問していたという。つまるところ群衆のなかには、その裸の隊員のほうを向いて、自分たちがジャンバンジャ司令官と七匹の治安部隊に対してやったことを彼に対してもやれと本能が命じている者もいたが、なんとかこらえていた。彼らは犬が見せた平和を祈る仕種にも、彼が軍服を脱ぎ捨てて同志たちに背を向け、群衆とともに立って涙を流したという事実にも困惑し、うろたえてさえいた。こんな事態は予想だにしていなかった。予想していなかったので議論もしていないし、議論をしていなかったのでどういう対応が最善なのか、よくわからないのだった。

するとまたつぎのことが起こった。その場にいた者たちが語ったところによると、車両の隊列のなかほどのどこかから、胴の長いローデシアン・リッジバック（アフリカ南部原産の大型犬。もとはライオン狩猟犬）が静かに飛び降りて、身につけているものをひとつずつ脱ぎはじめた。服を全部脱ぎ終わると、犬は先ほどの同志とまったく同じように涙を流しながら歩きだし、群衆の仲間入りをした。つまるところ、この二番めの犬が群衆にまじるまえにつぎの犬が服を脱ぎはじめていた。その三番めの犬が服を脱ぎ終えるまえに、つぎの犬が銃をおろし、車両から飛びだし、同じように服を脱ぎ始めた。その犬が服を脱ぎ終えるまえに十二匹の犬が同じことを始めた。それらの犬もまた群衆に加わった。そう、つまるところ、涙を流し、平和を祈って前肢二本を合わせながら、同志たちと真正面から向きあった。

つまるところ、国家の子らは、ジダダ治安部隊がつぎからつぎに武器をおろして自分たちに合流するというドラマが繰り広げられるのを信じられない思いで見つめていた。いったいなにを、どういう理由でしているのか、彼らは訊かなかったし、それ以外のどんな問いも口にしなかった。喝采もいっさい送らなかった。褒め称えることもいっさいなかった。治安部隊の車両がもぬけの殻になるまで、彼らは黙ってその様子を眺めていた。その場にいた者たちは、これはいわゆる〝さあ、どうする？〟の時間だったのだろうと語った。そう、つまるところ、群衆と犬たちはそこに立って互いに見つめあいながら考えていたのだと。だれも予測していなかったこの出来事のあとにはいったいなにが起きるのだろうと。

だが、そのとき犬たちが、儀式じみたふうもなくただ静かに、自分たちの軍服に火をつけた。そう、つまるところ、危ないから離れるようにと群衆に指示を与えてから、革命の防衛のありとあらゆるシンボルに、武器に、器具に火をつけたのだ。群衆のほうは、直前の出来事に対する心の準備ができていなかったのと同様に、この展開に対する心の準備もなにもできていないから、無言で見つめつづけるしかなかった。つまるところ、犬たちはすべてを燃やし尽くした。最大規模の集結をした国家の子らの攻撃を受けた治安部隊の大隊がなんと武器を捨て、軍服も捨て、群衆の仲間入りをし、なにもかもを燃やしたというニュースが国じゅうに広まると、つまるところジダダのいたるところで治安部隊が、あたかも長年の深い昏睡状態から覚醒したかのように防衛と関わりのあるなにもかもを同じように攻撃し、破壊した。そうしてものの数時間で、何十年も政権という呼称で知られてきた防衛機関がついに崩壊したのである。

どんなによいことにも終わりがある

そのつぎに起きたことは国家の子らに教訓を与えたが、彼らにすれば、それをもっと早くに教えてもらえなかったことがなにより悔しかったにちがいない。花とバッタと鳩と歯のないクロコダイルしか住んでいない暗闇の恐怖のなかで一生を送っていたかもしれないのだから。治安部隊の防御をなくした政権と選民は——なんら前触れもなく突如として——我が身の脆弱さに気がついた。肢をおろせる固い地面はなく、ただ空《くう》を漂っているのだと。つまるところ、空港は閉鎖され国境にも近づけないジダダという罠にかけられ、どこにも逃げ場所がないのだと。略奪でたくわえた富も助けになりそうになかった。ジダダが歩んだ長い年月、国家の子らを苦しめてきた不安がいまは元抑圧者に感染し、彼らをおびやかすという奇妙な逆転現象が起こっていた。彼らは日常的にかき集められ、汚いゴミのごとく拾われて老朽化したトラックに投げこまれ、恐怖のつまった監獄に強制的に送りこまれた。栄光の時代、自分たちが日課のように敵を送りこみ、敵が衰えるのを想像していたその場所に。

つまるところ、最後まで立っていた阿呆

事情通が明けない夜はないと言うときには、つまるところ、明けない夜はないという意味である。国家の子らは——勢力を増していま一度あの恐ろしいハリケーンと化し——テュヴィの名を叫びながら官邸の頑丈な壁を突き抜けた。西側の入り口からなだれこんだ者たちは、救い主が愛情たっぷりに〝救い主による統治者の祭壇〟と呼ぶ有名な彫刻庭園でいったん立ち止まった。つまるところ、その豪華絢爛な庭園の主役はアフリカの悪名高い建国の父たちのうち存命の何名かを象った等身大の彫像で、黒花崗岩の像が真っ赤な炎のような百合と見事に対比されていた。つまるところ、それらの堂々たる石像を目にしたハリケーンはますます凶暴化し、片っ端から引き倒し、踏みつけ、打ち砕いた。ナイジェリア連邦共和国の暴君が倒れ、ウガンダ共和国の暴君が倒れ、カメルーン共和国の暴君が倒れ、中央アフリカ共和国の暴君が倒れ、エリトリア国の暴君が倒れ、エスワティニ王国の暴君が倒れ、スーダン共和国の暴君が倒れ、アルジェリア民主人民共和国の暴君が倒れた。アフリカ大陸の国々を支配する暴君が残らず倒れた。そう、つまるところ、統治者の祭壇は一瞬にし

て瓦礫の廃墟と化した。

一方の救い主はハリケーンのこの急襲を目撃して呆然と立ちすくんだ。官邸の頑丈な壁の背後にいればハリケーンも手出しはできず、御身《おんみ》は確実に安全だと、ジョリジョとその仲間の呪術師たちは救い主に言っていた。なぜなら、官邸の壁はこれ以上ないという強力な呪文によって要塞化しており、惨めな国家の子らが近づいたら、官邸は渡ることのできない海に囲まれるからと。そう、つまるところ、痛ましい反乱分子たちより数で勝るすきっ腹のクロコダイルがうごめいている海に。しかし、ここにいるのは正気を失って底知れぬ愚かな怒りを目にたたえた反体制派だ。不安の天敵たる救い主は後肢ですっくと立って二十ハンド（約二メートル。ハンドは馬の体高を表す単位）の体を目いっぱい伸ばすと、憤怒のあまりまばたきもせずに集団と対峙した。つまるところ、国旗マフラーを一枚ならず二枚首に巻き――あえて巻き方を逆にして――護衛の息子二頭を両脇に配した救い主は、群衆の存在を傲然と否定していた。とはいえ、息子たちは父親のもつ自信を持ちあわせていないらしく、水ではないものでズボンを濡らして四つ肢で立ったままだった。彼らは荒れ狂う嵐に襲われた木の葉のように震えていた。いま自分たちに見えている光景はほんとうに自分たちが見ている光景なのだろうかと思いながら。

クロコダイルとの対決

事情通が言うには、救い主がハリケーンと対峙していたまさにそのとき、ロズィケイでは、おとなたちと同行しようとしたが年齢のせいで後れを取った子どもたちが、あのクロコダイルと対峙していた。つまるところ、子どもたちは前日に起きたさまざまなことに触発されて、シミソの家の外の、死者の壁のそばで夜を明かした。おとなたちが戻ってきたら〝今度こそほんとうに新しいジダダ〟が始まるのだろうと思って、その帰りを待ちながら、彼らは自分たちにできる精いっぱいのことをやった。もちろんそれはゲームだ。

つまるところ、クロコダイルはその日のジダダの乱れに乗じて突然ロズィケイに乱入した。彼が子どもたちを見つけたのは、かわりばんこにクイーン・ブラックの真似をして歌う〝コンサート〟という名のゲームをしている真っ最中だった。亡命先から帰ってきたその歌手は、ジャンバンジャ司令官が追悼の日にデスティニーを撃ち殺す直前にウフル・パークでうたっていたし、親たちが昔語りをしながら延々と彼の曲を演奏し、最後に目をしばたたいて涙を払うという日々を過ごしてきたから、子どもたちはみな彼の歌を知っているのだ。全員の目が急ごしらえのステージにそそがれるなか、マタペロが歌う番になったとき、彼はいきなり指さして悲鳴をあげた。子どもたちが振り返ると、マザー・オヴ・ゴッドが語る神の話に出てくるゴリアテも顔負けの巨大な体《ブロブディンナギアン》をしたクロコダイルがいた。クロコダイルはにんまりと笑って有名な鋸の刃のような歯を見せたかと思うと、例の特大サイズの目で子どもたちを見た。つまるところ、片目は天気がいい日の北朝鮮の国旗の色、もう一方の目は天気がひどく悪い日の北朝鮮の国旗の色をしていた。

「逃げてもいいが逃げられないぞ！」クロコダイルはきいきい叫ぶと、死者の壁を揺るがす声で笑った。その声で鳥たちは散り散りに飛び去り、蛇やトカゲは急いで道路の向こうへ逃げた。つまるところ、子どもたちが恐怖のあまり凝視していると、巨大な怪物は態勢を整え、歯ぎしりしながら重々しい音をたてて進みはじめた。

のちにリーズンが語ったところによると、腹を地面につけて向かってくるクロコダイルの姿を見た瞬間、彼はあの有名なクロコ・クローラ・ダンスを始めようと思い立った。機転の利く子豚が〝クロコ・クローラ！〟と叫ぶと、ほかの子どもたちもいっせいに腹這いになってクロコダイルのごとく重々しく進みはじめた。肩を震わせたり体を揺すったりして、あの有名なクロコダイルの歌をうたいながら。「気をつけろ、ジダダ、でっかい邪悪な歯をもつクロコダイルがやってくるぞ！さあ、かじるかな？　咬むかな？　むしゃむしゃ食べちゃうかな？」子どもたちは勇気を出して歌ったが、彼らの声からにじみ出る恐怖は容易に聞き取れた。不意を衝かれたクロコダイルは、子どもたちが自分のダンスを踊り、あの歌をうたうのを見ていた――いたるところでうたわれ、いたるところで踊られ、いたるところで好まれ、彼を一躍有名にし、WhatsAppでもTwitterでも、アプリではなくネット上でも、みんなが彼を知ることになるきっかけをつくったあの歌を。見ているうちに彼はわれを忘れた。つまるところ、恐ろしい生き物は踊りだしてしまった。

彼が踊っているのに気づくと子どもたちはもっと声を張りあげ、彼に拍手を送った。生まれてからまだ数年しか経っていないけれども、いままでいちばん大きな拍手を送った。そう、つまるところ、なにかの魔法をかけられたクロコダイルが自分たちの命を救ってくれるのではないかと祈りながら、懸命に拍手を送った。一瞬、効果があったかに思えた。クロコダイルは動物たちが自分の姿をちらっとでも見ると一目散に逃げていくことに慣れていたし、自分のために歌がうたわれることも、拍手が送られることも、喝采で迎えられることも一度もなかったから、どこのどんなクロコダイルにも負けないとびきりの笑みを浮かべた。彼は肩を震わせた。彼は体を揺すった。彼は尻尾をびゅんびゅん振った。そして笑みを浮かべた。そして肩を震わせた。そして体を揺すった。そして尻尾をびゅんびゅん振った。そして笑みを浮かべた。そして肩を震わせた。そして体を揺すった。そして尻尾をびゅんびゅん振った。そして笑みを浮かべた。そして肩を震わせた。そして体を揺すった。そして尻尾をびゅんびゅん振った。そして笑みを浮かべた。そして肩を震わせた。そして体を揺すった。そして尻尾をびゅんびゅん振った。そして笑みを浮かべた。そして肩を震わせた。そして体を揺すった。そして尻尾をびゅんびゅん振った。そして笑みを浮かべた。

ネヴァーミス・ンズィンガ同志――つまるところ、真の解放戦士は立ちあがってください

後日、子どもたちがおとなたちに語ったところによると、栄光に酔いしれていたクロコダイルは、歌と拍手と喝采がやんでも気づくのにしばらくかかった。周囲がさながら銃弾の内部のような静けさになっても、全身黒ずくめの老いた雌鶏がまばたきもせず頭に銃口を突きつけていても、彼はしばらくは気づかなかった。そう、つまるところ、最後の一発を放ってから――あのときは宙に向けた発砲だった――およそ四十年後、新しいジダダの誕生を祝し、自分がティーンエイジャーのときに参加した解放闘争の終結を知らせるために、ネヴァーミス・ンズィンガ同志は日陰の古参兵として自分の銃 "キルジョイ" でクロコダイルの脳味噌を狙い定め、左目をつぶって引き金を引いた。ネヴァーミス・ンズィンガ同志が撃ちそこなうことはけっしてないので、クロコダイルは地球を揺るがす憤怒に踊り狂い、唸りまくった。つまるところ、子どもたちの腸は飛び跳ね、胸まで達した。ネヴァーミス・ンズィンガ同志はさらに二発の弾丸を――脳味噌にもう一発、つぎに背骨に一発―

——正確に撃ちこんだ。つまるところ、クロコダイルはぴくっと一回、体を引きつらせた。それからもう一回、また一回、また一回、また一回、もう一回、全部で六回体を引きつらせてから動かなくなった。子どもたちはびっくり仰天して顔を見合わせ、いま見えているものはほんとうに自分たちが見ているものなのか確かめようとした。それがなんであるかわかると、彼らは祝いの声をあげて沸きたった。

薬《ムティ》マフラーと魔法

ロズィケイでシミソの家の外の、死者の壁のそばで子どもたちがクロコダイルの恐怖の支配の終結を祝っているころ、つまるところ、何百マイルも離れた官邸ではハリケーンが救い主を包囲していた。その場にいた者たちが言うには、最後の瞬間を眼前にした救い主が、すさまじい一声でいなないたため、官邸のすべてのガラス窓が粉々に砕け散った。だが、ハリケーンは一気に加速した。そこで救い主がその動きを止めようと奇妙な呪文を唱え、首のマフラーを引っぱり、自分と地面のあいだに投げていなければ、ハリケーンはその勢いで進みつづけていただろう。

そう、つまるところ、ハリケーンが動きを止めたのは、道ばたの小枝や石ころでさえ呪術に対する救い主の愛を知っていたからだ。国旗マフラーはふつうのマフラーではなく不快きわまる護符だということを。ドクター・O・G・モーゼズの補佐役が蛇に変身したように、国旗マフラーも恐ろしいものに変わるかもしれないということを。そう、つまるところ、モーゼズの毒蛇どころか、もっとひどい化け物に変わりうるということを。不安を覚えた群衆は二枚のマフラーを見つめた。それから互いの顔を見た。それからマフラーを、それからまた互いの顔を、それからマフラーを、それからまた互いの顔を。そして彼らはげらげら笑いだした――マフラーはありきたりのウール素材のただのマフラーのままだったから。つまるところ、ハリケーンは勢いを盛り返し、もはや止めることのできない夜明けがついに救い主の目前に迫った。

その場にいた者たちがのちに語ったところによると、そのとき、赤い蝶の大群がどこからともなく現れ、官邸に舞い降りた。蝶の群れはとほうもない大群だったのでハリケーンの群衆は、空気を押しつぶし息をできなくさせている、ただひたすらに赤い蝶のはばたきのカオスを懸命に透かし見なければならなかった。いま見えている光景はほんとうに自分たちが見ている光景なのかと群衆が自問するより早く、赤い蝶たちは漏れなく救い主の上に舞い降りた。つまるところ、蝶に体を埋め尽くされていることに気がつくと、救い主は空《くう》に向かってわめき、いななき、肢を蹴りあげ、非難の言葉を浴びせた。テュヴィは恐ろしい唸り声を轟かせながら、赤い蝶たちに消え失せろと叫んだ。国家の子らに蝶たちを去らせてくれと懇願した。つまるところ、だれも仲裁役にはならなかった。テュヴィは蝶たちと戦った。必死で動きまわり、大声でわめき、泣き叫び、懇願した。だが、だんだんと動きが鈍くなり、やがて酔っぱらいのようによろけだし、しまいには千鳥肢となって、そのまま地面に倒れこんだ。巨大な糞の山のようにそこで動かなくなった体からはヒューヒューという音が聞こえていた。そこでやっと赤い蝶たちは彼から離れて飛び去った。現れたときと同じぐらい不思議な消え方だった。

こうして、ブレスィ・シャシャのいちばんのお気に入りにして、もっとも成功した息子、ズヴィチャペラ・シャシャの息子、国家の統治者にして解放闘争退役兵、最高に偉大なジダダの指導者、汚職の敵、ビジネスの開始者、〝新たな統治〟の管理者、経済の仲介者、秩序の強制者、国旗マフラーの創案者、もっとも成功した解放闘争退役兵、ジダダの最有力者、ジダダの天才、全暗殺未遂事件の生還者、自由で公正で信頼できる選挙の勝利者、最重要任命者、信望厚き世界の指導者、テュヴィアス・デライト・シャシャ、通称テュヴィは、見るも無惨な状態で車両に積まれて運び去られた。恐怖がつまったジダダで最悪の場所にいる同志たちの仲間入りをするために。彼の同志たちの多くは多種多様な罪状で長期刑に服していて、惨めな余生を生きるあいだに自由を得られる可能性は皆無。ジダダの政権がようやくにして倒れたのである。

その場にいた者たちは語った。テュヴィを逮捕した群衆はロズィケイのクロコダイルの運命も伝え聞いていたから、勝利を収めた通常の群衆のように騒ぎ浮かれることはなく、ふたたび黙りこくったと。それは溜めこんだ怒りを爆発させたあとのハリケーンの沈黙だったと。力をたくわえ、二度めの攻撃を始めるために戻ってきたハリケーンは、万が一もう一度その道を渡る必要があったときに備えて居残っていたのだと。ハリケーンが用心深く居残っていたそのとき、オールド・ホース死去のニュースがジダダ全土を駆けめぐった。そう、つまるところ、不滅の建国の父が、ほかに代わりのいない唯一無二の彼が、イエスのように復活しながら、まだ生き返っては生き返りつづけている、そう、つまるところイエスのように一回だけではなく何回も何回も生き返っているオールド・ホースが、ついに夜明けを迎えた。それも単に最期の夜明けを迎えたというだけでなく、外国で最期の夜明けを迎えたのだ。彼はその外国で治療を受けていた。自分で何度も言っていたとおり、ジダダの老朽化した病院は動物の死に場所としては使い物にならないから。建国の父の死を知って国家の子らは泣き崩れた。ジャンバンジャ司令官と七匹の治安部隊がシミソをとらえにきたあの日、ネハンダの骨のごとく反旗をひるがえして以来はじめてのことだった。

ハートブレイク・ナンバーツー

すでに死者の地への旅を進めつつある建国の父は、扉の上のほうに〝処理中〟という黄色いネオン文字をまたたかせている煉瓦造りの大きな建物のまえで、ほかの新参者とともに待っていたが、目のまえにいるジダダの国民が深い悲しみのなかにあるのがわかった。つまるところ、目に見えぬスクリーンが空中に存在しているかのように。彼らがそんなふうに、最愛の子らが、慰めようもないほど自分のために涙に暮れているのを見ると、つまるところ、建国の父の胸は張り裂けそうだった――生まれてこのかた胸が張り裂ける思いを味わったのはこれで二度めだ。一度めはむろん、クーデターが起きたあの日、強奪者どもに政権の座から追われて、国家の子らがそれを祝ったときだ。ただ、比べてみるとこの二度めのハートブレイクのほうが強烈で、オールド・ホースは思わず、打ちひしがれた自分の胸をわしづかみにした。自分はまた死ぬ。もう一回死ぬ。あらためて死ぬ。新たに死ぬ。その苦痛を彼は確信していた。つまるところ、彼は処理センターで一度も聞かれたことのない悲痛な嘆きの声を発した。その日、処理センターで彼の嘆きの声が聞かれない瞬間はなかった。

しかし、ある時点まではだれも彼に注意を払わなかった。そのとき彼は固い土に頭を打ちつけて目眩を起こしかけていた。丈の長い白いローブをまとい、口紅と合わせた色の読み取りづらい名札をつけた雌猿が建国の父に近づいて、こう言った。「お話しなさい、なにかありました?」建国の父は国家の子らを指さして言った。「あれはわたしのジダダだ。わたしの国だ。国民がどれだけ嘆き悲しんでいるかわかるだろう? 彼らがどれだけ苦しんでいるかわかるだろう? いま彼らを残して死ぬわけにはいかない。国へ送り返してくれ。わたしは彼らのもとへ戻らないといけないんだ」「でも、なぜ?」猿は困惑して尋ねた。「でも、なぜ、だと? きみには見えていないのか?」オールド・ホースが憤慨して身ぶりで示すのと、猿がこたえるのは同時だった。猿の声音は顔いっぱいに広げた思いやりの表情には似つかわしくなかった。「まあ、可愛らしいことを!

ダーリン! 可哀相に! さあ、一緒にいらっしゃい、こちらへ」

ハートブレイク・ナンバースリー

彼は猿のあとについて無限の迷路を進んだ。最後に行き着いたところは見覚えのある場所だと気づいた。なぜ見覚えがあるかといえば、彼と猿がいるのは彼が愛してやまない唯一の国の路上だったからだ。彼と猿は歩いていなかった。歩くのではなくて、つまるところ、彼らは蝶のように宙に浮いていた。愛してやまないダともうひとつダがつくジダダに戻ってきた建国の父は嬉しくてたまらず、実際、自分が死んでいることを忘れてしまい、国歌となった昔の革命歌を大声でうたいだした。自分のことを嘘偽りなく心から愛してくれた動物たちが、その早すぎる死を受け入れられずにいる姿を見て、彼は感動していた。あの動物たちは滂沱の涙を流しながら、彼がどんな動物で、彼の本意はどこにあったのかを思い出し、彼が自分たちのために、全ジダダのために、ひいては全アフリカのためにしたことに敬意を表していたから。

だが、付き添い役とともに群衆の奥深くへ分け入るやいなや、彼はなにかがとてつもなくおかしいと悟った。そこにある苦しみのすべては、彼らが泣いているのも滂沱の涙も身悶えして苦しむ姿も――彼の哀れな胸を張り裂けさせたあらゆるものが――つまるところ、彼のためではないことにはじめてはっきりと気づいたのだ。群衆が外国のジャーナリストに自分たちは自分たちのために泣いているだけだと語るのが聞こえた。いま打ちひしがれているのは彼が自分たちにしたことのためだと、彼らは告げていた。これは彼が自分たちの暮らしにもたらした苦痛のためだと、彼らは主張していた。これは彼が放置したジダダの荒廃のためだと、彼らは毒づいていた。これは彼が自分の犯した罪を償わずに逃げ、大量殺人・大量虐殺に対する正義の裁きを受けぬまま死んでいったという事実のためだと、彼らは嘘をついていた。これは彼の統治中に起きた失踪や死や拷問や違法な逮捕のためだと、彼らは断言していた。これは彼の汚職や人権侵害やその他もろもろの醜悪な所業のためだと、彼らはでっちあげて非難していた。もはや存在していない彼が自己弁護できないのをいいことに、果てしなく続いていた彼の統治のあいだには一度も口にしなかったさまざまなことを。

国家の子らの醜さに彼は落胆し、恩知らずぶりに傷つき、侮辱的な物言いに怒った。つまるところ、彼の胸が張り裂けそうになったのはこれで三度めだった。裏切られ、逆上し、傷つき、気分を害し、心をずたずたにされた建国の父にして、解放戦士にして、汎アフリカ主義者《パン・アフリカニスト》にして、欧米批判長官にして、制裁措置の敵にして、同性愛者の敵にして、野党の妨害者にして、元教師にして、教育および経済強化の十字軍兵士にして、そう、唯一無二の存在たるオールド・ホースは、哀れな国民に語りかけようと口を開いたが、もう死んでいるので彼らには自分の声が聞こえないのだと気づいただけだった。しかたなく彼は湧きあがる怒りを内にとどめ、内心で傷つき、自分のなかに血を流した。とんでもない思いちがいをしていたことがわかったので、自分がそこにいることが悔やまれた。

　だから、猿が「もうじゅうぶんにわかったでしょう、可愛らしい方、そろそろ行きましょうか？」と言うと、うなずいた。「わたしをこの醜い子らから遠ざけてくれ。あれだけいろいろしてやったのに彼らには感謝の念がこれっぽっちもない。彼らは最悪の種類の嘘つきだ。死んだ者を悪く言うとは礼儀のかけらも持ちあわせていない。要するに完全な非《アン》アフリカンだ！　わたしを母のところへ連れていってくれ、天国にいる母に会いにいきたい！」建国の父は叫んだ。猿はそこではじめて細心の注意を払って彼を見た。そして言った。「まあ、あなたったら！　可愛らしい方！　ダーリン！　どう言えばいいのかわからないのだけれど、あなたが向こうに着いて驚いたら、わたしとしてはやっぱり残念な気持ちになるでしょうね。問題はあなたをお母さまのところへは連れていけないことなの。あなたのようなタイプの暴君には天国はないんですもの、わかるでしょう。これから起こることは、どう言えばいいのかしら、あなたは自分が犠牲にした者たちと対面するために出発するということなの。で、その全員との対面を終えたあとは――もちろん、どれだけの数の犠牲者が待ち受けているかにもよるのだけれど――まっすぐ地獄行きよ。わかるわね、可愛いらしい方」猿は言った。「地獄だと？　いったいどういう意味だ？」建国の父は怒りと恐怖に同時に襲われ、悲鳴のような声をあげた。だが、猿はすでに姿を消しており、彼はなんだかわからず抗うこともできない不思議な力に連れ去られた。つまるところ、建国の父の唯一にして最愛の国から聞こえてきたのは、こう言い放つ不快な声だった。「悪魔が死んだ！　悪魔が死んだ！　われわれがいま泣いているのは最新のいろんな出来事によって、これでやっとまちがった時代が終わるとようやく言えるからなのさ！　これからまた始められるんだ。また息ができる。また夢を見られる。悪魔が死んだ、なんと、なんと、なんと、彼が死んだんだ！」

新しい旗

建国の父の死の翌朝、ロズィケイの子どもたちはゴールデン・マセコのアトリエにノックもしないで飛びこんだ。おはようも言わず、可愛い尻尾を勢いよく振り、挨拶がわりにこっくりとうなずいてみせると、糊の利いた白いシーツを一枚、画家に押しつけ、これに国旗を描いてくれと頼んだ。

「おいおい、ちょっと待てよ、ここでこれに描けってか？　どこで盗んできたんだ？」シーツをためつすがめつしながらゴールデン・マセコは言った。彼はデスティニーが死んでから、永遠に晴れることのない深い悲しみの霧のなかで生きていた。それでもこの子どもたちには自分の苦悩を見せまいとした。

「だけど、盗んだんじゃないよ。シミソがくれたんだ」子どもたちの集団は口を揃えて言った。耳のうしろにペンを挟んでいる子もちらほらといた。

「ふうむ、シミソは遊びのためにこんなにきれいなシーツをくれたのか？」ゴールデン・マセコは言った。

「そうだよ！　遊びじゃなくて旗をつくるのさ。なにに使うのかシミツに話したら、シーツをくれたんだ」子どもたちはまた声を揃えてこたえた。

「なるほど。しかし、どうだろう。シーツに描いたことなんかないからな」ゴールデン・マセコは言った。「みんなの顔がいっせいにうなだれた。

「わかったよ。それじゃ、なにを描いてほしいのか言ってくれ」画家はそばにある自分のスケッチブックを取りながら言った。

「オーケー。オーケー。じゃあ、まず、ここに火を描いて。ここに。本物の火みたいでなきゃだめ。見たら血のなかに火の暖かさを感じるぐらいに。ほんとうに燃えてる火みたいに」グローリアが言った。

「オーケー。オーケー。じゃあ、ここに火を描いて。ここに。本物の火みたいでなきゃだめ。見たら血のなかに火の暖かさを感じるぐらいに。ほんとうに燃えてる火みたいに」グローリアが言った。「花が咲いてるようにも見えたほうがいいね。蓮の花は美しいんだから。醜い蓮なんか見たことない。特大の赤い蓮が咲いてるよう

「美しい火にして。蓮の花は美しいんだから。醜い蓮なんか見たことない。特大の赤い蓮が咲いてるように」シドニーが言った。

「すべてを破壊して役立たなくさせるような火でもあるわけだ。燃えないけど暖かい火、うにしてくれよ、かならず。つまり、それは浄化する火でもあるわけだ。燃えないけど暖かい火、まぶしくないけど輝いている火なんだ」タ・ドープ・ポエットが言った。「どこかに蝶も描いてほしいな。火のまわりに赤い蝶が飛んでるとか」セビサニが言った。「でも、蝶の結婚式みたいなのはだめだよ。そこらじゅう蝶だらけなのは」プリンスが言った。「蝶はひとつだけいればじゅうぶんよ。あたしたちが見て、蝶だってわかればいいの。そう、セビサニが言ったように赤い蝶がいいわ」ジェラスが言った。「火の色を全部入れるのを忘れないで。だって、火は一色じゃないんだから。暴君が学校でぼくたちにそう教えた」ドゥズィカマイが言った。「もちろん、鮮やかな赤を使

わなくちゃね。正義をあらわす色は重要だ」ハードライフが言った。「だったら平和の白も。平和もとても重要だよ」プフルワニが言った。「ブルーは慈愛だろうね」ブレンダンが言った。「それに繁栄のオレンジ」レレが言った。「誠実の明るい黄色も」タクズワが言った。「それと、使われたすべての色がいろんなタイプのジダダ民を差別なくあらわしているってことを、だれが見てもわかるようにしてね。それも重要なことよ――ちがいはあろうと、ありとあらゆるジダダ民にとってジダダはひとつで、みんなが等しく同じだっていうのは」ブリリアントが言った。「そういうことを全部盛りこんで、しかも、いつでも燃えてる火だとかならずわかるようにしてくれ」カラボが言った。「彼が言いたいのは永遠の火だってことさ」ローランドが言った。「ほかにもある？」ニャライが言った。「木が一本あったほうがいいと思う。木は命をあらわすから」スコンナパが言った。「いちばんいいのはネハンダの木だな」ラストが言った。「そうだ、ネハンダの木がいい。ネハンダの骨も一緒に描いてよ。ネヴァーミス・ンズィンガ同志みたいに、ぼくたちも立ちあがって自分を解放することを忘れないために。おとなたちがとうとうやったように。ほかの死者たちのことも忘れないために」クゴスィが言った。「彼が言いたいのは祖先のことよ。祖先は死んでないの。シス・デスティニーが教えてくれたわ。ダッチェスもそうだと言ってたし」グローリアが言った。「おれたちが言ったとおりに描いてくれたよ、ゴールデン・マセコ」シンバが言った。「言ったとおりに描いてくれなかったら訴えるよ。おれたちにも権利があるんだから」チャレンジが言った。「竿があったらいいな、旗を立てるときに使うような」コナナニが言った。「そうよね、ついでにロープも。だってわたしたちは玩具が欲しいわけじゃないんだから。わたしたちが欲しいのは本物の旗なんだから」ケンドラが言った。「ちゃんとした旗がな」シブシソが言った。「完成したらどこに旗を立てるか教えてあげる」ンコビレが言った。「だから、早く完成させてね、ゴールデン・マセコ、わたしたちにはやらなきゃいけないことがたくさんあるんだから」マタが言った。

その数日後、つまるところ、のちにジダダの新たな独立記念日として祝われることになる日、ゴールデン・マセコは子どもたちが要望したとおりの旗のデザインを完成させた。その制作工程は心の重しを取り除き、彼はデスティニーが殺されてからこのかた感じたことのない明るい気持ちで満たされた。悲しみは忠実な影のように心から消えなかったけれど、霧は晴れていることがわかった。彼はその旗を死者の壁の横に掲げた。竿をシミソの庭の内側に立てて。自分が描いたその美しい旗をおおいに気に入ったマセコは、子どもたちに旗のそばでポーズを取らせた。画家が写真を撮る準備にかかっていると、シミソの家で友人たちとともにお茶を飲んでいたネヴァーミス・ンズィンガ同志が、いったいなんの騒ぎだろうと六三六番地のその家から出てきた。旗を見るや、彼女は友人たちを呼んで外に出てこさせた。現れたのはダッチェス、ゴゴ・モヨ、マザー・オヴ・ゴッド、祈りの戦士たち、シス・ノムザモ、消えてしまった者たちの姉妹のメンバー数匹、ナドゥミ、ミセス・フィリ、ミセス・フェング、そして最後にシミソだった。

近くの家々からも続々と出てきた。つまるところ、母親たちはコンロで料理していた鍋をうっちゃって出てきた。きれいな子どもたちも、そのきれいな子どもたちの祖父母も出てきた。つまるところ、彼らは老いていても新たな暮らしの喜びに輝いていた。SPARスーパーマーケットへ行く途中に通りかかった者たちや、観光客や、目的地がどこであれ用事で来ていた者たちも、なにが起きているのか確かめようと肢を止めた。ロズィケイでは見るのは無料だったから。やがて、ロズィケイじゅうの鳥や蟻や蛇やゴキブリや蝿や鼠やフンコロガシやヤスデや昆虫も現れた。その日は朝からずっと雲の深い畝間に隠れていた太陽も姿を見せた。死んではいない死者たちもデスティニーに導かれて現れた。デスティニーの左右にはドクター・フューチャー・フェングと祖父のブトレズウェ・ヘンリー・ヴリンドレラ・クマロがいた。彼らがだれだかわかるのはダッチェスだけだったけれど。死者たちは旗を持ちあげなくてもいいのに持ちあげて、ついにみずから自由を勝ち取った生きている者たちの勇気を褒め称えた――つまるところ、時を超えて見ることができる目をもつ彼らには、ようやく悪が敗れ去ったいま、ジダダを待ち受けている壮大な未来がすでに見えていた。

条件がちがえばもっと好ましい、もっと大勢の者たちが集まっていただろう。だが、遅い午後のこの時間、年長の学齢期の動物たちはまだ学校から帰っておらず、おとなたちはここ最近、雨後のタケノコのように増えていて、なおも増えつづけている新しい仕事に出かけているため、通りにも家のベランダにもジダダ民の姿がほとんど見あたらないという状況だった。みんな寝る間もないほど忙しくて、絶望からも桁はずれの貧困からも抜けだそうとしていたから。でも、そんなことは問題ではない。なぜなら、それからほどなく、ロズィケイの旗と子どもたちの写真や記事がソーシャル・メディアで拡散されると、さまざまな新しい仕事に就いた者たちが休憩を取ってガジェットに群がり、光り輝く青空を背にはためく旗に見入るようになった。そう、つまるところ、胸を躍らせて彼らは見つめた。自分たちが待っていたのはその新しい旗だとわかったから。

だれもが――つまるところ、ロズィケイのシミソの家の外の、死者の壁のそばの、子どもたちの旗の下に集まった者たちも、どこであれダともうひとつダがつくジダダの異なる場所でガジェットの画面をとおして見ている者たちも――自分の体がネハンダの木から安心な暮らしという贈り物を受け取っているのを感じていた。その木に成る白い果実は自分たちがネハンダの骨でもあることを思い出させた。かつて彼女は、自分の骨が立ちあがる日が来るだろうと予言していた。だれもが蓮の花の形をした美しい焚き火に暖められているのを感じていた。だれもが自分の心のなかでその炎が広がり、はためき、唸るのを聞いていた。そして、その、自分たちの心のなかに聞こえているものが新しい国歌であることをだれもがわかっていた。つまるところ、それは永遠に燃えることをやめず、生き生きとした光とともに輝きつづける栄光を語った国歌なのだということを。

つまるところ、ジ・エンド

謝辞

順不同で感謝の意を伝えたいと思います。

数々の前線で自由を求めている世界のジダダに――戦いはまだ続いています。

我が祖母、エリザベス・モヨと彼女の惨めな♥息子、ノエル・ロビンソン・ツェレに。わたしの旧知のすべての語り部と、彼らの旧知のすべての語り部に。わたしが師事したすべてのクリエイティヴ・ライティングの師と、彼らが師事したすべてのクリエイティヴ・ライティングの師に。村じゅうのみなさんに。この本にガソリンを入れてくれているのはあなたたちです。どんなに感謝してもしきれません。ありがとう。

わたしの本のすべての読者に。つまるところ、わたしたちはふたたび出会っています。あなたがたの愛と支援はいまもわたしを謙虚な気持ちにさせてくれます。

二〇一八年にボツワナのフランシスタウンで出会ったジンバブエの黒人女性《シスター》に。わたしたちはともに食料品の買い物をしていましたね。あなたは物語を話すことでなにができるかを、そして自分のペンを信じることを思い出させてくれました。

ソーシャル・メディアのプラットフォームで、本書に関する懸念のいくつかを把握することに力を貸してくれた同国人たちの声に感謝します。とくにWhatsAppのニュース分析で聞こえる声は、わたしを視野の広い才気あふれるウォールにとまる蠅にならせてくれました。

刺激的な多くのジンバブエ人にも恩義があります。ゼンゼレ・ンデベレ、スィポ・マルンガ、アレックス・マガイサ、ホープウェル・チノノの仕事はこのプロジェクトの質を高めてくれました。高い評価を受けている同胞のアーティストたちにも感謝を。ピーター・ゴッドウィン、ジョン・エッペル、クリストファー・ムラランズィ、オーウェン・マセコ、ノヴヨ・ツシュマ、それからもちろん、他の追随を許さぬ忘れがたきシス・イヴォンヌ・ヴェラ。沈黙を破る彼らの仕事に——ウムクル・ロムセベンズィ、たくさんの、たくさんの愛と敬意を送ります。

ローラ・ティズデル、ベッキー・ハーディ、ニコル・ウィンスタンリー——わたしの構想を理解して最高の形に仕上げることを確実にしてくれた、すばらしい編集者たち。あなたたちの鋭い細心の読みに、あなたたちの自信と揺らぎのない献身に、あなたたちの信頼に感謝を。つまるところ、あなたたちと仕事を進めることはこのうえもない喜びでした。ありがとうと言うだけでは足りない気がします。

きわめて優秀なキム・サーリッジ、ニコル・ウェイランド、ジェーン・カヴォリナ。原稿整理担当者と校閲者の彼らは〝グローリー〟ソングをつくってくれました。感謝の一礼を。ヴァイキング社の制作、広報、営業のみなさん——心より謝意を表します。

エージェントのジン・アウはわたしの大切なチャンピオン。わたしはこれ以上は望めない手の内にあるのですから。

アルバ・ジーグラー＝ベイリー、チャールズ・ブキャンほかワイリー・エージェンシーのすべての人々、わたしの仕事に愛情いっぱいの家庭を与えてくれた全編集者と出版社に感謝を。

イーヴァン・ボランド――バトゥムントゥ・ウボングウ・エセフィレ、最愛のイーヴァン、ありがとう、ゆっくり休んで。エリザベス・タレント、クリスティーナ・アブラザ、そしてスタンフォード大学クリエイティヴ・ライティング課程の元同僚たちと生徒たち。

プリンストン大学のホッダー・フェローシップ、ハーヴァード大学のハッチンズ・センター・フォー・アフリカン&アフリカン・アメリカン・リサーチのヘンリー・ルイス・ゲイツ教授とクリシュナ・ルイス。マーファでわたしの面倒を見てくれたラナン・ファンデーションとダグラス・ハンブル。ステレンボッシュ・インスティテュート・フォー・アドヴァンスト・スタディのクリストフ・ポウとエドワード・K・キルミラ――必要なスタートを切れたこと、ここぞというときに示された寛容さに感謝。ヨ《J》ハネスブルク・イ《I》ンスティテュート・フォー・ア《A》ドヴァンスト・ス《S》タディのボンガニ・ングクルンガ、エミリア・カメナ、スィヴィレ・モモザ、レシュミ・スィングー、ヴァネッサ・ケネディ、そしてJIASの二〇一九年選出の仲間たち。もちろん、そこには、奥さまの親戚の食事をつくるかのようにわたしの食事をつくってくれたシェフのマルメもいます。

　数えきれない友人たちと家族、とくに、個人的な危機にあったこの数年、わたしを守ってくれた人々。それがだれだかはおわかりでしょう。あなたたちにたくさんの感謝とたくさんの愛を送り、たくさんの敬意を表します。いちばん深い一礼とともに。

　ミルドレッド・アンティ。最愛のバツェレ。本書のための調査をおこなっているあいだずっと並走してくれたふたり。魔法と光と喜びでわたしを自由にしてくれたこと。ふたりはわたしにとって完璧な贈り物です。わたしの父の姉妹に最高の愛を捧げます!

　ザズ、最愛のザズ、いつだってザズ、とこしえにザズ。あなたへの感謝はとても言葉にできません。

最後にこれだけは言わせてください。祖先に、つまるところ死んでいない祖先に。わたしは自分ひとりの力でここにいるのではありません！

訳者略歴　早稲田大学文学部卒，英米文学翻訳家　訳書『ポアロのクリスマス〔新訳版〕』アガサ・クリスティー，『母を燃やす』アヴニ・ドーシ，『ビール・ストリートの恋人たち』ジェイムズ・ボールドウィン，『ジェーン・スティールの告白』リンジー・フェイ（以上早川書房刊）他多数

動物《どうぶつ》工場《こうじょう》

2025年1月20日　初版印刷
2025年1月25日　初版発行

著者　ノヴァイオレット・ブラワヨ

訳者　川副智子《かわぞえともこ》

発行者　早川　浩

発行所　株式会社早川書房
東京都千代田区神田多町2－2
電話　03－3252－3111
振替　00160－3－47799
https://www.hayakawa-online.co.jp

印刷所　星野精版印刷株式会社
製本所　大口製本印刷株式会社

Printed and bound in Japan

ISBN978-4-15-210395-6 C0097